杨少衡 著

作家出版社

杨少衡作品

杨少衡

1953年生,福建省作家协会名誉主席。出版有长篇小说《海峡之痛》《新世界》《深蓝》,中篇小说集《林老板的枪》《你没事吧》等。曾获《人民文学》《小说选刊》《北京文学》等文学刊物小说奖项。

想要权力,也得安一颗好心,那个"好"不是"做"出来的,是真的安在心里。要明白自己其实没什么了不得,即便头上有顶帽子,手中有点权力,你还是你,不比谁多出三头六臂。明白这个你才不会一天到晚趾高气扬。

目录
contents

001　暗自颤抖
051　二手烟
091　不亦快乐乎
143　紫烟升起来
194　小事端
248　铜离子
309　王不见王
369　我的检讨
418　安全屋

暗自颤抖

1

午夜一点十分,电话铃响,詹一骥惊醒。

他心知不好。这个时段的电话绝无好事,要不是哪里起火了,就是谁死了。

打电话的是赵光储,从省城打来。赵光储的话音里透着紧张,有丝丝气喘。这人一紧张便口吃,他报告的情况果然具有爆炸性:陈克"跑、跑路"了。

"你不是下午还见过他?"詹一骥诧异。

几小时前,傍晚时分,赵光储曾来过一个电话,报称已经与陈克见面,陈答应明日一早与赵一起前来本县。该报告属实,并未弄虚作假,电话是赵在陈克的公司里打的。当时赵光储前去登门拜访,陈在开会,会中抽空跑出来,到了他的总裁办公室,与赵光储匆匆一见。赵光储代表詹一骥向陈克致意,邀请陈光临本县,参加第三届"兰花博览会"开幕式暨相关招商活动。陈克爽快应允,称感谢詹书记盛情,前些时詹已经通过电话相邀,他本人非常愿意借此之机跟詹见一面。詹一骥走马上任,他自当前去拜会,日后项目上的事情,还要仰仗詹多关照。只因为近期公司遇到一些事,他一时脱不开身。现在事情基本料理清楚了，明天恰好有个空当，那就兵贵神速，先去跟詹见个面，后天参加博览会开幕式，把几个意向书一并签下。赵光储闻之大喜，与他商定了动身时间，相约届时到陈的公司会合出发，而后即打电话报告了詹一骥。晚饭后，赵光储从自己所居宾馆给陈克再打电话，想商量一下日程安排的几个细节，不料电话怎么也挂不通，总是"你所呼叫的用户已关机"。赵光储打电话到陈公司里问，一位自称总裁办公室的人员称他们总裁在开会，命不许干扰，只能待会后联络。赵光储从晚八时一直等到晚十一时，陈克一直在开会，电话始终挂不通。十一点过后，公司总办的电话也没人接了。赵光储感觉不对，赶紧四处打听，通过各个途径追问陈克下落，一直追到午夜才得到一条消息：陈克已经离开省城，搭乘晚七点航班前往香港。赵光储大惊，即通过内部关系查对了机场相关信息，确认陈克果真已经匆匆离境。从陈克所乘航班时间看，他几乎是在与赵光储见面之后即动身前往机场。难得陈总裁在准备拎个包启程跑路的仓促之际还装得一脸无辜，煞有介事做欣然应邀前来姿态，撒个大谎把赵光储稳住。

"情况比较紧急，这么晚了还是得赶紧向您报、报告。"赵光储说。

詹一骥叹气道："你是只夜半乌鸦。"

赵光储没听明白："詹书记什么意见？"

詹一骥说："我说咱们运气好。"

他命赵光储继续核对情况，务必搞清楚。陈克真的跑路了，或者只是临时出游？以现有情况看，后者的可能性不大，却也需要准确确定。所谓"跑得了和尚跑不了庙"，陈总裁跑了，他那些人呢？那个总裁办公室呢？难道那张大办公桌和他的总裁椅也都打包搬上飞机，跟他跑了吗？无论如何得找到一个谁来说说怎么回事。总会有人知道陈克去了哪里，怎么联系，必须把那个人找到。

当晚再也无法入睡。詹一骥早早起床，早早来到办公室，那时天还是黑的，整座县委大楼只有值班室亮着灯。詹一骥进办公室后一直坐在办公桌后边那张椅子上，两手搭在椅子扶手上。他看着自己的手指头，能感觉到它们在打战、发抖，止都止不住。

这是恐惧。藏得很深，说到就到。

第二天上午九时，赵光储发来一条短信，确认无误，陈克已经失踪且无从联络。

当时詹一骥在市宾馆会议中心参加会议，坐在大会场台下第一排。当天上午市里召开大会传达上级会议精神，詹一骥奉命前来参加。他在会场给赵光储回了一条短信，命赵立刻返回县城，下午两点半到县委小会议室开碰头会。短信发走后，詹一骥特意再加发一句："最新动态暂不外传，目前保密。"

赵光储回称："明白。"

会议结束已是中午，詹一骥在宾馆餐厅草草吃点东西，赶紧上车返回县城。轿车驶上高速后，他靠在轿车后座上睡着了。醒来时轿车已经下了高速，沿县道急奔县城。詹一骥伸手往口袋里掏，并非拿手机什么的，是下意识动作。他一边看车窗外闪过的山岭、林木，一边情不自禁掏身上口袋，夹克口袋、裤子口袋，逐一掏，左掏右掏都是无用功，什么都没掏出来。

下午碰头会参加者为县里几个主要人物，书记、县长、副书记，加上县委办主任赵光储。赵向大家报告了陈克"跑路"的情况，众人面面相觑，无不表情沉重。

詹一骥说："咱们得赶紧研究，不要弄出大事。"

县里事务千头万绪，风平浪静还好，最怕发生大的意外。陈克虽是从省城"跑路"，却一定会牵动本县，引发诸多麻烦，必须作为本县一个突发事件重点关注，加强风险防范。会上即商量了几条，比较急迫的是明日博览会与陈克有关的几个项目合作意向书签约先撤下来，同时紧急修订会议材料，把涉及陈克的文字全部删除，不要在任何地方体现，以免引起不必要的注意。

詹一骥说："强调一条，目前严格保密。"

陈克失踪消息未经证实，情况还可能生变。万一这边沸沸扬扬到处传说陈克"跑路"，人家忽然又飞回来，挂着个降落伞自天而下，欣然光临本县兰博会，那怎么办？这种可能性微乎其微，却也不能完全排除。现在格外需要防范的是恐慌。在情况明朗之前，人为扩散陈克失联消息，可能会造成不必要的恐慌，导致人心崩溃。

大家认识完全一致，此刻该消息非常敏感，必须谨防失控。

"有什么妙计？"詹一骥问，"谁来给点阳光？"

阳光可以扫除阴霾，但是此刻却苦无妙计，并非大家没主意，是应对办法确实很有限。不能指望完全封锁消息，眼下是信息时代，如果陈克真是跑了，过几天肯定众所周知，暂时封锁消息只为了争取时间做防范准备，不是根本办法。讨论中定的一二三四几条，都算暂时应急而已。事情会如何发展很难全部预知，可以料想的只是很麻烦，甚至惊心。最坏的情况就好比多米诺骨牌，推倒第一块，砸倒第二块，接二连三，顷刻间全盘倒。陈克"跑路"，第一块已经倒了，谁是第二块？然后还有谁要被砸倒？有什么办法阻止其连锁反应，避免一地狼藉？

詹一骥说："咱们得有个办法。"

碰头会匆匆结束。詹一骥离开小会议室，沿着楼道走廊回自己的办公室。途经电梯间边的值班室，忽见一位客人在值班室的沙发上正襟危坐。此人个头不高，一头白发，看上去非常醒目。一见詹一骥露面，那人晃着头站起身叫唤："詹书记！詹书记！"

"本家老师啊。"詹一骥打招呼。

"不敢当。"对方说，"小姓张。"

詹一骥嘿嘿。不管是张是詹，总之读音差不多，一笔写不出两个。

"找我有事？"他问。

对方称有特别重要的事情要报告。

詹一骥打趣："咱们本家老师没有哪件事情不重要。"

他没让对方去办公室，自己抬腿走进值班室听对方报告。詹一骥特地说明，此刻有急事要处理，请张老师讲得扼要一点。

此人叫张胜，六十四五模样，已退休，此前曾任县博物馆负责人，在本地小有名气。这个人长相有特点，一头白发根根雪白，乱蓬蓬顶在头上，像一个巨大的白鸟窝。据说他是少白头，从三十来岁起就白发苍苍了。他很瘦，一张脸皮包骨头，两只眼睛陷在大眼窝里，猛一看好比骷髅回魂，像是刚从墓地里走出来。这位张老师曾经拿若干件"特别重要"的事情叨扰过詹一骥，每一件都与其退休前的供职单位相关，其中最别致的一项是县博物馆围墙上的玻璃刺。据他说，当年那些玻璃刺是他亲手种植于墙头，以防小偷越墙而入。数十年后，玻璃刺已破损大半，不再能有效吓阻盗贼，成为重大隐患。他请求詹一骥重视此事，免得博物馆珍贵馆藏文物被洗劫一空。这个人特别能说，几根玻璃刺的来龙去脉能说个半天，詹一骥耐心听了许久，不得不打断他，当场拿手机给县文化局长打电话，把事情交代给该局长。送客时他开玩笑称对方为"本家老师"，一笔写不出两个。事后他悄悄交代办公室工作人员，日后这位白发先生来访，要先挡驾，把他的重要问题先问明白，记录下来。如果又是保护玻璃刺什么的，别让他守株待兔，可以让他先回去，事情直接交代有关部门处理并报知詹一骥。

今天他没给劝回，或许果然特别重要？

张胜一张嘴，竟说出詹一骥此刻最担心的事情："听说陈克'跑路'了。"

詹一骥吃惊道："谁说的？"

"外边都在传。"

外界确实早有猜测，张胜听到的应该是那些猜测。问题是此刻猜测却已成真。

詹一骥问："他为什么跑？莫非张老师知道？"

"听说资金链断了。"

"张老师对资金链也有研究？"

"不敢。略知一二而已。"

詹一骥了解张胜为什么对陈克如此关心？难道张胜除了馆藏文物，也还鼓捣店面炒卖？张胜顿时眼睛大睁，一头白鸟窝晃动不止。

"詹书记忘记我们那个事了？"他诘问。

"珍品馆？"

他放心了："噢，记得呢。"

张胜称，他对炒卖店面没有兴趣，他关注陈克，只是因为他们那件事才弄个开头。本来陈克已经答应来签个意向书，现在却突然跑路了，可怎么办呢？詹一骥答应过的，这事只能指望詹一骥了。

"本家老师是块双面胶，强力牌。"詹一骥调侃。

他感谢张胜，称张反映的情况非常重要。如果张所听属实，那么情况很严重。开发商答应捐献一大笔钱，转眼一跑了之，怎么可以这么糊弄人？如果陈克真的跑了，牵涉的可不光是若干张书画藏品，还会伤害很多人。眼下詹一骥得赶紧去把情况核实清楚，因此不能听张胜多谈。

"请詹书记务必继续关心我们这件事。"张胜道。

"行。"詹一骥干脆回答。

他让值班员立刻送张胜下楼，自己也起身，把客人送到电梯边。进电梯前张胜伸出手想跟詹一骥握别，詹一骥笑笑，举手摆摆，避开了。

他知道自己的手心里全是汗，手指发抖，情不自禁。或称"暗自颤抖"。

几分钟后告急电话到达：陈克"跑路"消息已经不胫而走，县城北部"中央商业圈"售楼处开始有人聚集吵闹，还有更多人正在从县城各角落赶往该处。

所谓"天要下雨,娘要嫁人",类似消息确实无法封锁,非人力所能为。试图通过控制消息争取一点处置时间已属徒劳,第二块骨牌已经给砸倒。

詹一骥说:"咱们运气就是这么好。"

他命立刻行动,按刚才碰头会布置,迅速调兵遣将,把局面控制住。

2

在成为所谓"中央商务圈"之前,那地方被称为"大石坑",它确实就是一大片乱石坑。那里原本有几座石头山,满山都是坚硬的花岗岩,早年间有打石匠在那里打石头,用的是传统工艺,在巨石上找出纹理,拿铁凿子顺纹理在岩石表面凿出一排石眼,再用大铁锤把铁楔子硬砸进石眼,让巨石顺石眼排列位置开裂,一段段剥离下来,再打出所需的条石、块石。这种采石法沿用了不知多少个世纪,直到近几十年才被机器采石取代。大规模机器采石促成几座石头山迅速采空消失,在那一带制造出高高低低一串大石坑。后来由于环保要求日渐严格,采石场渐渐被废弃,大石坑成为被遗弃的工地,满目疮痍躺在那里晒太阳,等待时来运转。

数年前,有一条新高铁线路规划在媒体披露,本县赫然为该线途经地,且规划有一个火车站,站址就选在大石坑附近。采石场遗址隆重入选,原因除了考虑高铁线路走向和地理因素,也考虑了未来的县城变化。本县已经规划将行政中心北迁,带动县城北部开发与发展,高铁站建在大石坑附近,可以助推新县城中心的形成。时下高铁是交通大动脉,行政中心是权力集中处,双双相逢于城北,于那个方向是重大利好,人员、设施、产业、服务、机会都会向那边汇聚,好比摇钱树掉下的钱噼里啪啦全都掉到一个聚宝盆里。因此高铁规划在媒体披露后,有众多开发商和资金拥向大石坑,汹涌澎湃迅速将那些坑坑洼洼淹没，有如台风登陆暴雨成灾。陈克的"中央商务圈"为其中一大手笔。

陈克是省城开发商，有一份民间排行榜将其公司列进本省前五，其开发印记遍布省内外，所开发住宅兼商务区域多以"中央商务圈"命名。这一名称倒不是陈克图谋不轨，企图另立中央，只是一个商业符号、广告语汇。据他自己解释，凡城市必有商业区，而商业区亦有中心与边缘之分，他建设的各"中央商务圈"都将成为所在城市的新商业中心，类似于北京的王府井，象征着繁华与财富。在一次招商活动中，陈克被请到本县考察，他看中了大石坑，认为极具前景。经过一系列运作，陈克拿下了与拟议中的高铁火车站相邻的大片土地，正式宣布兴建本县"中央商务圈"。陈克公司以规划和营销见长，其规划方案想象力丰富，画出的效果图堪比日本东京银座。其产品宣传铺天盖地，到处有声音，名满省内外。得益于地方领导的支持，准其"特事特办"，陈克这个项目一路绿灯，动工不久就开始预售，卖楼花，"中央商务圈"还只见一圈围墙之际，图纸上的门面和住宅已经预售一空。满世界的人扑通扑通一群一群往大石坑里跳，连省城那边的人也组织炒房团跑来买房买店面。本县倚仗地利、人和之便，组成了陈克的最大客户群体，有人开玩笑称，那段日子里无论城乡，口袋里有几个钱的都去填坑了，趋之若鹜。那几年恰好环境宽松，用专家的说法叫"流动性"充裕，银行里有钱，各家银行鼓励大家贷款，开发商从银行拿钱盖房，业主从银行拿钱买房，大家都缺项目，唯独不差钱。拿来的钱除了买房买车，还可以高消费，可以加杠杆炒股，暗中还可以豪赌，搞那些可疑的快速赚钱金融把戏。于是热潮滚滚。

然后有一天突然起风了，环境开始变化，银根收紧，大家忽然发现转瞬间那些钱都消失得无影无踪，需要偿还的巨额债务却都在那里，一个都不能少。借新还旧已经不再那么容易，资金链说断就断。这时能怎么办？实在不行就"跑路"吧，该商务脱身运动早已不是什么新鲜勾当，陈克老板不是第一个跑的，更不是最后一个。但是别的老板"跑路"，或许只因为短期资金周转不了，暂避以求缓解，陈克不一样，他的事情要麻烦得多。陈克长于抢抓商机，其项目大都有热门概念依托，这些依托同样也会因情况变化生变，例如途经本县的那条新高铁线路，在热热闹闹谈论了若干年之后，因形势变化审批转严未能最终获准，被列为暂缓。大石坑"中央商务圈"经极力放大并提前消费的来日商机顿时疑问丛生。

早年间有一首流行歌曲唱得很无奈："把我的悲伤留给自己，你的美丽让你带走。"詹一骥大约相当于那个悲伤者。本县"中央商务圈"热浪滚滚那些日子里，詹一骥还不是地方官，他在市直单位任职，贵为市发改委主任，不掌握大权，责任亦没有那么大，不需要挖空心思去填哪个大石坑，也不担心时候一到把自己填进坑里。不料事情顷刻生变，本县前任书记被提拔到省直部门任职，詹一骥被挑选为继任者派到本县。两人果然运气有别：前任领导在时，"流动性"充裕，遍地黄金，新高铁线路新鲜出炉，大手笔招商气势如虹。陈克来来去去，前呼后拥，会见、宴请，高朋满座，场面灿烂，采石场遗址都给做成了"中央商务圈"。骄人政绩五光十色，一朝提拔华丽转身，带走无尽美丽。轮到詹一骥就不行了，新高铁说缓就缓，资金链说断就断，请陈克来见一面，人家嘴上应承好听，转身一拍屁股"跑路"，"中央商务圈"又成了大石坑，所有问题和悲伤一并丢给了詹一骥。

几个月前，詹一骥初到任时，远处天边隐隐约约已经有雷声滚过，有传闻称陈克战线拉得太长，快撑不住了，靠几张图纸从本县大石坑捞走的大批资金已消失得无影无踪。这一传闻让相关业主们颇受惊。眼见得"中央商务圈"工程并未按计划如期进行，大石坑周边，除了抢建起来装修豪华有如西洋皇宫的售楼处，并没有哪一幢商厦拔地而起。已经缴纳不菲预售金，甚至以诱人优惠价交足全部房款的业主们感觉不安，一些业主找开发方交涉，要一个说法。

开发方一再表示尽管放心，中央商务圈还是中央商务圈，前途依旧美好。工程拖延只是因为设计方案调整，新方案肯定要比旧方案更加高大上，新方案一旦确定就会抓紧开建，保证按合同规定交房。表态很好听，毕竟都是口水，业主们的忐忑之心无处安放，他们找来找去，找到新任县委书记詹一骥。詹书记原本与他们跳坑无涉，但是现在是他来本县管事，当然就要找他，要求他把他们从坑里打捞上岸。

詹一骥表态："这个事我会重视。"

那时候他就情不自禁暗自颤抖，心里隐隐约约有一种感觉，他管那叫作"恐惧"。

当时有个人真名实姓写了一封信，分别向省委和市委主要领导告了本县领导一状。告状者为退休干部张胜，所告事项很寻常：本县博物馆设施欠账多，馆藏文物有重大隐患，其本人写信反映、上门求见，多方努力，始终未得县领导过问，事情无从解决，因此冒昧上书。这封信从上头层层下转，到了詹一骥手里。察看一下告状信写作时间，是在詹到任之前。这封信并未指名道姓告哪位具体领导，詹一骥本人刚到任，与所涉及事项还扯不上，上级领导也未在信上批示，因而不算重大信访件，"阅处阅处"而已。时下一个县里，并非只是博物馆设施不足，学校、医院、图书馆、道路、桥梁、供电、供水等等，哪个设施充足了，不需要重视了？因此这件事詹一骥不管也罢，最多转批给分管领导去处理就可以了。詹一骥却命办公室给张胜打了个电话，约他到办公室来谈了一次话，两位"本家"由此结识。

张胜说："詹书记一看就跟前边那位书记不一样。"

詹一骥笑："张老师这头白发跟人最不一样。"

双方第一次见面，张胜除了给詹一骥带来一头白发，还带来一个小玻璃盒，里边装着一只小虫子。那是什么虫子？书蛀虫，亦称蠹鱼，已经死亡。张胜告诉詹一骥，这只书虫是他本人亲手从本县博物馆所藏一幅清代画作的蛀眼下捕获，关进玻璃盒里。他曾把它提供给各级若干位领导考察，以证明自己所言不虚，本馆重要藏品正在遭难。想要制止这类虫子破坏，樟脑丸解决不了问题，必须修一个珍品收藏馆，采购安装相关设备，让该馆处于恒温恒湿状态，那么虫子就没有了，藏品就安全了。

詹一骥打听张胜都给哪些人展览过这只虫子。张胜介绍了其过程：他先是找了博物馆现任馆长，要馆长向上级反映问题。馆长说盖个珍品馆得多少钱？恒温恒湿一年得耗多少电？经费哪里来？馆里根本没法解决。如果可以解决，张胜自己当博物馆负责人为什么没弄成？不要没事找事，算了吧。张胜得不到馆长支持，只能自己折腾，带着那只虫子逐级投诉，到处展示给领导们，先后找了文化局分管副局长、局长、分管副县长、县长，却没有人能够解决问题。他曾千方百计找前任书记反映，请求一见，人家根本不理睬，只是让人通知他去找有关部门反映，甚至让他到信访局去，似乎他是在为自己讨要什么。无奈之下，他才给省、市领导去了信。

詹一骥说："张老师还真是屡败屡战。"

他问张胜为什么如此执着，不是已经退休几年了吗？张胜回答是因为心里放不下。本馆藏有一批明清字画，是市里一位民间收藏家捐献的。这位收藏家痴迷收藏多年，手中有不少东西，他的两个儿子不长进，总是惦记老爹那些宝贝。收藏家心知自己一死，辛辛苦苦收藏的物品转眼会被两个儿子瓜分、甩卖，一辈子心血将付之东流，为此感觉烦恼。由于一些收藏品鉴定，收藏家找过张胜，彼此相识。收藏家向张胜讲了自己的烦恼，张即建议他把藏品捐献给博物馆，博物馆可以保管这些藏品，可以定期展出，收藏家的名字会因此被人们记住。收藏家同意了，但是其家人反对，两个儿子曾跑过博物馆暴打过张胜，为此上过法院。几经周折，最终收藏家在去世之前把部分字画藏品捐献给了县博物馆。由于本馆设施不够，好不容易征集来的藏品现在正在被书虫啃食，如果没有及时采取措施，不要多少年就将蛀成一堆碎片。那样的话，张胜来日何以去面对九泉下那位收藏家？张胜本人几年前就办了退休手续，事实上他退而未休，至今还在上班。县博物馆人员编制少，专业人员不足，因此到龄后还继续留用他，没多给钱，领的还就是那几个养老金。为什么他愿意白干？因为他学考古，一辈子干的就是这个。他是老单身，没有老婆孩子，不上班还能干些啥？只想活到老干到老。近些时他不断找上边领导反映问题，弄得像个老上访户，上上下下领导都烦了。博物馆头头已经找他去，拉下脸让他收手，别再多管闲事，还通知他把自己的东西收拾清楚，以后不要上班了，安心养老去。

"看起来你没收手。"詹一骥说，"让张老师收手也难。"

在找张胜谈话之前，詹一骥已经向分管县领导了解过情况，知道这个张胜是个地方专家，喜欢在山野孤坟间打转，眼光独到，县博物馆馆藏文物多为他收集。但是为人执着，近乎偏执，按照其业务能力和资历，早该让他当博物馆长，却因为个性让人不放心，因此只给他安一个"负责人"，没给他真正名分。结果负责了六七年，始终没当上馆长，直到退休。博物馆设施确实不足，问题是周边县级博物馆情况都差不多，目前还没有哪一家建起什么珍品馆，也没有哪一家搞什么恒温恒湿收藏室，哪怕建得起也供不起。相比起若干字画，眼下民生方面的一些问题还更突出，更迫切需要解决，张胜这件事只能待日后再说。

詹一骥说："张老师，我要给你一点阳光。"

他允诺重视张胜反映的这件事，一旦条件具备，即想办法予以解决。但是目前还不是时候，只能留待日后。

张胜即显失望，话也直："詹书记就是给个气泡。"

詹一骥称自己给的是阳光，阳光与气泡不是一回事。气泡终究要破，而阳光戳不破，它是希望。张胜可以相信，珍品馆、恒温恒湿终究会有的，只是不在现在而已。

"等到终于有了,藏品只怕已经让书虫啃光了。"张胜道。

詹一骥让他想一想办法,千方百计尽人事吧。樟脑丸不行,除虫剂怎么样?总是有对付的办法。另外,所谓"给点阳光"也不意味只是空等,如果能够有其他办法,例如通过社会公益捐助方式筹集资金,那也不失为一条路子。

当着他的面,詹一骥给县文化局长打了个电话,称张胜老师是个专家,虽然已经退休,其专业作用还可以发挥。请文化局局长通知博物馆要重视,不许拉脸赶人。

张胜道谢,还说了一句:"詹书记确实跟以前那位不大一样。"

詹一骥问:"哪里不一样?"

张胜称詹一骥真是有点阳光,不像原来那位领导牛逼哄哄,一脸冰霜。

詹一骥自嘲道:"那个我也会,只是没到季节。"

虽然问题没有解决,詹一骥一番谈话竟让张胜有所开窍。后来有一天,他兴冲冲前来报喜,称珍品馆有望大功告成。

詹一骥吃惊:"张老师得天助了?"

其实竟还是"詹助"。上一次交谈,詹一骥提到可以争取公益捐赠,那其实只是一种排解安慰性说法,力求不让张胜太失落,号称阳光,其实跟气泡差不多。没料到人家当真了。张胜跟詹一骥谈过话后,明白靠县里立项出资目前无望,于是就琢磨其他路径。时下什么人有一掷千金捐建珍品馆的能力?当然只有大老板。张胜恰好认识一位大老板,他就是陈克。张胜怎么会跟陈克有涉呢?时下有不少大老板除了能赚钱,亦附庸风雅,玩点古董字画。但是老板们会忽悠业主,自己也容易给假古董冒牌书画大师忽悠,因为于此行非专业。他们便需要一些可靠专业人员提供意见。陈克在本县拿大石坑聚宝,打听到这里有一位张老师是专业人员,于是欣然结识,一起吃过几次饭,张胜亦为陈克鉴定过几个古董,彼此便有了联系渠道。张胜跟詹一骥谈过话后找个机会自费旅行,乘大巴前往省城，直接去陈克公司叩门。陈克一听张老师来了，很高兴，拨冗共进晚餐。席间张胜提出珍品馆这件事，陈克竟丝毫没有推托，一口应允，答应支持此项公益事业，一掷三百万元。

"回去告诉你们县领导，请他们出面谈，可以先签一个意向。"陈克说。

张胜喜出望外，即找詹一骥报喜。詹一骥心里虽有疑问，却也表示重视，马上安排分管副县长与陈克联络，落实此事。双方很快谈妥。恰本县筹备举办第三届"兰花博览会"，推销本县花农种植的花卉产品，并借以组织招商，陈克答应前来参加活动，届时与本县签署若干项目合作意向，把这项捐助也列进去。

那个时点距陈克后来的"跑路"已相距不远。从各种迹象分析，当时陈克的资金链已经扯得非常之紧，咯嘣咯嘣的断裂之声开始传响。难得陈总裁在如此非常时刻，还能煞有介事开出如此大的一个价码，给了张胜和本县一个大气泡。或许陈克如此热心当地公益，其实只是他的又一策略。高调大手笔支持本地公益事业，表明于他来说几百万不算什么，实力依旧强劲。或许陈克打算以此暂充一粒安心丸，供此间"中央商务圈"的众多业主服用，有助于稳定他们的情绪。

然后他就"跑路"了。

3

局面暂时控制下来。

陈克拔腿开溜的消息一传开，众多业主非常紧张，都怕血本无归，但是心里也都怀有侥幸，希望不是真的，或属猜测或谣传，有如寒流突袭，刮风下雨，几天后自当阳光再现。此刻他们需要证实情况，从开发商那里讨个说法。如果让业主们没头苍蝇般四处乱窜，无处讨需要的说法，他们很快就会陷于真正的恐慌。而陈克失踪，他的公司已经乱成一团，他的售楼部没有谁能回答业主的任何问题，如果听任他们一问三不知，局面很快便会失控。必须有人给个说法，陈克给不了，那么就得詹一骥给。

幸亏詹一骥防范及时，安排到位，当业主们纷纷拥到大石坑售楼部时，詹一骥派去的人员已经提前赶到，楼外有警察维持秩序，楼内有工作人员指挥应对。陈克的雇员们被临时接管，奉命必须按照规定的口径回答业主的质询。关于陈克去向，必须称还在联系之中，很快当有消息。关于大石坑"中央商务圈"，必须称目前并没有接到公司总部的变更通知，一切应该都按原计划进行。关于不能如期交房怎么办？必须斩钉截铁，保证按照合同规定执行，延期交房将给业主所承诺的补偿。如果企业违背承诺将如何处置？政府将加强监督，直至问题得到合理解决，不相信企业，也应该相信政府。谁说政府会来擦这个屁股？人家已经来了，此刻建设局、执法局等部门人员已经在大厅里实施监督。心乱如麻的业主们抬眼四望，发现果然政府人员这里一个那里一个已经介入，于是多少松了口气。

实际上，除了前台那些工作人员，还有人位于后台做现场调度指挥，是相关部门的负责官员，由县政府一位分管副县长统一指挥，驻守于售楼部二层办公室，密切关注楼下前台动态，并同詹一骥保持热线联系，随时准备应急处置。

由于乱流初起，暂时只是微风小雨，属于可控范围。业主们虽感觉不安，却因有政府官员的介入与安抚，感觉有所依靠。大石坑没有发生骚乱，聚集者渐次散去。詹一骥的及时应对让这块骨牌在经历最初震撼之后没有即刻倾倒。

这时不敢掉以轻心，事情刚刚开始，冲击还会一波波接踵而来。

几天后各种信息纷纷传来。陈克失踪后，他在各地开发的"中央商务圈"都陷入困境。他的公司总部已经大门紧闭，没有谁出来收拾残局。其公司的账面只剩下一堆债务。所有迹象都表明陈克彻底丢弃一切，在可以预见的将来，别指望他能回来重整烂摊子。业主们交付的大笔资金填进大石坑，如果没有被他挥霍一尽，就是被他席卷而去。欺瞒与洗劫已成事实，钱无处讨，房连个影子都没有，众业主已血本无归。

接下来事态将如何发展？业主与开发商之间原有买卖合同，业主们可以依法对违约开发商提起诉讼，寻求法律保护。问题是陈克跑了，如果从此人间蒸发，再也找不到，即便业主们提出诉讼，法院做出判决也无法执行，这笔账有可能永远搁置。但是没有谁会心甘情愿自认倒霉，业主们不可能坐视自己的利益蒙受重大损失，必定要千方百计设法挽回。他们会这里找那里找，极力扩大影响，寻求同情与帮助，事情有可能演变成一个社会事件，一个群体性事件，这就是下一块可能倒下的骨牌。

由于牵涉的人员如此之多，利益损失如此之大，"中央商务圈"迅速成为本地当下最突出的不稳定因素，一旦失控必造成混乱，足以令詹一骥万分担心，因此才需要他迅速派员前去处置。作为地方领导，此刻除了设法控制局面，不要造成混乱外，似乎很难更多介入干预，因为究其根本，事情毕竟是开发商陈克与业主间的买卖，其纠纷得由他们自己解决或者诉诸法律，地方领导无法替代。

詹一骥却断言不行："咱们不能让自己总坐在火山口上。"

他认为应急控制只能维持一时，事情得到根本解决之前，随时还可能出乱子，因此还必须有一个根本之策，把屁股底下的火山口移除。人哪里移得走火山？要是真的碰上某个山口喷火，唯一办法就是赶紧拔腿开溜，逃之夭夭，跑得快或还有救，绝无其他生存之道。别指望往火山口浇水，或者画符念咒可以劝说岩浆止步。这是常识。

詹一骥却坚持必须主动出击，找到一个解决办法，这让人感觉有些错位。所谓"冤有主债有头"，"中央商务圈"里的冤主是把钱填进大石坑的业主们，债头则是那位特别擅长忽悠的陈克总裁。哪怕"跑路"了，债头还是陈克，不是地方领导，詹一骥有什么必要把陈克欠的债视同自己所欠，把不可能解决的问题揽到自己身上？

詹一骥说："要是弄出乱子，我们承受不起。"

如果处置不力酿成群体性事件，地方官员是要承担责任的。如果事情闹大了，其后果地方官员确实很难承受。对相关官员来说，这关乎自身，最具痛感，他们其实也是一块骨牌，弄不好会给砸倒，因而自当格外重视。深入解读一下，詹一骥说的"我们"其实只是对各位领导表示客气，实际上他该说的是"我"，出乱子是他所不能承受的。之所以需要如此深刻认识，除了他是县委书记，第一责任人，本县刮风下雨无不与他有涉外，显然也还有其个人原因。该原因不是秘密，众所周知。詹一骥竭尽全力要控制住事态，奋不顾身似乎要拿自己去填火山口，那是可以理解的。

张胜给詹一骥打来一个电话，就县博物馆的蠹鱼继续请求帮助。

詹一骥答复："看起来咱们都被陈老板忽悠了，你那个事还得另想办法。"

张胜锲而不舍，称每进博物馆，想起好不容易征集来的珍贵藏品正在成为书虫的美味，胸中就阵阵发紧，像是书虫也把心啃出破洞。陈克的捐赠已经无望，他只能再转求詹一骥。领导曾经表态要给他一点阳光，现在只能指望领导了。

詹一骥还是那句话："我答应过，一定重视。"

詹一骥把张胜的请求拿到会议上说，表示对自己启发很大。启发什么呢？陈克跑了，所谓公益捐赠成为泡沫，人家张老师没有放弃，继续想办法努力推进事业。张老师想到什么高招呢？就是找个接盘手。陈总裁指靠不了了，能不能请詹书记接走这个盘？咱们为什么不能学习张老师，想办法找一个人接走大石坑这个盘子？

詹一骥其实只是拿张胜的电话做个话题而已，所谓"接盘"并不是什么新花样,早都屡见不鲜。陈克的"中央商务圈"因资金链断裂难以为继,如果地方政府能够辅以更多利益与优惠条件,吸引另一位开发商接管这个项目,注入资金重新启动,那么项目还可推进,业主们的利益还可以得到保障,乱子便不会出,问题便从根本处得到解决。但是这件事说起来很容易,做起来很不容易,涉及方方面面,其中最关键的是有谁愿意来接一个烂摊子。这种事怎么说怎么可疑,表面看是请君救场,弄不好其实就是把人拉来做冤大头。

詹一骥说:"无论如何,咱们得先有一些人选。"

很快便有一份名单提交到詹一骥手上。其中有当年对大石坑感兴趣,或者参加过招标,却败在陈克手下的企业;近年间曾参与本县其他地段开发的企业,历年招商活动中到本县考察过但最终没有落地的企业,以及各个渠道可以联系上的开发商,只要具有足够实力,都列于名单之中。这份名单被分解成若干组,交相关部门人员分头落实,县领导们亦分别联络其中重点客商,从中寻找可进一步接触的合适对象。

有三个重点客商在几轮筛选中出线。三位客商与本县或深或浅都有关系,其中两位在省城,一位在深圳,他们的企业实力都强,发展均较稳健,企业主目前均在岗,没有如陈克般跑得不知去向。从若干迹象上分析,他们都有争取的可能。

詹一骥带着几位得力干部和大包相关资料,分别走访了三位客商。根据客商各自方便的时间,先跑省城,再飞深圳,然后再杀回省城,马不停蹄,穿梭来去,闪电出击,跑得汗如雨下,手指颤抖,脸色发白。结果令人遗憾:三位客商无一例外,同样婉言谢绝,有如事前串通。

应当说这样的结果并不出人意料。人家凭什么要来当接盘手?这件事涉及两个开发商之间的转让,还涉及众多业主和当地政府的利益,需要面对的问题多如牛毛,麻烦无尽,更主要的还要考虑大石坑目前的地位。如果说这个坑依然如当初那样引人注目,炙手可热,好比香喷喷刚出炉的一块蛋糕,或者还会有人不计较陈克那家伙曾在蛋糕上啃过几口,愿意接过去继续往下啃,只要滋味尚可。问题是情况已经变了,大石坑已经退热还寒,高铁线路暂缓,高铁站不知所终,陈克自己混不下去了,拍拍屁股走人。此刻谁去接手,岂不是自己去跳坑找死?

詹一骥却不感觉沮丧,锲而不舍,屡败屡战,如他表扬过的张老师。头一轮三个客商没拿下来,那么就再筛选出三个,不行再三个,直到拿下其中一个为止。詹一骥强调,不要认为屡败屡战没有意义,事情做成,便是解决了根本问题,即使一时没有做成,只要继续坚持,对陷于焦灼中的众多业主们来说,依然是给了他们一点阳光。

于是大家心领神会。领导果然有见地,进退都有所得。詹一骥所称的阳光其实就是信心,对陷于困境的众多业主而言,此刻信心最重要,人失去信心便会崩溃,有信心就有希望,就不会铤而走险冒失作乱。詹一骥率本县领导们千方百计寻找接盘手,节奏很快,动作很大,外界自有传闻,该消息对大石坑的业主们相当于一颗定心丸,于稳定他们的信心大有作用。如果接盘手找到了,众业主便有救了。即使一时找不到,只要领导们还在努力,那就尚可期待,信心还可维持。詹一骥给一点阳光,从增强信心谨防崩溃入手,果然精到。理论上说,哪怕一直没有找到接盘手,只要持续不断地寻找下去,业主们就没有理由完全丧失信心。这是不是说事情因此便可无限期拖延,永远"在路上",不用真正去解决?恐怕也不行,那样的话,所谓阳光真的就成了气泡。

在大家持续努力中,一个意外情报由县人大主任传递到詹一骥耳朵里。

"听说涂志强明天回来。"主任说。

詹一骥问:"准确吗?"

"应当不错。"

詹一骥情不自禁，抬起手掌在办公桌上用力一拍道："抓住他。"

涂志强是什么人？开发商，上市公司老板，第一轮三个接盘候选人之一，詹一骥专程前往深圳拜访过的那一位。迄今为止，此人从未在本县投资搞项目，之所以被挑选出来，因为他是本县人，出生、成长在本县，考上大学才远走高飞。近十年来其企业发展迅速，已成为本县籍在外商人中实力最强的几位之一。此人其实才四十来岁，属年轻有为一类，以往他曾数次应邀返乡参加本县招商活动，似有兴趣在家乡做点事，对项目却颇挑剔，不见兔子不撒鹰。前些时詹一骥亲自去求贤招募，邀请其前来接盘跳坑，他对父母官客气有加，但是拒绝得非常干脆，提到他认识陈克，两人不对路，陈克目中无人，夸夸其谈，浑身冒泡，他早说过，尿都不跟那家伙尿在一起。眼下他更不会去替那家伙擦屁股。詹一骥反复争取无效，只能拜拜。没料不过几天，忽报这位涂志强返乡。涂的父母早被涂接到深圳生活，亲朋中走得近的大多也跑去投奔了，他在本县没有太多牵挂。詹一骥刚去招募未果，他即突然归来，无疑意味深长，于跑得浑身是汗依然在隧道中的詹书记有如一道阳光。事实上人都需要阳光，业主们需要，开发商需要，詹一骥同样也需要。

县人大主任是本地人，曾任县委副书记，与涂志强是同乡同宗，辈分还要高一点，因此被詹一骥指定为联络人，负责联系涂志强，一起做工作。他传递的情报非常及时，詹一骥即做紧急调整，推掉原有的一切日程安排，全力对付涂志强。

第二天上午，涂志强带着两个随员悄然光临。

他也不绕弯，承认自己就是要来看看大石坑。他老家村子距大石坑不远，他光屁股的时候就常跑到那边玩，对那里的一个大水塘印象很深。但是离开家乡之后他再也没去过大石坑，直到詹一骥来深圳谈起，他才突然记起，便非常想回来看一看。

詹一骥说："来得好。"

詹一骥不记得工地里有什么大水塘，却坚持亲自陪同，与人大主任一起，带着涂志强一行考察大石坑工地。这是第一步，非常重要。没有谁会闭着眼睛就去跳坑，无论那里有没有水塘，现场考察都是必须的。

他们走进公路边的"中央商务圈"售楼部。此刻该售楼部门可罗雀，楼边空地杂草丛生，周边非常安静有如一片墓地。尽管早已不能卖房，不能退房，无法回答问询，完全无事可干，该售楼部内依然有人值班。值班人员基本都是陈克的原雇员，但是他们已经无法从前老板处领取薪水，目前其工资由本县建设局以临时项目安排发放。建设局奉詹一骥之命接管该售楼部后，留用了若干原雇员，让他们维持售楼部日常运转，搞卫生，接电话，接访客，按照规定的口径回答问题，并报告情况。这种安排同样意在稳定人心，如果吝惜几个临时工工资，任售楼部自然关张，肯定会造成业主们更大的心理压力，酿造出更大的恐慌。

涂志强对售楼部当前运转状态不感兴趣，不闻不问。詹一骥也不做解释。一行人穿过空空荡荡的售楼大厅，走进办公区，再到后门。工地就在眼前，被一圈一眼望不到边的长长围墙圈起来，这就是所谓的"中央商务圈"。涂志强没再往前，他站在门边，抬头张望了好一会儿，摇头称不对，即转身离开。

詹一骥说："这里就是大石坑。"

涂志强说："水塘不在这里。"

他们上车继续前进，转来转去，一路打电话询问。好一会儿问清楚了，原来果然有一个大水塘，位于山边，离工地直线距离其实也就几百米。但是水塘已经没有了，早些年机械采石时，磨石污水排入水塘，石粉沉淀塘底，渐渐就把整个塘填满。眼下那里没有水，只剩下一塘石粉和碎石渣。

涂志强在一个破损的石砌堤岸处找到了感觉。他记得这个堤岸，当年就是这个样子。当年水塘里好大一片水面，他就站在这个位置，扑通往塘里跳了下去。

"下去就上不来了。"詹一骥打趣。

涂志强很吃惊:"詹书记哪里听说的?"

无须提前打听。涂老板这么在乎一个水塘,一定有过深刻记忆,肯定是历过险。

涂志强承认,当年他跟着几个大孩子从堤岸跳入水塘,人家眨眼间从水里冒出来,他却被塘底水草缠住,甩也甩不脱,当场就吓昏了。还好岸上有一个大人发觉不对劲,跳下塘把他拖出水,他已经不省人事,大家都以为他死了。等一肚子水给挤出来,他才哇一下起死回生。从此他再也不敢下水,直到现在。

"我知道这种感觉。"詹一骥调侃,"我管它叫'暗自颤抖'。"

他宣布要给涂志强一点阳光,保证涂此生不再恐水。那是什么呢?詹一骥把陈克的大石坑项目作为"阳光"奉送给涂志强,外加附送这一塘石渣。他说,可以考虑在昔日水塘处建一座"水立方",不妨命名为"涂志强游泳馆",可以在游泳馆旁立个纪念碑,找个著名书法家写八个字刻上去:"大难不死,必有后福。"或者只刻"必有后福"四个字,前四字省略,那就更加含蓄,意味深长。

涂志强嘿嘿,说了一句:"我还需要一个天大的理由。"

话题悄然从水塘转向接盘。无论是谁,要接手一个烂摊子都需要足够理由,仅凭思念一个当年的水塘不足以成事。詹一骥早已准备了若干重要理由,双方在深圳时已经交流过,此刻继续宣讲。詹一骥强调大石坑的发展前景并未根本改变,本县行政中心北移规划已经在步步实施,而新高铁线建设只是暂缓,并非取消,随着经济形势变化和各方努力争取,可能很快又被提上建设日程,届时大石坑炙手可热程度或许会比前几年更甚十倍。等大家蜂拥而至时再跟着来,只怕已经无处立足,难以分一杯羹。现在恰逢低潮,在陈克倒台之际接手,有如炒股票逢低买进,这是最有利的。涂志强是成功开发商,对此自然非常有数。

涂志强道:"我感觉詹书记厉害,陈克碰上了也得甘拜下风。"

詹一骥称跟陈克仅通过一次电话,无缘相见,尚未比画过,不知高下。以他自己认识,陈克这种不负责任的跑路老板跟他这个坚守岗位的县委书记没有可比性。陈克本质上是忽悠,他本质上务实。陈克吹的都是气泡,他给的是阳光。

"感觉还是有点像。"涂志强笑。

"本质上不一样。"詹一骥坚持。

涂志强一行来去匆匆,在大石坑走一圈,中午在县宾馆吃顿饭,下午即启程赶班机回深圳。詹一骥全陪,与县人大主任一起,亲自送涂志强去省城机场,三人坐一辆车,一路深谈,探讨合作条件与各种问题如何解决。涂志强显然有所动心,否则他不会专程前来看点,与詹一骥的进一步接触和深入了解情况显然有助于他下决心。类似事情当然不可能一蹴而就,涂志强提出还要考虑考虑,詹一骥表示认可。

他提议:"涂老板再考虑一下,可以先签一个意向。"

"需要吗?"

"我们很需要。"

意向不像协议有约束力,未必签了就是,但是有一个意向,有利于进一步往下谈,用一个意向书显示取得进展,于外有安定人心作用,对詹一骥本人也大有意义。所谓"我们很需要"所言不虚。

涂志强答应考虑。

事情至此似逢转机,曙光隐约浮现。不料恰在其时出了事,一出就是大事。

詹一骥在机场接到县委办主任赵光储的告急电话。

"售、售楼部,"赵光储一急便口吃,"骚乱。火、火。"

那时涂志强还在贵宾室等候登机,詹一骥带着县人大主任送客。当着客人的面,詹一骥不能在电话里多问,以防惊动客商,节外生枝。

"回头我给你电话。"詹一骥只跟赵光储说一句,即挂了手机。

十几分钟后，涂志强及其随员登机离开。

那时县里已经乱成一团。

说来可叹。仅仅数小时前，当天上午，詹一骥领着涂志强到大石坑看点时曾亲自走进原"中央商务圈"售楼部，当时那里门可罗雀。哪里知道下午三点来钟时，忽然有十来部车辆汇集到该售楼部前，哗哗哗下来四五十号不速之客。当时该售楼部大门紧闭，值班人员脱岗，不知去向。不速之客不得其门而入，大家情绪冲动，拼命打门，喊叫，四处打电话。恰好天下小雨，不速之客们不愿上车离开，加之有人急着要进厕所方便，乱哄哄中有人性起，拿砖头打碎一面窗玻璃，从窗子进入大厅，从里边把大门打开，大家蜂拥而入。二十几分钟后，警察闻讯赶来维持秩序，那时售楼部上上下下有许多房间已经如同被洗劫过，房门被撞开，桌椅被推倒，一片狼藉。警察命不速之客离开，对方却要警察把能解决问题的人叫来，售楼的人、公司老板、政府负责官员，统统叫来，不解决问题他们不走。双方对峙中，忽有浓烟腾起，然后火光熊熊，竟是楼房着火。这时不用劝说了，不速之客们慌不择路，或夺门，或越窗，争相从大厅逃出。逃命过程中发生推搡踩踏，有数人倒在大门边，头破血流惨不忍睹。而后消防车、救护车鸣笛赶来，场面恐怖如末世灾难。

詹一骥马不停蹄，从省城飞车赶回县城。

他一路手抖，恐惧如乌云笼罩，心知大事不好。

4

"骥"是个啥呢？其意为马。不是一般的马，是良马。"詹一骥"这三字的通俗解释就是这位姓詹的是一匹好马。

此话为詹一骥自嘲。詹一骥不是新手，是所谓的"二进宫"，也就是当过两回县委书记了。詹一骥到本县任职前是市发改委主任,其实他在那个位子上才待了一年多,此前已经在本市另外一个县当过一年县长、两年县委书记。詹一骥在早先那块地盘上干得风生水起,颇有影响,俨然确乎"一骥"。那年恰逢市级班子换届,詹一骥是众人眼中的热门人选,都说这回轮到他了,马上就会闪耀上升。不料他忽然碰上了一件意外事情,用他私下里的话,叫作:"一棵树绊了马脚。"

有一天詹一骥下乡,路过一段县道时遇到堵车,他的轿车被拦在路中,动弹不得。眼见前边都给车堵上了,还有一团团人影晃动,陪同詹一骥下乡的县委办主任着急,下车跑到前边察看情况,打电话急令县交警大队立刻通知人员赶来处置。主任回车向詹一骥报告,称前边并非交通事故,是发生一起民间纠纷,有一辆卡车被两辆皮卡堵在路中,卡车上载着一棵树。据称堵车双方纠纷是因为车上那棵树。

詹一骥听罢,决定下车去亲自处置。主任紧张地将他一把拉住。

"詹书记可不能去!"

詹一骥张嘴批:"詹书记只会在车上干等,不作为?"

"情况复杂,还是……"

"县委书记连一棵树都对付不了?"

于是无话可说,一行人下车奔前边而去。

办公室主任的考虑有其道理。詹一骥是县委书记,需要管的事多,一棵树的纠纷不需要他亲自过问。前头两伙人相争,情况不明,弄不好陷入群体性事件出不来,岂不非常被动?问题是詹一骥身份意识很强,自认为是县委书记,所谓第一责任人,管着一个县的事,群众纠纷交通阻塞这种事平时不需要他亲自过问,一旦亲自碰上,什么都不做也不可以。如果只知道静悄悄蛰伏于车,等着交警前来疏导解困,岂不显得太无能太不敢担当了?当时詹一骥还比较不知恐惧,敢往事里凑,说起来他是本地老大,在自己地盘上一言九鼎,什么事他不能管?因此就一头撞了上去。

那件事也不算太复杂：车上拉的是棵铁树，原长在附近村庄边一个山坳里，据称已经有几百年，是该村的风水树。这棵树已经被挖起来，连根带土包扎好，用吊车放到卡车拖斗上拉出现场。当地村民开着皮卡追上来，把卡车拦阻于半道，不让卡车把铁树拉走。一起追出来的还有上百村民，所以道路给围得水泄不通。卡车上有一个人表示这棵树已经不属于那些村民，因为村主任把它出售给他们了。这个人颇目中无人，口气很大，声称来自省城一家大公司，他们有来头，谁敢找麻烦，让谁吃不了兜着走。詹一骥在一旁听了恼火，在这里谁算老几？他也不跟对方说话，只命办公室主任给乡书记打电话，命乡书记立刻了解情况。几分钟后乡书记电话来了，称已经紧急查问村主任，村主任承认铁树确实是卖掉了。前些时候对方找到村主任，称看中了这棵树，要买。上边还有人给村主任打电话交代，因此村主任就个人做主同意卖，事前没跟村委会其他人商量，也没有向上报告。

詹一骥问："卖了多少钱？"

"一千块。"

詹一骥说："这棵树不需要钱，它需要一点阳光。"

那时交警来了，派出所民警也到了。詹一骥即下令警察把卡车押回村里，把那棵树拉回去，栽进原来的树坑里，哪里来回哪里去。一千块钱退还，买卖作废。就这样。

车上那个人大叫："我都告诉你了！"

詹一骥没有理会，掉头走回自己的车。

当天晚间他接到报告，铁树已经重新栽回山坳。

事情却没有到此结束。第二天下午，市里一位领导给詹一骥打来电话，查问那棵树怎么回事？詹一骥一问，原来省城那家公司果然有来头，曾经承接省城几大绿化工程，目前在做省城湿地公园绿化。该公园为新建，是省政府今年为民办实事的一大项目，省长亲自挂钩，要求做成美化环境的一个榜样。该公司在全省各地寻找树木移栽，是落实省长的要求，本县的铁树是其中一棵。

"让你那山沟里的树到省城去美化环境，也不错。"领导说。

"还是自然环境好。人家在山沟里长几百年了。"詹一骥回答。

领导让他眼睛里不要只看着一棵树。对方那家公司很有分量。

"也不能就欺负人。百年铁树，弄那么一点钱强买。"詹一骥说。

"价钱可以跟他们再谈。"

詹一骥提出当地那么多村民反对，这棵树不动为好。公司有钱，上别地方去买吧。

"人家就要那一棵。"领导说，"你做做工作。"

詹一骥没吭声。树是他下令栽回去的，转眼又去说服村民卖掉，他这个县委书记算什么了？但是上级领导亲自过问了，硬顶也不行，怎么办呢？也不难，拖就是了。詹一骥答应让双方自己去谈，谈得拢是他们的事，谈不拢就知难而退吧。不料这事始终谈不拢，而对方则始终不退，志在必得，事情越发显得棘手。闹到末了，市委书记贺新亲自给詹一骥打电话，问他："你那棵树是金子打的吗？"

詹一骥说："主要不是钱的问题。"

"不管什么问题，把它解决掉。"

贺新命詹一骥必须做通村民工作，把树交出去。

"非得交出去？"

"必须。"

贺新直截了当，斩钉截铁，没有提及为什么必须这么做，原因不言而喻。如果没有上级重要领导过问，人家无须这么干预。詹一骥没有退路了，他得知道利害，不能因小失大。对基层官员来说，一棵树并不见得比一座坟墓、一间屋子或者一片土地更难对付，多大的征地拆迁都做过，何况一棵树。事情总是有办法，关键是愿意不愿意去做。此刻不愿意不行了，只能服从。

詹一骥给乡书记打了个电话。几天后那棵铁树第二次出土，随即运往省城。

不久省里考核组来到本市,出乎预料,公示的考核名单里没有詹一骥。几个月后詹一骥离开县委书记岗位,平调到市直机关任职。外界风言风语,说他"可能有点事",省领导那里有关于他的"不良反映"和举报。究竟是什么事,反映些什么不得而知。人们记起前些时候的那棵树,觉得问题可能出在那里。尽管属于猜测,无从证实,大家却都那么传。无论是不是给一棵树绊倒,詹一骥颇受伤,也很无奈。说到底他是自找的,如果那天他"不作为",待在车上不下来管闲事,那就什么事都不会有。人家办公室主任提醒他"情况复杂",他根本没当回事,以为自己地盘上的事自己就能掌控,实际上哪里是啊。毕竟天外有天,领导上边有领导,"自然环境"之上有"美化环境"。身处如此环境,很多情况难以料想。

一年多后,詹一骥时来运转,再给派到县里任职。这次机会有一点偶然:原本准备用的是另一个人,程序还在走时,突然有举报信,情况比较复杂,必须立刻更换人选,于是提名了詹一骥。于詹一骥而言,这也算一次补偿,给一个新的机会。通常情况下,县级主官日后提升的机会比较大。

履新前,市委书记贺新亲自找詹一骥谈话,称决定詹一骥下去任职是几经斟酌,充分考虑了詹本人情况以及工作需要。强调新任用表明信任,要求詹"放下包袱,轻装上阵"。詹一骥表示感谢,保证一定接受经验教训,认真履职,决不辜负,等等,都是该场合应当讲的话。这些话初一看寻常,其实颇可深入解读。所谓"几经斟酌",显然詹一骥"二进宫"并不是那么顺畅,需要领导们反复斟酌才下决心。所谓"考虑了詹本人的情况"当然不是指考虑他颜值不错,而是他曾经的际遇。当初他没给提起来,原因究竟是"有点事"还是"不良反映"或者其他?不需要多做解释,没有就是没有了。但是显然那时候确实有点委屈,难得詹一骥本人不吭不声,没有捶胸顿足喊冤叫屈,到处申诉辩解讨公道,调到市直部门后尚能认真工作,这就让人家领导认为可取,感觉同情,于是时候到了又想起这匹马。同情当然是需要的,但是并非最重要,贺新整个谈话里,最含蓄的应当是"考虑到工作需要",那是什么意思呢?某个县缺一位书记,当然需要派一个人去接手工作,问题是有的地方好接手,有的地方未必。本县情况比较特殊,前任会折腾,搞得表面灿烂辉煌,暗中留下不少潜在问题,后任接手不那么容易。外界对此有议论,领导也清楚。因而需要找一位稳健一点、比较有经验、对付得了复杂情况的人上阵,于是才有了詹一骥的二进宫。詹一骥本人意外得获新机会,自会格外珍惜,格外努力,他曾经的起落亦成为经验教训,有助于他认真履新。

谈话期间,詹一骥拿个本子记录,他的笔不时发抖,被贺新注意到了。

"那手怎么啦?"贺新问。

詹一骥放下笔,伸出手掌让贺新看,他的十个手指头都在发抖,情不自禁。

"这么紧张?"

詹一骥自嘲:"平时暗自颤抖,今天明目张胆。"

他做了解释,称自己不是紧张,是很激动。也感觉有压力,此刻想起很多。

贺新看着他,好一会儿:"记住那棵树。"

"我知道。"

詹一骥表示那棵树一直都在他心里。据他所知,几百岁的铁树没有经受住几番折腾,移种到省城湿地公园后不久就死掉了。得知情况后他心里很不是滋味,情不自禁总是尽量绕开当年遇到那棵树的路段,不往那边走,一直到现在都这样。这一次下去履新,既感觉振奋,也有担心,想起那棵树,自知要非常努力,也要非常小心。

贺新说:"必须这样。"

詹一骥只讲担心，没有提到恐惧。那个感觉不公开，只属自知。人为什么会恐惧？因为把握不住，不知道会遇到些什么。环境这么复杂，到处都是树，上一回是一棵铁树，这一回莫非是一棵芒果？或者是其他什么？无从料想，只能走着瞧。

人们都认为詹一骥"二进宫"的时间不会太长，作为资深县委书记，干个一年半载，机会一到，顺理成章就上去了，前提是一切顺利，不要出事，特别是别出乱子。詹一骥果然运气好，没绊到一棵树，却陷进一个坑，上任不久就遇上陈克"跑路"，"中央商务圈"溃败。詹一骥竭尽全力，一边维稳一边给阳光，千方百计防止出乱子，如他所说："我们承受不起。"偏偏怕什么来什么，乱子说出就出，竟然出在潜在接盘手涂志强有了意向，事情正在向好之际。

大石坑事件属于突发性群体事件，詹一骥全力防控之下居然还出这种事，有其特殊原因：那一天聚集冲击"中央商务圈"售楼部的人员非本土，都是外来者，大部分来自省城。当年陈克开发大石坑时忽悠力度强劲，广告铺天盖地，优惠折扣活动一拨接一拨，除本县被他搅得人心浮动外，全省各地特别是省城亦有不少人动心，组成炒房团前来扔钱跳坑，订购店面，视这笔投资为一本万利，包赚不赔。陈克消失后，本县业主们为受骗上当焦虑不已，本县外的业主们也好不到哪里去。省城有一批业主找到陈克的公司总部，该总部已经停摆，大门紧闭，粘上封条，里边跑得不剩一个鬼，没有谁来理会各位受害者。义愤填膺之际，受害者们联络聚集，以"秋游"为名，驱车从省城冲到了本县大石坑"中央商务圈"售楼部，因为此处依然有人值班，尽管也清楚该售楼部已经被地方当局接管，不再代表陈克，毕竟也是个出气口。大家冲到这个坑人之地闹一闹，在力争引起外界注意和政府重视以助解决问题之余，也表示一点愤慨，出一口恶气。岂料一闹腾就收不住，搞出了乱子。当天事件造成售楼部焚毁，六人受伤，其中两人重伤。两个重伤员均有一点年纪，身体本就不好，反应比较迟钝，逃离售楼大厅过程中手脚错乱摔倒于地，惨遭踩踏，抬上救护车时已经不省人事，命悬一线。县医院奉命不惜一切代价抢救，最终都保住性命，也算不幸中的万幸。

事件发生后，现场起火原因成为调查焦点。起初曾怀疑是人为纵火，故意焚楼以泄愤。经调查该怀疑被排除，调查人员倾向于是意外失火。根据调查，最先烧起来的是售楼部一楼大厅西侧，那里是值班人员的生活区，有电热水壶、电茶盘等家用电器，其中若干电器常接入电源。出事当时，值班人员因拉肚子，骑自行车到附近村庄药铺买药，离开售楼部，导致聚集人员到达时大门紧锁，无人接待。聚集人员强行进入大厅后，有人推开值班人员所居房间，掀翻床铺，推倒桌椅以宣泄愤怒，可能是该行为造成了某个电器摔坏破损，电线短路引燃屋里纸张、衣物等易燃物，继而烧及家具，导致火灾发生。该售楼部装修豪华，外观堪比西洋皇宫，实则只是一幢临时建筑，大量使用轻质材料，引火柴般非常好烧，一旦着火即发展迅速，难以控制。

陈克"跑路"后，詹一骥千方百计防止事端，占比为绝大多数的本县业主基本稳住，没有生事。詹一骥对来自县外的袭扰并非完全没有防备，却鞭长莫及，难以像本县人员那样有效掌握情况并及时管控。事件发生前，由于情况持续平稳，相关部门与具体值班人员有所懈怠，詹一骥本人的注意力集中于寻找接盘手，对发生乱子的警惕亦有所放松。出事当天上午，詹一骥陪同客商涂志强到大石坑看点，曾亲自在售楼部转了一圈，那里安静得像一片墓地，丝毫没有骚动迹象，岂料几小时后就成了火场。

那一天詹一骥从省城机场奔回，直接去了火灾现场。他到达的时候，现场已经做了初步清理，除了维持秩序人员，没有其他无关者。詹一骥站在变成遗址废墟的原售楼部一地灰烬旁看了好一会儿，一声不吭。他把双手插在夹克口袋里，任那十个指头在衣袋里不停地颤抖。

赵光储赶来汇报情况，一二三四，这个那个，情况紧张，他又显得口吃。

詹一骥问："谁来给点阳光？"

赵光储张口结舌。

"没用了。准备后事吧。"詹一骥说。

赵光储大吃一惊。

他不知道詹一骥其实是自说自话。

比较而言，本次事件参与人数不是特别多且尽是外来人员，矛头焦点是无良企业家，不是地方政府，本不至于对地方负责官员造成太大伤害。问题是该事件中的烧楼、踩踏伤人以及远距离飞车聚集袭击等情节极其吸引眼球，影响必定成倍放大。且它发生的时间非常不凑巧，恰如老天爷特意安排前来绊马：两天之后，中央巡视组将莅临本市。本市市委书记贺新在年初省两会期间升任省人大副主任，由于接任人选尚未确定，目前他暂以省领导身份继续兼任市委书记。作为省级班子成员，他是本次被巡视对象。在中央巡视组隆重到达前夕，本县以如此亮眼的一起突发性群体事件，为该领导献上一份大礼，反应可想而知。这一原本只具地方影响的事件，必然也会因发生时机引起中央巡视组注意，本省形象将受到伤害，省主要领导的反应同样可想而知。

上一次詹一骥让一棵铁树绊了，这回他是陷进了大石坑。什么"中央商务圈"啊，那分明就是个套马圈、陷马坑。在乱子发生之后，下一块骨牌倒地已经没有疑问，剩下的悬念只是詹一骥将在哪个时间点上被如何放倒。

5

下午三时，詹一骥在办公室接到紧急报信，打电话的是县公安局副局长。所报情况为突发：又有不速之客冲到大石坑，开来两辆车,省城的车牌,停在路边。该副局长接到前方人员急报,感觉情况重大,赶紧打电话向詹一骥报告。

詹一骥问:"有什么异常?"

目前所知是车牌令人担心。两辆车与前些时跑来烧楼的那些车辆一样来自省城,但是所挂车牌有别,是省直机关车牌。根据前方人员报告,为首一辆是奥迪,牌号非常靠前,是"002"也就是二号车。

詹一骥不觉一惊:"确切吗?"

确切无误,他们拍了照片通过手机传给副局长,绝对不会搞错。据报告,有四个人从车上下来,越过缺口走进大石坑工地。副局长已经指示前方人员跟上去,保证安全。有什么新情况要及时报告。

"好。"詹一骥回答。

副局长请示是否需要他本人或者加派干警到现场察看一下?詹一骥没有马上回答,停了片刻才说:"做好准备。等我通知。"

"明白。"

放下手机,詹一骥一声不吭坐在椅子上思忖。一屋子的人看着他,谁都没敢出声。

在本省,没有哪个县委书记不知道二号车是什么,那其实就是一号,省委书记范世杰用车。范世杰任省长时开始用二号车,接任书记后还用那辆车,车号不变。在本省范围内,不可能有谁胆敢冒用这个车牌,如果停在大石坑边的果然是二号车,那么就是范世杰驾到。大石坑有什么特殊之处,足以吸引范世杰前来视察?昔日五光十色的"中央商务圈",日后突然发生的陈克"跑路",在县里可称大事,在省里就不算什么了,唯一值得一提的可能只有那一把火,在中央巡视组到来的敏感时候它烧了起来,让领导很不高兴,因此便记住了。无论范世杰有多恼火,他也不太可能专程前来视察一个无足轻重的大石坑售楼部废墟,很大可能是他恰巧路过或者从附近经过,突然注意到了,记起前些时候那把火,感觉不痛快,特意停下来看一看。情况是这样吗?或者还有其他原因?不得而知。只有一点可以肯定:那个坑不是什么好地方,那把火不是什么好事情,范世杰出现在那里,对詹一骥不是什么好消息。

那时候会议刚开个头,詹一骥看着办公室一屋子人,拍了一下桌子。

"咱们暂停。"他说,"先散会。"

大家面面相觑,詹一骥也不解释,拿手一指赵光储,命赵跟随自己前往大石坑。

赵光储诧异:"这么急?发生什么了?"

詹一骥没吭声。

他们匆匆下楼,上了车。轿车开出机关大院,詹一骥才把情况告诉赵光储。赵一听是省委书记驾到,一时大张嘴巴。

"怎么……连个电话都没有?"

他的意思是领导应当事前给个通知。问题是从来没有哪条规定要求大领导不得微服私访,对下属小领导实施突然袭击。人家有权想来就来,无须客气。

詹一骥伸手往口袋里掏,并非拿手机什么的,是下意识动作。他一边看车窗外闪过的街道、楼房,一边情不自禁掏身上口袋,夹克口袋、裤子口袋,逐一掏,左掏右掏都是无用功,什么都没掏出来。

如赵光储所说,范世杰驾到,事前连个电话都没有,表明至少到目前为止,他没打算召见当地领导。人家或许只是下车瞄一眼,看看这个影响恶劣的大石坑长得怎么倾国倾城,转身就离开了。詹一骥冒冒失失赶去大石坑,别说很大可能是根本够不着,只能扑个空,万一居然碰上了,可能反而坏事。领导不见也就算了,一见这个玩忽职守的下属不请自来,没准更其反感,倍觉恼火,那岂不是詹一骥自己找死,往枪口上撞?以安全计,此刻詹一骥远远躲开最好，他完全可以权当不知，留在办公室继续开他的会，至少等现场传来新消息再做定夺。

但是他决意追过去，哪怕白忙活。

大石坑售楼部被一把火烧毁那时，事件几乎在发生的同时就被传到网络上，有微信视频到处转发、传播。由于牵涉房地产开发、群体性事件和安全事故，三位一体，几方面都来过问，领导批示接连传递下来，措辞一个比一个严厉，一时雷声隆隆。几乎在那把火刚刚熄灭的时候，省里相关部门领导就到达现场，事故调查迅速展开。陈克的"中央商务圈"在各种媒体中被描绘成骗局，詹一骥到本县任职不久，骗局与他无关，但是售楼部事件是在他到任后发生的，他必须承担责任。事故调查人员对他未能有效防止事件发生，以及处置上的一些细节问题提出了质疑，例如为什么人员车辆突然聚集之际，现场没人值班？所谓"拉肚子买药"是允许出现的吗？为什么聚集人员闹腾了好长一段时间，警察才赶来维持秩序？意外发生时，为什么詹一骥不在自己的岗位上，要跑到省城机场去给一个开发商送行，以致未能及时处置突发事件？类似调查最后都要处分一批负责官员，事情越大，处分的官员就越多、越大也越重。大石坑这件事就规模和后果而言不算太大，但是情节新，影响坏，以上级领导的重视程度，人们都知道詹一骥插翅难逃。身为第一责任人，必首当其冲，不抓起来就好，撤职还算客气。事关自身安危，詹一骥当然不会轻易放弃，他多方说明情况，找上级领导申诉，希望念及基层工作之复杂与不易，不至于弄得太糟糕。但是他心知肚明，事情好不到哪里去，这时还能有什么妙计？"谁来给点阳光"？

范世杰恰在这个时候光临，如天上一颗巨大陨石扑通砸在大石坑边。无论人家是有意微服私访，或者偶然路过，于詹一骥而言都属非常突然，非常意外。目前在本省，说话分量最重的无疑就是范世杰，他的态度和意见将决定詹一骥的命运。他对大石坑事件以及对詹一骥的恼火可想而知，对事件的前因后果以及詹一骥这个人却未必了解充分，如果能有机会当面申诉、解释，会不会让他的看法有所改变？那样的话，结果可能就很不一样。这当然是从美好的方向设想，事情真的会那么美好吗？范世杰个性极强，精明强悍，喜怒难以捉摸，大家很怕他，詹一骥虽暂无直接领教，却早有耳闻。细论起来，詹一骥于范世杰也不是毫无瓜葛，其实早有"前科"。当年詹一骥被一棵树绊了脚时，范世杰刚刚调来本省当省长，省城湿地公园建设是他亲自抓，要走那棵树很可能是他直接下的命令。据说该领导记性超强，弄不好人家还耿耿于怀呢。詹一骥不知深浅跑过去，别说申诉辩解，说不定突然人家就发作了，让詹一骥像是一脚踏在地雷上。他能不害怕，或称能不恐惧吗？为什么还要一头撞上去？所谓"是福不是祸，是祸躲不过"，无论是福是祸，省委书记光临本县的机会不常有，詹一骥这样的基层官员面见省委书记的机会也不常有。对詹一骥而言，这也是一次意外机会。

从县委大院到大石坑车程大约二十分钟，詹一骥命司机加快速度，像救护车送急诊，不要耽误了。司机听命，握着方向盘，全神贯注，车子开得飞快。

途中赵光储请示："是不是该给市里报告一下？"

詹一骥道："确定了再说。"

范世杰光临本县，市里肯定不知道，否则事前会通知本县做好安排。范世杰到来属重大事项，按规定县里必须主动向市里汇报情况，赵光储是县委办主任，他不能不注意这个。问题是还没见到范世杰真身，仅凭一个电话消息，詹一骥不敢贸然行事。也可能范世杰真的来了，只是下车晃一晃又走了，詹一骥必须到现场确定情况再向市领导报告。与范世杰有关的事项可不敢马虎。

也就十六七分钟，他们赶到大石坑。售楼部烧毁后的残缺部分已经清理干净，只是地面上依然存有大片黑迹，遗址只存遗迹。有一个集装箱放置在一旁，那是火灾后詹一骥命人紧急安放的，略加改造，充当临时值班所。远远的，只见两辆轿车一前一后停靠在集装箱边,空荡荡静悄悄两辆车,车边未见人影。

他们尚未离开。詹一骥放心了,额头上的汗也冒将出来。

詹一骥命司机靠上前。果然不错,是省直车牌,打头的为二号车。

司机在车里,见詹一骥的车到,他从里边摇下玻璃,问了句:"干什么?"

赵光储忙介绍:"这是我们县委詹书记。"

司机伸手指着那片黑迹:"领导从那里进去了。"

詹一骥带着赵光储匆匆踩过售楼部遗址进入工地。工地空空荡荡,一眼望去满地狼藉,布满破石烂土,到处坑坑洼洼,泥塘一个连着一个。远远只见几个人站在前方一排塌毁殆尽的简易工棚边,对着满圈泥坑。一共有五人,站在中间者个儿不高,略胖,正是范世杰,正在跟一旁一个着协警制服者交谈。

售楼部出事后,詹一骥命亡羊补牢,加强防范,县公安局特安排若干名协警加强本处值班,虽然值班人员在此早已无事可干。现在看来弄几个人在这里值班也不是毫无作用,今天范世杰等四人到来,便是值班协警发现并报告的。事后得知,如果不是他,范世杰一行可能已经离开了:协警奉命保证安全,因此他跟着客人进了工地。客人在工地上看了看,抬腿要走,范世杰忽然对跟过来的协警感兴趣,询问该年轻人身上的制服是谁给的,在一个人都没有的大坑边晃来晃去究竟是干什么?捉鬼吗?而后两人攀谈。范打听协警是哪里人,文化程度如何,干了几年,拿多少工资,家里几个老小,收入如何,等等。于是便意外拖了点时间,供詹一骥飞车赶到。

詹一骥凑上前时,范世杰已经伸出手跟年轻协警握别,说是要走了,不打扰年轻人捉鬼。他看到了匆匆赶到的詹一骥等两位,却视而不见,只管自己掉头,带着身边随员往回走。在此之前,詹一骥仅仅在电视新闻里和大会场上远远见过范世杰,范世杰身边的几个随员则一个也不认识，对方当然就更不认识突然冒出来的这位詹书记。

不料赵光储认出了其中一位，即低声招呼："纪主任！"范世杰身后一个人停下脚步，扭头看一眼："你是？"

赵光储赶紧介绍："这位是我们县詹一骥书记。"

詹一骥赶紧上前与那位握手。

"好像在哪里见过。"对方说。

詹一骥回答："纪主任多关心。"

这个人叫纪明，省委办公厅副主任，曾任省政府办公厅处长，是范世杰省长的秘书。范世杰当书记后他依然跟随，人称"大秘"。赵光储在省里参加办公室系统会议时跟纪明接触过，所以认出来了。詹一骥不记得以前见过纪明。数年前詹一骥当县长时，经常因跑项目叨扰省政府办公厅，或许与他亦曾有一面之缘。难得纪主任跟所跟随的范世杰一样记性好。

纪明有意放慢步伐，与前边的范世杰拉开一段距离，既听詹一骥说，又替范世杰挡驾。两人交谈几句，詹一骥明白了，原来不是微服私访，也不是突然袭击，是出于意外。范世杰到下边调研，今天返回省城，在高速公路上遇到阻塞，一了解是前方发生严重车祸影响了交通，所以下高速改道从这边走。途经本县时，范世杰注意到路边那个集装箱，问那是怎么回事？结果又发现地上焚烧的痕迹，知道就是那个搞得沸沸扬扬被烧掉的售楼部，因此下车来看一看。

詹一骥提议："范书记难得光临，可不可以到县宾馆喝一杯茶？"

"不要。"

"或者就到前边集装箱，在值班室喝点水？哪怕停留几分钟。"詹一骥请求。

纪明问："你有什么事？"

詹一骥称自己一听说范世杰到达，没有丝毫耽搁，丢下所有事情立刻就赶了过来。因为机会实在难得，基层干部见省领导很不容易，特别希望领导关怀。

纪明说："如果有什么个人诉求，你还是通过正常途径反映好。"

詹一骥称自己确实有很多个人诉求想要反映，特别是刚刚发生这起火灾事件，很想让领导深入了解一些情况。但是那不是最重要的。他保证不拿个人事项麻烦领导，只想就本县眼下最急迫工作请求支持。

"那是个什么事？"

詹一骥指着身边的工地说，这里刚刚发生过一起火烧事件，造成不良影响。如果不把问题从根本上解决掉，不知道还会闹出些什么，影响到哪里去。一段时间以来，县里已经做了很多工作，至今还在不懈努力。近日县里重提一个交通建设项目，提供了一个比较圆满的解决方案，不仅能解决当前急迫问题，又有促进经济发展的长远效应，可以提振各方面信心。由于涉及修筑一条隧道，需要省领导的重视支持。

"项目的事情你按照程序报送吧。"纪明说。

"我担心自己没有时间了。"詹一骥说。

纪明不问为什么没有时间，显然他心里很有数。他只是说，如果事情非常急迫，可以马上寄一份报告给他，他先看看，合适的话他会转交给范世杰，或者直接交办给有关部门。詹一骥表示非常感谢，回头他马上寄。但是恰好范世杰光临，还是非常希望能够直接跟领导报告，哪怕只提一句。

"纪主任，你看我。"

詹一骥向纪明展示他的额头，那里汗津津湿成一片。詹一骥说，小领导追大领导，心里七上八下很恐惧，紧张之至，真是没有办法。

纪明不吭声，好一会儿，他摆摆手示意詹一骥不急，自己抬腿快步趋前，几步到了范世杰身边与之低语。那时候范世杰等几人已经踏过售楼部遗迹走出工地，前方就是充当临时值班室的集装箱，旁边停着他们那两辆车。

纪明显然是在向范世杰报告情况。看来范世杰不感兴趣，没打算停下来喝一口水，也没打算听詹一骥哪怕汇报一句。他径直走到轿车边，身旁另有个年轻人身手敏捷拉开后排右侧车门，范世杰坐进车里。

那时詹一骥也快步赶到车边。纪明朝他举手摆了摆，示意他不要多嘴了，到此为止。詹一骥无奈，止步不前。

从头到尾，范世杰没跟詹一骥说一句话。比较起来，他在工地上对那位年轻协警要亲切得多，见面问制服，告别讲捉鬼，真是区别大了。大领导不认识小领导，见面之初不理会无可厚非，待到纪明向他报告，知道这个跑得满头大汗的下属原来是此方土地，那时他不吭声就是有意给脸色了，表示强烈不满。考虑到前些时候这个地方突然有一把火热烈燃烧，制造出好多动静。此刻身临其境，他没劈头盖脸把詹一骥狠狠训斥一顿，已经算是亲切关怀了。

就在这个时候，突然传来一声高叫："范世杰！你是范世杰！"

众人大惊。詹一骥扭头去看，不觉心里一紧。

竟是张胜。骑着一辆自行车，晃着一头白鸟窝，一头撞了进来。张老师一如既往地不修边幅，今天的衣着格外奇怪，没穿外衣，内衣外套着一件毛背心，就这么骑自行车招摇过市。他一眼认出范世杰，情不自禁跳下车，大声叫唤，非常兴奋。本省范围内，会在当面直呼范世杰名字的人恐怕不多，即便是省领导们，不称"范书记"，也得称"范世杰同志"，尊敬有加。张胜应当不是有意不敬，只是高兴加上意外，这么大的领导，居然让他给见着了，认出了。作为一个老在古坟旧宅转来转去的退休专业人员，他对机关那一套确实也比较不在行，换上别个，打死了也不会这么当面大叫。

不料如此直呼竟让领导有感觉。范世杰按下车窗回答："我是那个人，你是谁？"

"我是张胜。我在电视上见过你。"张胜大声道。

詹一骥赶紧向赵光储摆手,示意赵把张胜挡开,只怕张不懂轻重,说出什么让范世杰不高兴的。不料赵光储刚凑上前,范世杰就把眼睛一瞪,命赵走开。

人家有兴趣跟张胜聊聊。

张胜身上背着一个大挎包,跟他矮小的个头不成比例。范世杰称那个包为"大麻袋",问张胜有啥好东西装了一麻袋?张胜也不多说,即把挎包放在地上,蹲下身子打开,从里边掏出了一个旧锡罐,不算大,表面看去灰不溜秋。

"这是什么宝贝?"范世杰打听。

张胜称算不上宝贝,不过也有一点价值。这个锡罐是旧日大户人家装茶叶用的,应当是民国初年的东西。这东西从哪儿来的呢?前些时候山边村有一个大墓被人挖了,张胜听到消息,知道有些东西流散在附近村庄里,特意前去寻访。今天在一户村民家访到这个锡罐,便买了过来。钱没带够,他把身上穿的上衣脱下来给了人家。

范世杰大笑:"我说怎么穿得不三不四。"

张胜向范世杰自我介绍,称自己住在县博物馆宿舍,他的屋子里头,包括床铺底下堆满了四乡里访来的东西,旧石碑破陶壶什么的,其中很多比这个锡罐年代更久,更有收藏和研究价值。他们博物馆公开展出的展品中,至少有八成是他征集到的,包括一批明清字画,那是他争取一位民间收藏家捐赠的。

"有好东西吗?"范世杰问。

张胜称尽管良莠不齐,其中确实有几个精品,不输省博物馆藏品。

"我可以偷看一眼吗?"

"求之不得啊。"

范世杰即打开门命张胜上车,带上他的大麻袋和小宝贝,以及不三不四全副行头。

"你那个豪车就不要了。我这个车太小,装不下。"范世杰说。

张胜果真把自行车一丢,拎着他的大挎包喜滋滋上了轿车,就坐在范世杰身旁。一直守候在轿车旁的纪明对詹一骥指了指那辆自行车。

詹一骥会意:"我处理。"

省里来的两辆车发动,一前一后驶离。詹一骥命一旁的协警即把张胜那辆自行车骑到县博物馆,自己与赵光储匆匆上车,追赶前边的轿车,直奔县城。

那时詹一骥心里有一种奇异感,几乎不敢相信范世杰真的就这么留下来了。"谁来给点阳光?"想不到竟是这位张老师。

他的手却还在暗自颤抖。

6

他们看了县博物馆的展品,那些明清字画,最后进了张胜的宿舍。

张胜无家无室,一辈子只干一件事,可称以馆为家。他住在博物馆内一个偏房里,其宿舍紧挨着本馆库房。据他自称,从他大学毕业分配到馆起,他就住在那个房间里,他当了博物馆负责人后依然不变,退休后还是原地不动。新领导曾打算赶人,要他另找地方安身,让他很发愁,因为人好动,一屋子破烂不好搬,在他看都是宝贝,在别人看都是垃圾。还好后来不赶人了,相安无事。他愿意在本屋子终老,一生只待这么屁大一块地方,眼睛一闭去住骨灰盒,全部身后之物上交本馆收藏,也算各得其所。

范世杰板起脸道:"你还得多活几年,你这个床铺底下还没填满。"

本馆前负责人的居所被范世杰称之为"充满历史空气",其实就是堆满了各种破烂。房间不大,约有二十平方米,有床有桌有橱有沙发，所有物件上无不堆满东西，包括床铺底下。当着众人的面，张胜从床铺下拉出一个竹筐，筐里叮叮当当是半筐子旧陶器。他拿出筐里一个物件请范世杰欣赏，据称那是一个明代茶壶。赵光储赶紧清理沙发，让范世杰有个地方坐。

范世杰说："你们都出去。站在这里影响呼吸。"

屋里空间小，破烂多，大家只能站着，影响呼吸倒不至于，连个坐的地方都没有却是不虚。范世杰发话当然得听从，詹一骥即遵命，带着本县所有人员退出屋子，来到外边的小天井。范世杰的随员也都出来，仅留下纪明坚守岗位，陪同领导身陷陋室，深入调研，呼吸历史空气。里边堆积太多，空间狭小，容三个人就座已经显得拥挤。

詹一骥一出门就抓住时机紧急部署，命赵光储通知办公室火速送材料。刚才在路上，赵光储已经按詹一骥要求打过电话，让办公室紧急准备那个交通项目的材料。当时还不清楚范世杰会在县博物馆待多久，不知道是否来得及，此刻看来领导对张胜的破烂有兴趣，估计再待个十来分钟半小时没有问题，送材料应当有时间。因此詹一骥急催，要求尽快送两份来，一份拟直接送给范世杰。

"一定要在范书记离开前送到。"他下令。

赵光储问："是不是让宾馆也做点准备？"

詹一骥点头："也对。"

此刻已经是下午四点半，如果范世杰有兴趣，与张胜再多聊一会儿，差不多就到了晚餐时间。如果能把范世杰留下来吃一顿饭，那当然更好。

詹一骥命赵光储赶紧准备，他自己则跑到一旁，亲自给贺新去了个电话。贺新一听说范世杰突然视察大石坑，顿时警觉。

"他有什么指示？"贺新问。

詹一骥报称还未能与范直接交谈。

得知范世杰意外邂逅县博物馆前负责人，目前到馆做考古发现方面的调研,待在一间满是破烂的小屋子里,贺新沉吟许久。

"没听说他喜欢收藏啊。"贺新道。

詹一骥说,看起来范世杰像是兴趣很广泛。

"大概还可能待多久?"贺新问。

无法推测。范世杰从大石坑工地出来后,已经上车准备离开,想不到被一头白鸟窝缠住,一直待到这个时候,也不知道他还会再跟张胜聊多久。詹一骥已经让县宾馆做了准备,一旦需要,请领导留下来用工作晚餐。

"好。"贺新指示,"有情况随时报告。"

"我知道。"

打完电话,詹一骥回到小天井,博物馆人员已经搬来几张折叠椅,供领导们就近于天井小坐,稍事休息,等待范世杰调研结束。还有人在一旁沏茶接待。詹一骥坐下来,看了前方屋子一眼。天色还不晚,那屋里却已经亮了灯,从窗户透过来的灯光很强。或许这是必须的,看清破烂需要借助强光。

十几分钟后,材料送到博物馆。送材料的是小林,县委办一个科长,平时跟随詹一骥下乡,配合工作,此刻留守于詹一骥办公室。

小林请示:"还有什么需要处理吗?"

詹一骥下意识地伸手往口袋里掏了掏,问道:"我那个包在桌上吧?"

小林点头:"需要送过来吗?"

詹一骥想了想:"算了。"

然后等待,一等居然一个多小时,范世杰始终待在那屋子里呼吸,没有离开迹象。其间纪明曾走出房间接电话,詹一骥看到纪明便站起身,抓着那份材料打算借机送交。纪明一边听电话一边朝詹一骥摆手,表示不急,接完电话转身又走回房间里。

晚间六点一刻,贺新到达县博物馆。此时范世杰还没有离开迹象。

贺新说："没关系，咱们等。"

詹一骥没估计到贺新会专程赶来。市区到本县县城有一个小时的车程，贺新驱车前来的每一分钟，范世杰都可能上车走人，让贺新只追到一个影子。得到詹一骥报告后，贺新本可给纪明打个电话了解情况，甚至也可以提出赶来面见范世杰，纪明必定让他不要来，那就顺水推舟，问一问领导有何指示就可以了。但是贺新放下电话就上了车，与詹一骥如出一辙。大石坑那起风波发生在本县，本县归本市管辖，查了县委书记的责任，是不是也要查一查市委书记？大家都知道不会，特别是贺新本人已经提任省领导，那场风波实在不足以卷走那么大的官。因此听说范世杰光临大石坑，詹一骥顿时一头汗，贺新则无须，不必专程跑来负荆请罪，不想他还是迅速到达。

已经到了晚餐时间，不说守候在外头小天井里的市、县两级领导肚子饿了，屋子里的范世杰本人应当也会有感觉。此时有必要稍事提醒，请示下一步安排，可视为下属关心上级领导身体健康，该任务当然必须由詹一骥承担。

詹一骥得到贺新认可，起身前去请示。推开房门时，他看到范世杰与张胜两人并排坐在沙发上，低着脑袋看茶几，那里摆着一个破陶片。两人都戴上眼镜，范世杰手持放大镜，正看得津津有味。詹一骥注意到茶几下边乱七八糟胡乱堆着些东西，大约便是这一个来小时里范世杰看过的古旧物品，只有一样不是：一个玻璃盒子。詹一骥记得这个东西，里边装有一只当代书虫。张胜没忘记抓住机会向省委书记展示它。

詹一骥开口道："范书记，我们贺新书记……"

他本想先报告贺新来了，然后再请范世杰离开。不料没待说完，范世杰即发声制止，不容置喙："安静。"

詹一骥只得住嘴。一旁纪明把他一拉，低声道："不急，再等会儿。"

詹一骥悄悄抽身，返回小天井。

贺新听罢情况，一耸肩道："领导不急，咱们当然不能急。"

他吩咐詹一骥跟他来。两人走到一旁，贺新问一个情况："你好像要送什么材料？"

估计他是听赵光储提起。詹一骥承认确有打算，他也刚想向贺新汇报。七八年前，本省山海高速通道建设中，本县曾经建议配套一条高速公路连接线，从县城北部延伸出去，穿过一条隧道，用一个互通与主通道连接。这条连接线当年曾经立过项，因为资金拼盘没有弄下来，终未能实施。后来有了新高铁线路规划，这个项目就给搁置。现在县里准备旧案重提，作为新举措来提振信心。这个旧案如果能成，所建连接线会成为一条便捷通道，确立城北一带未来交通枢纽地位，对解决相关问题大有好处。就眼下让人头痛的"中央商务圈"，目前拟接盘开发商还在犹豫，信心不足，既纠结于新高铁线建设的暂缓，又担心火烧售楼部后续影响。此刻提出连接线项目，无论对开发商还是业主都是利好，有助于问题根本解决。如果考虑到未来形势发展，新高铁线还能恢复开建，那就锦上添花。

贺新质疑："项目现实可能性如何？"

詹一骥承认实现有难度，如果好办当年也就办成了。目前形势相对较紧，实现的难度无疑更大，但是与高铁线相比，可能性又会大一些，主要问题在省内就能解决，所以值得努力。最近一段时间他为此全力以赴，今天下午还在开会讨论。原来打算准备充分再向市里报，一级一级走程序。不想范世杰突然光临，他觉得机会难得，打算提前直接报送范世杰，如果能得到重视、支持，那就事半功倍。

贺新看着詹一骥，好一会儿不说话，末了问："除了这份材料，没有别的吗？"

"没有了。"

"确实？"

詹一骥告诉贺新，他已经向纪明保证过，只报告工作，不谈个人。说心里话，到本县任职之后，感受很复杂，不作为心里过不去，想作为又感觉恐惧，内心深处一直有一种担忧，怕出事，怕自己有麻烦。待到那把火一烧，果然出事了，感觉反而放了下来，现在只担心时间不够，想做的事做不了。

"有个情况我先告诉你，你得有个思想准备。"贺新说。

他把詹一骥叫到一旁，实际上是因为这个情况不容旁听。什么情况呢？竟是对詹一骥的处理。鉴于火烧风波的恶劣影响，以及詹一骥应负的责任，市委领导已经研究，提议免掉詹一骥县委书记一职，按规定报请省委决定。此刻处分程序已经启动。贺新原本打算近日召见詹一骥个别谈话交底，今天就在这里先通气。贺新说，詹一骥应当清楚，所谓"壮士断腕"虽属不得已，却是必须的，以免发生更严重的情况。詹一骥亦曾经历过波折，当知道如何正确对待。

当着贺新的面，詹一骥身子开始发抖，嗦嗦嗦抖个不停，贺新察觉到了。

"怎么啦？"

詹一骥丝丝抽气，回答："没事。"

现在清楚了。为什么贺新需要从市里赶来面见范世杰？实际上牵扯到对詹一骥的处置。范世杰视察大石坑，不论有意无意都会让贺新有压力，提醒他这件事还在关注中。贺新需要向范世杰表明本市并未懈怠，绝不姑息，他匆匆赶来当是出于这一意识，要报告相关处理意见，包括如何处分责任人。他提到的"壮士断腕"有多重含义，一方面为詹一骥可惜，一方面也表示，此刻当机立断主动给詹一骥一个处理，对他可能更好。通常情况下，有这么一个处分，看起来也够重，上级便不会再多加追究。如果迟迟不办，或者过于轻描淡写，上级不满意，决定严肃查办，后果就会严重得多。

"来日方长，挺过去，还有机会。"贺新说。

他声音很低，听起来像是连他自己都不相信。

詹一骥还是发抖不止，丝丝抽气。

贺新低喝："别这样。"

詹一骥咬着牙表示只是情不自禁，实际上他心中有数。发抖中他还调侃了一句："感谢领导关心，给我一点阳光。"

这话听起来更像是自嘲。

贺新没弄明白："说什么？"

詹一骥平静下来，称自己会正确对待。记得他向贺新报告过，自从出了铁树那件事，每次经过他都设法让自己绕道走。现在他只担心日后自己得怎么绕开大石坑。他父亲两年前去世时，骨灰葬在南山墓园，从市区到南山墓园必经大石坑这条路，日后每年清明他得怎么办？难道弄架直升机？

"说怪话了？"

詹一骥又发起抖："贺书记别见怪。"

贺新一声不吭，好一阵才说："材料什么的，你不必给他了。"

"我知道。"

他们一前一后从角落里走出来，回到小天井，坐回各自的座位上，继续等待。

那以后他们没再说话，在小天井等待的所有人都没说话。偶尔似有"咕"一响，声音比较可疑，那当是肠鸣，有人饥肠辘辘了。难得范世杰有定力，不计较这边众多下属等得焦虑不已，也不在乎自己饿肚子，始终坚持在那间堆积着无数破烂，或称充满了历史空气的陋室里呼吸。詹一骥坐在他的折叠椅上，表面看已经基本恢复正常，实际上还时而暗自颤抖。他还曾下意识去掏口袋，自然什么都没掏出来。考虑到他刚刚得知的处理消息，尽管所谓"心里有数"，毕竟还是一个重大打击，这个时候他还能坚持坐在那里等待，已属很不容易。

漫长等待终有结束之时。待那间屋子忽然传出动静，范世杰与张胜走出门时，大家终于松了口气。感觉上似乎等待了足足一个世纪之久，实际上也不算太长，不外也就是熬到晚七点一刻。

贺新立刻迎上前去："范书记，我来了。"

范世杰跟他握手，批评："是哪一个多事的叫你来？"

詹一骥在一旁自认："是我。"

范世杰看了他一眼。詹一骥忽然伸出手，手上抓着一份材料。

"范书记，我们这个交通项目非常需要领导关心。"他说。

贺新明确要求詹一骥不要送材料，作为一个已经出局的人，詹一骥送这份材料确实已经没有意义。日后谁来接手，人家自有人家的考虑，未必认为有必要去推进什么连接线。詹一骥自己非常明白，却还不愿放弃最后机会，硬是当着贺新的面把材料递上去。贺新试图制止已经来不及。一旁纪明不动声色，一伸手当即把材料接走。

这时范世杰一瞪詹一骥，指着他的脸问："怎么回事？"

詹一骥说："没事。谢谢。"

范世杰抬腿往前走。刚走出几步，忽然听到身后传出奇怪的杂乱声响。他扭头回看，却见那里有个人整个儿摔倒在地上。

竟是詹一骥，骤然昏迷，人事不省。

7

詹一骥血糖低，时有发作。通常情况下多于下午时段发作，那时他会出汗，发抖，脸色苍白。低血糖综合征又称晚期倾倒综合征，这种毛病只要心里有数，不难对付，未必就要倾倒，发作时赶紧补充糖分即可。因此詹一骥的包里总是装有若干甜食，巧克力、奶糖或者夹心饼干什么的。有时候夹克口袋里也塞上几块。对他来说，那些甜食好比心脏病患者随身包里的救心丹。身为领导，当众吃零食有损形象，詹一骥服用詹氏救心丹从来都很隐蔽，悄悄自我独用，谢绝分享，有如其暗自颤抖，不太为人所知。据称低血糖往往比高血糖危险，高血糖不外就是糖尿病，那是一种慢性病，可通过服药、打胰岛素等控制。低血糖不一样，那玩意儿来得急，一旦发作且处理不及时，会导致思维与语言迟钝、行为怪异，严重者出现惊厥、昏迷甚至死亡。

那一天也算运气好，詹一骥在办公室接到电话，得知范世杰光临，即紧急前去迎接，急切中没把他的包带上，身上口袋里恰好也弹尽粮绝，因此便处于不设防状态。这种状态并不意味着就有麻烦，通常情况下，哪怕发几个抖出几身汗，只要坚持到晚饭时间，几口米饭也就解决问题了。因此在县博物馆小天井等待之际，小林曾请示是否把詹一骥那个包带过来，詹一骥没要求。他怎么也没估计到范世杰时间到了不吃饭，如此有耐力。等待中詹一骥的血糖一点一点地低下去，超过了临界点。难得他也很有耐力，居然一边经受严厉处分打击，一边颤抖、一边恐惧、一边坚守岗位，一直坚持到把那份与他实已无关的材料送到范世杰眼前，然后才倒地不起。他那一摔吓坏了不少人，包括贺新，唯有范世杰泰山压顶不弯腰，没有丝毫慌乱。此前他已经发现詹一骥神色不对，追问他"怎么回事"，出事后他喝了一声："给他叫救护车。"

詹一骥给送到医院抢救。万幸，他没有死，没有半身不遂，也没有就此痴呆。半小时后他给弄醒过来，第二天一早他就自己走出了医院。

半个月后他得到一次严重警告，作为工作失职的处分，但是却给继续留在县委书记岗位上去解决各种棘手问题，继续想方设法"给点阳光"。有人调侃这一结果要归功于他的血糖。如果他没有倒在那个地方，估计已经跟那个地方"拜拜"了。重要之处在于血糖必须低得足以让上级领导留下印象，结果便很不一样。詹一骥昏倒于地，却让那块已经摇摇欲坠的骨牌奇迹般没有倒下。

他依然颤抖、出汗。现在知道那是低血糖。当然也不全是。

二手烟

1

邹广学进门时拿手指头敲了敲门扇,咳嗽一声。

钟铭调侃:"没听到。别进来。"

邹广学笑:"大门洞开,不怕妖精闯进门抬人?"

钟铭道:"也得有艳福。"

邹广学称关键在于个人。钟铭人特别好,加上一表人才,又是"钟处"又是"钟副",本来就比唐僧还要抢手,要是不会把持哪里招架得住。开玩笑间,他随手一推把门关上,一屁股坐在门侧的沙发上,随即掏出一支烟递给钟铭,请"陪同吸毒"。

钟铭劝告:"少抽点。"

但是他接了烟,两人坐在沙发上共享。邹广学号称"吃大烟",本县班子里头号烟民,吞云吐雾表情非常惬意。钟铭纯属陪同,点了烟只供在指间燃烧,并不往嘴里放,叫作"只抽二手烟"。茶壶已经沏上茶了,钟铭给邹广学倒了一杯,等着邹广学开腔。所谓"无事不登三宝殿",邹广学不会无缘无故驾临本处"亲自吸毒",必有要事。

竟是因为那个案子。邹广学打听:"他们也把你叫去了?"

钟铭点点头。

"在六号楼二楼?"

"是的。"

邹广学表示不解,这种好事怎么也会落到钟铭头上?钟铭称应当算例行公事吧,这种事大家都有份。邹广学不说话,用力抽烟并制造二手烟。

此刻本县宾馆六号楼是敏感词,有一个专案组驻扎在那里。该专案组由省里派来,办理的是吴康案件。吴康在本县任县委书记多年,于今年年初市两会升任市政协副主席,不料仅仅半年多时间就涉案被查。吴康的问题主要发生在本县,本县是办案重点。作为曾经的第一把手,班子里的人员跟吴康都有接触,都可能知道一点情况,因此都有责任配合办案,办案人员把班子成员一个个叫去谈话很正常,这就是钟铭所称的"大家都有份"。当然不同人的份额不尽相同,例如钟铭与邹广学两人同为县委副书记,彼此情况却有很大区别:邹广学是本地人,他头上那顶帽子成色比较足,或称"含金量"较高,货真价实,与吴康接触的时间也长。钟铭尽管在班子里排名在邹之前,却只是名义上的,因为他是挂职干部,他的工作单位是省卫健委,本是该委一个处长,被派下基层挂职锻炼,挂职时间为两年。挂职干部下来后也分工管事,却因掌握情况、基层工作经验以及挂职期限等所限,很难被授以大权去管大事要事。工作介入程度比较浅,了解的情况也会少些,特别是钟铭挂职后仅半年多,吴康即荣升到市里去了,接触尤其少。办案人员把钟铭叫去谈话,询问吴康案情,钟铭只能泛泛谈些印象感觉,实在提供不了什么。所以邹广学才会表示不解,这种好事怎么也会落到钟铭头上?钟铭自己理解是因为办案需要,毕竟在挂职结束之前,他还是本县副书记,配合办案"大家都有份",少不了他一份。

"他们都跟你了解些什么?"邹广学问。

"就那些事,项目啊征地啊那些。"

钟铭回答比较含糊。这是必须的，按照办案人员要求，谈话情况严格保密，不允许在外头说。但是面对邹广学询问，钟铭也不好直截了当生硬拒绝，于是便含糊其词。邹广学意识到了，笑一笑，不再具体打听。

"轮到我了。"他解释，"通知我下午三点到六号楼谈话。"

钟铭"啊"了一声，笑道："你当然跑不掉。"

显而易见，钟铭有份，邹广学更有一大份。办案人员找班子成员谈话，大约也是按照大小和排名。邹广学排名在钟铭之后，因此谈话相应排后。当然办案也得考虑工作实际，昨天下午他们约钟铭谈话时，邹广学不在本县，去参加一个省里的会议，今天上午才回到本县，所以拖了一天时间。

邹广学发牢骚，称下午本来有事，安排了一个现场会，临时接到通知，只好改期。吴康他老人家也真是，官当了那么久，那么大，也不知道小心些，蹑手蹑脚点。听说项目也要，钱也要，女人也要，到头来呼隆一下倒掉，鸡飞狗跳。早应该多向钟副学习，羽毛干净一点，洁身自好一些，现在就不会有事，老人家还是老人家，还可以板着张脸，快快活活坐在台子上喝茶，发表重要讲话，下边大伙儿也跟着皆大欢喜。

邹广学喜欢开玩笑，别人私下里称吴康"一号""老大"等等，邹广学却喜欢管他叫"老人家"。吴康其实只比他们大几岁，只是显老，脸上皱纹多，邹广学调侃称"国家大事全都写在吴书记脸上"。现在看来人家脸上也不全是国家大事。

钟铭没忘记提醒邹广学一句："在那里少抽点。"

"'包公'不抽烟？"

所谓"包公"指办案人员。钟铭告诉他，没注意那几位谈话人员是否抽烟，但是只怕邹广学表现太突出，让人家记住了。这抽的是什么牌子？中华软包，这一包得多少钱？一天得抽几包？烟都哪里买的？发票呢？

邹广学表示不怕，能糊弄过去。但是他确实在考虑戒毒，如钟铭建议过的。主要不是怕"包公"注意，是迫于环境不好。眼下一个烟民好比一只老鼠，老鼠过街人人喊打。飞机上不去，火车坐不了，公共场合禁烟，会议室连一只烟灰缸都找不着。这样搞下去，没准哪一天还会修改领导干部任职条例，规定烟民一律不得任用。那时候组织部长人手一支烟雾探测器，好比交通警察手中的酒精探测器，考核干部时除了要交自述材料，还要大家张嘴，哈一口气，"啊"，看看吸毒了没有。

钟铭大笑："得了，没那么严重。"

"小心你也过不去。"邹广学恐吓，"二手烟无处不在。"

钟铭说："咱们赶紧戒了。"

邹广学笑，在茶几的烟灰缸沿按灭烟头，把烟屁股丢进缸里。

"过几句嘴瘾，胡说八道，也就在钟副这里。"他说，"钟副是优秀干部，比中国人民银行地下金库里的保险柜还要可靠。"

他起身告辞。钟铭把他送到门口，两人匆匆握个手，各自忙活。办公室门外已经有两个人等着，是县疾控中心的正副主任，有事找钟铭报告。

那天下午事多，有一拨一拨人出入钟铭的办公室。应对之余，钟铭心里隐隐约约一直有一种异样感，捉摸不定，不知道那是个什么。黄昏很快降临，下班时间到了，办公室里外终于清静下来，钟铭也该去食堂吃晚饭了。他提起公文包，关掉电灯走出办公室，正要拉把手关门，异样感忽然又涌上心头。于是他把门推开，重新打亮电灯，站在门边左右看，眼光把自己的办公室扫了一遍。

居然有发现：门边沙发前，茶几下放着一个黑色公文包。

钟铭自己的公文包此刻正抓在手上，他也从不把公文包丢在其他位置，一向只放在办公桌上。钟铭喜欢有条理，茶几下从不放置杂物，此刻忽然钻进一个不速之客，虽然并不特别显眼，不经意间也会在眼光中晃进晃出，所以让他总感觉哪里不对劲。是谁把该不速之客带到本办公室？一定是某个曾坐在那张沙发上的人，茶几下空空荡荡，临时放个包倒也方便。问题是那个人起身离开时为什么没把它随手带走？难道是一时疏忽忘记了，如本地人形容忽然"没头神"了？今天下午在那个沙发上坐过的人有好几位，哪个是"没头神"？钟铭立刻想起邹广学。为什么是他？钟铭记得下午送邹广学离开时，邹面带笑容，摆摆手往电梯间那头走，那时钟铭就感觉似乎哪里不对劲。现在明白了：邹广学两手空空，而他进门时手中拎着个公文包。只因当时钟铭忙着对付门外疾控中心那两位，没有及时想起来并提醒邹广学。邹广学其人虽然好开玩笑，其实很有头脑，行事缜密，今天怎么忽然"没头神"？一定是因为"包公"有请。时下这种事容易让人浮想联翩，邹广学显然有些犯疑，所以先来找钟铭打听情况，走的时候还把公文包忘在茶几下。

钟铭即打开手机，打算给邹广学去个电话，但是没待拨号又把手机关了。

此刻不宜，说不定邹广学还在宾馆六号楼二楼，谈话还在深入进行。昨天下午钟铭在那边待了近一个小时，办案人员东问西问，一丝不苟。钟铭与吴康没有多少接触，尚且需要这般细致了解，邹广学那种情况，需要回答的问题肯定更多，待的时间只会更长。弄不好一个下午不够，吃了饭还得继续，晚上接着谈。因此钟铭不必急着通知邹广学取公文包，待人家完事了自会有电话过来，或者直接找上门来。

钟铭关上门，步行去了机关食堂。

到达餐厅已经偏晚，饭厅里空荡荡的没几个人。钟铭要了份面条，独自享用一张餐桌。鬼使神差他又想起办公室茶几下那只黑色公文包，顿然警觉。

邹广学是那种会把公文包随处乱放的人吗？即使他确实一时疏忽丢下，转眼马上就会发觉两手空空。为什么他不反身回来取走？那只需要几分钟。即使他已经下楼，上了车前往宾馆，他也可以打一个电话告诉钟铭,让钟铭先替他管管那个包。为什么一个电话都没有?难道这个包不是"没头神"无意遗漏,竟是有意而为?

钟铭顿时胃口全无。

2

邹广学曾经拿公文包跟钟铭开过一次玩笑。

那时候钟铭刚下来挂职,吴康还在本县当书记。有一天县里党政两套班子成员在县委会议室开会,有关部门官员列席。会前钟铭跑到会议室外接一个电话,把公文包放在座位上。与会人员基本到齐坐定,只有书记吴康还没进会场,第一把手不在之际,场上气氛比较宽松,有人交头接耳聊天,有人打电话。邹广学抓住会议尚未开始之机搞笑,他的玩笑类似于恶作剧。由于排名紧挨,邹广学与钟铭在会议桌边的排位也紧挨着,趁着钟铭不在场,当着睽睽众目,邹广学不动声色地把钟铭放在座位上的公文包一抓,随手拎到后排座位上藏匿。刚刚藏好,钟铭便匆匆回到会场,坐回自己的位子。他立刻就发觉公文包不翼而飞,一时面露意外,扭头左看右看。邹广学坐在一旁看他,适时侧身关切,询问道:"钟副怎么啦?"

"奇怪。我的包怎么不见了?"

邹广学立刻俯下身子往座位底下看,钟铭跟着他低头下看。座位底下当然没那东西。于是邹广学又从位子上站起来,往天花板上看,钟铭情不自禁跟着也往上瞧。周边看热闹的县领导们开始发笑,因为钟铭脸上的意外和邹广学的煞有介事状相衬起来特别有趣。这时吴康进来了,一看场面这般热烈便追问怎么回事,邹广学当即报告,称情况很严重,钟副书记刚出门接个电话,他的公文包就像鸟一样从会议室里飞走了。

吴康说:"肯定是你。贼喊捉贼。"

邹广学这才大笑,转身从后排位子上把钟铭的公文包抓了回来。

邹广学喜欢这么玩,但是收放自如,很有分寸,类似"贼喊捉贼"的把戏只在同僚之间上演,不对上也不对下,因为对上级必须尊重,对下级得有威严。邹广学跟同僚搞笑,却从不让对方过于尴尬,很大程度上是以此拉近距离,彼此哈哈,不算亲切,也显熟络。钟铭下来挂职后,邹广学调侃彼此有缘,排名一前一后,排位紧挨,只是钟铭严重伤害了他。他在县委班子里原本排老三,仅次于书记、县长,钟铭一来挤到他前边,老三退一位变成老四。这当然也是开玩笑。钟铭排前原因只在他下来前是省直部门的处长,级别略高。挂职是临时性质,挤不了谁,哪怕真挤了也不是钟铭有意伤害,邹广学却偏要那么说。他一边假作委屈,一边还要拿烟喂钟铭,"引诱吸毒"。钟铭尽管不抽烟,却不反对陪同点一支,不惜遭受二手烟危害。之所以如此,除了钟个性随和,也因为邹广学实对他帮助很大。

钟铭是"三门干部",大学毕业后进机关,一直干到处长,没做过基层工作,下来挂职后压力颇大,他便认定一个邹广学。钟铭分管的工作多是从邹广学那里分的,有什么不懂的去问邹广学,人家从来不吝赐教,难办的事邹广学也会在暗中帮他顶着。邹广学比钟铭年长一点,是本地人,情况熟悉,当过多年乡镇主官,基层经验非常丰富,人也好商量,愿意帮忙,两人间彼此合作相当好。

那一年秋天台风频频来袭,初下基层的钟铭感受特别丰富。尽管他是挂职,作为县委副书记也需要分工挂钩乡镇,钟铭所挂乡镇位于县境西北,是个人口不上万的山区乡,该乡经济情况尚好,班子配备较强,民风淳朴,平日里艳阳高照没多少事,只在刮风下雨时要挂钩领导多操心。按照惯例,抗台风期间挂钩领导都要下去坐镇指挥,那年秋天台风一个跟着一个来,钟铭经常待在下边乡镇里。其实那几个台风于本地基本都是"擦边球",除了恐吓各级领导，没有更多危害。

"海神"台风例外，很阴险，不讲规矩。该台风级别并不是太高，气象台预报的路径离本地亦远，本来可以忽略不计，却不料人家上岸后摇摆不定，像是已经招手"拜拜"了，却突然折转，带着大雨直奔本县而来。钟铭在自己挂钩的乡里见识了那场大雨，称得上惊天动地。大雨下了整整一夜，第二天清晨灾情便从四面八方传来，某村倒了几间房屋，某村桥梁被冲毁，某村渠道被冲垮，等等，幸而都不算特别严重，没有死人。灾情中有一条比较特别：本乡西南大树沟一带山地发生大规模地层塌陷，有一个小山头塌成了一个坑，所幸塌陷区域附近没有村庄，并未造成人员伤亡。

钟铭不敢掉以轻心，看看雨水有所减弱，即命乡里领导一起到发生灾情的村子看看。他们乘一辆越野车冒雨从乡政府出发，刚刚上路，有一辆越野车迎面驶来，挡在他们面前。钟铭正诧异间，却见车上下来个人，举着伞招手，竟是邹广学。

钟铭赶紧跳下车，把邹广学从雨水中拉上车。这时才发觉邹广学全身湿淋淋，就像一只落汤鸡。

"钟副，你得发赞助费。"一上车邹广学即张嘴讨要。

邹广学在县委里分管农业农村工作，兼县防汛抗旱总指挥部副总指挥。台风到来时，他留守指挥部，配合县长抓总，处理全县抗灾事务，他分管的乡镇另安排县领导去坐镇。他也不是一味蹲在县城，根据灾情和需要，随时可能下到各乡镇，自称是"别动队长"。此刻他带着防汛办两个人从县城赶到，因为路途长，雨天难行，他们走了三个小时，是半夜四点来钟动身的，那时候雨还大着呢。到达时一行人全都湿透了，叫作一车"水洗人"。原来他们的车在路上陷进水坑，除了驾驶员，其他人全都得下来推车，让雨水浇了一身。

钟铭感觉奇怪，本乡灾情并不特别严重，邹广学又何必要千辛万苦而来？

邹广学说："他老人家特别关心你。"

原来是吴康所派。吴康大约不大放心，毕竟钟铭从省里下来挂职，对付类似灾害还缺乏经验。当时吴康提拔在即，节骨眼上不能出事。邹广学处理灾情轻车熟路，特别是在本乡当过乡长，情况非常熟悉，把他派来加强，吴康才能放心。邹广学一行夜间出动，连个电话都不打，他开玩笑说是不忍打搅好梦，钟铭抗灾辛劳，只怕刚睡下。

"我喜欢'鬼子进村'，突然袭击，搞你一下。"他宣称。

钟铭笑道："欢迎来搞。"

在车上也顾不着多寒暄，两人即交流情况。就已知的各项灾情，邹广学全都不感兴趣，因为确实不大，但是他对大树沟地陷异常警惕，连骂："妈的！妈的！"

"怎么啦？"

邹广学不答，再问："柳下村情况怎么样？"

钟铭告诉他，那个村庄情况正常。全乡各村基本报有灾情，柳下村一点事都没有。

邹广学又骂了声"妈的！"即提出让司机改道，其他灾情无须察看，现在最重要的是盯紧柳下村。不仅要盯住，还得赶紧加强力量，让乡领导立刻动员手下干部职工，还有用得上的车辆，立刻赶到柳下村，把村民全部转移到山上去。

钟铭大惊："那里一点事都没有！"

"只怕有事，那一定是大事。"

邹广学告诉钟铭，眼下柳下村并未受灾，但是会受大树沟牵连。大树沟与柳下村并不搭界，但是挨着同一条溪流。大树沟在上游，柳下村在下游。大树沟一带山地地势高，是石灰岩，山里边有很多溶洞，还有地下河，灾害天气时溶洞塌陷不奇怪，如果是大面积塌陷就要警惕。塌陷山体会堵住地下河的河道，在山体洞穴间形成堰塞，由于降水量大，山林草坡间涵养的水分会大量汇集到地下，溶洞里的水体会迅速膨胀，一旦堰塞造成的导游不畅达到极限，堰塞体会被冲垮，从暗河冲进明河，那就是泥石流。下游沿溪几个村庄中，柳下村与溪流挨得最近，地形最狭窄，如果泥石流足够大，全村都会给埋掉。

钟铭脸色当即变了。邹广学忙安慰：“说的是极端情况，也许什么事都没有。咱们只是防备万一。”

他们赶到柳下村，召集包村干部和村两委人员开紧急会议。村干部们一听说让村民转移，个个不以为然，因为眼下全村安然无恙，且降雨渐小，何须自找麻烦？邹广学眼睛一瞪，张嘴就骂："你们干什么吃的？死到临头还懒！"

他指着天空警告，称台风大雨说停就停，说来再来，不能只看眼下雨小就当没事。哪怕不再下雨，昨晚那一场就够了，山上有多少水要下来？足够把柳下村埋掉十回。

这时乡里大批人马赶到。邹广学命大家立刻行动，把村民全部转移出来，即使躺在床上的病人、老人，只要还没咽气，统统必须转移，一个也不许留。随身可以带点细软，累赘的东西一律先放下，以保证迅速转移为前提。必须千方百计说服动员，实在说服不了就采取强制手段，直至捆起来，扔上车拉走。

"这是钟副和我的意见。两个县委副书记坐镇在这里，你们什么时候看到过这个架势？看看谁还敢偷懒。"他威胁。

转移工作迅速展开，柳下村不算大，也有三十来户人家，百来口人，邹广学亲自督战，细致核对，所谓"不留一个活口"，村民终被全部弄出来。转移工作刚刚完成，就听天地间呼呼传响，山洪加上泥石流铺天盖地，黑压压自溪流上游滚滚而来。

最坏的情况发生了，柳下村被泥石流荡为平地。所幸转移及时，竟然无一伤亡。

事后钟铭还感觉后怕。如果不是邹广学赶到，谁会将大树沟塌陷与柳下村联系起来？谁会在毫无征兆的情况下力排众议决定村民转移？谁会拉下脸土匪一般强硬实施？邹广学让柳下村村民躲过一场灾难，也帮了钟铭一把。

邹广学说："咱们得找老人家讨几个辛苦费。没有钟副邹副并肩战斗，柳下村这里死上几个，他老人家哪里还上得去。"

那当然只是调侃。

3

晚饭后，钟铭在大院里散步，没达到往常计步标准，即停步返回办公室。

他心里不踏实，邹广学一直没有电话，他也一直没跟邹主动联系。那个黑色公文包究竟如何尚不得而知。

电梯到达县委领导办公楼层，出电梯间时在走廊上一瞥，钟铭松了口气：人家邹广学已经回来，在办公室加班呢。邹的办公室位于走廊尽头，此刻大门紧闭，但是灯火通明，灯光从窗子透出来，照得楼后山坡的护坡也一片亮堂。

钟铭抬腿往前，先到邹广学那里表达想念。他用力敲了两下门，里边没人应答。钟铭心里不免诧异，抬手再敲，门开了。一个陌生脸面从门里探出来。

"什么事？"那人问。

钟铭问："邹副呢？"

"你是谁？"

钟铭点点头："我是钟铭。对不起，打扰了。"

他转身离开。

没有必要多问了。对方开门出来之际，钟铭看到屋里还有其他人影晃动。邹广学办公室墙边的柜子柜门大开，有人站在柜前翻检里边的物品。

钟铭表现平静，心里实震惊不已。

邹广学出事了。如果邹副书记依然如故，没有谁会这样进入他的办公室。陌生人非县委办工作人员，小偷也不敢胆大妄为到这种程度。在这个时段以这种状况出现在邹广学办公室，只有一种可能：办案人员在里边工作。他们是在查抄证物。他们动作真快，下午通知邹广学去谈话，晚上就打到了这里。

钟铭快步走回自己的办公室，打开门再回身关紧，即一屁股坐在门侧的沙发上。眼前就是那个茶几，茶几下边，黑色公文包不声不吭依然安卧，此刻格外醒目。

现在清楚了，这个包不是邹广学疏忽遗漏，是有意留下。邹广学接到通知去见"包公"，看来不仅仅心情激动，他还有应急行动，就是这个公文包。显然他对自己可能遇到什么心里清楚，已经预测到有可能就此不归，也预测到办公室很快将被搜查。他的事情是些什么，别的人不知道，他自己明白。他的办公室里有些东西不宜示人，至少不宜交给办案人员。他已经没有时间另做安排，怎么办呢？赶紧收拾到公文包里吧。公文包的空间太小，只能装进最要紧的、最不能暴露的东西。东西藏进公文包其实一点用处都没有，一开拉链便全盘托出，必须找一个可靠的地方把公文包藏起来。邹副书记办公室无论哪个角落都不再安全，只能另觅藏所，于是他想到了钟副书记。今天下午他跑来钟铭这边，目的其实不是一起抽支烟，也不是打听宾馆六号楼怎么走，那些全都不重要，寄存该公文包才是最重要的。但是邹广学不能正式将该公文包拜托照看，因为那就必须说明理由，该理由却是不能说的。他只能采取疏忽遗漏方式，把公文包放置于钟铭办公室的茶几下。万一只是虚惊一场，没发生什么事，转身他便可以把公文包找回。邹广学选择钟铭为寄存对象，显然出于多种考虑。钟铭是挂职干部，与吴康案以及此间可能发生的案件都没有干系，怎么查都查不到那里去。加之彼此间相处不错，没有任何权力、利益冲突，不时互帮互助，让邹广学认为可堪拜托。

问题是这种事可以拜托吗？钟副邹副谁跟谁啊？邹广学这么够意思，用一只公文包把钟铭拖进他的案件里，这是可以接受的吗？钟铭原本跟他那些事一点关系没有，除了偶尔"陪同吸毒"，两人间并无其他瓜葛。现在有了。如果这个公文包里装着邹广学涉案的赃物，那可不是邹副书记塞给钟副书记的一支香烟。钟铭把香烟夹在指缝间任其燃烧，不外耐受一点二手烟，任那个公文包放置于茶几下，却属协助邹广学窝藏赃物。钟铭当然不能让自己卷入漩涡，未经本人同意，这种事不能勉强。

钟铭不觉咳嗽一声。

他感觉到一股烟味。如邹广学调侃，"二手烟无处不在"，几小时前，邹广学在这里抽了一支烟，钟铭陪同一支，当初弥漫在办公室的烟雾已经散尽，但是那味道似乎还在，正从茶几下这只黑色公文包里一点一点悄然渗出。

此刻钟铭能怎么办？有一个最直截了当的办法。

他站起身走到茶几边，拎起那个公文包，拿手掂了掂，不太重，跟钟铭自己的公文包重量差不多。钟铭拎着包，打开房门走出去，朝着走廊那头走去。

那扇门依然紧闭，里边依旧灯火通明。办案人员还在搜查邹广学的办公室。

现在把公文包交给他们是一个合适办法。办案人员必会了解邹广学的公文包怎么在钟铭手上。这个问题很好办：如实说明便可。可以告诉他们自己连包都没打开过，不知道里边都有些啥。无论有用没用，既然是邹广学所留，那么当然要交他们处置。钟铭这么处理不欠邹广学理由，没什么说不过去。

但是他只走出几步，转身又回到自己的办公室。

他似乎听到了邹广学的咳嗽声，忽然心有所动，觉得自己不应当过于匆忙。邹广学果真出事了吗？仅凭几个陌生人员在他的办公室就可以断定吗？如果邹并没有大事，钟铭这么急着把人家的公文包交出去是不是太绝了？几小时前还在表示关心，规劝"少抽点"，紧接着就翻脸不认，忙不迭地做出切割，这算什么？即使人家真的有事，你又怎么能断定并证明那个公文包一定就是邹广学的，里边一定是赃物或者证物？如果邹广学预感自己要出事，那肯定早早就把敏感的东西转移隐藏，不会一直留在办公室里。因此即便公文包的主人确实是邹广学，也可能就是邹广学紧张之中意外遗漏，里边的东西完全无关紧要。钟铭把它交出去，除了让自己成为邹案的一个意外人物，让人感觉可疑外，并没有任何实际意义。

因此不妨先把事情搞清楚。

回到办公室，钟铭关上门，在沙发上一坐，立刻打开了那个公文包。以钟铭的行事风格，通常情况下，他没有兴趣也不会去窥视别人的东西，但是现在是特殊情况。

公文包里果然有特殊东西：红包，货真价实。这红包很小，外包装不是信封，也不是过年给小孩发钱的那种印制精美的红包袋子，货真价实只用一张红纸。打开来，里边包着两枚硬币，总值共两元。红包放在一只塑料袋里，塑料袋里还装着一条折叠整齐的新毛巾。根据这条毛巾可以判断为葬礼物品。钟铭参加过类似活动。本县一位离休老干部过世，钟代表县委参加其告别仪式，仪式结束后，死者家人给每位参加者发一塑料袋，里边就是两元红包和一条毛巾。据称此为本县民俗，属家人答谢，不宜拒绝。邹广学一定是在某个葬礼上得到了这一物品，随手塞在公文包里。该红包应当不算重大问题，价值太低可忽略不计，无须归为赃物。

毫无疑问这个公文包属于邹广学，一个最明显的外部特征是味道：它有一股淡淡的烟味，显然它吸了足够多的二手烟，于它而言当然二手烟无处不在。包里还塞着两包邹广学常用的软包中华。里边有一个笔记本，打开看看是工作笔记，有会议记录，有发言提纲，都是邹广学亲笔，大多非常潦草，辨别起来挺吃力，却与钟铭印象中的邹体草书相当。不同于钟铭总是一丝不苟，人家邹广学放得开，除了笔迹潦草，笔记本表现还很丰富，竟然有一页什么文字都没有，只画着一个手掌，五个手指头。估计是某一个会议比较无聊，邹广学把自己的手掌放在本子上，拿水笔把它描绘下来。邹副书记在主席台上聚精会神干这件重要工作时，台下的人们一定以为该领导在认真记录有关重要精神。但是这一业余绘画作品所表现的问题于办案人员未必有用。公文包里还有几本学习资料、几份简报，以及文件和材料，它们当然不会有什么重大问题。整个公文包里，让钟铭感觉奇怪的是一个黑绒布袋，袋口有带子拉紧，里边装着一串钥匙。如果这个公文包确是邹广学有意丢在钟铭这里，里边确有不想提供给办案人员的物品，那么唯一值得怀疑的就是这一串钥匙。它有可能是什么？一座豪宅？一片门面库房？一个安全屋？或者其实什么都不是，只不过是一套装修过后便废弃的临时"A"匙？无论是一个巨大秘密，或者只是一个屁，只有当事者本人能够提供准确答案。

于是又回到了那个问题：钟铭怎么办？如果公文包里装有巨额款项，无论是人民币还是美元，钟铭可能别无选择。如果装有若干张数额不详的银行卡，或者消费卡、俱乐部会员卡什么的，可能也一样。但是仅仅只有这些东西。

钟铭把公文包放回茶几下边，关上电灯，走出办公室。

离开时他向走廊尽头看了一眼：那扇门依然紧闭，里边依旧灯火通明。

人做选择需要理由。钟铭匆匆离开办公室，没有对邹广学的公文包采取任何措施，他给自己的主要理由是情况尚未明朗。即便邹广学已经出事，此刻并未正式宣布，急急忙忙赶紧把邹广学的公文包交出去，有沉不住气之嫌，反令人生疑。为什么这么着急？怕什么呢？为什么邹广学不把公文包放在其他地方，要寄存在你这里？你跟邹广学究竟什么关系？除了陪着吸点二手烟，是不是还合伙干过些什么？邹广学真是不吭不声把公文包随手丢下，好比扔掉一只垃圾袋吗？或者彼此私下里还有什么商量，悄悄订了几条，建立攻守同盟？尽管所有这些问题最终都可以查清楚，如果能够避开，不往这种好事情里钻当然还是首选。因此少安毋躁吧。

事实上不仅这些。钟铭的眼前还总是浮现一个病弱孩子清秀的脸，以及一地烟灰。远远地，有阵阵咳嗽声似隐似现。

钟铭情不自禁干咳了一声。

4

钟铭下来挂职头年春节，年二十九，除夕前一天，钟铭私下里向书记吴康请个假，提前离岗返回省城。年关已到，县里已经开过团拜会，除了过年，再没多少实际事务了，而钟铭家里恰有私事：岳母生日就在这一天，老婆催他早点回家。当时市里两会开过，吴康已经选上市政协副主席，县委书记暂时还兼着，他老人家很爽快，命钟铭尽管先走。不料邹广学闻讯，亲自出来插一杠子。

他给钟铭打电话，请钟铭赶紧返回县里。干什么呢？"陪同吸毒"，抽二手烟。

"我这里有一包'黄鹤楼'，顶级的。"他打哈哈，"可不敢自己独享。"

那一天钟铭自己开车，他的车已经在高速公路开了半小时，停在休息区加油。邹广学这个电话让钟铭非常诧异。邹广学当然不可能因为要钟铭陪吸烟，让他在公路上来回奔跑。这个电话一定另有缘故。钟铭反复追问，邹广学才讲了究竟。

"你那个工地出事了。塌方。"他说。

钟铭一惊："医院门诊大楼？"

"你还有其他工地吗？"

"情况是不是很严重？"

邹广学只说："赶紧回来。"

钟铭不敢耽搁了,即离开休息区,匆匆赶到前方出口下高速,再掉头返回。

当时县医院新门诊大楼动工不久,大楼还在图纸上,工地上只挖了一个大坑,因春节到来,施工已经暂停,只留有少量工地值班人员。县领导中钟铭分管该项目,是主要责任人,如果工地上出了大事,于钟铭当然情况严重。

钟铭赶回县城,一路上满脑子都是惊险场面:工地坑壁塌了,有人给埋在土里了,消防车、救护车红灯闪烁,警笛尖锐。电影电视里的那些场面,今天居然轮到他来面对。钟铭还感觉生气:工地出了事,为什么没人向他报告?尽管只是挂职干部,他毕竟是该项目的负责人,有什么情况他们应当首先报告他,然后才去跟邹广学说。即便他们知道他已经离开,起码应当打个电话。这么不吭不声是什么意思?全然不当回事?钟铭掏出手机,打算即行追问,但是没挂出电话便按掉了。也许现场那些人正在准备给钟副书记打电话?不如等他们挂来再说。如果他们始终没想起应该报告,那么决不客气,一到现场即重重批评,让该记住的人记住,知道日后得怎么办。

车飞驰县城,钟铭直趋工地。非常意外,那里毫无动静,没有任何惊险。被围墙圈起来的工地一切如常,大坑还是那个大坑,有一排排水泥桩竖在坑里,脚手架、机械通道上空空荡荡,四周静悄悄,连个跑动的耗子都没有。

有个年轻值班人员从围墙外跑了进来。

"钟副书记来了?"他问候。

钟铭问:"听说有塌方?"

年轻人眨巴眼睛,点头:"有啊。不碍事。"

钟铭不放心,一定要他带去看看。那段路不好走,又是泥又是水,各自踩得两脚泥巴才走到。工地西南角果然有一处边坡塌方,范围很小。年轻人说已经请技术人员来看过了,估计是前几天打桩时震动比较厉害，这一片土层松动，恰好昨天有场小雨，今天上午就塌了一点。技术员认为没大问题，节后稍微处理一下就行了。

钟铭不由得在心里臭骂邹广学。这家伙怎么能这样开玩笑？这时手机铃响。钟铭一看手机屏幕，却是县委办主任打来的。

他接了电话。

"钟副在哪里？"对方问。

钟铭告诉他，此刻他在县医院新门诊大楼工地。

"哎呀，请赶紧到会议室来。"

钟铭心知有情况，什么也没问，匆匆离开工地，上车赶到县委大院。

进会议室时钟铭暗暗吃惊：不像工地上冷冷清清，这里居然济济一堂。除了县几大班子领导，会议室里还有几个不速之客，为首者坐在主席台正中位置，是省纪委一位副书记，姓刘。这位刘副书记率一组人员突然莅临本县，他们直接进了县委会议室，要求县委办公室以召开紧急会议为由，立刻通知在家的县领导全部到县委会议室集中，于是丁零零到处手机铃响。县委办主任知道钟铭已经请假返回省城，不属"在家领导"之列，因此一开始即交代不必给钟铭打电话。然后邹广学到了会场，未见钟铭，马上让办公室赶紧补通知，因为钟铭并没有离开，坚守岗位呢。县委办主任很诧异，亲自给钟铭打了电话，才知邹广学所言不虚。于是钟铭给叫到了会场，比其他人迟到若干分钟，却终于赶上。

吴康看到钟铭到达，有点意外："钟副真的还在啊。"

邹广学在一旁适时表扬，称钟副书记家有急事，已经向吴书记请过假并得到批准。但是人家一听说工地有情况，家都不要了，一头扎进现场紧急处置，踩得两只鞋子全是泥巴。看看，刘副书记带队到本县查岗，查出了这么优秀的一位挂职领导干部。

原来这是一次机关作风暗访，或如邹广学调侃叫"查岗"。年关到了，一些地方官员精神松懈，不到假期先就撒手，早早回家收年货，不做事了。根据相关省领导要求，有关部门联手搞了若干暗访组，下基层检查基层官员在岗情况，事前未做任何通知。当天下午，凡及时集中到会议室来的县级官员可视为节前依然坚守岗位，未到达者则被列入追查名册，需要请县委办当场联络，要求详细说明为什么不在位？到哪里去干什么？谁批准的？而后还需要提供可资证明的书面材料。一旦查有问题，则通报全省，以警示各级领导干部不得懒政。

钟铭躲过了一次麻烦。尽管他是省里下来挂职的，却也列在本县官员名册中，因此也属被查对象。他提前离岗回家，虽然事前曾报经县委书记同意，并非开小差擅自逃离，但是他跑回家干什么呢？岳母过生日是一个合适的理由吗？或许他得说假话，现编一个所谓急事，例如老婆住院什么的，然后再设法去医院搞一张证明。以卫健委处长的身份和人脉，搞那么一张证明应当不太困难，可是留有后患，不说有损国格，确实为钟铭所耻为。另外请假手续也是一个问题，这种事在县领导间没那么严格，有事给老大说一声就行了，没有谁正儿八经写个请假条，呈书记签字批准。万一人家暗访组不管三七二十一，非让你立刻拿手机拍照，出具请假批准证明，那怎么办？

还好现在只供后怕，没事了。不仅没事，所谓查岗查出个优秀干部之说还不胫而走，到处传颂，有若干省直的朋友打电话祝贺钟铭，弄得他无言以对。

邹广学调侃说："要是一不小心捧出个钟副厅长，那就功劳大了。"

钟铭说："别瞎扯。"

他向邹广学了解内情，暗访这么重大的省级机密，邹怎么可能提前知道？邹自称没有天线，却有地线，他是通过地线得知消息的。所谓"地线"是基层信息渠道，居然远在百里之外。邹广学在乡镇工作时很活跃，参加过几次乡镇领导培训，认识了全省各地一大堆同僚，现在还有许多在下边乡里工作。那天上午，省城那边有一个乡镇书记给邹广学打电话，提起有暗访组到他们隔壁乡镇，该镇干部基本跑回家过年了，几个值班的关在办公室里打麻将，被抓个正着。邹广学一听这事有点玄，凭什么人家只访省城，不访本市？只打乡镇，不打县城？因此还得小心。邹广学听说钟铭已经离开，担心会有不利，因此给他打了电话，纯属个人行为。电话里不能提暗访，邹广学便拿工地塌方骗钟铭，这个理由很充分，钟铭绝对会视如天大，必放下一切匆忙赶回。

邹广学显然并没有和盘托出。他应当有更直接的渠道，得到相对确切的消息，才会决意把钟铭拉回来。这种渠道当然不好明言。无论如何，人家对钟铭确实很够意思。

"钟副邹副，咱们谁跟谁啊。"邹广学说，"当然有福同享。"

他自称是做投资，钟铭下来挂两年职，弄不好一回去就升了，到时候去省城找钟副厅长看病，安排个专家检查，名医会诊，动个微创手术什么的自然方便多了。

钟铭说："不需要等那时，现在就可以帮你安排。"

"现在我不上医院，早去早死。"邹广学笑。

所谓专家检查、名医会诊和微创手术其实都出自钟铭建议，邹广学烟抽得凶，时而咳嗽严重，钟铭早就拿肺癌警告过他，表示可以为他安排省城大医院检查诊治，及早处置。邹广学不当回事，反之恐吓钟铭，说二手烟无处不在，有资料表明二手烟比一手烟更凶恶，往往吸毒的一点事没有，好好活着，陪同的肺癌了，呜呼哀哉。所以该是钟铭自己小心。

不想没过多久，邹广学就找钟铭求医了。

那一天县委开会，会间休息时，邹广学把钟铭拉到会议室边的小会客间，这个会客间摆有烟灰缸，邹广学称之为"吸毒室"，供班子里为数不多的几个烟客临时解决一下个人问题。邹广学给钟铭递了支烟，拿打火机要给他点上，忽然猛烈咳嗽。

钟铭当即把他的打火机压住,让他不要点烟。

"别抽。"钟铭说,"缓一缓。"

邹广学再咳,然后缓过劲来。

"妈的。"他骂道,"我准备到烟草公司上访了。"

"人家又没让你非抽不可。"

邹广学笑:"那只好找钟副上访。"

他坚持给钟铭点烟,然后谈了件事:他下周一到省城开会,打算会后多留一天,在省立医院找个医生,想请钟铭帮助安排一下,不知可否?

钟铭干脆道:"小意思,没问题。"

邹广学提到一个女医生的名字,钟铭一听吃了一惊:"干吗找她?不对。"

邹广学道:"听说这个医生最了得,权威。"

"人家跟你不对路。头痛怎么医脚?"

"不是我。是我儿子。"

钟铭心知不好。

邹广学提到的女医生很有名,是省内最好的血液病专家,以治疗白血病著称。凡提出找她则不会有什么好事。邹广学的儿子十五岁,读初三,前一段忽然发现低烧、流鼻血、头昏,经市医院检查,怀疑是白血病。邹广学到处打听,知道了那位女医生的名字,打算到省立医院找她求助。

钟铭说:"我马上帮你安排。"

"谢谢。"

钟铭看着邹广学的眼睛:"邹副,撑住。"

邹广学一咧嘴,表情痛苦,用力握一下钟铭的手。

钟铭打电话找到省立医院院长,请院长帮助联络那位专家为邹广学的儿子就诊,院长对钟处长很买账,非常支持。钟铭感觉还不踏实,又直接找到了那位专家。他们原本不认识,但是该专家的一个女助手是卫健委一个干部的女友，钟铭通过这条途径跟专家联系上，称患者的父亲在基层工作，很不容易，碰上这种不幸，很让他同情。希望医生多予帮助。专家说："我知道了。让他找我吧。"

邹广学的儿子给送到省立医院，医生看过之后立刻安排住院。那个周末钟铭返回省城家中，特地去医院看了病人。当时小病人躺在病床上昏睡，邹广学不在病房，病床边只有孩子的母亲。母亲告诉钟铭，小病人情况不好，医生建议做骨髓移植手术，需要配型。说话时眼泪就在眼眶里打转。床上那个双眼紧闭的男孩面相清秀，瘦弱单薄，脸色苍白，很无助，让钟铭看来非常不忍。当时只能略做安慰和表示。看罢小病人后离开，钟铭出住院大楼外听到一阵咳嗽声，抬眼看见大楼前小花圃台阶上坐着个人，低着头，拿手捂着脸。钟铭感觉那背影眼熟，上前察看，竟是邹广学。

钟铭说："邹副，我在这儿。"

邹广学看了钟铭一眼，笑了笑："钟副啊，谢谢了。"

那笑当然是硬挤出来的。

"你还好吧？"

"我没事。"

"你太太在那里哭呢。"钟铭说，"你可得坚持住。"

邹广学摇头："我找得到地方哭吗？"

他自称是出来抽烟，这种时候他非常需要。门诊大楼禁烟，只好跑到这里。昨晚一宿没睡，累得只想闭一闭眼睛。说着说着他又咳嗽，猛烈而沉重，有如射击。

钟铭陪他在花台上一起抽了支烟，两人聊了会儿。邹广学感叹，觉得儿子可怜，心里也有亏欠。这么多年里他一直都忙，家里事只能让老婆去管。他们家这孩子打小很乖，从不找事，学习也非常好，无须他多操心，让他一再庆幸。哪想竟摊上这个病。妈的，老天爷太不公平。如果可能，他愿意替儿子承受这一切，可惜没办法做到。

他竭力控制自己，语气不显异样，却见夹着香烟的手指头不停发抖，烟灰满地。钟铭劝告他别想太多，事到如今，听医生的。这种时候特别要保重身体，烟少抽点。邹广学把右手掌伸出来，让钟铭看他的手指头和指缝间的香烟，说还好，儿子这种病跟二手烟没有直接关系，否则他得把自己这几根手指剁了。

"与其坐在这里咳嗽，不如给你也安排个检查？"钟铭问。

邹广学摇头，还是那句话：早查早死。儿子生病了，这时候他可不能死。

不久，医生给他儿子做了骨髓移植手术。

5

走进会场后，钟铭注意到会议桌边的排位已经改变，邹广学的名牌给拿走了，常务副县长的排名则提了一位，从老五变老四，挨到钟铭的座位旁。钟铭不禁往自己身后看了看。今天开的是领导层小范围通气会，人员不多，后排位置放空，没有坐人。若干时间之前，曾经有一次县委开会，邹广学当众把钟铭的公文包藏匿于后排那个空位上，"贼喊捉贼"了一番。想起当时邹广学脸上的窃笑，钟铭心里非常不是滋味。

他在那一刻做了决定：听其自然吧。

时间已经过去两天，情况在通气会上得以正式明朗：邹广学因违纪违法问题，正在接受调查。邹广学涉案消息早已沸沸扬扬，外界说什么的都有，无不讲得非常严重。吴康被查在本县造成了一次地震，现在又是一次，或称余震。余震的破坏性有时候也非常之大，特别是吴康已经走了，而邹广学还在班子里，且是本地人，一直都在本地任职，他一出事就带来一系列问题，足以让许多人惴惴不安。

通气会上，有关领导强调了几条，包括要求了解相关情况的人尽快主动反映问题，配合办理该案。这种说法比较委婉，严肃点就是凡曾与邹广学合伙作案者，需抓紧时间坦白交代，否则后果自负。事到如今已经板上钉钉，邹副书记彻底完事了，不要指望他还能回到这个会议室"贼喊捉贼"，此刻上交那只黑色公文包应当是适时的，早了说不清，迟了有问题。该公文包之重要性不得而知，或许里边确实有要紧东西，邹广学因为某个缘故未曾及早转移走，临时应急塞进公文包。当然也可能里边的东西确实无足轻重。无论是什么情况，交出去自有人去弄清楚。但是一旦上交，钟铭肯定需要就此做出说明并接受调查，让自己成为邹案里的一个辅助角色。如果上交的公文包里藏有重大问题，虽不至于被视为落井下石，也会凸显他与邹关系非常特殊。如果公文包里的重大问题就是葬礼上的两元红包，那么钟铭郑重其事主动上交便沦为笑柄。

他决定听其自然。所谓"解铃还须系铃人"，谁家的孩子谁抱走，谁把那个包放在那里，让谁自己去说。眼下邹广学处于留置之中，他需要对办案人员交代自己的问题。如果这个包无足轻重，他不会说及。如果这个包很重要，他拒不交代，那是他自己的事情。如果他熬不住了，把它交代出来，那个时候办案人员自会找上门来。如果是那样，到时候钟铭作何解释？他可以装傻，称不知道该公文包怎么回事，只好暂时代为保管，等相关者自己找上门来吗？很勉强，自己都觉得可笑。

由于邹广学出了事，他的工作需要有人代理。县委书记在会上宣布，在没有其他变动之前，由钟铭接管邹广学所分管的全部工作。所谓"其他变动"有两方面可能，一是上级任命一位新的副书记前来接替，二是钟铭结束挂职，离任返回，算来也已为时不远，那时工作自当重新安排摆布。

只有钟铭自己明白，除了公开宣布接管的工作，他还暗中接管了邹广学的一只公文包，或许也接管了一个巨大秘密。该秘密不属私相授受，是不请自来，难以推拒。所谓一报还一报，当初邹广学把钟铭的公文包藏到会议室后排空位上，那是开玩笑。现在钟铭把邹广学的公文包保存在自己的办公室里，那不是开玩笑。

公文包不能始终丢在茶几下，一旦引起注意，容易节外生枝。钟铭把它放进柜子里，柜门上锁，正式承担起临时保管之重要任务。没有谁知道柜子里藏着个什么，除了钟铭自己。每当眼光扫过柜子，钟铭就想咳嗽，烟味似乎还在从那柜子里悄悄渗出，不知道是因为那个包长期浸润二手烟的缘故，或者纯属钟铭的心理感觉。

后来的日子很忙碌，由于工作项目增加，也因为相关案件如火如荼，情况复杂诡异。传言很多，似乎除了与"老人家"共同牵涉到土地、项目上的问题外，邹广学也还有自己的事，包括在乡镇任职时的事情，涉嫌利用职权收受贿赂、买官卖官等。有一位班子成员私下交谈时告诉钟铭，据说邹"进去"后交代问题倒还爽快，有时候一天写十几张纸，牵扯了不少事情，还有人。也许自知严重，烟抽得非常凶，咳嗽厉害。

钟铭不觉咳嗽："我早就提醒他少抽点。"

"他那个人改也难。"

"不应该啊。家里还有个生病的孩子。"钟铭感叹。

他想起邹广学笔记本上画的那几根手指。以这个情况看，那些手指把钟铭以及某个黑色公文包写到纸上只在早晚，果然钟副邹副谁跟谁啊。此刻已经错失时机，钟铭不好再去主动上交公文包了，只能等邹广学来把他拖下水。

不久就到了那一天，也是下午时分，钟铭在办公室里开会研究事项。县医院新门诊大楼已经接近封顶，在资金、施工方面存在若干问题。钟铭一有时间就带着技术人员到工地上走走，最怕建筑质量发生问题，日后无法交代。当天下午他召集几方人员在办公室开会，讨论相关问题处理。会开一半，有人敲门。

钟铭吩咐："开门。"

坐在左侧沙发上的与会者最靠近办公室门，他应声而起打开房门。

门外站着两个陌生人,一旁还有县纪委一位姓王的副书记。这个王此刻只是本地配合工作人员,门开后仅他一人走进屋,一直走到办公桌边钟铭的身边,俯下身耳语道:"钟副,他们请您出去一下。"

钟铭点点头,抬眼看一下办公室侧墙那面柜子。

终于到了谁的孩子谁抱走的时候。

他把手中的水笔一放,拉开办公桌旁边抽屉,取出放在抽屉中的柜门钥匙,放进上衣口袋,跟着王走出办公室。出门后王把门轻轻关上。

两位陌生人是办案人员。为首的一位与钟铭握了握手。

"钟副书记,我们有件事要打扰你。"

钟铭点点头:"我知道。"

他当然知道,除了那个公文包,没有什么需要他们前来打扰。问题是此刻一屋子的人,众目睽睽下开柜子取包好不好?另外钟铭也不便在这里当众作解释。

"我让会议人员先回避吧?"钟铭提出。

"不需要。"

钟铭把手伸进口袋,抓住那支柜门钥匙,只等对方正式提出要那个包。

办案人员不兜圈子,直截了当发了话。他们说,根据案件办理中掌握的线索,他们特地赶来。由于领导要求尽快核实情况,因此必须打断钟铭正在开的会议。

"明白。"钟铭表示。

他们正式提出要求。为了减少不必要的惊动,需要钟铭帮助,请即返回他的办公室,把他们要的带出来交给他们。

钟铭看着对方,好一会儿不说话。

"就要这个?"他问。

"是的。请配合。"他们回答。

钟铭这才确认无误。原来人家不是索要藏匿于办公室柜子里的公文包,是要一个人。这个人叫李魏,此刻坐在靠门边的沙发上,是县医院的党委书记,该院新门诊大楼项目的具体负责人。作为与会人员之一,理论上说,离开本会场应当取得会议主持领导同意。所以办案人员要劳驾钟铭出面配合。

李魏被叫了出来。他听说自己必须立刻跟两位办案人员离开,顿时表情发怔,大张嘴巴"啊"了一声。

"还有个包。"他没头没脑道。

钟铭不禁心里一跳。

人家说的当然不是钟副书记暗中藏下的那个巨大秘密,说的是其本人随身携带的公文包。这些人前来开会不能两手空空,总得带上个笔记本记录领导重要指示吧。哪怕他只准备往笔记本上画手指头,那也得抓个公文包装他的本子和笔,加上若干所需的材料。由于会议尚未结束,李魏被叫出房间时并不知道自己将被带走,因此没有顺手把他的公文包拎出来。

办案人员下令:"去拿。"

李魏一声不吭,推门进屋,随即拎着他的公文包走出来。钟铭注意到那是个相当大的棕色公文包。钟铭看着他被从眼前带走。

柜门钥匙又回到抽屉里,孩子未曾被该抱走的人抱走。

这意味着安全了吗?当然不是,只待来日。

接下来的时间很敏感,每一天钟铭都觉得该轮到了。邹广学在那里边可不好开玩笑,在猛烈抽烟之余,他必须勤奋写作。他不会始终绕弯子,总得写到钟副这里。每当电话铃响,或者有人敲门,钟铭总会鬼使神差,在第一时间想起邹广学。他当然不担心自己给叫进去,事情没那么严重。无论邹广学案子涉及几百万几千万,钟铭一分钱未沾,除了吸食了若干二手烟。或许因此邹广学才会对钟铭这般厚爱,不吭不声把那只公文包应急藏进来,如他自己形容,好比藏进中国人民银行地下金库的保险柜里。邹广学一直没把它写进交代材料，或许因为其中秘密非常要害，会严重加重他的违纪违法程度，所以他不说，且认定钟铭会替他保守秘密。钟铭除了对自己的羽毛很爱惜，对邹广学也很够意思，总是记着台风泥石流、节前查岗那些事，特别是眼前总是晃着邹广学那个生病的儿子，因此足以拜托。

但是钟铭可以这么够意思吗？如果包里的那一串钥匙指向某个重大案情，钟铭与邹广学共同保守这个巨大秘密，岂不是窝藏罪证，沦为同谋？岂不是妨碍对犯罪行为的追究，帮助罪犯逃过必须承担的更重惩罚？如邹广学曾经表扬，钟铭这么优秀的干部，怎么可以因为曾经"陪同吸毒"，对方曾经"很够意思"，就让自己不吭不声去干这种事，承担如此艰巨的任务？他不觉得大不应该吗？

钟铭异常焦灼。

他咳嗽不止，竟有点像邹广学了。

6

钟铭与邹广学之间，其实还曾经有过另一只公文包。

钟铭刚下来挂职不久，就给加了个"县医院新门诊大楼项目领导小组组长"头衔，主管该大楼建设。这一项目在钟铭到来前已经推进一段时间，因为种种问题进展不顺利。钟铭来自省卫健委，方便帮助解决问题，因此被授以重任。当时钟铭感到压力很大，提出自己是挂职干部，管项目缺乏经验，还是请其他领导负责，他来配合。吴康他老人家不同意，指定就是钟铭，要求大胆管起来。于是只能勉为其难。钟铭视此项目为自己两年挂职头号任务，于之不遗余力，包括千方百计从自己的单位省卫健委争取经费和各种支持，经他和各方努力，项目推进迅速。

项目招标中发生了一点意外：有一家单位提交投标材料一段时

间后，突然提出更改材料，并在投标截止时间即将到来之际把增补的材料封存送达。由于马上就要进入开标程序了，有监管人员认为情况不太正常，怀疑企业是否违规从内部环节得到消息，所以才匆匆修改投标文件。

钟铭在领导小组会上听到这个情况，即警觉："有可靠证据吗？"

目前只是怀疑。这家企业情况比较不寻常。

钟铭再问："投标文件是不是允许更改？"

招标办主任报告说，按照规定是允许的，只要在投标截止时间内。

"那我们可以怎么办？"钟铭询问。

既然不违反规定，那么企业有权更改材料。如果其后边确实存在问题甚至涉嫌内外串通，需要掌握确凿证据才能采取相应措施，在此之前不能仅凭一些迹象或怀疑草率处置。道理应当是这样的，但是讨论中明显有不同看法。

李魏质疑说："这么大一家公司，为什么一份材料也弄不清楚？"

李魏作为单位代表，是领导小组一个成员。他的质疑当然也有一定合理性。被质疑的这家工程公司名为"福盛"，是一家外来企业，总部位于省城，实力相当雄厚，在省内建筑企业里也算知名。对该企业而言，编制投标文件是小菜一碟，看家本事，不知干过多少回了，绝对不是什么处女作，怎么会弄成这样？从轻里说，至少是重视不够，细致不够，发生重大错误，所以急急忙忙更改。严重的就有可能是串通搞鬼。不管是什么，没有巨大的理由，标都投了哪会再来更改。

钟铭道："说的都有道理。但是仅仅根据这个，可以不允许更改文件吗？或者还可以一脚把这家企业踢出局？"

显然不可以。

这时钟铭的手机响铃。他一看屏幕，却是邹广学。

"邹副有事？"钟铭接了电话。

邹广学在电话里问："他们给你找茬了？"

"什么茬？"

"更改文件什么的是吗？"

钟铭很吃惊："谁告诉你的？"

他哈哈大笑："我当然知道。"

他居然像是坐在这间办公室里开会一般，对这里的情况了如指掌。

钟铭举着手机起身离开办公室，走到门外走廊，把门关上，不当着里边的人说话。

"邹副真是及时雨，正好讨教。"钟铭问，"这个事可以怎么办？"

邹广学说："简单，一枪毙掉，一脚踢出去。"

"可以吗？！"

他大笑："当然不行。别听那些屁话。"

原来他是说反话。他这个电话纯为"福盛"说项。他没隐瞒，说人家找到他那里去了。该企业对这个项目很重视，所以才要审视斟酌，更改投标文件。他们知道该项目好比钟铭的亲生儿子，也知道钟铭是邹广学亲生儿子的救命恩人，所以立马掏出一支枪顶在邹广学脑门上，让邹广学一定要给钟铭说一说。怎么办呢？救人一命胜造七级浮屠，恐怕得请钟铭帮个忙，以防节外生枝。

钟铭握着电话，好一会儿说不出话。

"不开玩笑。"邹广学说，"其实你心里都有数，按照自己的想法去定就行，别管哪个谁谁说些什么。"

钟铭说："听来他们说的也有点道理。"

"其实后边都有原因。"

"是吗？"

"相信我，我不会随随便便给你打这个电话。"

"行，我知道了。"

回到会议室继续开会。钟铭表态说，对今天反映的一些问题不能掉以轻心,要在下一步工作中高度注意,哪怕在开标之后,发现问题依然可以严厉处置。但是就目前掌握的情况,应当允许企业依规更改。

钟铭认为只能这样,即便邹广学没给他打电话,他也必须如此决定。邹广学只是让他感觉更有底气,不再犹豫。毕竟钟铭在基层是新手,不像邹那么有经验,这一方面他觉得可以信赖邹广学。但是钟铭心里也有一丝不安,邹广学亲自出面替企业说项,背后不会也有什么原因吧?纯粹秉公仗义执言吗?

第二天,钟铭带着几个人驱车到省城办事,当晚回家取衣物。进家门时,妻子指着沙发椅对钟铭说:"看那个包。"

沙发上有一个公文包,浅灰色,比钟铭手中的包还要大一些。半个小时前,有一个自称"林总"的陌生人到钟宅登门拜访未遇,留下一张名片和那个公文包,说是感谢钟铭关照,烦请钟夫人转交。钟铭的妻子对陌生人相当警惕,坚持请"林总"把公文包拿走,有什么需要交给钟铭的,请直接与他联络。"林总"连说没关系,不客气,趁钟妻倒水之际起身离去,把公文包留在那张沙发椅上。

钟铭看了那张名片,原来来自"福盛",那家投标企业。公文包里装着一包礼品茶、一条中华烟、一盒包装精致的冬虫夏草。

钟铭即按照名片上的手机号码给"林总"去了电话,要林来把公文包取回。林连说小意思,不客气。还提出他们老板也就是董事长想跟钟铭见个面,一起吃个饭,不知道钟铭哪个时间方便?钟铭不跟他多说,只让他先把东西取走。对方还是"小意思,不客气"。钟铭即把手机放了。

那时他心里非常不痛快。"林总"上门送礼的目的显而易见,所谓"感谢关照"表面看似乎是感谢钟铭在会议上替他们主持公道,实际上那个结果并无悬念,关键还在于接下来的开标和评标,他们的目的只在于让钟铭继续"关照"。肯定有人把会议上讨论的情况透露给他们，肯定还有人让他们直接找钟铭送礼求情，甚至提供了钟铭的动态和家庭住址。这个人会是谁呢？很大可能就是邹广学。

钟铭把那个公文包带回县里，第二天上班时直接送到邹广学办公室。

"得请邹副帮助处理。"钟铭说。

所谓"解铃还须系铃人"，邹广学给钟铭找的事，请邹广学亲自处理不欠理由。尽管钟铭对"林总"上门心里不痛快，却也不能跟邹广学太计较，毕竟彼此同僚，且邹对自己还多有帮助。通过让邹代退礼品，也算表明底线，请邹日后亦加以注意。

邹广学看着那个公文包哈哈大笑。

"我要发财了。"他问，"有多少钱？"

钟铭告诉他没有现金，是其他物品。

"我估计也是。"邹广学说，"不是退款，是退货。"

他当场打开公文包查验，嘴里说不错不错，都是用得着的东西，特别是香烟。如果钟铭不感兴趣，只愿意抽二手烟，那么邹广学准备笑纳。他会给对方打个电话，说明钟铭已经退货了，他决定予以截留。同时他还要表示不满。为什么送钟不送邹？厚此薄彼，难道他没有帮过忙吗？

钟铭哭笑不得。

邹广学这才正色，称赞钟铭处置正确，这些东西决不能收。对方目前像是还懂分寸，没有几万几十万送，只是送这点狗屁东西，因此不算贿赂，最多只属送礼，数额也不巨大，比较易于接受。但是这个公文包却是不能收的，因为它其实只是个敲门砖，砖头后边还有榔头，收了这一包，下一包就不能不收，下一包肯定是几万几十万。那些钱是可以拿的吗？不可以。别听送的人嘴里多好听，感谢啊，小意思啊，不客气啊，其实手机上开着录音呐，一不高兴那录音记录就送交纪委了。这种事早些年屡见不鲜，现在也不是完全没有。他在下边干了这么多年，见多了。比较起来，这么点东西是小意思，既然是他给钟铭找的事，当然他要来替钟铭摆平。

钟铭说："那么就拜托了。"

邹广学表示没问题。礼物该退就退，事情该办还得办。这家企业很牛逼，背景比较特殊，必须认真对待。

这家企业有什么牛逼？钟铭其实也有耳闻，听说该企业老板原本是个省城官员，后来下海经商，背后有很硬的关系，可以影响到省里的大人物。这种消息总是真真假假，难以核实。钟铭没太看重这个，他主持的项目招标，自认为必须一碗水端平。

邹广学问："情书看了没有？"

钟铭诧异："什么情书？"

邹广学从桌上拿起一封信递给钟铭，说是今天上午上班才收到的。这封信其实跟邹广学无关，人家爱的是钟铭，请钟铭自己欣赏。

钟铭赶紧看"情书"，看得火冒三丈。

那其实是一封举报信，显然由前天的领导小组会议引发，动作超乎寻常地敏捷。该信没有点名，却直接进攻钟铭，称县医院新门诊大楼项目的负责领导行事不公，与某有背景的投标企业关系可疑，对该企业涉嫌内外勾结的问题视而不见，令人怀疑这次招标只是掩人耳目，实际结果已经内定，项目就是要给那家企业做。如此明目张胆搞腐败，让人实在看不下去。大家拭目以待，如果真的敢这么肆无忌惮，举报信一定会送到省纪委、中纪委去，腐败官员必受严惩。

钟铭不禁张嘴骂："真是血口喷人！"

"人家还客气，没把张三李四直接写上去。"

"还用写？这哪一句不是指着我骂？我做错什么了？"

邹广学问："这事内定了吗？给哪家了？"

"哪里有？"

"你腐败了吗？收了人家几万？拿了人家什么？"

"这个你最清楚。"

"那还怕什么？"

邹广学判断，这封举报信绝对是出自竞争对手，目的在于先声夺人，怕另一方占便宜，让主管官员不敢偏袒。项目竞争激烈，开标前夕白热化了，下三滥的招数都有人使。比较起来，上门送点礼物"请多关照"，那还算文明。到了这种时候不要怕，别管它。如果因为有举报就想撇清关系，该说话不说话，该拍板不拍板，那就上当了。说到底还是那句话，自己觉得怎么应该，那就怎么办。如果招标结果是"福盛"，那么就是它，别家该出局就出局，别管它怎么喊叫。

"如果是别家中标呢？"钟铭问。

"不会是别家。"邹广学斩钉截铁。

钟铭异常吃惊，不明白邹广学凭什么如此断言，跟所谓"情书"竟如出一辙。邹广学也不多谈，只说企业的实力摆在那里，看起来他们还志在必得，关系也了得。即便找个什么理由让他们出局，只要他们不想放手，肯定有办法一个筋斗再翻回来，让你一句话都没法说。这种事他见得多了。尽管这家企业找过他，他也为他们打过电话，其实从心里说，他更乐见这家公司被踢出去，这里边有些个人原因。他跟钟铭不一样，钟是上边下来挂职的，两年一到拍屁股走人，无须考虑太多，不需要去照顾地方上哪些人。他在这里土生土长，牵扯很多，总是有些人需要他相帮。但是没有办法，这一回帮不上，只好拱手相让。

"为什么？"

他不加解释："就是这个命。"

钟铭当然希望把与这个项目有关的情况尽可能都搞清楚，特别是读到所谓"情书"之后，但是他也知道不能求之过急，邹广学不明说，必有不好说之处。钟铭心里也有些不以为然，毕竟这个项目是自己在掌握，如果"福盛"能够操纵别人，他们凭什么来操纵钟铭？就凭这个浅灰色公文包？

钟铭请邹广学务必尽快帮助他把礼品退还，还请帮助带一句话，他主持这项工作，自认为必须秉持公正，完全按照规则与程序进行。无论结果如何，不允许对方再找上门，不允许给他送钱送礼。如果不听，不管是敲门砖还是铁榔头，他都会全部直接上交给纪委。到时候如果事情弄大，对方给赶出局，那是自找，他已经有言在先。

当着钟铭的面，邹广学给"林总"打了电话，称钟铭把"东西"退到他这里了，还有几句话交代，请林尽快来找他。

"抓紧时间。"邹广学调侃，"免得把你们的好事搅黄了。"

对方连称明白。

钟铭即起身告辞，指着桌上那封举报信说："这'情书'怎么样？送给我做纪念？"

邹广学让钟铭无须牵挂它，这种举报信都一样，广种薄收，到处散发，目的是施加压力。作为人家的主要示爱对象，钟铭哪里会给放过？肯定主送钟铭，其他的都是抄送。钟铭上班后一定是一门心思来找邹广学要求退货，没有费心先察看一下办公桌上自己的信函文件。现在回办公室去找找，准保藏着一封"情书"。

"开标之后还会怎么样？莫非'情书'满天？"钟铭担心。

还未开标就这么闹，一旦尘埃落定，那些不如意的是不是真要闹到天上去？邹广学却称没事，第一不怕，第二有办法。钟铭不必操心，他能猜出这封信怎么回事，他来帮助解决这个问题。到时候看吧。

这话让钟铭感觉有些奇怪。

他回到办公室，果然在信函中找到了那封举报信。

而后开标、评标。按照招标方案，评标委员会根据专家小组提出的建议，确定了三家企业为中标候选人并排出顺序，报告给招标领导小组决定。该名单即交媒体公示，如果没有发现特殊问题，排名第一者中标。候选名列第一者果然就是"福盛"。

从心里说，由于有过那些情况，以及那封"情书"，钟铭本能地不喜欢这个结果，但是他不能不遵从自己认定的规则。评标委员会对众多投标者需要做综合评估与比较，包括企业实力、近年业绩、投标文件制定以及报价等都要考量。经过他们综合考虑，"福盛"被列为第一，理由有一二三四，似乎无懈可击。

领导小组讨论时，钟铭从中挑出了一点毛病。

"这家企业的报价不是最低的。"他说。

"福盛"先后有两个报价，如果按照早先那份投标文件的报价，他们只能出局，毫无疑义。但是他们及时做了更改，降低了报价。这一更改是出于内外串通，或者如企业所称出于再三斟酌？目前不得而知。有一点显而易见：新报价虽然让他们得以入围，却不是所有投标企业里最低的，列在第二的那家企业比他们还要低一些。

工作人员做出解释：本次招标文件明确规定：采取综合评估法，不保证最低投标价中标。因此所排列候选先后顺序没有问题。

钟铭问："大家有什么意见？"

没有人发表不同意见。

钟铭特意点一个人："李书记，李魏。"

李魏直截了当："同意'福盛'中标。报价不是问题。"

钟铭好一阵说不出话。他似乎已经看到无数"情书"在天空中飞舞。

他最后拍了板："就这样吧。"

招标尘埃落定。

很奇怪，钟铭想象中的举报纷纷并未出现，居然一封"情书"都没有。曾经指着钟铭骂的匿名"求爱者"消失得非常彻底，让钟铭感觉几乎不是真的。

随后项目推进顺利，直到鸣炮开工，没再发生麻烦。

后来有一天，邹广学跑到钟铭的办公室"吸毒"，钟铭跟他聊起项目进展情况时，谈到李魏，提起了旧事。钟铭说，记得当初李魏曾经率先提出疑问，怀疑"福盛"更改投标文件有鬼。却没想到转眼就转向，开标后一句挑剔都没有，也不知道为什么。

"我给他打了招呼。"邹广学说，"起初他不清楚。"

钟铭大吃一惊。

原来李是邹的中学同学，对邹言听计从。

邹广学曾经说过，出于个人原因，他更乐见"福盛"被踢出去，这话竟然一点不假。所谓"个人原因"是什么？竟是那家比"福盛"报价还要低、名列候选第二最终落败的企业。那是一家本地企业，其老板是邹广学妻子的远亲，跟邹的家族走得很近，于邹广学是自己人。邹广学对钟铭调侃，称那个老板跟他本人关系不大，但是跟他儿子关系很大。

那时候邹广学的儿子已经做过骨髓移植，手术基本成功，治疗却还看不到头，或将远及一生。邹广学像是没有受到太大影响，该干吗干吗，该调侃调侃，只是烟抽得更凶，咳嗽越发厉害，时有牢骚，说钟铭他们家管的那些医院够狠，疗程一个接一个，都得拿钱去填，刷卡机从不手软，好像患者家里都在日夜印钞。邹副书记口袋里能有几万几十万？买一沓纸钱塞进去充数吗？邹广学还提到儿子治疗压力很大，儿子今后日子怎么过压力更大。邹广学需要帮助，同时也要给人回报，因此如果可能，他很愿意看到自己人中标拿下这个工程。其实无须他多插手，顺理成章就可以拿下，但是后来不行了，他必须得出面运作，暗中协调，把自己人拉下来，让人家上。这种事当然必须只做不说，当时没办法跟钟铭讲明白，只好算是悄悄协助吧。

"不要有意见。如果让我自己决定，我不会去插手。"他说。

"谁要求你做的？"钟铭追问。

邹广学拿手指指了指天花板，不做具体解释。

钟铭感觉颇不是滋味。原以为事情在自己掌握中,想不到背后还有邹广学在暗地里操控。是谁做这样的安排?可能是吴康。他老人家面临升迁,需要在上边做工作,或许"福盛"是他的一条路子,必须予以特别关照,于是命邹广学介入。吴康一向看重邹广学,邹在本县步步上升,与吴康的鼎力支持关系莫大,因此邹不能不听命于吴。当然也可能是另外的,邹广学无法拒绝的人物提出要求。邹广学是高手,做得几乎不露痕迹,且颇注意钟铭的感受,但是显然确实有些不情愿,原因可能正如其说,因此他才能判断出"情书"的来历,并且有办法让对方在落败后偃旗息鼓。他不能不把自己人搁在一边,想必很无奈,他向钟铭透露若干情况,也在表明这种情绪。

此刻一切皆成过去,钟铭心里却有一种强烈的不安,竟是担心邹广学。钟铭无须为自己担心,因为邹广学有办法把事情做得天衣无缝,让人挑不出毛病,即便发现什么问题,钟铭也属不知情,最重要的还在于他没有为自己谋取一丁点好处。但是邹广学呢?即便这一回他同样没有拿"福盛"一支烟,与这家企业间没有任何问题,在他自己人那里又是什么情况?邹广学让自己人在这个项目忍痛退让,是不是需要在另一个项目设法让人家"上",以为补偿?或者此前已经有过类似的暗中运作?这种运作背后一定存在以家族关系为掩护的利益交换,那是可以有的吗?即便邹广学要考虑儿子眼下的治疗和今后的日子,不该做的事情就可以做了吗?

"邹副,我要提醒你一句。"钟铭说。

"什么金玉良言?"

"知道'机关算尽太聪明,反误了卿卿性命'吧?"

邹广学哈哈:"咒我啊?"

"劝你小心。"

邹广学给钟铭递烟:"生气了?更喜欢给蒙在鼓里?"

钟铭叹口气道:"我担心你啊。少抽点。"

邹广学称来不及了。抽过的烟已经堆积如山，肺癌什么的，该长早就长了。就好比那些出轨通奸的、搞腐败的，少搞一点可以吗？来不及了，已经搞上了，多少都算。

钟铭坚持规劝："不管怎么样，回头是岸。"

邹广学大笑。

后来在"陪同吸毒"之际，钟铭常拿抽烟与健康说事，其实深处多了一层意思。邹广学很能干，管得多，用起权力一点也不手软，有些事也不太当回事，例如安排他去做廉政反腐报告，他在私下里调侃称之"贼喊捉贼"。外界对他有些风言风语，钟铭听了替他不安。就县医院新门诊大楼项目招标这件事，钟铭感觉邹广学应当没什么问题，即便他擅自截留钟铭退还"福盛"的礼品，那也不算太大问题。但是此前此后邹广学管的项目还有多少？都一清二楚吗？没有给自己人套上了吗？应该多想想一旦出事会更糟糕，自己那个患病儿子更无法承受。钟铭只怕邹广学有那一天，遇到机会便略作提醒。彼此同僚，虽关系不错，毕竟并无深交，这种话也只能点到为止。

终于风波骤起，邹广学把一只吸足了二手烟的公文包藏进钟铭的办公室。

7

一直到钟铭挂职结束，拍屁股走人，事情还没有结果。

离开本县返回省卫健委时，钟铭整理行装，从柜子里取出那个黑色公文包，把公文包里的东西再仔细翻查一遍，没有更新的发现。

他不知道自己该拿这个包怎么办。或许应当干脆利落，把该包连同里边的所有物件全部丢进某个垃圾箱里，垃圾车会把它们拖到某个垃圾处理厂彻底销毁。

那时候关于邹广学一案的传闻很多,仅从其拖延程度,便可知情况相当复杂,也应当相当严重。

钟铭把那个公文包带回省城,放进了他的办公室里。在替邹广学保管了那么一段时间之后,忽然弃之不顾似乎不妥,万一有人找上门来讨要怎么办?于是只好如影随相,除了公文包和里边的东西,还有无处不在的二手烟。

这时"查岗查出个优秀挂职干部"的故事已经褪色,不再为人们提起。钟铭回去后换了个处室,依然当他的处长。同事们都感觉他瘦了,还总咳嗽。问他基层工作真的那么辛苦吗?他笑而不答。

他悄悄去省立医院做了一次检查。

医生问他:"抽烟吗?"

"不抽。"

他告诉医生,由于工作环境,接触了一些二手烟。

"哦。这种情况很多。"

什么情况很多?邹广学吓唬过,二手烟无处不在,比一手烟更甚,往往是"吸毒"的一点事没有,好好活着,"陪同的"长那个东西了,呜呼哀哉。钟铭从事卫生行政工作,接触得多,他知道不能绝对言之,但是这种事确实有。因此他才悄悄上医院去。

还好,检查结果暂无发现问题。但是一次检查不代表最终结论,往往检查时什么都没有,没几天"那个东西"就长出来了。搞不好的话,曾经的邹副还在哪个旮旯里使劲抽烟,曾经的钟副却要呜呼哀哉了。

医生交代他:"还是少抽点。"

他笑一笑,没有多加解释。

那个黑色公文包依然在他的办公室里悄悄散发着二手烟的气味。随着时日拖延,该气味本应渐渐淡去,钟铭却觉得它始终没有消散,一直都在那里弥漫。每当有电话铃响,或者有人敲门,钟铭依然会咳嗽,感觉心跳。

不亦快乐乎

1

季航决定对冯长民封锁消息,她有足够理由。

那时她在南丰桥工地,时已黄昏,天下小雨。工地上繁忙而杂乱,装载机在泥泞道路上来来去去,马达吼叫不止,一车车石块卸在桥旁。民工两人一组,用粗绳、扁担,踩着泥水把石块抬到桥上,堆积于桥两端。工地上照明不佳,靠一条临时线路、几只挂在树上的大功率电灯泡提供光线,稍远一点便显模糊,人形车影混杂。灯光淡淡地投在南丰桥廊飞檐上,影影绰绰,依稀勾画出缺失的一角。雨幕中似乎还有一股烟味从季航鼻子里钻进去。

陈平安匆匆跑到季航身边请示:"季副,差不多了吧?"

季航问:"我得问谁去?"

陈平安笑笑:"时间不早,还上?"

季航指指路旁:"这边还剩不少石块。"

"让他们再突击抬一些,恐怕也得收工吃饭了。"

季航没有回答。

那时雨势转大,季航站在雨中,她没打伞,穿雨衣,是陈平安给她弄来的一件警用雨衣,说是从乡派出所临时借用,男式,过于宽大，此刻只能将就。他们的旁边是工地，工地下边就是南丰溪，溪水哗哗流淌，水声浩大，水色浑黄，水面上一个又一个漩涡，裹着从上游冲下来的树木，从南丰桥下轰隆而过。

"小王，问问上边情况。"季航交代。

小王是政府办干事，跟随配合季航。她立刻用手机联络，从上游观测点得到最新消息：山洪下了，速度很快，估计十五分钟，一波水头将到达南丰桥。

季航顿时气短。站在雨水中失神。

此刻还需要往桥上抬石块吗？特别需要。这些石块类似于防汛时堆放于堤岸边的沙袋，此间沙袋不够才以石块应急。山洪到来之前，它们的作用在于增加桥的自重，让它不至于被洪水一卷就走。这是传统办法，土办法，此刻除了它，没有更多手段。如果应急增加的重物没能达到足够重量，木结构拱桥抗不过洪水，那么所有抢救手段将付之东流，眨眼间桥和桥上的石块会给冲得无影无踪。如果坚持继续往桥上抢抬石块，或许真的能抢下来，在山洪到达前把足够的重量加到桥身上，那么桥就保住了。但是无法排除另一种可能：临界点未能超越，桥垮了，石头没了，桥上撤退不及的民工也将卷入洪水。那样的话，所谓"到牢里住上几年"不算什么，几条甚至十几条人命，还有他们的家人将如万劫不复。

季航无奈，对陈平安下了命令："停止。让全部人员撤到安全地点。"

于是声影杂沓，几分钟后工地上只剩季航和小王两个，面对一片迅速上涨的溪水。形影相吊之际，轰隆轰隆的洪水声显得格外浩大。

此刻只能听天由命。

刘鸿的电话适时降临。

"该怎么叫你？"他在手机里打哈哈，"季主任？季县长？"

"当然还是小季。"季航问，"处长有什么吩咐？"

"还是季老师吧。"他说。

刘鸿通常不会主动联系谁谁,他要是忽然打来电话,那肯定有事,所谓"无事不登三宝殿"。刘鸿这件事跟季航有些关联:有一个高级专家组近期将到本省考察,成员包括北京的专家和联合国教科文组织的专家,考察项目以古廊桥为主。省政府领导很重视,指令做好安排。刘鸿牵头几方做接待方案,研究过程中忽然想起了季航。

"热烈欢迎。"季航即表示,"需要我们做什么?"

刘鸿说:"不需要别人,只需要你。"

限于日程和需要,考察组拟考察的古桥已经确定,就是北片那几座标志性桥梁,也就是说该考察组不准备光临本县。既然不来,为什么还要惊动季航?原来涉及配合人选问题。刘鸿说,考察组里有外国专家,也有专业翻译,考虑到外来翻译未必既了解古桥建筑特色,又熟悉本地风土民情,省领导要求物色合适人员配合,以保证考察顺利圆满。季航比较了解情况,刘鸿请她推荐几个人。

"本来不需要多此一举,你最合适了。"他说,"只是你现在情况不好动。"

季航说:"其实没关系吧?把南片也加进去不好吗?"

"当然好。"刘鸿说,"你知道的。"

这就没法多说了。季航给刘鸿推荐了两个人,一个是他们大学古建所的老师,一个是社科院旅游研究所的年轻人,一男一女。以她的接触,这两位对古桥较熟悉,英语口语也都好,应当能胜任。

"好,我知道了。"刘鸿说。

"不让我毛遂自荐?"季航再事争取,"把我们也加进去?"

"别急。"刘鸿说,"等你回来,那就是你了。"

他挂了电话。

季航也没时间跟他多说,因为情况急迫:大水在即。陈平安跑过来,报称全体人员都已经撤到安全位置,请季副赶紧离开。

季航说："不急。"

她站在岸边不走。溪水在迅速上涨，溪面几乎达到平常的两倍宽，南丰桥两侧桥墩已经没在水下，桥拱下洪水奔腾。季航站在岸边一块大石头上，这里地势相对较高，离溪面还有一点距离。她估计水涨不到这里，如果真涨上来了并且把她卷走，那么南丰桥肯定也就荡然无存了。

这时手机铃声再起。风雨洪水声中，响声断断续续，幸好季航事先设置了铃声加振动，否则这种时候还真是难以察觉。

她拿出手机看看屏幕，却是冯长民。没有片刻犹豫，她即按键，拒绝接听，把手机塞回衣袋。她突然想起刘鸿的电话，会不会专家考察的消息也传到冯长民那里，他追过来查问究竟？这种可能当即被她自己排除。很显然，即便冯长民长了双顺风耳，蛛丝马迹亦能捕捉，推荐翻译这类技术细节不可能即时快传到他那里。那么这个电话只可能还是讲南丰桥，类似催命符。此刻冯长民应当还在省城开会，难得他在百忙中时刻牵挂，不把季航逼去跳水誓不罢休。

她禁不住浑身发抖，使尽气力克制着自己。那一刻她决定对冯长民封锁消息，就当没有刘鸿那个电话，自己什么都不知道。她清楚一旦冯长民知道情况，肯定没完没了，她自己也会陷进去，所谓"不亦快乐乎"，到头来白忙活，根本不值得。冯长民不顾三七二十一把她往河里赶，她何必再去操心那些事？

几小时前，她在县城接待客人。客人来自她的学校，两位社会学教授带着几个研究生下来做田野调查，她从乡下赶回县城，陪他们在县宾馆吃中饭。按照规定，只是普通工作餐，却因为共同渊源和话题，大家边吃边聊，特别愉快。不知不觉谈了好长时间，冯长民突然来了个电话。

"你还在吃？那么快乐？"他问。

季航不禁一愣。听起来，冯长民似乎就站在门外。

"冯书记在哪里？"她脱口问，"会议结束了？"

冯长民远在省城，那个会还得两天。此人身虽不在，魂却没走，依然在本县上空游荡，掌控一切，连季航工作餐耗时也在关注中。季航注意到他语气不很亲切，她没在意，权当一切正常。

"需要写个情况吗？"她问，"《关于工作餐快乐的说明》？"

冯长民说："写。"

其实他并不那么小气，季航如何用餐于他并不重要。他这个电话另有要事。

"季副没注意到天气吗？"他问。

季航密切注意着。目前本县天气多云转阴，预报中的雨水还在天上，尚未降临。

"北边呢？"

季航已经注意到本省北部山区降雨不小。她清楚相邻地域降水将进入本县，通过几大溪流下泄，可能对本县水情产生重大影响。昨天她专程下乡察看水情，与乡领导研究了相应措施。昨晚她住在乡政府，今天上午再到河边察看，确定一切正常才返回县城。除了中午接待几位师生，还因为下午有一个大会需要参加。

"我知道。"冯长民说，"陈平安都向我报告了。"

他命季航立刻重返旧桥，不要拖延。此刻旧桥还是阴天，估计午后就该下雨了。按气象部门预计，旧桥应当没有大雨，问题在于气象部门未必说得准，特别是还有上游那边下来的洪水格外需要注意。

"已经做了安排。"季航强调。

"不需要你安排，需要你在那里。"

"我刚回来。"季航说，"下午县里还有个会。"

"有人替你开。你走。"冯长民不由分说。

"有必要这么折腾？"

"什么折腾！"冯长民不高兴，"刚闹了一把火，你还想闹一场水？"

季航心头的火"忽"一下子上来了。

"冯书记什么意思?"她即追问。

冯长民很冷静,口气很平,称没有别的意思。那座桥差点没给一把火烧掉,绝对不能转眼间让一场洪水冲毁,那样的话非得有人在牢里坐上几年。如果老天爷真那么凶狠,非把那座桥连锅端,那也没办法,端就端了吧,只要端的时候有一个人站在桥头给一并端掉就可以了,这叫作以示负责,"尽人事,听天命"。这种时候谁该在那里站岗,供洪水一并卷走?第一责任人当然是冯长民,可惜此刻他分身无术没法赶到现场,只能拜托季航承此重任。

"季副看着办吧。"他挂了电话。

季航让冯长民这个电话气坏了,特别是他提到那一把火,似乎在暗示季航有责任,只差指控她是纵火犯,让她更是气极。虽然恼火之至,她还必须遵命,没有片刻耽搁,她匆匆结束接待,送走那几位师生,转身上车,立刻奔赴虹桥驿,也就是旧桥乡。她直接到了南丰桥头工地,而后再也没有离开,始终待在现场"站岗",有如真的准备让洪水与桥一起冲走,或者不待桥垮,干脆自己先跳下去。

如果这座桥撑不住,她真不知道自己会怎么样。

暗淡灯光下,喊叫声忽然在季航身边响起:"季副!季副!"

是陈平安。他跑了过来,身后还跟着几个年轻人。

季航抬手抹掉脸上的雨水。

"什么情况?"她竭力让自己的声音显得正常。

陈平安报告说,他刚接到冯长民指令,无论如何,必须把季航送到安全地带。

"我就在这里看。不会有问题。"季航不走。

"冯书记指示,如果季副行动有困难,直接抬走。"

季航看着陈平安身后那几个年轻人,难以置信:"你真敢啊?"

陈平安赔笑:"我哪里敢。"

他压低声音求情:"冯书记说了,桥倒了不追究我,季副少一根汗毛唯我是问。请季副体谅,别让我没法交代。"

季航不说话,扭头看。

大水恰好到来,轰隆轰隆一阵巨大声响排山倒海自上游呼啸而下,顷刻间冲到他们脚下。洪水冲击古桥时一片轰鸣,水雾升腾,南丰桥没于水幕之中,似乎已经被巨响和大水一举摧垮,抹得干干净净。待水幕褪去,才见那桥的梁脊飞檐悄悄地又从暗夜里淡淡地浮现出天幕。

谢天谢地,它没给冲走。

季航转过身,向一旁高地走去。

在高地上,冯长民又给她打了一个电话,这个电话她接了。

"后边估计还有几个洪峰。"冯长民交代说,"不要放松。"

"知道。"她回答,语气生硬。

"小心眼了?"冯长民说,"别那么计较。"

"我没计较。"

冯长民笑笑:"还是要感谢季副。勇担责任,坚守岗位,面对洪水毫不畏惧,挺身站在第一线。精神可嘉,永垂不朽。"

"我还活着呢。"

"必须的。绝对不能让季副给洪水冲走,那个损失我们承受不起。"

"关键还得冯书记健在,其他人都不重要。"

冯长民笑:"我是真心话。眼下除了指望季副,已经无计可施。"

"冯氏功夫什么时候缺过招数?"

冯长民直截了当:"就现在。一筹莫展。"

季航心里一动,突然改变了主意。

"有一个情况。"她说。

专家组消息就此解禁。

冯长民竟反应激烈:"怎么早不说?"

"我也刚知道。"

"从哪个渠道来的?"

"可靠渠道。"

"你应该在第一时间告诉我。"

"现在是第一时间。山洪又来了,我得站岗去。"

季航把手机关上,不想再说了。

她在心里痛骂自己。如果真的永垂不朽,那么不因为谁,只因为自己确实该死。

2

回想起来,冯长民给季航的第一印象还行,所谓"最初面目宜人"。有如若干初步对上眼的相亲场合。

那年省"两会"期间,季航的顶头上司、文旅中心主任接到校长电话,要求找一份两年前的旧校刊给他。校长是省人大代表,小组召集人,他拟做的小组发言议题还需要一些参考。主任安排季航查找那份期刊并直接送到大会堂给校长,因为那期校刊有一组她编发的文章,校长要参考的就是那组文章。季航到了大会堂,那一层是一排分会议室,外边是宽阔的走廊、休息厅,摆着沙发茶几。会议工作人员到小组会议室把校长叫出来,校长指着沙发让季航坐下,接过资料翻阅。这时忽然有个说话声从走廊那一头传过来。季航抬头瞅了一眼:有个人正往这边走,拿着手机,边走边讲。

"什么要不要的,别管他。"他的声音很大。

这人就是冯长民,穿得很正式,胸前挂着会议名牌,也是一位代表。当时彼此陌生,季航只看一眼就把头转开,不料他却径直走到沙发这边。

"许校长!敬礼!"他打招呼,远远伸出了右手掌。

校长跟他握手,随口介绍坐在一旁的季航:"季老师。研究员。"

冯长民也跟季航握手，笑笑："行。行。"

季航不知道他在跟谁说话，因为他还在打电话，一只手热情握手表示客气，另一只手抓紧手机贴在耳朵上。这人同时干两件事，并不在意电话另一边那位或许会听得稀里糊涂，莫名其妙。

会面过程很短暂，蜻蜓点水之后，冯长民继续前进，打他的电话，季航继续在沙发上端坐，等校长提问。忽然冯长民又转身走过来，从口袋里掏出一张名片递给季航，指着那张名片比手势，或许因为听手机，他没说话。季航看他比画，明白是要她交换个名片。她也跟着比画，表示自己没带，很抱歉。其实随身小包里有那东西，她只是没打算拿出来，谢绝纠缠。不料对方很执着，随即再掏出一张自己的名片，翻成空白背面，放在季航面前沙发上，顺手从上衣口袋拿出一支水笔递给季航。这什么意思？很清楚，让季航留个联络方式给他。季航却装傻，不接笔，摆手，表示不明白。于是对方只得把手机从耳朵上拿开。

"请给我留个暗号。"他对季航说。不乏客气，略带调侃。

"什么？"

校长在一旁发笑："季老师，给冯书记留个电话。"

没法继续装傻。当着校长的面，不好太给人难看，季航只好提笔写下自己的名字和手机号，递还给冯长民。

"谢谢。"他说。

他向校长招招手以示告别，转身走开。那只手机又贴到他耳朵上。

除了似乎很忙碌很自信很有控制力，以及"要你没商量"，季航对冯长民没有更多感觉，毕竟彼此不相干。根据名片，季航知道他是县委书记，他那个县在本省西南，是个山区县，季航去过。此人任职应当是在近几年，至少当年季航去的时候，主政的还不是他。他看上去四十左右，长得不是特别引人注目，却也可以，还算成功吧，瘦高个，长脸，眼神尖锐，一望而知是个手里有权不免自以为是的县级大员。

没想到，两天后季航竟在自己的办公室与他再次相逢。

是冯长民找上门的。那天上午省人大会议闭幕，冯长民在离开省城返回前拐个弯，跑进大学城，直奔文旅中心，找到了季航。

"特意来请教几个问题。"他说明来意。

"冯书记不能先打个电话吗？"季航问。

他也曾考虑先联系一下，担心季航很可能借故推托，不如直接上门。如果碰上了便谈谈，见不上权当认个路吧。

季航"啊"了一声："怪我磨蹭。"

冯长民看着季航，似有疑惑。他没询问，季航也不做解释。当天下午季航原本打算进城，去省立医院探望一个住院的同事。临行前忽然想起一件事，急忙跑到办公室处理。如果不磨蹭，早几分钟离开，那就请君自便。现在没办法，碰上了只好应对。

"冯书记需要我帮助什么呢？"她问。

冯长民探讨一个名词，问季航为什么喜欢用"虹桥"，而不像很多人那样采用"廊桥"？季航称两个名词内涵有重叠，也有区别。她之所以多用前者，主要因为导师。她出自南京大学建筑系，本科毕业后读研，跟一位导师做古建筑研究，导师主攻宋代古桥，有多部专著。他有一篇文章探究《清明上河图》里的古桥，那座桥就是著名的"汴水虹桥"。至少从宋代起，这类桥梁就被称为"虹桥"。

冯长民提到季航的一篇论文，说他感觉季航对本省古桥的观点很独到，特别是结合古今提出的"南片""北片"概念，很有意思。

"那是好多年前的东西。"季航说，"当时也是机缘巧合。那个题目其实还有待深入做下去，可惜一直没有机会着手。"

"我们来提供机会，请季老师继续做，怎么样？"冯长民即提出。

"挺好啊。"

"马上定个时间？下周一光临？"

季航不禁发笑："冯书记是急性子。"

她告诉冯长民,她确实很想再去看看那些古桥,特别是南丰桥。只是手头还有一个课题在做,论文需要修改,时间比较急,完成之后才好考虑其他。

"其实季老师可以交叉着做。"

季航称如果她能一边接电话一边跟人交换"暗号",那么估计就不会是在大学做课题,该轮到她下去当书记了。

冯长民笑笑:"说不定季老师也行。"

他声称此刻非常需要帮助,特别是季航的帮助。季是专家,眼界宽阔,态度客观,学问扎实,令人信服。当年季航提到南北两片研究与开发的不平衡,说一山之隔,北边做古桥文章多年,掌握了话语权,南边空有丰富资源,一直重视不够,失去了存在感,说得非常到位。这种情况至今没有根本改变。冯长民那个县就在所谓"南片",其主政后已经采取若干措施推进,还将加大投入以彻底改变局面,这种时候特别需要专家们参与。冯长民提到自己读过季航的所有相关文章,还多方了解她的情况,觉得她能提供非常重要的指导与帮助,因此专程找上门来。

"让这么大的领导看重,太恐惧了。"季航调侃,"冯书记小心,我按小时收咨询费,参照大牌律师。"

他笑笑,表达比较含糊:"我们会提供所有必要条件。"

季航跟对方客气、开玩笑,却不做任何承诺。冯长民想要什么她很清楚,不外是如同他们北边邻居那样利用现有资源开发旅游,做大产业,等等。这里边往往还掺杂着地方政绩、个人升迁考虑,不那么单纯。那些东西跟季航关系不大。专业人员的兴趣点通常与地方官员有区别,更倾向于研究与保护。开发和保护并不总是一回事。

交谈期间,有几个电话打到冯长民手机上,冯长民都是看看屏幕便按键拒接,不让交谈中断。末了又来了一个电话,看来比较重要,他向季航摆摆手示意,即接听。

"什么情况？说要点。"他说。

然后是听，一声不吭，好一会儿，他生气："一要四不要？这什么道理？"

事情显然有点敏感，他起身从季航办公室走出去，到走廊上继续通话。出门时他把门带上了。那扇薄门板隔音差，季航听到他在外边骂娘："妈的！都这样谁还做事！"

几分钟后他走了进来，道歉："季老师别在意。"

"哪里敢。书记事多。"

他称不怕事情多，只怕做事情。如果不做事没事，一做事尽是事，做一件事就往自己脖子上套一条绳，这对吗？普天之下，数这个最讨厌。

季航问："领导这是在发牢骚吗？"

冯长民嘿嘿："是有感而发。"

季航记起几天前在大会堂，他边走边打电话，"什么要不要"，谈的似乎也不甚愉快。但是他没具体解说，季航也不打听，因为与己无涉。也许是这个电话干扰，冯长民谈兴顿失，几分钟后即起身告辞："我们随时恭候季老师。"

"没准我明天就电话骚扰冯书记去。"她说。

其实她根本没那打算。她对冯长民本能地有所抗拒，除了专业原因，还有警觉，这位地方主官似乎控制欲很强，原本与他毫不相干的季航于毫无察觉间已经被他"多方了解"了。他究竟了解些什么？打她什么主意？难道不需要经过本人同意吗？季航一向很自立，不喜欢受制于人，因此回避为上。

冯长民不是轻易甩得掉的人，好比相亲单方面对上眼了，比较满意，你不找他他找你，表现特别执着。从那以后，隔十天半月，他都会亲自打一个电话，询问季老师近况可好？准备拨冗前来否？还会在电话里扯些其他话题，有如熟人。联络持续不绝，渐渐便显得有些特别，疑似谈恋爱一般。除了电话问候，冯长民还让人定期给季航寄简报，甚至安排将当地产的时令水果送到季航的办公室。

他声称："想办法把季老师拖进来，不亦快乐乎。"

季航诧异，问他说个啥？冯长民哈哈，解释称标准提法是"不亦乐乎"，出自《论语》："有朋自远方来，不亦乐乎。"他曾经琢磨那个"乐"该读成音乐的乐还是快乐的乐，得知是后者，索性私自篡改了该成语，"不亦快乐乎"。

他果然成功地让季航注意并了解了许多情况。季航发觉由于这位冯长民，他们那里的古桥开始为人所知，不再像以往一样湮灭在邻居的光影里。冯长民能量大，想法多，招数不断，不时爆冷。那段时间里影响最大的一件事可能要数一位国务院副总理的视察，该高层领导秋天时分来到本省，省委书记、省长陪同他看了几个点，其中竟有南丰桥。两级高层领导均高度评价该古桥，要求做好保护开发，消息见诸本省各大媒体，也通过简报、邮件传到了季航这里。

冯长民难掩兴奋，"不亦快乐乎"，给季航打电话详细谈及此事。季航问他拿什么办法把那么大的领导请过来？他只说四个字"千方百计"，具体路径不谈，笑称是"国家机密"。他讲了报纸、简报上没有的即时情况和许多花絮，其中有一条是此行中省委书记的一个评价："这个冯长民最会忽悠。"

季航听罢大笑："那么大的官都敢忽悠，冯书记很危险。"

冯长民回答："有危险才有成就感。"

他说虽然小领导们都爱惜性命，毕竟还会有人喜欢迎险而上。几位大领导视察发话后满盘皆活，此刻特别需要季老师加强帮助指导。他所谓"帮助指导"有具体内容：他们正在制定南丰桥环境规划，冯长民希望季航前来考察，帮助出点主意。

"可惜，心有余力不足。"季航再次回绝。

那时候季航刚被任命为中心副主任，很不情愿地分摊了一堆行政事务。季航他们学校是省部共建重点高校，她所在的"文旅中心"全称"文化旅游研究中心"，亦是"旅游文化研究所"，是个新机构，尝试高校科研与社会需求接轨。季航作为年轻研究员进入这个中心，兴趣一直在学术方面，却不料忽然被列入考核，迅速任命。季航本人再三推辞，最终无奈接受。时下高校管理人员对资源有相当支配权，许多专业人员热衷谋求管理职位，所谓趋之若鹜。也有不少人不愿陷入，季航是其中之一，自认为靠专业吃饭，不争那个，不料竟因为专业较突出而被推上去。上去后才知道事有多少，有多烦。季航在电话中忍不住跟冯长民发牢骚，说自己不是这块料。她记得冯长民跟校长一见面就是："许校长，敬礼！"想来挺熟？能说上话？如果冯长民真想请她去帮助做南丰桥，可不可以先帮她去游说，让许校长把她免职？

"行，我来办。"冯长民竟一口应承。

季航笑："那我先谢谢了。"

她投桃报李，即请冯长民把相关资料寄给她，她会提出自己的看法供参考。

几天后冯长民再次光临，带着几个随行人员，把资料送到季航的办公室。

"亲自送达，以示对季主任的重视与感谢。"他说。

"别什么主任！等着冯书记帮我拿掉呢！"季航不高兴。

"没问题。"

原来他已经跟许校长联系过，不凑巧这一次见不上：校长参加教育部一个考察组去欧洲了。季航拜托的事情电话不宜，只能私下面谈，因此得等许校长返回后再办。

那一天季航与冯长民探讨得比较深入，话题涉及方方面面，包括南丰桥保护与维修状况，开发利用的前景与困难，等等。季航发觉冯长民以落实上级领导要求之名，一系列项目全面推进，除了常规的维修桥梁、拓通道路、环境整治、研究考察、宣传造势等等，还有一大措施：改地名。冯长民拟将南丰桥所在地，亦是该县古桥资源最集中的旧桥乡改名为"虹桥乡"，以此扩大影响。

"原本考虑叫'廊桥乡',跟北边他们的'廊桥镇'对应。"冯长民说,"因为有重名之嫌,报批比较复杂,就决定改成这个。意思相当,范围更开阔。"

这里边显然也有季航一份。第一次见面时,他们探讨过"虹桥"与"廊桥",或许当时冯长民正在斟酌怎么改名,季航让他下了决心。

季航直言:"感觉新名字不够响亮。"

冯长民解释,原本也考虑改乡为镇,"虹桥镇"会比"虹桥乡"叫得响。只是乡改镇涉及人口、经济指标等要求,目前差距还比较大。

季航忽有所感,也就是灵光一现:"不如多一个字:'虹桥驿'。'虹桥驿乡'。"

冯长民不吭声,睁着两眼看季航。季航即表示这个名字不是她生造,实有出处:早在宋代,那一带就有"虹桥驿"之名,记载于县志、府志里。当年有一条官道从现今旧桥乡一带穿过,沟通本省南北,是学子、官宦、商家从本省南部到省城,再延续到京城的主要通道。这条官道每隔一段距离设置一个驿站,虹桥驿就设在现今旧桥乡境内。得官道和驿站之便,加上南丰溪的航运,那一带曾经相当繁荣,驿站周边形成一条商业街,山区平原各地商旅汇集,人流货流通畅,史志称"盛极一时"。清代由于官道改线,虹桥驿废除,那一带渐渐沦于荒僻,旧地名废弃,只留在史籍记载里。如果打算更改旧桥乡名,不妨把古地名用起来。如今地名习惯用两字,三个字的比较少见,却因此更显得独特,格外让人记得住。古地名有厚重感,历史文化意味也更浓。

冯长民不吭声,只是听,听罢也不表态,直挺挺坐在椅子上思忖,好一会儿,忽然他指着坐在一旁的一位随员问:"吴局长,你们那边进展到哪里了?"

局长报告说,按照冯长民要求,他们一直在密切跟踪。现有进展是申请报告已经在处里通过，分管副厅长签了意见，只待厅务会讨论，厅长拍板。

冯长民下令："马上叫停。把报告撤回来，重新研究。"

那局长张口结舌："书记，书记，这恐怕……"

"就这样。你们先做处长工作，上边领导我亲自找。"冯长民说。

然后他才告诉季航，如今乡镇改个名不容易，县里不能决定，必须报市里同意，再报省民政厅批准，往往需要分管副省长点头才行。这是因为地名改变牵动方方面面，需要相对稳定，严格控制。县里早有人动议将旧桥乡改名，以往也曾尝试过，却一直没有做成。这一次冯长民下决心再争取，认为尽管难度大，却有意义，值得下功夫。经过多方努力，恰好也赶上时机，目前已经接近最后完成。刚才听季航一说，感觉有道理。问题在于已经做到这个程度，如果推倒重来，岂不是以前那么大劲白费了？重新再来会不会反添复杂，节外生枝？考虑一下，觉得不能留下遗憾，既然有心更改，应该寻求最好、最有利，哪怕多付数倍努力，从长远看也属值得。

季航"哎呀"一声："怪我多嘴。"

"其实虹桥驿以前也听说过，可惜一直没往这边想。"冯长民感慨，"早一点把季主任抓住就好了。"

"别那么叫。"季航再次表示不快，"别忘记拜托。"

他连说放心，匆匆离去。

不久之后，季航从那边寄来的一份简报里看到消息，旧桥乡正式改名了，新的地名就是她灵光一现想到的那个：虹桥驿。

然后她接到学校组织部通知，校党委领导约请她谈话。季航很诧异，猜想是不是冯长民说通校长，他们准备让她解脱了？想来似乎不像，如果冯长民真的帮上忙，一定会来电话说一声的。她心情忐忑去了校部大楼，校党委一个副书记和人事处长一起跟她谈了话，却不是免她现任职务，竟是拟将她推荐给省委组织部，作为新一批省直单位下派干部，安排到下边县班子里挂职两年。按照分配的推荐指标，本校已经筛选出若干候选人，需要从中挑选两名上报，在正式推荐之前想听一听本人意见。

季航大惊："我怎么能干那个！"

他们说季航符合规定的年龄、任职条件，表现好，很优秀。下派挂职能培养锻炼年轻干部，对专业干部成长也很有益，希望季航能愉快接受。

季航以自己的履历和爱好为由，坚称不合适，请求考虑他人，不要推荐她。谈话领导反复劝导，最后答应会在比选时充分考虑她个人意见。如果没选上，希望她不受影响，继续做好本职。如果确定她，也请她认识确有需要，必须服从。毕竟只是两年时间，有再多的困难和问题，克服一下也就过去了。

"我真的干不了。"季航丝毫不松口，"我不想给咱们学校惹麻烦。"

话说到这种程度，竟然最终还是挑了她。她接到通知去省委组织部报到，心情非常糟糕，不知道自己该怎么办。一直到了会场，尽管自知木已成舟，她还想着是不是该抓住最后机会向省组领导申诉，要求不去？不料一听文件宣读她就愣住了：她给派下去当副县长，去的不是别处，正是冯长民那里。

几天后她到了基层，班子见面会之后，冯长民请她到书记办公室谈谈。办公室里只剩他们俩时，她脸色一变追问："都是你一手操作的？"

冯长民供认不讳，是他"做"的，做得很不容易，分几次，找了几位关键人物才办下来。事先不敢惊动季航，怕她誓死不从。

他履行了承诺，帮她从烦人的单位行政事务中暂时解脱，却让她陷入一个几乎完全陌生的环境里。难得他有那么长的手臂，那么巨大的理由和那般锲而不舍，能够克服那么多的障碍，如同谋求给一个山区乡改名一般，把一个他所称的"虹桥专家"从省城高校堂而皇之拉到了深山里的虹桥驿。

"季副肯定会恨得咬牙切齿。"他说,"但是到头来会感谢我。"

"我肯定要让冯书记后悔不已。"季航果真咬牙切齿。

冯长民自认为是给季航提供了一个新平台,开拓了一个新天地。从此以后,季航除了可以更深入更具现场感地进行她的研究,还可以有效转化自己的研究成果,成为古桥保护、开发的一个主持者。说不定她会因此留在古桥研究史,以及本地的发展史中。如果不讲那么大,至少她在这里所做的一切会给地方留下一道痕迹,给她本人一种成就感与充实感,足以让她享用终生,"不亦快乐乎"。

除了"会忽悠",冯长民还打情商牌。他说,在省大会堂见第一面,季航就让他"惊为天人",很为彼此相逢而兴奋。他感觉尽管所处领域不同,季航跟他一样是个想做事的人,可称"同气相求"。眼下唱高调的多,怕事者众,不怕事想做事的人相对难得,比较可贵,不说凤毛麟角,至少硕果有限,因此倍加珍重。很高兴终于把"天人"请下地来,无论有多少仇恨,可以暂时搁置,不妨共同努力,一起先把事情做起来。

季航就此落脚,用她无奈之语,叫作"领教了冯氏功夫,上了冯氏贼船"。

3

会议是临时召集的,紧急协调。书记、县长两主官,班子里相关领导以及几大部门负责官员与会。冯长民宣布说,有一个联合国专家组将到本县考察古桥,这是充分展现本县古桥资源、文化内涵和开发前景的重要契机。时间很急,专家组将在一周后到达,所有准备工作必须在一周内完成。

"有朋自远方来啊,"冯长民说,"咱们不亦快乐乎。"

季航忍不住更正:"不亦乐乎。"

冯长民说:"差不多,就是很快乐。"

季航暗暗吃惊。冯长民所称的专家组与发洪水那天,季航在南丰桥工地听到并报给冯长民的那个考察组是一回事吗?应当是一回事,除了那个考察组,短时间内不可能另有什么专家组前来本省。以季航感觉,这个考察组之重要在于集中了若干顶尖专家,而不在于里边有几张洋面孔。冯长民把"有联合国教科文组织专家参加"的专家组含糊说成"联合国专家组",概念有所偷换,应当是故意而为,让大家感觉似乎来头更大一点。季航特别惊讶的是刘鸿明确表示专家组目标已定,人家看的是北边那几座标志性古桥,并没有考察"南片"也就是本县的计划。不想情况竟得到反转,专家们将欣然前来。是什么促成了这一重大变化?毫无疑问是冯长民。冯长民得到消息后真是没闲着,他一定是把省政府大楼钻穿了,摸清了底细,找到了路子,成功地完成了逆袭。季航知道这非常非常不容易,特别在眼下,冯长民自己麻烦缠身,早已不是当初"忽悠"国家和省领导那般顺风顺水,气势如虹。想不到他一如既往,还是那个在任何情况下把不可能做成可能的人。

紧急会上,冯长民给季航派了两件事,一是南丰桥抢修,二是中心广场活动,调门都提得很高。季航不快,当场表示:"我还是只管桥吧。"

冯长民说:"你是挂钩领导,中心的事不能不管。"

"管什么?穿一身戏服到广场上跳神?"

"季副这身衣服已经够美丽了。"

季航提出南丰桥维修应该按照原定进度,不能随意提前。冯长民强调他已经说过了,无论如何,要求一周内全部完成。季航坚持不能提前,理由是南丰桥除了因火灾造成损坏,在前些时那场洪水中桥体也受到一些影响,维修项目相应增加,除了更换过火梁柱,还需要加固桥体。施工必须规范,严格按照古建筑维修程序进行。人为提前工期,容易导致不顾质量,马虎潦草,给这座古桥留下隐患。

"所以要你既提前完成，又确保质量。"冯长民不由分说。

季航说："这是矛盾的。"

"去解决啊。否则要我们做啥？"

季航还想再争，桌底下有一只脚轻轻动了她脚尖一下，她不得不闭上嘴。坐在季航身旁的是县长廖正坤，他提醒季航适可而止。本县领导层中，冯长民一向说一不二，没有谁敢在会上跟他公开争辩，季航算个例外，却也不能争得太过头。

说来季航是自食其果。发洪水那天，季航把专家组消息报给冯长民之际心存犹豫，因为知道冯长民不会轻易放过，肯定要折腾一番，她会给拖进去，陷于筋疲力尽，所以曾打算封锁消息，后来也只说"可靠渠道"，不明确告知消息来源。如果她提到刘鸿，很大可能就是往自己脖子上套条绳索，冯长民会命她去做刘鸿工作。她跟刘其实并不熟悉，只因为曾奉调参加一份涉及古建筑文件的起草而认识，刘对她的专业能力很了解很肯定，却不可能因此去做超出他权限的事情，例如改变专家组的考察内容。她找刘必定徒劳无功，同时让自己陷于尴尬。但是她不明确提供来源，冯长民也能另找渠道去核实清楚，类似事项不属机密，不愁找不到北。他果然找到了，且靠着屡试不爽的"冯氏功夫"把事情反转过来，把季航也一并拖入，如她自己早先所料。

迎接所谓"联合国专家考察"，事情很多，牵动方方面面，包括县城地面的卫生，全县云层的监控，都必须考虑到，其中重头戏就是古桥集中地虹桥驿乡。季航挂钩该乡，冯长民派的两件事只是重中之重，另外七七八八的事项冯交给别人去折腾了。季航的两件事中，中心广场活动牵涉面超广，南丰桥维修专业性特强，都比较复杂。

中心广场全称是"虹桥驿旅游服务中心广场"，为虹桥驿开发一大手笔。该广场紧挨乡集，占地百余亩，削平两个山头，建起一座三层大楼，有一个宽阔的门厅，为服务中心主体建筑。建筑前有大片广场，旁边是停车场。冯长民参考"北片"数据，提出虹桥驿在十年内达到年接待五百万游客的目标，要求以此目标建设旅游服务中心，包括服务大楼、广场、小公园、星级酒店等项目，另加农家乐、民宿等配套服务设施。服务中心作为本县重点建设项目，在季航下来挂职前已动工开建，季航初到时，这里一天一个样子，进展迅速，大楼主体和广场基本建成，规模初步显现。而后由于一些特殊情况，建设节奏突然放缓下来。此刻为了迎接考察，该项目被冯长民重点力推，要求全力突击，完成主体收尾，还要正式启用，于考察组到来之际组织首场大型文化活动，以示欢迎，同时展现地方文化。冯长民说，唱歌跳舞人家看多了，不感兴趣，舞龙舞狮什么的也到处有，不稀罕，咱们不如跳大神吧。他所谓"跳大神"是调侃，指的是本地民俗表演，包括"板凳龙""大鼓伞"等等，均经过专业人员重新编排，保留浓厚民间色彩，又更具观赏性。这些表演均有专门服装，就是季航所称的"戏服"。尽管广场这个点工作量大，动员人多，牵扯面广，需要季航处理的事情却不是太多，因为责任部门是乡镇，有陈平安负责，陈是虹桥驿乡书记，冯长民重用的一员大将，能力很强，无须季航替他太操心。季航以"不穿戏服"推辞，主要是不想多管闲事，集中精力盯紧南丰桥维修，她的兴趣点只在这里。比较而言，什么中心、广场都是花絮，古桥才是实质，专家们考察的不是广场建得如何气派，民俗表演戏服漂亮否，而是古桥怎么样，那才是真正的重中之重。

　　虹桥驿乡现存数十座古桥，年代最早的为南宋，晚至清代，均为木结构拱桥，即学界所称的"贯木拱桥"。这些桥使用短的构造材料，形成大的跨度，是中国传统木构桥梁中技术含量最高的一个品类，具有极高传统美学价值，也是本地当年繁荣的一种实体记载。虹桥驿乡现存古桥大略分两种，一种俗称"厝桥"，即桥上有廊屋，一种是单纯的木拱桥。季航考证，后者出现年代更早，"厝桥"则在其后。南丰桥跨两个种类，始建于宋，明时改建为厝桥，以年代久远、桥体壮观、工艺精巧、装饰精美而著称，比之邻县广为人知的几座著名廊桥毫不逊色，而年代更长，文化内涵更丰富。可惜由于以往交通相对闭塞，知道它、见过它的人不多。当年季航做田野调查，曾经在旧桥也就是现在的虹桥驿乡住了近一个月，几乎每天都要在南丰桥待几个小时。当时这座桥已经荒废，桥两侧小路几乎被杂草、荆棘淹没，桥上廊屋多处塌毁，附近村庄也十分凋零。季航在她的论文里介绍它的价值与现状，呼吁加强保护，引起媒体关注，有几位省领导相继批示，地方开始重视。冯长民到任后，该桥成为本县开发旅游产业一个重点，被确立为省级文物保护单位并申报国保。冯长民争取到数笔经费，修建了一条"迎宾大道"，从省道直通桥畔，并对该桥做了一次大规模维修。古桥修旧如旧，却已生机焕发。由于以往渊源，季航对这座桥怀有别样情感，记得那天在省委组织部，得知被派到本县时，她突然想起这座桥，感觉似有召唤，这才下决心放下一切，听命前来。不料就在挂职期间，在她眼皮底下，这座刚刚显现生机的古桥差点毁于水火，不得不再做维修，让她倍觉内疚。对季航来说，把南丰桥真正维修好比什么都重要，古桥在前些时那场火灾后开始维修，至今已经数月，洪水后稍有耽搁，很快又加速推进，目前剩下的工作量也还不少，季航担心一周内难以完成，更担心赶工留下隐患，作为一个专业人员她不能接受那种结果，不想为之终生抱憾。

紧急会一结束，季航立马离开县城，驱车出发。半路上，冯长民电话追了上来。

"季副在哪里？"他查岗。

"快到虹桥驿了。"她说。

冯长民表扬季航"比优秀领导还要优秀"，开完会饭都顾不上吃就奔赴前线。其实不需要这么拼，饭还是要吃的，体力需要保持，不能只要体形。

"谢谢，领教了。有什么指示？"季航问。

果然不单纯关心女士体形，人家确有指示。冯长民告诉季航，迎宾大道连接线有一个突发情况，需要赶紧处理，季航能否稍拐个弯，赶过去协调一下？

"不是冯书记亲自协调过了？"季航问。

冯长民生气："妈的，都说好了，又节外生枝。"

季航说："恐怕还是请冯书记亲自过问好。这个事于我太复杂了，没把握。"

"我现在抽不开身，所以要你去。"

季航不快："记得冯书记有言在先，还是让我去管桥吧。一周限期压力太大，我都不知道该怎么办，他们在那里等我商量呢。"

冯长民不吭声，收了电话。

如果不是季航，冯长民一定会在电话里直接开骂。这个人翻起脸一点都不留情，本县上下个个怕他。季航不一样，她是省直单位下来的挂职干部，两年期满就拍手走人，归根结底冯长民于她鞭长莫及。她又是冯长民千方百计"做"下来的，对她不能不格外客气。冯长民自己曾明确表示给她减压，只让她承担与古桥有关的事情，虽然实际上不可能做到，给季航派的任务早已远远超出那个范围，毕竟有言在先。当然还有一个原因：本县领导层里，唯有季航不唯唯诺诺，敢跟冯长民抬杠，却也很少有谁像她那样全身心投入，如冯长民所表扬，"比优秀领导还要优秀"。因此尽管一再给季航加压，想到什么派什么，终究还得让她三分。

季航到达虹桥驿乡，直接赶往南丰桥，已经有几个人被通知到那里集中，等季航到达就开会，研究怎么办。不料有一个电话先一步打到季航手机上。

却是刘鸿。看到手机屏幕上的显示，季航心里怦的一跳：这个电话肯定与专家考察有关，不会是责备她走漏消息吧？或者是预做通气？该处长很细心，考察组行程有变，决定要光临本县了，有必要提前跟她说一声？

她接了电话:"刘处长有什么指示?"

果然与专家考察有关,却非兴师问罪,也不是预做通报。刘鸿讲了一个事情:专家们拟于考察后开一个小型座谈会,他们提到了本省几个研究人员,希望能参加座谈,其中有季航。座谈会与会人员名单还须报省领导过目同意,刘鸿先给季航通个气,让她有个心理准备,这段时间不要安排出远差。

"怎么会呢。"季航笑道,"专家到我们县考察,哪里可以走开。"

刘鸿诧异:"我没说过吗?不去你们那儿。"

季航顿时口吃:"不是,不是又要来了吗?"

"没那回事。"刘鸿回答斩钉截铁。

季航吃惊不已,难道冯长民的"联合国专家组"是另一回事?仔细一听不对,肯定是一回事:刘鸿对季航抱怨说,你们那个冯长民也真是,不知道从哪里听到消息,带着几个人到省政府大楼跑上跑下,通过各种关系,从处长、副秘书长、秘书长,一直找到省领导。说了很多理由,送了一份报告,强烈要求改变考察组行程,把"南片"一并纳入。这种事哪可能随意变动?临时动议,干扰上级既有安排,省领导非常生气。

"啊,是这样。"季航说。

接完电话,她坐在车上发愣。这到底怎么回事?哪个信息准确?刘鸿是省政府办公厅的处长,他们处管科教文卫,专家考察组在本省活动由他们负责安排,显然更为可靠。但是如果刘鸿说的不错,冯长民又是紧急协调,又是全面铺开,迎接专家考察,岂不是凭空放炮,纯粹瞎搞?冯长民能这么不靠谱吗?是不是"冯氏功夫"还有招数,另有争取余地?他本人已经麻烦缠身,眼下又搞个"省领导非常生气",往下再搞后果会是什么,他不清楚吗?

季航为冯长民捏了把汗。想一想,她命驾驶员掉转车头,往回开,让小王打个电话,吩咐那几个人在南丰桥稍等,别急,她先处理一件事,然后再一起开会。

十几分钟后,她到了迎宾大道连接线。陈平安正在那里大声嚷嚷,拿即将到来的"联合国专家"强调,要求公路管理人员立刻配合,准备即行施工。

"影响大局,责任你们承担不起!"他威胁。

这就是冯长民要季航"拐个弯去协调一下"的纠纷。在季航拒绝接受后,冯长民把陈平安派上阵来,因为该路段位于虹桥驿境内,陈平安是迎宾大道建设指挥部的副总指挥。这个项目还有一位第一副总指挥,那就是季航,她是挂个名,总指挥则是冯长民本人,他挂名是显示重视。

所谓"迎宾大道"是一条旅游公路,联结省道与虹桥驿乡集、旅游服务中心,再延伸到南丰桥。在这条大道建设之前,通往虹桥驿乡的县道窄小弯曲坎坷,状况很差,从乡里到南丰桥只有村道相通。迎宾大道是彻底改变交通环境的关键项目,它已经建成并试通车,只差最后一个环节没有完成:与省道连接处的路障尚未拆除,目前试通车只能通过施工便通连接。连接线已经建成,为什么还不拆除路障让车辆通行?原因是验收时省公路管理部门一位处长认为开口交接处一个涵洞有问题,可能影响省道排水。双方协调多轮,最后冯长民亲自拍板,同意重修。重修涵洞工程量并不太大,只是需要破开路面,暂时封闭那段省道,车辆绕行,需要公路管理部门配合。双方都已谈妥,不料施工单位要动手了,施工机械、人员上场了,公路管理方却不让动手。

陈平安把季航拉到一旁说明情况。此刻对方的理由是省、市公路局有交代,施工时他们要派人到场监督,必须等上边人到才能动工。这其实是省里那位处长搞的名堂,那家伙牛逼哄哄,爱弄权,要好处,当初修连接线时就因为一些小事叽叽歪歪,现在也是借一个涵洞要挟。陈平安主张不管他,大的事都商定清楚了,不欠他理由,不就是移几个路障,设几个标志,指挥一下车流?谁干不了?

季航没有立刻表态。她把公路方面人员请过来商量,那个人一再强调自己无权决定。季航思忖片刻,命施工车辆和人员先不动,待沟通清楚。

陈平安说:"这一拖,只怕一周内完不成。"

季航强调,处置不当有可能导致对方激烈干预,弄不好会拖得更长。

"你马上请示冯书记。"她说,"看他意见怎么样。"

陈平安遵命打电话。冯长民很不高兴,骂娘,但是同意按季航的意见办。

处理完纠纷,季航赶到南丰桥,坐下立刻开会。手中只剩一周时间,工程量还相当大,特别是必须保证质量,她感觉压力山大。

还在商量怎么做,电话到了。

"感谢季副为领导分忧。"冯长民在电话里哈哈,"你那个意见很对。"

季航问他是不是已经跟省、市公路局再做沟通?冯长民称那个不急,现在先办急事。此刻冯长民在高速公路上,紧急会后,季航离开县城往虹桥驿赶,冯长民也没多耽搁,匆匆用过午餐就带着一组人动身,远赴省城机场。他是在赶路途中电话办公,交办连接线那些事的。他告诉季航,他一路走一路考虑,觉得专业帮助还是不能缺少,需要请季航再克服一下困难,一起来努力。

"干吗呢?"

"到北京。"

"我在南丰桥落实冯书记指示呢。"季航说。

"研究清楚,交给他们去办就可以。我会安排督促跟进。"

"我觉得自己应该留在这里。"

"我还是希望季副助一臂之力。"

季航不吭声,好一会儿才问:"我能做什么?"

"一起上访,帮我拿张状纸喊冤。"他开玩笑。

冯长民即将到达机场,将先飞北京打前站。他让季航赶紧订票，随后赶到，最迟今晚到达，他会安排接站。到了再一起商量，明天一早出动。

"到底要做什么？"季航还问。

"到了再说。"冯长民回答。

不用他说，季航心里有数。显然刘鸿传递的消息准确，省里这条路已经走不通，冯长民把主意打到北京去了。如果能从上边做通工作，省里就不便反对。问题不在于这种可能性相当低，更在于即便得逞，不是更令人生气吗？冯长民肯定知道后果，难得他还能装得若无其事。他不清楚季航已经知道底细，但是无疑非常需要，所以才紧急召唤。季航能让他一叫就走吗？没办法，说来怪她自己临时起意赶去处理连接线纠纷，"为领导分忧"。本来已经明确拒绝，偏又心生不忍。如果不是这样，冯长民未必好意思再打她的主意。

当晚，季航于二十三点出头到达首都机场，赶到宾馆时已过零点。冯长民等人一直在房间里等她，到达后马上开会。一屋子五六个人，在下边大大小小都是领导，到了这里啥都不是，包括冯长民自己。但是此人不自量力，靠着一屋子啥都不是，还想在京城扭转乾坤。

冯长民已经通过关系联络了国家文旅部一位司长，这位司长将安排他们与主管司司长汇报，争取调整专家考察组相关行程。必要的话，还有另外一条途径可以通向一位副部长。座中人员各有分工，有的负责联络，有的负责材料，季航负责专业，一旦涉及专业问题，没有谁比她更清楚，没有谁比她说的更让人信服。

冯长民给大家打气："省里的工作已经做了，北京的工作我们一定也能做下来。"

只有季航听得出他语气里的含糊。

到了清晨，季航早早起床去餐厅，在那里见到了冯长民。当时餐厅里人还少，冯长民朝她招手，让她坐到旁边，两人边吃边聊。季航注意到冯长民情绪饱满，没有表现出丝毫异常，他不谈省里的情况，季航也不问，作一无所知状。

"所有人里，我觉得季副最难得。"冯长民说。

他半真半假，称事成之后要给季航颁发特殊贡献奖。因为季航完全无须如此奔波，从县里跑到乡下，再从乡下飞到北京。

"那么冯书记呢？"季航反唇相讥，"准备给自己申报什么奖？"

冯长民嘿嘿，强调自己跟季航不一样，这些事本来就是他的。季则完全可以置身事外，甩手走开，却全身心扑进来，不辞劳苦。

季航说如果让她选择，她会留在南丰桥工地，而不是跑到北京。不是怕坐飞机，是因为除了自己的专业，其他事她干不了也缺乏兴趣。但是她不能不遵命，不因为冯长民当书记管着她，只因为有感于冯长民做这些事很不容易，他不是非做不可，也不见得有什么好处，有必要吗？可他锲而不舍。

"这是一个问题。"冯长民说。

他感慨做事已经成为问题。说起来当然都要求大有作为，现实情况却是做得越多麻烦越多，所以真是"有必要吗"。他本人的想法有个变化过程，起初实未能免俗，刚到县里任职时，主要也是考虑维持好局面，平稳为上，不要出事。所谓"话尽量多说，事不要多做"，因为做多了可能有失。什么都不做当然不可以，但是必须看准了、有利的才做，吃力不讨好的绝对不碰，以免影响上升。

季航不觉吃惊："你吗？不会吧？"

他嘿嘿："难道是你？"

"为什么呢？"

他不加解释，只说后来想法渐渐就不一样了。现在他有一种紧迫感，觉得时不我待。占据这么一个位子，耗费这么多资源，得留下一点让人能记住的、有价值的东西，毕竟人需要成就感，有成果才会"快乐乎"。因此就不会问自己"有必要吗"，只是想去把事情做起来。一旦入手更欲罢不能，总是想尽办法坚持，直到再也做不下去为止。

这时候餐厅人多起来，他们没再多谈。

吃完早餐出发，上车前冯长民接到一个电话，他独自走到一旁去接电话，其他人围在车边恭候。他这个电话讲得很长，长得再不动身可能就碰上高峰期，要耽误跟司长约定的时间了。几位下属开始感觉不安，彼此面面相觑。然后他终于走了回来，脸上表情正常，若无其事。

"上车，出发。"他下令。

他们上了东四环，转到东三环，却没有前往预定目的地。冯长民命司机在三环路上绕了一整圈，最后回到了出发的宾馆。

"行了，不虚此行。"他吩咐大家，"去收拾行李，退房，回家。"

大家都明白发生了异常情况，却没有谁敢问一句。季航也不例外，她一声不吭，待车里的人都走散了，只剩下冯长民和她时，她也没有发问，只拿眼睛盯着冯长民。

他咧嘴一笑，很难看。

"妈的。"他说，"做不下去了。"

4

季航刚下来挂职时并没有咬牙切齿，反可称顺风顺水，与主要领导相处和谐，调侃言之可称"蜜月期"。那时候冯长民对她特别关照，给她充分自主空间，除了挂钩虹桥驿乡，参与跟古桥保护开发相关工作外，没有分派其他任务。冯长民有言在先，与专业无关的行政事务，季航可以一推了之，无须为杂事伤脑筋。冯长民还让县长划出一笔经费由季航掌握，用于筹划、组织本县古桥研究与保护事宜。冯长民细致到亲自为季航挑选"身边工作人员"，也就是人们通常所谓的"秘书"。县级官员没有资格配备秘书，但是通常会由办公室指定一位工作人员负责跟随，配合工作。季航是女性领导，配合她的当然以女性为宜，县政府办起初决定让信息科一个年轻女干部跟季航，冯长民不同意，提出另找一个，还提出了几个条件。政府办找来找去，本办公室现有在编女干部没有一个完全符合冯氏条件。冯长民便命他们在全县范围找，于是就物色了几个候选人，由冯长民圈定挑中小王。当时小王还在虹桥驿乡政府工作，为了让她能服务好季航，冯长民否决"临时借用"方案，命政府办把人从乡里调上来，直接入编。季航只是临时性质的挂职领导，两年就走，如此给她配工作人员，实在是超常破例。起初季航并不知道内情，后来领导层都熟悉了，才听他们趣说"冯氏条件"：除了年龄、学历、专业、履历、表现等等外，还要求身高须在一米六五以下，就是不能比季航个高。据说相貌也有要求，季航长得很端正，不能弄个丑女相陪，但是也不能太妖艳，喧宾夺主。最搞笑的是已婚的不要，正在谈恋爱的也不行，因为季航是大龄女子，未婚，不要对她形成刺激。这些趣谈半带调侃，听来也让季航哭笑不得。

那时冯长民开玩笑，预言季航将因为本次挂职而对他感激终生，因为除了让季航的研究更上一层楼，还将一举解决她的人生大事。他会让本县合适男子排队让季航逐个挑，这么多人里总有一个中意的吧？那就成了。季航将从此与本县紧密相连，无论对她本人还是对本县的众多古桥，那都是意义重大。

那段时间冯长民比较快乐，笑谈很多，因为也是顺风顺水，心想事成。季航下挂之后，发觉地方上的事情多、难且杂，非高校所能比。冯长民是第一把手，事务尤其繁重，手中抓着一把大事，古桥或算之一，难得他于千头万绪中游刃有余，对季航这一块格外关照，让她颇感佩。以季航的身份，加之兴趣所在，她没太注意冯长民其他事，感觉主要集中于古桥。她亲身感受到曾经默默无闻的本县古桥渐渐声名鹊起，报纸上、网络上到处传响，人们开始慕名而来。与早有影响的"北片"比较，造势方面本县已后来居上。变化的关键在于冯长民全力运作，他却一再表扬季航，称专家参加县领导班子，起了重要推动作用。季航有自知之明，从不敢以此自夸，公允说那确实与她没有太大关系，研究需要时间，不可能一蹴而就。冯长民当然也清楚，他开玩笑称"你研究，我忽悠"，让季航不着急，只管潜心琢磨，争取出大成果，忽悠有他就行。

有一天中午，在县机关食堂，季航进餐厅时，冯长民与几位县领导已经先到了，围坐在餐桌边。季航刚坐下，冯长民突然宣布："接下来咱们要把季副隆重推出。"

这什么意思？当时本县筹划在省城大会堂开一个大型旅游推介会，冯长民说，推介会只推出虹桥驿不够，还要推出季航，让二者相得益彰。这种事不能只见物不见人，物是死的，人是活的，死的东西要活起来才会让人喜欢。古桥就是些木头梁柱，而季航眉眼身段宜人。把季航推介出去，人们一看就动心了，自然跟着蜂拥而至，跑到虹桥驿旅游，那就大火。

季航抗议："冯书记乱开玩笑。"

冯长民嘿嘿。

饭后大家都走了，冯长民把季航留下："听到省里那件事没有？"

季航茫然，不知道冯长民说的是啥。冯批评："你还是个副县长呢。"

季航承认："我还真没把自己当成那个。"

一天前，省委召开大会宣布中央决定，本省原书记调到中央机关工作，新任省委书记来自邻省。主要领导变动，全省上下非常关注，特别是各级官员，如季航几乎无感者很例外。当然，也因为她虽有副县长之名，实还真算不上个中角色。

刚刚离任的这位省委书记就是评价"冯长民最会忽悠"那位。冯长民感觉可惜，他自嘲，虽不至于如丧考妣，也是痛失榕荫。这位领导多待个一两年就好了。

季航感觉奇怪："他一走就有问题了？"

"也不一定。"冯长民说。

他拿《西游记》开玩笑，说孙猴子本事大，却怕紧箍咒，唐僧一念，泼猴痛得满地滚。紧箍咒怎么念？在哪首唐诗里找？除了唐僧和菩萨没人知道。经过深入研究，现在他冯长民知道了，其实就三个字：要不要，要不要，要不要。

季航听得云里雾里："要什么不要什么？"

冯长民哈哈："季副，咱们不管他。"

他说，无论发生什么变化，不能影响前进步伐，本县还要乘势而上。省城旅游推介会是当下一场重头戏，季航要全面介入。

推介会主推虹桥驿，跟季航有关联，但是县班子分管旅游的另有一位副县长，不是季航，因此季航觉得冯长民只是说说而已。不料很快就发现人家来真的，果然打算把她推向前台：冯长民决定让季航代表县政府在推介会上发布消息，也就是宣读那份推介文稿。这件事本该由分管副县长承担，冯长民却决定换马，理由是那位是男性，形象一般，老土，本地口音太重。冯长民半开玩笑说，老土干活可以，装点门面不行，场上客人听一声看一眼，不说哄然走散，至少提不起劲头，听得打瞌睡。换上季航效果肯定不一样，形象这般美丽，嗓音这般美妙，还是学者、专家、研究员，光环闪亮让人睁不开眼，不愁不蜂拥而至。因此隆重推出季航也就把虹桥驿隆重推介出去。

季航说："冯书记别害我，我上不了那种台面。"

"又没叫你踮脚尖跳芭蕾，念一念稿子还不会？"

说到底也就是上去读几页稿子，有什么好害怕的？冯长民给季航打气，称他准备以"县旅游开发领导小组组长"身份亲自主持这个推介会，为季航捧场，敲边鼓、壮胆。因此无须担心，闭着眼睛只管上，有冯长民撑着呢。

季航没办法，只能勉为其难。

如冯长民所称，他就是让季航去亮个相念个稿，其他杂事由别人办，不需要动用她。那段时间季航一直蹲在虹桥驿乡，带着小王和几位助手逐村走访，为现存古桥建档，搜集资料。除了不时参加领导小组会议,听听推介会筹备汇报,没有更多介入。推介会即将隆重开张前夕,政府办给小王传来一份稿子,命她速交季航,请季先熟悉、预热。那份稿子便是要她在会上宣读的推介材料,经冯长民亲自审阅,已经定稿。

季航看罢那份文稿,坐在桌边好一阵发呆。然后她直接给冯长民打了个电话。

"我觉得有些提法不太妥当,恐怕改一下为好。"她竭力说得委婉一些。

"是哪一些?"

季航称文稿提到的几个"最"不准确,至少还没有足够理由。冯长民一听就哈哈,说那是推介稿而已,不是学术论文,主要作用是造势,不是研究,听众也都不是专家。关键只在说得理直气壮,留下深刻印象,谁也不会在意什么证据、理由。

"我还是觉得不合适,特别是由我来说。"季航坚持。

"哦,是这样。"

冯长民同意改动一下,他让季航自己先改,改后传给他再审定。季航松了口气,连夜动手改稿子,隔日一早就传回县政府办公室。办公室处理很快,当天黄昏,经过冯长民再次审定的稿件又传回虹桥驿,有附言交代称该稿为最终定稿,请季航按此稿准备。季航赶紧看稿,读毕往桌上一丢,再次发呆。

除了若干学术词汇没有变动,季航在原稿上改动的内容,几乎全部又被冯长民调整复原。季航最不能接受的那几个"最"依旧赫然突出,包括"最多,最丰富,最久远,最大,最壮观"等等。

什么叫"最"?辞典上标明这是一个副词,表明程度达到极点,超过一切同类。冯长民中意这几个"最"有其原因,涉及季航首创的"南片""北片"之说。所谓"南片""北片"指地理方位,同时也包含行政区划内容,也就是指本县以及本县北边相邻县。几个"最"的终极意思,说白了就是我这些东西比你那些东西多多了,好多了；我是你的祖宗，你是我的孙子；等等。

细论起来，这种南北之争，或称南北之别历史上本不存在，本县以及北边邻县在漫长历史年代里本是一家，同属一县。直到清代，才从本县析出若干"都"，也就是日后的"区""乡"，与另外地域析出的几个"都"合组一个新县，当时新老两县还同属一个府。民国时期本省行政区划有过一次调整，从那时起本县属第六区行政督察专员公署，邻县则划归第四区专员公署。其后隶属关系没再大变，目前两县分属两个设区市。无论归属如何变化，本县的虹桥驿乡与北边邻居的廊桥镇山水相连，两地古桥同出一源，没有根本区别。如果硬要比个高低，本县建县年代早得多，似乎可算爷爷，但是以古桥论，未必那边的就是孙子。季航曾根据两地几座标志性"厝桥"的碑刻资料，以及两地历史上的开发状况，推测当年虹桥似乎是从南向北发展，但是她明确表示此处存疑，因为"北片"还有若干较不著名的古桥有待考证，不排除修建年代更早的可能。所以谁是爷爷谁是孙子还不好硬说。至于最多、最大、最丰富、最壮观等等，说起来都有道理，论起来又都可以商榷。为了造势的需要，凭大嗓门吼叫自己"最最最"，眼下司空见惯，无论说的听的都知道那是怎么回事。但是作为研究者，季航自己来这么吼叫，实有失专业水准，她感觉非常别扭，甚至有一种耻辱感。

她考虑了一个晚上，彻夜无眠。第二天一早她给冯长民打了一个电话，再次重申自己的理由，表示不能接受这样的表述。

冯长民急了："季副，不要书生气。"

季航表示不是书生气，事关自己的专业态度与原则。研究不是忽悠。

"不是乱忽悠，是造势需要。"冯长民强调。

"我做不了那个。"

"你要服从大局。"

"我不认为两者是矛盾的。"

冯长民一改一直以来的客气与温和，口气强硬："这件事没有个人意见余地，你必须服从安排。"

季航当即回应："我拒绝。请冯书记另外安排。"

她把电话挂了。

幸亏她是挂职干部、专业人员，没有任何仕途野心，不需要去依仗谁，一定程度上可以坚持己见，冯长民无奈她何。但是如此跟冯长民顶撞，她自己心里非常难受，这不是她愿意和喜欢的。

当天下午，冯长民从县城专程下来，赶到了虹桥驿乡。推介会在即，此刻应当是他最忙的时候，虽然"百忙"，千头万绪，他还是匆匆前来。

他显得很轻松，若无其事，称自己特地来探望季航，有一个好消息。

他的好消息是一张照片，还有一份干部简历。照片上有一个男子，准帅哥。简历显示他三十五岁，医学硕士，本市医院主治医生。

"第一印象如何？"他问。

季航把照片、简历推还给他。

"谢谢冯书记。"她说，"我已经说过了。"

这不是第一次。冯长民在季航刚下来时就表示要帮助她解决"个人问题"，视为意义重大。他把该任务交给本县妇联主任落实，声称将列入该主任的年度考核范围，说来像是开玩笑，不料却来真的。其后不久，有一回季航在办公室开一个小会，他突然来个电话，命季航把会议暂停，马上到他那里，有重要事情。季航赶到县委他的办公室，里边除了冯长民、妇联主任，还有一个陌生人。后来才知道那回的重要事情却是相亲，陌生人是本县人，在省城机场当工程师，比季航小一岁。季航被冯长民这种热心搞得哭笑不得。事后她直截了当告诉冯长民：下来挂职对她有一点意外收获，就是可以避开父母无时不在的关心，他们退休前都是大学老师，却跟街头大爷大妈没有两样,总在为她看人,安排她相亲,让她烦不胜烦。她对这件事态度是随遇而安,遇到了可以谈,碰不到自己过也挺好。下来时她给自己定了一条:清静两年,决不在挂职中分心,因此非常感谢冯长民,也请他不要再为她操心。冯长民不听,反过来批评,说季航条件太好,目中无人,这就把自己耽误成剩女。季航这种年纪还能再耽误两年吗?要禁止她沦入越来越大的高知剩女军团,现在就得努力,不能错失任何机会。浪费资源、暴殄天物是一种罪过。

现在他又来了。季航清楚这一回非真诚,只是个引子,他的真正来意不是这个。

那天冯长民没急着劝说,或者逼迫,他让陈平安陪同,与季航一起去了南丰桥边一个小村子。当年季航做田野调查时曾经到过那里,当时村子就很破败。下来挂职后,季航又曾数次进过该村,感觉比当年更破。冯长民也不说让季航进村是做什么,只是走在前头,在村子里随意看。村子里很安静,前边几排房屋还新,每户门上都钉着一面门牌,门牌尤其新,写有某街道某号,但是没有一家不锁着门。村子后部传出动静,有人在用力敲打什么。冯长民抬腿往响声那头走,季航和陈平安赶紧跟上。

有一个老妇人在一幢旧平房前干活,地上放着几个竹匾,上边堆放着刚采摘的新鲜板栗。老妇人在摊那些板栗,专心致志。冯长民没有打扰她,带着季航他们站在村道边一棵栗子树下,看着前边的老妇人和静静的村子。

冯长民告诉季航,这个村子曾被列为本县新农村建设示范村之一,当年县里拨了一笔钱给村民修村道,整理村容,家家户户门口钉上新标牌。几年过去,这个示范村差不多变成了一座空村。再过几年,这些没有人的房子将一片片倒掉,这里就成了鬼村,最终将从地图上被抹去。为什么会这样?关键是贫穷。这么多年里,为了帮助这个村子脱贫,县、乡两级做了很多努力,花了不少钱,都没能让本村百姓真正脱贫，无法阻止年轻人流失，老年人只能离乡背井跟去带孩子，或者独守空房等死。在虹桥驿，在全县，这样的村子还有一些，它们贫穷衰败的一大原因在于地理环境较差，旧的产业凋零，新的产业发展不起来。眼下对这个村子和这个老妇人来说，村边南丰桥就是未来希望。把旅游产业做起来，年轻人就会回来，有活可干，有钱可挣，家人可以团聚，村子可以脱贫，一变生机盎然，"不亦快乐乎"。

"季副眼睛里不能只有桥，没有人。"他说。

季航即反驳："不是这样。"

陈平安一听两个上级语气不对，假作观察什么，赶紧走开。

冯长民强调："记住你对他们负有责任，即便是挂职也不例外。"

"我认为我也是在对他们负责。"

"无论你怎么想，现在你站在这里，必须服从这里的需要。"

"我不愿意。"

"这个不能由着你！"

季航说不出话，突然间眼泪唰地落了下来。

冯长民掉头走开。

当天晚上，县政府办发来最新通知，根据领导研究，决定改由县政府分管副县长在推介会上做推介。请季航作为县政府领导出席。

几天后她参加了那场推介会，没有为冯长民背书，只是站台。坐在主席台上，听冯长民调侃过的"老土"用方言口音强调那几个"最最最"，她从头到尾一声不吭。冯长民亲自主持会议，他在台上谈笑风生，却没有跟季航说一句话。

季航心情非常糟糕。

季航感觉，以推介会为界限，她跟冯长民意见相左，冯长民的一帆风顺也戛然而止。虽然那次推介就造势而言相当成功，影响广大，媒体、网络上到处有文章，冯长民还被一些记者命名为"虹桥书记",远近闻名。但是省报原定的一个重头专版在最后关头突然被撤下来,理由是"存在争议"。冯长民亲自出面交涉,无果,显然有更大影响力作用。而后关于本县古桥的宣传调门迅速下降,前来本县考察、旅游人员也逐步减少。冯长民将它们归咎于季节性因素,依旧以"虹桥书记"为己任,自嘲"不遗余力上蹿下跳",却止不住一江春水向东流,眼看着红火不再。不久省委巡视组来到本县,本县多年积累的一些潜在矛盾和问题于巡视期间浮出水面,包括冯长民力推旅游开发都受到质疑。当时有举报信到处寄,列举冯挪用专项经费于修桥、虹桥驿服务中心土地报批手续不完整等十大问题,还有人指控冯长民动用大量人力、物力、财力,沾沾自喜于"虹桥书记",是往自己脸上贴金,欺世盗名,沽名钓誉,等等。冯长民需要对这些事项做出说明,一些问题还需要接受调查,一时麻烦缠身。全县旅游开发就此降温,服务中心等项目也现停滞。

然后就发生了那场火灾,祸不单行。那段时间季航基本都待在虹桥驿,不吭不声做她的事情。出事那天上午她还去过南丰桥,那天是旧历十五,当地一个民间节日。季航注意到南丰桥头的神龛前摆上了一只香炉,她没在意,因为神龛为本地古桥是标配,且那只香炉里并没有香在燃烧,桥上还有保安巡查。当天中午,季航与小王在乡政府食堂吃饭,有个人气急败坏跑进来,报称南丰桥起火了。季航一听,只觉脑子里轰的一响,立刻丢下筷子往外跑。她赶到南丰桥时,桥头大火正旺,乡里特配的唯一一辆微型消防车在桥边拼命灭火,喷出去的水柱一下去就给大火吞得一干二净。按照那个火势,南丰桥必定尽焚于当日,幸而老天相助,恰在那时浇下一天大雨,救了那座古桥,唯有一处廊顶过火严重,一角飞檐塌陷。

一小时后冯长民赶到了现场,铁青着脸视察了灾情。他咬牙切齿,指着南丰溪水怒斥陈平安,说如果桥给烧掉了,如果是他,他会从这里直接跳下水去。

那时季航就站在一旁。她痛不欲生,恨不得当时就跳下水去。

5

从北京回来后,事情一直不太明朗。县长廖正坤非常担心,他把季航叫到办公室说:"季副,你得劝劝他。"

季航苦笑:"县长也知道,我已经把他得罪了。"

"可是他还会听你的,只有你可以说他。"

廖正坤觉得冯长民不会死心,北京之行被迫中止,他还会另想办法,"冯氏功夫"招数层出不穷。但是眼下无论再做什么,哪怕非常有分寸,对冯长民本人都非常不好。

廖正坤是老手,一脸笑呵呵,情况都看在眼里。他告诉季航,据他侧面了解,冯长民在北京接的电话是市委书记打的,直接命令冯长民立刻带队从北京返回,不要再去找这个找那个。该禁令肯定出自更高的领导,所以才会这么明确,毫无余地。接到这个电话,冯长民一点办法都没有,只能遵命撤退。冯长民那么聪明能干,心里其实非常清楚,从表扬他"最会忽悠"的那位省委书记调走时起,情况已经改变,不可能再那么干了,问题是他放不下。

季航问:"其他领导不支持他吗?"

廖正坤提到一位现任省委副书记,很强势,有传闻称可能是下一任省长人选。该领导是本省人,土生土长,曾经当过县委书记,任职的地方就在邻县,"北片",十多年前他在那边大打廊桥牌,一手奠定了开发的基础。当时根本没有谁看好那些破桥,谁想到日后会如此红火。其实冯长民学了他很多做法,包括给旧桥乡改名,也是学他的。但是该领导对冯长民却有看法,特别是那几个"最",被他斥之为"乱忽悠"。冯长民开始"忽悠"之初,这位领导就直截了当,要求本县"一要四不要":要发展其他主导产业,不要跟风,不要内耗,不要恶性竞争,不要喧宾夺主。倾向性非常明显。冯长民没有听命收手,还要千方百计推进,该领导很不高兴。后来副总理和省委书记到本县看南丰桥,讲了话,他才不再吭声。据说当时他还曾跑到北边那里视察，在干部大会上公开批评该县县委书记不作为，让人后来居上，要他们到南边看看，学学冯长民怎么干。结果没待前来学习，那边那个县委书记就被免职，查违纪，以受贿、卖官等问题抓起来，关进牢里。应当说当时这位省领导尽管有看法，对本县和冯长民还算包容，与省委主要领导保持一致。现在情况改变，人家再也无须客气。

季航"啊"了一声："原来是这样。"

她想起冯长民说过的"紧箍咒"，原来出处在这里。记得省大会堂第一次见面时，冯长民边走边打电话："什么要不要，别管他。"估计也是指这个。如此看来冯长民曾经的顺风顺水其实也是顶风作案，暗含风险。当下他麻烦缠身，包括这一次跑省城未果，上北京退回，恐怕都跟该"要不要"有关。

"我觉得两边应该视为一个整体，哪一边发展都好。"季航感觉不平。

"当然是，也不是。"

廖正坤说，从全国，或者从全省角度看，南片北片实无须区分。而从市、县看就不一样。很简单：假如本县把古桥旅游做大了，来的人多了，北边占比相应也就小了。按照现有交通线路，目前从本省几个中心城市前来，最便捷的路线是走高速，从本县收费口下，经省道西行，穿越本县两个乡镇，就到了古桥集中地带，包括南北两片。这条线路先到本县，再到对方，到本县虹桥驿乡比到对方廊桥镇距离更短，耗时更少，因此本县便有潜在优势。普通游客来看看那种桥，到哪儿不一样？当然首选就近，不会舍近求远。对方为此担忧也属合理。在形成一种打破行政区划合理分配利益的机制之前，大家只能各打算盘。省领导应当从全省角度考虑问题，但是免不了也会受本乡本土父老乡亲影响，这是人之常情。

"冯书记比谁都清楚。"廖正坤说，"他就是放不下。"

廖认为一个专家组不是什么特别重要的事，别说联合国，银河系专家组也一样,就那么回事。冯长民主要是因为这大半年来麻烦缠身,没有大的进展,心里着急,一直考虑添几把火,把事情再推上去。此刻争取专家组前来考察,无疑有助扩大影响,可以成为一把火,冯长民视为机会,不想放过。但是现在看来,上级领导态度严厉,这个机会全身长刺,碰不得,那就应当放弃。

"你去劝他几句,肯定比我们管用。"廖正坤说。

"不是已经做不下去了?"季航问,"还需要劝?"

"你小看他了。"

冯长民从北京回来后轻描淡写,不讲为什么突然打道回府,只讲还得另想办法,显然还有想法。此前冯长民曾以迎接考察为名布置一系列事项,包括给季航派了两大任务。如果说当时立足点是准备工作做在前边,以免措手不及,这可以理解,那么在确定人家不会到来之际,该停的就应当停下来,以免劳民伤财。但是冯长民不发话不叫停,表明他确实还不死心,还想把人家弄过来。

"我怕他会吃大亏,本来只差一点。"廖正坤说。

他告诉季航,冯长民到本县任职前是市政府秘书长,此前在县里当过副书记,在团市委当过书记,年纪不大,资格却老,能力也强,在本市中层干部中颇被认可。冯长民下来之前刚好赶上市里换届,他的推荐票很高,被推为副市长人选。但是后来确定为"差额",也就是那一次没准备让他上,留待日后,原因主要是他没干过县级主官,履历上比别个不足。通常"差额"人选日后都会提拔,安排相应职位,冯长民在落选后迅速给派下来当县委书记,一般认为那就是过渡一下,既是岗位锻炼,又让他履历完整,两三年一过就会提拔上去。通常这种情况平稳为上,起初冯长民确实相对谨慎,几年过去,一直没有走,渐渐地他就放开了,一路冲到"虹桥书记"那里。眼下其实是冯长民一个特殊时候:本市各县书记里,他是任职时间比较长的一个,已经不可能再干太久,也许就是几个月半年的事。恰好市级班子里有几位领导将到龄退出,顺利的话冯长民有望补上，毕竟资格摆在那里，还曾是上一届"差额"，不当副市长，也能安排个政协副主席。只要他把目前缠在身上的麻烦理清楚，同时不要再招惹麻烦。如果这一次处理不好，让上边领导不高兴，那就没戏了，只能平调走人。严重的话来查他个什么，毕竟事干得越多，岔子越多，到时候吃不了兜着走，他就麻烦大了。

季航没再犹豫，决定出面。她跟冯长民有过争执，却没有个人恩怨，冯长民话说得再重，就根本而言还是肯定她，因此或许能听她一点。

她到书记办公室找冯长民，称有紧急情况必须报告。什么紧急情况？她说，她从可靠渠道得到明确消息，"自远方来"的"有朋"确定不到本县了。是这样吧？

冯长民承认："到目前为止，是这样。"

"没剩几天，难道冯书记还有其他打算？"

"我在考虑。"

冯长民指着办公室墙上一张本县政区图让季航看，说他们不来了吗？不对，无论如何他们都会来，因为路是这么开的，他们必须得经过本县地盘，途经本县然后才到北边去，区别只在于他们是停下来，或者是径直走掉。这么些重要专家隆重经过，怎么说也应当学习学习，切磋切磋，忽悠忽悠，白白放过实在太遗憾，很不快乐。

"季副有什么好办法？"他问。

季航说："冯书记把任务交给我吧。"

她报告了专家座谈会的情况，称自己可以在发言时着重谈谈"南片"，也就是本县古桥的情况，这就为本县做了宣传，专家们会注意的。

"很好。"冯长民笑逐颜开，"是个好消息。"

他命季航赶紧做准备。要有两手，一是在会上怎么说，必须把最重要的、最强调的东西表达出来。这种会估计有时间限制，给的发言时间不可能太长，很难说透，那么就应该准备一份书面材料，现场分发给专家们。发言要把专家们的胃口吊起来，让他们马上就想去翻书面材料，看个明白。这样的话就有效果了。

"我马上准备。"季航说。

她提了个建议，既然专家组不考察本县，原有的准备是不是应当调整？比如南丰桥维修不需要再赶工，让工程队放缓一点，不加班，更细致，确保质量。还有中心广场活动的筹备也可以停掉，不需要再排练、彩排什么的。

"不急。"冯长民一口否决，"继续不变。"

"有什么必要？"季航不解，"客人不来了呀。"

"时间不是还没到吗？"

季航一时说不出话来。廖正坤真没说错，冯长民还不死心，不想放手。尽管他在北京时自己说过："做不下去了。"事到如今，难道"冯氏功夫"还有施展余地？

冯长民却不多说，只讲不差这两天，即使最终未能如愿，借这个机会把气鼓起来，于推动工作也有好处，至少自娱自乐。何况情况总在变化中，例如季航所说的座谈会，那就是新情况。冯长民要季航抓住座谈之机推介本县，但是也明确表示光那样不够。所谓"百闻不如一见"，会上说半天，不如请到现场看一眼。

季航不由叫道："冯书记还想啊！"

他嘿嘿："想一想都不行吗？"

他跟季航开玩笑，称只要放开思路，即使在眼下，可供选择的方案还很多。例如有个最极端的办法：事前搞清客人出发的钟点，计算出他们到达本县高速口的时间，时候一到，警察冲上去团团围住，扣住那辆车，全体押送到位，一个都跑不了。

季航大笑："这个办法好。劫持人质，全体专家尽为我用。"

冯长民也大笑："难得季副响应，就这么干。"

他当然是故作轻松。季航虽然跟着笑，心里却愈加担忧。冯长民是县委书记,不是山大王,也不拍好莱坞大片,不必担心他真会率队劫持人质,但是明摆的他还不想放手。他不知道几乎没有成功可能,且任何动作都可能是往自己脖子上套绳索吗?

他当然知道。

然后就到了那一天,季航在南丰桥工地接到冯长民电话,冯命她立刻返回县城,有重要事情。

"我得盯紧这里。"季航说,"工程在收尾,现在很要紧。"

"先放下。"冯长民下令,"这边更要紧。"

"是什么事呢?"

冯长民称已经给季航准备了一支仿真手枪,明天让她率队劫道。季航在他的话里竟没听到丝毫玩笑意味。

她赶回县城,到达时是下午。她去了冯长民办公室,冯告诉她,十几个小时后,明天上午十点,客人们搭乘的中巴将光临本县。

"他们已经决定在本县停留了?"季航问。

"当然。欢迎来到虹桥驿。"冯长民说。

这一周时间里,已经有十几面大幅标语广告牌在本县立起,分布于主要旅游线路各显要位置,也是预案里专家考察将经过的地带。按照冯长民要求,牌上统一就是一句口号:"欢迎来到虹桥驿"。其中第一面标语牌立在高速公路收费口外,非常醒目。

季航心里诧异,冯长民真的大功告成?客人欣然愿往了?赶紧一问,原来涛声依旧,这两天冯长民多方设法,还是未扭转乾坤。客人明天就到,仍然是穿本县而过,并无稍事停留计划。冯长民称已经没有其他办法,现在到了最后下决心的时候。

季航说:"冯书记确实应该下决心,放手吧。"

她劝告冯长民不要再费心思,因为没有必要,不值得。不就是一个专家考察组吗?加上几个洋专家又怎么样?他们能决定什么呢?季航自己是行内人,她很明白,真是没那么重要。能来当然好,不来又怎么啦?天会塌下来吗?以后不能再请别的专家组来吗？"欢迎来到虹桥驿"就没有人看了？

"说得不错。"冯长民肯定。

他也认为专家组有其重要性，亦有其局限。就本县当前情况而言，能够争取他们来考察，帮助添一把火，肯定是件好事。问题是主动权不在手里，如果确实没有办法，只能知难而退。从长远看，情况总在变化，眼下不太顺，来日也许就柳暗花明。能把上一任省委书记请下来，这一任省委书记为什么不行？毕竟事在人为，功到自然成。可惜他冯长民不能这样考虑，因为确实是"时不我待"，时间已经不太多，也许过两天一纸调令下来，县委书记于他就成了历史，想跟大专家们忽悠一下再无机会。因此如果还有办法就该继续努力，不要留下遗憾，只要做得到，当前能抓住就不能轻易放过。

"可是哪有可能抓得住？"季航问。

"有。"

竟然还是那个办法：中途拦截，于高速公路收费口旁，"欢迎来到虹桥驿"大标语牌下实施。所谓"劫持"是调侃，实质也差不多。冯长民说，客人们途经本县，本县想办法表示热情，尽一点地主之谊，可以理解，并不为过。事前未曾获准不要紧，只要掌握好分寸就没大问题。分寸怎么掌握？以不影响考察组日程安排为原则。客人所乘的中巴车从高速口进入本县，到从省道离开本县县境，这段距离大约车行四十五分钟。这四十五分钟是旅途时间，除了打瞌睡、看风景，没有其他安排，因此可以有效利用，好比旅行团导游于途中讲个段子，唱几首歌活跃气氛。把那辆车拦下来不是问题，因为在本县地盘，有交警指挥停靠，司机必须服从。拦下后上车接洽也不困难，毕竟是县委书记亲自前来，还可以备点矿泉水、地方特产、水果以表慰问，人家得给面子，意外享受重视与热情。上了车后要干什么？当然不是讲段子、唱歌，是要介绍情况。在不占用专家时间、不改变日程安排前提下，为他们增加一点内容，让本次考察更丰富全面，不是很好吗？冯长民拟亲自介绍情况，回答问题，与专家们交流。问题是车上有老外，他们听不懂冯长民的话怎么办？这就得仰仗季航。他们肯定配有翻译，但是那些翻译未必接地气，通过翻译实不如让季航用英语直接跟洋专家交流。某种程度上说，这一出戏更多的是让季航主唱，冯长民来配合，敲边鼓，因为车上坐的不是副总理和省委书记，是专家们。

季航突然打断冯长民："冯书记考虑过后果吗？"

"我承担得起，你不会有事。"

"听说有一个'一要四不要'？"

冯长民笑笑："我也听说过。传来传去，紧箍咒。写进文件了吗？没有。别管他。"

"冯书记这样做不会有麻烦吗？"

冯长民承认可能有，但是无所谓。他自认为一向比较注意，不怕查腐败，最多是一些工作上的问题，要做事总是难免。查就查吧，欢迎检查批评。

"听说本来有机会到市里当领导？"

他笑笑："那当然好。"

他觉得那种事想一想可以，努力努力也需要，却不能一心只是。牵涉因素很多，变数也很多，非自己所能为，想多了也没用，不如趁着可以做事的时候多做点事。升官未必意味有成就，主政一方，还是应当留下点东西让人家念想，那才叫"不亦快乐乎"。古桥项目已经做到这种程度，应该千方百计添几把火，把事情做上去，中途放弃实在太可惜。对此他有紧迫感，眼见得时间很有限了。

季航说："这事情还是交给我。我一定在座谈会上谈，保证完成冯书记交给的任务，需要中文就中文，需要英语就英语。"

冯长民赞赏季航勇挑重担，但是依然认为那不够。

"用冯书记这个办法，同样无法带他们到现场亲眼看看。"季航说。

冯长民认为虽然带不到现场,却可以说得更透。座谈会那种场合恐怕很专业,季航又特别讲究严谨、准确,那就会减弱效果。在车上介绍可以放开一点,不妨忽悠,几个"最"一起上,那就让专家们印象倍深。

季航看着冯长民不吭声,好一会儿,摇摇头说:"我干不了这个。"

"你可以的。"

"我不愿意。建议冯书记也不要。"

"别害怕,风险可控,对你尤其不构成问题。"

季航称自己并不害怕,她是挂职干部,无意谋求什么,又有冯长民承担主要责任,她无须害怕。但是她不愿意做这种事,更愿意去南丰桥工地做她喜欢的。

"为什么只想你自己喜欢,不想想大家?"

"大家让冯书记去想吧,我只想我自己。"

劝说无果,不欢而散。离开书记办公室后,季航上车,直接返回虹桥驿。半路上,冯长民一个电话追了过来,再次动员她接受安排,且退了一步:"你可以只讲你愿意讲的,不要求更多。那几个'最'我自己讲。"

季航没有松口:"我不愿意。建议冯书记放弃。"

冯反复劝说,无效,终于生气了。

"季副,你让我非常失望。"他说。

季航一声不吭收起了手机。

当晚彻夜无眠,一如前些时候那些夜晚。

第二天上午,天下小雨,季航带着小王来到了南丰桥工地。工人们正在现场忙碌,拆除脚手架。按照冯长民提前完成的要求,这里的修复工程到今天如期结束。幸亏季航紧盯不放,工程没出岔子,质量基本保证。

桥头边也立着一面"欢迎来到虹桥驿"。站在那大标语牌下,季航情不自禁想起冯长民。她不知道冯长民最终怎么决定，她的建议他能听进去，戛然而止吗？也许有可能，在别的人包括廖正坤都不敢去直接劝阻之际，她的明确反对与拒绝可能会让冯长民感觉意外，回头细想，就此放弃。但是也可能是另一种情况，他不在乎别人说什么，还是一意孤行。如果是那样，此刻他一定已经动身前往高速收费口去迎接客人。季航拒绝成为共犯，他当然很失望，却不愁没有帮手替他"最最最"。

陈平安突然跑到工地，坐着乡里的一辆越野车。下车后他朝季航跑过来，脚步慌乱，脸色苍白："季副！出事了！"

竟是冯长民。如季航猜想，他真的早早出发去迎接客人，还真的带上了一个帮手，就是在推介会上接替季航背书的"老土"。他们俩坐一辆车赶往高速公路收费口，半道上却因为超速、雨天路滑翻到路沟里。那段路沟相当深，两位领导加上司机都受了伤，坐在后排的冯长民伤得最重，当即不省人事。幸好有一辆警车相随，警察在现场紧急处置，伤员们以最快速度给送进县医院，冯长民直接给推进了手术室。

季航呆住了。

"怎么会这样！"好一会儿她才缓过神，失声道，"不应该啊！"

"真是！天有不测风云！"

"人怎么样了？"

"听说很厉害。"

季航掉头就往停车场走。陈平安和小王跟在后边，快步如飞。

季航的手机突然响铃。她停住脚看手机：刘鸿。

她赶紧接电话。

"季老师在哪里？"刘鸿问。

"处长有什么指示？"季航问。

刘鸿告诉她，此刻他在高速公路上，陪同专家组下来考察。眼看着快到高速收费口了，忽然想到应当给季航一个问候，毕竟她挂职在此间当县太爷嘛。

"处长别笑我。"季航说,"有需要我做的吗?"

她心里有一丝诧异,因为刘鸿无须这么客气。按照她所知的专家组日程,他们今天上午到位后,下午和明天一天在北边考察古桥,明天晚上就是那个座谈会。如果计划不变,那么她明晚就会在座谈会上见到刘鸿,此刻该处长打电话问候便显多余。问题是直到现在,季航还没有正式接到参加座谈的通知,难道情况有变?

居然如她所想。刘鸿告诉她,座谈会日程没有变,但是参加人员做了调整,不再需要季航。季航的专业地位是公认的,只是目前身份比较特殊,有些牵扯,加上近日冯长民那样子,领导有些看法。为了避免干扰,按照领导要求,季航这一次就不请了。季航无须放在心里,来日方长,日后机会多了。

"谢谢,没什么,我明白。"季航回答。

对季航而言确实没什么,参加不参加座谈没那么重要,她一向认为最重要的是有自己的研究与见解,其他的都可以看淡。但是这一次不一样,是她自己把消息传给冯长民,而且自告奋勇,"保证完成冯书记的任务",试图以此作为替代,打消冯长民的其他打算,不料到头来却无法做到。虽然不是她食言,怪不到她,这种结局却让她很难接受。冯长民处心积虑,不怕风险,不听劝阻,一心一意上蹿下跳,忙得"不亦快乐乎",到头来竟是被抬上手术台,生死未卜,而她的发言机会也告突然失去,"最最最"没有了,专业的也没有了,想来真是特别懊丧,特别为冯长民不忍。季航心里也有一种不服,甚至气恼:什么"有些牵扯"?不就是因为她在这边挂职吗?难道"要不要"追溯力如此强大,连她这么专业的研究人员也给波及?这也太那个了。

他们到了停车场。季航站在轿车边,迟迟不上车。陈平安催促:"季副,走吧。"

"去哪儿?"她问。

"不是……去医院吗?"

季航不说话。好一会儿,她发问:"连接线那边什么情况?"

陈平安报告说,连接线的重修施工已经协调好了,但是还没动手,冯长民指示做好一切准备,待忙完专家考察这件事后再上。

季航思忖,下了决心。

"立刻把施工队和机械调上去。"她下令,"我们马上过去。"

陈平安顿时结巴:"季副这是,这是……"

"听我的。"

十五分钟后他们赶到连接线工地,半小时后机械和施工人员到场。经过一番紧急协调,施工作业渐次展开。公路交通被临时中止,西行车辆被引导从施工便道离开,驶上迎宾大道,转入一条整修过的村道,绕行半圈,于数公里外再上省道。反向通行另有一条通道,绕行距离更短一些。

匆忙之际,雨停了。期待中的中巴车终于驶到,被维持施工秩序的乡派出所民警引导到路边暂停。那里也立着一面大标语牌:"欢迎来到虹桥驿"。

季航带着小王上了那辆车。专家车相对宽松,一排座位只坐一人,头几排是外国专家,有白有黑。刘鸿坐在中部,一见季航,他脸露惊讶:"季老师!这怎么搞的?"

季航告诉他,由于信息不对称,发生了一个失误,此刻这条道路破路施工,暂时封锁,需要绕行。她特地赶来等候,引导,陪同专家们从便道离开。请大家放心,路不长,路况很好,不会耽误太久。

前排一位外国专家扭头问身后翻译:"她在说什么?"不待翻译张嘴,季航便直接回答,介绍自己是谁,这是什么地方,这是为什么,这里还有什么。她说不要担心,旅途中这个小插曲可能会是一场惊喜。

那老外很吃惊,竟拍起手来,不知是有感于季航的英语口语,或者是期待惊喜。

后来的过程相对顺利。中巴车下了省道,经施工便道上了迎宾大道,一直开到虹桥驿旅游服务中心。本该从这里拐上另一条路,再上省道,季航却指挥司机继续向前,把客人带到了南丰桥。专家们到了那里便不愿走了,提出要看看这座桥,于是停车,待了近半小时,专家们无论中外,个个非常兴奋,真是"不亦快乐乎"。然后他们上了车,回到了旅游服务中心,陈平安竟临时召集起几支民俗表演队,敲锣打鼓在广场上闹腾。又有专家提出要下车看看,季航没有答应。她打趣说,这些表演被她戏称为"跳神",里边每一个动作都有丰富的地方文化内涵和历史感,非常值得看。可惜不能耽误专家们太长时间,只能留下一点遗憾,欢迎大家日后再来欣赏。

她把中巴车送上省道,一直送到县境交界处。一路介绍情况,解答问题,点到为止,她认为这就够了。从车上专家们的眼神中,她感觉自己做到了。

中巴在县境交界处停车,她从车上下来,站在路旁挥手,与车上的专家们告别。中巴车开走后,她没马上上自己的车,一屁股坐在路旁石栏杆上。

这时候感觉非常疲倦。

她问自己这么做有用吗?应该有些效果,即使不解决问题,至少给他们留下深刻印象。会不会给冯长民找麻烦?应该不会,决定是她自己做的,冯长民已经躺在手术台上。季航难以想象自己竟会突然决定做这种事,封锁道路,拦阻车辆,这是她吗?这真不像她。她为什么不能听之任之,将自己置身事外?在经历过这些日子之后,她不可能什么都不做,否则她将无以面对冯长民。如果他有什么不测,她更将永远无以面对。她也将无以面对南丰桥头寂静村庄里那个独自忙活的老妇人,那一幕场景经冯长民解说,已经长留在她的心里。

她给陈平安挂了一个电话,询问情况如何。陈平安报告说,他刚问过，冯长民在手术室里，没出来，医生还在全力抢救。

季航心里有一种不祥，黯然神伤，难以摆脱。此刻只希望冯长民能坚持住，挺过手术。他曾经那般执着，怎么可以这样放弃呢？无论给人什么看法，不应该让他就此了结，那不公平。他应当醒过来，一如既往继续努力，做事，对他本人以及对其他很多人，包括她，都会是"不亦快乐乎"。

雨又下了，细细的雨丝沾在她的头上身上，也洒向她身后那面大标语牌。这是最后一面，也是反向进入本县县境的第一面同类标语牌。

"欢迎来到虹桥驿"。

紫烟升起来

1

洪立彦最后一个到达小会议室。他注意到小会议室大门紧闭，门外有人员把守，是个年轻人，陌生。年轻人问了一句："洪副吗？"

"我是洪立彦。"

年轻人没吭声，弯下腰扭手把，轻轻推开门，把洪立彦放进小会议室。

有七八个人坐在会议桌旁，章文保和一位陌生人坐中，一左一右，江林坐在章文保旁边，另外几位都陌生，不像是本市干部。

章文保给场上那几位介绍："政法委洪立彦副书记。"

他也给洪立彦介绍那几位陌生人，都是省里来的专案人员，为首的那位是省纪委四室副主任，姓李。

"请李主任谈谈任务。"章文保直截了当。

李说了情况，很简单：本市人大万秋山副主任涉嫌违纪和保护黑恶等问题，经批准，决定对其采取留置措施。要求于今晚到案。

洪立彦听毕，举手报告："章书记，我想个别汇报一个情况。"

章文保道："就在这里说，没关系。"

此刻如果章文保抽身出会议室听洪立彦单独谈，省里专案人员可能会有疑问,因此不如让洪立彦当面说为好。洪立彦很理解。他那些话其实也不是非得偷偷说,只是有必要先那么报告。既然章文保不认为是问题,那么但说无妨。洪立彦提出,从李主任介绍的情况看,这起案子涉嫌黑恶事项。市政法委由王副书记具体分管这一方面工作,恐怕让王来参加今晚行动比他要合适。

章文保说:"我们考虑还是你,你跟他比较熟。"

"所以我得特别说明,请求回避。"

坐在章文保身边的江林插嘴:"我们研究过了,你这种情况,不在回避要求里。"

江林是市纪委副书记,章文保的副手。他的话当然没错,洪立彦与万秋山既不是血亲也不是表亲,不是同学,不算朋友,彼此也不存在直接利益关系,没有哪条回避规定足以供洪立彦躲避。章文保非常清楚洪立彦与万秋山那些瓜葛,所以才决定让洪立彦上场,认为有助于稳住万秋山,防止他反应过激,甚至铤而走险。

"洪副不必担心,我们信任你。"章文保说,"我跟你们陈克书记也通过气,他表示没问题,同意。"

陈克是政法委书记,洪立彦的直接上级。既然他都同意了,洪立彦只好闭嘴。

他们商定了具体行动方案,确定于晚七点,到万秋山家里带人。万秋山住东海花园小区,为市区一高档小区,有地下停车场,住宅楼下有空地,可供临时停车。地下停车场进出口无人值守,由自动感应闸控制,需要感应卡,因此决定不走停车场,从小区大门直接进,使用的两辆越野车有警用标志,进入小区没问题,可暂停于万宅那座大楼楼下空地。小区不允许其他车辆停留,无须担心空地被占用。万宅在十五楼,家里平时只有两人常住:万与其妻,其子在外地上学,其母在其妹妹家。万秋山习惯看《新闻联播》,那个时段他都在电视机前,不会到处跑。整个行动的关键环节就是让万把家门打开,这就需要洪立彦。洪立彦必须得像是独自上门拜访一样,不能让万起疑心。进门前李主任和江林不能让万察觉,因为李是陌生人,江是纪委干部,一旦发现,万立刻就会明白不对。只待洪立彦让万打开门,李和江才露面,抢进去,跟万宣布有关决定,把他带走,有专门车辆把他连夜送往留置地点。

　　李主任最后谈了几点,其中提到洪立彦情况熟悉,现场的具体负责就交给洪,万一突发意外情况,洪可果断处置。整个任务当然是省里为主,地方配合。目前要本市配合做的就是把人交到他们手上。人一上车,后边的事他们负责。

　　章文保说:"洪副,你要考虑周全。"

　　洪立彦点点头。

　　他们商量了几个细节问题,而后上车一起到宾馆吃晚饭。为保密需要,在行动完成之前,洪立彦不能离队。这个不需要多说,洪立彦清楚。

　　章文保交代洪立彦:"我请市局派两个干警配合你。"

　　洪立彦吃了一惊:"有必要吗?"

　　"那个情况你也知道。"章文保用右手比个持枪动作。

　　"我看不用。"洪立彦摇头,"再怎么样,他不可能朝我开枪。"

　　"不要掉以轻心。"章文保警告,"必须防止万一。"

　　两位配合行动的警察均配有武器。出于保密需要,没告诉他们去哪里,执行什么任务,得到的命令就是六点之前到宾馆某房间找洪立彦报到,听洪立彦指挥,严格保密。具体怎么安排,有什么要求,由洪立彦把握。

　　洪立彦陪着省里几位办案人员简单吃了点工作餐,回到房间时,两位干警已经到达,开来了一辆警车。

　　"带装备了?"洪立彦问。

　　他们带了枪,弹药充足。他们还带了其他衣服,可以换装,便衣行动。

　　洪立彦让他们在房间休息,等待命令。六点半,洪立彦与李主任一行上了车，两个警察留在房间里，没有接到任何命令。

洪立彦决定不用警察，只怕用了会激化，更糟糕。即便换了便衣，也不能排除万秋山认识或者见过这两位，一旦他发现，或者认出来，肯定会产生联想，极其抵触，那时两支手枪未必能够消除危险，只怕更能导致危险。洪立彦还得考虑另一重因素：万秋山到了这个地步已经完了，马上将身败名裂，但是至少在被宣布涉案免职之前，他还是本市人大副主任，一位市级领导。作为市人大代表，只有通过法定程序得到批准后才可正式拘留或者逮捕。让警察这样带走一位在任市级领导似有不妥。市纪委书记章文保对此很清楚，为什么还要如此安排？因为万秋山情况比较特殊，个性比较强悍，曾多年任职政法系统，对枪支有独特喜好，还曾有过非法持枪传闻，章文保不能不特别谨慎。近年国内犯案官员中，非法持枪案例不时有见，目前尚未发现采取组织措施时，有谁胆敢持械抗拒。如果万秋山一案开此先例，那就显得很严重，所以章文保才要洪立彦参与行动，还给他加派人员装备，以确保任务顺利完成。作为现场负责，洪立彦可以酌情决定具体手段，例如不动用警察和枪支。当然风险也在这里，如果一切顺利，什么事都不会有，万一有事，就该洪立彦吃不了兜着走。

他们到达东海花园，进门很顺利，值班保安一看警务标志，知道是前来执行任务，问都不问一句，抬杆放行。进入小区后，洪立彦指挥车辆绕行，没有直扑万秋山所住那栋楼。两辆车绕了半个小区，悄然停在目标楼下，洪立彦看看时间，恰好七时整。

他们下了车，洪立彦与江林领着李主任和另一位办案人员到门厅处等候。车上留着几个人，负责监控门厅进出人员，以防万一。这座楼门厅与电梯走廊间有一道自动门隔断，进入需要刷卡，或者通过门上的可视对讲机呼叫户主，待户主确认后在对讲机那一端按开锁键放入。洪立彦到过万宅多次，情况很熟悉，他不准备通过对讲机呼叫，以防万秋山感觉不对，打草惊蛇。他们在门厅静候，等待楼内人员进出。这个时点人员活动频繁，不到三分钟，便有一位手持快递包裹的女子进门上楼，四人尾随而入，上电梯，直奔十五楼。

后来的几个环节都顺利，没有出现任何波折。洪立彦按响万宅门铃，几乎没有等待，也没有听到隔门发问，哗一下门就开了。万秋山的妻子开门后一眼认出洪立彦："洪副？怎么没打个电话？"没等洪立彦回答，站在他旁边的江林一步上前，推开万妻闪身进门。万妻大叫："干什么！"大家一拥而入，没有谁回答她。

万秋山果然坐在厅里沙发上看电视新闻，茶几上还有一壶茶。发现动静异常，万秋山身子都没动一下，只是扭头看了一眼。

"洪立彦？"他问，"怎么回事？"

洪立彦没吭声。万秋山注意到还有江林，以及后边两个陌生人，立刻就明白了。

"来贵客了。"他非常镇定，"请坐。喝茶。"

洪立彦走过去关了电视机。

而后的过程很平静。江林介绍李主任的身份，李主任宣布有关决定。万秋山在沙发上坐得笔直，甚至没拿眼睛看，只是听。

"要我现在走？"末了他问了一句。

"请配合。"李主任说。

"总得让我把茶喝完吧。"

他端起茶杯，不慌不忙地喝。喝光那杯茶后他向站在一旁发呆的妻子摆摆手："把我的衣服拿过来。"

"他们带你去哪里？"其妻叫。

"没事，别怕。"万秋山说。

其妻"哇"一下，当众大哭。

万秋山嘿嘿，扭头问洪立彦一句："怎么你也有份？"

洪立彦回答："走吧。"

万秋山居然还会调侃："记住，你欠我一碗卤面。"

大约十分钟，一行人离开了万宅。出门时万妻跑出来试图阻拦，被万秋山叫住。万秋山让她回去，不要跟，没事。万妻没再纠缠，身子一软，一屁股坐在门边。

一行人顺走廊走到电梯间，下楼的电梯里没有其他人，就他们五个，万秋山站在最后，背靠电梯板。下到一楼，电梯门开，洪立彦和江林先出门，李主任和另一位办案人员带着万秋山随后出来。刚往前走几步，万秋山突然站住，迅速后退，眨眼间与李主任他们拉开了距离。

"干什么！"李大喝，转身要追。却听万秋山大吼："站住！别过来！"

他拿左手指着李，右手插进腰间衣摆下。这时前排洪立彦已经转过身，一看那场面便大声吼叫："李主任！不要动！"

他从后边一蹿，插到最前边，挡在李与万秋山之间。

"洪立彦！站住！"

万秋山已经退到电梯门边。他一边朝洪立彦大喝，一边用左手迅速按了电梯门边的上升键。他的右手始终插在腰部衣摆里，握着里边的东西，随时准备拔出。

洪立彦大喊："万主任！把手放下！"

"不许动！别怪我不客气！"

"不要冲动！冷静！日照香炉！"

电梯门开，万秋山闪进电梯，拿左手按了里边的键。

洪立彦喊："万主任！你干什么！"

他嘿嘿："我忘了牙刷。"

电梯门关。李主任推开洪立彦，从后边扑向电梯门，想抢在电梯上升前按键，让电梯门再打开。洪立彦将他一把扯住："让他去！"

李主任大叫："你干什么！"

"可能有枪！"

四个人在电梯门外面面相觑,冷场,也就几秒钟。洪立彦即跟江林商量,请江陪李主任守住门厅部位,叫外边车上那几位进来支援。同时也控制住地下停车场的电梯口。人就在这座楼里,把住楼梯口和停车场口,谁也跑不掉。

"你去哪?"江林问。

洪立彦上楼,让另一位办案人员跟他一起去追万秋山。现在要快。

江林赶紧按电梯键。洪立彦对那年轻办案人员叫:"不能等,咱们上。"

这座楼每单元两户一梯,须等载万秋山上去的电梯下来,他们才能上去。时间紧迫不能等,洪立彦带着那年轻人顺着楼梯直接往上冲,一层一层,气喘吁吁。洪立彦判断此刻万秋山最大可能是跑回家去。如此铤而走险,会不会是需要紧急销毁某个证据?或者必须向老婆交代什么秘密?无论是什么,肯定事涉要害。当然还有一种可能,这个人受不了身败名裂,决意逃避,不惜自伤?那就出大事了。必须以最快速度设法干预,但是又不能让办案人员遭受枪击,否则后果将有如地震。

洪立彦只能让自己上。

他们冲上十五楼。从楼梯口跑出来,洪立彦不禁倒抽口气:电梯停在这里,电梯门被一根保洁员的拖把卡住,无法闭合,无法运行。还好洪立彦当机立断直接跑上来,没待在下边干等,否则这个电梯真得等到黄花菜凉透。

他们穿过走廊跑向万宅。那个大门洞开,竟没有关闭。万秋山的妻子坐在大门边,还在那里抹眼泪,一如刚才押解万秋山离开时的状态。

洪立彦心里一惊,开口道:"大嫂,我们需要检查一下。"

对方不回答。

那时顾不得多说,洪立彦带着年轻人绕过万妻,跑进万宅。洪立彦在房间里迅速检查一圈，断定万秋山不可能藏匿在这里。

他只觉得浑身湿透。

万妻跟了进来。

"你们把他带到哪里去了？"她突然张口问。

"实话说，我不知道。"

万妻抹掉眼泪，打开一扇壁柜门，取出一个塑料包放在茶几上。

"麻烦洪副转给他。"她说。

"是什么？"

"茶叶。他只喝这种。"

洪立彦断定万秋山没有返回，万妻的表情动作不可能是装的，很显然她不知道万秋山已经逃脱。这就是说，万秋山乘电梯匆匆上楼，紧急取用电梯间旁一根旧拖把卡住电梯门，将视线引到自家所住楼层，却过家门而不入，连跑去跟老婆打个招呼都没有，出电梯即进入楼梯离开。这单元的电梯摆布在侧面，从电梯口可以直接绕进楼梯口，从万妻坐地那个位置看不见，因此万妻不清楚其夫已经逃脱。此刻万秋山可能跑到哪里去？理论上说，顺着楼梯往上或者往下，可以走到这个单元每一户人家的房门前，万秋山可以藏进任何一个愿意让他藏匿的人家里。

洪立彦离开了万宅。他带走了万妻那个塑料包，答应试试，也许可以设法转交给万秋山。他会转告，家人要万秋山多保重，盼望其早日回家。

万妻大哭。

2

洪立彦与万秋山的交集起于一支手枪。

那时候洪立彦刚从省厅调到市公安局，被安排到政治处当副主任。到任不久，省厅布置进行一次枪支管理大检查，政治处负责牵头迎接检查，布置所属各县局、各支队和直属部门按照要求做一次全面自查。洪立彦奉命负责局本部检查清理工作，主要是局领导的配枪与管理情况。

他发现了几个问题，其中有一个涉及万秋山。那时万秋山在市政法委当副书记，此前是本局副局长，人调走了，配给他的手枪却没有上交，这不符合规定。洪立彦是新任，他调来时，万秋山已经调走，彼此不相识。洪立彦在局里略作了解，得知万秋山很牛，公安大学毕业，当刑警时办过几个大案，领导很器重，升得很快，当副局长时还兼刑警支队长。由于经常亲自率队办案，他习惯带枪，不像有的领导嫌规定严格，带着累赘，领用保管麻烦。

洪立彦向政治处主任报告了情况，特别提到万秋山这支手枪。

"万局喜欢那家伙。"主任说，"你打算割他身上一块肉？"

"可是有规定啊。"

主任说万秋山情况比较特殊，省、市领导都很赏识，调他到上级机关，日后前途无量。这个人有意思，官当大了，偏偏还舍不得枪，也舍不得警察身份，眼下人调走了，关系却没有走，编制还在本局，局里那间办公室目前仍然保留着，因此留着那枪也还有话说。干脆等他把关系迁走，整体办移交时再收吧。

"省厅检查怎么办？"

主任说："不要紧。我处理。"

主任态度很明确，看起来对付检查也有把握，不会有什么问题，洪立彦却觉得棘手，心里不安。如果没有指定他具体负责，他可以不管，既然让他管，感觉就有责任。洪立彦不愿意听之任之装傻，对问题视而不见，也不愿意越级上报给局领导甚至省厅领导，那肯定能解决问题，却很可能把事情闹大，后果对主任和万秋山都会很严重，对洪立彦自己也一样，不到万不得已，不能那么干。

他决定找万秋山，公事公办。他跟万不相识，不像主任他们脸上抹不开。万秋山是领导，却跟他隔了几重，没有直接管辖，找一找无妨。

几天后恰有一个机会：政法委要求本局送一份材料去，这种事本来交代一个科员去办即可，洪立彦却亲自出马。他把材料送到政法委，跟办公室主任聊了聊，提出有一件事情需要跟万秋山汇报，只是万还不认识他，能否请主任引荐一下。主任欣然答应。主任先跑到万秋山办公室去报告，几分钟后便回来，把洪立彦领了过去。

"我知道你。"万秋山说，"来得有些奇怪啊。"

他不是指洪立彦今天上门，是指洪从省公安厅调到本市。洪立彦在省厅干，上升空间比市局大，所谓"人往高处走"，洪立彦却从高处流往低处，为什么？洪立彦报告说，他老婆是本市人，中学老师，孩子在本市上学，由岳父岳母帮着带。他曾经想把妻子调到省城，只是省城中学的门槛高，不好进，加上还得买房，安排老人孩子，非常麻烦，考虑再三，不如他往下走。

"下来也好。"万秋山说，"至少卤面好吃。"

万秋山自称爱吃卤面，他干刑警时，每天早晨在街上吃碗卤面，然后上班破案。省城那边官大权重，卤面可真没这边好。

洪立彦表示自己也是刑警出身，原本还希望干业务，市局领导却让他先留在政治处，主要是刑警那边领导职数已经满了，不好安排，恰好他本人曾给省厅政治处借用过，这块业务也熟悉。

"谁让你来找我？"万秋山即追问。

他误会了，以为洪立彦是来求他帮忙，或者是所谓"拜码头"，以通过他关照，设法安排合意职位。这种事万秋山应当碰到过很多。他要知道洪立彦找他是听了谁的建议？那个人为什么不出面来介绍介绍？洪立彦赶紧解释，称自己没有其他意图，只是处理一项相关工作。他从公文包取出省厅那份通知，递送万秋山过目。

万秋山看了文件，明白是怎么回事了。他直接把文件扔还给洪立彦。

"告诉我，谁让你来的？"他问，还是那句话，眼光灼灼。

洪立彦如实报告，没有谁让他来。请示过主任，主任是怎么说的。

"我只有你这支家伙吗？"万秋山问。

这话什么意思？难道除了这支枪，他手上还有其他"家伙"？洪立彦回答说，他只负责本次清查，完成交办任务。他个人对这支枪没有意图。

"你是觉得副书记权力还小，管不着你？"

"我没那么想。"

"不担心有朝一日我有权管你吗？"

"我只是在做自己的工作。"

"出去。"万秋山说，"马上给我走。"

他没有提高声调，却有一种强劲透过语音传递出来。洪立彦不吭声，站起身，敬礼，离开他的办公室。

隔日，万秋山到局里，交还了他那支手枪。当天下午主任把洪立彦找去，抱怨道："你怎么不听我的？"

洪立彦表示，他清楚这件事对主任有压力，又自感放不下，所以直接去找万秋山。这种事任谁都不敢顶着不办，敢去找，肯定能把枪要回来，大不了让他骂一顿。

"他会记仇的。你有麻烦了。"主任警告。

洪立彦没吭声。去找万秋山之前，他已经反复考虑过。知道万秋山不好惹，他也没想惹，纯粹公事公办。无所求就无须怕，不必患得患失。加之无论万秋山多厉害，毕竟不是直接上司，与洪立彦隔了几重距离，不是伸手就能够着，因此无须多虑。

后来市局内外便有传闻，称万秋山在某私人场合提到洪立彦，称这家伙人尽其才，应当给他一根拖把，派去扫厕所，要求无臭无味，估计他能行。

几个月后，中秋节前夕，有一个强台风来袭，全省严阵以待。按照抗灾部署，市里政法部门抽人组成一个抗灾小组，由政法委书记率领，下到本市南部一个边远县指导抗灾。该县是政法委的挂钩县，也是本次抗灾的重点县，气象预报称台风中心登陆后可能正面袭击该县，预计将有狂风暴雨。市公安局从政治部抽人参加，主任指定洪立彦去。洪立彦问他："主要任务是什么？"主任称任务就是抗灾，具体干什么听抗灾组领导安排，叫干什么干什么。台风抗灾几乎年年有，从以往情况看，其实没多少事，都是当地党委政府主抓，市领导去坐镇更多的只是表示重视，发发话，强调强调，督促检查，带下去的人员也就是配合配合。

洪立彦按照通知，在规定时间到达集合地点，上了一辆中巴车，那时市区还艳阳高照，只是异常闷热，这种天气往往表明台风即将到达。洪立彦上车时看到了万秋山，他坐在第二排位置。洪立彦举手敬礼，他不声不响，抬起右手，拇指向后一指，示意往后坐。当时已经有几个人上车，都坐在后边位置。洪立彦走到最后一排坐下。几分钟后所有人员到齐，市领导也上了车，中巴车即刻出发。

抗灾组到达当晚，台风中心在海面位置开始偏移，从预测路径折转向北。洪立彦密切关注台风路径变化，认为防灾重点可能改变，他们这个县大约可以松口气了。但是省、市的传真电报一份份下达，口气毫不放松，依然是"坚决不能麻痹大意"，强调本次台风路径变化不定，不排除再次折转可能，还须立足于准备遭受正面袭击，采取一切必要措施抗击灾害。

第二天一早，抗灾组分成几个小组，分别前往几个重点部位，突击检查各防备措施落实情况。洪立彦被分派到第一小组，组员两名，加上带队领导万秋山。得知分组人员配备是万秋山亲自确定，洪立彦顿时感觉不祥。他记起主任警告："他会记仇的。"当初认为彼此隔了几重，万秋山无法伸手够到，此刻突然就够着了。这时候还能怎么办？硬着头皮领教吧，未必万秋山真的为他准备了一根拖把去抗台风扫厕所？

万秋山从县公安局要来一辆警车,大家上车出发,直奔该县汤坑乡。这个乡位置偏僻,交通不便且地处低洼,原先估计可能会遭受重灾,需要采取最严密的防备措施。尽管台风摇摆捉摸不定,却没有影响当地执行上级相关命令,这些命令中最主要的一条是将所有人员撤离到安全位置。抗灾中人员死亡情况是关键指标,人命最要紧,哪怕整个乡被扫荡干净,只要人没事,那就可以交代。乡书记向万秋山报告说,按照市、县领导要求,本乡应撤离人员的撤离工作已经基本完成。

万秋山眼睛一瞪:"什么叫基本完成?"

乡书记解释,本乡管辖的人员,可以说该撤尽撤。

"难道还有你们管不着的?"

居然有,是一支工程队。本省正在建设一条大型输气管道,起于沿海一个新建的大型天然气码头,延伸到本省西北区域。该项目是本省重点工程,其管道途经本县,目前有一支施工队恰在汤坑乡。中石化旗下一个单位承建这个项目,人家是巨型央企,级别高来头大,当地乡镇哪里管得着,实在是难以望其项背。输气工程比较特殊,队伍流动性强,今天在这个乡挖沟,明天就跑到另一个县去填土。因此很难把它归于某个地方,有关抗击台风事宜,省里直接下达给工程建设指挥部,指挥部再下达给各工程队,工程队听命于指挥部,其人员撤离问题,乡镇实管不了。

"胡说。"万秋山立刻斥责,"这种事属地管理,他们必须服从当地指挥。"

乡书记苦着脸,支支吾吾说不出话。

"工程队的人死在你这里,可以不算死人,算死狗?不用统计,不用上报,跟台风没有关系,你也一点事都没有吗?"

"可是,可是……"

"洪立彦,洪副主任,你去。"万秋山当即下令。

他要求洪立彦与乡书记立刻赶往工地,检查工程队抗灾措施落实情况，首要的是人员撤离。无论台风有没有到，灾害有没有形成，人员有没有伤亡，眼下只要有一个人没有撤离，都将记为严重失职。

"洪副主任，听明白没有？"他问。

洪立彦回答："明白。"

万秋山说了一句狠话："谁没完成任务，我保证让谁悔恨终生。"

这话比"给根拖把让他去扫厕所"要文雅一些，意思也差不多。洪立彦心知这回凶多吉少，万秋山打定主意要收拾他，真是撞到人家手上了。但是既然下来抗灾，就得承担责任，没有权利推辞，更没有权利拒绝。洪立彦可以越过几个层级，直接找万秋山，完成查枪任务，为什么就不能去找央企工程队交涉，完成抗灾任务？

他们立刻出发，坐乡书记的车，直接赶往工地。工程队驻地在管道沿线，那里有一个村庄，是边界村，既是本乡、本县，也是本市边界。从该村翻过一座山就是邻县，也是邻市地界。有一条管道大沟从那边挖到这边，如果工程队在大沟那一头施工，别说本乡本县够不着，本市也不用管。问题是他们把驻地设在这边村子，这就有事了。

赶到村子时已是午饭时间，一看情况，洪立彦头上的汗都冒了出来：该工程队别说一个人都没撤离，居然正在聚餐，"欢度中秋佳节"。聚餐为露天，在村中一个大晒谷场，聚餐人员都是工程队人员，炊事、服务人员也基本为工程队自配，晒谷场上摆了七八桌，大略估算一下，聚餐人员计百余人。

洪立彦与乡书记立刻找工程队负责人交涉。该负责人据称是一位"项目经理"，姓孙，不说是什么"央企工程队"经理，说白了那就是中标承建单位的一个包工头。该孙经理看起来已经喝了不少，一张嘴全是酒气，讲一口陕西话，其所率工程队主要人员多来自陕西。孙经理称手下百余弟兄大老远从几千里外来这个坑洼里做工程容易吗？赶上中秋节还不让聚个餐，吃两个菜喝一杯酒？一听洪立彦以抗灾之名要他们放下筷子，住嘴，撤离，孙当即嘴角一撇，指着天上问："这是啥？"那时天上哪有一丝台风影子？虽是阴沉沉天气，却无风无雨，还异常湿闷，聚餐工程队员男性为主，几乎都光膀子，袒胸露肚吃喝。

洪立彦说："按照要求，必须立刻撤离。"

孙经理强调："我们指挥部说了，可以酌情采取抗灾措施。"

双方正交涉，一辆警车冲到晒谷场边。万秋山从车上跳了下来。

"怎么回事？"他张嘴就骂，"找死啊！"

万秋山一骂，洪立彦倒是放松下来。原来万秋山威胁要洪立彦悔恨终生，却没有把事情和责任全推给他，人家自己还是赶过来了。他一到自然就得负责，洪立彦只须配合。洪立彦指着万秋山告诉孙经理，领导亲自赶来了，必须坚决执行命令。

那个孙仗着酒气，竟然张嘴骂："什么鸡巴领导！管我个鸟！"

这时晒场上开始骚动，坐在前边的几桌人注意到孙经理与万秋山、洪立彦的争吵，有的已经放下筷子，站起身，似有一拥而上之势。别说对付工程队这百余号人，只要几个喝多了的家伙借酒劲打上来，万秋山他们四五人哪是对手，不给碾成粉末才怪。

万秋山大喝道："给我家伙！"

什么家伙？那就是枪。这时候哪里来枪？现场有两个警察，一个是洪立彦，一个是开警车的那位，县公安局的年轻干警。洪立彦当然不会带枪，因为抗灾场合原本不需要。却不料县局那位干警居然身带武器。可能县局领导知道万秋山的习性，事前特别交代，或者该干警还有其他任务要执行，需要预先领用枪械。一听万秋山喊枪，年轻警察立刻就有反应，一伸手从腰间拔出枪来。万秋山一看有家伙，当即大叫："给我！"干警略犹豫，万秋山一把抓住枪管，眨眼间就把手枪抓到手上。

洪立彦站在一旁，顿时脸色大变。顾不得多想，他当即大叫：

"万书记！不许动！"

万秋山不禁一怔：洪立彦居然敢吼他不许动！没等他反应过来，洪立彦一步跨上前，抢到他身边。

"干什么？"万秋山喝道。

洪立彦说："你不是警察。"

万秋山一眯眼，当即把枪往洪立彦手上一塞，下令："你来。"

洪立彦接过枪，上膛，举起来对空射击，砰砰连开两枪。巨大的声响在天地间轰响，晒场上那些人个个变色，孙经理也顿时酒醒，突然扑通跪在地上。

"别开枪！"他大叫，"有话好说！"

万秋山不说话，一步上前，两手一掀，把最前边的一桌酒席掀倒，桌边人们哗啦四散逃开，乒乒乓乓一阵乱响，菜盘碗杯哗啦啦摔碎一地，连同里边的酒菜。

十几分钟后，场上人员全部撤离。

一小时后台风到达。汤坑乡刮了几阵小风，下了一点小雨。台风中心另走他途，留下一场虚惊，还有晒谷场边的两声枪响。

事情被工程队告到省公安厅，因为涉及重点工程，省厅很重视，专程派员下来调查。洪立彦为那两枪承担了主要责任，承认自己担心情况失控，断然射击示警。他没有提到万秋山发令，也不谈持枪干警有何不当。调查人员认定尽管事出有因，洪立彦亦反应过度，造成不利影响，需做深刻检查，并予严肃处理。经局党委研究，报市政法委同意，洪立彦被免去市局政治处副主任职务。

万秋山把洪立彦叫去谈了次话，谈话中没有一句提到那两枪，只是隐约而言，说他正在考虑是不是请洪立彦去吃碗卤面。洪立彦表示上次听万秋山提起卤面，他特地去试过，感觉确实不错。如果万秋山这么大的领导还愿意坐坐露天桌椅，他来请吧。

"大个啥。"万秋山说，"现在你欠我一碗了。"

万秋山提出，洪立彦当警察恐怕已经到头，是时候走了吧。洪立彦称自己无所谓，免职就免职吧，他已经要求到刑警支队去，可以的话给个非领导职务，不行的话也没什么，他愿意去破案子。

"你这种人，在局里不容易翻身。"万秋山问，"到我这里怎么样？"

市政法委辖下的综治办目前缺一位副主任，万秋山拟提议调洪立彦来干。这个职位与洪立彦的原职相当。半年后综治办现任主任到龄，洪有望提起来接任。

"你这个人还正道。可以。"他说。

洪立彦问："我不是刚给处理吗？"

"处理是需要，不是处分。"万秋山道，"来就是了，怎么说你不必考虑。"

洪立彦暗暗吃惊，除了万秋山主动表示关心，还有万秋山的口气，像是这种事他说了算。他不过就是一个副书记，却好像已经当了老大。如果没有把握，他不可能这么说，能这么说，表明他在相关领导那里特别受看重，特别有影响力。

洪立彦表示感谢，但是拒绝接受，称自己干不了别的，只能继续当警察。

"我知道你怎么回事。"万秋山说，"你是怕我，想躲开。"

洪立彦没有否认。

"无论你躲在哪里，我都能收拾你。"万秋山右手比了个手枪状，对准洪立彦的前额，"知道为什么吗？"

"你手里有'家伙'。"

"你不是收走了吗？"

万秋山自称是因为喜欢枪才当警察，从当小警察时起，他就特别喜欢"家伙"。手里握着支枪，心里格外踏实，一切都在掌控中。当然那只是一种感觉。洪立彦收走那支枪以后，他就收拾不了洪立彦吗？不对，照样收拾。拿什么收拾呢？权力。"家伙"其实就是权力，支配的权力。洪立彦没有那种体会吗？想不想也抓住一点？

洪立彦说:"我有敬畏之心。"

"不要那么文。"万秋山批评。

他要求通俗点。什么叫敬畏？不就是立正敬礼加上害怕哆嗦？权力当然必须敬畏，你不对它立正敬礼，它就让你害怕哆嗦。就好比一支手枪对准额头。

洪立彦说，以他感觉，手枪射程有限，权力也有边界，谁都不能为所欲为。

"要看你有多大。权力足够，想做什么做什么。"万秋山说。

洪立彦不吭声。"敬畏"有之，未必心服。

"搞不明白，你就只配被收拾。"万秋山说。

他让洪立彦回去把手枪擦干净，准备上交。这个事由不得洪立彦，无论真怕假怕，不管立正哆嗦，他万秋山看准的，就一定会那么办。

两个月后，洪立彦调市政法委任综治办副主任。

3

洪立彦向章文保紧急报告万秋山失踪情况，请求支援。十分钟后章文保亲临现场。

"你是怎么搞的！"他对洪立彦发火。

洪立彦无言以对，说什么都属多余。

此刻非常尴尬。必须迅速找到万秋山，送其到案，但是万的问题尚未公开，他还是市领导身份，追查亦须严格保密。为了减少惊动，章文保在小区外围一个茶馆设立临时指挥所，他本人和李主任坐镇指挥，洪立彦、江林带几组人在现场排查。有一组人员紧急排查本单元户主情况，寻找万秋山可能的应急藏身处。物业管理人员和派出所户籍警被迅速传唤配合。万秋山为自己选择藏匿地点，对方必须足够可信，一般泛泛之交不可能相托。万家所住单元共十七层，居住共三十四户，排查组根据现有资料，迅速筛选可能与万秋山有关者，采用排除方式，将最不可能与万秋山有特殊关系者排除，然后再列出比较不可能的，有一定可能的。万秋山逃走后，洪立彦即从楼梯往上追，以时间推算，万秋山顺楼梯往下不可能跑太久，否则双方会相逢于楼道，据此判断该楼靠下几层住户牵连的可能性也比较小。如此七除八扣，加上本单元住户不算特别多，重点关注对象很快便圈出了若干，里边有的与万在工作上有所交集，有的与万籍贯为同一个县，有的是同姓，或者怀疑可能与万妻有关联。然后便有派出所民警前去敲门，以了解常住人口情况为由入户，观察并询问是否有无关人员进入，以此进一步排除无关者。

洪立彦心存怀疑。理论上说，把住本单元一层和停车场两个出入口，万秋山无路可出，只可能藏在同单元某户人家里。问题是万秋山当过警察，他清楚接下来会怎么排查，本单元并不利于藏匿，能够为他提供的时间非常有限，如果很快便给找到，他的逃跑便毫无意义。以洪立彦的了解，万秋山个性强悍，非常爱面子，如丧家之犬般窜入他人家里请求藏匿，同时也让人家蒙受风险，这似乎不像万秋山的风格。

洪立彦带着人上到顶楼检查，万秋山逃走后，他已经到这里检查过一次。他在顶楼楼梯口抬头，仔细察看天花板，试图寻找自己是否漏掉了什么。这里亮有楼灯，光线足够。这座楼各层的天花板装修相同，敷有一层大块塑料扣板。顶层天花板一侧留有一个方形口，安装着一块银白色金属板。这应当是本楼道通往天台的备用检修口，那面金属板应当是不锈钢的，可活动，需要的话，检修人员可以推开那块板，从检修口上到天台。但是万秋山不可能从那里爬上天台，因为有两米七八的层高，所谓插翅难逃，不借助梯子，没有谁可以一跃而上。

洪立彦确认顶楼不会有问题，决定离开。他带着那位办案人员走到走廊，电梯上来后，两人进了电梯，在梯门关闭那一刹那，洪立彦突然"哎呀"一叫,急按键开门,抬腿跑出电梯,回到楼梯口处。

办案组的年轻人始终跟着他。小伙子跑过来问:"洪书记,有什么情况?"

"得委屈你一下。"洪立彦说。

他想上去看看那块板,没有梯子,需要搭人梯。年轻人挺结实,可以当回梯子吧?倒过来也行,他来当梯子,把年轻人顶上去检查一下?

年轻人看着天花板,迟疑道:"有必要吗?"

"必须检查一下。"

年轻人蹲下来,让洪立彦站在他肩膀上。两人一上一下,都把两手扶在墙上。年轻人用力撑起身子,慢慢站直,把洪立彦顶到天花板下。洪立彦用右手使劲一托,顶开了那面隔板,把头从检修口探出去,察看天台。天台上很黑,看不清楚,他决定上去看,用手撑住检修口两侧,慢慢爬出去,上到天台。他从口袋里掏出手机,打亮手电筒照明,察看周边情况。黑暗中,有一座水塔矗立在天台一侧,前方有一块小花圃,黑压压摆着几排花盆。洪立彦一看就急了,匆匆绕过花圃,走到天台的另一侧。这里还有一个检修口,属于另一单元。洪立彦打开那个检修口的活动板朝下看,只见楼道口摆有梯子,居然有两架,一架竹梯,一架铝合金梯。

他一屁股坐在天台上。

他给章文保打了一个电话,请求停止排查。万秋山已经离开本楼,跑远了。

而后检查本楼与小区监控记录,果然在电梯监控里发现了情况。万宅所在的这座大楼分两单元,每单元每层两户,分别拥有一部电梯。万家所住为东单元,该单元电梯的视频记录记下了他逃脱后直上十五楼的情形,他显得很镇定,有时还会朝上看看监控探头,似乎在跟预计会来查阅记录的洪立彦打招呼。他在十五楼下了电梯，十几分钟后出现在朝西单元那部电梯里，从顶楼下到地下停车场，在那里消失了。这个小区地下停车场里安装有若干部监控，显然他很熟悉，知道怎么避开那些探头。算一算时间，在他从容消失之际，洪立彦还在十五楼万宅中，徒劳无益地四处察看。其时东侧单元的两个出入口都被控制住了，却没有人想到他居然会爬到天台上，从东侧转到西侧，从那边逃走。事后了解才知道，本楼两侧的顶层住户分别利用天台养花，为方便上下均备有长梯，平时就丢在楼道边。万秋山借助东侧楼道这部梯子上了天台，他还把梯子从检修口拉上天台，既造成插翅难逃假象，又拖延追赶者时间。他把梯子扛到西侧检修口，放下梯子下到顶楼，然后从电梯离去。

现在需要去追踪车辆了。万秋山可能乘坐那段时间里从停车场开出去的任何一辆车离开，必须从中排查出他坐的那一辆。

当晚洪立彦彻夜未眠。临时指挥所于凌晨撤销，章文保乘车离开。搜查万秋山的范围已经不能再局限于这个小区，接下来或许要扩大到全世界。

洪立彦向章文保报告说："有个情况需要跟章书记汇报。"

章说："现在不说。"

上午十点，章文保和陈克两位书记在市委会议室召开紧急碰头会，除了市纪委、政法委两家领导，参加的市领导还有副市长陆平南，陆也是现任市公安局局长。李主任在会上传达刚刚得到的省纪委领导指示，要求迅速采取措施，务必在最短时间内找到万秋山，执行组织措施。李强调让万秋山逃脱是一个重大事故，如果不迅速追踪到案，责任人员必被严肃追究。

章文保说："洪副，你谈谈。"

洪立彦汇报了昨晚执行任务情况，承认自己估计不足，执行不力，应负主要责任。

章文保追查："你确定他有枪？"

"我不能确定。"

"为什么不把两个干警带上？"

洪立彦还说自己估计不足。即便带上，那种场合可以开枪吗？

李主任追问："你在电梯外跟他喊了一句什么？那是个啥？"

洪立彦解释了"日照香炉"，出自李白《望庐山瀑布》，万秋山当县委书记时喜欢提起。喊那个是想提醒万秋山冷静，想一想自己是什么人，不要铤而走险，错上加错。

"卤面呢？"

卤面是本地一种小吃。几年前，洪立彦在市公安局受处理免职，万秋山把他调到政法委，当时洪立彦答应请万秋山吃一碗卤面。

"表示感谢吗？"

"差不多吧。"

章文保说："你可以出去了。"

洪立彦说："我需要说明一下。"

他就自己与万秋山的关系再次说明：卤面只是玩笑，彼此并无私交，他本人更不会徇私。但是由于与万秋山有多年工作交集，加上应该对昨晚行动意外失利负责，他愿意接受处分，同时再次申请回避，请几位领导谅解。

陈克说："你先出去，不要走远，在市委值班室那边等一等。"

洪立彦起身离开。

十几分钟后，江林出来，把洪立彦叫回会议室。

他们决定让洪立彦继续负责追踪，直接向章文保和李主任报告。他们充分考虑了洪立彦个人请求，依然认为不在回避范围之内。洪立彦对昨晚行动失利需要负什么责任，日后会实事求是确定，目前最重要的是把万秋山找到。考虑到洪立彦对万的情况比较了解，经验也比较丰富，追踪还必须让洪来负责。万在洪的眼皮子底下跑了，还让洪去把他找回来，可称"戴责立功"，也是以功补过。这个考虑已经直接请示市委书记，得到同意。要求洪立彦切实负起责任，立刻组织下一步行动。

洪立彦问:"我可以再说明吗?"
"不可以。服从命令。"章文保说。
洪立彦不再吭声。
其实他心里明白,这一关他非过不可,有如注定,从昨天下午章文保通知他到小会议室开会那时起,他就逃不掉了。这件事原本跟他没有关系,对万秋山采取措施是省纪委办案部门的任务,市纪委是下级配合。即便万涉嫌黑恶,与政法部门有关联,那也不归洪立彦管。就如万秋山对洪立彦所问:"怎么你也有份?"洪立彦得一份出于一个特殊因素:章文保在担任纪委书记之前任过政法委书记,对万秋山与洪立彦的关系比较了解。出于对万秋山习性的担心,章希望确保行动安全,因此才决定把洪立彦加进来。洪立彦不归纪委直接领导,章文保却是洪的老领导,加上章又与陈克协商过,洪不能不服从。如果不是章文保,洪立彦不可能有一份。洪立彦不是以单位身份参与,他的任务本来就是充当安定剂,让万秋山放心开门,然后便没事了。这就是个跑龙套角色,接近于"临时群演"。哪里想到竟然发生了意外,跑龙套跑成了主演。在万秋山逃离之后洪立彦更是无可躲避,按照上级领导要求,本市政法部门已经责无旁贷,必须更多地动用力量,配合工作,把人找到,有如寻找失踪妇女儿童。不同的只是这位失踪人员找到后将交给办案单位,而非报案家庭。

紧急会议后,洪立彦迅速调集力量,展开追踪。类似追踪都有通常套路:在迅速报请批准之后,安排机场、高铁、长途汽车站等重要交通节点监控,防止万秋山外逃。安排各技术手段,发现、确定万秋山的目前位置。组织对相关车辆、人员的排查,找到与万行踪的有关线索,等等。这些措施于逃跑者万秋山本人无不烂熟于心,调侃言之,无论洪立彦怎么出招,都是在班门弄斧。

但是线索还是迅速浮现:有一辆黑色沃尔沃轿车出现在排查焦点。

根据洪立彦安排，出事当晚，从晚七点二十分开始，一小时内从东海小区地下停车场开出的每一辆车都要重点查核，确定其车主、去向、开车者。那个时段不是车行高峰，停车场出口监控探头记录到驶出车辆有三十余辆，包括每一辆车的车牌和前排人员影像。排查人员迅速筛查这批车辆，发现了那辆沃尔沃。

这是一辆外地轿车，挂省城牌照，于七点二十五分从停车场出口驶出。这个时间符合洪立彦推测：万秋山逃下楼后，会设法以最快速度离开，防止停车场出口被紧急控制。驾车者在探头记录里的影像比较模糊，可以看出是一位男子，头上戴顶鸭舌帽，帽檐拉得很低，遮住了大部分脸面，仅仅这一细节就足以让人怀疑。但是他穿的是一件灰色衬衫，洪立彦记得万秋山从他眼前消失时是白衬衫，没戴帽子。在西侧电梯监控记录里，万也是黑白分明，同一件白衬衫，露着一头黑发。这就是说他到达停车场时还是原装，灰衬衫和帽子应当是备在轿车上的。上车后把衣服一换，帽子一戴，帽檐一拉，也不费事，十几秒钟足矣。

这位驾车者被作为疑似人员看待，判断为独自出行，因为监控上未见同行人员，且时间比较紧张，很难临时召集。交警部门迅速联络省城交警，查到了这辆沃尔沃的资料：它属于一位姓苏的女子，已购置两年，没有任何违章记录。车主登记的住址为省城北环城路边的泉上小区。洪立彦在省城工作过，知道那是个所谓"高档住宅区"。根据传过来的资料，苏姓女子现年三十八岁，大学文化程度，已婚，经商。洪立彦要求立刻查核这位女子在本市有何记载，很快便发现她在本市注册成立了一家医疗器材服务公司，是该公司的总经理。经与该公司联系，确认女总经理在公司租住商住楼里有一套用房，还有一个车位，车位里有一辆专供其使用的车辆，是白色宝马。公司人员不清楚总经理是否还有其他用车。此刻该女总不在本市，也不在本省，在英国伦敦，出境已经十来天，去处理一项进口业务，大约一周后返回。

洪立彦下令："查一下小区停车场登记。"

经查对，这辆黑色沃尔沃的车牌号记录于停车场自动闸的控制电脑中，属租用车位性质，已租用两年时间。比对一下记录，差不多从购置开始，它就从省城开到这里，停在本小区停车场里。

万秋山会开车，早在当警察时就自己开着车到处跑。但是洪立彦不记得曾经见过他开车，估计当上领导后，他就喜欢威风凛凛坐在前排副驾位上，让司机载着跑，而不是自己当车夫。作为市领导，公务车随时可派，只要是处理公务，无须自己开车。这一回是例外，公务车很难派用于逃跑，这种事只能自费。如果万秋山确实是那位驾车者，那么这辆车虽不归他所有，却归他使用，或者其上大学的儿子回家时悄悄使用。

洪立彦下令追踪这辆黑色沃尔沃。很快，高速公路收费站发现了该车驶入记录，时间是晚八点一刻。这就是说，疑似万秋山者驾车出库后是直奔而至。随后又有消息传至：夜十一时，这辆车从省城高速公路收费口驶出。

经报告章文保同意，洪立彦带一组人立刻前往省城。李主任随队指导、督战。

洪立彦提出："市里这边不能放松，还要继续排查。"

李主任问："你怀疑车上那个不是他吗？"

洪立彦说："应该是他。"

在确定找到之前，洪立彦不能只认一个疑似。他心里实也担忧，万秋山肯定知道洪立彦会怎么找他，也知道那辆沃尔沃马上会被注意到。除了把帽檐往下一拉，他毫不掩饰自己的去向，这真是他吗？此刻他逃往省城干什么？从机场跑掉？他肯定知道自己过不了安检。申诉、运作高层领导，争取被放过？现在肯定迟了，这种时候权力再大的领导也不能那么做，万秋山也不可能不知道那会牵连更多。或者他就是想往省城人海里一藏，让洪立彦鞭长莫及？也不对，他的案子是省纪委在办，洪立彦够不着的地方，李主任在等着呢。或者万秋山竟是打算投案自首，舍不得动用公务车辆，自费自驾把自己送上门去？

他们赶到省城。所追踪的黑色沃尔沃在省城失去了踪迹。

李主任协调省城相关部门帮助筛查车辆去向，洪立彦带着人直奔泉上小区，通过当地派出所了解情况。经查，苏姓女子身份证的住址为其夫妻房产，该宅为复式建筑，有两百余平方米，位于五、六两层。苏的丈夫在英国经商，苏本人也经常在外，该住宅常年关窗闭户，漆黑一片。

洪立彦顿时警觉，当即安排组员进入小区，严密监控。他们查看了小区大门的监控资料，未发现万秋山进出记录，将万秋山照片让保安辨认，没有人见过。几位组员轮流值班监视苏宅，从下午到隔日，一无所获，该住宅毫无动静，更无灯火。

第二天章文保赶到省城，亲自到省纪委汇报情况，而后赶到泉上小区察看。

洪立彦说："章书记，我有一个情况需要说明。"

章文保看着洪立彦，满眼疑问。

洪立彦报告了与万秋山的一次交谈，时间为上个月。万秋山打一个电话要洪立彦去，有事，洪遵命去了市人大万秋山办公室。万问起万林村一案，说那个事早就了结了，还折腾个啥？收拾几个地痞流氓，关照一下父老乡亲还变成个事了？讲得很不高兴。洪立彦表示自己了解不多，只知道省里很重视，陈克书记亲自过问，建议万秋山直接找陈克谈谈。万秋山说："你干什么吃的？替我去把事情摆平。"

"你做了什么？"章文保立刻追问。

洪立彦通过几个途径了解了一下案情。如果万秋山没有找他，洪立彦不会去管万林村那些事，既然找了，他不能一推了之。由于时间还短，接触的情况十分有限，洪立彦还没有向万秋山反馈，也没有试图干预，如万秋山所说"去把事情摆平"。他感觉万秋山那是气话，并不当真，万秋山自己摆平不了的事，洪立彦更不可能做到。洪立彦觉得这件事应当向章文保报告，包括他自己的态度：他一向认为人需要为自己的行为负责，如果万秋山犯下什么错，就该承受什么处罚。但是从彼此交往和感情上说，他还是希望万好好的，不出事，至少不出大事。

"你跟他不会还有其他牵扯吧？"章文保追问。

洪立彦让章文保放心。他有敬畏之心，什么该什么不该，他始终记着。

他并没有把情况全部说出来。那次交谈实没有那么平淡，万秋山情绪冲动，一再骂娘，连洪立彦都骂。当时洪立彦劝告万秋山争取主动，如果有问题就认了，该自首就自首，争取从宽。万秋山反应激烈，举手做手枪状对准洪立彦，问洪立彦是不是也想跟着踩他？以为他吃素？他怕个啥？大不了鱼死网破。谈不下去，洪立彦只能起身告辞。隔日万秋山又给他一个电话，在电话里哈哈，让洪立彦别往心里去。其实他最看重的就是洪立彦，尽管洪尽说些他不爱听的。现在他有体会了，飞流直下三千尺，有些东西就像婊子，从不从一而终。洪立彦回答了那句话，他最希望的是万好好的。

洪立彦告诉章文保，联想那次谈话，他觉得万秋山已有出事预感，恐怕早有准备，甚至趋向极端。以万的反侦查能力，追踪会特别困难，甚至可能拖延很长时间。

"绝对不允许。"章文保强调，"必须想尽一切办法，在最短时间里找到人。"

洪立彦说，没有谁比他更希望尽快把万秋山追到案，一旦拖延，无论对万，还是对他本人都非常不好。但是此刻他心里总在犯疑，到目前为止，所追踪的线索似乎过于明显，不会是万秋山有意引导的吧？

章文保这才告诉他，江林那边也发现了一些情况。江林带一组人去了万秋山的老家万林村，已经发现近日有可疑人员进入、藏匿迹象。

洪立彦思忖了好一会儿，点头："恐怕比我这边靠谱。"

"在确实有把握前，你这边也还不能放过。"章文保说。

章文保还强调必须确保安全。万秋山可能非法持有武器，必须特别小心。无论如何，不能伤及群众，也不允许伤害万秋山。到目前为止，他还是万副主任。

洪立彦说："我明白。"

章文保一直怀疑万秋山可能有枪，对此特别警惕，洪立彦心里有数。早几年章文保在政法委当书记，洪立彦是他的下属，有一次章把洪叫到办公室，给他看了一封匿名举报信，指控万秋山利用权力私藏手枪。当时万秋山已经离开政法委，下去当县委书记了。章文保清楚洪立彦跟万秋山的关系，问洪立彦对举报事项怎么看？可能吗？洪立彦说，万秋山喜欢枪，很多人都知道，喜欢并不意味就会利用权力去私藏，举报信没有提供证据和线索，恐怕只能先存疑。章文保要求洪立彦保密，没再多说。至少从那时起，章文保心里就有疑问，后来他可能还听到过其他类似传闻，所以在对万秋山采取措施时才会那般小心。作为领导，他当然必须得这样。

当天晚间，洪立彦亲自参加泉上小区监控。晚九点左右，他和一位组员走过小区主通道，做散步状，一边密切注意侧前方那座楼五、六层的动静。那时通道上还有不少散步者，有的牵着狗在小区里遛。洪立彦从一棵棕榈树边走过，突然停下脚步，回头看了一眼。有一个散步者刚从他们身边擦过，不慌不忙往前走。路灯比较暗，看不清那人模样，只见头上戴着一顶帽子。

洪立彦轻轻喊一声："万主任！"

那人突然撒腿奔跑。

洪立彦大叫："站住！"

他拔腿追赶，身边组员赶紧跟上。前边那人跑得飞快，仗着地形熟悉，忽然蹿进一条小径，穿过一个花台，钻进一个门洞，眨眼间消失在一片楼房丛林里。

洪立彦立刻给章文保打电话，气喘吁吁："他在这里。"

4

那一年，洪立彦与万秋山曾经共同处理过一起突发群体事件。

那时候洪立彦刚被提任综治办主任不久，万秋山则刚调去当县委书记。万秋山那个县有一个村庄，因为一起征地拆迁纠纷，村民突然发难堵塞省道，要求县里满足他们的要求。当时洪立彦恰在邻近县参与年终考评，在那边接到章文保一个电话。章文保在省城开会，无法立刻动身赶回来，他知道洪立彦在下边，要求洪就近赶到现场参与处理事件，要求以最快速度劝解群众，恢复交通。洪立彦得令后立刻叫车动身，仅半个小时就到达出事地带，那时大约是下午四点钟，太阳西斜，洪立彦在村庄外围一座小庙前见到了万秋山。

万秋山正在讲话，训斥下属工作不力。他面前站着十几个人，都是当地县、乡干部。万秋山看到洪立彦，即指着洪说，这位是市综治办的洪主任，钦差大臣。咱们这一摊闹大了，把洪主任弄下来了。看看还要惊动谁？莫非得让省领导来走一趟？

他当然是在说反话。当着洪立彦的面，他宣布以晚上十二点为限，如果不能在午夜前排除障碍疏解交通，在场所有人一个都跑不掉，统统处分。

这时有一辆面包车赶到，有六个人从车上下来，五男一女。这六位被万秋山称为"扫雷队"，是从县直机关临时征用的，年龄大的即将退休，小的刚大学毕业参加工作，其中三位是本村人，三位是本乡人，有至亲在这个村里。万秋山赶来处理事件前，命令紧急征用该村籍干部配合工作，这几位从办公室给直接叫上车，拉到了现场。万秋山要他们进入省道堵塞部位，说服占据道路的乡亲撤走,有问题可以谈,道路必须先疏通。所谓"扫雷队"是比喻,准确而言,他们是处理本次突发群体事件的先遣人员。

"先去做工作。"万秋山宣布,"让我看看你们的本事。"

他决定给他们派一个队长,率队扫雷。即扭头问洪立彦:"洪主任你来?"

洪立彦说:"可以。"

他大笑:"哪有钦差扫雷的道理。"

洪立彦当然知道他是开玩笑。此刻下去做工作,需要熟悉情况,可以与村民沟通的人,不在于级别大小。

这时又来了一辆轿车,从车上跳下来一个干部,三十来岁,模样精干,快步跑到万秋山面前。

"万书记!万书记!"他大声喊,"我来了!"

万秋山没吭声,众目睽睽之下,居然当场高举右手,朝对方脸上狠狠就是一个耳光。他是真打,用足了力气,一声脆响,那干部猝不及防,一巴掌给打倒于地。

场上所有人无不呆若木鸡。

万秋山问:"乡长在哪里?乡长!"

那时万秋山刚到任,下属认不全,哪位是本乡乡长还搞不清楚。人群中有人赶紧举手,是个细高个,一张长脸,那张脸已经显白,受了惊吓。

"你不错。"万秋山却表扬,"书记没到,你先到了。"

"应该,应该的。"

万秋山当众宣布,本乡书记玩忽职守,严重失职,对酿成群体事件负有责任,关键时刻居然找不到人,手机不接,县委书记到现场了,他还不知道躺在哪里。好不容易找来,居然一身酒气,看来中午喝多了。这种人哪里能当书记?靠边醒酒去吧,别在这里祸国殃民。县委将立刻组织对其调查处理。根据现场情况,作为县委书记,决定从现在起,指定乡长主持本乡工作,要求立刻负起责任。

乡长被委以领队之责，立刻率先遣人员出发。万秋山命在场的派出所所长带上两个警察护送他们前往。要求保持联络，随时报告情况。

十几分钟后，先遣人员进入事件现场。由于来者多是本村人，他们为闹事村民接纳。他们在里边做工作时，万秋山在外头继续调兵遣将。短短时间里，现场集中了四位县领导，公安、交警、特警、防暴警全都上场，加上消防、交通、电力、急救中心等各方面人员汇集到小庙前的空地。应急车辆在路边排了几排，包括清除路障的推土机、钩机等施工车辆，还来了一辆广播车和后勤保障车。由于即将入夜，万秋山命电力部门临时调来一辆应急柴油发电车和配电设备，在小庙前的几棵树上挂起强力照明灯和探照灯，临时指挥部与前方公路阻塞地段顿时亮如白昼。

洪立彦问："需要我联系市里的力量吗？"

万秋山说："不需要。小菜一碟。"

"我能做些什么？"

万秋山调侃："好好看热闹，认真学习，回去汇报。"

他胸有成竹，除了先遣人员，又相继派出两批人员，半小时一批，悄悄加强谈判力量。派下去的人有乡干部、县相关部门干部，领队身份渐高，先是一个副县长，再是一位副书记。万秋山对他们的要求就是劝说，诱导，晓以利害，加上疲劳战术："拿得下来就拿下来，拿不下来不要紧，有我。"

晚九点，谈判还处于胶着状态。洪立彦接到了章文保的电话。章询问进展如何？洪立彦报称还在努力。章文保让洪立彦告诉万秋山：他已经动身出发了，连夜返回，将直接赶到事件地点，亲自坐镇。

万秋山听了情况，嘿嘿道："领导辛苦了。"

他在小庙前踱步，转了几圈，拿望远镜看着前方路障那边的动静。末了一摆手，对紧跟着他的县委办主任下令："把家伙给我。"

洪立彦也站在他身旁，当即大叫："万书记，别着急！"

万秋山喝一声："没听见吗？"

县委办主任不敢不听从，立刻从衣兜里掏出一支手枪，递给了万秋山。万秋山当即举枪，对空连开三枪。

不是正规枪械，是信号枪。三颗信号弹飞上天空，小庙周边顿时一片轰鸣，所有待命车辆相继发动，灯光中人影杂沓，迅速上了各自的车辆。

信号弹是统一行动信号，行动安排已经提前做了部署，各部分人员按要求都早已在各自位置待命，只等令下。但是行动原本不在这个时间。万秋山跟洪立彦说过，如果前边几拨人没能解决问题，最后将由他亲自带大部队进去，在进一步劝说的同时，强行除障。谈判谈到这个时候，也算仁至义尽，可以来硬的。洪立彦建议行动时间以午夜前后为好，这个时段聚集的村民会大量减少，也已经相当疲倦，有利于劝离。万秋山很赞同。现在他忽然改了主意，决定提前动手。

洪立彦几步上前，挡在万秋山那辆越野车边："万书记！不要操之过急！"

万秋山问："你说怎么办？"

"再等一等。"

万秋山问洪立彦能不能去给章文保打个电话，请领导别那么着急，不如暂停，等一等，到高速公路休息区喝几杯茶，打一会儿瞌睡。

万秋山提前行动的原因就是这个。处置本次群体事件，于他既是一次权力行使，也是初来乍到树立威信之举，他必须完全掌控。如果等到章文保赶到，章便掌握了现场指挥权，万秋山必须服从，尽管具体实施的责任依然还得他来承担。万秋山特别爱面子，自己管辖地盘的群体性事件，自己不能处理清楚，要让市领导连夜赶来处置，他会感觉丢脸，因此他决意在章文保到达前拿下。

"不要计较那个!"洪立彦说,"应该对行动负责!"

"谁负责?你还是我?"万秋山恼火,"走开!"

洪立彦明白拧不过万秋山,却也担心万举动过激出格。当时顾不了太多,他用力一把,将坐在越野车后排边上的县委办主任从车上拽下来,自己蹿上车,挤占了主任的座位。那时后排已经坐了两人,洪立彦是第三个,不拉下个人洪就挤不上了。万秋山一如既往,威风凛凛坐在前排副驾位上。

县委办主任在车下手足失措,连声喊叫:"洪主任!洪主任!"

洪立彦说:"你在这里等章书记。把情况报告他。"

洪立彦一用力把车门关上。

万秋山竟在前排哈哈大笑:"洪立彦!怪不得我喜欢你!"

他下令出发。驾驶员一加油门,第一个冲出去,后边轰隆轰隆,跟上了大队车龙。

行动获得成功。前方几批干部数小时的劝说起了作用,暗夜里万马奔腾般轰鸣和强烈刺眼的探照灯确也令人震撼,加之新任本县第一把手万秋山的强势气场,村民们终于选择听从。半小时后路障被清除,本段道路交通恢复。

那时万秋山亲自给章文保打了一个电话汇报情况。万秋山说,如果领导还想连夜前来指导工作,热烈欢迎他到县宾馆下榻,万秋山和其他县领导会在那里恭候。

章文保表示欣慰,决定另找时间再来。

万秋山说:"洪立彦主任表现特别突出,建议章书记给他记一大功。"

洪立彦嘿嘿自嘲,无话可说。他在心里再次告诉自己:无论如何,离这个人远一点。可能的话尽量远一点,因为不是一路人。洪立彦并不担心有朝一日万秋山会打他耳光,即便万秋山掌握了足够为所欲为的权力,洪立彦也不会害怕哆嗦,那般"敬畏",他只是本能地宁愿敬而远之。

但是彼此交集无可避免。洪立彦一直很关注万秋山动态，万秋山那种个性，动态总是很多。万也算受命于危难之际，其前任与县长不合，两边各一帮子，互相举报，结果先后以腐败案"进去"，县里工作一塌糊涂。万秋山给派下去收拾局面，据说头几天就有人拿着一个公文包到宿舍拜访。万也不多说，当面打开公文包"验收"，一看里边是一大包钱，直接便把整个包从窗口丢出去，让人家屁滚尿流跑下楼去满地捡钱。于是远近震动，谁都知道新书记不好玩，小心点。类似传说不少，机关内外纷纷流传。

如万秋山当初所说："由不得你。"洪立彦有心敬而远之，人家却没打算总放他待在一边"害怕哆嗦"，不时还会想起他来。那一年秋天，洪立彦被提起来当政法委副书记，接管了万秋山曾经用过的办公桌，不久后因为一项例行工作检查，带着一队人到了万秋山他们县。时万秋山风生水起，于县委书记任上已经干了两年多。本来那一次他们碰不上，万秋山去北京跑项目，由县政法委书记负责接待检查组一行。出于礼节，洪立彦下来后给万秋山电话报信，算是报到打卡，以示尊重。当时万秋山没说什么。检查日程仅两天，第二天下午开个小型座谈会反馈一下检查情况，晚饭后就该打道回府，不料万秋山突然给洪立彦打电话，请他留下来，聊一聊。那时万秋山已经下飞机了，在高速公路上。

洪立彦说："不麻烦万书记，大家都还有事。下次吧。"

"让他们走，你留下来。"万秋山说，"不行的话就地逮捕。"

话说到这种程度，洪立彦不好推，便在县里多留了一晚。他待在县宾馆房间等万秋山，大约晚七点，县委办一个年轻人来敲门，称万秋山让他来请洪立彦。洪立彦跟年轻人下了楼，楼下停着辆轿车，不是公务车，是私家车牌。年轻人为万秋山开车门，送他出宾馆，到了县城边缘地带一条小街，停在一座两层小楼前。洪立彦注意到那是一家不太起眼的小饭馆，门口招牌仅四个字：万林土味。洪立彦立刻便有感觉，他想起万秋山的出生地——万林村，那个村在市区近郊，离这里有百余公里。

年轻人说："万书记马上到。"

洪立彦下车，站在停车场边，几分钟后一辆车驶入，万秋山驾到。

"洪副！"他大声哈哈，"他们给你上手铐了？"

洪立彦把手伸给他看。万秋山一把抓住，拉着他就往饭馆里走。

"放心跟着我。"他说，"这什么饭馆？我家厨房。"

"在宾馆吃过晚饭了。"

"你以为山珍海味啊？没有。一碗卤面给你。"

他们上了二楼，二楼有一排包厢，走到最后边一间，万秋山推开门，里边呼啦啦站起一桌人，一起使劲鼓掌。门一关，即有一个高个儿举手，领头喊起口号："热烈欢迎！热烈欢迎！"

万秋山喝道："大声点。"

于是喊得更其热烈。这里地处偏僻，无须太顾忌。

这是在欢迎谁啊？其实跟洪立彦没多大关系，主要还是欢迎万秋山驾到，因为他是县委书记，大权在握，看来他还喜欢"热烈"一点。洪立彦在饭桌边坐下，一颗心也跟着放了下来：桌上果然有一大盆热气腾腾的卤面，当然一盘盘也有其他食物，都属家常。关键在于桌边基本都是熟人，有一个吴磊，县公安局政委，几年前他是市局政治处科员，洪立彦的部下。有一位退休警察，当年是县局办公室主任，洪立彦对其印象很好。另一位现任乡镇书记曾被评为综治标兵，洪立彦对他很欣赏。领头喊口号的瘦高个儿洪立彦也认识，初见是在两年多前那次省道堵塞事件中，当时他是乡长，被万秋山火线宣布"主持工作"，派去当"扫雷队长"，眼下他已经是副县长了。小店老板在包厢跑进跑出，人很年轻，万秋山介绍说是他太公，一问才明白，原来是万林村老家远房亲戚，在本县开店，辈分竟比万秋山高出多级。"我家厨房"就这么回事，用万的说法，是"自己人"在"我家厨房"吃喝，小意思。

但是那酒意思不小，茅台，"我家的"，并非公款消费。洪立彦不喝酒，万秋山也不多喝，纯粹是制造一点气氛。桌上人轮流给万、洪两人敬酒，万秋山有讲究，给他敬酒的人必须喝干，还必须喊口号，喊的必须是本县口号，酒桌上口号声便此起彼伏。其中出现频率最高，显然为万秋山最中听的是："日照香炉生紫烟，创新发展在今年。"

洪立彦说："这口号听来耳熟。"

其实不是耳熟，是诧异。这次下来检查，洪立彦一行在本县到处邂逅本口号，包括其简化版：日照香炉。有一位检查组成员在路上偷偷问洪立彦："'日照香炉'是个啥？"洪立彦也纳闷，回答称："谁知道呢。"

万秋山批评："洪副怎么会不知道？"

洪立彦回答："我猜应该是紫烟升起来。"

洪立彦当然知道本口号第一句出自李白，第二句文采不怎么搭，在本县如此著名，不会没有来历，该是出自县委书记万秋山吧？果然不错。本县县城背靠一座山，形似香炉，得名"香炉山"，县城所在镇以山为名，叫香炉镇。唐朝李白写的那座香炉山在庐山，却不妨碍万秋山把它拿来古为今用，让它在本县得到最大限度普及。本县许多标志性地段都有这句口号，或者其四字简化版。能够如此大普及，连"我家厨房"也此起彼伏，当然是因为万秋山好这一口。他有权，他还强势，因此本县处处李白，让他非常享受，当然不是享受李白，是享受权力。

洪立彦清楚自己与万秋山并没有太"自己人"，万秋山风尘仆仆从北京赶来，把他叫到"我家厨房"一定有事，不会就为了让他吃卤面赏唐诗。万秋山似乎不急着说事，先搞热闹，而且进进出出，说是另一边也得招呼，听起来任务很重。洪立彦注意到包厢里这些人也有响应动作，万秋山坐镇时个个坚守岗位，一旦万不在场，便一会儿这个人，一会儿那个人悄悄起身，端着酒杯出包厢，几分钟后回来都空了杯子。

洪立彦向坐在身旁的吴磊打听："万书记忙什么呢？"

原来今晚"我家厨房"还有一桌。竟是万秋山的家人相聚，为万的母亲祝寿。万秋山的父亲已经过世，母亲由万的姐姐照料，万姐是个护士，早年嫁到本县，丈夫是本县医院医生。万的姐姐、姐夫均已退休，他们的女儿也从医，在省城一家大医院工作。万母一直随女儿住在本县，原本默默无闻，万秋山到本县当书记后，老太太身边顿时热闹万分。今天是老太太的生日，万秋山特意在这里安排给她做寿，他从北京飞回来，主要还是因为这个，捎带着一并接待洪立彦。

吴磊悄悄问洪立彦："要不要过去敬杯酒？"

洪立彦问："合适吗？"

"当然好。"

从情理上说，洪立彦似乎应当有所表示，至少问候一下，特别是给拉进了"我家厨房"，不知情可以不去，知道了能装傻吗？问题是洪立彦一直本能地跟万秋山保持一点距离，此刻酒杯一端进入人家私家场合算什么呢？

刚好万秋山回来了。

洪立彦决定试探一下。他侧头问了一句："听说万书记家有喜事？"

万秋山哈哈："谁告诉你的？"

洪立彦问，他是不是该去敬老太太一杯酒，当面表扬一下大孝子？万秋山即伸出一个巴掌："带红包了吗？"洪立彦问："还要那个？"万秋山大笑："别装了。你啊。"

他让洪立彦不要有负担，老太太过生日与"日照香炉"是两回事，不必掺和。洪立彦一心为公，无须去拍哪个老太太马屁，勉为其难彼此都尴尬。

洪立彦作松口气状："免礼了，谢谢。"

"小心，我不会便宜你。"万秋山警告。

"我家厨房"终于散伙了，万秋山把洪立彦单独留下，两人谈到深夜。

原来是一件特殊事情：万秋山对跟他搭档的县长不满意。那位县长为人不正，表面唯唯诺诺，口号喊得特别大声，私下里小动作很多。万秋山抓住了该县长若干问题，打算不客气了，要把他弄走。这时就得考虑推荐谁来接，他想到洪立彦。

洪立彦感觉非常突然。

"愿意不愿意？实话说。"万秋山追问。

"我没搞过经济。"

万秋山强调可以学。现任县长原本是接待处处长，他懂个屁？不是当得有来有去？洪立彦肯定比他强，关键还在可靠、正道。

"书记、县长都从政法委出来，能这么安排吗？"

"你还不明白？权在领导，说行就行。"

万秋山动员洪立彦接受，说自己也不会总当这个县委书记，搞不好没几天就该走人，让洪立彦接手。到时候轮洪立彦去"日照香炉"，找一找感觉。

洪立彦立刻摇头："万书记开玩笑。"

"玩笑不玩笑你别管，只要一个态度。"

"谢谢万书记。容我考虑一下。"

万秋山答应给洪立彦一晚上时间。明天一早在宾馆一起吃早饭再谈。然后他会到市里，已经跟市委书记约了谈话。

第二天，在早餐桌上，洪立彦跟万秋山提了一个建议：把遍及全县的"日照香炉"口号换下来，因为感觉有问题。日照香炉是个啥？紫烟升起来了，蒸蒸日上，那很好，问题是有人会问太阳在哪里？谁是太阳？哪一个如日中天？只怕会乱做文章，影响不好。而且大家都知道李白后边还写了一句"飞流直下三千尺"，眨眼间急转而下了。

"妈的，你咒我啊。"万秋山不高兴。

洪立彦还说敬畏之心。敬畏什么？万秋山令人敬畏，权力令人敬畏，如万秋山笑谈，你不对它立正敬礼，它就让你害怕哆嗦，好比一支手枪对准额头。不过洪立彦还是有些自己的看法：权力并不属于个人，掌握它必须出于公心，它一向都是双刃剑，必须得小心谨慎对待，好比枪支需要严密管控。无论掌握多大权力，都不能为所欲为，必须敬之畏之。洪立彦自感缺乏驾驭之术，同时畏惧之甚，实不适合去谋求权力，因此不妨敬而远之。他抓不住那个，却可以抓住自己。

万秋山笑了："你啊，滚。"

5

如果说第一次失手是出于意外，那么第二次呢？难道还是意外？如果还是，那么会不会第三次依然意外失手？

洪立彦从省城返回本市，他翻来覆去，一直在问自己，无法释然。

万秋山还没找到，江林带着增援力量赶到省城，负责继续追踪。洪立彦则获准退出。他在二度失手后，再次向章文保提出回避，原因还是那个：他与万秋山以往牵扯较多，尽管他绝对不会徇私，那些牵扯却可能对判断和行动造成不利。这一次章文保没再坚持让他"戴责立功""将功补过"，最终同意了。原因明摆的：他已经两度失手，令人疑问顿生。洪立彦向章文保报告自己受万秋山之命，悄悄了解万林案的一些情况后，章文保可能感觉不安，怕洪立彦跟万秋山还有其他牵扯，更怕伤及追踪。随着时间拖延，迅速把万秋山追到的压力越来越大，让洪立彦退出去可能是明智的，他原本就不在上场人员名录中，而江林完全可以承担起具体指挥之责。

在省城匆匆交接时，洪立彦问起万林村的情况，江林告诉他，万秋山失踪当晚，有人打电话报案，称万春和偷偷跑回家了。万春和是万秋山的远房兄弟，原万林村村主任，因涉嫌黑恶在逃，上了通缉名单。负责万林案的城区分局民警接举报后，迅速组织力量突袭万林村，却没有找到人。万春和家人否认万曾经潜回，但是家里确有一些状况令人生疑。由于万秋山涉案与失踪情况目前尚属机密，办案民警并不知道，也没有将两件事联系起来。万秋山逃脱后，其老家被列为一个排查重点，排查中得知万春和潜归这件事，时间上恰也吻合，便怀疑潜归者可能不是堂弟而是堂哥。目前这条线还没完全放弃，还有一组人员在万林村深入排查。

"万秋山这个堂弟问题很大。"江林说。

"也怪万主任对他太放纵。"洪立彦回答。

洪立彦曾了解过万林案，知道一点情况。万林村是城郊一个大村，靠近城区，区位和自然条件都好，是富裕村，也是个麻烦村，主要因为村里万、林两大姓势均力敌，经常发生纠纷。近年间该村万姓比较得势，几任村主任都是万姓人担任，在一些政治、经济利益上偏向本姓人，对方意见很大，以致发生群殴伤害案件。打黑除恶期间，有人举报现任村主任万春和是黑恶势力头目，翻出了几笔老账，性质牵扯组织帮派打压弱小、欺行霸市为非作歹等等，甚至有举报万春和非法购买枪支、非法持有枪支。案子查处中，万秋山曾试图干预，而他本人早被举报为万春和的保护伞，有称万春和知道堂哥喜欢"家伙"，买过几支黑枪送给他。万秋山曾抱怨"几个地痞流氓怎么的"，他所说的地痞流氓实为村中万春和他们打压的林姓人。随着打黑除恶的步步深入，万秋山终被拖入案中，除了以往问题，也怀疑万春和潜逃是他安排。

洪立彦说："万主任在这方面确有弱点。"

洪立彦提起万秋山在县里当书记时的"我家厨房"，凭什么叫得那么亲切？就因为那是他老家"太公"来经营的。那个小万跑到那里开饭馆，当然是因为人家老万当县委书记，可以关照。洪立彦相信，万秋山这种个性，很在乎面子，特别愿意在老家人面前显摆，肯定会利用权力关照乡亲。这种事做得恰当算是人之常情，过头了就是问题，视为"我家厨房"，走得那么近，显然已经过了。

洪立彦回到本市，一颗心却还悬在省城那边。江林会怎么安排追踪？运气会不会比他好一点？洪立彦名义上退出了，实际上并没有真正解脱，因为万秋山两度从他眼前逃脱，联系到他俩的过往，任何人都会产生疑问。只有万秋山给追踪到案，才能让洪立彦得以洗刷。洪立彦觉得可以聊为自慰的是，以他对万秋山的了解，万秋山不可能跑到天边去，不可能如所谓"红通"人员一样偷渡出境，远走世界各地。不是万秋山做不到，只因为他一向为人高调，跑到一个陌生国度混日子，余生有如丧家之犬，于他是不可想象的。另外还有一个原因：万秋山除了喜欢当老大，还讲究"自己人"，从来不是一只独狼，总想罩着一群。他会只顾像鸵鸟一样把头藏进沙里，完全不顾其他吗？他还有妻子、儿子、母亲，姐姐一家，甚至包括万春和以及"我家厨房"那位太公。他肯定不会将所有这些人弃之不顾，自己跑得远远的，从此销声匿迹。因此洪立彦可以放心，万秋山不可能走太远。只要还在国内，他终归会给找到，不会永远消失，那么洪立彦就不至于永远背负疑问。问题是万秋山不容易对付，他想藏多久，或许他就能藏多久，只要他还打算耗着，不想出来被"热烈欢迎"，大家就得为之伤神，疲于奔命，洪立彦就得为之焦灼，无以释然。让洪立彦感觉焦灼的还有万秋山逃跑动机无解，以万秋山这种情况，跑有什么意义？好过吗？好玩吗？有好处吗？答案无一例外，统统都是否定，那还跑什么跑？

洪立彦把追踪过程的每个环节都仔细回顾，这里边肯定有个地方出了错，该注意的没注意到，那会是个什么？在哪里？

他又想起了"我家厨房"。其实那几天他已经反复邂逅那段记忆，只是没有加以特别注意。会不会该注意而没注意到的，竟在"万林土味"里？

那天逢双休，洪立彦开了一辆车，前去拜访"我家厨房"。

他没有向直接领导陈克报告，也没有提前与章文保、江林通气，因为追踪已经不是他的任务，他不再是主演，甚至连"群演"也算不上。在并无把握的情况下，他不能干扰远在省城的行动，承担不了再次出错的责任。但是他也不能就此放下，无论多么不愿意直接面对万秋山，总是本能地与万秋山拉开距离，他还是想为自己找一个答案，让事情有一个结果。

他先到县公安局，那时是中午，吴磊在那里恭候。洪立彦提前给他打过电话，没说什么事，只问这个双休吴在不在县里。吴磊当然在，没有二话。

洪立彦问吴磊："记得'万林土味'吗？"

他点头。

"我想了解一下。"

吴磊偷偷问："听说那个，日照香炉？"

洪立彦点头："是的。有事情。"

理论上说，万秋山眼下还是市领导，他的事情还处于保密范围，无论是其涉案，或者是逃跑。但是这种事不可能一点风声不漏，特别是那么多人为他疲于奔命，满世界追踪，那就更不可能不传出去。一般人未必那么快知晓，吴磊却一定会，因为是公安局政委，又在万秋山执掌数年之县，他要是一无所知才叫奇怪。

吴磊告诉洪立彦，"我家厨房"还在经营，万秋山在任时非常红火，万走后景况略差。如今"日照香炉"没人喊了，标语牌也渐渐换成现任书记的新思路新提法。这种情况眼下也属常见。听说万秋山原本争取当市委常委，至少是副市长，那权力就不一样了。不料原本赏识他的一位省领导出事，原任市委书记调任，加之对头举报，最终只安排他到人大，没能管一块，掌实权。万秋山自己私下抱怨，总说没意思，官大权小。他走后县里时有传闻，称上边下来摸底，要查他，弄得万秋山不时跑下来露个脸，表明他好着呢，没事。据说有一回万秋山带队下来搞人大代表视察，县领导在县宾馆里接待，万秋山嫌宾馆工作餐千篇一律，竟把所有代表拉到"万林土味"吃夜宵，算是他来接待。这当然也有意味，表明一如既往，他不当县委书记了，却依然从上边罩着，"我家厨房"还是"我家厨房"。万秋山母亲依旧住在女儿这里，万秋山隔三岔五来看老娘，还经常到"万林土味"去吃卤面。

"他母亲那里有什么情况吗？"洪立彦问道。

吴磊隐约听说这两天局里有人配合纪委在关注这老太太，这当然免不了，出了这种事，家人都是关注目标。据吴磊所知，目前没有发现任何异常。很自然，万秋山知道哪些地方必须躲开，他当然不会跑过来供大家"热烈欢迎"并拖累家人。

洪立彦打听一个姓苏的女子，当初万秋山在县里任职时，该女是否在本县有些医疗器械生意？吴磊不太了解，只是曾听说县医院盖门诊大楼时，从基建到设备，万秋山都亲自干预，外界有传闻。万秋山那种性格，什么都抓在手里，大的项目、土地，没有万秋山点头不行，在本县不是秘密。大权在握，一不注意就会陷进去，查下去问题免不了，涉及个人，或者家族。

"要不要我找人问问医院这个事？"吴磊问。

"不需要。那个不归咱们管。"洪立彦说。

洪立彦让吴磊帮助摸一摸此刻万秋山家人动态，悄悄地，不要惊动人。吴磊听命，领着洪立彦到办公室休息，自己跑到外边找人。半小时后他回来报告：没发现任何异常。万的家人好像还不知道他出事，老太太现在还在县城公园"吃空气"，由女儿陪同。老太太每天下午都要到那公园转几圈。

洪立彦让吴磊带路，一起去"我家厨房"走了一趟。由于还不到晚饭时间，那饭馆空空荡荡，门可罗雀，停车场上一辆车都没有。楼下门厅里，有两个男服务员东倒西歪，躺在长条椅上打瞌睡，果然颇有"土味"。洪立彦摇摇头说："算了吧。"

他们没停车,转一圈又回到县局。洪立彦与吴磊告辞,开车返回市里。

他走高速公路,差不多快到市区出口,马上到家了,吴磊突然打来一个电话:"洪副!洪副!刚听到一个情况!"

什么情况呢?很意外,也很熟悉,有如前情回放:今天晚上,万秋山的母亲过生日,家人在"万林土味"给老太太办了一桌。

洪立彦不觉一怔,马上想起来了。尽管已经记不清几月几日,那一次"万林土味"里此起彼伏的口号声和"热烈欢迎",季节差不多,就在眼下这个时段。

洪立彦把车停到紧急停车带,在那里思忖片刻,下了决心。

他给吴磊回了个电话:"你等我。"

他继续前进,在前方高速公路收费站出高速,掉转车头再上高速,开足马力,紧贴着最高限速,回奔"我家厨房"。

到达县公安局时已经夜幕四合。吴磊在门边值班室里等候,按照洪立彦的要求,没有惊动其他人。

"上来吧。"洪立彦给吴磊打开车门,"咱们走。"

吴磊悄悄问了一句:"带枪吗?"

洪立彦非常明确:"不必。"

"明白。"

"我家厨房"已经热闹起来,停车场上停着几辆车,楼下门厅里灯火通明,服务员跑上跑下。吴磊领着洪立彦走进饭馆,马上被一位服务员认出:"吴政委来了!"

吴磊与洪立彦找了门厅靠窗的一张饭桌坐下,服务员询问要不要包厢。吴谢绝,即拿菜单点菜。卤面刚端上桌,"太公",那年轻老板跑了过来:"吴政委!热烈欢迎!"

"太公"朝洪立彦看了一眼,似乎不认得了。吴磊介绍说洪立彦是他老师,到县里关心他,听说这里的土味很有特色,进来吃吃看。

"欢迎老师!"年轻老板说。

吴磊问:"老太太到了?"

年轻老板点头:"人到齐了,已经开桌。"

"万主任来了吗?"

"太公"称万秋山没到。听说有重要事情去北京出差,今晚到不了。主任夫人也没办法到,听说是生病了。

洪立彦从旁观察,年轻老板神色平静,不像装相。以其表现,当不知道万秋山已经出事,"我家厨房"怕是要改换门庭。所谓"万秋山去北京开会"可能是万妻的托词,她有意隐瞒真相,至少在眼下,其婆婆做寿之际。她本人此刻哪有心情从市里跑来赴宴,恐怕也发觉被严密关注,知道不宜出门走动,所以只能托病不来。

洪立彦感觉失落。显而易见他白跑一趟,再次扑空。

他们匆匆吃完饭,准备离开。洪立彦在最后一刻突然决定上楼走一走,拜访一下万家老母,也算续完上次莅临本厨房的未竟事项。他让吴磊端上果汁杯子,领他去。吴磊轻车熟路,带着洪立彦走到二楼尽头一个包厢,那包厢门外还站着一个把门的,伸手拦住他们。洪立彦说:"这是县公安局吴政委,不认识吗?"趁着把门的那人略略迟疑,洪立彦一把推开门走了进去。

他一眼看见:万秋山!居然在这里!

这个包厢挺大,有一张大桌,桌边围坐十几个人。主位上坐着的老太太应当是万秋山的母亲,万秋山的座位紧挨其母,万妻果然缺席。万母另一侧是位中年女子,与万母脸形很像,应该是其女儿,万秋山的姐姐。母女俩于洪立彦都是第一次见面,感觉都笑模笑样,慈眉善目,不像万秋山一张脸经常凶神恶煞。但是此刻人家万秋山很阳光,已经藏匿四日,两度从洪立彦鼻子底下逃脱的万副主任似乎喝了不少,脸色发红,显得很兴奋。看到洪立彦和吴磊突然进门,他略一怔,随即一拍手:"来得好。"

洪立彦说:"有件事情要向万主任报告。"

"别扫兴,话先放着,有时间。"万秋山道。

他要两位先给老太太敬酒。今天老人家过生日,难得贵客意外光临,让她高兴高兴,健康长寿吧。敬酒不许用果汁,必须真心实意。换杯子,用茅台。

洪立彦说:"万主任知道我不喝酒。"

"你这辈子能碰上几回?必须喝。"

"我真的不能。"

万秋山即指着包厢门:"那么就出去,走。什么都不用说,免了。"

洪立彦决定豁出去。确如万秋山所言,这种事估计他这一辈子只能碰上一次。洪立彦把果汁杯放下,接过一旁人给他送过来的一杯酒,敬过老人,一饮而尽,只觉从喉头到胃部一片火辣辣。然后他又倒了杯酒,端到万秋山面前。

"万主任,听我一句话。"他说。

万秋山笑笑,一手端杯,一手指着自己的耳朵:"偷偷说。"

洪立彦凑到他耳朵边,低声说了三个字:"投案吧。"

他大笑:"喝。"

两人干杯。万秋山突然有些冲动,放下杯子,拿右臂把洪立彦一揽,用力夹了一下,很亲切。

"我早就说,你这个人正道。"

他还说洪立彦动不动"敬畏之心",很不好听。现在看来还是有点道理。

"我的车在楼下,一会儿我送主任回市里。"洪立彦说,"路上还可以一起探讨。"

"他们让你连司机都干?"

洪立彦称自己是自愿者。愿意为万秋山效一次劳。今晚破例喝酒,可以找人代驾。

万秋山一拍手:"咱们撤。"

寿宴就此结束。万秋山扶着母亲下了楼，洪立彦和吴磊紧随其后。他们到了停车场，万秋山扶着母亲上车，自己也坐上去，关上门，摇下车窗向洪立彦招了招手。

那辆车飞快驶离，眨眼驶入夜幕。

吴磊问："洪副，追吗？"

洪立彦没吭声。他感觉喉咙发麻，脸面发热，但是头脑依然清醒。他站在停车场边，两眼一眨不眨，看着万秋山在自己眼前再次消失。

洪立彦掏出手机，给陈克打了个电话。

陈克大惊："他不是在省城吗！"

看来是声东击西，把注意力引到省城，自己跑回来给母亲从容做寿。不过这件事办完后，他会不会重返省城，在那个泉上小区里摸黑散步，那就不知道了。

"你怎么不抓住他！"陈克发急。

"我可以吗？"

在得到授权之前，洪立彦无权控制万秋山。事实上如果有权行动，洪立彦也很难在那个场合，在一个慈眉善目的母亲面前强行实施。

"我劝告他投案。"洪立彦说，"他没听从。"

"为什么不赶紧报告！"

洪立彦回答：由于发现突然，仓促间拿不了手机。

陈克命洪立彦先留在县里，就近调集力量，立刻追查，迅速找到人。必要的话，可以采取强力措施。

"明白。"洪立彦说。

陈克是市领导，他掌握情况，有权发布适当的应急命令。在他做出决定之后，洪立彦可以调集人员投入追踪。但是洪立彦清楚，此刻已无济于事。只要万秋山愿意，他随时可以让洪立彦无处寻踪。

洪立彦在那个县里待了一夜，彻夜未眠。如他所料，紧急安排的各个方向均一无所获。第二天一早,江林赶到县里接手。两人相视,一起苦笑。

江林骂:"这家伙真是,妈的。"

洪立彦调侃:"回来也好,至少卤面比省城好吃。"

他回到单位上班。

整整一天,江林一无所获。洪立彦整日心神不宁,似乎一直在等一个什么。傍晚,一个陌生号码挂他手机。他突然意识到自己等的就是这个电话。

"是谁?"洪立彦问。

电话里一阵哈哈,竟是万秋山。

"洪立彦。"他说,"你欠我一碗卤面。"

洪立彦平静道:"明天请,怎么样?"

"干吗那么急?"

洪立彦以银行借款为例,欠得越久利息越重。

他哈哈:"那行吧。"

没多说,"啪嗒",电话挂了。

洪立彦立刻向陈克报告。陈克命他火速赶到市委小会议室。洪立彦赶到时,陈克、章文保和李主任都已经到了。

针对最新情况,他们商量了行动方案。洪立彦提出一个要求:"现场交给我,万一有异常情况,完全听我指挥。"

李主任没有意见。只要确保万秋山到案。

章文保强调:"还要确保安全。"

陈克说:"无论如何,不能再失手。"

第二天一早,七点三十分,洪立彦到达小吃街。

万秋山在电话里没有与洪立彦约定任何细节,没有时间、地点、人员以及接待标准之类。但是洪立彦无须提示,他认为就是这时,就在这里。小吃街是一条老街,不长,百米左右,弯曲,狭窄,道路两旁是一间间铺子,基本都是小吃铺。各小吃铺房间都小，都利用铺前街面安排临时露天座位。道路被两侧露天座位挤压，窄得只供行人、自行车通过，汽车禁行。老街尽头连接大路，路口斜对面有一座大楼，目前归市公安局刑警支队，数十年前那儿是城区分局办公楼，万秋山当警察之初就在那里。他跟洪立彦说过，当年每天早上他要在街上吃碗卤面，然后去上班破案。洪立彦考证过，在没有"万局长""万书记"，没有"我家厨房"那时，万秋山比较将就，基本都在小吃街口第一家铺子吃卤面，该铺子至今犹在，招牌为"第一卤面"。也不知道是因为顺路，或者卤面好，或者牌子好，当年万秋山就好那一口，时间基本都在早七点半，座位都在铺外露天桌边，吃完面走过去上班，时间刚好。

洪立彦独自穿过小街走向"第一卤面"。这个时点小街已经很热闹，两侧沿街露天座位都是食客。远远地，他看到那家铺子外摆着两排露天桌椅，已经有三四个顾客，其中有一个侧影相当熟悉。

万秋山果然来了。他曾几次宣布洪立彦欠他一碗卤面，此刻到了讨还之时。他挑了个很有利的位置，从他的角度，无论老街这边，或者大路那一侧的动静都能迅速察觉，身边几个食客可以帮助转移注意，成为掩护屏障，必要时甚至可以成为人质。

远远地，万秋山向洪立彦招了下手。洪立彦快步走了过去。

"你很准时。"万秋山指着身边空位让洪立彦坐下，两人相视无言，好一会儿。

万秋山忽然问："来了多少？十几个？"

洪立彦点头。

万秋山问洪立彦是不是把人分成两组，老街大路各一，待得足够远，安安静静，尽量不让他察觉。为他准备了一辆车，就在那个墙角后边？

洪立彦又点头。

卤面端上来了，两大碗，卤汁内容丰富，有香菇、瘦肉、大肠、猪血。

万秋山感叹："好久没吃了。"

洪立彦问："不是有万林土味吗？"

他笑笑："你知道我的意思。"

洪立彦当然清楚，万秋山不缺卤面，但是久未光顾"第一卤面"了。市井之地，露天桌椅，比大排档还要简陋，通常与权力不搭。

万秋山说："现在看来，那些东西好像都是假的。职务啊，级别啊，立正敬礼啊。只有这碗卤面真实。"

洪立彦说："我记得万主任提起过。"

"有的东西真的就像婊子，从不从一而终。"万秋山说，"拿了钱转身就走。"

"万主任其实可以文一点。"

他哈哈："怎么说？人间正道是沧桑？"

洪立彦说："日照香炉生紫烟，创新发展在今年。"

万秋山大笑，笑得几乎岔过气去。

然后两碗卤面分别吃光。万秋山一抹嘴，问洪立彦身上带着什么？手枪还是手铐？洪立彦两手一摊，表示自己空手赴约，万秋山此刻还是万副主任。

"谢谢你在老娘面前给我留了面子。"万秋山说。

"人都有放不下的。"

万秋山称其实他早就想明白了，不就是那些事吗？该几年就几年吧。心里最放不下的只有这个。老娘身体不好，怕是受不了。进去以后，只怕没办法给她送终了。

洪立彦看着眼泪从他眼眶里掉了下来。

洪立彦感觉不忍，别过脸喊老板买单。老板摆手，说已经付过了。

"万主任，说好我请的。"洪立彦说。

万秋山摇头，抹眼睛，让自己平静下来。他告诉洪立彦，这碗卤面要一直让洪立彦欠着，利息翻滚，也许还有再来讨要的一天。

"前天晚上为什么不坐我的车回来？"洪立彦问。

"那不算。"

洪立彦一想，明白了。万秋山被他找到，带回来，与万秋山直接给他打电话，约他来带走，那是不一样的。今天这碗卤面，或许可以记为他逃跑后又主动投案。

"谢谢万主任直接找我。"洪立彦说。

"小意思，帮你立个功，免得他们处分你。如今像你这么正道不容易。"

洪立彦称自己没什么，也就是心存敬畏，希望正直为人而已。

万秋山拍拍手打算起身，洪立彦把他拉住，向他伸出一个巴掌："家伙。"

万秋山从腰间取出手枪放在桌上。洪立彦拿起来看看：很轻，假的，塑料仿真。

"就是它？"洪立彦吃惊。

万秋山骂："真的那支早被你收了。"

他们离开饭摊，并肩往前走，速度不快，很悠闲，不慌不忙。洪立彦能感觉到后边那组人悄悄逼近，隔开一段距离，紧随不放，确保一切正常。前边那组人布置在那辆越野车周边，密切关注着他们的每一个动作。

上车之前，洪立彦跟万秋山提到一袋茶叶，是万秋山逃脱那晚其妻托交的。洪已经把茶叶上交给李主任。万秋山到位后，他们会转给他。万妻托交茶叶时特别嘱咐过，让万秋山多保重，争取从宽，盼望早日回家。

万秋山一声不响上了车。洪立彦站在车下，看着车门关上。

没他事了。

他问了自己一句："现在知道日照香炉是个啥了？紫烟升起来吗？"

谁知道呢。

小事端

1

医生下令:"侧身。翻过去。"

柳宗源遵命,翻身,背对医生,面对墙壁。

"松皮带。脱。"

这是要脱裤子。无须全脱,把皮带松开,裤头纽扣解开,裤头往下褪,后边露半个屁股,前头脱到小腹根部即可,不必再往下暴露,下身物件肢体无论多么隐私,不在该医生及其助手关注之列。

医生很年轻,男性。身边助手却是年轻女子,该女对柳宗源的部分裸露表现出职业性无感,柳宗源也努力无感,毕竟这两位就年龄论只属小辈,女孩不见得比柳宗源的女儿大。此刻医生及其助手面对工作台并排而坐,工作台上有电脑等设备,有一张铁床紧挨工作台靠墙摆着,铺有白床单,供柳宗源躺卧。上这张床除了需要半脱裤子,还需要掀衣服露肚皮,柳宗源自嘲为"半裸"。年轻医生性子急,手脚麻利,柳宗源刚把内衣掀起,裤头褪下,肚皮右侧就感觉一阵凉,是医生给他抹一种液体。据说那玩意儿叫"耦合剂",水性高分子凝胶,其作用是排除探头与皮肤之间的空气,让探头直接与皮肤接触以完成检查。

这时电话铃响。是座机，摆放于工作台上。

女助手接电话。应了两声，即把电话听筒交给男医生。

"院长。"她说。

年轻医生话不多，似乎懒于言词，亦像不太情愿，不高兴。他听了好一会儿电话，间隔有三次发言，各讲一句。第一句："是我。"第二句："正做呢。"第三句："知道了。"

然后他放了电话，回过身，伸手哗啦哗啦从桌旁纸卷上抽出几圈卫生纸，揉做一团一把按在柳宗源肚皮上。

"擦掉。"他说。

柳宗源吃了一惊："完了？"

"有那么快吗？"医生反问，"出去吧。"

"怎么啦？"

一旁女助手说："大叔，是临时调整。"

这女子比较和气，略有礼貌，她说发生了一个特殊情况，只能先暂停，请柳宗源谅解。不要在这张床上躺了，起来出去吧，在外边等，一会儿叫名字再进来。

"看我裤子都脱了。"柳宗源说。

"不好意思。"

柳宗源躺在铁床上一动不动，第一个念头就是打个电话。手机就在他的裤口袋里，尽管褪了半个屁股，掏手机也不困难。他知道一个电话可以解决问题，无论天大的事情，这两个年轻人必须让他继续半裸，给他继续涂那种液体，把该他的那些事做完，无论礼貌与否，情愿不情愿。问题是有必要吗？此刻毕竟是他找医生，不是医生找他，支配权在人家手里。在这张床上赖着有什么意思？调侃而言，人家本来就不高兴，再勉为其难，有事给你查没，没事也给你查有，一声都不用吭。

柳宗源决定听命。他从床上坐起来，拿医生按在他肚子上的那团卫生纸擦去刚涂上身的"耦合剂"，感觉该液体稍有点黏，类同某种办公用品，或可戏称为胶水。然后柳宗源把脏纸团扔在床头边垃圾桶里，放下衣服，拉起裤子，下床穿鞋，离开那房间。整个操作期间，房间里静悄悄一声没有，两个医生一个看电脑，一个看手机，对柳宗源视而不见，似乎此人就是一张纸片剪出来的。

柳宗源到了门外，门外等候区铁长椅上坐着一二十人，有男有女，有老有少，基本上人手一机，都低着头各自欣赏，旁若无人。这些人当然不是无所事事跑到这里看手机玩，无一例外都是来做彩超的，柳宗源刚刚离开的房间便是彩超室。彩超很费时间，以柳宗源亲自体验，如今各大医院，无论是省里的还是市里的，彩超室门外总是生意兴隆，人满为患，等候者特别多。柳宗源自己今天起个大早，七点半到达，那时医生还未上班，彩超室外已经坐着几长椅排队人员。柳宗源把自己的单子放在护士站排队，在彩超室外等了一个多小时才听广播喊他名字。兴冲冲进门上床，岂料刚把裤子脱下又给"临时调整"，悻悻然回到外头等候，说来挺沮丧。

这时候还能怎么样？等着二进宫吧，耐心点，调整好心态。问题在于感觉不舒服。肚皮上的胶水已经擦掉，那种黏糊糊感还是挥之不去。这类耦合剂据称无毒、无味、对皮肤无刺激且易擦除，只是擦它的卫生纸已经扔进垃圾桶，感觉却还在，可能因为还得再抹一次。

根据常识，一个已经被涂上胶水者又被要求穿上裤子，那一定是发生了什么特殊事项，于当事医生也属"不可抗力"。会是什么事项呢？很简单：有人要插队。时下各种排队场合插队现象并不罕见，医院在所难免，但是通常不会太过分，哪怕是医生自己的岳父大人需要临时紧急照顾一下，情理上也会让已经躺上床的那位先做完，然后再插入岳父大人，不至于硬生生把人家从床上赶下来。柳宗源有幸享受特殊待遇，一定是不凑巧碰上了一位超岳父大人，特别特别重要的人物插队，立刻就要，不容拖延。从刚才医生接电话的三段发言判断，似乎是医院院长亲自下令，让柳宗源立刻让位，即便已经抹了胶水。一般情况下,彩超室跟急诊手术室略有区别,急诊室常有急难险重,弄不好一场车祸,救护车拉来几个重伤员,其他病号可能得先让手术床,救命优先。彩超室这边有那么急吗?莫非插队进入的该重要人物就要死了?

柳宗源决定"关注"一下,这是个谁?有多重要?重如航母,或者高及珠峰?活蹦乱跳,或者半死不活?妈的。碰上这种事,一般人都会感觉气恼,在不得不服从、隐忍之际,难免有所发泄。柳宗源未能免俗,除了在心里骂,情不自禁就"关注"上了。他自忖这一心态还是有点问题,别说弄清楚有多费心,即便认出个张三李四又怎么啦?难道把对方从床上也拉下来?

柳宗源所在的等候区侧向彩超室大门,只要不是专注于手机,让眼光保持观察,谁从那个门进去,然后怎么出来,可谓尽收眼底。柳宗源坐的位置是倒数第二排,前面几排人员个个低着头,柳宗源的视线未受任何阻挡,观察很方便。但是他很快便意识到情况不是那么简单:从他走出彩超室大门起,那扇门始终紧闭,没有人从里边出来,也没有谁从大门进去。里边那张床有可能空置这么长时间吗?不可能。否则医生尽可从容为柳宗源做完彩超,无须急急忙忙把他请出房间。那么只有一个可能:彩超室另有通道,为内部使用,概不对外,里边人来人往,外头无从得见。

柳宗源站起身离开座位,往走廊另一侧走,以久坐不适起来活动筋骨状,深入进行考察。那天他戴口罩,还有一副遮阳眼镜,足以掩盖真容,不易让人认出,可以临时充当福尔摩斯。柳宗源有一个基本判断:任何通道无论多么"内部",它都要有一个出入口。彩超室这种地方不属于国家机密单位,它的内部通道更多的是为医务人员工作方便而设,不需要把出入口弄得像藏宝洞一般神秘,找到它应当不难。柳宗源记得彩超室里,紧挨着工作台有一个边门,从边门进去,里头房间应当是辅助工作室,供医生们办公或做操作前准备等用途。看来这个辅助工作室还有另一扇门,通往另一个地方，需要的话打开门就形成了一个通道，好比潜水艇各个密封舱都有门，全部打开就能从船头走到船尾。彩超室不是潜水艇，不需要设计得太精密，根据楼层建筑特点，它的内部通道口只可能与所属科室其他功能区域相关，不会另搞一套。

柳宗源走到走廊拐角，右转，抬眼一看，不禁一愣。

这里是护士站，今天一早到医院后，柳宗源先在这里排号，然后才转到侧面彩超室门外等候。此刻护士站门口站着个人，拿着手机在接电话，就是刚才"松皮带，脱"那个年轻医生。年轻人个子不高，偏胖，身穿白大褂，脸上一个大口罩，该遮挡的地方全遮挡了，柳宗源怎么知道是他？因为那个电话，还有表情。年轻医生懒于言词，干什么都像不太情愿，"老子不高兴"，接电话连个"嗯"都不应，回话简单粗暴："不知道""没有""屁"。这还能是谁？就是他。

可见彩超室确有一个内部通道，其出入口就在护士站这里。这家医院超声科位于楼层东侧，占据一个转角，护士站正对自动扶梯口，而彩超室在转角另一侧。转角内侧房屋间肯定有通道沟通本科室相关部门，所以年轻医生才不需要于柳宗源眼皮底下从彩超室大门出来，就能出现在护士站门外。柳宗源感到惊讶的是这年轻人本该待在他的工作台边，往那位超岳父大人的肚皮上抹胶水或称耦合剂，怎么可以把那么重要的人物丢下不管，擅离职守，跑出来打电话？不会是轮班时间到了？

年轻医生居然一眼也认出柳宗源。他没吭声，只是扬起一只胳膊，拿着那手机指着柳宗源，用力向走廊另一侧比画，接连几下。这什么意思？应当与手机无关，他那电话该是打完了，手机已经"不在通话中"，可以拿来像粉笔擦一般应急比画。该医生这一套动作大约是要求柳宗源别在他眼前晃来晃去，赶紧回彩超室大门那边坐铁长椅，不要叫名字时找不着人，耽误了检查。

柳宗源笑笑，问了句："快了吗？"

年轻医生不吭气。

"要下班了？"

"早呢。"

"里边有医生？"

"主任。"年轻医生不耐烦，再次使劲往走廊那头摆手比画，"那边等。"

柳宗源不禁想笑。原来这回不只是柳某人赶紧提裤子让贤，年轻医生也得洗洗手让位走人。所谓"主任"应当是本院超声科的主任，通常那是专家、权威级医生，无论年龄、资格、经验都会比这位年轻医生高出几个档次。重要人物的重要彩超自然得重要主任亲自做，有如重要领导才有重要讲话。无论年轻医生为什么总不高兴，显然还不够重要，但是他几番挥手比画，竟让柳宗源印象改善许多。此医生虽然懒于言词，却也没把柳宗源之流只当成纸片，他还有一颗心，会担心这个被赶下床的人胡乱转悠找不到北，时候一到耽误了脱裤子。

柳宗源决定放弃，以他这种身份，充当福尔摩斯有些勉为其难了。既出来之则安心等之，待彩超室里边插队者做完，就轮他二进宫了。插进来的那位无论多重要，于柳宗源实不算什么，没必要去认个明白。就柳宗源本人而言，多脱一次裤子又不会缺斤少两，浑身上下里外部件该在哪里还在哪里，因此无须放在心上，最多在肚皮底下骂两句就行。心态摆正了，想明白就好。

柳宗源没料到这一回真是见鬼了，他回到彩超室大门前，坐在铁长椅上等候，转眼半小时过去，然后又是半个小时，身边众多等待者躁动不安，频频起身打听，唯那扇大门始终纹丝不动。里边是在做开颅手术还是彩超？如果是彩超检查，哪怕主任亲自操刀，至于要这么长时间吗？

半年前，柳宗源在省立医院做年度体检时，彩超发现"右肝后叶实质内探及稍高回声结节"，怀疑是血管瘤，医嘱定期复查。时过半年，家人催促再去查查，由于居住于本市，不想跑省城，柳宗源决定就近处理，找人请医生开了单子，自行前来市医院做彩超。当天上午十一点柳宗源另外有约，自忖早点到医院排队，不至于耗一个上午，耽误不了事情。不料时候一到，脱了裤子又功败垂成。由于所约事项牵动他人，不好擅改，柳宗源看着彩超室紧闭大门，只怕已经来不及。

他再次前往护士站。年轻医生不见了，不知是否回到彩超室。柳宗源向值班护士了解里边什么情况，为何总是闭门不开？护士大约已经被不耐烦的排队者问得麻木，眼睛瞅着另外地方，嘴里让柳耐心等候。柳宗源称自己上午还有事情，不能再等。护士双手一摊表示无能为力，实在不行就另外安排时间吧。

"我的单子还在里边。"柳宗源说。

"没关系，我给你收起来。"她回答。

护士似乎也还不错，她给了柳宗源一支笔和一张纸条，请柳把名字和电话写下来。明后天有空再来，报个名字就可以，到时候尽量让他优先。

柳宗源没吭声，遵命写了递交。护士不经意看了纸条一眼，忽然抬头一瞅柳宗源。

"你是……"她有点支吾，不确定，"柳，柳？"

"我不是。"柳宗源不等她说清楚就摇头否认，随即悄声问，"里边是谁？"

对方略犹豫，左盼右顾，终于低声回答："陶副。"

"陶峰？"

她点点头。

"这家伙。"柳宗源笑笑，"妈的。"

话只说出前半，后头骂娘那部分没说，留在嘴里。

柳宗源离开护士站，掉头走过走廊，到了自动扶梯口，准备登梯下楼。他的身后突然传来啪的一声脆响，不及惊雷炸起，也算声量不凡，在人来人往闹如市场的医院空间里显得突兀异常。随后有一阵喊叫嘈杂而起。

"干你娘！干……"

出事了，就在柳宗源刚离开的护士站那里。

有一个汉子在那里发飙。看模样是乡下人，四十上下，个很高，瘦如竹竿。竹竿一头长着两只长脚，穿一双老式塑料凉鞋，几个脚指头在凉鞋口探头探脑。竹竿另一端是一张长条脸，此刻那上边满脸黑气。

他在大喊大叫，异常冲动，用土话连声咒骂。护士站柜台前边，地板上有一摊破烂，是陶瓷碎片，还有几枝塑料花杂乱散落在碎片间。那些破烂原本组合成一个花瓶，摆放于护士站柜台一侧，作为一种传递温暖和美好的文明饰品点缀此间。该陶瓷花瓶最初应是用于供养鲜花，可能因为鲜花日常保养比较麻烦，终退而求其次被塑料花取代，唯花瓶依旧陶瓷。此刻该陶瓷已经成为一地碎片，刚才那一声突兀声响，显然是它在硬质地板上摔碎时发出。花瓶和塑料花都不是活物，没有外力作用，绝对不会自行从柜台上坠落。那么是谁干的？肯定是那位站在碎片旁冲动咒骂的汉子，此人如果不是蓄意肇事，至少是在无意间损毁了无辜公物。

人们开始驻足围观。即便在医院这种地方，依然少不了看热闹的。柳宗源也在第一时间停步，没有踩上自动扶梯。他退到一旁往护士站那边看，只一眼就知道那里发生了什么，也清楚那是因为什么。

柳宗源从不喜欢看热闹，他这种人实不宜参与类似围观，当然更不宜卷入类似事端，眼下尤其不宜。他对此非常清楚，但是他却没有犹豫迟疑，还是及时停住脚，转身，在第一批围观者聚拢之际快步走过去，一直走到护士站柜台前，他的鞋底咔嚓咔嚓接连踩着了地上的花瓶碎片。

乡下汉子脸颊青筋暴起，怒火万丈，正使劲拍着柜台，似乎恨不得一掌把柜台拍烂。他一边拍打一边大吼："搞什么鬼！搞什么鬼？"柜台里侧站着两个护士，一个年纪大了点，一个很年轻，年纪大点的就是刚才让柳宗源留下姓名电话的那位，她比较镇定，面对暴怒汉子表情漠然，似乎见惯不怪。另外那年轻护士紧张之至，一张脸全吓白了，浑身哆嗦，可能是第一次碰上这种阵势，生怕汉子拍翻柜台进来打人。

"搞什么鬼！欺负人！"汉子吼叫。

年长护士回答："我告诉你了，机器故障。"

"骗人！"

"机器故障，真的。"

汉子抬手，啪的又是一声重响。还好柜台可称结实，远胜陶瓷花瓶。

柳宗源在一旁插话进来："别急，听我一句。"

汉子一转身，怒目直视，一只手还举得老高，似乎立刻就要挥掌劈下。

"是我。"柳宗源笑笑，"有话好说。"

汉子的表情立时有变，没再那么凶，显然是认出人了。他把高举的那只手臂放下。

"糊弄人！"汉子对柳宗源叫，"气死我了！"

"你可不能死。"柳宗源问，"你妻子呢？"

一个矮个女子突然从一旁蹿过来，一边拿土话大叫："作死啊！作死啊！"一边扑到汉子身边，不顾众目睽睽，一把拽住汉子，把他往外拖。

"堪麦堪麦！"她连声叫唤。

那是土话，其字面可对应普通话的"牵马"，内涵却是"赶紧"。赶紧个啥？离开，逃离，别找死。

这女子是乡下汉子的老婆。柳宗源刚向汉子问起她。

如果说柳宗源的出现让乡下汉子怒气发生转移，其妻的到来则有效浇灭了他的满腔怒火，有如一盆凉水当头淋下。汉子顿时失声，手臂也不再高举。柳宗源顺势而为，用力一推他的肩膀，把他推离护士站柜台。其妻在一旁使劲一拉，拔腿就走，汉子没再强犟，听凭老婆拖动，一地花瓶碎片在他的塑料鞋底吱吱有声。

事情如果就此了结，也算风波旋起旋停，点到为止，不会把其他人例如柳宗源什么的卷入事端。可惜树欲静而风不止，没那么简单：乡下汉子夫妇刚走出两步，人群后边就传来大喊："闪开！闪开！不要围观！"

来了两个人，保安，身着保安服装，一人手持对讲机，另一人手持橡胶棍，匆匆而至，分开围观人群到达事端发生地点。

他们来得够快。仅从时间效率看，本医院保安反应敏捷。这里边应当有应急机制和设施的作用，估计护士站柜台那里有一个紧急按钮，有如藏在银行前台柜台底下的那种报警装置，一旦发生歹徒抢银行，柜台小姐悄悄伸手一碰，警铃大作，警报同时外传，警察分分钟赶到，歹徒不赶紧离开就是找死。医院功能与银行有别，通常不会有歹徒蓄意抢劫，但是必须防备医闹，那种闹有时会酿成恶性事件，当下时有所闻。

乡下汉子夫妻慢了一步，保安已经上场，哪容他们在眼皮底下溜走。

"站住别动！"他们大喝，"不要走！"

汉子夫妇停步，回头看。女的一见保安手持橡胶棍，一下子慌了神，身子发软，突然坐到地上。男的大怒，当即跳脚："干你娘！来啊！"

"不许乱来！"两保安大喝。

其时柳宗源就在双方之间。乡下汉子被其妻拖走后，柳宗源也朝自动扶梯那头走，拟悄然离开，不料又碰到保安突然现身。应当说保安认得很准，一眼盯住乡下汉子夫妇，并没有要求柳宗源"站着别动"，但是柳宗源让自己再次卷入了事端。他回过身，朝虎视眈眈的两保安举起右手掌，以示阻止。

"不要过来。"他发话，声调不高，声音很平静。

两保安感觉意外，一起止步。

"你是谁？"一个保安大声问。

柳宗源没有回答，转身对乡下汉子一摆手："走。"

汉子一动不动，紧握两个拳头，似还怒气难平。其妻倒是清楚，那时顾不上说话，即从地上一跃而起，拽住汉子转身就走。

"站住！"对面那两保安立刻发话制止，"不要动！"

柳宗源两眼一睁，喝了一声："喊什么喊。"

两保安愣了。

"听我的。"柳宗源道，"有什么问题我解决。"

"你是什么人！"

"我是柳宗源。"

这里没有谁认识柳宗源，两保安面面相觑。柳宗源指着其中一位保安手持的对讲机，要对方打开，找他们领导。

"让我跟你们领导说。"柳宗源道。

保安给镇住了。这两位虽为本院安保专业人士，身上制服貌似某时期警服，毕竟不是拥有执法权的正经警察，底气相对薄弱。柳宗源既不慌不忙，又不容置疑，像是大有来头，不免让他们满腹狐疑，只怕碰上个什么领导，不好得罪。

保安呼叫对讲机之际，乡下汉子夫妻踏上自动扶梯，迅速消失在人群中。

十几分钟后，柳宗源给带到了院保卫科。

本院保卫科科长姓林，高大魁梧，言语举止有军旅之风。人家不认识什么柳宗源，此刻唯照章办事，首先就是确认柳宗源身份。

柳宗源问："我可以打个电话吗？"

"你可以给任何人打电话。"科长肯定，"但是请在笔录之后。"

"行。笔录吧。"

科长指了指办公桌上的一个托盘："请把手机放在这里，暂时替你保管。"

"必须吗？"

"我们有规定。"

柳宗源照办。林科长当面拿起手机看看，可能是要确认该手机未偷偷开启录音。

现场另有一位保安负责记录，讯问场面很正式。特别是林科长正襟危坐，面容威严，端着拿着，很负责、很享受，很像那么回事。他一定有个基本判断：如柳宗源这般只身混迹本院者，无论三教九流，都不是需要他特别顾忌的。柳宗源按照他的要求，把姓名、身份证号码和手机号码告诉对方，让人家记录在案。柳还报称自己目前居住于本市，工作单位在省城，一个省直机关部门。

"具体是哪个单位？"

"省人大。"

"请说全称。"

柳宗源说了。对方威风凛凛的脸上略显犹疑。

"有工作证吗？"

"有。"

"请出示。"

柳宗源告诉他，此刻工作证不在身上，没有随身携带习惯。

对方了解柳宗源到本院来干什么。柳宗源没有明说，只讲办理个人事项。柳宗源为什么要阻止两位保安执行任务？柳答称并没有阻止或妨碍两位保安，主要的还是协助他们平息意外纷争，恢复正常秩序。对方查问柳与放射科护士站外肇事的汉子是什么关系，那个人叫什么名字，住在哪里？柳宗源回答，他不知道汉子的名字，不认识那个人，也不认识其妻。在今天上午之前，他跟那两位从未有过交集。

"不会吧？"林科长怀疑，犀利目光紧盯柳宗源。

"就是这样。"柳宗源说。

如果柳宗源连那汉子的名字都不知道,以往并无交集,两人毫不相干,他为什么对其一再相助?没事找事,吃饱了撑着?骗鬼嘛。即便柳宗源是活雷锋,乡下汉子也不是走不过马路的老婆婆,柳宗源帮他必得有个理由。同样的,如果该汉子与柳宗源没有任何瓜葛,柳宗源在火头上去招惹人家,别说劝服,一顿痛打都是自找。为什么那汉子不对柳动手,反而乖乖听命熄火?

柳宗源不多解释,只说因为某个偶然因素,他碰巧知道乡下汉子是陪送其妻从下边县里到本院检查,医生安排其妻于今天上午做彩超。其夫情绪冲动,是因为彩超室不知何故临时关闭,耗时数小时,等待检查者无从得知究竟,焦虑不已,屡屡追问护士站工作人员无果,导致耐心丧失。就此而言,院方也有问题。

"这种情况本可避免。"柳宗源说。

林科长表示,医疗事务不在他工作范围,他只管安保。但是无论如何,有问题可以反映,可以投诉,在公共场所吵闹肇事,破坏公共秩序,那是绝对不能允许的。

"所以我帮你们化解了。"柳宗源说,"你的手下赶到时,事情已经平息。"

"大闹一场,破坏公物,可以这样一拍屁股走人吗?"

柳宗源说,乡下汉子情绪失控,语言动作过激,问题确实存在。所幸化解还及时,没有酿成更多损害。就柳宗源观察,现场公物损毁不过就是一个花瓶,还有几枝塑料花,损失不大,还在本医院能够承受范围内。该汉子未必是有意砸损公物,很大可能是拍打柜台表示气愤时,不小心震落了那个花瓶。即便需要他为此负责,非得锱铢必较,追索这一笔损失,相信本医院保卫科找到这对夫妇并不困难。无须利用监控录像人脸识别,只要查一下彩超预约记录,人就找到了。或许不要几小时这对夫妇就会自己回到医院,他们恐怕承受不起再交一次彩超检查款的损失,需要回来把检查做完，因此搞清楚他们的姓名住址不费吹灰之力。即便人家不回来，医院也可以上门追讨损失，甚至可以要求对方加倍赔偿，都做得到。但是柳宗源不建议这么处置。到目前为止，这还只是个小事端，不要往大里去做，让小事端酿成大事端。矛盾可以化解就应当想办法化解，不要无谓激化。毕竟这件事之所以发生，院方也不是没有任何过失。

"但是医院的东西可以说砸就砸，砸了白砸？"

柳宗源还是不建议去追索那位患者。以柳宗源观察，那对夫妻眼下更需要帮助，不是追究。能得到帮助，他们的情况便有望向好，对自身错误也会有正确认识。不当处置则可能恶性发展，特别是本案中的汉子性情比他人火爆。如果林科长耿耿于怀，本医院这笔损失务必要一个出处，柳宗源愿意承担，既然柳宗源出面介入此事，那就他来代为处理吧，所幸数额当不会太大。

柳宗源从口袋里掏出钱包，抽出两张百元钞票，放在林科长办公桌那个托盘上，此时柳的手机也还躺在那里供"临时保管"。如今口袋里装着钱包的人已经很少见，有如珍稀出土文物，偏巧柳宗源就是一个，他从不用微信、支付宝或者什么卡片付账，平时基本也不买东西，无论线上线下、网购街购。特殊需要时如独自上医院，他就带上钱包与现金，没想到这会儿用上了。放射科护士站摔碎的陶瓷花瓶肯定不是什么古董，不可能多值钱，二百元应当足矣。

林科长看着托盘里的两张钞票，满眼狐疑。

"告诉我，你为什么？"他问。

这是所谓"元问题"，该林科长已经不止一次问起。

柳宗源说："我已经解释过了。"

显然他的解释没有说服力。柳宗源为什么要帮助乡下汉子，仅仅因为"碰巧"知道该汉子陪送其妻来做彩超？柳宗源为什么要出面阻止保安执行任务，真以为那是在"协助"维持公共秩序？柳宗源究竟是什么人？即便如其自称是省人大工作人员，那些事就是他该干的吗?那么他为什么?

这时外边有人敲门:"林科长,电话。"

林科长让柳宗源稍候,自己起身离开,关上门。几分钟后他再推门进来,什么都没再问,拿起桌上托盘里的手机和钱,把它们交还给柳宗源。

"你可以走了。"他说。

"结束了?"

他点点头。

柳宗源笑笑:"笔录呢?要不要本人签名属实?"

"不必。"

"我该说谢谢吗?"

对方忽然低下嗓门:"不好意思。我也是照章办事。"

"这是对的。"柳宗源说。

他不再说话,起身离开。出门后,他注意到外间桌上有一个电话机,外壳是红色的。这当是本院"红机",为内部通话设备,模仿大机关的内部保密电话系统。刚才一定有谁用该红机给林科长打了个电话,那一定是管得着林的"重要领导",该电话的内容当是让林立刻放了柳宗源,别再什么"笔录",搞得像派出所所长抓到惯偷一般。今天早些时候柳宗源躺在彩超室那张床上时,当班医生也曾接到一个电话,然后柳宗源就得赶紧穿上裤子,即便那年轻医生"老子不高兴"也没招,有如这位姿态很足的林科长。问题是怎么会有如此重要的一个领导突然冒出来帮助柳宗源,好比柳宗源突然冒出来帮助肇事汉子?特别是柳宗源出于避免张扬考虑,自始至终没有给谁打电话求助,是哪个做好事不留名的活雷锋主动把他从"笔录"中打捞出来?不得而知。可以断定的是,显然有人认出了柳宗源并迅速反映,直至触发"红机"电话。此间认识柳宗源的人实已不多,包括本医院院长,于柳宗源都是陌生人,但是毕竟还有人认识他,可能是现场周边围观者中的某一位,也可能是超声科护士站那位护士。此前她让柳宗源留下姓名电话时曾想起什么，有点支吾，不太确定，询问他是不是柳什么？柳宗源不等她说清楚就回称自己不是，因为他早已不是，现在尤其不是当年那个柳什么。也许这位护士注意到保安带走的不是肇事汉子，却是柳宗源，感觉特别不踏实，赶紧上报情况？该护士显然觉得柳宗源可能是那个人，所以在柳宗源悄悄打听彩超室的插队者时，她才会透露那是"陶副"，陶峰，未曾刻意隐瞒。

那么会不会就是陶峰？在一个电话把柳什么从彩超床上挤下来后，又是他一个电话让柳得以从威风凛凛的林科长的犀利目光和"你为什么"中解脱？

谁知道呢。

2

那一年陶峰初任"陶副"，为市政府办公室副主任。那时候的"陶副"直径还小，比较苗条，没像后来那么大，那么重要。陶刚刚成为"陶副"时，曾经"对应"过柳宗源，当时柳可称"重要"领导，常务副市长，政府班子里排第二，在本市足够大了，但是按规定这一级别官员还不能配备秘书，只可以有人"对应"配合工作，也就是"跟"他，类似秘书，或称"身边工作人员"。因而用非标准说法，陶峰曾充任过柳宗源的秘书。柳宗源自己调侃称曾与陶"合作"过，时间比较短暂。

那时候柳宗源的原配"秘书"刚获提拔，去了一个市直单位，恰柳宗源要到下边一个县做减灾工作调研，市府秘书长便指定陶峰跟柳下去，作为"身边工作人员"。那一次柳宗源一行跑了几个泥石流频发的山区乡镇，由所在县县委书记亲自陪同。头天晚间调研组在乡食堂用晚餐，县委书记因赶往省城开会先行离开，留下一位分管女副县长作陪。时正当雨季，小雨下了一天，晚饭时雨水转大,窗外哗哗哗响成一片。

主人和客人们刚刚坐定开吃,陶峰就悄悄起身,走到门外走廊。走廊上雨声不绝。陶峰看了一眼雨幕,举手一招,把一个端菜女服务员叫住。

"进去,叫你们陈副出来。"他吩咐。

他说的是那位女副县长。要求悄悄传唤,不要太惊动。

几分钟后女副县长从门里边闪了出来。

"陶副,"她问,"雨下大了?"

陶峰叫她出来却与雨势无关。陶要一个人,医生,做按摩的。

女副县长表情惊讶:"要干什么?"

"你说干什么?"

女副县长意识到失言了。按摩医生是干什么的?难道糊臭脚吗?

她问了一句:"陶主任哪里不舒服?"

陶峰指了指后腰:"今天跑得够多了。"

"什么时候要?"女副县长问。

"马上叫来。"

"我来安排。"

女副县长赶紧让服务员再进包厢,把在里边陪同用餐的本乡书记叫出来,要求不声不响,尽量避免惊动,因为柳宗源在里头,陶峰这个事惊动柳不好。一会儿工夫乡书记出来了。女副县长即交代任务,让他找一个按摩医生给陶峰。乡书记看了一眼下个不停的雨,说了句:"卫生院医生早下班了。"

"下班就不能找了?"陶峰问。

"看这雨,等小点再说吧。"

"总这么拖吗?"

"这不还在吃饭?"

"光知道吃?"陶峰口气一变。

乡书记不吭声，明摆的有所不服。这乡镇书记"牛"，也许因为在自己地盘上老大当惯了，不经意间说话口气就大了，特别是面对陶峰，明摆了没太把陶当回事。

陶峰即问他："告诉我，什么时候当的书记？"

乡书记表示是去年换届时从县里下来的。

"你是剃头的，你有权，不是吗？"陶峰问。

他说的是一句土话，俗话，叫作"权在剃头的手里"。所谓"剃头的"即理发师，理发师手里有一把理发剪，有权在所有人头上咔嚓咔嚓从事修理，皇帝也得允许。这句俗话常被本地一些基层干部拿来说事，表示自己有权修理你。

乡书记说："剃头的也分大小，小剃头匠哪有什么权。"

陶峰即拉下脸修理："这顶帽子你不喜欢，会有人喜欢，信不信？"

乡书记一时张口结舌。

一旁女副县长赶紧出面打圆场，对乡书记要求："不说，马上落实。"

陶峰又加了一句："看着办。"

他把两人丢在外头，自己走进包间。随后女副县长也跟了进来。

坐在主宾位子的柳宗源注意到几个人进进出出，随口问一句："什么情况？"

陶峰回答："雨不小。"

"下雨还钓鱼？"柳宗源开玩笑，"一条接一条钓出去。"

大家嘿嘿。

而后继续吃饭。几分钟后乡书记进来，陶峰拿眼睛盯住，乡书记点点头表示已经落实，陶没有吭声。又过了十几分钟，陶峰丢下筷子，再次走出包厢，外边有两个人刚好赶到。两人中一个是医生，另一个是乡政府驾驶员，奉命用车把医生接来。他们来得够快，肯定是乡书记下了死命令。所谓"山外有山"，无论在自己地盘上多牛,终究牛上有牛,碰上了不服不行。

陶峰一见那医生,眉头就锁了起来。这是个中年人,四五十岁模样,个子瘦小,看上去有点邋遢,头发乱蓬蓬,穿件灰色长袖T袖,衣服似乎还粘着食物汤汁,身上有一股味道,像是刚喝过酒。

他承认自己是被从酒桌边直接拉到这里。一个同事家的小孩过满月,大家一起去喝两杯,满月宴设在卫生院大门外的小酒馆里,比较好找,所以来得快。本乡卫生院未设按摩科,他自己也不是专职按摩医生。他是学中药的,本行是药剂师,由于本院缺医生,领导让他去培训,改行当医生,主业是骨科,就是接骨头打石膏板那些活。他也兼做针灸、保健按摩。

这时乡书记从包厢赶了出来。

"医生来了?"他见到门外几人,松了口气。

陶峰不满:"你这里水平就这么高?"

乡书记回答:"山区小乡镇嘛。"

陶峰对乡书记摆摆手:"你进去,请陈副出来一下。"

"做啥?"

陶峰不吭声,乡书记知道自己多嘴了,赶紧反身进去叫人,或称再次钓鱼。等他把女副县长请出来时,外头只剩陶峰一个,接骨医生和驾驶员已经被打发走了。

"那个人不行。"陶峰对他们说,"马上换一个。"

山区小乡镇确实就这水平,本乡卫生院没几个医生,平时能做保健按摩的就这么一位。如果半路出家的不行,那就一个不剩,还能到哪里去换人?

"你们整个县只有一个宝贝?"陶峰追问,"有那么稀罕?"

女副县长表情有异,不明白陶峰什么意思。陶峰即明确要求,让女副县长从县医院去找医生,马上送过来。

女副县长吃了一惊:"咱们在下边乡里……"

"这有多远?天涯海角?"

从县城到本乡有二十几公里，说来确实不算远在天涯。问题是此刻不比平常，晚间，加上下雨，需要那般费劲吗？

陶峰指着外边的夜幕、雨幕问："这是多大的事？"

女副县长用商量的口吻说："陶主任，咱们明天一早就到县城，如果可以……"

陶峰毫不松口："要我直接找你们书记要吗？"

他从口袋里取出手机，女副县长顿时矮了三分。

"陶主任别急，我来想办法。"

这位副县长新任不久，格外撑不住。说起来陶峰也是新任，两人的级别相当，陶对她并没有支配权。问题只在陶来自上级机关，陶的背后还有一尊大神，此刻就在里边餐桌上。柳宗源是市领导，拥有该职位的权力，包括话语权，女副县长不能不特别在意。作为"身边工作人员"，陶峰可以挟领导之势，以高出一头的落差说一不二，对方只能服从。本乡书记那般牛，已经被他当着女副县长的面修理得服服帖帖，那也是修理给女副县长看的。如果女副县长没当回事，陶峰真会把电话打到县委书记那里。该书记陪柳宗源调研一整天，刚刚告辞离去，此刻正在赶往省城。假如找个按摩医生这种事也要提交县委书记在高速公路上抽空安排，女副县长就显得太无能了。

"让院长亲自挑人，亲自送来。"陶峰下令，"医术要高，服装正式点，不要邋里邋遢不像个样。"

女副县长没吭声。

"要快，还要确保安全。"陶峰说。

他也不多说，转头走进包厢，剩下的事让女副县长去看着办。

坐在餐桌主位的柳宗源看到陶峰进来，再次发问："又怎么啦？"

陶峰报告称没什么问题。下点雨不碍事。

从县城调医生毕竟不像从乡卫生院大门外小酒馆叫人那么简单。晚饭吃完后，一行人走出乡食堂包厢，女副县长瞅个机会把陶峰拉到一旁报告，医生还在途中。

陶峰"嗯"了一声。

他们把柳宗源送回房间。当晚大家下榻于乡政府办公楼的客房，条件比较简陋。这里离县城二十几公里，本可住到县城宾馆，柳宗源却决定住乡下，称不喜欢吃饱了撑着赶路。乡政府最大的一间客房位于三楼，安排给柳宗源休息，该客房有一个小厅，备有沙发茶几，进屋时茶几上已经摆着茶具和茶点。柳宗源习惯晚饭后喝几杯茶，陶峰让县、乡官员作陪，这时女副县长给陶使眼色，陶峰悄悄起身，跟她下楼到了门厅。

医生已经到达。两位，一位是县医院保健康复科主任，一位是他的助手。两位医生都穿得很正式，白大褂崭新。县医院院长亲自带队，也是一身白大褂。外观绝不邋遢，符合陶峰要求。

陶峰在门厅跟来客一一握手，问了问名字身份，点点头。

"不错。"他表示满意。

院长问："陶主任腰是旧伤吗？"

"是老毛病。"陶峰点头，"还有一些情况。"

他问三位是否知道柳宗源？他们都知道。

"知道就好。"

陶峰交代他们在值班室等。听招呼。自己回到三楼，进了柳宗源房间，陪柳与众人喝茶交谈。半小时后众人告辞，让领导休息。陶峰走到外边去，几分钟后领着三个白大褂进了房间。

柳宗源感觉意外："这是做什么？"

陶峰指着柳宗源的腰说："请他们来看看。"

今天调研过程中，陶峰注意到柳宗源上下轿车时动作比较迟缓，有时需要拿手抓着车门。他曾问过一句："领导不舒服吗？"柳称没什么，老毛病，腰椎间盘突出。天气不好，气压变化，时不时就来一下。

就这么几句话，陶峰给他请来了医生，并称自己也腰疼，他知道那滋味不好受。以陶峰当时的办公室副主任身份，陪领导下乡时，哪怕腰疼欲折，让县里领导特意给自己找医生专程从县城冒雨送来也属过分，但是为市领导张罗就不一样，可以底气十足发号施令。只是陶峰本可明确告诉人家这是叫来为柳宗源服务，他偏不说，看你们拿陶副当回事否。县乡领导终究还是当回事，毕竟此副不比他副，不知道陶副"跟"的是谁吗？到了陶峰把医生领进柳宗源房间，底牌才摊到了桌上。

医院院长对柳宗源担保说："两位医生经验丰富，领导尽管放心。"

柳宗源笑笑："很好，谢谢。"

他开玩笑叫那几位为"按摩大师"，请他们先喝茶。一听他们是连夜冒雨从县城赶来，柳宗源又调侃，称本领导非常感动，腰忽然就利索了。

"刚才包厢进进出出钓鱼，就干这个？"他问陶峰。

陶峰说："领导身体重要。"

医院院长请示："那么就开始吧？"

"不急。"

柳宗源命陶峰赶紧安排车辆和驾驶员，一会儿送三位医生回县城。

医院院长忙说："不麻烦领导，我们有车。还是先做按摩吧？"

"我要先请教一下。"柳宗源说。

他提到自己的一个老同学，在省里工作，腰椎不好。有一次到医院去做按摩，找的是一个大专家，公认特别厉害，本省顶级按摩大师。按摩后感觉非常好，腰椎就像换了条新的。没料到第二天出事了，躺在床上硬是起不来，半身不遂，直接叫救护车拉到医院。这事感觉挺奇怪，如果是按摩的问题，该是当时就在医院半身了；如果不是按摩的事，好好一个人怎么忽然就不遂了？这怎么回事？

三位白大褂面面相觑，末了那位主任做了解答，称个体差别很大，具体案例涉及因素很多，没有认真了解，还真是说不出什么。不过据他所见，这种案例很少。

柳宗源笑道："碰上也得运气。"

聊了一小会儿，柳宗源看窗外，说就这样吧。三位医生连夜冒雨从县城来，茶没喝话没说就让大家回去不礼貌。但是雨夜也不能久待，至此为止。按摩就算了，他的腰没大问题，需要的话来日再请教。

屋里几位面面相觑。

院长赶紧表示："我们这两位医生给很多领导做过按摩，有市里的，也有省里来的，效果都很好，从没出过事。柳市长尽管放心。"

陶峰接过话，称他主要是考虑柳宗源还得承担繁重工作任务。接下来几天调研跑的都是山区，交通路况更差，曲折颠簸，万一腰痛加重，影响领导身体健康，也影响工作。陶峰知道柳非常自律，如果先请示，肯定不会同意，因此自作主张把医生请来。事前没请示是他的问题，既然来了就不要白跑，下不为例吧。

医院院长在一旁连说："是啊是啊，为领导服务是应该的。"

柳宗源说："当然，都应该。"

他命陶峰拿来他的包。当着众人的面，柳宗源打开包从里边掏出几个小圆铝皮罐，三位医生各得一罐。不是什么稀罕东西，就是小罐茶叶，每罐不过两三泡。虽然量少，质量还不错，作为个人馈赠，表示一点心意。

医院院长说："这怎么可以！"

陶峰让院长把茶叶收下，感谢领导关心，好好为领导治疗。

柳宗源说："现在马上走。"

"柳副……"陶峰还想劝说。

"要我说几遍？"柳宗源指着陶峰下令，"你亲自随车护送。务必安全送到。"

他命陶峰送返医生后不必回来,当晚就住在县城,明日一早,柳宗源一行从这里赶往县政府会议室开座谈会,陶峰到会场会合即可。

"还是……"

"走。"柳宗源不由分说。

他不仅安排陶峰护送,还亲自送行,带着三位医生出房间从三楼楼梯往下,县里乡里那几位也从后边跟了下来。走到门厅,柳宗源注意到这里还候着两位,其中一中年人头发乱蓬蓬,看上去有点邋遢,表情比较特别。柳宗源随口一问,竟是本乡卫生院接骨医生,以及乡政府驾驶员。两位奉陶之命前来,陶看不上眼,把他们从食堂走廊打发走,却命他们留在门厅待命,以防万一,人家遵命一直等到这个时候。

"妈的!"柳宗源忍不住了,骤然开骂,"这是要谁死啊?"

没有人敢接话。

"快给我走。"

柳宗源站在门厅边,打发两拨人上车离去,包括陶峰。

按照柳宗源要求,陶峰把医生们送到县医院,而后到县宾馆住下。到达后他给柳宗源打了一个电话,报称一路顺利,任务完成。事情没做好,好心办错事,他感觉很不安。格外担心柳宗源身体欠安。

"要那么操心吗?"柳宗源说。

"那是应该的。"

柳宗源把电话挂了。

几天后调研结束,回到市里,柳宗源把市政府秘书长叫到自己的办公室。

秘书长问:"柳副感觉还可以吧?"

他问的是对陶峰的印象。如果柳宗源觉得可以,就打算安排陶峰跟随柳。

柳宗源问:"我记得他原本管信息?"

陶峰当过市政府办信息科长,担任副主任后还分管信息工作。但是他想换一换,得知秘书长正在考虑配给柳宗源的人选,陶找秘书长自荐,称愿意跟柳,请秘书长支持。这种事虽由单位负责安排,一般情况下也须征得领导本人同意,如果领导不想要某个人,办公室当然不能硬塞,因此秘书长答复必须先跟柳宗源商量再定。陶峰提出能否先临时安排,让他随同柳宗源工作,看柳能否接受?秘书长觉得这样也好,所以指派陶峰跟柳宗源下乡调研,也算见习。

"管信息挺好的,他为什么要换?"柳宗源了解。

"说是好跟领导学习。"

"提拔也会快一点?"

"他没那么说。"秘书长笑笑,"有想法也正常。"

"张副呢,也还没人管吧?"

柳宗源问的是班子里的同僚,张副市长,这一轮干部任用中,原先跟随张的年轻干部另有安排,不再跟随,目前也还没有确定新人选。柳宗源开玩笑,称张副眼下没人管,跟他柳宗源一样。

秘书长也在为张物色。陶峰找秘书长自荐时,秘书长也想起张,问陶峰如果不是柳宗源,去跟张如何?当时陶明确表示,他只想跟柳,如果是张就不要了。

"我比较听话,好管,乖领导。"柳宗源调侃,"不像张副那么土匪。"

性格因素当然也会有,更主要的应当是职权。虽然同为副市长,同样级别,柳与张还是有区别:柳在市政府班子里排名第二,张排名靠后。柳是常务副市长,除为市政府领导,还兼市委常委,且在这个位置已经干了数年,关于柳指日可升有望接任市长的传闻不时兴起,相比而言张还不到时候。所谓"同为剃头匠,帽子有大小",帽子之别在于布料与面积,更在于含金量也就是权力大小。

帽子其实就是权力，跟对了帽子也就是跟对了人，那就有权力可以依靠，据以发号施令。柳宗源指日可升，跟随者便有望水涨船高走捷径，从依靠权力到掌握权力。

根据秘书长提供的情况，柳宗源清楚了。陶峰在乡下为他找按摩医生，动机相对复杂，并非仅仅"好心"而已。除了"好心"帮助柳领导身心愉快，或许也兼顾一下陶自己的腰，主要的还是想给领导留下深刻印象。眼下柳宗源不是没人管吗？想来管他的人应当不只陶峰一个，柳宗源要谁？当然要印象最好最深的那一个，这就需要一些特殊表现。不吭不声把医生叫过来，足以一举让柳宗源记住。陶峰不会对柳宗源的个性特点无所了解，或许他也能估计到柳未必喜欢如此行事，但是至于多反感吗？毕竟是下属一片好心积极主动给领导送关怀送惊喜，即便兴师动众有些过当，领导嘴上批评两句，身上还是很温暖的，下不为例就是了。因此得大于失，不妨一试。如果柳宗源在调研途中不是按一下腰，而是按一下胸口，当晚就该是当地最顶尖的心血管专家风雨无阻身着白大褂赶到柳宗源下榻之处，搞得似乎该领导立时就要倒毙。

柳宗源对秘书长说："另外找一个来管我吧，不需要太聪明，要低调些。"

"让陶峰多注意一点，可以吗？"

柳宗源即席感慨，说有些东西不是多注意就会。"好心"有真假，低调也可以装，真的心里明白就不一样。比如得明白权力很重要很诱人，却不可以因此漠视其他。想要权力，也得安一颗好心，那个"好"不是"做"出来的，是真的安在心里。要明白自己其实没什么了不得，即便头上有顶帽子，手中有点权力，你还是你，不比谁多出三头六臂。帽子和权力不会像影子一样永远跟着你，迟早有一天你一早醒来，会发现那些都没有了，你跟身边所有人一样普通。然后再过几年，迟早有一天你就醒不来，躺在那里让人推进炉子里，跟其他人没有两样。明白这个你才不会一天到晚趾高气扬。

帽子其实来之不易，工作不努力，机遇不对，领导不关心，大家不支持，想都别想。好不容易有了顶帽子，应当格外珍惜，拿去做该做的事，别拿去牛逼。

秘书长试探："或者先不定，让陶峰再跟您一段时间，调教一段？"

柳宗源说："算了。"

陶峰作为柳宗源"身边工作人员"的经历与动议就此了结，过程非常短暂。秘书长以"柳副另有考虑"为由，让陶峰继续去管信息，无须再操心柳宗源腰好了没有。

没多久，人们传说中的"指日可升"果然成真，柳宗源被考核提拔，不料却不是在本市接任市长，是交流到省里，当了省水利厅厅长。柳宗源在省城那个位子待了近八年，直到今年年初才转任省人大专职常委，从一线退了下来。新位子当然也很重要，只是事务少了，相应的也不再有那些权力。柳宗源母亲还健在，在本市由柳弟照料。柳自己的妻子因病于省直部门提前退休，女儿在上海工作，柳宗源决意打道回府，与妻子搬回本市，除时而到省城参加相关会议与活动，基本都住在本市，所谓"有会开会，没会陪老娘"，自嘲已成"过气领导"。柳宗源回归本市后基本没有存在感，几乎不在公开场合露脸，除因工作关系与市人大和市水利局有些联系，其他方面联络很少。本市领导层在柳宗源之后已经换了几茬，中、下层官员几乎都是新面孔，上层还有几个熟人，包括陶峰，此时如日中天。

当年陶峰谋求成为柳宗源"身边工作人员"未遂，竟交上好运。柳宗源调到省里后，上级派来了一个新市长，该市长"需要有人来管"。经积极努力，陶峰终脱颖而出，成了新任市长大秘。新领导不像柳宗源那么讲究，陶与他很对路，彼此如鱼得水。几年后陶峰提拔下派，到了当年随柳宗源调研时奉命护送过几位夜归医生的那个县，当了半年县长即转任书记，两年后提拔成了市领导，然后成了常务副市长，刚好与当年的柳宗源比肩。柳宗源在水利厅厅长任上与陶峰曾因公事见过几面，陶对柳毕恭毕敬，尊称柳是自己的"老领导"，还要柳到本市时告诉一声，一起吃顿饭。柳只当是客气，从未叨扰。柳退归本市后与陶峰没见过面，只是经常在本市电视新闻里与之相逢，感觉陶人重要了，体重也增加不少，看上去吨位巨大，气势不凡，格外牛逼，但是显然昔日之心不再。陶峰不可能不知道柳宗源回归，却从未打个电话相问，别说一碗面条。这也不奇怪，可以理解，寻常世态，台上台下有别。早年间柳宗源位高权重，陶峰送温暖未遂，感觉不太美好。待到柳宗源给一刀切下来，无声无臭了，早已不可同日而语的陶峰还有什么必要再去"做"一片好心相送？

柳宗源归来这件事，其实还有些隐情：今年是换届年，人事变动多与换届相关，本次换届省里有一条年龄切线，到线的干部一刀切都退二线，柳宗源却是例外，所谓"十根手指头加上十个脚指头轮着数"，怎么数他的年龄也还没到线，却给咔嚓一刀，提前近两年切下，人们都传说是"出了点事"。什么事呢？主流版本是：本省去年秋季接连遭受台风袭击，一些地区受灾，损失惨重。柳宗源是水利厅厅长，在若干关键汛情预测与判断中发生失误，省委主要领导很恼火，差点拿"失职""玩忽职守"办了他，还好他的口碑不错，领导终手下留情，只把他切掉了事。事情还有另外的版本，说他有点冤，其实是替分管领导承担了责任。无论是什么，总之他告别权力，回归老巢，格外低调，无声无臭。如果说以往柳宗源低调是所谓的"心里明白"，眼下的格外低调还有点不得已，因为"下来"得不甚光彩，最忌张扬。他挨的咔嚓一刀没法说，既不能表示高兴，也不好表示不满，既不能去解释某版本有误，又不宜去创建新版本。他曾私下自嘲，说提前切掉帽子不算什么，只要不是提前给推进火炉就很幸福。以这种情况，不说陶峰无须太温暖，柳宗源自己亦觉引人注目无益，无声无臭倒好。

柳宗源的头上毕竟还有一顶帽子，还不到"一早醒来，发现那些都没有了，跟身边所有人一样普通"的程度。现有这顶帽子不够拿来牛逼，也还能拿来要点什么。柳宗源在省、市多年任职，不乏人脉，碰上有事需要，打几个电话找人，基本都能顺利办成。但是柳很少那么干，手中有权时尚且低调，此刻他只能更低一点，自己能对付的事项还是自己对付为好，不要多叨扰。例如这回做彩超，事前打个电话，自会有人帮他预约交代安排，给个优先待遇。问题是何必呢？不就是排队等几小时的事吗？七交代八交代，弄不好到处传，似乎柳某人肚子里长个什么了，大事不好了，引发关注也引发联想，柳某人是否因为提前咔嚓挨一刀郁闷了？坏东西就长出来了？如此引人注目岂不讨厌？因此不如悄悄自行前往。待到意外被赶下彩超床，柳宗源一声不吭穿裤子，姿态非常低，心态非常正确。得知把自己挤下床者为陶峰，也只是在喉咙里骂一声，表现出足够的谨慎，仍以不去招惹人注意为最佳选择。岂料护士站陶瓷花瓶落地，乡下汉子一声怒骂，柳宗源竟让自己卷入事端。该事端与他一点关系都没有，他介入没有丝毫好处，绝无必要，为什么还要？他的标志性低调哪里去了？他跟乡下汉子之间到底有什么瓜葛？为什么忽然一变那般不谨慎，把自己暴露于众目睽睽之下？无论如何，其涉嫌"医闹"，给带到医院保卫科"笔录"成为基本事实。这是他这种身份的人应该的吗？传出去影响有多好？既然给认出来，这种事能不传出去吗？

小事端未必真的就小，大事往往由小事酿成，他不能不有所担心。

3

陶峰说："我让他们务必好好查，严肃处理。"

柳宗源说："哇，居然惊动你了。"

"真是瞎了眼。"陶峰开口骂,"你是我们市的老领导,现在也还是省人大常委,怎么能那样对待?"

"算了,人家也是工作。"柳宗源说,"他们不知道情况。"

"这些家伙你知道的。"陶峰说,"就是欠修理。"

事情过去已近一周,一直波澜不起,小事端似已烟消云散。不料没有,事还在,居然还是陶峰主动提及,在与柳宗源意外邂逅之际。陶峰怎么会知道?也许因为当时陶就躺在彩超室柳宗源让出的那张床上,与事发现场近在咫尺,近水楼台先得月。陶峰声称要狠狠收拾那几个当事者,似乎是以此对柳宗源示好,却不是柳宗源所愿。

"我说,事情已经过去了,没必要。"柳宗源表示。

"不能便宜这些家伙。"

他们没时间再谈:休息室门打开,一行人从里边匆匆走出,为首的是本市市委书记,还有若干市领导和部门官员。有人打了声招呼:"陶副,柳常委,到了!"

陶峰即住嘴,拉着柳宗源一起,跟着众人迅速往前,站到了门厅旁。

外边正下大雨,雨声巨大。透过玻璃幕墙,可以看到流水像瀑布一样顺着玻璃墙体直冲下来。本年度最强台风于昨夜在本省南部沿海登陆,受其影响,本市风强雨劲,全面吃紧。省委副书记王贺于今日凌晨从省城驱车急下,赶赴本市指导抗灾,本市市委书记率相关人员包括陶峰于市宾馆贵宾楼楼下休息室等待王贺。柳宗源在这里是个例外,因为不再是所谓"相关领导",本次台风他根本够不着。出于多年负责水利的惯性,一有台风柳宗源就睡不着觉,始终保持密切关注,虽然调侃而言已经"没他屁事",再大的台风也只供他在自己家中密切关注,低调处理。不料王贺有请,把柳宗源拉了进来。柳宗源与王贺关系比较特殊:早年间王在省城任职,也是副市长,与柳宗源分管工作相当,省里开会时经常碰在一起,彼此很投缘。柳比王大几岁，资格老，经验多，王当时还是新手，不时会给柳打个电话，探讨工作事项，听听柳的意见。后来王进步很快，从省城一路上升，历任市长、书记、省委常委到副书记，前程看远。王知道柳退二线后居住于本市，柳当过多年水利厅厅长，于防汛业务非常熟悉，经验丰富，加上在本市当过领导，本地情况了如指掌，此刻正好咨询。王于前来本市途中，命秘书联络柳宗源，直接与柳通了话。

王贺问柳宗源一个问题："你觉得你们市哪个方向要特别注意？"

柳宗源认为本次台风主要灾情会出现在本市北部数县，特别是屯河下游地区。

"那一带目前雨量好像并不大。"

"主要威胁是上游山区洪水，会有一些时间差。"柳宗源回答。

王贺略思考，问："老柳，劳驾一回好吗？"

他想让柳宗源出来帮助，跟他一起，随时可以咨询。

柳宗源没有二话。调侃称踊跃不已，台风一来他在家里就坐卧不安，自嗨不禁。以往参与的抗灾记不清多少，退下来即刻清零，抗灾机会于他已经不可能再有。这回难得王贺到来，让他参与，于他可能是此生最后一回，当然非常愿意。

柳宗源回归本市后从不出头露面，此刻应召出场，王贺是省领导，又是老友，加上台风灾情，义不容辞。王贺在联络柳宗源后，于途中直接打电话，给本市市委书记下达指令，命即派员派车，接柳宗源到宾馆与他会合。于是柳宗源出现在众人面前，也与陶峰不期邂逅。陶对柳宗源表现足够热情，尊称柳是"老领导"，还主动把柳拉到休息室外，不讲台风，讲医院那个事，表示巨大关怀。他询问柳宗源身体都好吧？那天去医院不是有什么情况吧？似乎并不知道柳在彩超室脱裤子未遂的故事，或者佯为不知。从陶峰的询问里，柳宗源断定把自己从林科长"笔录"中搭救出来的活雷锋不是他，如果是陶下的命令，此刻自会当仁不让。柳宗源告称自己身体还好，这种年纪，免不了要跟医生打点交道。柳还反问陶身体怎么样？好像有点发福？陶表示自己也还好，前些时候去做过检查，费了些时间，没啥事。

他那天在彩超室确实费了不少时间。或许他在那里不只检查，还就地搞了一次专家会诊，动用本地若干顶级医生？以若干年前他在一个风雨之夜调用两级按摩大师的前科记录看，这种事于他平淡无奇。具体情况陶峰没有多谈，他不太可能知道那一天柳宗源在彩超室外曾有所"关注"，当过半个福尔摩斯，所以没想就此费心解释。柳宗源也不多问，到此为止。

王贺到达时，在门厅与迎接的各位一一握手。握到柳宗源，王说："有老柳在，感觉更踏实了。"

他还问大家："这里有谁不认识他？"

当然个个都认识，熟悉程度有别而已。陶峰还补一句："我欠老领导一顿饭。"

柳宗源回答："欠一句骂。"

陶峰一愣，柳宗源即开玩笑加以补充，说害他眼巴巴总吃不着。

大家哈哈。

匆匆见面之后，大家进了休息室。市委书记就当前灾情与各相应措施作一简要报告，王贺特地问了一句："屯河下游方向，哪一位负责？"

陶峰举手："是我。"

"要特别注意。"

"王书记放心。"

而后按既定方案分头行动。市委书记陪同王贺一行前往市防总开全市紧急电视会议，动员抗灾。其他人各就各位，陶峰即赶往屯河下游区域。

他跟王贺握手告辞，说了一句："王书记注意身体。"

"谢谢。没事。"

王贺昨晚应是彻夜未眠,最多只能在赶赴本市途中打个盹。一路风雨兼程,想眯一会儿也不容易。这种时候免不了,天灾人祸总是跟帽子过不去,少睡点是小意思。

陶峰还问柳宗源:"老领导有什么交代?"

柳宗源比了个中止动作:"医院那个事就算了。"

"放心,我处理。"

柳宗源笑笑:"不要干扰抗灾大局。"

此刻只有抗灾是大事。

从那时起,柳宗源一直陪同王贺。王贺年富力强,当过地方主官,指导抗灾经验丰富,加上还有从省里带下来的一众专业人员,以及本市大小官员,力量足够,他还是特地叫上柳宗源,表现出对柳的看重。他们俩以往关系很好,目前境遇有别,特别是柳宗源退居二线状况比较特殊,外界传闻纷纷。当时柳本人没有借旧交就本人事项找王申诉,提过任何要求,因为知道王未必好出面,不想给王添麻烦。王对此心知肚明,显然也记挂于心。作为上级,也是旧友,他很清楚,此刻把柳宗源请出来一起抗灾,于柳比什么慰问都好。

头天王贺视察山区一线,那里雨量集中,泥石流灾害多发。晚上一行人住在县里,在王贺下榻套房的客厅里连夜开会碰头,研究抗灾事项。本次台风来势凶猛,灾情严重且还在迅速发展,与会大小官员无不忧心忡忡。

晚十点,碰头会暂告一段。王贺问:"老柳能留一步吗?"

"当然。"

其他人离开了,王贺与柳宗源继续探讨。王高度重视柳对抗灾具体事项的看法,柳也毫无保留。毕竟柳是以个人身份应王贺之邀参加抗灾,有些意见可以公开谈,有些则个别提供给王贺参考更合适。直到这个时候,王贺才做了点私人表示,感慨如果柳还在水利厅,一起下来抗灾就好了。他对柳宗源过早转岗感觉遗憾,没有多谈当时的具体情况,只说此后一直很牵挂。这一次见面,他注意到柳表现放松,感觉特别欣慰,知道柳还是那么拿得起放得下。

柳宗源即开玩笑:"坏了,嘴给堵住了。"

王贺问:"怎么说?"

柳宗源称原本打算利用这次天赐良机,趁王贺关心,狠狠讨要一点个人利益,捞取若干好处。现在不好意思说了。

王贺正色道:"有什么需要,你尽管说。"

柳宗源笑:"怎么可以拿那些干扰领导抗灾?不能说。"

王的秘书敲门进屋,给王贺送来一份材料,是省里刚传下的抗灾明码电报。王贺让柳宗源稍等,自己先看电报。柳宗源的手机恰在这时振动,屏幕显示一个陌生号码,标志所在地为本市。柳即起身走出房间,在走廊上接了那个电话。

"您是柳委员?"

说的也不错。省人大常委的全称是省人民代表大会常务委员会委员。

"你是谁?"柳宗源问。

对方自称姓苏,是本市医院的书记。

柳宗源略吃惊:"哇,惊动苏书记了。"

"不敢当,对不起老领导。"

苏的这个电话竟是就那一天医院保卫科"笔录"事项赔礼道歉。苏问柳宗源什么时候方便,他和医院院长拟上门慰问并致歉。

"您是住在春秋花园?"对方问。

他怎么知道的?想想就明白了:那天"笔录"包括住址、电话等内容。

柳宗源说:"我不在家,现在在县里抗灾。"

"没关系,等您方便的时候,我们再上门赔礼道歉。"

"那天没什么事,不需要赔礼道歉。"

"领导高风亮节。我们自知工作做得不好，一定要认真整改。"

苏所谓的"整改"除了赔礼道歉，还有对当事人的严肃处理。根据现有情况，拟将涉案的该院保卫科科长就地免职，两个保安即行开除，以示惩戒。

柳宗源不禁眉头一锁："谁让你们干的？"

苏称市领导对这件事非常重视，强调务必严厉处置。

"陶峰吗？陶副市长？"

陶峰今天已经连续打了几个电话，了解情况，提出要求，强调抓紧调查处理，还命苏务必与柳宗源联系，赔礼道歉并报告处理意见。

"你报告得很及时，很好。"柳宗源说，"有些情况我还想了解一下。"

柳宗源担心那一对乡下夫妇，他们后来怎么样了？医院方面跟他们接触过吗？苏告诉柳宗源，事后医院保卫科查到了肇事汉子夫妇的基本情况，还注意到汉子之妻当天下午到彩超室做了检查，病情比较严重。考虑到这家人的困难，特别是柳宗源对汉子的关心，医院几位领导商量一下，算了，不计为问题。

"这样好。"柳宗源说，"人家不是有意肇事。设身处地替他想一想，没有害处。"

柳还了解一个情况：那天医院保卫科笔录中途作罢，为什么呢？原来当时有一位匿名者给院长办公室打来电话，称两位医院保安刚从超声科护士站外带走一个人，那个人并没有做什么不对的事，也不是普通患者，他是本市一位老领导，请院里特别关注。院办工作人员接到电话后马上向院长报告，院长正在门诊楼参加一个会诊，接报后感到意外，命迅速查一下，竟然真有其事，于是让保卫科赶紧先放人。

现在清楚了，是一位匿名者，活雷锋般做好事不留名。还有一个情况或许也有了解答：陶峰可能当时即刻被惊动。需要院长亲自会诊的患者自不普通，可能就是陶。医院院长是在陶峰面前接到柳宗源被本院保安带走的报告，或许就在彩超室里。

柳宗源自嘲："我知道了。虽然戴了大口罩，还是不能做坏事。众目睽睽天网恢恢，归根到底跑不掉，总会给认出来。"

"柳委员不要见怪。"苏说，"我们保证严厉处置。"

"谢谢你们。"柳宗源道，"我来说说我的意见。"

作为当事人，柳宗源得负责任地做说明：那天市医院超声科护士站外发生了一些异常情况，两位保安及时赶到现场，在现场处置中表现出足够的专业水准，没有违法违规行为。医院保卫科科长在对当事人了解情况并做笔录的过程中，同样很专业，很负责任。这三个人在本次事件中没有过失，不应当就此受处理。随便惩戒没有过失者是不应该的，影响会非常恶劣，医院方面也会非常被动。

"我们会尽量……"

"你们按我的意见办，不要折腾。"

"可是，可是……"

苏吞吞吐吐，原因很明显：这让他怎么跟领导交代呢？

"陶副市长那里，我会跟他说。"柳宗源道。

"啊，谢谢，谢谢！"

挂断电话后，柳宗源才意识到自己话说急了。

按苏的说明，陶峰今天已经数次过问此事，极其重视。显然陶峰离开市区，前往屯河下游指挥抗灾的时候还给苏下过命令。这就是说，不管柳宗源本人态度如何，陶就是要这么办，不仅做个姿态给柳宗源看，还要说到做到，给柳一个确切结果。两保安一科长对陶峰算个啥？拿掉就拿掉了。医院方面迫于压力必须照办，时过境迁之后，开掉的保安招招手还可以再叫回来，收走的帽子拍拍灰尘还可以再戴回去，眼下可不能找死，除非陶峰收回成命。陶峰那般强势、牛逼，他会自己去打脸吗？柳宗源已经一再表明态度，特意交代"算了"，陶当回事了吗？此刻还能怎么让陶峰收回成命？

柳宗源发觉所谓小事端于他挺讨厌，也挺吊诡。在现场帮助乡下汉子夫妻解脱也就罢了，居然回头还要来照料保安和科长们。比起涉嫌"医闹"，所谓"赔礼道歉"和"严肃处理"让柳宗源更觉难受，因为同样会沸沸扬扬，且不公道。医院那位保卫科科长大权在握，威风凛凛，表现不俗，弄不好会有些劣迹，单就讯问柳宗源这件事却没有错，一刀砍了怎么说得过去？两位保安更属无辜。奇怪的是，自柳宗源走出保卫科那个房门后，事情似乎就了结了，其后风平浪静，一声咳嗽都没有，柳宗源担心的影响似无发生，也没有人向他打听究竟，陶峰没及时过问，医院方面也没想上门找"柳委员"略作解释。现在为什么突然一变？想来只有一个原因，就是因为王贺。王贺前来抗灾，点名召唤柳宗源，此举非同寻常，表明非常看重，可见关系不浅。这就让陶峰对柳宗源有点特殊感觉，该感觉应当比较复杂。陶需要做点什么，弥补此前不闻不问，聊充一份厚礼奉献给柳宗源，既是示好，亦在显示权力在握。柳宗源高兴也好，不高兴也罢，人家一片好心，爱你没商量。如果按柳宗源的意思"算了"，厚礼岂不白送？好心岂不白做？在医院下属面前说一成二也丢面子。若干年前柳宗源曾退还陶峰奋力为他找来的两级按摩大师，现在情况变了，风水轮流转，陶峰不允许的话，这份厚礼柳宗源退无可退，不要也得要。柳宗源蒙王贺看重重操旧业，大风大雨中全神贯注，哪想到还有这个事纠缠不休，确实足够讨厌。

柳宗源回到王贺的房间，恰王贺在那份明传电报上签字，办理完应急公务。

"老柳依然还很忙。"王贺开玩笑。

他指柳宗源虽然退下了，依然有电话追在屁股后边。

"我给领导讲个笑话。"柳宗源说。

其实不是笑话，是真事，市医院彩超室脱裤子未遂的故事。柳宗源借此发挥，称这个事情让他突然产生一个想法，如果有机会，能不能变动一下工作安排？他尚未达到切线年龄，却已退居二线，对此他没有意见，完全接受。如果省人大常委一职能安排更合适的人去承担，让柳宗源把关系移回本市，给个相应安排，例如市人大巡视员什么的，那就好了，类似脱裤子这种事好有人管，不至于这么搞笑。既然选择回本市居住，从现在直到退休，再到终老，恐怕他都在这里，不会再离开。把关系移过来，到时候搞遗体告别仪式也容易，不需要让省里部门派人到本市张罗。

"叫作'死也不添麻烦'？"王贺调侃。

"你最了解我。"

王贺表态说，时候到了他一定会设法帮助，一定让柳宗源无须为遥远的遗体告别仪式发愁。但是眼下还不到时候，柳宗源正当年富力强，经验丰富，年龄也没到线，这么摆着可惜了，有机会还应当去继续做点实际负责工作。当然这种事不是王贺说了算，他会来想办法促成，也需要合适机会。

柳宗源说："我可不能给领导添麻烦。"

他感谢王贺关心，如果有机会再做点事，他当然很高兴，但是心知办起来没那么容易。王贺不必太在意，顺其自然就行。所提的那些个人想法其实也未必妥当，至少此刻说这个事很不合适。事实上到本市医院顺利做个彩超于他并没有多大困难，只要挂个电话，总会有人帮助安排。自知实在不该拿这种事干扰抗灾大局，王贺只当笑话听听就算了，不要放在心里。

"你跟陶峰谈医院和抗灾什么的，就是这个？"王贺问。

原来领导都听在耳朵里呢。柳宗源把涉嫌"医闹""赔礼道歉、严肃处理"那些事，以及柳宗源主张的"算了"简单叙述一番。王贺听了发笑："有意思啊。"

柳宗源笑笑："我的考虑不对吗？"

"你是对的。"王贺问，"但是当时你为什么？"

还是"元问题"，当时柳宗源怎么会去卷入事端？以他的身份，出现在那种场合，那般行事不免让人感觉奇怪。

柳宗源自嘲："主要是心脏有点毛病。"

所谓心脏毛病指的是于心不忍。柳宗源承认自己与那个汉子并非完全陌生，如果纯粹路人，他不可能忽然就出面相助，毕竟不知底细，柳也不是什么随时替人出头打抱不平的侠客。柳与该汉子在彩超室外排队等候时有过交谈，汉子坐在他后排，排队序号与他差两号。当时柳宗源在看手机，汉子忽然给他递过一支烟。柳看了一眼，只见汉子手上抓着个烟盒，是"红梅"牌，还有打火机。柳宗源称自己不抽烟，还指了指墙上"禁止吸烟"标志，让汉子去问一下，附近当有一个吸烟区，可以到那边去抽几口。汉子道谢，起身离去。不多久汉子回来了，说幸好有柳宗源指点，终于抽上烟了，他又饿又累，就靠这几口撑住。柳宗源问了几句情况，知道汉子来自本市南边一个县山区乡村，是半夜起身，坐摩托车、长途汽车，耗了三四个小时才到的市医院。却不是他做彩超，是陪老婆来的。那女子当时坐在后排另一个位子，正低着头打瞌睡。汉子指着其妻给柳宗源看，低声说了句："只怕不行了。"柳宗源听他喉咙里忽然咕噜一声，哽咽，眼泪就掉了下来。

这女子得了肺癌。已经到县医院就诊过两次，没有好转，才转到市医院来，家里已经砸锅卖铁了。汉子夫妇有两个孩子，一男一女，都还在读书。孩子的母亲要是走了，人财两空，天就塌了。

这汉子神情疲倦，表现焦躁，屡屡询问怎么彩超室老是大门紧闭，死了一样，排号等待的人一个都没给叫到？里边是搞什么鬼？柳宗源无法回答他的问题，却也试图缓解汉子的焦虑，他跟汉子说："权在剃头的手里。那个门医生才叫得开，咱们要耐心。"

这就是柳宗源与乡下汉子的全部交往。待到事端发生，汉子在护士站外叫骂时，柳宗源意识到汉子已经撑不住了，一旦崩溃失控，只怕闹出大事。那样的话，他的妻子和孩子怎么办？无论该汉子闹出什么，其家人如何结果，都与柳宗源没有关系，柳只是感觉非常不忍，特别是想起汉子曾递给他的一支"红梅"烟，还有汉子提到老婆时的哽咽。这时候继续袖手旁观不闻不问实在有点困难。

"你有一颗好心。"王贺感叹,"心好不是毛病。"

"谢谢,有这句话就够了。"

"但是还有疑问。"王贺摇头,"本来好像不至于。特别是你。"

确实的,柳宗源毕竟不是普通百姓,从一开始,到最后,随便一个电话都能解决问题,那有多麻烦?为什么不?

柳宗源自嘲:"我比较注意影响。"

王贺开玩笑,称有人"微服私访",柳宗源是"微服私检",检出一段故事。王还表示关心,问柳宗源没其他情况吧?除了心脏,另外的都还好?柳宗源表示腰椎也不怎么样,老毛病,另外就是"官"有点情况。王贺诧异。柳宗源解释说,本地方言"肝""官"不分,读音完全相同。所以"肝病"就叫"官病","乙肝"亦称"乙官"。开玩笑说,柳宗源现在是不当"官"了,"肝"还在。厅长没有了,肚子里的东西该有还有,只是难免有毛病。这回去医院主要是做肝部彩超,医嘱例行检查而已,老毛病,不是什么大事,自己心里有数,领导不必牵挂。

王贺还问起陶峰。柳宗源跟陶峰像是挺熟悉?这个人怎么样?所谓"欠一顿骂"只是吃饭吗?柳宗源有那么在乎一顿饭?

柳宗源笑:"领导面前真是不能乱开玩笑。"

"你就是开玩笑吗?"

柳宗源一直谨慎地"信息不对称",少谈陶峰。陶给医院书记下令必须提及,因为两人曾当着王贺的面谈起,其他的就不好去说。例如把柳挤下彩超室那张床,像是那么回事,却无足够把握,仅是打听分析得出。即使证据确凿,这种事也是只供自己心里明白便可。虽然王贺是老友,毕竟是上级领导,作为副书记,王的工作分工里有一条:协助省委书记分管党务、干部等方面工作。王下来指导抗灾,无疑也借机了解干部,他关注谁,可能意味着谁面临重用机会。在王面前只能谈自己真正了解的、有足够把握的东西,避免受个人好恶左右，如果为彩超室里的耦合剂或称胶水耿耿于怀，随意言说，那是不负责的。

柳宗源告诉王贺，早在调省直单位前，他就认识陶峰了，彼此工作有点交集，时间非常短暂。他离开之后，这些年偶有碰面，却没讲上几句话。确切说，他对陶峰了解并不多，说不出这个人到底怎么样。

"你毕竟是老领导，"王贺问，"听说过他什么问题吗？比如廉政？"

柳宗源表示自己得实事求是，确实没听说陶峰这些方面的情况，当然也因为柳宗源没去注意了解。

"能力怎么样？魄力够吗？"

这方面柳宗源有所耳闻。陶相当强势，在县委书记、副市长任上都做过几件大事，有人说陶"牛气冲天"，也有人骂他牛逼哄哄。这里有性格因素，有一种人就是气吞河山，喜欢掌握、行使权力，享受那种感觉。这种人其实不少。如果做的是正经事，个性不能说是大问题。当然对这种家伙也特别需要加强监督，以防出事。

王贺笑了："我肯定你不是。"

柳宗源自嘲："我比较低调，心脏位置偏下，凤毛麟角。"

"是一颗好心，我一再见识。"王贺感慨。

"其实很惭愧。有时候心态也不那么好，嘴巴不说，心里骂娘。"柳宗源说。

谈过杂事，话题重回抗灾。柳宗源一直对屯河下游不放心，随着灾情发展越发感觉不安。因为本市地形特点，往往是台风从南边上来，最大雨量在西部，重灾却在北部，历史上已数次出现。

王贺说："你给我缩小一点，哪些部位最让你不安？"

柳宗源对屯河堤防状况了如指掌，他在地图上为王贺画出了五块危险区域，根据他的判断，如果发生特大洪水，这几个区域会是最薄弱处。

王贺说:"咱们盯紧它。"

聊到午夜一时,王贺始终紧盯不放,又是雨又是风,东问西问,操心不尽。末了柳宗源说:"这可不行,领导得睡觉了,以免影响抗灾。"

王贺苦笑:"你知道我的。"

王贺患失眠症有年头了。当年他曾告诉柳宗源,有时候一晚上得四颗安定才能睡个几小时。所谓位高权重,压力必大,世上事难得完美。

"那就是说,领导得吃药了,赶紧安定。"柳宗源说。

于是告辞。

凌晨时分,柳宗源担心的灾难果真暴发:百年不遇的特大洪水冲击屯河下游,屯河大堤决口,沿海地带分属两县的五六个乡镇受淹,灾情严重。柳宗源为王贺画出的五块薄弱区域两处决堤,三处危急。

王贺一行赶往重灾区域途中,陶峰直接给王贺打电话汇报情况。称洪水非常大,有的低洼村庄三层楼房淹得只存屋顶。洪水里漂着死猪死狗,很多,损失惨重。所幸人员应急转移措施有力,县、乡、村几级干部倾巢出动,分工包村,所有灾区人员都已在洪水到达前及时离村,转移到附近安全地带,一个人都没给淹着,更没有人员伤亡。此前陶峰曾就落实王贺重要指示,确保人员生命安全事项下死命令,强调哪里死一个人,所有责任人都按渎职严厉处置。只要还有一口气,瘫痪病人也得抬上山。

"不要掉以轻心。"王贺交代,"细致点。"

"王书记放心。"

王贺问柳宗源:"老柳有什么建议?"

柳宗源担心洪水和大潮相逢,屯河下游水位还会继续上涨。那一带是小丘陵小盆地相间,海拔较低,山岭都不高。人员紧急转移,大多就近安置于村庄附近的山丘、高地上,其中一些地点只能对付一般洪灾，遇到特大洪水恐怕够呛。如果转移处高度不够，让洪水淹上来，那就坏了。

王贺即向随行人员下令："转告陶峰，让他们特别注意这一点。"

由于洪水冲毁道路，无法按照平时路线前往受灾区域，几辆车在大雨中曲折行进一个来小时，停在高速公路的一座大桥边，此刻高速公路已经封闭，只有救灾车辆可以通行。大桥跨越屯河的一条支流，一行人在这里弃车登船，乘一艘紧急调集而至的交通艇，顺流而下进入屯河，只见河面浩浩荡荡，急流浑黄，一片汪洋。洪水中漂浮着毁坏的树木、家具和动物的尸体，一团团一片片，触目惊心。

上午十时，他们到达陶峰的临时指挥部，这里是当地镇政府大楼，建于一座小山上。时大雨再至，王贺连汇报都不听，即命陶峰上交通艇，一起下去视察灾情、慰问灾民。灾民们分散在洪水中的一处处高地，那些高地如汪洋大海中的一座座孤岛。王贺冒雨涉水探访了其中两座，确定上边都有镇、村干部驻守，灾民的食物、饮用水、应急药品、雨衣和救生物品都有着落。慰问途中，有若干船只运送人员从洪水上通过，陶峰报称是在做二次转移，根据王贺要求，已经集中数支运输船队，把几个地势较低安置点的灾民运送到安全位置，以防洪水暴涨。

中午时分，一个紧急通知到达：省委书记赶赴本市指导抗灾，拟于当天下午在桥头镇召开紧急现场会，请王贺即往该处会合。王立刻召集众人碰头，确定兵分两路，他和本市市委书记马上前往桥头镇，部分随行人员留下来，继续慰问灾民，参与抗灾。

柳宗源说："我留下来吧。"

王贺点头："也好。"

他觉得有柳宗源留在这里，他比较放心。其实柳留下并没多大意义，柳不是现职领导，没有任何处置权限。本地抗灾由陶峰负责，轮不到柳宗源去越俎代庖。柳之所以自愿留下，主要因为以其现有身份，在抗灾中应王贺要求提供若干咨询没什么不对，现身正式场合，跑到省委书记面前晃来晃去就非常不合适了。

时屯河上游来水汹涌，下游大潮顶托，泄洪不畅，眼见得洪水水面在迅速上涨。留在现场的省应急管理厅一位处长跟柳宗源一起，乘交通艇继续察看水情，慰问灾民。陶峰指定当地一位县长及其助手随同他们，强调务必照顾好柳宗源，警告说："小心点，老领导少一根汗毛，你们几个全身的毛都得给我剃光。"口吻严厉，绝无玩笑。大灾降临之际，警报四起，无不急如星火。柳宗源得知一个小高地上聚集的灾民缺乏食物，即命当地救灾人员把一批方便面、矿泉水搬到船上，赶去慰问安抚。行进途中他们遇到急流，交通艇几被冲走，幸而有惊无险。一行人于下午四时许回到临时指挥部，当时降雨初停，洪水上涨似乎有所减缓，却不料交通艇靠上临时码头之际，同行的县长接到一个告急电话，一张脸顿时白得可怕。

柳宗源问："什么情况？"

没等该县长回答，陶峰带着几个人匆匆来到临时码头，恰与他们相逢。

"让我马上去桥头镇。"陶峰问柳宗源，"老领导有什么交代？"

柳宗源指着身边那位县长："他有情况。"

县长即向陶峰报告，原来是该县林下村村民安置地点突发大规模塌方，大片山坡化在洪水里，灾民们很紧张。

陶峰勃然大怒："你们干什么吃的？都是木头？"

县长无语。

"该干吗干吗，不要等着砍头！"

县长没敢吭声，立刻跑到一旁去打电话。

陶峰对柳宗源摆摆手："老领导放心，没事。"

"需要我做什么吗？"

"你不忙，我来处理。"

陶峰忽然又提起市医院那件事，称医院苏书记已经把情况反馈给他了。他命该书记感谢柳宗源宽宏大量，但是该处理的还是要处理，不折不扣。柳宗源不必再费心，交给他们去办就行。

柳宗源直接告诉他："这件事我向王书记报告了。"

陶峰面露惊讶。柳宗源不动声色，略加解释，说了与王贺的夜间长谈，其间插进来的苏电话及王的过问与意见。

"按王书记的意见办吧。"柳宗源说，"别让这种小事干扰大事。"

"真是的……"

"他对你很关心，不要让他有看法。"

"哎呀……"

"到此为止，就这样。"柳宗源说，"我谢谢了。"

陶峰把手一摊，不再说话。即带着他的随员匆匆登船离去。

柳宗源松了口气，心知小事端终于了结。调侃而言，两保安一科长终于救下。当然，柳宗源也是把自己搭救了。柳宗源之所以提出留在临时指挥部这里，除了抗洪，以及去见省委书记有所不便，还因为这件事未了，必须找机会跟陶峰一谈。大风大雨中还得纠缠这个事，于柳宗源实属非常讨厌，又迫不得已。昨天晚上，柳宗源明明已经宣称自己那些个人事项不能说，以免干扰王贺指挥抗灾，虽属开玩笑，确也表露真实想法，怎么接完医院苏的电话就变了，拿自己彩超室脱裤子事迹以及"个人意愿"去骚扰领导？这实在有违柳一贯的行事风格。那些事值得在抗灾中津津乐道吗？别说还得去努力解释自己身上各个零件都在，心啊"官"啊腰椎啊各自如何，费劲如此，干吗呢？当初柳宗源之所以独自悄悄去医院，就是不想张扬，意外卷入小事端，他也一直坚持不往大里做，为什么忽然间却是他自己借抗灾之机，拐弯曲折，把事情说到王贺那里，不惜把省委副书记都拉进事端，做得比谁都大？因为不得不，必须如此，对陶峰这种人没其他招，只有这个办法有效。为什么柳宗源这时不能顺其自然？他完全可以置身事外，陶峰想怎么挥舞权力是陶峰的事，柳宗源没有要求，也无须与之较劲。两保安一科长对陶不算什么，对柳就算什么了？柳宗源却无法接受这种结果，对他而言，陶峰这份厚礼必须退还，事情必须扭过来，不能有其他结果，否则无以心安。屯河这里洪水滔天，医院那边警报传响，抗灾稍有拖延就会死人，医院那头稍有拖延死不了人，却有不公。必须赶在木已成舟之前把它处理清楚，此时只能拿牛刀杀鸡。

县长跑过来，报称必须立刻赶到林下村现场救灾，不能再继续陪同柳宗源一行视察。柳宗源说："别急，一起去。"

"您得喝喝茶，休息一下吧？"

"马上走。"

他们马不停蹄，立刻登船出发。交通艇驶出临时码头，柳宗源指着前方飞快而去只剩一点影子的那条船问县长："你们指挥部专门配备医生吗？"

县长回答说，他们组织有几支医疗队配合抗灾，指挥部本身没有专门配备医生。刚才跟陶峰副市长上船的那个白大褂是奉陶之命从县城找来的一个老中医。该老中医很厉害，特别擅长治疗失眠。

柳宗源不禁"啊"地感叹一声。

柳宗源注意到陶峰带着一个白大褂上了那艘交通艇，感觉有些奇怪，所以稍作打听。这一打听明白了。昨日上午在市宾馆，陶峰与王贺告辞时，曾提请王注意身体，显然他注意到王的倦容，或许陶早从某个途径知道王的睡眠依赖于安定？所谓"你就是你"，该陶峰果然还是以前那个陶峰，其精心细致与当年如出一辙，连"服装正式点"都没改变。难得他如今重要了，依然奋力不懈，在抗灾百忙中，一边有力干预柳宗源卷入的小事端，一边也不忘关心上级领导的身心健康。

柳宗源一行赶到林下村，这里险象环生。林下是个自然村，民居环绕一块小高地，沿坡逐层而建，高地顶端有一片林子。由于地势相对较高，村民避灾没有跑远，只是就地转移，下层低处居民跑到上层亲友家暂避，都以为洪水再大，淹不到林子那么高。不料村庄依托的高地只是一座土丘，洪水的围困和冲刷导致土层松软、崩塌，连带坡上的民居，一片片接二连三塌入洪水，有如雪崩。粗略估计崩塌化解的山体大约已有五分之一，小高地已被洪水切割得遍体鳞伤，处处险境，惨不忍睹。如果洪水继续发力而崩溃不能制止，最坏的情况是整个高地如漂流到热带的冰山一样溶解，林下村百余村民将被卷入洪水，眼睁睁"或为鱼鳖"。

柳宗源说："没有其他选择，立刻转移灾民。"

此刻不能有丝毫侥幸心理，必须防备最坏情况。柳宗源虽无负责之权，提出要求却毫不含糊，斩钉截铁。县长明白情况严重，立刻用对讲机调动船只。

柳宗源说："咱们这条船先用起来。"

他命交通艇上的人员上岸，帮助转移群众，与灾民同在。第一批安排行动不便的老人离开，在应调的船只到来之前，先用这条交通艇，一分钟都不要耽搁，"堪麦"。

十几分钟后，第一批灾民乘交通艇离开。由于危险显而易见，灾民们感觉紧张，对转移非常配合。柳宗源及当地领导与灾民同在现场，有效防止了无谓恐慌，尽管没有哪一个手心里不捏着一把汗。

这时一个电话打到柳宗源手机上，却是王贺。

"老柳在指挥部吗？"他问。

柳宗源报称在林下村，这里发现险情，正在紧急转移灾民。

"有当地领导在吧？"王贺问。

"县镇村三级都有。"

王贺命柳宗源根据现场情况强调几条要求，具体工作交给当地领导去做。柳宗源自己要马上离开现场，到桥头镇来。时间很急，不要耽误。

"这里情况挺严重，我很担心。"柳宗源说。

王贺让柳宗源不要紧张，他会立刻要求市委书记直接过问，迅速加强领导力量，确保救援工作顺利展开。柳宗源还是得马上动身，要快，一小时之内必须赶到。

放下电话，柳宗源感觉诧异。王贺让他赶到桥头镇必有要事，否则无须要求这么急。此刻柳宗源待在现场，固然有利于帮助稳定灾民情绪，督促转移，具体工作却还得依靠当地干部。柳宗源并不承担领导之责，人家听他招呼，只是出于尊重，并不是他有权指挥，少他一个其实不碍事，所以王贺才让他离开。问题是他在现场好歹可以指派个把交通艇，到桥头镇又能干什么？桥头镇是本地一个普通小镇，一向无声无臭，此刻突然引人注目，只因为省委书记在那里召集紧急会议，部署抗灾，重要官员云集。以柳宗源的经验，灾情铺天盖地之际，这种紧急会时间不会长，此刻应当已经结束，各路人马应当已经得令散开，各就各位。这种时候突然通知柳宗源前往，干吗呢？最大的可能是要让柳宗源见一见省委书记，或者是说让省委书记见一见柳宗源，让柳宗源对下一步抗灾措施提供一些建议，供省委主要领导参考，不说柳宗源料事如神，他在这方面的丰富经验无疑非常有用，这是从抗灾大局出发。这同时也能让省委书记亲睹这位因故提前退二线的前厅长如何应召奋战于抗洪一线，为日后的安排做点预热，推动他"有机会再负责做点事"。既然如此，为什么此前王贺让柳宗源先留下，没带他一起去桥头镇，直到此刻才紧急召唤？因为柳宗源毕竟已经下台，贸然把他推到省委书记面前可能事与愿违，需要先做铺垫，征得同意才好把柳叫来。大灾当前，省委书记的时间安排必定很紧，柳宗源必须及时赶到，绝对不能错失。

县长快步跑了过来：他刚接到指令，命即安排交通工具，送柳宗源去桥头镇。此刻他们那艘交通艇已经去转移灾民，等待那条船返回或者等调来转移灾民的船只到达都需要时间，幸而这里还有一条冲锋舟可以应急，只是水大船小，只怕不安全。

柳宗源说："没问题，就用它。"

他们匆匆往坡下走，不料意外碰上了骚动：有一位像是镇干部的人站在一条土坎上大喊大叫，指挥数人把一个浑身湿漉漉的汉子从洪水里拉上岸来。

"找死也另挑个时候！"指挥者跳脚大骂，"别给大家找麻烦！"

柳宗源止步："怎么回事？"

被从水里拉上来的汉子蹲在地上，竟号啕大叫："救命啊！救命！"

这人是林下村村民，养殖户，家庭经济不错，建有一座两层楼房，在坡下位置。前天该汉子送一车猪苗到镇上交易，受阻于洪水，回不了家，直到今天中午才设法搭一条救灾船回村，在山上找到自己的妻子和儿女，却发现母亲不知去向。汉子的母亲已经七十多岁，腿脚不利索，走路很慢，在村民弃家转移时曾走出家门，当时汉子之妻牵着抱着孩子急急忙忙走在前边，待想起来时回头一看，老人已不知去向。起初以为可能是被镇村干部背上山，等到山上找不到人，才怀疑是给落在村里。这时洪水已经上来，村庄进不去了，只能从山坡上，远远看着洪水一点一点淹上自家房子，一直淹到只剩一个屋顶。汉子是个孝子，听说母亲失踪，看着水中那个屋顶，一时呆若木鸡。而后他几次三番，要死要活，想回村子找人，刚才是不听劝阻跳下水，抱着个轮胎试图游过急流。他们家那屋顶虽然未在天边，至少也有百来米远，洪水中哪里游得过去。汉子几被急流冲走，迫不得已游回岸边，筋疲力尽，被岸上人员救起。

柳宗源眼睛一瞪："这么说这里有人失踪？"

没人敢回答。

按照陶峰汇报，虽然洪水汹涌，灾情严重，本地措施有力，所有人员都已经转移，无一落下。但是显然林下村这位老人未被陶峰作为人计数在内。

柳宗源发怒道："这老人没人管吗？"

倒也不是。汉子回来之前，根据汉子之妻提供的情况，村、镇救援人员已经两度冒险前去寻找、救援。他们怀疑老人与媳妇走散后，返回自己家里，因而把船一直插到他们家那幢二层楼前，当时水淹到一层，二楼窗子还在水上。救援人员在楼外探寻，大声呼喊，没有任何回应。老人显然不在家中，最大可能是已被洪水冲走。该情况基层未敢隐瞒，在确定找不到人后已经上报。

汉子大叫："人还在那里，在屋子里！"

柳宗源问："是哪座房子？"

人们指给他看，前方浑水中，有一个覆盖着瓦片的屋顶时隐时现，那就是汉子家的房子，其周边房屋基本没于水下，连屋脊都已不见。洪水还在涨，加上塌方，不要多久，只怕那个屋顶要不是入水消失，就是塌成一摊。如果老人还在那屋子里，眼睁睁看着屋子被洪水淹没，无论对其家人还是柳宗源，都实在太惨了。但是抢在房子消失前赶去救援似乎也没有意义，不说老人是不是在那屋子里，即便真的在，水淹到那么高了，她还能活着吗？难道她会抱着个什么浮物，让自己浮在屋顶下吗？

柳宗源下了决心："冲锋舟，送他过去。"

一旁县长大惊失色："柳常委怎么去桥头镇呢？！"

"先救人。救人要紧。"

冲锋舟开过来了，这是只小船，乘员仅可四人。柳宗源命汉子穿上救生衣上船，派两个救援人员帮助，交代务必小心，确保安全。而后驾驶员发动船只，冲锋舟驶向前方那个似乎在水上漂浮的屋顶。

众人在岸上忐忑观望。有人给柳宗源送来一副望远镜，柳看着冲锋舟一点一点接近那个屋子，看着它在屋顶边谨慎绕行，终于靠上去。穿着救生衣的汉子从冲锋舟跳到屋顶上，伏在水面，死命刨挖屋顶瓦片。远远地，可以看到他一边奋力一边大叫，他的叫声被洪水冲得丝毫不存。

他居然从屋顶瓦片下刨出一个人！一个老人！活的！

岸上众人看得拍手大叫，难以置信。

"照料好他们。"柳宗源放下望远镜下令，"优先转移，赶紧给老人找个医生。"

这时候才发觉，似乎眨眼间，竟半个小时过去了。

他们给柳宗源调来了另一条冲锋舟，柳上了船，匆匆离去。

他自知已经赶不上趟了。如果原本还有机会，现在没有了，对他而言很大可能就是永久失去。他并不懊恼，感觉值得。如他曾调侃，参与本次抗灾于他可能是此生最后一回，虽遗憾未能及时赶去桥头镇参与抗灾大局，毕竟还是做了点事。有一位老人因为他的坚持而救出，有一批灾民得以脱险，或许顺便还可以把两保安一科长加入这份名单，以及此前的乡下汉子夫妇，不敢说功莫大焉，似乎也能有所告慰。

4

陶峰被列入考核公示名单，机会垂青，不料竟毁于一个耳光：有人举报陶盛气凌人，当众殴打轿车驾驶员，影响恶劣。举报事项居然属实，事情就发生在抗灾期间，被打的是他自己的司机。那天下午陶峰从临时指挥部赶往桥头镇，是乘交通艇先到高速公路大桥旁的临时停泊点，再转乘提前到那里等候的轿车。他的司机把车开到大桥下接人时，没留神车轮卷起地上积水，泼湿了陶峰的两条裤腿。司机跑下来给陶峰开车门，陶峰二话不说，举手就是一耳光，下手极重，啪一声脆响，让围在周边的十数个下层官员和工作人员个个失色。而后陶峰车都不坐，重新登上交通艇，回到了临时指挥部。陶峰表现失控，为什么？竟跟柳宗源有点关系：柳在林下村向王贺报告灾情，王即命通知陶迅速处置，王并不知道陶峰正在交通艇上，已经靠上大桥临时停泊点。原来陶离开指挥部赶往桥头镇并不是接通知前往，是自己主动跑去的，用意不外抽空争取在省委书记面前露个脸，同时给苦于失眠的王贺送一份精心关怀，不料意外接到处置林下村灾情的紧急命令。陶一定非常纠结焦虑，眼看着交通艇已经靠岸，桥头镇近在咫尺，掉头离开心思白费功败垂成，可这时他还敢置灾情和领导命令于不顾，跑到桥头镇去露脸吗？那不是自己找死吗？直到怒击司机一掌，一口气出去，他才终于回过神来，无奈舍桥头镇而去，登上交通艇返回指挥部。

桥头露脸送温暖未曾如愿，幸而未妨碍机会垂青，陶峰终荣登考核名单，不料却被一声脆响一举抹去，与大权失之交臂。

然后柳宗源接到省委组织部干部二处一个通知，请他即准备一份个人述职报告，届时提交给考核组。考核人员会找他谈话，具体时间等待通知。

柳宗源说："好的。"

口气很平淡，心情很不平静。尽管抗灾那天没赶上趟，王贺还是说到做到，果真把事情推动起来。这期间王一直不吭不声，没有提前给柳宗源打电话略作透露，可能出于避嫌。柳宗源心知此事极不容易，也明白自己的这一次机会非比寻常：省组干部二处管理设区市的省管干部，这就是说，他们拟安排柳宗源离开省直，回到地市任职，且考虑的方向是四套班子主官，不是让他打道回府安排个养老位子，如果那样无须进行考核，因为柳宗源早已是这个级别官员。能有这样的机会，当然也因为柳宗源人虽低调却有口碑，曾经的挫折时过境迁，加上王贺鼎力相助，这才水到渠成。

柳宗源不动声色，除了按要求准备材料，还再次"微服私检"，悄悄去市医院"半裸"了一回。依然是自行前往，排队叫号进入彩超室，居然又撞到"老子不高兴"手里。人家似乎不记得他了，一以贯之，给了个简短命令："脱。"

这回挺顺利，没有哪位重要人物忽然插队。黏糊糊的胶水或称耦合剂一抹，电话没再响起，直到检查完成。

完事穿裤子下床，柳宗源问了一句："有什么问题吗？"

医生不吭气。

"看来还行？"

医生忽然问："自己都没感觉吗？"

轮到柳宗源不吭气了，有如突然挨了一棒，好一阵说不出话。

"真的没感觉吗？"医生又问。

柳宗源承认："有一点。"

"什么时候开始？"

"有段日子了。"

医生建议柳宗源赶紧到省立医院，也可以直接去上海的专科医院复查。

"需要吗？"

"越快越好。"

"明白了。"

"别紧张，还不一定。"

"谢谢。我有数。"

如果心里没点数，需要他这样悄悄前来"半裸"吗？前些时候他自行到本院做彩超，卷入一起小事端，被屡问："你为什么？"其实就因为"有点感觉"。自己身体里有情况，谁会一点感觉都没有呢？柳宗源遇到挫折，给提前切下，他表现豁达低调，人畜无害，并不是心里就没有想法，心情总那么愉快。据说人身上特别是肝里长的那种坏东西，常与人的心境郁闷相伴相生，柳宗源未能免俗，自有感觉，尽管他对谁都轻描淡写，像是身体不错，到医院只是例行检查而已，没什么大不了。那一次"私检"功败垂成，其后数日有些杂事，然后又碰上台风抗灾，检查便拖了下来。台风过后，身体感觉似乎好一些，柳宗源没急着再做检查。人到了这种时候难免心存侥幸，且他毕竟不像那位乡下汉子，一次已付款检查不做，损失于他不算什么。不料重要机会突然而至，这时柳宗源必须知道自己是否承受得起，所以再次"微服"来做检查。没想到结果这么不乐观，情况挺严重，眼见得不再只是提前咔嚓给切到二线，最坏的结果会是提前咔嚓给推进炉子里。

柳宗源实已有些思想准备，自知碰上了唯有承受。令他感慨的还有其中玄机：如果上一次彩超顺利完成，就不会有后来的小事端，以及突然而至的台风抗灾。意外的脱裤子未遂让后来的一切有机会发生，于柳宗源有如一段意外绝唱。

柳宗源给王贺打电话报告情况，努力说得轻松一点："看来我这个'官'不太行。"

王贺听完情况，大惊："怎么会呢！"

柳宗源自嘲："好消息是心没有毛病，还是一颗好心。"

"赶紧到省立医院复查治疗。"王贺说，"我马上交代他们。"

柳宗源让王贺不要为他操心，他自己会安排好。感觉很可惜，很遗憾，愧对领导信任，难以承担重任，除此之外倒也心安，顺其自然吧。

说来无奈，却是真心话。人都有一朝醒不过来的那一天，然后他会被迅速遗忘，有如他头上有过的帽子不知去向。人无法指望被一直记住，却可以有一些东西聊供回味，如果还能有一段意外绝唱让自己感觉心安，那就值得，够了。

铜离子

1

鱼汤刚上桌,卢梁栋即"呃,呃",接连干呕。

邱先智眉头紧皱,追问:"有意见?"

卢梁栋嘿嘿:"接受批评。呃。"

坐在一旁的郑莲"哎哟"一声,说了句:"是我忘了。"

她转头招呼服务员过来。包厢女服务员正忙着给客人倒果汁,听到郑莲招呼后连称:"就来,就来。"手里却还抓着她那个果汁罐。郑莲没敢耽误,起身自己伸手去端桌上的大汤盆,盆里的鲢鱼头豆腐汤热腾腾冒着气。卢梁栋急忙把她喊住。

"放下,不要动。"卢梁栋道。

"我没注意……"

"没事,不要紧。"

邱先智不解:"怎么回事?"

卢梁栋让邱先智不要介意,没事,请继续批评。

邱先智毫不客气,接着开火:"你告诉他,我意见很大。"

"我先代表他表示歉意,邱主席不要往心里去。"卢梁栋说。

邱先智闭嘴,拿起桌上一只银白色不锈钢公用汤勺,往自己碗里舀鱼汤。只一勺，卢梁栋在一旁突然又"呃"一下，被一枪打中一般。邱先智脾气大，当时什么话都不说，"当"的一响，直接把汤勺扔回桌上。

郑莲忙解释："邱主席，卢副是那个……"

"那个没事。"卢梁栋还是嘿嘿，"没关系。"

他从桌上抓起另外一只汤勺，亲自给邱先智舀鱼汤。说也怪，忽然间什么毛病都没有了，卢梁栋的干呕就此结束。

调侃而言，饭桌上这一小插曲可称奠基礼，奠定了卢梁栋与邱先智日后交集的独特基调。在此之前，他们彼此从未打过交道，不记得在哪里见过面，可以说完全不认识。尤其奇怪的是，这个奠基礼于他们都属意外，原本根本不可能发生。

那时候邱先智是省总工会的常务副主席，他带着一组人员来到本市，进行一次农民工职业培训方面的调研检查。本调研检查来头不小，事前得省委书记批示，由省两办联合发文，调研组从省直相关部门抽调人员组成，由省总工会具体牵头，分成几个小组下到本省各地市开展工作。邱先智带的这个组要走三个市，本市是他们的第二站。总工会一向被认为是群团组织或称人民团体老大，所谓"工青妇"是第一团队，工会总是排在第一，且工会主席基本都由上一级领导兼任，例如目前省工会主席同时也是省人大副主任，规格因之显高。由于省级领导事务多，且无须管得太具体，工会日常工作通常由常务副主席主持，也就是邱先智实际上是当家人，管事的，调侃称"重要群团重要领导"。邱先智亲率调研检查组光临，理论上地方确应给予高度重视，可惜具体情况经常远非理想，弄得人家脸上全是意见。

应当说，无论邱先智脸上写有多少表情，基本上都跟卢梁栋无关，因为彼此够不着。卢梁栋是副市长，于市政府领导中排名最后，拉拉杂杂分管了一堆事务，总工会却没有写在他名下。直到这个中午之前，别说没见过邱先智，连邱是什么人，来本市干什么，卢梁栋都一概不知。眼下各种调研检查多如牛毛，难以一一注意，特别是与己无关的那些。不料郑莲一个电话把卢梁栋拖了进来。

郑莲是市总工会常务副主席，当家人，市版邱先智。邱先智一行在本市的活动由她负责配合。那天中午她打电话求助卢梁栋，听起来没什么不好，也就是陪邱先智一行吃一顿工作餐。调研检查组在本市活动三天，日程已告结束，今天下午就将离开，前往下一站。按照日程安排，今天中午要为客人们饯行，也就是在正常工作餐标准上加点菜以示欢送。这种场合通常需要一位市领导出面。

"这不是该陈部长吗？"卢梁栋问。

本市总工会主席陈浩同时也是市委常委、统战部长，接待邱先智当然是他的事。问题是陈要务众多，邱一行到达时，陈仅仅礼节性露了下面，在市宾馆会见厅跟客人们握握手，接洽片刻，而后便动身赶往省城开会。陈开的那个会前后也就三天，昨日已经回到本市。本来说好今天中午陈出面为客人送行，不料临时另有任务：市委书记交代陈去处理一件重要事情，没办法赶来陪客人，郑莲急切中求到卢梁栋这里。郑莲找卢梁栋之前，已经联络过几位市领导，那几位与工会事务或多或少都沾点边，可是每一位都有事，没有谁愿意临时陪客吃工作餐。细究起来所谓"有事"应当多为推托，一来市级领导不是可以随叫随到的，二来即便需要临时应付，也应由书记、市长交代，至少应当是陈浩亲自打电话拜托，怎么可以听凭郑莲使唤？陈浩不出面，明摆了没把邱先智太重视，其他人更无须认真。毕竟工会不是权力部门，不掌握人、财、物资源，没有太大影响力。权力部门一个处长下来，往往书记、市长轮番接洽，隆重不已，动静众多。邱先智虽然级别更高，理论上更重要，还挟有调研检查之威，终究难望权力部门项背，没让人太当回事。

郑莲却不能不当回事，这个人办事特别认真，作为具体负责人员，总是要想办法让上级领导满意，尽量不失礼。在其他人那里碰钉子之后，她给卢梁栋打了电话。她告诉卢，自己正在宾馆宴会厅里，客人们回房间稍事休息，定于十二点整到餐厅就餐，此刻只剩二十来分钟时间，自知如此突然骚扰非常没礼貌，如果不是情急，真是不敢这么打电话。非常希望卢梁栋能予以关心，应急救场。

卢梁栋问："是陈部长的意见吗？"

她承认是自己的主意。陈浩只交代不能陪邱先智吃饭了，请郑替他致歉，送行也委托郑莲代表他。陈没有要求另外找领导陪邱，但是郑莲自己感觉不安，想尽量弥补。本次调研过程中有些小情况，下边个别县领导不太重视，让邱先智很不高兴。如果最后这顿饭连个市领导都没有，只怕意见更大。所以她总想请出一位，让客人感觉好一点，她相信陈浩也会乐见其成。

卢梁栋问："那么应该是我吗？我这个人比较贪吃？"

郑莲连说不是那个意思。卢梁栋是领导，人也好，所以才大胆相求。

"这个事你还是应该按陈部长意思办。"卢梁栋说。

"卢副能不能救个急？"

卢梁栋称他中午有事，没空。即便有时间，他也不适合去接待这位客人。

"我实在是……对不起卢副，真是不应该打这个电话。"她退缩了。

卢梁栋听到电话里的声音不太对，郑莲在那边似乎抽了下鼻子。

"怎么回事？这也哭？"他问。

"没有，没有。"

"听起来还是有点严重？"

郑莲承认她很害怕，坐立不安。邱先智这个人有个性，她只怕邱一肚子气鼓鼓，饭也不吃，突然拉下脸拍桌子走人。真那样彻底搞砸，她没法跟领导交代，死定了。

"这么说不是去吃饭陪客，还是去救命？"卢梁栋问。

"卢副，我真的不知道该怎么办。"

"行了，我去。"

事后卢梁栋想，或许此前拒绝出场的那几位并不全是端着个架子，说不定人家或多或少知道这位邱先智，清楚该重要领导脾气有点大，那顿工作餐有如一个坑，所以分别逃餐，惹不起躲得起，敬而远之吧。没准陈浩也是这个状态，自己来不了，也不想把其他同僚拖去填坑，只让郑莲去吃苦头，毕竟她是市版邱先智，她应该。没料到她居然找到卢梁栋，恰好卢自身有些情况且不知道邱有多厉害，自己跳进了坑里。

那天中午卢梁栋确实有些私事：他妹妹把父亲送到他这里，上午刚到。老头子最近身体不好，干咳，有时整夜睡不着，卢梁栋约了内弟中午下班后到家里看看老人，内弟是市立医院的医生，可以帮卢梁栋拿主意，看看该做什么检查。郑莲电话到时，卢梁栋刚收拾好桌上文件，准备离开办公室。现在回不去了，只能舍己为公，老头子交妻子和内弟去照料，自己先对付邱先智一行。

从宴会厅握手那一刻起，卢梁栋便知道邱先智不好对付：两人一碰面，邱先智就查陈浩在哪里。一听陈浩来不了，他那张脸便拉了下来，表情丰富。郑莲忙介绍卢梁栋，邱一听来的这位是副市长，脸色也没好多少。当着卢梁栋的面，邱先智直言不讳，批评本市不重视此次调研检查，下边有的县问题更严重，简直将省两办的通知和省委书记的批示视同废纸。卢梁栋一听话这么重，即硬着头皮认下来，称自己虽不了解情况，还是要先表明态度，诚恳接受批评，努力改进工作。

邱先智说："既然是你来，就委托你把意见转告陈浩，还有你们书记、市长。"

这位邱副主席很把自己当回事，站位很高，口气很大，气场强劲，有居高临下之势。他在饭桌上边吃边批，将他们检查中发现的一些事情拿出来说，要求本市加以关注，不要掉以轻心。他提到的一些问题明显超出他们的调研检查范围,例如他得知卢梁栋分管环保事务后,直截了当要卢注意兰岭溪生态问题。

卢梁栋问:"邱主席发现什么了?"

"知道铜离子吧?"

卢梁栋打趣:"我知道铜钱。"

"不要只看 GDP。"邱先智警告,"铜离子会从 GDP 里跑出来。"

"回去我马上百度学习,看它怎么跑。"

"都是在百度里学习吗?"

卢梁栋称其实不需要,他是工科大专出身,专业是检测。他知道铜离子是铜原子外层失去两个电子,正二价。水中的铜离子以四水合铜的形式存在。

邱先智不禁"哇"一声:"原来是真人不露相。"

"偏巧记得。"卢梁栋说,"谢谢邱主席提醒,可惜我恐怕管不着了。"

"为什么?"

卢梁栋自嘲,称自己的名字有点问题。梁栋,不是栋梁。

"听起来有些来历?"邱先智欲了解。

卢梁栋是卢家长孙,爷爷给他取名叫栋梁,充满期待。但是他父亲偏偏要把那两个字调个个,觉得梁栋叫起来顺口。爷俩都是乡下人,文化不高,爷爷很固执,遗传给父亲,父亲比爷爷还固执,所以最终他本人成了梁栋,错失栋梁。

"糊弄人吧?"邱先智怀疑。

卢梁栋说:"邱主席就当笑话听。"

卢梁栋刻意放低姿态,他原本无须那样。细论起来,他是主人,邱先智是客人,所谓客随主便,邱先智这家伙有些喧宾夺主了。哪怕手持尚方宝剑,有调研检查之权,邱先智也没太多资格对地方说三道四,批评再批评,特别是对卢梁栋。毕竟邱先智只是群团部门官员,不是省领导,手中没有多大权力,级别也就比卢梁栋略高一点，根本管不着卢梁栋。卢梁栋无须听他居高临下，即便不想丢下筷子拍屁股走人，也可以给他一点软钉子碰。但是卢梁栋忍下来了，因为犯不着，就让他说去吧，权当支持郑莲工作。这位重要领导这回受冷落了，有权略作发泄。

那顿饭邱先智最费口舌，说个不停，没怎么吃东西，卢梁栋给他舀的鱼汤也只喝一半。终于他觉得差不多了，丢下筷子闭上嘴："算了，到此为止。"

"没关系，欢迎继续批评。"

这个邱先智也有一好，虽然强势，该停就停，并不没完没了。他自己其实心明如镜，卢梁栋只是临时应景，管不了他批评的事，说也白说。

"我没冒犯卢副市长吧？"他还问。

卢梁栋开玩笑："冒犯了。"

"怎么不走开？"

"这鱼汤不错。"

"我看一般。"

卢梁栋说人跟人不一样。邱先智出自大地方大单位，喝过的汤肯定多，不像卢梁栋乡下人当不得栋梁。今天难得接待邱先智，听了很多批评，感觉收获很大，特别是这么好的鱼汤不用自己掏钱买，这种机会于他吃一回少一回，所以很高兴。

邱先智问："这是在骂谁？"

"是自我批评。"

"卢副市长有些奇怪啊。"

卢梁栋承认确实有些奇怪，他不应当有幸与邱先智见面，怎么就见上了？主要因为郑莲是女性，妇女儿童应该保护。工会本来也不是太强势，需要有人献点爱心。

邱先智眯起眼看卢梁栋，没再说话。卢梁栋问邱要不要午休一下？邱让卢梁栋不要管了。饭吃过了，话说完了，拜拜吧。

卢梁栋和郑莲把他们送回房间，而后乘电梯回到大堂。这时送客成了问题。如果邱先智一行饭毕即行，不耽搁，卢梁栋可以送一送他们。如果邱先智想睡个午觉，确定一个动身时间，卢梁栋也可以按时过来送行。但是邱先智没马上走，也不告知动身时间，那就有点尴尬。送还是不送？不送可以吗？邱已经发话让卢不要管了，问题是如果邱先智这么好伺候，卢梁栋也就无须来陪同吃饭了。

卢梁栋问郑莲："咱们别管他了，怎么样？"

郑莲表示非常感谢，邱先智那一肚子气像是出得差不多了，应当不会再多计较。已经太麻烦卢梁栋了，不敢再有更多要求，她留在宾馆送行就行。

卢梁栋问："这家伙会不会忽然又把一张脸拉下来？"

郑莲承认："我也怕。"

"那么郑主席还可能吓死在宾馆。"卢梁栋开玩笑，"我还是救人救到底吧。"

他留了下来，就在宾馆大堂边的小酒吧等候。郑莲让服务员送来两杯茶，陪卢梁栋坐在那里喝茶，耐心等了一个来小时，直到邱先智一行出现在电梯口。

他看到卢梁栋，表情有点吃惊。

"不是让卢副市长别管了吗？"他问。

"放心不下。"卢梁栋调侃，"热爱邱主席啊。"

"你那个呃，呃，"邱先智学卢梁栋干呕状，"怎么回事？"

"没事，过敏。"

"那么严重？"

卢梁栋还称没事，有点问题，遗传。

直到那时邱先智才露出几分笑意。他伸出手，与卢梁栋握了握。

"我记住了。"他说，"不是栋梁，是梁栋。"

卢梁栋自嘲："梁栋不是栋梁。"

"情况我也知道了。"邱先智忽然说,"看远点,谨防鼠目寸光。"

卢梁栋一时语塞。

两人就此别过。

谁也没想到,几个月后,本市市委书记犯案被查,派下来接任的不是别个,却是邱先智。这位邱先智真是不能小看,人家的强劲气场不是硬撑出来的。邱先智履历很丰富,地方官出身,在本省北部一个地区当过县委书记,后来进入地委班子,直到担任地委副书记,再调到省总工会主持工作,然后下到本市。比履历更特别的是他的来历:出自名门,其父亲二十年前曾主政本省,当过多年省委书记。邱先智之居高临下几乎就是天生的,当然也不是一直顺风顺水。数年前他本有机会提任地委书记,结果却去了省总工会,很多人都觉得他已经过气,没戏了,其父亲也已过世多年,不再有什么影响力。不料时到花便开,机会一到,人家就来了。

那个时候卢梁栋正当背气之际,刚给免去副市长职务,暂未安排工作,赋闲在家,前景非常暗淡。数月前卢梁栋接待邱先智时声明"恐怕管不着",自嘲"吃一回少一回",那不是所谓的"自我批评",是自知在劫难逃。其时省政府强化水污染治理,以确保省城数百万人民饮水安全,本市是省城水源地之一,为治理一大重点。本市的水污染相当严重,问题很复杂,除了工业企业污染,种植也是一大方面。近十几年间,市属几个山区县争相发展脐橙、柑橘等果树,几乎所有适宜的山地都给开发出来种果,原认为是绿色经济,却因为规模巨大,农药、化肥的大量集中使用导致水污染迅速发展。特别是在雨季,存留于山地果园土壤中的大量农残溶入水中,冲入江河,污染下游省城水源,频亮红灯。省政府采取挂牌督办方式,对省城上游几市的水污染治理强化追责,一追追到了卢梁栋头上。卢梁栋在市政府班子里分管环保,本市在省政府的数次检查中排名靠后,省城一家新闻媒体调查曝光,挖出卢私下里强调"不要给果农造成太大损失"旧事,批评卢对上级决定阳奉阴违,对压面积、更新果园等环保措施执行不力。卢梁栋受到严肃追究，终被免职。卢梁栋在接待邱先智时那般低调，除本人个性原因，也有现实之迫，因为已麻烦缠身，只能干呕，一点脾气都没有。邱先智直截了当说他"有点奇怪"，显然一离开饭桌就去了解该"梁栋"怎么奇怪，从而知道了水污染那些事，所以才会有分别时"谨防鼠目寸光"的教导。

邱先智没忘记卢梁栋，上任不久就把卢从家里叫出来，安排到市委"协助工作"，事无巨细都参与，只是没有职务，因为职务不是市里可以解决的。但是人家邱就是大气，有的是办法，得益于他不遗余力地推荐、运作，两个月后，经省委研究决定，本市班子做了一次调整，统战部部长陈浩调离，由卢梁栋接任。卢梁栋在那个位子上只干了半年，又转回市政府当了常务副市长。在被免职之后，不到一年时间里，卢从市政府排名最后的副市长一跃而成人们开玩笑所称的"第一副市长"。

邱先智大而言之："梁栋有一种品质，非常需要。"

相应的还有郑莲，她给调出总工会，派到下边县里，重用为县长，不久就转任书记。时下女书记不算凤毛麟角，也算非常耀眼，提拔为市领导已指日可待。

显然那一顿工作午餐性价比特高，让人回味无穷。

邱先智有魄力，除了强势，还有能力与人脉，到任后大刀阔斧，干了不少大事。卢梁栋在邱先智麾下承担很多具体工作，人称"卢半楼"，指他管了市政府半座大楼。这种说法亦褒亦贬。卢梁栋并不热衷揽权揽事，只是身为常务，分管范围大，且邱先智总会把各种事情派给他，可称格外信任，这就让卢梁栋显得手臂特长。邱先智对卢还是那种脾气，动不动拉下脸来，从不吝惜批评，经常有些"教导"：谨防鼠目寸光，克服小处着眼，切忌私心杂念，等等。均有所指。

那一年，有天晚间，八点左右，卢梁栋接到邱先智一个电话，命他马上到新田开发区去应急。

"你现在在哪里?"邱先智查问。

卢梁栋报称在家里。

"赶紧动身。"邱先智下令。

"问题还没解决吗?"卢梁栋问。

邱先智骂:"笨!愚蠢!"

卢梁栋没敢接茬。知道的只是邱先智并非骂他,是骂前边上的人没解决问题。

新田开发区是邱先智上任后主抓的重点项目,未来会是一个大规模新能源产业基地。该开发区征用大片土地,有若干村庄需要整体搬迁。由于已确定的征地搬迁补偿方案与当地村民的预期差距较大,村民不愿接受,抵触强烈,有部分村民越级上访,造成相当影响。那一天村民与县、乡干部再起冲突,数百村民包围乡集,迫使交通瘫痪、乡政府关门。事态发生后,邱先智反复督促县、乡和相关部门尽快处理,还把一个又一个市领导派去加强,力求在最短时间里平息事态。目前坐镇在那里的是市委副书记张明,身边还有几位市级大员,却没能解决问题,事态还在不断扩大。邱先智非常恼火,决定把卢梁栋再派上去。

卢梁栋请示:"是让我协助张?"

卢梁栋是常务副市长,排名在副书记张明之后,按照大小,在现场只能听张明指派。邱先智即在电话里明确:现场由卢梁栋全权负责,张另有事情,需要到省里开会,卢到了后就撤离。

卢梁栋"哎呀"一声,脱口道:"糟糕。"

"怎么?"

卢梁栋承认此刻有些不在状态,嘴大,头晕,原因是酒精。卢梁栋是在老家,下边县里,离市区三十公里。今天下午下班后,他开车回去看老头子。他母亲过世得早,父亲住在老家,跟妹妹、妹夫一起生活。当晚他和妹夫一起陪老头子喝了酒。

邱先智恼火："这种时候，还喝！"

邱先智着急情有可原，批评卢梁栋却有些勉强。新田开发区村民闹事，原本并未交给卢梁栋处置，卢梁栋于下班后回老家看老头子，陪老人并不为过。如果他跑去接受不当宴请，或者偷偷公款消费，当然是个问题，在家里喝自己的酒有什么不行？

卢梁栋没做辩解，只说："我马上动身。"

卢梁栋把自己的车丢在乡下，临时叫了辆出租车赶往新田开发区，身上带着一只塑料袋，装了五六瓶矿泉水。一路上他不停喝水，光顾了途中每一处高速公路休息区的洗手间。一小时后出租车离开高速公路。开发区那边派了一辆车，一位管委会副主任在高速公路口等他。卢梁栋上那辆车时已经不再嘴大，只是头还有点晕。

"说说情况。"他一上车就要求，"讲要点。"

一边赶路一边听情况，到达现场时，卢梁栋对事态症结已经大体明了。那时候是晚十时许，大批群众还聚集在乡集路口，有十几位群众代表与现场几位负责官员在路旁一座祠堂里谈判，双方无法谈拢，僵持，只等卢梁栋来。

那座祠堂旁边有一口鱼塘。卢梁栋看一眼鱼塘，突然喉咙里咕噜一声。他急忙停步，蹲下身子，在路旁喘气，干呕，好一会儿。然后他起身走进祠堂，那时他自己都能闻到身上残存的酒气。

张明已经离开，卢梁栋作为最高领导在谈判现场表态："我来宣布一个决定。"

这个决定非常敏感，没有人敢擅自发布，包括刚刚离开的张明。但是卢梁栋张嘴就来，当众宣布原先确定的征地搬迁补偿方案停止执行，市里将广泛听取群众意见，确定新的补偿方案。这个决定可以立刻向群众宣布，要求聚集群众于午夜前全部撤离。

那时候全场鸦雀无声。

有一位群众代表是个老者，他问了一句："这是真的吗？"

卢梁栋保证自己说话算数。他举一个例子：他自己的父亲今年七十岁，如果父亲也在新田开发区搬迁人口之列，按照原有补偿方案，除土地款外，老人每个月可以得到生产生活补助两百来元，可以拿三年。不说钱这么少，就说三年之后怎么办？没钱拿了，土地也没有了，靠什么为生？老人不像年轻人可以培训转行，没有再就业的空间，只能由他这个当儿子的供养。如果家中没有儿子，或者儿子也有困难，那怎么办？这么定标准太低，确实不合理，必须改变。

村民代表竟鼓起掌来。

午夜之前，所有聚集人员散去。

卢梁栋还在指挥疏散人员之际，邱先智打来一个电话，怒不可遏。

"你晕头了啊！"他斥责，"谁允许你表那个态！"

显然有人把情况报告给了邱先智。

卢梁栋强调自己非常清醒，不是酒后胡言，表那个态也不是权宜之计。他感觉补偿方案确实应当修改完善，既解决当前村民闹事，也为日后开发区顺利发展。

邱先智责怪卢梁栋乱开口子，新田这里开了口，其他地方的征地拆迁马上就会跟着攀比，要求政府提高标准，那样的话还了得。

"不顾大局，擅自决定，怎么可以！"他怒批。

卢梁栋无言以对，只好"哎呀哎呀"。

"什么哎呀！"

"很痛心，很痛心。"

卢梁栋检讨自己考虑不周，表态急了。他是一心想着把事态平息下来，确实也觉得可以有更合理的方案，群众能接受，政府也能承受，但是无论如何应当先请示的。受到邱先智批评，他感觉很难过。现在话说出去了，木已成舟，他得负责到底。他请求邱先智让他继续处理这个事，愿意承担一切责任。

邱先智扔了电话。

事实上，这件事的难度主要就在补偿方案，村民认为不合理，而政府方面认为不能退。事态之所以越闹越大，症结还在于此。卢梁栋之前的那几位市领导，包括张明之所以解决不了问题，因为谁也不敢触碰这个方案。邱先智事前划过底线，严令不得在这个问题上退缩，以防得寸进尺，连锁反应。卢梁栋没有守住这条底线，胆大妄为，擅自表态，其中一个原因是邱先智交代他前去应急时，没有立刻重申这一要求。或许邱先智觉得卢梁栋还嘴大头大晕呢，说也白说。通常情况下，卢梁栋在现场有重大决定，事前应当请示，至少也要与在场的其他市领导商量，那样的话，必有人把邱先智的意见告诉他。不料卢梁栋没给其他人任何一点机会，直接就表了态。邱先智一骂卢梁栋就检讨，似乎真的意识到自己考虑不周，嘴大了，其实真是那样吗？不是口是心非，有意而为？自知请示肯定被驳回，那就先斩后奏？

无论是什么情况，事态被卢梁栋迅速平息，新的麻烦也随之而至。所谓"解铃还须系铃人"，麻烦是卢梁栋招致的，他还主动请缨，这件事当然就归他了。邱先智给了他两个月时间，严令他不得再擅自开口，新的补偿方案必须兼顾各方，报请市政府办公会讨论通过。卢梁栋遵命行事。那两个月时间里，卢梁栋亲自带队到新田开发区，开了数次座谈会，到若干重点人物家走访，发放并收回大量征求意见表，而后梳理意见，反复讨论调整，形成了一个新的补偿方案，报请市政府办公会研究。这个方案大量吸收了村民的意见，例如卢梁栋在那家祠堂举例时提到的老年人生活生产补助款，即从每月两百来元提高到五百余元，发放三年改为发放终身。

新方案在市长办公会通过后，卢梁栋亲自去向邱先智报告。此前他已经数次找过邱先智报告进展，每一次都被敲打一番。此刻有结果了，邱先智听罢汇报只说了一句："现在告诉我你到底怎么回事。"

卢梁栋张着嘴，好一阵不说话。末了他做了解释，提到那天赶到新田时，在祠堂外边，他蹲在地上干呕，差点把当晚吃的东西全吐出来。那不是因为酒喝多了，只因为该祠堂的旁边有一口鱼塘，他闻到了鱼腥味。

"书记了解我。"他苦笑道，"老毛病。"

他表示，他是在那一刻下决心调整补偿方案。

"我说你什么了？"邱先智道，"小处着眼，私心杂念。"

卢梁栋嘿嘿："我没法跟邱书记比。鼠目寸光。"

邱先智摆摆手，让他住嘴走人。

新补偿方案下达后，新田开发区征地拆迁得以继续开展。尽管仍有部分村民有更高要求，大部分人却感觉到善意，愿意接受。经过当地干部的劝告说服，辅之鼓励手段，该工作迅速推进，难题终于破解。新的补偿标准果然影响了本市其他地方的若干拆迁项目，大家纷纷攀比，拆迁补偿标准普遍上升，水涨船高。但是如卢梁栋所坚持，其幅度在政府可以承受的范围内，而利在民间。有同僚私下里夸奖卢梁栋做了件好事，卢自我解嘲，称其实广大领导才是出于公心，只有他假公济私。他总想着有朝一日轮到他老家拆迁，可以比照新田方案办理。这相当于减轻他的供养负担，给他的乡下老头子挣了一笔养老金。

然后卢梁栋意外获得提升，从常务副市长提为市委副书记，接替突然调离的张明，有如当初他去接替张明平息新田开发区事态。这次职务调整非常意外，因为没有主官邱先智的极力推荐，不可能是卢梁栋。常委班子里，比卢资格老的大有人在，却是卢后来居上，有如当初邱先智把他从排名最后的副市长提到所谓"第一副市长"位置。卢梁栋刚因新田开发区事项被邱先智痛加批评，转眼间竟得提拔重用，所有人都感觉意外，包括卢梁栋自己。

邱先智还是大而言之："梁栋有一种品质，非常需要。"

2

卢梁栋于会场上注意到五峰库区死鱼消息，是从《每日简报》里。这份简报由市政府办公室信息科编写，主要收录汇总本市范围内的突发、异常事项。内容根据下属各县、区和部门呈报，表述都非常简要。简报只发给市级领导和几个综合部门参考。关于那些鱼，简报称主要发现于五峰水库库区上游区域，有大批网箱养殖鱼浮头、死亡，且有向下游蔓延的趋势。

那时候卢梁栋在大会场参加市直干部大会，当天大会传达省里一个重要会议精神，市几大班子领导都坐在主席台上，会议由市长主持，卢梁栋有一个讲话。这个讲话原本应当由邱先智做，由于邱参加省里一个代表团出访欧洲友城，委托卢梁栋代表，也就是让卢副书记来宣读邱书记的重要讲话。该讲话安排为会议最后一个议程，只有几页纸，内容就是强调贯彻落实几条要求。卢梁栋把办公桌上一个文件夹带到会场，于会间抽空浏览，从《每日简报》里发现了那些死鱼。

他即抽身离开主席台，跑到后台给郑莲打了一个电话。

郑莲抱怨："那年轻人刚被我骂了一顿。"

五峰库区主要区域在郑莲那个县。刚被郑莲骂过的年轻人是该县政府办信息科干部，大学毕业后考公务员到了乡镇，被借到政府办工作。年轻人一心想表现，积极主动，却失之冒失。死鱼消息是年轻人从其母亲那里听到的，其母在县城菜市场买菜时，有一个熟人要她近日千万不能买鱼，传闻称五峰水库死了很多鱼，养殖户抢捞浮头鱼运到市场出售，已经死掉的鱼也混在里边。年轻人听母亲提起后，赶紧跑到县政府办公室打电话核实，从五峰镇得知该镇确有部分水产养殖户的网箱出现死鱼，具体情况还待了解。年轻人急于求成，不等镇里上报准确情况，匆匆忙忙就把消息编入呈报材料，负责把关的县政府办副主任没认真看就签了字，消息就这么捅了上去。

卢梁栋问:"有出入吗?"

主要是数据问题。消息里提到"大批"网箱出现死鱼,给人感觉很严重。实际上没什么大不了,目前统计也就是一两百箱,其中有一些比较厉害,一些还算轻微。

"死鱼原因是什么?"

根据当地渔业站技术员分析,可能是因为缺氧,俗称"反塘",亦为"泛塘"。

"没有其他怀疑吗?"

"目前没有。"

卢梁栋回到会议室,没有片刻耽误,即向市长报告,表示自己对这些翻肚子鱼不太放心,感觉需要下去看看,越快越好。

市长说:"你还有一个讲话呢。"

"那是邱书记的讲话,市长可以指定其他人代念一下。"

"有那么急吗?"

"邱书记不在,我只怕出个什么事。"

"问题很大吗?"

卢梁栋让市长别担心,目前看来还不是什么大事,但是这些鱼死得不是时候。

所谓"不是时候",内涵很丰富。鱼早不死晚不死,值邱先智不在家的特定时候呜呼哀哉,这就给市长、卢梁栋他们找了麻烦。如果邱在,这种事怎么管自有他拿主意,反之,其他在家领导就得负责应对,小事也得放大数倍来对待。目前五峰库区死鱼不算特别严重,原本可以交由下边处理,市里保持关注就行,视情况发展再定。但是万一后边还有成千上万条鱼准备呜呼哀哉,眼下不做反应不就贻误时机了?邱先智回来不骂才怪。另外还有两个特殊事项集中到这个时间点上,一是省委巡视组下月中旬将到本市开展巡视,二是上级考核组刚刚离开本市。巡视组是来发现问题的,死鱼事件发生在巡视前夕,万一处理不好会放大成为问题。考核组则是来考察干部的,该组来自北京,在本市只考核一个人,就是邱先智。邱先智早在去年就被作为省级领导后备人选,此刻考核意味着上升在即,这个时候可不能出麻烦。这种事其实不只关乎邱先智一个人,有一种说法称之"良性循环",理想状态下,邱提任后,市长可转任书记,而卢梁栋便有望接任市长,那就是皆大欢喜,其前提当然是一切顺利。所以无论于公于私,此刻卢梁栋对任何灾难苗头都不能掉以轻心。

经市长同意,卢梁栋离开主席台,到一旁休息室,一边等车,一边给胡天宝打电话。胡也在这个会场,坐在下边听会。胡是市环保局局长,当年卢梁栋因水污染问题被免职时,胡还只是副局长,也给免了职,后来也东山再起,对卢言听计从。卢梁栋已经不再分管环保,但是副书记管农业,死鱼这种事算他的,他有权要求环保局局长配合。

"你们那里有什么消息?"卢梁栋查问。

胡天宝不知道五峰库区大量死鱼,下边县里没有报告。这不奇怪,一来事情刚发生,二来如果死鱼原因是缺氧,反塘,那么与环保局没有直接关系,得到报告的应当是海洋渔业管理部门,不是环保局。

卢梁栋没有多说,只命胡天宝赶紧出来,立刻安排一组专业人员,带上设备直接到现场,取样做水质检测。

"记住,铜离子必测。"他交代。

"是那个……"胡天宝吃惊。

"以防万一。"

除了铜离子,当然还有其他检测内容,胡天宝可按照常规安排。卢梁栋只强调一点:到现场的专业人员必须可靠,除了技术,还要求保密。检测数据直接报给卢梁栋,在取得同意前,不得对外公开,也不准任何人在外边乱传消息。

"让他们随时打电话报告卢副吗？"胡天宝请示。

"我在现场。"

"明白，明白。"

卢梁栋上路不久，胡天宝来了一个电话：由市、县两级环保部门抽人组成的检测组已经出发，携带各种设备。胡天宝亲自带队，赶到现场与卢梁栋会合。

然后卢梁栋接到郑莲打来的一个电话。这个电话是郑莲必须打的，在卢梁栋过问情况后，作为下级，她有必要迅速了解并将最新情况和应对措施反馈给卢梁栋。根据她的报告，五峰库区死鱼规模还在扩大，当地镇、村干部正在组织救灾。郑莲已经紧急派遣县长率县渔业、环保等相关部门人员赶往现场指挥抗灾。技术人员基本确定死鱼原因是缺氧反塘，与近期气候异常有关，也有养殖过密等原因。

"水质有问题吗？"卢梁栋追问。

库区养殖规模很大，养殖户大量投肥、投食、投药，导致整个库区水质富营养化，这是老问题。技术人员认为水质确实也是反塘的一大因素。

"让他们搞准确。"卢梁栋说，"我到了就听汇报。"

郑莲一听卢梁栋已经在路上，直奔五峰库区，当即大惊。

"卢副是吓唬我吗？"她问。

"刚准备给你打电话。"

"怎么能这样惊动市领导！我们可以处理的。"

卢梁栋说："邱书记那种脾气，你也清楚。"

郑莲不吭声了。好一会儿，她说："我去五峰跟卢副会合。"

"这样好。"卢梁栋自嘲，"态度这么端正，可以感动邱书记。至少也能感动鱼吧？说不定鱼一感动就不死了，死了的也欣然转活。"

那当然纯属调侃。

大约一个半小时后，卢梁栋赶到五峰库区，花的时间比平常为多，原因是库区通道路况不好，加之近日屡降暴雨，路面损坏严重，有几个险段通行困难。郑莲得知卢梁栋即将上山，急令县公路部门立刻调集人员机械抢修几个险段，紧急填沙石，并加强监控引导，确保领导能顺利通过。如果不是这么应急处置，只怕卢梁栋得下车徒步走上几段，弄得浑身皆泥。

郑莲从县里去，路途稍近，比卢梁栋早到了几分钟。卢梁栋的轿车进入库区路口时，郑与县长带着县、镇一批干部在路旁迎候。卢梁栋从车上下来，忽然连声干呕。

他闻到空气中有一股腥臭味。

郑莲向身后招招手，跟着她的一个年轻女干部轻轻递上一个东西，郑莲转手交给卢梁栋，却是一副口罩。

卢梁栋道："谢谢。没事。"

几年前那一回，郑莲把卢梁栋请来接待邱先智，急着端走桌上一盆鲢鱼头豆腐汤，因为她知道卢梁栋怕那个。她怎么会知道？卢梁栋曾在市工信局当过局长，当时郑莲是他的副手，彼此同事年把时间。郑莲走投无路时敢一个电话请卢梁栋救急陪客，就因为比较熟悉。此刻到了五峰水库，她也还记得给他带来一副口罩。

卢梁栋没有戴那东西，因为本场合大不宜，而且他最怕那种似有若无的腥气，赶上满天鱼腥倒好，感觉迅速麻木。仅凭这满天鱼腥，便可知死鱼无数，卢梁栋心情很沉重。无论各级领导态度如何端正，这些死鱼肯定是不能复活了。

卢梁栋和郑莲带队匆匆察看重灾区坑边村，该村沿库区周边养殖带白花花尽是死鱼，有的死鱼还在网箱上漂，有的已经给捞起来装进编织袋，胡乱堆放在路旁。气候炎热，死鱼在迅速腐烂，空气中恶臭强烈。顺库区水面望去，网箱密密麻麻，几乎都漂着死鱼。路旁死鱼堆积如山，水中死鱼亦触目惊心。

郑莲手下一位渔业养殖技术员紧随卢、郑两人，一路汇报。五峰库区是老养殖区，近来发展迅速，规模不断扩大，问题随之而来，已经屡出反塘死鱼灾情，程度不同，今年这次比较严重。通常情况下，反塘多出现在夜间，半夜之后，特别是黎明前。主要因为夜间水中生物呼吸消耗氧气，有机物氧化分解耗氧，导致黎明前水中溶氧往往最少。反塘时水面出现泡沫，有腥臭味，小鱼聚集于岸边，鱼群在网箱里乱窜，浮头，得不到及时救治便翻白死亡。本次反塘与通常情况有所不同，发生时段偏早，黄昏便出现，且鱼死得快，发觉不对劲时拿竹竿一搅，死鱼便翻上水面。技术人员分析，主要原因是气候异常，本地前几天特别闷热，时有暴雨。水的溶氧量与气压成正比，低气压闷热导致水中溶氧量过低。暴雨亦有重大影响：雨后水温降低，底层水温高于表层，上下水层产生剧烈对流，底层热水上升，腐殖质翻起，迅速氧化分解，大量消耗水中的氧，缺氧因之产生。

"有数据吗？"卢梁栋问。

"有些水样测为每升1.5毫克。"

卢梁栋听了立刻摇头："不对。虽然正常值应当在5毫克以上，但是没有低于1毫克，不至于反塘成这样吧？"

技术员报告说，水样检测时间上有些滞后，估计大量死鱼那会儿数据要低很多。

"你们布置了哪些应急补救措施？"

除了开动所有增氧机，还有生石灰溶解成浆泼洒，以及协调水库管理处放水、加速水流等等。

卢梁栋问："黄泥水呢？"

技术员称也有，黄泥加上盐，加水调匀后泼洒。

卢梁栋点头。

郑莲在一旁吃惊："卢副懂这么具体？"

卢梁栋自嘲："我吃过鱼。"

卢梁栋读大学时学的是工业分析与检验，曾经在市经委、工信局干过多年，从市交通局局长任上升副市长，自称是"多在工交系统就业"。但是他毕业后的第一份工作却是市鱼苗育种所检验员。说是管检验，其实啥都干，安装增氧机、投料下肥等等，打捞死鱼更是少不了。那时候满鼻子都是鱼腥味，他觉得自己这辈子注定靠鱼吃鱼了。至今有时夜半醒来，他还会问自己究竟是谁？什么"卢副"不是做梦吧？

郑莲说："卢副开玩笑。"

这时有电话找卢梁栋，是胡天宝，声音急切。

胡天宝的那组人已经到位，工作立刻展开，第一批水样已经检测完毕，发现异常。有几个样本测得铜离子含量为每升0.025毫克。

卢梁栋不禁一震："该死。"

这个数据表明水质尚在国家三类水标准内，也就是每升水中铜离子含量小于或等于一毫克。但是如果比照国家渔业用水标准，这个指标就超了。渔业标准里铜离子含量应当小于或等于0.01毫克。胡天宝查获的这些铜离子已经可以毒鱼。

胡天宝称，目前这些数据还不能说明库区死鱼原因就是铜离子污染，因为除了这几个样本，其他样本数据基本正常，不排除这几个样本受特殊环境因素影响的可能。当然，考虑到雨水等因素，也不能排除这几个样本区域此前的铜离子含量可能更高。

卢梁栋即质问："告诉我这些东西是从哪里跑出来的。"

"卢副，这个……"

"你们不是有专项检测预警设备吗？干什么去了？"

根据预防环境灾害的需要，本市环保部门在若干重点部位安排有针对性专项监测，其中有监测点是针对铜离子的。理论上说，一旦监测点所在部位水中铜离子超标，它应当立刻被发现、记录并报警。但是从眼下情况看，这个专项检测设置没有起作用。

"我正在查这个事。"胡天宝回答，"我会立刻反馈。"

"记住，非常，非常小心。"

胡天宝让卢梁栋放心。情况他只向卢梁栋一个人报告，他也严令其他任何参与者都不得向外界泄漏任何情况。

为什么需要如此小心？因为此刻死鱼原因非常敏感。如果是缺氧反塘，基本可归为天灾。如果是水污染铜中毒，那就是人祸，可列为环保大案了。

卢梁栋与胡天宝通电话时，郑莲就站在他身旁，听得云里雾里。放下电话后，卢梁栋没跟她解释，只说了一句："看起来有麻烦。"

说来纯属自找。从一开始，人们的注意力都在水里的氧气，是卢梁栋自己悄悄安排胡天宝查铜离子，他肯定知道一旦查出就有麻烦，为什么还要查？

他们匆匆赶往水库管理处大楼，在那里紧急碰头。时已过午，有赖于郑莲提前安排，水库方面为大家做了一大锅菜饭，大家一人一碗，围坐会议桌，边吃边谈。事情发生后，县相关部门按规定向市上级部门报告情况，市渔业、水利以及宣传等部门领导一听说卢梁栋已经前去现场，当然得赶紧跟上，有如胡天宝。此刻市、县两级相关部门负责官员基本到场，只等卢梁栋发话。

卢梁栋说："咱们只剩十来个小时。过了这个时间就不是死鱼，该轮到在座各级领导'反塘'，一个跟一个翻肚子死翘翘。"

卢梁栋是危言耸听。这种事再怎么厉害，大不了搞掉几顶帽子，如当年他自己给免职查办一般，无论如何死不了哪位领导。但是卢梁栋就那么强调，还把邱先智拿出来当大棒挥舞。卢梁栋说，邱书记此刻不在家，考核组刚刚离去，巡视组即将到来，这种重要时候最好不要死鱼，偏偏鱼死了满地。接下来的应对要是没弄好，就无法跟群众和上级交代，也无法跟邱书记交代。

卢梁栋所谓"十来小时"指的是从此刻到明日上午，为什么这么界定？因为事情已经发生，凭借当下的发达资讯传播，消息已经在网络、微信等媒介中广泛出现。类似大量死亡事件总是非常吸引眼球，不管死的是人还是鱼。可以预计接下来上级领导、相关部门将争相过问，媒体将集中采访、报道，外界会传出质疑和追责呼声，明天上午或将集中发生，到处传响。只有一种办法可以缓解，那就是从现在开始，使尽九牛二虎之力，在明天上午之前有效控制住灾情，让受灾群众得到多方关心安抚，同时提供一个令人信服的说法，通过媒体报道出去，得到外界接受，那就有望变被动为主动，迅速了结事件，把损失和不利影响控制在最低程度。

与会官员就卢梁栋的几大要求紧急讨论之际，胡天宝匆匆到达会场。卢梁栋一看到他就站起身，走到会议室外，胡紧随，在门外向卢个别报告情况。

是关于卢梁栋查问的预警事项。环保部门针对铜离子的专项检测设施设置于兰岭溪故道，采用的是自动检测设备。这个自动检测点已经运行多年，一直很正常。不凑巧前些时候该点突然发生故障，经检查是主设备达到运行年限，需要更换。由于这么多年该监测部位环境一直正常，没有发生大的数值异常，管理单位有所松懈，拖了一点时间，目前正在通过政府采购部门申报、采购设备。监测点失效使该水段处于不设防状态，如果发生泄漏，跑出来的铜离子可以畅行扩散，能到哪里到哪里，不会触发任何警报。没有铜离子变化记录，也无法判断哪个方向是否发生泄漏、程度如何。

卢梁栋恼火："指望你找出凶手，杀人偿命，你告诉我探头坏了。"

胡天宝一脸尴尬："是我的问题。"

该检测点由县环保部门管理，市环保局作为上级部门也有监督责任。胡天宝承认错误，表示会马上整改，同时也悄悄提醒一句："卢副，目前看，还很难确定是铜离子泄漏造成死鱼。"

"可以排除吗？"

胡天宝支支吾吾，只说，如果不排除，事情会不会沸沸扬扬，弄得很大？

卢梁栋说:"进去吧。"

他们一前一后走进会议室。

卢梁栋下了决心,在紧急碰头会上宣布一个重大决定:立刻求援。要求市环保局和海洋渔业局两位局长马上联络各自上级,也就是省环保厅和海洋渔业厅,报告本市五峰水库出现死鱼灾害,灾情虽已得到控制,还需要上级主管部门关心支持,请求省里速派专家组前来帮助确定受灾原因,指导救灾。同时由市政府办向省政府办公厅做口头报告,请求省政府办协调省相关部门支援本市。

话音刚落,郑莲轻轻拉拉卢梁栋。

"卢副,请先听我说句话。"她说。

卢梁栋点头,即暂时中断讲话。

郑莲把卢梁栋拉到外边,张嘴便问自己是不是哪里做错了,让领导有看法了。卢梁栋摇头,表扬郑莲反应很快,没有做错什么。郑莲提出五峰水库死鱼这件事最好还是让他们来处理,不必惊动上级,特别是不要惊动省领导。一旦市政府办正式请求省府办协调支援,省府办必定先报告省领导,那样的话就成大事了。

郑莲的反应可以理解,作为地方主官,她当然希望自己地盘的事情自己来处理清楚,不要闹得沸沸扬扬,不要让上级领导产生看法。库区死鱼这种事当然无法也不能隐瞒,最好的方式是在向上级报告时已经处理清楚或者基本处理清楚,那样的话突出出来的就不是事件,而是处理得及时与果断,反之便成为问题。

卢梁栋说:"这个事必须这样来办。听我的。"

他强调,现在有一个焦点问题是死鱼原因,这会是上级与外界的一大关注点,需要一个权威认定与发布,而且必须尽快。全省范围内,最权威的部门和专家来自省一级。让他们来认定,比市、县两级有说服力,因此不能怕惊动。

"邱书记会不会……"郑莲有顾虑。

邱先智气场强大,人远在欧洲,依然笼罩于此。

卢梁栋说:"我会跟他报告。"

郑莲欲言又止,话在嘴边,终于咽了回去。卢梁栋知道她想说什么,不外是建议先跟邱先智报告,然后再做最后决定。应当说郑莲的顾虑是有道理的,邱先智也是地方主官,只是比郑莲大一轮,邱考虑问题的角度与郑莲会有相同点,同样愿意自己辖下地盘的事在自己手上处理清楚,不要匆匆忙忙惊动上级。特别是此刻不比平时,又是考核组,又是巡视组,于邱先智可谓关键时刻,尤其需要慎重。如果邱先智在这个会场,他应当不会决定求援。如果卢梁栋打电话提前向邱先智汇报,恐怕他也不会同意那么做。卢梁栋怎么办?一旦邱发话,虽然卢不能按自己的想法去做,却也就没有责任了,何乐而不为呢?

卢梁栋心情颇矛盾。他匆匆从会场跑到这里,首先是因为邱先智,邱于他有知遇之恩,邱不在家之际,他必须处理好突发事件,否则无颜面对邱先智。同时卢梁栋还因为那些鱼,他虽然不喝鱼汤,却最受不了白花花一片死鱼那种景象。邱先智在他意识里,鱼几乎可以说早在他下意识里。他得有个办法,两方面都可兼顾到。问题在于显然有风险,他能做到吗?不会搞砸吧?

卢梁栋回到会场,宣布立刻按照刚才的布置行动,而后他亲自给省委分管农业的副书记,也是他直接对应的省领导打电话,报告了五峰库区死鱼情况,请求领导指令省直相关部门给予支援,以最快的速度。

事情至此无可挽回,迅速扩大。紧急会议刚刚结束,其他省领导的电话便一个一个打到卢梁栋手机上。然后是媒体询问铺天盖地而来,记者们蜂拥而起,争相前往五峰库区。下午四时,由省环保局、海洋渔业局派出的联合专家组赶到,携带各应急检测设备,立刻投入工作。那时卢梁栋才给邱先智打了一个电话。

邱非常恼火:"怎么不早说!"

卢梁栋担心打扰邱,毕竟邱远在欧洲。他也觉得自己可以处理清楚。

"动作大了！用力过猛！"

"哎呀哎呀……"

"别再跟我说什么'考虑不周'！"

通话很不和谐，在卢梁栋预料中。

当晚，省专家组彻夜工作，在分析他们检测的数据之后，提出了初步意见，与本地渔业技术部门看法基本一致，认为死鱼原因是缺氧，因气候异常和养殖过密等技术原因导致。专家组也注意到一些数据偏高问题，包括若干位置的铜离子含量，由于偏高值不算特别严重，不足以成为主要怀疑因素，终没有影响专家们的判断。

第二天上午，市、县两级于五峰库区共同召开新闻通气会，对赶到现场采访的大批媒体记者通报情况，正式发布省专家组对死鱼原因的初步认定。尽管冠以"初步"二字，却是有关灾难发生原因的第一个权威意见。此时死鱼灾情亦得到有效控制，虽然成鱼浮头翻白个案还在发生，大规模鱼群集体濒死状态不再出现，已经死亡的鱼大部分被打捞出水，妥善掩埋。受灾群众的善后事项也在迅速推进。

卢梁栋没有出席通气会，他坐上车，在库区周边继续察看情况，由镇里几位干部陪同。那时空气中恶臭尚浓，虽经一夜紧张处置，大部分死鱼已经掩埋，毕竟气味无法入土。卢梁栋又到了昨日到过的重灾区坑边村。车在路旁停下，他下车往湖边走，一行人在后边跟着他。

有一个中年人坐在湖岸边，穿着长筒胶鞋，地上放着一支捞网，岸边系着一条小船，面前是一个个网箱。有一个女人在网箱栈桥上朝水里扔鱼食，水下却无动静，没有鱼群浮头抢食。中年人看着水面，表情茫然。

"谁有烟？"卢梁栋轻声问。

紧跟他的镇书记赶紧从口袋里掏出一包软中华递给卢梁栋。

卢梁栋走过去，请那个中年人抽烟。中年人手指头哆嗦不止，火都点不着。卢梁栋拿过打火机，给他点了烟。

中年人是养殖户主。姓范，卢梁栋管他叫"老范"。老范在这片水面有几十个网箱，主要饲养草鱼，基本都已长成，重的三四斤，轻的也有两斤多。此刻都没有了。

"死光了。"他绝望道，"倾家荡产。"

他对卢梁栋一咧嘴，似乎想挤一个笑容，脸色却非常难看。当着卢梁栋的面，一颗眼泪突然从他眼角滚落下来。

卢梁栋什么话都没说，起身离开。

胡天宝悄悄跟上来报告情况：他们还在持续检测，曾经发现的铜离子超标水段已经基本正常。这就是说，即使发生过泄漏，此刻也已经停止。

"给我继续查。"卢梁栋咬牙切齿，"一查到底。"

"明白。"

"非常，非常小心。"

"明白。"

卢梁栋在五峰水库整整待了三天时间。离开那里时，库区上空的腥臭味还丝丝不绝，外界媒体还在广泛报道此事，也有人提出了若干疑问，却因为灾情得到有效控制且有权威部门的明确认定，本次死鱼事件受到的关注迅速减弱，在媒体反复探讨"反塘"等技术名词中，事态渐渐走向尾声。

邱先智回到市里。卢梁栋到他的办公室汇报情况时心里忐忑，只怕邱还要发火。不料人家只是摆摆手，连汇报都不听："免了。"

邱先智问了一个问题："你家老头子好像喜欢喝点酒？"

卢梁栋自嘲："是从我爷爷那里遗传的。"

邱先智弯下腰，从办公桌下边的文件柜里取出一个白色塑料袋放在桌上。

"给你父亲试试。"他说。

卢梁栋惊讶，问这是什么？邱先智把手一摆："拿走。"

塑料袋里有一个精致的长条形盒子，印着一排排大小字母。是一瓶酒，产自德国，邱先智刚从欧洲带回来的。

也许因为那次新田开发区出事时，卢梁栋回老家陪父亲喝得嘴大头晕，邱先智便知卢家老头子好这一口，但是哪有主官给副手送东西的？邱先智与卢梁栋的家人亦从不相干。这瓶酒究竟表示个啥？邱先智喜欢卢家老头吗？不如说是以老头之名对卢梁栋略表慰问。那是慰问个啥，用力过猛？

无论如何，邱先智就这么大气。

卢梁栋嘿嘿："老头子最近心脏不好，只怕还不行。"

"总会好起来吧？"

"不好意思。替他谢了。"

3

五峰水库上游有一座兰岭铜冶厂，也叫"湿法厂"，为长盛铜业旗下一家产铜大厂，也是本市最大的几家矿业企业之一。该厂位于兰岭溪故道，那里原是兰岭溪主河道，矿山开发时另辟一条引流水道，让溪水改道而行，原河道便成为故道，与周边谷地一起成为这家企业的主要生产区域。眼下兰岭溪水走引流水道，那里总是水量充沛，故道则水量很小，河床裸露，很多时候呈现为干涸状。兰岭湿法厂占据了数座山头和山间谷地，这些山的岩层下有一条铜矿脉，离地表较近，品位却低，是所谓的"呆矿"，以往认为没有开采价值，直到长盛铜业进行露天开采并采用"湿法"工艺，这里才成为一个备受瞩目的铜业基地。

五峰库区发生大面积死鱼，卢梁栋为什么会要求胡天宝检测铜离子？因为他对上游这个厂子很不放心，一听说死鱼就担心铜离子泄漏。在有足够把握之前，这种担心不能明说，检测只能悄悄进行,因为一旦被外界所知,必定受到广泛关注与放大,可能造成巨大震荡。胡天宝他们在检测中果然发现异常,却又难以确认,让卢梁栋感觉分外棘手。相比而言,鱼死于污染,比死于缺氧反塘要严重。认定发生的是一场天灾,于控制事态有利,但是万一是人祸,铜离子污染怎么办?卢梁栋之所以不惜先斩后奏,坚持向省里求援,就是希望搞准确,有权威,避免外界质疑。这么做的主要风险不在于惊动上级,也不在于邱先智可能会不高兴,而在万一省里专家确定是铜离子污染,事态便会扩大。如果真是那样也不能怕,该怎么办就怎么办,下力气把污染打下去,给死鱼一个公道,只要及时有力,还是会给本市和邱先智加分。结果该主要风险没有出现,省里专家排除铜离子,确定是缺氧反塘,卢梁栋松了口气,却依然命胡天宝一查到底,因为他心里的怀疑并没有消除。兰岭一带有铜矿,一些铜离子溶在地下水里流出来,导致若干地点水体中的铜离子偏高,这是可能的。但是如果水中钻出来的这些铜离子其实是从湿法厂泄漏,只因为自动检测系统失灵,没有被及时发现并报警,那就是库区满布死鱼而真凶逃逸,这个结果卢梁栋不能接受。卢梁栋本人曾经因为环保责任被免过职,对水污染格外敏感。既然是他来处理这个事,他就不会轻易放过,得为邱先智,为那些鱼,也为自己负责。

在卢梁栋的密切关注下,胡天宝迅速采取措施,督促县环保局以最快速度将自动检测点修复。几天后胡天宝报告,新设备已经安装到位,监控正常。现在没问题了,如果湿法厂发生泄漏,肯定在第一时间被发现。

"亡羊补牢。"卢梁栋说,"还要算老账。"

他要求环保局责成湿法厂做一次彻底自查,发现问题必须立刻报告。他还命胡天宝组织人员暗访,由胡亲自掌握。

胡天宝有些顾忌:"这个,会不会……"

卢梁栋强调:"必须办。安排可靠人员,只做不说。"

胡天宝遵命。

结果是暗访中发现了情况。那天上午胡天宝给卢梁栋打了一个电话，而后匆匆赶到卢的办公室汇报：暗访人员得知湿法厂正在堵塞一条涵洞，厂长沈声远亲自督阵，叫了一组工人，还有设备，于星期六加班加点施工。涵洞其实还好好的，并未损坏，不知为什么突然筑起一堵墙，把它彻底封死。

这是重大情况吗？也未必。类似企业生产区的地下布满管道和涵洞，可谓密如蛛网，今天打通一条，明天堵上一条，都可能出于正常生产需要。企业不像机关，他们按照排班工作，不受双休日之限，星期六干活没什么奇怪。但是卢梁栋没有轻易放过这个情况，有如当初他没放过简报上的若干死鱼。

"去看看。"他对胡天宝说。

那天是星期天，没有其他工作安排，可容卢梁栋临时决定，从容出行。湿法厂厂区位于五峰山区上流，有一条新辟高速公路从厂区附近经过，十公里外有一个出口，走那条路反比从五峰水库溯流而上便捷。当天气候闷热，却没有雷雨，车行顺畅。直到从高速出口下来时，卢梁栋才让胡天宝通知厂长沈声远，于沈猝不及防中，卢梁栋一行进了厂区大门，直接前往现场。沈声远从厂办公大楼赶到时，卢梁栋一行在现场已经观察了好一会儿。

这里有一口观察井，在该厂序列里编号第9，称9号集渗观察井。卢梁栋一行所在的山谷中，顺地势而下分布着堆浸场、富液池、贫液池、萃取池、防洪池、污水池等设施，是该厂主要的生产场所。9号集渗观察井处于下方，被暗访人员注意到的涵洞堵塞施工就发生在该井。此刻堵塞行为已经结束，工程队和施工机械都已经撤走，但是施工印记到处都是，尤其是新砌的堵塞墙体特别显眼。

问题不在这个堵塞墙体，而在它堵住的排水涵洞，这个涵洞显然不应当出现在这个集渗观察井里。所谓集渗观察井也叫渗漏观察井，其功能是监测水体，通过对井水的观察和取样检测，可及时发现相关生产区域是否发生泄漏。9号观察井位置较低，平时里头是清水，一旦发现污水渗漏，可用应急处理设备将水反抽回污水池。问题在于这个观察井居然被打通，用一个排水涵洞联结外侧排洪道，一旦发生污水渗漏，污水达到排水涵洞位置，便可通过它直接排入排洪道，泄往厂外河道。

卢梁栋追问沈声远："老沈，这个怎么解释？"

沈声远非常镇定，不像使枪弄棒被警察抓住现行的蒙面盗贼。他平静回答："卢副书记，我们还在查。"

卢梁栋不吭声，一张脸全是黑的。

沈声远身穿该厂工作服，胸前挂一面工牌，沉着稳重，一望而知是见过大场面的人。卢梁栋与沈声远是老熟人，若干年前，沈声远曾是市属电焊机厂厂长，时卢梁栋在市经委，两人因工作时有接触，彼此地位相当，互称"老卢""老沈"。后来沈因责任事故和经济问题被查，撤职，差点抓去判刑，事过之后下海经商，身份屡变，直到接受长盛铜业聘用，出任湿法厂厂长。他本人工科出身，高级工程师，管理企业有经验，在湿法厂如鱼得水。沈声远执掌湿法厂后曾数次拜访过卢梁栋，盛情邀请卢"光临"该厂"检查指导"。卢梁栋坦率而言，称以往曾数次进厂了解过情况，感觉不太放心。请沈声远一定特别注意，不要出事。

沈声远说："我知道卢副什么意思。"

到了卢梁栋一朝光临，果真有事了。

沈声远指着9号观察井解释情况，肯定该观察井确实不应该有涵洞与排水道直接相通，只是不清楚为什么会给挖出这么一个洞。近日企业奉政府环保部门之命开展自查，有技术员提到这个涵洞，沈声远亲自察看现场，核对资料，确认该排水涵洞有问题，只是因为时间久了，当年相关人物多已离开，眼下厂里没有谁说得清这个涵洞是什么时候有的，怎么打通的。沈声远自己是后来才到本厂，情况还有待他去查清楚。无论这个洞怎么来的，既然有问题，眼下该堵就得赶紧堵。

"是不是发现有污水从这里漏出去？"卢梁栋追问。

"不是。"沈声远非常肯定，"取样检测正常。"

此刻观察井里的水体看起来相当清，确实不像有污水泄漏。但是此前是不是一直一井清澈？可以推断的是，只要发生过泄漏，这口井便是个排出通道。

沈声远说："卢副书记知道，我们不可能让水漏出去，那都是钱。"

卢梁栋没有吭声。

这个企业理论上应当是污水零排放。所谓"湿法"有别于传统的"火法"工艺，是利用溶剂将铜矿、精矿或焙砂中的铜溶解出来，再进一步分离、富集提取。兰岭湿法厂的铜矿石从周边矿山露天开采，做破碎处理后统一堆放在堆场上，然后抽取喷淋池内富含微生物的溶液喷洒，碎石中的铜溶解在溶液里，进入富液池，再进入萃取池萃取、反萃，最后通过电积法提取铜。该"湿法"工艺严格说并不产生废水，因为流淌于生产过程中的液体需要收集、反抽回去循环使用，那些液体含铜，必须在循环中尽量把铜提取出来，排掉那些液体就好比把钱扔到水里，企业出于自身利益，也会千方百计防止含铜液体泄漏。这有别于一些不良企业不惜偷排废水以减少处理成本。当然，无论工艺如何完善，遇上不可抗力或若干人为因素，依然可能产生意外，例如9号集渗观察井显然就存在人为漏洞，无论这个排水涵洞是怎么来的，其本身便是隐患。

卢梁栋追问："以往一直没发现吗？"

沈声远说："我是刚发现。"

"怎么发现的？"

沈声远滴水不漏，还是那句话：自查中有技术人员提及，引起他注意，于是发现了问题，决定赶紧处理。

卢梁栋再次追问:"是不是发现泄漏后才做补救?"
"并没有发现泄漏。"
卢梁栋掉头走开。

一行人离开现场,从工作面通道上坡,前往厂办公大楼,进了大楼一层大会客室。这间会客室布置豪华,一式的红木家具,四面墙上都是大幅镜框,镜框里是各级领导视察该厂的留影,其中最大的一位时任国务委员,由省长陪同到来。卢梁栋也在那张照片里,藏身于时任书记、市长之后,叨陪末座露了半个脸。

沈声远说:"我们彭董事长让我问候卢副书记。"
卢梁栋说:"告诉他我很担心。"
"有什么重要意见需要我转告吗?"
"告诉他,那个老沈似乎没说实话。"
沈声远一笑:"我一定转告。"

他不慌不忙,张罗送茶水。这时卢梁栋手机铃响,一看屏幕,却是郑莲。

有一个突发情况:五峰库区百余养殖户聚集县政府上访,寻求债务支持。由于养殖规模较大,无法仅靠自有资金运行,库区养殖户多向银行借款以维持生产,待收获后还本付息。库区反塘死鱼事件重创各养殖户,一些养殖户颗粒无收,而负债如山,有人从中联络,主张请求政府帮助解决困难,协调相关银行酌情减免债务,或给予若干利息减免与补助。他们去镇政府请愿无果,一直闹到县里。

"好像银行是我开的。"郑莲在电话里发牢骚,"卢副批准我给他们一笔勾销吗?"

卢梁栋说:"批准。"
"真的吗?"
当然不是。银行不是郑莲开的,也不是卢梁栋开的。

此刻养殖户代表正在县信访办与县领导沟通,其他大批上访人员聚集于县政府外小广场,郑莲在她的办公室指挥应对。郑莲报告称，上访人员表现理性，县里相关部门也有足够处理经验，事态发展可控。县有关部门已经按照要求将这一突发事件和处理动态于第一时间报告给市里，郑莲亦分别给几位市领导直接打电话报告。五峰库区死鱼事件是卢梁栋一手处理的，后续情况亦应及时向他报告。

卢梁栋问："邱书记知道了吗？"

"已经报告。"

"那就可以了。"卢梁栋说，"沉住气，你对付得了。"

郑莲感叹："说来他们也可怜。我该去开一家银行。"

"我同意。"

放下手机，卢梁栋抬眼一看，坐在对面的沈声远已经把一个笔记本摊开，连同一支水笔放在茶几上。

"请卢副书记指示。"他说。

卢梁栋看着他，问一句："七月四日，你这里有什么异常情况？"

"那一天怎么啦？"

"有一场暴雨。午后。"卢梁栋提示。

沈声远不动声色。根据他的记忆，那一段时间本厂一切正常，没有发现任何异常。如果需要了解当天厂区详细雨情，他可以去查一下资料。

这时突然手机铃响，又一个电话找卢梁栋。

是邱先智。他问卢梁栋在家里吗？卢报称自己在兰岭湿法厂。

"怎么跑那么远？"邱先智奇怪。

"这里有些情况。"

邱先智没有追问发生了什么，只问卢梁栋知道郑莲那里的上访事件吗？卢梁栋回答，郑莲刚给他打过电话。

"你觉得怎么样？"邱先智问。

"应当没大问题，她对付得了。"

"或者你拐去看看？"

"行。"

邱先智已经派华强赶去协调处置。华是副市长,管财政,同时挂钩郑莲那个县,这种事该他。只是华强年轻,刚从省里空降下来,基层情况不熟悉,邱先智不太放心,所以才给卢梁栋打电话。此刻邱先智对任何事态苗头都非常警惕,一旦出现就全力消灭,不惜动用领导。例如郑莲这件事,派去华强,还要卢梁栋上。为什么呢?原因当然还是那个,于邱先智而言,关键时刻出不得乱子。

卢梁栋匆匆结束湿法厂之行,起身离开。沈声远指着茶几上的笔记本表示遗憾:"卢副书记还没留下重要指示。"

卢梁栋说:"有个重要情况要跟老沈交流。"

他提到此刻有百余人员正聚集在那边县政府门外,有所要求。这些人都是五峰库区养殖户,他们的请求是否合理,行为是否正确可以商榷,在前些时候那场灾难中他们倾家荡产是不争事实。卢梁栋亲自处置了那起事件,亲身所见所感让卢很为那些死鱼不平。是谁让几万几十万条鱼一堆堆翻肚子?真是老天爷吗?如果真是,那么没办法,鞭长莫及,任谁也拿老天爷无能为力。如果不是呢?如果不是天灾而是人祸?如果是某个人或者某些人制造、纵容了这场灾难,那就必须为那些死鱼做点事,给它们一个公道,把那个人或者那些人找出来严惩,处罚,去接受应当承担的责任。

沈声远说:"卢副书记的重要意见我完全拥护。"

他对五峰库区养殖户表示同情。他明白卢梁栋说的是鱼,实际是指养鱼的人,也就是那些受灾养殖户。为鱼主持公道,就是为养殖户主持公道。他很理解,同时也要再次重申无论是七月四日,或者此前此后,虽然有暴雨,兰岭湿法厂却没有发生污水泄漏,没有对任何一条鱼、任何一家养殖户造成损害。9号集渗观察井的排水涵洞问题是企业自查发现,尽管确实是隐患,所幸还未造成危害,迄今为止没有发现该井发生污水泄漏。眼下这个漏洞已经堵上,不是亡羊补牢,是防患于未然。

沈声远从容不迫，头头是道，显得很有把握。情况或许确如其所言，这家湿法厂从不湿及兰岭溪故道，污染下游五峰水库。即使情况并非如此，沈声远也可以说得理直气壮，因为没有任何记载和证据表明他在说谎。如果9号集渗观察井曾经肇事伤人，那些铜离子早已成功逃逸，跑得无影无踪，根本无从追究。在漏洞被堵塞之后，隐患消除，以前的事情更无从追究。

卢梁栋却坚持不懈，继续敲打："老沈，任何事情只要发生过，就有办法查个水落石出，你信不信？"

沈声远说："我相信。"

"记住我的话。"卢梁栋说。

他带着胡天宝匆匆离开，顺一条县道绕道五峰水库，从那里前往县城。刚刚到达五峰镇，郑莲的电话又来了。

"卢副快到了吗？"她问。

卢梁栋告知方位，问："情况怎么样？"

养殖户上访事件已经解决。此刻聚集在县政府大门前的养殖户全体上车，坐着县里安排的几辆大巴返回。县政府大门口已经无人聚集，进出交通恢复正常。

"你们答应了什么条件？"卢梁栋问。

县里承诺帮助养殖户反映情况，争取银行方面的支持。县里还承诺尽快设法争取并安排一笔补助金提供给养殖户，尽量帮助养殖户渡过难关。

卢梁栋批评："干货不多，郑书记是画一张大饼把人家哄走。"

郑莲说："请卢副帮我一点面粉，我做一张真的大饼给他们。"

郑莲这个电话除了报告情况，也是安排后续日程。此刻上访已经化解，不需要劳驾市领导了，但是难得领导驾到，是不是另外做些调研？郑莲打算陪卢梁栋和华强去看看他们的工业开发区，那里有几个新项目不错。卢梁栋同意吗？

卢梁栋说："你陪华副市长去吧。"

他马上打电话请示邱先智。邱已经知道突发情况告结，他命卢梁栋立刻返回，后续事项让华强与郑莲去处理即可。

"邱书记还有什么交代？"卢梁栋问。

"回家，休息。"邱先智说。

邱先智没再询问卢梁栋于星期日跑那么远去兰岭湿法厂干什么，卢梁栋也绝口不提。他只是交代胡天宝，关于兰岭湿法厂9号集渗观察井的漏洞，以及他们今天到现场查看的过程，目前只限于几个当事者知道，不得外传，因为怀疑难以确定，事情极其敏感。死鱼风波刚刚平息，受灾养殖户处境艰难。目前养殖户都还承认死鱼原因是缺氧反塘，除了天灾，也有养殖过密投料过多等自身原因，因此只能自己认命，找政府也就是求一点帮助。如果他们听到风声，引发怀疑，不待确凿证据，直接就把死鱼、铜离子和污水联系起来，那样的话肯定得闹出大事。

胡天宝请示："暗访是不是先停下来？"

卢梁栋没吭声。

他感觉棘手。沈声远信誓旦旦，坚称没有问题，或许他说的是真话，卢梁栋却依然不能放心，怀疑难以打消。但是突然发生的养殖户聚集上访事件拉响警报，此刻追索兰岭湿法厂的铜离子具有巨大的潜在风险，暂停或许是需要的，只是心有不甘。

他没有明确态度，胡天宝也不再请示。

第二天上午，卢梁栋在自己办公室开一个小会，邱先智突然给他打来一个电话："到我这里来一下。现在。"

卢梁栋放下电话，对办公室里一起开会的几位宣布："暂停，等我。"

他把手中的材料往办公桌上一丢，起身就走。邱先智的办公室在同一层楼，与卢梁栋这边隔着一个小会议室，也就二十来米距离。

邱先智的办公室里有客人，两位。一见卢梁栋进门邱先智就说：“来，认识认识。"

他是开玩笑。这两人卢梁栋还需要认识吗？一个是沈声远，与昨天相比，只是换了身打扮，胸前没了那块工牌。另外一个人卢梁栋也认识，比沈声远更了得，是沈的老板，长盛铜业的董事长彭东。卢梁栋早在当工信局局长那会儿就跟彭打过交道。

邱先智说，彭董事长来本市考察，拟捐资支持新建市职工文化活动中心，作为长盛铜业回馈社会的一大举措，非常值得肯定。邱先智已经安排市人大副主任、现任市总工会主席黄江河与彭东就项目进行对接。此刻有一个重要任务需要卢梁栋承担，就是代表邱先智接待两位企业家。邱先智本拟亲自接待，由于省里另有重要客人，邱先智需要应对那边，下午又须赶到省城开会，因此委托卢梁栋代表。

"黄江河随你出场。"邱先智说。

卢梁栋嘿嘿："吃饭这种天大好事，邱书记总是记着我。"

说得邱先智也笑："人家两位客人也都记着卢副。"

如果不是卢梁栋星期天打上门去，估计彭、沈两位不会星期一就来记挂。这顿饭于卢梁栋不是什么天大好事，但是他必须服从邱先智安排。邱先智知道卢梁栋去过兰岭湿法厂，却不清楚是干什么去，或许彭、沈两位会跟他说些什么。他把卢梁栋叫来接待客人，其实也在表明一种态度，否则黄江河足够，无须把卢再加上去。

当着卢梁栋的面，邱先智跟客人开玩笑，称公务接待四菜一汤，重要的不在吃，而在重视。卢梁栋副书记出场不容易，因为他怕鱼汤，会过敏，动不动干呕，陪客人勉为其难，轻易不上桌。今天请卢出面，表明特别重视。

卢梁栋笑道："邱书记亲自指派才叫重视。"

一个多小时后，卢梁栋与黄江河在市宾馆接待两位客人及其随员，边吃边谈项目。本市的工人文化宫有五六十年历史，建筑早已破败。邱先智主政后提出规划建设新的职工文化活动中心，作为前省总工会领导，他情有独钟，要求项目做大、出新，因之资金缺口较大。彭东来支持这个项目，可称打得很准。

席间，彭东俯身，在卢梁栋耳边说了句话："有一种药对卢副书记可能有帮助。"

卢梁栋不解，一想明白了，是因为刚才邱先智提到鱼汤、过敏、干呕什么的。

卢梁栋开玩笑："莫非是开塞露？"

彭东朝一位随员挥一下手，随员即起身，匆匆出门，不一会儿回到包厢，手上多了个精致的长条形盒子。卢梁栋猛一见印在盒子上的一排排大小字母不禁吃惊：这不是邱先智给的那种酒吗？怎么彭东也有？

彭东问："卢副书记知道它吧？"

"我知道不是咳嗽糖浆，是一种德国酒。"卢梁栋说。

彭东建议卢梁栋不妨试试，视同咳嗽糖浆。酒也罢药水也罢，保证一小杯见效，去鱼腥，解过敏，治干呕。

"听起来有点像老醋。"卢梁栋调侃。

不是德国老醋，是威特驰冰酒。所用原料是挂在藤上自然冰冻然后采摘的葡萄，所谓"冰葡萄"，更成熟，糖分更高，所酿酒风味独特。冰酒最初产于德国，至今最好的按照传统工艺酿造的冰酒也在德国，威特驰是其中著名品牌。

"我在德国跟你们邱书记干过一杯。"彭东说。

原来他跟邱先智是团友，前些时候本省访欧友城代表团包括若干企业家，彭东是其中之一，匈牙利有一座铜矿山在长盛铜业旗下。彭东说，代表团访欧期间有一次招待酒会，彭东看到邱先智只喝果汁，特地去倒了一杯冰酒拿给他，邱先智一饮而尽。那杯酒不能不喝，为什么？因为彭拿它预祝邱心想事成。

"差不多瓜熟蒂落了。"彭东说。

他悄悄透露，今天中午邱先智接待的客人是省委组织部管干部的副部长,那个人不会闲着没事随便走动。邱先智的事当在近日见分晓。"

卢梁栋说:"彭董事长真是消息灵通。"

他请彭东把酒收好,公务接待不能拿客人的酒当咳嗽药水去鱼腥。太浪费,也不合适,邱先智知道会批评的。

所谓公务接待其实就是工作午餐,大约一小时便告结束。饭后彭东从宾馆餐厅门口上车,直接返回省城。卢梁栋、黄江河在门外送行,沈声远也在列。

彭东走后,卢梁栋招呼:"老沈,我有一句话。"

"卢副书记请指示。"

卢梁栋说:"原先只是怀疑,现在我确信不疑。"

卢梁栋什么意思?即所谓"欲盖弥彰"。卢梁栋对兰岭湿法厂心存怀疑,突击上门察看9号集渗观察井。他发现了漏洞,没有找到足以证实怀疑的证据,却留下了几句话。只隔一天,沈声远及其老板匆匆出现在本市,直接找到邱先智,于饭桌上下做重要表演。支持一个公益项目,展示一瓶冰酒,关系不一般,消息特别灵。这是在干什么?显然是心虚了,紧急应对。如果没有这一番表演,卢梁栋还不敢武断,此刻确信不疑:肯定发生过一些事,否则彭、沈无须如此。

沈声远还是那么沉着,从容不迫。他既不承认也不否认,只强调一点:其实大家都在一条船上。卢梁栋怕铜离子伤害鱼,他们舍不得铜离子流失,千方百计堵塞漏洞是共同目标。同样的,五峰库区养殖户的事态刚刚平息,谁都不想看到再次沸沸扬扬。别的人或许不那么感同身受,卢梁栋与邱先智肯定极不愿意。库区死鱼事件是卢梁栋亲自处理的,难道当时弄错了?邱先智提升在即,加之巡视组很快就到,这种时候搞事于他就好比背后捅刀子。企业当然更不希望卷入风波,所以维持安定也是共同目标。

卢梁栋说:"老沈,我要特别警告你。"

他提到一个重大风险，在 9 号集渗观察井之外。该井违规排水洞已经堵上，危险却没有消失。这口井本身并不产生污水，如果它曾经发生过泄露，那么必定是周边区域有渗漏点，所漏液体渗到这口井里，再通过那个洞排到厂外。单单堵塞那个洞并不解决问题，必须找到那个渗漏点，那才是最重大隐患。

"告诉我，你们找到它没有？"卢梁栋追问。

沈声远称他们的风险防控手段相当完备，预案可行，即便出现意外，发生卢梁栋所警告的泄漏，也有足够的应对措施，例如迅速将水回抽到中转池，无论如何不会让它们流失到厂外。他再次重申兰岭湿法厂不曾发生污水泄漏，目前也不存在渗漏点。

"我会知道的。"卢梁栋说，"我还是要警告你。"

他话说得很重：如果发生问题，处理绝对不会手软。彭东是董事长，老板，省城户籍，省内民营大企业主，省人大代表，关系网粗广，卢梁栋不敢说一定够得着他。沈声远不一样，本市户籍，厂长，具体经营管理者，湿法厂位于本市管辖区域，卢梁栋够得着。一旦发生大问题，保证会立刻痛加惩处，直至送进监牢。

沈声远刀枪不入，依然镇定如常："我知道卢副什么意思。我已经反复跟卢副说明过，没有任何泄漏。"

彼此没再多言，各自离开。

当天下午，卢梁栋给胡天宝下达明确指令：暗访结束，撤回。

"明白。"

不仅仅这个，卢梁栋还要求胡天宝组织一次企业排污抽查，集中一批人，抽检几个重点企业，兰岭湿法铜厂必须作为其中之一。要求以最快速度组织，一两天就下去。

胡天宝顿时紧张："会不会……"

"听我的。"

"明白。"

然后卢梁栋去了邱先智办公室。对邱先智，他还欠一个解释。

邱先智表现轻松，一见面即询问卢梁栋父亲的情况。卢梁栋报告说，其父近日被他从下边老家接到市区家里住，老人家情况不好，准备做心脏搭桥。

"那瓶酒给他看了，老头恨不得开瓶就喝。"卢梁栋说，"没办法，只好悠着点。我告诉他，为了这一口，一定要努力配合医生把心补好。"

"他会没事的。"

"谢谢邱书记。"

卢梁栋报告了自己前往兰岭湿法厂的缘由，表示了对该厂的担心，还称这一担心与邱先智有关系。当年邱先智下来检查调研，卢跟邱在宾馆餐厅第一次见面时，邱就要卢注意兰岭溪生态问题，提到了铜离子，说"铜离子会从 GDP 里跑出来"。

"我那么说过吗？"邱先智问。

"我可不敢乱编。"

除了对那个厂子不放心，沈声远也让卢梁栋不放心，因为沈有前科。当年沈在市属电焊机厂当厂长，该厂一车间发生事故，设备受损，工人一死一伤。事发之后沈声远曾试图掩盖管理方面的失误，一口咬定事故是雷暴导致，属于天灾，不可抗因素。这个人的特点就是只要事实对其不利，便死活不承认。

"确实不是雷暴吗？"邱先智追问。

"当然不是。"

那一次沈声远推卸责任不成，反被举报有重大经济问题，由市纪委立案审查。由于专案组需要熟悉工业企业管理人员，经委派卢梁栋入组配合。在核实沈的经济问题时，卢梁栋发现其中最大一项有疑点，经他力争，该问题再度取证审核，终予排除。如果没有排除，沈声远就不仅是被撤职，肯定得判个几年。

"这么说他还得感谢你？"邱先智问。

事后沈声远不知从哪里听到消息，带着一份厚礼到卢家道谢，卢梁栋什么都不说，直接把他推出门去。由于这些过往，沈声远对卢一直格外恭敬，卢梁栋却本能地对他不放心。这一回也是担心沈声远故伎重演，卢梁栋有意施压，还打算继续施压。

"只是对这个人不放心吗？"邱先智问。

"邱书记觉得有什么问题？"

"你自己呢，你为什么？"

卢梁栋不吭声，好一会儿，他提到死鱼堆积如山，满天腥臭。

"难道你打算给死鱼另一个说法？"

卢梁栋承认五峰库区死鱼事件已经过去，案不能翻，因为牵动太大，一旦翻起来会有大麻烦，很难承受。现在要做的是确保不出现第二次，对此他也非常担心。企业方始终拒不承认曾发生过问题，想必认为没有足够证据，谁也无奈他们，敢于掩饰就行。以这种态度，不能指望他们会认真查找隐患。为此卢梁栋感觉恼火，也更加担心。

"你要能够放下。"邱先智即教导，"格局大一点。"

他问卢梁栋是否清楚彭东的情况？卢梁栋表示很清楚。长盛铜业实力雄厚，彭本人政商两方面背景了得，在省内外都很有影响力。

"就他这种情况，即便确实发生过泄漏，在事情已经过去之后，你觉得他们还愿意自加追认自找苦吃吗？"邱先智问。

确实不太可能。但是抓住这个事穷追不舍，有助于逼他们想办法尽量消除隐患。

"外界呢？如果有人告诉养殖户，他们的鱼有可能不是死于反塘，而是另外原因，正在追查中。那会出现什么情况？"

卢梁栋承认不能排除风声传出的风险，某种程度上办这个事确实有如走钢丝。

"我会非常小心把握。"他保证。

邱先智直截了当："不是时候，到此为止吧。"

4

卢梁栋签字的时候，外边大雨如注，雷声隆隆。

签字是例行手续，手术之前，需要家属确认若干条款，有如立生死状。卢梁栋是患者直系亲属，亲儿子，这种时候当然要他签字认账，尽管于他而言其实多余。身为本市一大领导，院方对他父亲的治疗不可能不尽力，万一出问题，他也不可能哭爹喊娘去做医闹。但是手续就是手续，该签还得签。

当天手术主刀来自省立医院，是省内一位有名的外科专家，由市医院帮助安排。昨夜本市大范围降雨，西北部山区雨量尤为集中，当时卢梁栋曾经犹豫，思忖是否与医院商量，调整一下手术时间，最终没有开口，因为涉及主刀专家的日程安排，同时大雨并不影响手术，手术室大门一关，雨声雷声全都给关在外头。

卢梁栋签过字，看着护士为父亲做手术准备，沈声远的电话突然而至。卢梁栋看着手机屏幕上显示的来电人名，心里不禁扑通一下。

"有一个情况要向卢副书记报告。"沈声远的声音听上去还是不慌不忙。

由于接连几日强降雨，湿法厂生产区周边汇集积聚了大量雨水，其中大部沿雨污分流设施排入兰岭溪故道，亦有部分雨水滞留于各生产池，包括位于生产区下方的污水池。今日凌晨，工人冒雨巡检取样，发现9号集渗观察井井水异常，初步判断周边池底发生液体渗漏。按照厂里的应急处置预案，目前正在全力把污水池水回抽至中转池，力争迅速排空，查找渗漏点，确定渗漏原因。

卢梁栋当即开骂："妈的！我早跟你说过，肯定有漏点！"

沈声远称他们并无懈怠，近日千方百计自查，也查出并堵住了若干隐患，以现有情况看确实还有一些问题。多年生产运行，设施老化是一个原因，近期雨量过于集中，超乎往年，也是一大因素。

"别跟我说还有雷暴!"卢梁栋追问,"你那些水都漏到什么地方去了?"

沈声远称近日确有雷暴,接连数日。他保证目前含酸含铜液体都在厂区内,并未排入故道。此刻故道里跑的是厂区周边引流雨水,池子泄漏的液体还在厂内打转。

"已经按规定上报情况。"沈声远说,"我觉得还应当向卢副书记直接汇报。"

"我警告过。"卢梁栋说,"你绝对不能让那些水漏出来。"

"我也不舍得让它们漏走。"

挂断电话后,卢梁栋立刻查问胡天宝。胡天宝连说刚给卢打过电话,卢手机忙音,没挂通,正准备再挂呢。

胡天宝要报告的正是湿法厂情况。该厂向所在县环保局报告发现厂内泄漏问题,县局立刻转报给市局。胡天宝已命县局密切关注,迅速弄清楚情况与动态。

"这回湿法厂还算主动。"胡天宝说。

"只怕不是好兆头。"卢梁栋咬牙。

除了湿法厂的主动报告,目前没发现其他异常。卢梁栋命胡天宝务必高度警觉,不要掉以轻心。沈声远如此行事,比拒不承认还让卢梁栋担心。

放下电话,卢梁栋看着护工把父亲推进了手术室。

这个手术持续了近四个小时,其间有些波折,幸而有惊无险。卢梁栋与妹妹、妹夫一直守在手术室门外,一边关注父亲手术,一边留意湿法厂动态。中午时分,卢父被从手术室推出到监护室,卢梁栋松了口气,即给胡天宝打电话,了解最新情况。胡报称目前一切正常。

"注意盯着点。"卢交代。

也就十分钟工夫,胡天宝的电话再至,这一次声音全变了。

"卢副!卢副!"他上气不接下气。

"别慌！好好说。"卢梁栋喝道。

兰岭溪故道自动监测装置报警，发现水中铜离子含量超标。这个自动监测点在五峰库区死鱼事件发生后，由卢梁栋亲自下令，用最快速度更换失效设备，重新启用。此刻它发现了问题。

"坏了。"卢梁栋说，"那些水跑出来了。"

目前自动监测点所报铜离子含量超标状态不是太严重，只要指标不继续往上，经雨水、河水稀释，待它们跑到五峰水库时，含量应当会降到危险值以下。

"睁大眼睛，给我盯着点。"卢梁栋道。

放下电话，他站在监护室外窗口边出神，好一会儿，转身把妹妹和妹夫叫过来。

"有急事，我得去处理。"他说，"这里你们盯着。"

卢梁栋原本已请过假，计划在医院守一天，尽儿子之本分，不料大雨加上几个电话一来，计划顿时搅乱。好在此刻父亲手术已经完成。

妹妹表示理解："大哥尽管去，有事我打电话。"

卢梁栋匆匆离开手术室，即叫车辆过来接，等车期间，他给邱先智打了个电话。

邱已经知道湿法厂事态，且已经跟彭东联系过，要求兰岭湿法厂必须迅速控制住泄漏，无论如何，不允许污水漏到处边。

"它们肯定已经跑出来了。"卢梁栋说，"只不知接下来还有多少。"

"那可不行。"邱先智恼火，"绝对不行。"

"我去处理吧。"卢梁栋说，"马上动身。"

"你父亲呢？手术改时间了？"

卢梁栋告诉他，手术已经结束。现在在监护室观察，都交给医生了。

"如果有个万一怎么办？"邱先智不放心。

"那也得靠医生啊。"

邱先智略犹豫,终于松口:"你真的可以吗?"

"没问题,书记放心。"

几分钟后车到,卢梁栋上车,直接从医院往兰岭赶。刚走到高速入口,邱先智的电话便追了过来。

"我派唐志达也去。"他说,"让他配合你,如果有万一,让他接手。"

"需要吗?"

"有问题也可以一起商量。"

"明白。书记还有什么交代?"

邱强调绝对不得让污水渗漏出厂,同时必须把影响控制在最小范围。

放下电话,卢梁栋心里感觉异样。邱先智把唐志达也派往兰岭,似乎不太必要。唐是副市长,管工业,派他当然合适,问题是既然卢出场了,再加一唐难道会更给力?邱先智电话里的意思,似乎是想给卢安排一个替手,万一卢的父亲有事,可以交唐接手。但是如果真有万一,卢梁栋早是鞭长莫及,从现场赶回医院已经没有什么意义。邱先智是不是有些不放心,怕卢用力过猛?卢梁栋早就表现出某种个人好恶,对湿法厂非常警惕,与沈声远话说得极重,此刻不幸而言中,正可以大动干戈,这却不是邱先智所愿。邱所谓"影响控制在最小范围"表现出他的想法。眼下环境污染问题最吸引眼球,如果湿法厂污水泄漏这件事闹得沸沸扬扬,此前的库区死鱼事件肯定会被联系起来,有可能造成巨大风波,对本市包括邱先智本人非常不好。把唐志达派上去有助于防止把事态扩大。唐也是一位市领导,他在场的话,卢在做决定之前得征求他的意见,所谓"一起商量",这便可以有效"看着",防止卢受制于个人好恶,擅自做出格之举。

卢梁栋挺不是滋味。以往他常充当救火队长,被邱先智临时派上场去加强力量,全权处理应急事项。想不到眼下却到了需要另派一个人来看着他的时候。既然如此,他何必呢?父亲还在手术台上开胸破肚,那些跑到水里的铜离子于他算个啥?

他却不能不尽力前往,几乎是出于本能。

途中,没由来的,卢梁栋突然在轿车里干呕。"呃,呃",止都止不住。司机忙从前排递了一瓶矿泉水给他,他喝了水,无效,还是干呕。

几经踌躇,他终于强忍着,拿起手机给郑莲打了一个电话。

"你那里怎么样?呃。"他询问。

"卢副怎么啦?"

"没事。呃。"

郑莲报称雨很大,目前县城南部低洼地发生内涝,一些民居、商铺进水。县里组织力量转移低洼街区居民,郑莲本人也在现场,坐冲锋舟指挥。

"五峰水库情况怎么样?"

目前正常。根据气象预报,水库已经及早放水泄洪,养殖区域也都及早安排防洪。

卢梁栋说:"除了防洪,还要注意其他。"

他提到反塘。不久前那一次反塘,气象情况跟现在有相似之处。接连降雨,闷热,然后突然一阵暴雨,上下水层温差大,底层热水挟带泥土上涌,大量消耗水中溶解的氧气,导致缺氧反塘,大批成鱼浮头翻白。

"卢副是担心还会反塘?"

"不一定,但是一定要防。"卢梁栋说。

"不会是……那什么铜离子?"

郑莲已经得到环保部门消息,并且立刻联想起来。卢梁栋告诉她,以现在知道的情况,水里那些东西还不至于造成大的破坏,但是不能不防,同时也不能说,以免引起不必要的恐慌。需要提醒注意，却只能讲缺氧反塘。

郑莲请示得怎么办才好。卢梁栋提出，可以通过政府部门，或者渔业技术指导部门通知相关乡镇，指出气候条件恶劣，有必要提高警惕，防止大面积反塘死鱼现象再次发生。可以立刻采取暂停投料、增氧以及适当捕捞减少养殖密度等办法，早做防范。半个多月前的那一次灾害中，上游网箱遭受毁灭性打击，所幸库区下游部分养殖户损失小一点，得帮他们保住剩下的那些鱼。

郑莲说："我马上安排。"

奇怪，说话间，干呕消失不见了。

卢梁栋驱车速行，轿车在高速公路上跑得飞快，雨还在下，车轮下水花四溅。

胡天宝先一步到达湿法厂，他立刻打电话报告，称沈声远调动所能动用的机械排水，把污水池水回抽到中转池，目前污水池接近见底，已经发现池底破裂漏水区域，由于雨水还在不断涌入，处理比较困难。

"密切注意。"卢梁栋说，"告诉他们我马上就到。"

半小时后卢梁栋赶到湿法厂，车一直开到生产区，沈声远带着人守在路旁，地下还摆着雨衣和长筒雨靴。

卢梁栋下了车。沈声远说："卢副一到，雨就停了。"

此刻雨停是大好消息。沈声远虽是有意说好话，却也是由衷表达。

卢梁栋没吭声，沉着脸，匆匆换鞋，命沈立刻领他到现场。

污水池已经基本排干。偏于下方的池底损坏处已经出露，远远看去触目惊心，有一条大开缝，起起落落，呈现不规则撕裂状。一帮浑身泥水的工人正围在那里忙碌。

"全是泥，卢副不要过去，就在这里指导吧。"沈声远说。

卢梁栋就像没听到一样，抬脚下行，顺着污水池畔的阶梯走下池去。池底又是泥又是水，深处几乎没膝，卢梁栋高一脚低一脚，一直走到那群工人旁。

沈声远紧随卢梁栋，一路说明："是HDPE衬垫防渗膜破裂。"

所谓"HDPE"衬垫指用高密度聚乙烯所做的防渗衬垫，因其耐磨、绝缘、韧性、耐寒、稳定且成本较低，施工方便，当下大量使用于各种工程。兰岭湿法厂的各堆浸场各生产池，全部采用HDPE衬垫防渗膜作为防渗漏措施。眼前的污水池防渗膜经受了多年运行考验，为什么会突然撕裂损坏得这么厉害？沈声远他们初步认定，主要是因为当年池底未进行硬化处理，防渗膜承受压力不均，而近期兰岭山区持续强降雨，水分大量聚集，地下水从污水池底部往上拱，一点一点淘空黏土层，在不同部位造成压力差，积累到一定程度，防渗膜承受不住，沿受力集中处被撕裂，地下水便从撕裂处源不断涌入了污水池。

"是涌进来，不是漏出去？"卢梁栋即追问。

沈声远解释，按照流体力学原理，流体的运动方向总是由单位重量流体能量大的位置流向单位重量流体能量小的位置。此刻地下水单位重量能量大，所以是涌进来。

"如果只进不出，下方故道检测出的超标铜离子哪里来的？"

沈声远说："卢副书记，容我们严查。"

查看现场之际，唐志达赶到湿法厂，比卢梁栋稍慢一步。唐给卢打了电话，卢梁栋让他在办公楼稍候，随后碰头。

一行人离开现场前往办公楼，在中转池又稍微耽搁了一下。此刻中转池一池大水，还好尚有将近一米余地。沈声远说，雨已经停了，根据气象预报，未来数日兰岭山区还有雨，总体趋势是减弱转移。只要不出现大的降雨，中转池现有库容足够。

"如果下了，而且很大，怎么办？"卢梁栋追问。

沈声远强调，即便下了大雨，还是有手段保证含铜酸水留在中转池，雨水则引入故道排走。污水池池底残余液体有可能混合在雨水里，顺那条裂缝漏出去，总量不会太大，也已大大稀释过，不会造成什么问题。

"假如出现大量液体漏出去呢？"

即便那样也还有办法：故道下流有一道应急闸门，一旦发现问题，可以把闸门关上，把泄漏的水体连同雨水关在这一截河道里，然后回抽处理。

他们到达办公楼，与唐志达一行会合，立刻进会议室开碰头会，主要围绕接下来的防控手段进行研究，一旦出现某种意外，如何应急处置，原有预案能否解决问题，需要如何强化，等等。正商谈中，卢梁栋手机响铃，他一看是妹妹的号码，心里顿时紧张，感觉不妙。

果然，电话里妹妹声音急切："大哥，你在哪里？"

她可能以为卢梁栋在办公室处理事情，哪会想到他竟然远远跑到山里去了。

卢梁栋说："别慌，有什么情况？"

卢父在监护室突然发生情况，监控嘀嘀报警。医生赶来处理，迅速把人又推进了手术室。具体情况不明，医生只说发生了意外，要她通知卢梁栋赶紧来。

卢梁栋只觉脑子轰的一下，一时什么都说不出来。

一旁唐志达注意到卢梁栋神色不对，立刻问："卢副？你父亲怎么样？"

显然邱先智给他交过底。

卢梁栋这才回过神，他在电话里说了几句，要妹妹他们不要慌，让医生处理，他们会尽力的。有什么新情况赶紧给他打电话。

放下手机，唐志达说："卢副快走，这里有我。"

卢梁栋说："我先给邱书记打个电话。"

他挂了邱先智的手机。邱在事前已经发话，如果有个万一，让唐志达接手。但是如果确实打算离开，卢梁栋觉得还应报告征得同意。手机几乎立刻接通。没待卢梁栋说话，邱先智就在那边发火：

"卢副,你怎么搞的!"

卢梁栋惊讶,无语。

"什么反塘!你是想制造恐慌吗?"

郑莲竟把卢梁栋的交代捅到邱先智那里去了。卢梁栋交代防范反塘时,心里也有犹豫。他担心的不是反塘,而是铜离子,但是在确定发生污染之前不能提,以免引起恐慌。以反塘之名提醒注意有助于促进基层干部和养殖户采取行动,万一灾害发生,有望减少损失。但是风险也很大,特别是湿法厂发生的泄漏和兰岭溪故道铜离子检测超标已经不可能不为人所知,人们很自然会做联想,弄不好便把上回库区死鱼搅进来,引发风波。时间才过去大半个月,大家都还记忆犹新。且没事还好,万一真的发生铜离子灾害,卢梁栋这么预警有可能被指为隐瞒真相。以安全计,此时不吭不声,静观事态发展为好,但是卢梁栋实在不想再看到死鱼堆积如山,养殖户倾家荡产,无论采用什么说法,只要能少死几条鱼,那也好。

显然邱先智并不认可。

当着唐志达等人的面,卢梁栋没法多解释、分辩,只说了一句:"哎呀,我只是非常担心。可能考虑不周。"

"什么考虑不周!从一开始……"

邱先智没再说下去,可能自觉语气重了。他的意思已经有所表达:从一开始卢梁栋就不对劲,用力过猛。"考虑不周"只是托词,为什么?

"邱书记,回头我……"

没待他把话说完,邱先智就另起一行:"那里情况怎么样?"

卢梁栋报告,泄露位置已经找到,污水得到控制。雨已经停下,于抢救有利,但是风险还很大。唐志达已经到达,正在研究接下来的防控措施。

邱先智依然是那两条:绝对不得让污水渗漏出厂,必须把影响控制在最小范围。

事实上污水已经有所渗漏，此刻只能着眼于不再接着来。只要不发生大规模泄漏，影响便是可控的，如果发生了，任谁都没有办法。

卢梁栋挂了电话。自始至终，没有提起父亲之事。

唐志达问："邱书记什么意见？"

卢梁栋把邱的两条再重复了一遍。其实不必他说，唐很清楚。

还没说完，妹妹的电话再至，在电话里失声痛哭。

"大哥，大哥，爸他……"

卢梁栋只觉手脚冰凉，他强忍着说了一句："别哭。我马上回去。"

放下电话，卢梁栋发现唐志达两眼灼灼盯着他，不禁嘴角一歪，惨然一笑。

"完了。"他说。

"老人家？"

"交给你。唐副辛苦了。"

卢梁栋没再多话，即起身，匆匆走人。

轿车离开湿法厂大门，电话便接踵而至。医院院长直接给卢梁栋打电话，说了一堆技术术语，表示手术失败，非常震惊，非常悲痛。心脏搭桥手术有风险，特别是老人年纪大了，有不少基础性疾病，手术风险更大。主刀医生和院方都尽力了，手术期间，医院一位副院长全程在场，意外发生时也竭尽全力抢救。可惜这种手术就是这样，一旦发生意外，只有一个结果，几乎没有例外。

卢梁栋说："我知道了。"

还有几个亲朋急电慰问。卢梁栋一一接听，痛心不尽。接电话间，泪水静静而出，从眼眶向下流淌。卢梁栋拿手抹去眼泪，竭尽全力，让自己的声音不显得异样。

然后他喊了一声："停车！"

在他沉浸于难过与问候之间时，天又下起雨来。待他注意到时，小雨已经下成大雨，雨点噼里啪啦，在轿车身上打出一片轰响。司机把雨刮器开到最大，紧握方向盘，小心翼翼，顶着大雨前行。

那时他们已经快到高速收费口。卢梁栋把车叫停，从车窗往外看满天大雨，突然又干呕不止。

他对司机说："走另外一条路吧。"

司机听命，一打方向盘驶上另一路，这条路不上高速，通往五峰水库。

兰岭湿法厂已经交给唐志达坐镇，这阵大雨对那个厂子无疑非常凶险，但是有什么办法让老天爷不下雨？卢梁栋感觉自己就像手术室里的那个主刀医生，已经竭尽全力，如果还要发生意外，有什么办法呢？所谓"尽人事，听天命"，或许确如医院院长所说："一旦发生意外，只有一个结果，几乎没有例外。"

卢梁栋给妹妹打了一个电话，告诉她要配合医院，父亲遗体送太平间冰柜，等他回去再商量后事。此刻他在下边救灾，还有急事需要处理，处理完他会马上赶回去。妹妹妹夫他们抓紧时间，先休息。走的已经走了，没走的还要好好活着。

轿车从县道驶往五峰库区。此刻卢梁栋往那边去有什么意义？他自己也说不清楚，只是听从于直觉，或者是本能的干呕。

半路上，唐志达电话告急："卢副！出事了！"

这回是中转池。大雨中该池水位迅速上涨，在离坝顶还有半米之距时，水突然不涨了。那不是好消息，连任何时候都镇定自若的沈声远发现后都慌了手脚。果然，观察人员迅速发现中转池中部偏下游位置出现一个漩涡，该漩涡在大雨中不断扩大，池中水体卷入漩涡，一圈一圈打着转消失在池底。

这个池与污水池一样，也是池底铺 HDPE 衬垫防渗膜，当年池底同样未进行硬化处理，同样运行多年，同样面对持续强降雨导致的水分大量聚集、地下水上拱、黏土层淘空，压力差。不同的只是这个池的位置相对高些，地下水位影响或许小些。但是眼下这一场大雨如万根稻草，一下子压垮了骆驼，防渗膜承受不住，被撕裂，不再是地下水从撕裂处源源不断涌上来，而是池中水打着漩随地下水往下而去。这些水不会流到地心里，它们必定会在下方冒出头来，汇入故道水流中。

这就是泄漏，大规模。

"唐副！让他们赶紧关闸！"卢梁栋叫。

沈声远已经命守在故道下方的值班人员立刻关闭闸门，把故道水流封住，同时启动装置，全力回抽故道里的水。中转池底部破裂后，不待水全部泄光无法维修，能够采取的措施只有封锁故道回抽污水，这是最后一个手段，如果失效，就再也没有任何办法阻止含铜酸水流入故道，污染下游。

卢梁栋说："唐副，按咱们商量的步骤，一步一步吧。"

"是啊，是啊。"

放下电话后，卢梁栋又是一个干呕，习惯性。

他打了一个电话，给郑莲。

"卢副，我检讨！真是不好意思。"郑莲一接电话就连声道歉。

检讨什么呢？防范反塘。郑莲一直非常敬重卢梁栋，决不会在领导间拨弄是非。这一回事出意外：邱先智打电话了解该县抗洪情况，郑莲汇报工作安排时，把对养殖户的预警也报告了，说县里很重视，决定以县政府办发一个明传给几个相关镇，考虑到事情有一定敏感性，用词需要非常注意，既让大家提高警惕，及早采取措施，又避免引起猜疑。县政府办主任拟稿，几个领导把关，几上几下修改，已经基本定稿，准备下发。邱先智听了立刻追查是谁的主意。郑莲这才知道不好，起初还不敢说，邱先智直接问："是卢副书记要你们这么干？"郑莲只好承认。邱先智发令立刻停止，暂不下发。目前没有必要，有情况再说。

卢梁栋问："什么动作都没有？"

"是的，没有。"

"完了。"

"卢副，有什么情况吗？"

卢梁栋告诉她，兰岭湿法厂刚出事，相当严重，大量污水泄入兰岭溪故道，此刻被一道闸门拦住。平时情况下，这道闸门应当还可指望，至少可以延缓多一点时间。这么大的雨中就不好说，雨水和污水汇集成山洪，一旦闸门失守，灾难不可避免。

郑莲顿时口吃："又会，会反塘？"

"不是反塘，是污染。"

郑莲在电话那边张口结舌。卢梁栋告诉她，自己正从兰岭湿法厂赶往五峰水库。危险就在眼前，不需要再发什么明传，赶紧以最快速度，紧急调集县、镇两级力量，做最坏的准备。郑莲要亲自带队，立刻赶到五峰库区与卢梁栋会合。

"明白，我马上。"

卢梁栋到达五峰水库管理处时，兰岭湿法厂那边传来最坏消息：故道闸门被山洪冲毁，连同一条短堤坝崩溃。含铜酸水就此无遮无拦，直向下游。近一小时后，郑莲带着大批干部赶到五峰镇，那时已经无可挽回，大批成鱼在各养殖网箱里浮头翻白，迅速死亡。这些鱼在前些时候那一场灾难中劫后余生，终究没能逃过本次没顶之灾，至此为止，本区域养殖鱼类几乎荡然无存。

吊诡的是，此刻雨停，居然还有日花在云层闪现，气候闷热，一如上回。

郑莲问："卢副，现在我们能做什么？"

卢梁栋命她把人派下去，帮助受灾养殖户收拾残局。所有死亡鱼类必须迅速打捞上来，挖坑掩埋，做适当消毒处理。死鱼要全部称重过磅，每家每户每个网箱的损失数据要登记造册。活鱼也要捞出来，由县里定价，分成鱼、鱼苗，按市价全部计重收购。部分活鱼可运销市场，运不走的干脆放生。所有费用由县财政先拨款垫付。

郑莲苦下脸:"卢副,你派我去抢银行吧。"

卢梁栋让她放心,财政只是先垫付,最终要长盛铜业负责补偿,冤有主债有头,谁造成损失谁赔。养殖户的损失,必须尽可能足够弥补。包括上一回所谓"反塘",肯定也要重新追究,正式进行调查,掌握确凿证据后,对受灾养殖户追加补偿。

郑莲匆匆去安排她的人分头落实,其间突然跑回来找卢梁栋。

"卢副!刚听说你父亲……"她叫道。

卢梁栋摇摇头:"不说了。"

"你赶紧走。这里有我,我们按你说的做。"

卢梁栋说:"我该在这里。"

他告诉郑莲,他父亲其实就是个养鱼的,早年务农,后来承包了村里的两口鱼塘。卢梁栋从读小学时起就得帮父亲养鱼,包括割草扔到鱼塘里,以及穿一条短裤下塘捞鱼。鱼塘收入是家庭主要经济来源,卢梁栋上中学,上大学,靠的是那些鱼。卢父冬天下塘,要喝两口酒驱寒祛湿,卢梁栋怕鱼腥,是因为吃鱼吃怕了。夏日里遇上"反塘",血本无归,全家人号啕,吃死鱼。死鱼还被腌晒成咸鱼干,卢梁栋带到学校里,整个月都拿那东西下饭,吃得想起鱼就会干呕。高中毕业时,父亲让儿子读养鱼专业,如果毕业后能回来当个渔业站干部,那就太好了。卢梁栋自己选择了学工,那是恨不得离鱼腥味远达十万八千里。其实那股味早已融在他的灵魂里,哪里摆脱得了。他们家承包的鱼塘多年前因为修建高速公路被征用填埋,如今踪迹全无。看到库区那些养殖网箱,卢梁栋感觉又像见到当年的自家鱼塘。他在这里所做的事其实也是为父亲而做,权当以此纪念,做功德送老人上路吧。

"算得上私心杂念。"他自嘲,"你这里五峰镇坑边村有一位养殖户,老范,我记住了。那表情跟当年我家老爹一模一样。"

紧张忙碌由日到夜,持续了一晚。卢梁栋寸步不离,一直待在水库管理处。凌晨时分他给唐志达打电话了解情况，提了个建议，让唐立刻进行必要追究，着手启动责任处置。具体说，必须命令兰岭湿法厂停产，有关档案资料封存备查，等等。有一条必须抓紧，就是马上控制该厂厂长沈声远。出了这种事，谅沈不敢拍屁股跑掉，实也无处可逃，但是该采取的措施必须采取，以示惩戒。

唐志达说："还得他在这里张罗啊。"

卢梁栋说："控制他，表明一种态度。目前可以让他继续管那些事。"

"我考虑一下。"

"可以请示邱书记。"

几分钟后唐志达回了电话："邱同意。"

早饭后卢梁栋决意离开，此刻此间再没有更多需要他管的事了，而父亲的遗体还在医院太平间里等着他，丧事还有待商定。刚好华强副市长已经赶到，华挂钩本县，这里有华也就够了。

郑莲跑过来报告："邱书记请你暂时别走。"

邱先智要来视察灾情。主要还不是邱，是省长。省长从省城赶来，要亲临五峰水库视察慰问，邱先智陪同。短短十几个小时，库区死鱼事件已经惊动全省，接下来或将惊动全国。引发注意的除了死鱼，更因为兰岭湿法厂大规模泄露到水中的铜离子。

在昨日被邱先智电话训斥后，卢梁栋与他再没联系过。刚才卢梁栋通过唐志达转告建议，此刻邱的口信也由郑莲转告。卢梁栋自感有些话跟邱不太好说，因此没有主动打电话，邱先智肯定已经得知卢梁栋父亲过世，却缄默无语，不曾表达关怀。问题在哪里？不仅是此前的一番电话责备，更在于卢梁栋一语成真。兰岭湿法厂这场灾难出乎邱先智预料，于他可能也是灾难性的。他心里肯定气恼有加，这时满脑子都是该怎么办，暂时没心思去管其他，包括关怀卢梁栋。此刻忽然面对卢梁栋，于他可能很不是滋味，但是显然他认为卢梁栋应当留在五峰库区，表明本市领导早在灾难尚未发生时即迅速应对，于本市包括邱先智或可得分。

那天上午十点，省长、邱先智一行到达。卢梁栋与郑莲领他们匆匆看望几户受灾养殖户，而后在水库管理处开了个小型汇报会。这种场合当然得由当地主官也就是郑莲汇报，卢梁栋的身份是市领导，属于听汇报一方，所安排的座位在邱先智旁边。邱先智到达后没跟卢梁栋说话，卢注意到他表情正常，考虑到此刻他所承受的压力，没有表露出丝毫紧张与焦虑确属大气。直到落座后，邱先智才忽然伸出右手与卢梁栋握了握，说了句："节哀。"

"谢谢。"

这一短短交流让卢梁栋下了最后决心。

郑莲汇报完情况，省长忽然把头转向卢梁栋："你也说说吧。"

这是常规。卢梁栋坐镇此间指挥抗灾，在这个场合可以从另一角度补充汇报。

卢梁栋没有多说情况，因为该汇报的郑莲都汇报了，包括邱书记卢副书记华副市长如何高度重视等等。卢梁栋只补充了一点，话一出口，举座皆惊。

他提到了不久前发生的那起大规模死鱼事件。根据本次灾害发生情况，以及前些时候的追查，他认为有必要重新审视当时的调查与处理，如果发现与眼下这场灾难有关联，也属于污水泄漏导致，那么建议并案处置，由企业和责任人承担责任，让养殖户的损失得到弥补。

邱先智面无表情，抬眼看了看窗外。

"你为什么会提出这个问题？"省长问。

卢梁栋感到内疚，因为事件是他本人亲自掌握处理的，当时邱先智出访不在家。处理过程中，尽管有所怀疑，也发现一些数据异常，他却没有认真追查，匆匆以"反塘"做结论，导致养殖户利益受损。如果当时抓住时机查彻底，可能就不会有今天这样的灾难。他非常痛心，觉得自己应当负主要责任，愿意接受上级的审查与处理。

那时候全场鸦雀无声。

卢梁栋对自己说:"就这样吧。"

他本可以什么都不做,如邱先智所说,"从一开始",那样的话就什么事都没有。但是他还是一步步走到现在,所谓"尽人事,听天命"。以这种方式提出问题,想必能引起重视,可以让老范那样的养殖户弥补一点损失,对邱先智也不会有太多不利影响,聊为回报"威特驰"。至于自己就不必多考虑,总得有人出来承担责任。事情确是他一手处理的,查起来确实也会是"舍我其谁",那就主动承担吧。该做的做了,该说的说了,该怎么样就怎么样吧。总之感觉心安,可以去面对已经远行的父亲。

人们鼓掌,哗哗哗,由衷地。欢迎省长讲话,亦不乏其他意味。

王不见王

1

据我们所知，刚开始时王文章总说"五百年前是一家"，甜言蜜语跟王均套近乎，热切得就像恨不得再成一家。可惜彼王不是此王，人家王均有定力，洞若观火，始终对王文章之流保持高度警惕，予以有效钳制。

王均初到任时，有一天在大会场开会，会间她在台上侧身，指指台下第一排偏中位置一个男子，低声问坐在身旁的县长娄士宗："那位是谁？"娄说明："林耀，建设局局长。"王点头，忽然举手轻拍，命坐在另一侧、正在念稿的县委副书记陈冬木暂停片刻。场上大小官员一时惊讶，不知女书记忽然有何见教。时大家除了知道她是目前本县老大，名字比较中性不像通常女名，但是长相宜人外，其他的都不甚了解。这时就听王均点名，要台下第一排林耀局长站起来。林耀没料到竟是自己中了头奖，急忙听命起立，站得笔直，却不知道究竟是哪里长得好，忽然就给领导看中了。王均也不说话，伸出手，拿食指与中指比个夹东西的动作。众人诧异，随即一起恍然大悟：原来是指抽烟。那时林耀右手持一支笔，左手夹一支烟，正一边做记录，一边吞云吐雾。

林耀顿时红脸,像是业余小偷被抓了现行。他赶紧把香烟扔在会议桌下边地上,拿鞋尖踩灭。而后王均比了比,示意他坐下,命陈冬木继续。

那时场上很安静。

说起来,林耀这个头奖中得有点冤:室内公共场所禁止吸烟早已归为常识,本会场却由于某个特殊历史原因属于另类,其时场上星星点点,各角落有若干轻烟隐然升腾,此起彼伏,并非只有林耀一个在抽。虽然吸烟有害健康,毕竟还有相当比例烟民在为国家烟草税做贡献。这些烟民会犯烟瘾,时候到了就跟鸦片鬼一样直打哈欠。开会听报告长时间保持注意力不容易,有时难免感觉疲劳,这时候来支烟可以提神,有助于认真学习会议精神。这么说是不是歪理?无论如何,显然人家王均书记并不认同。林耀倒霉在于所掌管单位比较重要,开会位置靠前,让王均一眼盯住,用两根指头夹起来修整一番,以警示场上其他烟民。其实林耀胆敢公然于领导鼻子底下抽烟,也属事出有因:那时候可不仅台下若干下属抽烟学习重要精神,主席台上领导也有,就在县长娄士宗身边,离王均不过两个位置。该领导面前有位牌,身材瘦长,就是王文章。距离如此之近,无须侧身观察,烟味肯定已经对王均有所骚扰,她不会不知道身边这位"五百年前是一家"正在干啥。但是她作视而不见状,没有命王文章当众站起来,因为人家毕竟是常务副县长,在党政两套班子里都有名字,排位仅次于陈冬木,应当得到足够尊重,给他留点面子。这个时候活该林耀被当众收拾,那其实也是做给王文章看的。林耀把香烟往地上一丢,王文章手上那支烟忽也不翼而飞,不知道去了哪里。

会后,王文章表扬王均,说王书记堪比当年林则徐,举重若轻。林则徐钦差大人虎门销烟声势浩大,使尽九牛二虎之力。王均书记会场禁烟没多说话,只盯住一个人,用了两根手指头。

王均询问:"王副像是有点看法?"

王文章表示并无看法，百分之百拥护。他还借机做了点说明，称多年前本县人大即已制定、颁布公共场所禁烟规定。当时他就下决心响应号召，公文包里塞满戒烟糖。后来发现不行，糖比尼古丁还有杀伤力，为防止血糖过高，不得已继续"吸毒"。本来也还注意点影响，尽量低调，找个没人的旮旯，背地里用力猛抽几口，依依不舍赶紧扔掉，叫作"秒吸"，偷偷摸摸，做贼心虚。没料时来运转，遇上了张书记。张书记在王书记之前，掌握本县大政近一届。这位领导烟瘾不一般，他在台上做报告时，台子左边放茶杯，右边放烟灰缸，一口水一口烟，喝水抽烟两不耽误，从容不迫，公共非公共场所无差别，全县大同。张书记任上烟民们感觉特别宽松，特别有尊严，老大抽，大家跟着抽，主席台上互相扔烟，自由自在，其乐融融，没有谁敢来干涉。所谓"上有所好，下必甚焉"，第一把手就是这么厉害，率领本县成为禁烟另类。岂料好景不长，张书记忽然出事了，虽然出的事与抽烟没有直接关系，毕竟造成了本县香烟环境历史性改变。现在王均来当书记，会场上林耀那些人吞云吐雾，主要还是习惯驱动，下意识而已，并不是有意冒犯领导，他们没那个胆子。

王均说："抽烟不是问题，是非才是问题。"

"当然。明白。"

女书记是非观念很强，什么对，什么不对，眼睛里有条线。她敢拉下脸，时候到了绝不含糊，难得的亦能掌握分寸，让人不容小视。该书记来历比较特殊，"五百年前一家"私下调侃，把她称为"伞兵"也就是"空降兵"，指其从外边下到本县任职。事实上由于干部交流力度大，加上任职回避制度要求，如今县区一级党政主官基本都是外地人，从本地成长起来的很少，因而所谓"空降"概念普遍适用，不同的只是降落高度有所区别。有的书记县长是从邻近县区提过来的，那是低空跳伞；有的是从市直下来，可以算是中空；最厉害的是高空跳伞，也就是从省里直接下到县里任职，这种领导自高处而来，见过大世面，非王文章一类井底之蛙可比。从省里下来的人当然也有区别，其中来自几大部门的尤其厉害，因为素质、历练与环境有别。王均下来前是省纪委一个处长，那个地方哪有等闲之辈？王还有基层工作经历，曾在省城城区一个街道办事处当过书记，后来成为区纪委书记，再到省纪委，此刻派来本县掌管一方，级别上是平级调动，明摆了是重视、培养，来日方长，未来不可限量，本县肯定只是她履历记录的一个小站点而已。以她这种来历，特别是在前任书记出事后从省纪委直下本县，不说所谓"有点事"的官员心里害怕，自认为"没啥事"的也不敢乱来。

"禁烟"事件过后没几天，女书记下乡调研，去了岭脚镇，刚刚开始看点，陈冬木突然来电话，报告了一起意外事件：本县北岗乡发生一场车祸，一辆卡车在一条乡际公路陡坡处倾覆，摔到沟底，车上人员非死即伤，目前已确认死亡四人，送医院抢救七人，其中三名垂危。事件发生后，当地政府与相关部门迅速展开救援并即向县里报告，分管安全的谢副县长正召集应急局等部门人员赶往北岗乡。这种规模的事故，按规定必须立刻报知书记、县长，亦须报告市里。当天王均下乡，县长到市里开会，副书记陈冬木管家，得知情况后陈亲自给王均打电话，询问可有什么指示。

王均了解："伤员送县医院抢救了吗？"

北岗乡与县城距离较远，交通比较差，现场救援人员担心时间和伤情不允许，先把伤员就近送到北岗卫生院抢救，视情况与需要再考虑转院。县政府已命卫健委通知县医院做相应准备。

王均要陈冬木做好调度，此刻最重要的是救命，想尽一切办法保住伤员性命。事故情况按规定该怎么上报就赶紧上报。她还交代："有什么变化及时告诉我。"

"明白。"

接电话时，王均一行在岭脚镇区附近察看蔬菜基地，那里有大片塑料大棚，当地书记、镇长陪同王均视察。王均放下手机后扭头看了一眼，指着大棚区背后那片大山问了一句："这个方向往哪里？"

那座山就是北岗，土话称"北岭"。岭脚镇位于北岗山前低岭丘陵地带，北岗乡则在山那边。准确说不需要翻过山，眼睛所见，低山部分属岭脚，高处那些地盘就归入北岗乡地界了。

"近在咫尺啊。"王均下了决心，"去。"

她决定临时调整日程，立刻前往北岗，亲自探望伤员，督促救治。随同调研的县委办主任吴平赶紧劝说，称北岗看近实远，"望山跑死马"，加上路不好，车跑不快，挺费时间。车祸死人这种事，谢副县长赶去处置足够了，不需要第一把手亲自到场。王书记百忙之中，打打电话提提要求就已经非常重视。

王均笑笑："打电话有你就足够了。"

她执意前往，说走就走，吴平哪里拦得住。一行人离开岭脚不久，新消息再次传到：送北岗卫生院救治的三名垂危者中，有一人已经不治。这位伤员不幸离世也造成本次事故不幸升格，以死亡五名进入了"较大安全事故"范围。

那一段路果然难走，曲折而坎坷，路面破损严重，呈所谓"畸肩"状，好比人的肩膀一高一低。这条路"畸"点相同，都是下行侧低破，上行侧略好。驾驶员说这是大车运石头压坏的。北岗石头好，以往吃石头，这条路上全是运石大卡车，下山是满载，重车，上山是空车，来来去去，那一侧路面就给压"畸"了。采石叫停后卡车少了，路也没钱修了。驾驶员本人出自北岗，情况了解，路况熟悉，技术也过硬，"畸肩"难不倒，全程四十来分钟完成。他们突然到达乡卫生院时，现场人员个个措手不及，这是因为动身前王均特意交代不许提前通知，保证当地人员专心于救援，不需要分心筹划如何接待不期而至的王均一行。这么考虑貌似有道理，其实不合常规，县委书记驾到，哪有不提前通知的？但是人家王均就这样，或许是想趁众人对她了解尚少之际，来一次突然袭击，看看下边这些人在突发事件中表现如何。

没料到他们撞进了一场吵闹。吵闹发生于卫生院门诊楼一楼，挂号室对门的一间办公室里，该室房门紧闭。王均一行匆匆到达时，在挂号室了解车祸伤员此刻何在。值班人员指着走廊后边，报称都在手术室。一行人赶紧转身往那边走，突然一旁屋子传出怒骂，还有大喝："快去！猪啊！"一行人诧异之际，紧闭的房门突然打开，一个人从里边踉跄而出，显然是被从后边推了一把，后边那个人可厉害，他不光推，还抬起一条腿，似乎要加踢一脚，只是动作没有完成，戛然而止。

有一两秒意外静场，然后是一声招呼，非常惊讶："王书记！"

竟是王文章，他非常及时地把一条长腿收了回去。被推出门挡在他前边差点挨一脚的那个人是郑光辉，本乡乡长，此刻满脸尴尬。

王均问："怎么啦？"

王文章笑笑："王书记亲临现场，真快！"

他立刻命郑光辉赶紧带路，随同王均去手术室慰问伤员。

王均问："情况怎么样？"

王文章报告说，重伤三人走了一个，另两个目前还撑着，情况依然危急。乡卫生院抢救条件不足，却又担心伤员死在运送路上。他考虑不能再等，得搏一下。已经命救护车紧急出动，送两个重伤号到县医院，医生随行护送，随时处理紧急状况。其他伤员生命无忧，就在乡里治疗观察。

"王书记有什么指示？"他问。

王均说："你安排。"

他们匆匆去了手术室。手术室外急救通道上，救护车已经到位，警示灯闪烁。乡卫生院院长和医生们以及若干乡干部都在那里忙碌。一听来的这位竟是本县新任女书记，大家一时紧张。王均说："别慌，做你们该做的。"

她在那里待了半个来小时，慰问伤员，听取汇报，提出若干要求，而后离开。王文章一直紧随左右，直到把王均送上轿车。

上车后王均才问了一句："怎么是王副呢？"

陈冬木曾明确报告由谢副县长前来应急，怎么忽然变成王副县长了？王文章虽是常务副县长，此时还应由分管安全的县领导出场才是。另一个疑问是王文章怎会如此神速？王均从近在咫尺的岭脚镇赶来尚需一点时间，王文章怎么可能比王均还快？不仅提前到，指挥安排之余，还能把郑光辉叫到房间里闭门谈话，怒骂，又推又踢，如此了得。难道他搭了架直升机？

吴平立刻打电话，一问明白了：此刻谢副和他那队人马还在路上，正在爬北岗山呢。王文章跑到现场发号施令应是自行应急介入，就好比王均自己从岭脚跑到北岗。作为常务副县长，本县排名第四的领导，听到出事消息特意赶来了解并现场指挥救援也属正常，不算越权。至于王文章哪里搭的直升机，吴平提出一个合理解释：王文章是北岗人，其母住在乡下老家，今天是周六，估计是昨晚回家探母，住了一夜，今晨听到消息便就近赶了过来。

王均问："'嘎林内'是什么？"

吴平张口结舌，不知道王均问个啥。王均提到了刚才王文章与郑光辉在屋子里吵，她听到了一连串"嘎林内"，那是讲啥呢？吴平"啊"一声，明白了，连说那是土话，粗话，不太好听的，骂人的。

"不是骂猪的？"

王文章在房间里骂猪，那应当也属骂人，把郑光辉骂为猪。至于"嘎林内"的准确意思，还真不好直接对王均翻译。吴平拐弯抹角解说，土话"林"即"你"，"内"则是"娘"，"嘎"其实就是"干"。是啊，就是那个意思。

王均一撇嘴："该去刷刷牙。"

那意思是嘴臭，尽粗话。

她还问了一个问题："这里有个'游客服务中心'？"

"有的。"吴平回答,"在建重点项目。"

"有多远?"

吴平答不出来,前排驾驶员替主任回答:"还有五公里多。"

"知道路吗?"

"知道。"

"去看看。"

王均怎么会提起这么一个中心?主要是刚才郑光辉汇报,出车祸的卡车是游客服务中心工地运输车,死伤的都是工地民工。卡车载石头到工地,返程是空车,民工下班,图方便,爬上卡车跟着下山。货车车斗载人是违规的,司机可能还属疲劳驾驶,结果在陡坡上反应失当,摔了,司机本人也丧了生。

王均要去游客服务中心,并非拟勘察车祸现场,确定事故原因,这种工作归专业人员,即便是县委书记也未必能干。王均想看的只是工地,以对该服务中心有个大体印象,之所以想去留个印象,与车祸无关,另有缘故。

他们在那条路上走了近半个小时。路很窄,路面更差,有众多陡坡,若干地段已经被施工车辆碾出深深车辙。翻过一个山坡,眼前突然开阔,一片工地赫然展现在前方半山坡上,这就是在建中的游客服务中心,属于本地"莲花山风景区"。工地范围不小,包括在建的一座大楼及其附属设施,还有一个大广场。大楼还在脚手架包围中,看上去有三层左右。大楼周边地形高高低低,有各种施工车辆在工地上穿梭。

按照王均的要求,驾驶员在坡顶停车,没有直接开进工地。王均下车,站在山头上观看工地。吴平紧随。

王均问:"怎么会在这里搞这个项目?"

吴平有些支吾:"是,那个,张拍的板。"

"总指挥是王文章?"

"是,是的。"

在建中的项目颇具规模,大楼及其附属设施加上广场出现在这一片山地间,某种程度上可称气势不凡,问题却也显而易见:号称游客服务中心,而游客在哪里?谁来让本中心提供服务?即便"莲花山景区"内容无限丰富,就目前而言,不说四面八方的游客拥在曲折难行的北岗乡际"畸肩"路上通行困难,仅从乡集到工地车辙遍布的这五公里路,就接连几个陡峭地段令人印象无比深刻,复制刚刚发生的"较大安全事故"无不条件充分。有哪些浑身是胆的游客敢来一试身手?交通状况所限,此间一座宏伟壮观的游客服务中心岂不是注定成为摆设?巨大投资岂不是注定去打水漂?

王均表情严肃,但是没有公开发表意见。看过工地后,一行人动身离开,再经北岗公路,回到了岭脚镇,继续她在该镇的调研活动。

两天后,王均在办公室接到王文章电话,后者请求王均安排个时间,想向她汇报一些工作。王说:"来吧。"

王文章是特意来做解释的。原来他母亲早在半年前就被他接到县城,帮助管他儿子。王那天去北岗不是因私探亲,是专程察看游客服务中心工地。该工地近期施工进度不太理想,他很不放心。他在周五晚间到北岗,第二天上午叫了郑光辉一起上山,本来也打算把乡书记叫上,不巧那位回县城,不在下边,只抓住一个郑光辉。刚到半路,忽然听到车祸消息,王文章临时改变行程,带着郑去了卫生院。

"跟王书记不期而遇,哈。"王文章打哈哈。

"遇得挺突然。"王均忽然问一句,"那个郑光辉还行吧?"

这回王文章可没拿嘴踢,他满口好话,夸奖郑光辉是把好手。北岗现任书记是机关出身,基层经验少,比较弱,目前该乡工作主要靠郑撑着。游客服务中心那一摊子,王文章挂总指挥,现场具体问题还是靠郑去解决。

"我听说王副对这个项目还是很上心的。"王均说。

王文章称自己是北岗人，家乡难得开建一个重点项目，当然得多关心。但是项目总指挥是前任张书记硬要他干的，以熟悉本乡本土情况好协调为理由。他本人倒是真不愿意，本乡本土，有些事情反而不好处理，叫"本地猪屎厚沙"。

王均没听明白："什么'厚'？"

是土话，俗话，所谓"厚沙"就是多沙。说的是本地猪拉的屎里尽是沙，不像外边的猪屎干净，意思是本地事情难缠。说来也真是，例如征地搬迁，游客服务中心那片工地迁了一个自然村，平了两个小山头，那山头上全是当地百姓的祖坟，干这种事哪会不挨骂？有人骂王文章是本乡人祸害本乡，"汉奸"，骂得他就像当年那个汪精卫。郑光辉也是北岗人，同样挨骂，"小汪精卫"。

"郑光辉其他方面怎么样？"王均还问。

王文章知道王均问的当然不是郑光辉颜值几分。他解释，郑光辉那个事他原本不知道。那种事一向都是你知我知，没有谁会自己说出去，就好比前任张书记"与多位女性发生不正当男女关系"，得等涉案出事才给曝出来。郑光辉乡长当了一届多，几年间换了三任书记，就是没用他，着急了，想提拔，也想调到外边条件好的乡镇任职，便利用春节拜年，请求"领导关心"，给张送了软包中华烟两条，礼金四万。张出事后交代出来，郑被办案人员叫去做了认定。送钱这种事无论什么理由都不应该，还好数额不算大，是从郑妻储蓄卡上领出来拿去送的，来路还清楚，不是受贿所得。郑肯定要因此受个处分，暂时无望提拔，看起来他还经得起，目前工作依然很努力。

"当时他只找过张？"

当时郑也找过王文章，只是大家都清楚，这种事别人只能帮助说几句话，解决问题还得找老大。而且王文章不主张郑光辉离开北岗，总让郑老老实实待在那边干，郑不敢跟他多说。相求时郑也送了一条烟，没送钱，因为王不收钱，郑也不需要送。算起来，他俩属远亲，比"五百年前"还近一点。郑是王文章外婆那个村子的人，辈分更高，王文章得称他"表舅"。由于这层关系，有时候王会跟郑开开玩笑，彼此"阿猫阿狗"什么的。

显然他想对那天与郑光辉的吵闹略作解释，但是只谈阿猫阿狗，小心地不再提猪，也不谈什么"嘎林内"。这位表外甥与他表舅间的瓜葛哪会这么简单。那一天王均亲眼所见，王文章真是火大了，如果不是外边有人，王文章那一脚肯定踢到郑光辉屁股上，一点都不会客气，那可不是"外甥打灯笼——照舅"。此刻王文章一味掩饰，只说好话，轻描淡写，王均也不多问，转口了解另外一个情况。

"我记得张的案子里也有跟游客服务中心项目相关的。"她说。

据王文章所知，游客中心工程招标时，中标单位给张送过钱，具体数额有好几种版本，准确数据多少，得等案情公布才清楚。如今一个项目特别是重点建设项目涉及方方面面，程序特别复杂。论证、立项、设计、征迁、招标、施工，很多环节都牵扯利益，需要领导拍板。张本人喜欢抓权，大事都得他定，一些利益方通过各种方式，拐弯抹角重点进攻他，他自己把握不住，就出了事。不过张的事情主要出在县城城区改造的几大项目上，这头油水大。莲花山风景区游客中心项目没有多少肥肉。

"你呢？当时也有人进攻吗？"

"免不了。"

王文章称自己胆小。农家子弟，出自一条大山沟，靠早起晚睡努力读书，好不容易考上大学，成为公务员，祖坟冒青烟了。一路摸爬滚打，终于当了这么个小官，很不容易，得特别珍惜。不敢说没有半点问题，人情往来，一盒茶一条烟什么的，都有，钱绝对不碰。有人怀疑他跟早先那位张书记之间有问题，其实他跟张的主要个人往来就是扔一支烟，点一次火。张腐败是张的事，他没跑去合伙。张涉案后交代了一堆人和事，除了郑光辉等一批科级干部，班子里也有多人被叫去问，传闻纷纷，他并不在其中，不是吗？张对他不错，放手使用，主要因为他肯做事，也能做点事而已。

"也想跟王书记提个要求，要个事做。"他忽然表示，"王书记刚来不久，本来不该给书记出题目。只怕别人赶到前边了，先容我说一说可行？"

"说。"

原来是涉及"客专"项目。该项目是近年本省交通建设一大重点，设计线路经过本县。该"客专"一期工程也即东段工程两年前开工，目前已接近完工，二期也就是西段工程已经提上议事日程。本县路段属二期工程，按上级要求，沿线各县需要成立相应机构，确立负责领导，协调各方，配合建设部门做工程。王文章提出让他来管这个事，理由是这条"客专"经过本县的路段，大多位于北岗乡，他来处理比别人有利。于他本人而言，为家乡做点事也属应该。

"都是出于公心？"

王文章嘿嘿，承认也有点私心，也许能在家乡留个好名声，不能总是什么汉奸汪精卫。搞得好，也许还能有一些意外好处，比如来日有机会让儿子挤进"客专"线，当个车站售票员什么的。哈哈，开玩笑。

王均说："主动要求挑重担很好，具体还得研究。"

"主要看王书记态度。"

王均直截了当："我觉得你不必多考虑这个。"

"书记认为不合适？"

"像你自己说的，那叫什么？猪屎沙多？"

王文章干笑："哈，也是。"

王均告诉他，据她了解，前任那位张的案子尚未结案，案情可能还会发展，还可能牵扯到一些人和事。她很希望除了目前已经涉案的那几个，本县干部特别是班子里的同志不要再被牵扯，都能平安过关。但是也不能心存侥幸，如果确实有些事情，还是主动向上级交代为好，不要等人家说出来，被叫去查问才坦白，那就被动了，只怕悔之莫及。这一点，她曾经在班子里讲过，王文章想必还有印象。

王文章笑笑："感觉像是指着我说的。"

"我更希望像你自己说明的那样，什么事都没有。"

王均还强调，身为县领导，除了廉政大事，其他方面也不是不需要注意。比如文明规范，讲话做事多注意为好。也就是所谓牙刷干净。调侃也要适当，避免不良影响。例如"空降兵""跳伞""五百年前是一家"什么的，尽管并无恶意，难免也会被人解读出其他意味，不如不讲，该严肃要严肃。实际上她也是拿这些与大家共勉，并不是指着哪一个说的。

"明白。"

都说到这种程度了，还能不明白吗？

2

王文章决意走为上。以我们观察，这个决心于他下之不易。

时下官员所谓"走为上"，常被理解为不告而别，"跑路"，潜逃。这种情况早几年不时有见，跑得远者会偷越国境，几经潜行，远赴国外藏匿，有的后来进入"红通"名单被遣返，有的则不知所终。凡此跑远路官员无不属于"有事"，且都"有大事"，涉及大案要案。王文章不属于这种，至少目前看起来不像。他并没有涉案，即便如人们怀疑与前任张某案子有牵扯，看起来似也不是扯得很深，数额不可能太巨大，与那些跑路者相比，只属小巫见大巫，否则他早给办案部门控制起来，不会放任他在县城和游客服务中心工地间晃来晃去。以他这种情况，毫无模仿"跑路"之必要。

事实上人家王文章所谓"走为上"是另一种类型，并非不告而别，非法潜逃。他考虑的是合法途径，离开一段时间，暂避。为什么做此考虑？主要因为王均。

那时候王文章已经不讲"五百年前是一家"，因为王均有提醒，也因为事实上确与"一家"相距甚远，尽管县委班子里姓王的只有他俩。私下里王文章自嘲，叫作"王不见王"，这位女书记很厉害，好比林则徐，禁烟坚决，不容置疑，烟鬼们怎么办？只好避之唯恐不及。这当然只是调侃。王文章还自嘲有时开玩笑不够严肃，与王书记性格不合，说得就像打离婚官司的夫妻法庭陈述理由似的，实际上摆出的都是鸡毛蒜皮。关键还在于王均是女上司，女上司往往有洁癖，是非观比较清晰，王文章自知此王不是彼张，自己很难让她放心，特别是人家目光炯炯，于王文章经常如芒刺在背，这种目光下小日子不太好过，似也不容易做成事，以长远计不如先躲一躲。出于个人情况，王文章很难远走高飞另谋高就，必须以暂离而非长久甚至永久离开为基本选择。

那时候发生了一个意外情况：刘兴玉在西藏出了事情。刘兴玉是本县县委常委、统战部长，数月前刚成为本市四位援藏干部之一，参加本省本批援藏干部队伍，去了西藏对口支援县，在那里担任县委副书记兼副县长，仅次于担任县委书记的本市另一位援藏干部。按照现行办法，刘去西藏后与本县工作脱钩，但是原职务依然保留，以利两地配合。刘进藏后工作非常努力，不料却在下乡调研时遭遇山石崩塌，刘在同车人员保护下跳车，逃生中被飞石砸中，腿部重伤，所幸被及时救出，性命无虞。由于伤情较重，养伤需要较长时间，恰本期援藏工作刚刚开始，为保证任务完成，本省援藏领队建议迅速更换人员，经省领导同意，本市奉命挑选接任人选。理论上说，这位继任人选应在全市范围内挑选。由于刘兴玉出自本县，其援藏后，本县上下发动，在支援项目、筹措资金上多方努力，以支持刘完成本期援藏任务，为保证这些项目资金落实到位，眼下由本县选派人员接刘，比从其他县区挑选更为有利。这一考虑使选派范围和竞争大大缩小,被王文章视为机会。一届援藏为期三年,目前仅余两年多,算来不长,归来后有一定选择余地,回到本县相对方便,职务还有望上升。这两年多时间里本县情况可能还会有些变化,例如王书记可能高升,换来个汪书记,虽然不能指望姓汪的就不是林则徐,毕竟王不见王还是值得期待。

问题是此王要走,也还得过彼王一关。

他找王均谈了话,请求书记支持。

王均问:"感觉你很迫切,为什么?"

王文章说:"机会难得。"

"你说想为家乡做点事,忽然又动心其他机会?"

王文章表示,可以先去为西藏人民做点事,回来再为家乡做点事。

他当然必须这么说。什么"王不见王"之类,只供私下调侃,实上不了台面。

王均不含糊,表态明确:援藏很重要,任务很艰巨,有时候可能还会遇险,好比刘兴玉。王文章愿意去接手,必然反复考虑过,对困难和危险有足够思想准备,也属勇挑重担。这件事的推荐权在市里,决定权在省里,如果征求她的意见,她会支持。

从王均那里讨到这句话,王文章信心倍增。他写了一份申请报告,亲送市委主要领导,并做当面请求。他还利用开会之机到省里找够得着的上级领导做工作,请求给予支持。而后他开了一份书单,从县图书馆借来一大堆与西藏有关的书籍,关在办公室,通宵达旦阅读,恶补西藏知识,志在必得。应当说王文章争取这一机会很有利,首先是内定挑选范围限于本县,几乎去掉百分之九十的竞争者。其次是王文章本人资历胜人一筹,比刘兴玉都有资格。刘是在确定援藏后才提任县委常委的,而王是现职常务副县长,此前还当过两年副县长。以这样的资历,他不争取便罢,一旦真想去,且不要求提拔,别人很难跟他争。加上王被认为是"肯做事,能成事",这就更其有利,把握性比较大。综合各方面因素分析,王文章此番"走为上"确实可期,眼看轮他去"高空跳伞"了。问题是空降都是从高处往低处跳,西藏位于世界屋脊,海拔那么高,从本县前往,还不如说是坐上火箭,嗖地一蹿直冲云端。

王文章想坐火箭也还有若干不确定因素,其中最具威胁力的还是其干净程度。王文章曾为涉案的那位张重用,令人有所存疑。该案是省纪委办的,王文章到底有没有问题,可不可以让他坐火箭,上级才能把握。

那一天王均命人通知王文章,让后者于第二天上午去岭脚镇参加一个现场会,商讨该镇防洪堤改造项目。岭脚镇镇区挨着清溪河,现有防洪堤建于上世纪末,当时经费紧张,项目标准较低,而作为北岗山区降水下泄主通道的清溪河夏秋水量集中,堤坝存在隐患。王均上次到岭脚调研时听到了这方面的反映,认为关乎民生和人民生命财产安全,须全力推进堤坝改造。那天现场会去了几大县领导,王文章虽不管水利,却因常务副县长分管财政,需要参与。

王文章给王均打了个电话,表示完全赞成改造岭脚镇区防洪堤,财政方面是县长一支笔,他协助分管,党政两位主官决定的事,他完全照办。现场会他可不可以请假呢?不凑巧他明天得到省城去一趟,是约好的事情,昨天他已经跟县长请过假了。

王均问:"公事吗?"

王文章略支吾:"也是准备援藏吧。"

"不是还没定吗?"

王文章忽然转口:"最近岭脚那条路不太好走啊。"

"比你那个游客服务中心难走?"

"那倒不是。"王文章说,"这几天天气特别不好。"

"这不是更需要吗?"

王文章笑笑:"不说了,听书记安排。"

王文章所谓"天气不好"指的是下雨,时逢雨季,近段时间本地降雨集中，气象预报称明日亦有大雨。王均所谓"更需要"说的是这种时候到现场看洪水更直观，更明白堤坝改造非常需要，刻不容缓。

不料出师不顺，王文章乌鸦嘴竟一叫灵验：第二天上午，一行人被大水阻挡在岭脚镇外两公里处。

这里有一条小溪，是清溪河的支流，小溪上有一个小水电站，建有一条水坝，该水坝同时亦为过溪通道，有一条村道从水坝上通过。这条村道比北岗游客服务中心那五公里山路当然好多了，平坦，弯道亦不急促，平时车辆也不多。近日由于镇区公路改造，通行车辆暂时改走这条村道，水坝便成为车辆进出镇区的必经之路。由于连日降雨，小溪水面暴涨，此刻竟至淹没水坝。从河岸上看，只见一片大水，有一座建筑孤零零立于水中，那是电站的泄洪闸装置，下部已经被淹没。隐隐约约，还可见两道横栏在水线上下起伏，那是堤坝两侧的矮道栏。

当天上午两王同行，两辆越野车一前一后停在河岸边。王文章下了车，从后边跑到前边王均这辆车旁。

"不能过，危险。"他对王均说，"恐怕得考虑改期。"

此刻除了这条洪水淹没的村道，再无另外通道可达岭脚镇区。从降雨情况判断，几小时内洪水只会更大，不会消退，因此坐等亦没有意义。这时还能怎么办？王均坐在车里，眼睛盯着那片大水。凭着水面上那座建筑和隐约浮现的道栏，可以大体判断堤坝走向。水虽然淹过堤坝，似乎还没涨到足以淹没越野车的车轮、车头，理论上车还可以涉水而过。问题是谁也不知道会不会车行一半突然没水熄火。且上游洪水还在下泄，情况瞬息有变。半个多小时前，娄士宗与陈冬木刚刚从这里过去，到岭脚镇打前站，当时还什么情况都没有，岂料转眼水就没过堤坝。此时冒险过河，弄不好突然更大水头来袭，没准车会给推倒，甚至会连车带人给洪水推过道栏，滚入堤下，被洪水卷得不知去向。这时还能怎么办呢？没有其他选择，只能如王文章建议，打道回府，另择吉时。明天有一位市领导到本县调研，王均需要陪同，接下来还有其他急迫工作日程，现场会少说也得推到一周之后，甚至更长时间，这于王均是个大问题。

她问驾驶员："这层水开得过去吗？"

驾驶员看看前方，再往上游看一眼，口气不太确定："应该，可以。"

"那么走。"王均下了决心。

没有什么事比水火更急迫。面对大水，尤其感觉此间防洪堤建设之重要，王均决意冒险，涉水前进。驾驶员听命发动，车刚缓慢开出，突然外边有人用力拍打车身，砰砰砰一阵响，急促之至。

竟是王文章。他站在一旁等王均他们掉头，不料一看这辆车居然往前拱，他着急，扑上前就拍打车身。

驾驶员停了车，打开车门问："王副怎么啦？"

王文章张嘴就骂："嘎林内！你找死啊！"

驾驶员支吾道："这是，这是领导。"

王文章当然知道，没有王均下令，驾驶员哪敢擅自往水里开。这个时候他也不跟王均说，只是挡在车头前，转身朝后边招手。眨眼间，他那辆车开了过来。

"不许急，我先过。"他命王均的驾驶员，"好好看着。不行了我会退回来。如果过去了，你再跟。"

然后他上了他的车，命司机往水里开。

几分钟后他们越过了河道中线。

王均下令："跟上去。"

两辆车过了河，安然无恙，人机平安。

到了岭脚镇政府，下车后王均问王文章："你就这么敢，当着我的面骂我的司机？"

王文章检讨，称自己并非胆大包天，也没骂人，只是着急了，土话随口而出。如果眼睁睁站在一边，看着女领导给洪水冲走，他没法交代，还会永远被人耻笑，一辈子抬不起头，那样的话还不如自己给冲走。

"要是王书记给冲走了，我怎么办？"他说，"我还有求于王书记呢。"

"有吗？"

他再次提到请王支持，听说最近市里将做推荐人选决定。

王均没有吭声。

现场会后，王均找娄士宗了解情况，问的是王文章请假的细节。通知王参会时，王报称拟往省城办事。他是不是真的跟县长请过假，以什么理由。

王文章主要工作在政府那头，一般事项请假直接找娄士宗即可。娄确认，王文章所报属实，说是约了一个医生，专家，要带儿子去省城看医生。当时县长不清楚王均有意让王文章参加现场会，电话里就同意他走。带儿子看医生这种事完全就是私事，怎么说"也算准备援藏"？绕个弯差不多也可以算一点：此去两年，一跑远在天边，事前有必要把后院事务安排清楚，例如给老娘买件棉袄，给老婆买包面膜，给儿子配副近视眼镜。虽都属私事，可视为预备远行。

王均还是那句话："不是还没定吗？"

几天后，王均到市里开会，市委书记和组织部长一起找她谈话，就援藏干部继任人选正式征求她的意见。王均明确表态，建议由陈冬木去接刘兴玉。陈冬木是现任县委副书记，挑选他能体现本市对援藏工作的重视，也有利于本期援藏任务的顺利完成。

组织部长很含蓄地提了一句："王文章好像很迫切。"

王均回答说，王文章曾找过她，当时她也曾明确表态，可以支持他去。但是现在考虑，还是推荐陈冬木更合适。

王均回到县里，立刻通知王文章到她办公室。也就几分钟，王文章赶了过来，脸上带着笑，或许认为已经心想事成。显然他一直关注着事情的进展，也有渠道打听到市领导找王均谈话的动态，不需要多久，谈话的具体情况可能也会传到他耳朵里。王均不等别人去告诉他，直接找他来，亲口相告。

王文章呆若木鸡。

"我只是表示了我的态度。如果市里决定还是你，我会服从。"王均说。

王文章干笑一声："书记这一巴掌把我拍死了。"

"你不是还坐在这里吗？"

"没戏了。"王文章不满，"王书记答应过的。"

"我改主意了。"

"为什么？"

王均问："王不见王什么意思？王容不得王？"

王文章不吭声，起身离去。

几天后，市里上报推荐人选，果然是陈冬木，王文章出局。王均作为县委书记，她的意见无疑分量独具，上级领导当然也自有把握。由于这一回王文章努力争取，动静有点大，很多人有所耳闻，且都认为十拿九稳。大家都传说这家伙志在必得，除了"恶补"西藏知识，也还努力"恶补"身体素质，"为进藏做点准备"。西藏海拔高，氧气稀薄，沿海低地的人乍一去可能会有高原反应，据说严重得挺可怕。但是有一种"红景天"可以帮助人克服高原反应，那是一种中药，可煎服，亦有以此加工而成的饮品，装进饮料瓶，好比瓶装凉茶，饮用比较方便。王文章弄来一箱这种凉茶，每饭必喝，想必他身体里的抗高原反应因子正在迅速积累，应当已经具备了一飞冲天的条件。忽然间没戏了，定的是陈冬木，此王未遂，"恶补"种种，尽属白干。

这是为什么呢？悄悄地便有些议论在县里县外传开，比较具体的猜测还是涉张，也就是跟那位前任张书记的案子牵涉了。王文章为什么急于远走高飞？所谓"王不见王"只是表面原因，及早逃避才是内在驱动。只要能够走成，即使张案终于扯到他身上，只要情节不是特别严重，办案部门不太可能跑到西藏去把他抓回来，那样的话对本省本市声誉会有影响，也必然对本期援藏任务的完成造成不利。因此最大可能是暂挂，待他回来后再收拾。这就是说王文章为自己争取了两年多时间，他可以在这段时间里内外兼修，有关系跑关系，没关系找关系，待到一朝凯旋，时过境迁，问题可能变小了，过关就相对容易。王文章的如意算盘大约就是这么打的。可惜他碰上王均，上级领导当然也掌握了若干情况，该算盘终于给打翻在地，接下来自有好戏，可以拭目以待，看王文章那些事还怎么收场。

果然，不到一周时间，市委组织部干监科通知王文章前去，领导要找他谈话。王文章按要求到达，才发现谈话领导竟有两位，除了组织部一位副部长，还有一位市纪委副书记。这是一次两家联合进行的干部约谈，这种谈话通常出自市委主要领导要求，对相关干部某些问题进行了解。以组织部为主，表明问题暂时还没达到交纪委调查的程度，但是约谈与交代过程中如有新的发现，也可能非常迅速地发展成案件。

两位领导给了王文章一份单子，列有十几条他们要了解的问题。王文章必须做当面汇报，还需要写出书面说明。

王文章看了那个单子，说："有几个是老问题，以前做过说明了。"

"可以再做说明，也可以进一步补充。"领导说。

问题集中在王文章近些年负责的一些项目的立项、招标、用地、开支等方面，其中包括莲花山风景区游客服务中心项目。两位领导要求王文章谈谈该项目情况，王文章还是那三段落：前任书记拍板，总指挥硬安给他的，他本人没有利用以牟取私利。

"这个项目一直有反映。"领导说。

"我知道。"王文章说，"当时有人骂我汉奸，现在还有人骂。"

"你没觉得项目有问题吗?"

王文章沉默片刻,突然改口:"我还是直说吧。"

或许因为正式约谈开不得玩笑,也可能因为自知真实情况摆在那里,上级总会掌握,不能总是推三推四。王文章干脆直接都揽到自己身上,承认这个项目,包括此前的"莲花山风景区",都是他全力推上去的。起初几乎所有人都不认为项目搞得起来,包括那个张。是王文章千方百计运作,组织专家调研认证,提出建设规划,具体组织设计、争取省市项目经费支持、开展招商,一直到组织招投标,项目落地施工,所有环节都是他为主操作,他为之不遗余力。为什么?因为他是总指挥,更因为他是北岗人。总指挥表面上是张硬要他干,实际上是他跟张直接讨要,只是请张帮他做个姿态,这样接手有利避嫌减骂。他之所以力推这个项目,主要是考虑家乡条件不好,产业薄弱,百姓贫穷。北岗石产业曾经兴旺过十几年,打石锯石运石卖石,搞得山疤路破河流污染,终因环境破坏严重被叫停。石产业下马后,北岗百姓还能吃什么?不能都出去打工吧?他考虑还是靠山吃山,开发旅游是可行的一项,毕竟有山有水,大树参天,奇石遍地,可登山、可漂流。人文资源也丰富,例如有一座秀才楼,一家三代出秀才。有一园石牌坊,大大小小竖了二十几块。

"是不是还有一个土匪洞?"

确实有。该"土匪洞"常被人拿来调侃,视为王文章忽悠瞎搞。这些人其实是不了解情况。北岗民间有句谚语"莲花山土匪洞",莲花山说的是那儿主峰加周边山岭看上去像是观音菩萨的莲花座。那一带山岭地貌独特,有大量石洞群,只要识路,从山腰石洞钻进去,可以从山顶钻出来,还可以钻到周边山岭去。因为易守难攻,早年间曾有多股土匪盘踞,前前后后匪患闹了百年,所以才有"土匪洞"之名。在"莲花山风景区"规划里,土匪洞成为当地十大景观之一,改名为"剿匪洞"。这不是乱改,是有历史依据。

解放初，北岗一带聚集近千土匪，四处流窜，危害严重，解放军派了一个团兵力，加上县大队、区小队、民兵，在北岗剿匪三个月。由于地形复杂，土匪彪悍，仗打得很艰苦，解放军、民兵加起来牺牲了三十多人，终于彻底清除百年匪患。事后当地修了烈士墓，立了"剿匪胜利纪念碑"，现在都成了资源，既是自然，也是人文。规划风景区时，王文章提出可以借助这一资源，搞一个剿匪野战游戏项目，到时候让几组游客分别扮演土匪、剿匪部队和民兵，给他们发游戏枪，定几条规则，安排合适路径，在保证安全的前提下，让他们钻进山洞，乒乒乓乓打个痛快。有人讥笑这是"王氏土匪游戏"，他认账，确实是他提出来并列入风景区旅游规划，他相信如果能办起来，该项目一定红火。还有人举报他以开发旅游为名，坑蒙拐骗偷，靠欺瞒忽悠把上级扶持资金、银行贷款和开发商资金骗到老家北岗山沟里打水漂，他认为说得对，也不对。如果继续坚持，把项目办起来，那就是一片新天地。如果项目中途下马，给搅黄了，所有努力包括金钱就打了水漂。

"你担心这个吗？"

王文章承认，前任张书记出事给带走后，他就预感游客服务中心项目可能会遇到波折，那段时间隔两天他就要抽空去工地一趟，有时是半夜三更赶来回，催迫施工单位全速赶工。这也是想搞出既成事实。一般而言，投入越多，中止或者回头就越难。另外工程上也需要有一个段落，例如那座主楼，如果在封顶前停工，雨季一到，缺乏防护的墙体有可能被雨水渗透受损，严重的话将导致整个儿垮塌，那就前功尽弃。把封顶完成，就可以有效保护墙体，哪怕工程意外中止，东西还在那里，不会倒掉。出于这些考虑，他才拼命催促。千不该万不该，工地上居然出了事，而且是他最痛恨的车祸事故，一翻车死亡五人，列入较大安全事故，还引发更多注意和质疑。他真是气死了。郑光辉不检讨现场监管失职，反抱怨赶工太紧导致大家都受不了，所以才发生事故。他听了恼怒不已，一怒之下差点拿脚去踢郑光辉。

"我对其他人很少动粗,当然更不会动手。"王文章解释,"郑光辉不一样。"

有什么不一样?还是那个说法:他俩是远亲,外甥打灯笼——照舅,阿猫阿狗从小一起长大。郑光辉还是因为王文章一再力挺,才能够一步步上来成为乡长。因为这种关系,别的可以不论,郑光辉绝对不该让工地出那种大事。

"现在主楼封顶了没有?"

"已经完成。"王文章说,"终于松了口气。"

他觉得工程中止已经迫在眉睫。新书记王均到任后,面对各种质疑之声,必定会下决心重新开展论证。既然无法继续推进,他还不如暂时避开。他相信无论请什么专家来论证,都不可能一边倒,都还会有保留意见。特别是工程投入已经那么大,谁敢一句话拿几包炸药轰隆炸光,背起一堆债务?最不利的情况就是烂尾两三年,待他援藏归来,时过境迁,或许就能继续开始。

"现在火箭坐不成了。"他自嘲,"红景天喝了一堆,全白干。剩下大半箱只好塞到床铺底下,人家陈冬木不要那个。"

"很遗憾?"

他觉得也好,也许莲花山工程不用再等两三年。

"你在这个项目里没有经济方面的问题吗?"

王文章说,哪怕他是个大贪、巨贪,也不会在家乡这种项目上贪半分钱。

"那么你在其他项目上怎么贪?"

王文章即修改自己的说法,发誓迄今为止没在任何项目上贪过半分钱。

这种事能靠赌咒发誓解决吗?几天后,一组精干人员从市里悄悄进驻本县,加上本县配合人员,一起对王文章相关问题进行初查。调查人员了解的范围跨越十来年,从王当副乡长起,直到当下，王管的项目几乎都给问了个遍，整整查了十来天。

然后王均找王文章谈了一次话。王均告诉王文章，经请示市委领导同意，决定免掉王文章"莲花山风景区游客服务中心"项目总指挥一职，工程暂停，重新组织专家论证，以便做出科学决策。

王文章不吭气，好一会儿才表示："我预料到了。"

王均要求王文章正确对待。她还说，尽管有不同看法，王文章所做的大量工作和努力还是得到公认，总体尚好，骂王文章"汉奸汪精卫"绝对是定性错误。

第二条王文章也预料到了：干部群众反映王文章存在若干问题，其中收受、转送高档香烟问题比较突出。要求王本人认真整改。

王文章感叹："不如直接要求我戒了。"

"做得到吗？"

王文章摇头，称有时候人还得靠点什么，比如他得靠一支烟。

最后一条可称好消息：根据调查人员反馈，外界所反映的王文章几大问题，特别是所谓"涉张"事项，经查，暂未发现其违法违规的确凿证据。类似调查的结果通常直接报告上级，无须向相关对象反馈，但是可以给当地主要领导做点通气，由其把握。鉴于王文章的情况，王均认为可以对本人有所告知。

王文章笑了："是不是出乎王书记预料？"

这话有点张狂了。

王均回答："在我预料之中。"

王文章惊讶。

"但是我需要确认。"她说。

王均不讳言，王文章确实做过不少事，所谓"肯做事，能成事"，但是针对他的举报与议论也不少。市委领导对此很重视，她也认为有必要搞清楚，所以才会有相关查核。现在确认了，看来这个王在这方面也还可以放心。王均感到高兴。

问题是机会已经不再，王文章床铺底下大半箱红景天已经用不上了。

王均提起一件事：按照上级要求，县里正在考虑成立"客专"项目配合指挥机构，需要确定负责领导。她个人意见，要王文章来承担。她记得王曾经跟她提过这件事，不过今天还需要正式征求王本人意见。如果王还愿意，她就准备按程序正式提出。

"你也可以不干。"她说。

王文章喜出望外："真的吗！"

"你说呢？"

"谢谢王书记信任！"

"但是呢？"

王文章明确："没有但是。"

"需要再表演一回，表明是我硬要你干的吗？"

"不需要了。"

3

"客专"是个啥？那就是一条铁路，或称高速铁路、高铁。"客专"的全称是"客运专线"，表明了这条高铁的特定性。

本县目前没有一寸铁路。直到被"客专"线工程设计师画上一条虚线，才一举跻身未来的全国高铁网，也进入本省的"一横"之中。本省高铁规划通俗称之"三纵三横"，"客专"属于中间那一横，其东端为本省省城，西端则穿越省界，接入国家高铁网中一条连接几座大城市的骨干线路，本省省会将通过"客专"与它们联成一线。本县有幸为"客专"途经，完全因为地理位置：这块地盘恰属本县，你不想经过也得经过。同样的原因，这条线只能走本县的北岗乡，难以另谋高就，因为北岗在本县海拔最高，地理上属于本省中部一座山脉余脉，而"客专"大体沿该山脉南坡而行。高铁有其缺点，没法像村道一样忽上忽下，得讲究高度坡降，当然也得考虑巨大成本。数年前"客专"规划刚刚披露，本县便有大量反映，希望此段线路南移，从本县县城至少从岭脚一带经过。经多方努力，未遂，高铁还是高高在上，唯青睐北岗。线路难以调整，只能退而求其次谋求"设站"，这一艰巨任务非王文章莫属。

所谓"设站"指建一个火车站。"客专"线原本规划于本市地界设一个站点，具体位置有东、西两方案，尚未最后确定。原因是本市北部三个县都属途经，三县都想争取，但是又各有想法，所谓"各怀鬼胎"，原因相同：线路只在山区一线通过，离县城都有一定距离，三个县不约而同，都想争取线路南移并于靠近县城位置设站，结果无一成功。由于本县在三县位置居中，且途经线路最长，设站理由更为充分，却因为北岗离县城太远，设站牵扯大量土地和资金投入，利用价值和性价比似乎不高，意见分歧较大。王文章从一开始就力主争取，建议千方百计让站点落在北岗，为此他列举了很多理由，其中有一条最核心的却没在其中，那就是他本人。王文章是北岗人，如果"客专"线只是途径他的家乡北岗，那么北岗人在付出土地、劳动之后，可以幸福地"看到铁路修到我家乡"，却难以获得更多利益。如果有一个车站设在北岗，情况顿时大变，必定会有一条连接车站与县城的高等级新公路作为配套项目提上议事日程，这将根本改变目前的交通状况，"畸肩"路将从此进入历史，北岗将从一个偏远闭塞之地一变而为本县铁路、公路结合的新兴交通枢纽，必定极大促进各相关产业发展，这便是全盘皆活。不说别的，王文章全力以赴的莲花山风景区及其游客服务中心，忽然就不再是"坑蒙拐骗偷"的打水漂项目，而是极富远见的产业发展措施了。

王文章当年就是拿"客专"线和设站作为重大利好，促成了"游客服务中心"项目的确立。时"客专"线还在酝酿规划中，不免有人怀疑，如果到头来这条线不修，或者本地不设车站，那么王文章的鼓吹谋划全得死个直挺挺，包括"游客服务中心"，当然也包括他自己。为什么王均甫一上任,王文章迫不及待就请求把"客专"事项交给他?那不仅是勇挑重担,更是救命之策。这个项目谁都可以来牵头,但是肯定没有谁会比王文章更切身,更上心,更急迫。王均改变主意,把王文章从火箭发射场扣下来,把"客专"任务交给他,可谓看得很准。当然,如她这种有洁癖的领导,更强调委以重任之际,需要确认此人手脚基本干净。

王文章发表体会:"女领导有两种,一种很一般,一种很厉害。女领导一旦厉害起来,真是没有哪个男领导可比。"

下级表扬上级,可以不吝美言。王文章表扬王均是数十年里最好的第一把手,一举为本县注入了未来发展的强大动力。其实王这么表述也属自我表扬。王文章当然也自认跟王均没法比。女领导是老大,他只排名第四。女领导高屋建瓴,他满裤管泥巴。最重要的是女领导出于公心,而他私心重重。作为本地人,他自知将终老本地,如果只为自己捞取好处而不为家乡干些事情,本地人骂娘会骂进他的骨髓,让他来日躲进骨灰盒都不得安宁。眼下他在台子上,人们只能在背后骂他汉奸,一朝下台了,满街的人都会当面吐他口水,他可不想享受这种美好待遇。无论如何,他必须为家乡做点好事,留点美名。王均是省里派下来的,根本不需要考虑这个,只需多说少做平稳过渡,不必计较干过些啥,不出大事就好。时候一到,照样提拔走人,无须在意这个地方又怎么啦,谁会在这里想念或者骂娘。但是王均就是不一样,与本县干部群众同心同德,敢于面对巨大困难,不惜付出艰辛努力,任职一方造福一方,办实事办大事,绝不敷衍。本县干部群众看在眼里,铭刻在心,永不忘记。

王均问:"这些话跟以前那个张书记也说过吧?"

王文章脸皮结实,面不改色:"他喜欢听。"

"打包带走,去跟他说。"

这个重要指示贯彻落实不太容易。

虽然从此不再"高屋建瓴",王文章倒也不负所望。这个人确有能力，加上有一股劲，如他自嘲，拿出当初"坑蒙拐骗偷"那些招数，加上"好工"也就是锲而不舍，不达目的誓不罢休，难题被一一破解，"客专"站点终于最后敲定，设于北岗乡，定名为"莲花山站"。这一过程中，前台上蹿下跳是王文章，后台遥控指挥是王均，后者起的作用可称巨大，不仅在于对前者的支持，还在于王均直接处理了几大审批难题。她在省直部门工作多年，上边的人头路径熟悉，知道什么事可以找谁，从省里相关部门到省领导，绿灯逐一被她打开。直到这个时候，王文章才感叹幸亏有这么大号一个"空降兵"，否则只靠一两串井底之蛙，不知还要费多少周折。

半年多后，"客专"线和车站项目开始征地搬迁，王文章奉命常驻于北岗项目指挥部，紧盯不放，没有特别重要的事项不得离开。王均自己隔三岔五上山检查督促，确保项目按计划顺利进行。

那时出了件事情：有一天下午，县统计局局长丁家声匆匆上山，面见王文章，报告了一个急迫事项："截止期马上就要到了，怎么办王副？"

王文章问："截止哪个钟点？"

是今天下午五点半，本周最后一个工作日下班时间截止。

王文章不吭气了。

丁家声匆匆前来，牵扯到一份重要报表，涉及上年度本县GDP的确定。GDP通常称为国内生产总值，它很重要，能反映经济发展，也能表现政绩，因此也可能被造假或注水。本县在前任张书记手上，曾接连数年GDP增长排名全市第一，这得益于争取一些重点项目和招商项目接连落地，但是也有相当部分的浮夸，也就是数据水分。比如北岗乡，原先石产业产值耀眼，治理整顿后石厂倒光了，产值数据却不能少，必须以每年百分之几增长。王均到任后发现了这个问题，提出要挤水分，把数据做实。今年年初，县统计部门按照她的要求，组织力量细致工作，提出了一组新的统计数据，比之原数据有相当比例降幅。这份新数据当即被王文章压住，命统计部门先不要拿出来。

　　从担任常务副县长那时起,王文章一直分管统计部门,本县GDP那些事,没有谁比王文章更心知肚明。王文章向王均做了一次个别汇报,建议慎重处理。压水分搞准数据肯定是对的,却也得防止连锁问题发生。如果按照统计部门提供的新数据,那么本县发展增速将从当年全市前列一变而为倒数第一。

　　王均说:"这不是问题。该是多少就是多少。"

　　"但是也会直接影响全市统计数据。"

　　本县调低数据后,全市的数据也将跟着相应下调,如果幅度过大,本市在全省内的排名会因之生变。这件事不仅影响本县,还影响全市。王文章建议可由书记县长一起去向市主要领导和分管领导汇报,然后再定。

　　王均听进去了,与县长娄士宗一起去市里汇报了情况。市长把统计部门领导叫来一起研究,终同意本县对数据做一定调整,但是不同意一步压到位,因为牵动太大,产生的数字缺口难以填补,只能视情况逐步消化。根据市领导的这个意见,县统计局做了一个新的上报方案,称之为B方案,比之前那个大压水分的A方案有较大回调。因为事关重大,王文章对丁家声强调,上报该方案务必直接请示王均。王均对该方案很不满意,一直压着不让报,直到截止期临近。

　　丁家声上山时,公文包里放着那份B方案。他告诉王文章,近日曾通过各种方式多次请示,王均一直不表态。昨日王均去省城开会,行前丁再次找她报告,她还让等。可能是想借在省城开会之机向上级领导反映,争取再压一点。问题是今天下午下班之前务必报送数据。丁家声给王均打电话,未联系上,可能因为会场不能开机。后来又发了短信,未见回复。无奈,只能上山面见王文章,请示怎么办。

　　王文章问:"你请示过娄县长吗?"

请示过了。娄士宗说这个事只能请王均拍板。

"既然这样,干吗还找我?"

"王副分管啊。"

"我还能管过书记县长?"

丁家声一时语塞,什么话都说不出来。

王文章问了一个问题,就丁家声经验,此刻王均还有争取余地没有?丁家声直截了当回答:"已经到了这个时候,不可能。"

"哪怕误期,到头来她还非得在你这张表上签字,是这样吗?"

"恐怕是的。"

"这好比你抓了只绿头大苍蝇,她得生吞下去,不吞还不行。是吗?"

"我哪敢啊。"

王文章叹口气,称王均那样有洁癖的领导哪会心甘情愿活吞苍蝇。与其大家合伙,逼人家女领导痛不欲生自己去生吞,不如找个消化功能更强大的人替她吞了,然后还可以帮她出一口恶气。这个人该是谁?不就是活该分管王副吗?

他在那张报表上签了字,还有"同意上报"四字。丁家声拿回报表,却不离开,手发抖,脸发白,说不出话。王文章问:"你是怕王书记回来后撤你职?"

他点头。

"我来跟她报告,没你事。"

丁家声走后,王文章给王均发了一条短信,称由于王均在会场无法联络,时间不允许再等,他已经以分管领导身份签字,命统计局将"B方案"报送,特此报告。

王均怒不可遏,当晚从省城给王文章打来电话,命王文章立刻去把数据报表撤回来,待研究后另行上报。

王文章说:"王书记尽管批评我,事情不好再变了。"

王均摔了电话。

如果王均坚持，这份数据当然可以设法先撤下来，但是撤回本身马上会成为一大问题，其后果可能更难承受。王均作为第一把手，对此肯定心知肚明。基于这个判断，王文章才敢擅自做主，造成既成事实，让她不得不接受了事。

王均回到县城后，王文章在第一时间前去听训。王均冷若冰霜，劈头盖脸又是一顿怒批。所谓"替女领导吞苍蝇，还帮她出一口恶气"原来是这么回事，果然一如王文章事前所预料。王文章的消化功能确实强大，当场仅虚心听取批评，绝不多做解释。王均这种厉害领导明察秋毫，她哪里会看不明白，实无须王文章喋喋不休自我表白。他只检讨自己存有私心，从前任张开始，统计名义上由他分管，实际张本人总是亲自过问干预关键数据的确定与上报，不容他人多嘴。但是现在如果追究，张得负领导责任，王作为分管也跑不掉。张已经涉案给抓了，王还在，一旦惊动上级，王文章便首当其冲。出于这种顾忌，王文章很希望数据水分慢慢消化掉，平稳消解，不要闹大。

"即便需要我承担责任，也希望能缓一缓，日后再追究不迟，眼下不是时候。"王文章说，"难得王书记信任支持，让我能为家乡做点事。'客专'项目进展正在节骨眼上，那比什么A方案B方案要紧。"

王均不吭声，明显的那股气一点也没消。

几天后王文章在北岗接到了县政府一份传真件，就领导分工调整征求意见。他注意到统计局已经划到别的领导名下，不再由他分管。

娄士宗打电话做了说明："是王书记的意见。说是让你专心去做'客专'。"

"感谢，这是书记县长对我的关心支持，完全拥护。"王文章表示。

事情悄然而过。王文章专注于北岗，王均时时过问，一切似乎都恢复正常，但是他们彼此清楚，这件事谁也不会忘记。

夏日里，"客专"莲花山站隆重奠基，举办了一个奠基仪式。按照"隆重简朴"的要求，仪式定于上午九点进行。王均早早地，七点就亲临现场，恰巧又遇上王文章声色俱厉发飙，骂的居然还是郑光辉。

"到时候少放一颗，"他吼叫，"老子砍了你！"

王均脸一拉："又怎么啦？"

其实没什么，王文章命郑光辉安排于会场四周悬挂四串大鞭炮，准备四个人，四个打火机。刚才一检查，所准备的打火机里有一个打不了火。还有供嘉宾奠基用的八把"锅铲"也就是铲土的铲子，王文章发觉其中有一把铲口有缺损，因此怒骂。

此刻郑光辉已经接任北岗书记，表外甥对他可丝毫没有更谦恭，不同的只是当众没见抬脚。王均一到，王文章马上变脸，夸奖郑光辉总是知错就改，少了个打火机，居然把王文章口袋里那个掏去凑数。

王均没多说，即开始检查。她天不亮动身，驱车近两小时，提前赶到北岗，是因为今天的奠基仪式虽然规模不大，于本市本县却属意义不凡，本市分管副市长将亲自出席以示重视，必须确保无误。王均察看现场，检查各种细节，包括王文章状态。

"怎么人不人鬼不鬼？"她不满。

王文章称已经备好一件戏服，放在指挥部里，到时候一换就成。

他所谓"戏服"即正装、西装，正式场合目前需要那个。此刻没到时候，他身上是一件夹克，也还算齐整，只是这里一斑那里一点有不少烟洞，显示资深烟民地位。王均嫌他不人不鬼，主要是他灰头土脸，头发乱，脸色发黑，表情躁。

他说："工地上待着，人就躁了。"

王均听汇报，看现场，走了一个多小时。王文章紧随，寸步不离。王均注意到他的动作有些怪异，左手总插在裤兜里，从不拿出来,却又动个不停。起初王均没太在意,后来越看越觉得刺眼,忍不住问一句:"你那个手怎么啦?受伤了?"

"没有。"

他把手从裤兜里掏出来,拍一下,表明一切正常。

但是剪彩时出了意外:郑光辉的四挂鞭炮放得山响,一颗不缺全给点着,供嘉宾铲土的八把铲子把把完好,不见差错,掉链子的竟是王文章自己。他换了"戏服",站在王均身旁,为左侧最后一位剪彩嘉宾。动剪时他用左手抓着彩条,右手持剪刀,居然两手发抖,接连几剪,没有哪刀能剪到底。一旁王均发现不对,看了他一眼,他低声喊了一句:"王书记帮我。"

王均即接过他的剪刀,只一下,刀到带断,干脆利落。

简短仪式结束,送走市领导,王均看到王文章又把左手伸在裤兜里。

"到底是什么?"她眉头一皱问。

"没什么。"

"掏出来。"

王文章把东西从裤兜里掏出来。原来就是一盒烟,已经给捏成一团烟渣,一把杂碎。烟盒皮、过滤嘴、烟丝、烟纸,啥都有,就是没有一根完整的。

也许是一团烟渣够刺激,他忽然崩溃了,当众仰头,大张嘴巴,打了个漫长的哈欠,长如百年。居然还流了点口水,丑态百出。

是犯瘾了。为了准备奠基,他已经三个晚上没睡完整觉。他不怕熬夜,只要有烟。今天上午没办法克服,陪同王均抽不得烟,搞得人不人鬼不鬼,剪刀都拿不稳,瘾急了只好拿手指头在裤兜里解决,把一盒香烟一根根捏碎。

王均问:"谁有烟?"

郑光辉赶紧掏口袋。

"给他。"

没再多说话,女书记上车离去。

事后王文章调侃:经过成功举办"客专"莲花山站奠基活动,不仅本县交通和产业发展迎来历史性时刻,本县良好香烟环境也在恢复。

一星期后,市里考核组来到本县,一直深入到北岗工地。这个考核组考核对象仅一员,却是王文章。不久王文章被任命为县委副书记。本县原专职副书记陈冬木援藏去了,保留本地职务,归来后肯定另有重用。因工作需要,王文章被增补为副书记,接手陈冬木原分管的那些事务。

自始至终,王均没跟王文章谈这件事,但是显然她是关键,没有她力荐不可能有这个安排。这位领导很公正,该批评敢拉下脸,该关心照样关心。

王文章升职后继续驻扎于北岗,主要任务依然是"客专"项目,以及游客服务中心。后者经过了专家论证,在"客专"动工设站之后,重新上马已经没有疑义。王文章没再兼总指挥,只是一并管了起来。

然后有一个报信电话打到王文章手机上,消息惊人:"听说搞到林则徐了!"

是林耀,县建设局局长,曾经被王均拿两根指头夹起来示众过。他说的"林则徐"是谁?知道的就是机关里若干烟鬼,其发明专利还归王文章。当年林则徐禁烟获罪,被清朝皇帝贬到新疆。眼下王均的事与禁烟无关,一星半点火苗都没有,只涉及一些数字。数字并不是易燃品,却可能意外自燃,一旦数字像汽油一样猛烈燃烧起来,其后果非常严重。此刻这些燃烧的数字竟是本县 GDP 数据,涉及年初那份"B方案"。时间已经过去近一年,那些数字像是已经进了垃圾箱,谁知道竟会突然起火:有人举报本县数据不实,涉嫌造假,恰又赶上省内一起类似案件被上级查究、曝光,省领导高度重视,批示督办,省、市统计部门的联合调查组突然来到本县。

　　林耀听说事情可能会"搞到"林则徐那里，却不知道王文章才是最可能被"搞到"的那一个。如今类似调查都是所谓"问题导向"，任务只在查问题，不是来发红包。本县GDP的问题实不难查，曾经有过的一份"A方案"很能说明情况，找到那东西毫不困难。一旦问题查实，责任人必受处理。这种事的处理不同于贪污受贿，平常情况下不一定很重，撞到风头上就不好说了，严重的话会伤筋动骨掉几顶乌纱帽。具体而言，王均作为第一责任人要承担责任，王文章是分管领导，过去注水有一份，如今还一再主张不要急压，且涉嫌擅自做主，情节如此亮眼，更是跑都没处跑。

　　王文章骂了一句："该死。"

　　他把自己关在指挥部办公室里，整整待了一个上午，自称"考虑问题"，命众人不得干扰。实际上他是在里边抽烟，打主意，图谋自救。等到他出门时，那里是一屋子混沌，像是被一颗烟雾弹直接命中。

　　王文章直奔县城，途中给陈雄挂了一个电话。陈雄是市统计局局长，此刻与省统计局调查组一起下到本县，驻扎于县宾馆。王文章报称自己有重要情况要向调查组和陈雄报告，请陈安排时间听取。王文章自称清楚调查组刚刚进驻，工作正在有序开展。王曾分管统计，必定会被列为调查对象，可以等待调查组按既定工作安排，通知他后再来汇报。只因为近段时间他负责"客专"等重点工程，常驻于北岗，那边任务很紧，事情很多，只怕到时候调查组有请，他却给缠住了，弄不好会影响调查进展。今天恰好到县城处理一些事务，还有一点时间可以利用，这才主动联系，请求汇报。

　　"谁让你找我们？"陈雄很警觉，"你们王书记吗？"

　　王文章称自己没有跟王均报告，他也不会报告。所谓"王不见王"，王均让他守在北岗，不要到处乱跑，调查组到来这件事也还没有通知他。要是他向王均报告，那就是给自己找事了，因为他要反映举报的也包括王均的一些问题。

　　陈雄动作迅速，即与调查组负责人沟通，几分钟后便通知同意王文章前去。

　　王文章向调查组呈送了一份《情况说明》，作为书面依据，同时亦做当面口头汇报。有关"A方案""B方案"的过程被他完整介绍，只是隐掉一个细节，就是他曾建议书记县长向市领导汇报，他们也真的去汇报并得到了一些指示。说出这些无异于举报反映，相当于把责任推到上级那里，使事情扩大化复杂化，因此王文章不谈。这是不是隐瞒真相？可以斟酌。该情况别的人或许不知道，陈雄本人非常清楚，根本无须王文章举报。是不是需要向调查组报告，怎么报告，陈雄自有把握。王文章也报告了自己擅自做主签字上报报表的过程，并不讳言如此大胆的原因就是害怕承担分管责任。王文章强调两大要点，一是此前本县数据水分，主要责任是那位出事的张，王文章作为分管领导只能听从；二是王均到任之后高度重视实化数据，"B方案"已经有所体现。未能全部压实有具体原因，非王均所能为。王文章在王均未曾同意的情况下，出于个人考虑擅自做主报送不实数据，主要责任在他本人，不在王均。

　　他不是自称要举报吗？这么举报算个啥？无异于见义勇为，或者不如说是投案自首。调查组最关注的其实就是所谓"举报"。为什么人家愿意在既定安排之外，先听这个王反映问题？因为他提到举报"包括王均的一些问题"，这是调查组需要的线索与要害。王文章知道怎么才能引起他们的注意，果然一语中的。

　　王文章还是举报了一个问题，就是王均没有针对问题做严肃处理。数据造假祸国殃民，擅自做主违反规定，都是此风不可长。但是王均只是严肃批评，没有给任何人任何处分。包括对王文章本人，也只是重新调整分工，不再让他分管统计局了事。

　　这是举报个啥？有如给领导提意见："一心工作太不注意身体了。"变种拍马而已。不同的只是王文章自我揽责加自请处分，表现得更其充分。

王文章报告完情况，即驱车返回北岗，谁也不找，谁也不说。隔日，王均给他打了个电话，张嘴就批。

"谁让你那么干！"她怒气冲冲，"我不需要！"

"王书记不需要，王副书记需要。"王文章回答。

王文章需要什么？他解释：眼下他最怕王均离开本县，无论是出事还是高升。他曾突然梦到本县书记姓汪了，当即吓醒，发觉只是个梦，如释重负。他跟调查组谈的都是实情，所做的表示也都发自内心。

调查组在本县工作了两周时间，终拿出一份调查报告，而后相关人员根据他们所负责任受到了相应处理，王均以负有领导责任被通报批评，而王文章受到严重警告处分。身处风头，这样的处分可算相当温和。另外还有一项众人均意料不到的结果，就是王均所希望的"压水分"竟通过这些处分得以实现。

王文章自嘲称，投案自首果然有助减轻处罚。处分是应该的，只要帽子还在，就可以继续做事。他自感得意的是有王均陪斩，一个小通报对王均不算什么，却可能让她无法那么快提拔走人。她在本县多留一点时间，于本县人民、"客专"等重点项目、他的家乡北岗以及他本人都是巨大福气。

有天中午，王均只带一个随员，突然光临北岗，事前没有通知。时值午饭饭点，王文章蓬头垢脸，不人不鬼，被抓个现行：他在指挥部，身边围着几个人，一人一个饭盒，一边吃饭一边开碰头会。王文章吃饭时居然还能抽烟，一支香烟在烟灰缸上袅袅冒气，下边是满满一缸烟灰。王边吃边抽，物质精神两不误，拿尼古丁当下饭菜。他本人背心短裤拖鞋，包装得就像个包工头，身边围着的都是小工头。

王均驾到，大家一时慌了手脚，王文章赶紧招呼给王书记搬凳子上茶水，一边拿条裤子往腿上套。王均没多理睬他们，眼睛转向房间另一个角落，盯着看，离不开。

这里竟是另一个风光：有一张小桌，小桌后边坐着一个小男孩，大约十岁模样，长相清秀，满面阳光，非常招人喜欢。小男孩面前放着个饭盆，还有厚厚的一本书。他在一边吃饭一边看书，对屋子里大人的喧闹充耳不闻。

"这孩子是谁？"王均发问。

王文章招呼："小章，过来问书记好。"

男孩闻声而动，王均顿时心里一紧：小桌后边不是椅子，是一驾轮椅。男孩推着轮椅滑过来，动作轻盈纯熟。他问了声："书记阿姨好！"童声清脆。

王均笑笑："好孩子真有礼貌。"

她让男孩去吃饭，好好吃，细嚼慢咽，不要光顾着看书。

这孩子是王文章的儿子，放暑假在家。王文章的妻子在银行工作，近日行里安排业务培训，去省城，儿子在家没人管，他把他带回北岗，跟他一起住指挥部。

"孩子奶奶呢？"

这段时间也在北岗老家，住在王文章大妹家中。

王均说："我要跟你谈件事。"

王均此来必有要事，因为很突然，很意外。近期北岗的几大项目进展顺利，铁路路基施工已经全线拉开，隧洞桥梁齐头并进，施工单位都是国字号大公司，本县主要是提供保障，配合处理涉及地方的各种事务。由本市和本县为主承建的"莲花山站"主体建筑、广场和配套建筑都已开建，配套公路设计方案已经通过，动工可期。"游客服务中心"主楼也开始内装修。这些情况，王文章都及时向王均汇报过，没有什么可让她不放心的，无须她突然赶来。此刻会是什么事呢？王文章赶紧命人打开会议室空调，把王均请到里边，单独谈。

很意外：王均考虑让王文章走人，离开他现在正在负责的重点项目，离开家乡北岗，也离开本县，去当"空降兵"，做一次"低空跳伞"。

这事怎么提起？明年是换届年，市里着手考虑换届干部事项，市委组织部长通知王均，让她下周一到市里，部长要陪同市委书记跟她一起研究本县领导层人员的去留升退，让她提一个初步建议。王均考虑王文章是本地人，不能在本县当县长、书记，只能提人大主任或政协主席，本县现任那两位都可以再干一届，轮到王文章至少在五年之后，从长远考虑，不如择机离开。由于前些时候统计数据不实的那个处分，目前他还不能提拔，可以考虑先平调到比较重要的县、区去，日后再谋求发展。王均想向市委建议让王文章去城中区，该区地位重要，是市机关所在地，人口与经济总量在全市排头。该区有几个重点项目要上，王文章抓项目有经验，能力强，非常适合。如果王文章去，很快就能进步，一段时间后，顺利的话可接任区长，提拔到其他县区也有可能。那就打开了大的发展空间，日后有望从县区长到书记，直到进入市级领导层。这种事当然也有很多不确定性，靠自身努力，也要看机遇。王均觉得有必要先与王文章沟通，听听王个人的意见，她本人倾向于让王离开。

王文章"啊"了一声："很意外。非常意外。"

"你留在这里继续抓这些项目当然很好，换谁也不如你。"王均说，"但是机会难得，错过就可能耽误了。"

王文章问："王书记是不是听到什么反映，感觉我有问题？"

王均说，任何事情都有正反两面，有一利必有一弊。本乡本土固然有利，也有所谓"猪屎沙多"之说。王文章抓"客专"项目以来，成效显著，大家有目共睹，存在若干争议也属难免，目前并不构成问题。她之所以考虑让王文章离开，确实也想让他避开日后可能遇到的某些问题，主要的还是希望为他争取一个发展空间。

"明白了。谢谢王书记。"

王文章道谢，然后断然拒绝。他说，如果是他有问题有所不宜，无须调离，可以就地免职，就地调查处理。如果不是这样，那就让他留在这里继续做这些事情，无须考虑他日后如何。就他本人情况，把他提到北京去当个部长，也不如让他留在本地当包工头。他早就清楚自己不能有任何奢望，只能选择终老家乡，死了就埋在这里。

"为什么？"

因为孩子，王均已经看到了。这孩子是王文章的一块心病。孩子原本很健康，很聪明，人见人爱。上小学一年级那年，也是暑假，由于工作忙，顾不上，他把孩子送到北岗，交给母亲照料。孩子调皮，与村中小朋友打打闹闹，跑到公路上，不幸被一辆拉石头的卡车撞到，从此有赖于轮椅。王文章悔恨自责，他的脾气和烟瘾都是那以后上来的。从此他也最痛恨车祸，谁要在他面前谈论车祸，谁就像是跟他有仇。王文章平时打哈哈开玩笑，什么"空降兵""汪精卫"的，更多的只是排遣，苦中作乐。孩子已经成为残疾，可以想见一生的艰难。做父亲的希望尽量让他生活得好一点，父母在时有人照料，父母不在了也能有人关照，死死待在家乡可能是最有利的选择。

"到其他地方孩子就没人管了？"

当然没那么绝对。如果调到区里工作，可以把家安在市区，对孩子的教育和成长也许更有利。如果职务还能继续向上，掌握一定权力，想必还会有更多人来关心这孩子。但是总归不是自己的乡土，自己只算那里的过客，没办法指望太多。时候到了，身边的人一哄而散，丢下个残疾孩子怎么办？留在本县，再不济也还有七大姑八大姨可以指靠，顾念旧情的肯定也会更多，只要他多做好事。这么些年来，他在家乡做过的事情有好有坏。当乡书记时发展石产业，破坏环境有责任。当副县长时坐镇北岗治理采石，关厂炸设备，打掉了多少饭碗，骂声不绝，却是正确的。现在的"客专"线和风景区建设对本县特别是北岗太重要了，视同做功德。做好这件事,家乡人们就会记住他。他们会说:"那个人虽然挖过人家祖坟,也还是做过一些好事。"这可能有助于他的孩子日后过得更好一点。

王均批评:"井底之蛙。"

她问了一件往事:有一回她让王文章随同去岭脚镇开现场会,涉险过洪水。后来才听说他原本要带儿子去省城看医生,那是准备去看什么医生?王文章回答,确实是约了一个专家,不是看眼睛配眼镜,是看神经内科,据说那位主任能治他孩子这种病。那一天没去成,隔了一周又去了,最终还是白走,孩子站不起来,已经无药可治。

"刚才谈到的事情,你是不是愿意再考虑一下?"王均问。

"王书记的好意我心领了,但是请千万不要提出来。王书记一定要答应,日后我和我的家人,包括儿子都会感恩不尽。"

王均摇摇头:"好自为之吧。"

下午两点,王均动身返回,行前在指挥部大厅四处张望。

"孩子呢?睡了吗?"

王文章吼了一声:"小章,出来。"

眨眼间,小轮椅忽地从一根柱子后边闪现,在厅里轻快地转了半圈,停在王均和王文章面前。

王均说:"哎呀,小朋友这是骑滑板啊。"

小男孩快活地笑。他告诉王均,他能用轮椅踢足球,班里还没有谁踢得过他。

王均摸了摸小男孩的头,说了句:"这孩子真不容易。"

她的眼眶竟然悄悄一红。

王均没有孩子。她丈夫在省城一所大学做行政工作。不知是因为工作忙耽误了,还是从一开始就打定主意丁克,他们没有孩子。但是她喜欢孩子,毕竟是女人。

一个月后,本市传出爆炸性消息:王均调任城中区区委书记。

原来她找王文章谈话另有由头,并不只是她说的那样。一个县委书记即便要推荐手下干部，最多也就是提出那个姓王的可以平调出去任职，不可能具体到建议调城中区干个啥，想这么做必有特殊前提。显然王均知道自己即将调任该区，有意让王跟她过去抓重点项目，甚至考虑日后提起来做搭档，真是极其看重。她不能提前透露自己的变动，王文章不知底细，谢绝她的好意。不过即使她把底细和盘托出，王文章似也很难下决心死在本县之外。

王均这一调任别有意味：城中区地位特别重要，历任区委书记都是高配，同时任市委常委，或副市长。王均则是平级调动，没有提拔。或许因为不久前刚因数据风波受到处理，尽管很轻微，却不好立刻就提，只能分步走。无论如何，把这么重要一个地方交给她，表明了对她的看重，该女领导果然厉害，如王文章所评价。但是王文章也有看走眼的地方，例如他断定王均能在本县多留几年，结果被证明是错了，人家转眼就用这种方式"跳伞"而去。

这个结果对王文章极其震撼，如五雷轰顶。

4

那天市里会议结束时，王均把娄士宗叫住，问了些情况，提到了王文章。

"这个王胆子大。"王均说，"有一回当着我的面骂我的驾驶员，你知道吧？"

娄士宗嘿嘿："这家伙是有毛病。"

"帮我带个话，让他好自为之。"王均说，"我都记着呢。"

这一重要指示于当天晚间即传达给王文章，未曾过夜，原因是市里的书记会议很重要，本县连夜开会传达，王文章被叫出北岗参会听精神。娄士宗把王均的话带到，王文章听罢眨了一下眼睛，脱口道："不会吧？"

"你去问她。"

王文章自嘲："虽然我表现还行，挡不住女领导爱记仇。"
　　王均调离本县后，"王不见王"，城中区委王书记管不着本县王副书记了。不料该局面只维持了半年，王均提升一级，被任命为市委常委，进入市委领导班子，虽然主要工作还在城中区，就领导层次而言又成了王文章的上级。娄士宗在王均走后接任本县书记，娄个头瘦小，心眼也比较小，记仇水平不逊于女领导。当年本县书记姓张时，娄一直受压制，张喜欢瘦高不爱瘦小，没把县长放在眼里，却重用王文章，时常越过娄直接给王下指令，搞得常务副县长比县长还牛，娄士宗不知道的事，王文章知道。娄士宗能忍，表面上逆来顺受，心里当然满肚子火，直到张出事才感觉出了口气。王均到任后，县里屡有人质疑王文章"涉张"，娄士宗实有所推动。幸而王均客观公正，查无问题，该用就用，让王文章过了一段舒心日子。当时娄士宗审时度势，跟王均保持一致，对王文章也比较客气，彼此相安无事。王均对娄、王之间的内情心知肚明，她临离开时想把王文章调离，可能也因为担心日后不是王不见王，是娄不容王。不料王文章死心眼，放弃大好机会，铁定要死在本县。娄士宗成为第一把手后延续王均做法，让王文章继续驻守北岗抓重点项目，那些事确实没有谁比他更合适。但是应该让副书记知道的事情，参与的决策，却不时让王文章待一边去，有时开会都不通知。王文章自嘲这样最好，专职山大王，死心塌地坚守"土匪洞"做功德。王文章并非真的"王不见王"，他不时会给王均打个电话，也曾借机到区委大楼当面汇报，把北岗山上的各重要进展报告给王均，虽然人家如今不管那些事了，王文章始终不曾怠慢。汇报中王文章从不提个人事情，也不谈娄士宗，王均却很清楚，毕竟主政过本县，她有多条渠道了解。此次让娄士宗带话，她知道娄肯定会以最快速度完成任务。因为她是市领导，也因为娄乐意对王实施敲打。
　　第二天一早，王均准时到达区委大楼她的办公室，她所谓"准时"就是提前半小时，这是她的习惯，除非遇到特殊情况。已经有一个人等候于门外，却是王文章。事前他没有电话联系，直接闯上门来，提前半小时，他对王均的作息规则了如指掌。

王均没有显出意外。她命跟在身后的区委办随员给王文章倒杯茶，同时通知原定于八点召开的一个会议后延，推迟半个小时。

"我要听听王副书记都有什么要说。"她说。

随员给两位领导都倒了杯茶，起身离开，轻轻带上办公室门。

"王书记一定有重要事情要提醒我。"王文章直截了当，"请明示。"

王均反问："有吗？"

王文章记得王均在调任区委书记前，曾专程上山，跟他谈过一次话，当时就说过"好自为之"。直到王均调任，王文章才明白那是什么意思。现在王均带话，重提旧指示，一定又是发生了什么。估计除了重要，还很急迫，同时电话不宜，只能用这种方式提醒王文章注意。所以王才会在最短时间内直接上门面见领导，请求面示。

王均不置可否："你一定有些猜想、估计吧？"

"会不会是郑光明的事情？"王文章问。

"你说一说。"

王文章报告：郑光明是郑光辉的堂弟，实为亲兄弟，郑光辉本人过继给叔叔当儿子，所以两郑又亲又堂。按辈分王文章得叫郑光辉表舅，那么郑光明也算。郑光明当了多年村长、村支书，办石厂赚过些钱。禁止采石后，郑的公司改行做土方工程，拥有钩机、铲车等一批施工设备，在游客服务中心、"客专"线路和配套公路工程中都揽到一些业务。前些时候郑光明突然被带走，县委班子开会时曾简要通报，称郑利用金钱权势，以威胁、人身伤害等非法手段，企图垄断北岗土方市场，涉嫌黑恶，正在接受调查。其后不久，郑案被列为省、市扫黑除恶专项斗争的一个重点案件，挂牌督办。外界传闻纷纷，指郑光明背后有两张黑保护伞，小一点的那张是其亲堂兄，乡党委书记郑光辉，大的那张就是王文章。

"你是吗？"

"领导放心，我不是。"

所谓"本地猪屎厚沙"，王文章在本地负责工程，乡里乡亲众目睽睽，不能不特别小心，秉持公正。王均早就提醒过，任何事情都有正反两面，本乡本土固然有利，也会有相应问题，"好自为之"，对此王文章记得很牢。郑光明为人比较霸道，手脚也不干净，王文章一直对他很警惕。当年王当乡书记时，就曾查过郑光明一些事，给过留党察看处分，撤掉了村书记职务。那一回工地上出车祸，王文章查问时得知出事的卡车属于郑光明那家公司，是通过郑光辉进工地的，气得差点一脚踢翻郑光辉，刚好被王均撞见。但是郑的公司通过合法招标争取工程，王文章并不干涉，因为当年是王文章下令关掉他的石厂，之后还得给人家留条出路。那时候郑光明转行搞土方工程，需要过审批一关，王文章还曾帮助给相关部门领导打过电话，除此之外再无什么瓜葛。王文章心里有数，无论人们怎么议论，一概一笑置之。

真的如此坦然吗？其实未必。为什么王均给王文章带话，他立马赶来面见，而且主动提及郑光明一案？显然该案不可能如太平洋海沟里的一条疑似泥鳅一样与他毫无干系。说来王文章也属足够敏感，娄士宗话一带到，他脱口称"不会吧？"，为什么有这种感觉？因为他知道王均不可能因当年驾驶员挨骂如此记仇。那件事的要害不是王文章刷牙不挤牙膏，拿本地粗话怒骂驾驶员，是他把王均的车挡在身后，自己先下水蹚路，不惜替王均让洪水冲走。当时王文章出于本能，并不是刻意表演，王均都看在眼里，她的看法其实是在那一刻改变的。此前王文章于她可有可无，爱走走吧，高空跳伞坐火箭悉听尊便，她不阻挡。那一天之后不是了，她把王文章扣留下来，先查案底，查无问题即予重用。这个变化她自己从不提起，王文章却知道就那回事。因此王均忽然提起骂人，不是记仇，仅是让娄士宗带话的由头，要提醒的肯定不是让王文章多挤牙膏刷牙，那么会是什么？显然有要紧事，很急迫，此刻除了郑光明一案，似无其他。所以王文章才匆匆赶来面见。王均为什么不能说明白点，或者干脆直接给王文章打电话，命其前来听训话或直接相告？显然有所不宜。这种事很严重，很敏感，不比身上夹克尽是烟洞，不人不鬼那么寻常。

王均问了一个问题："当年你帮助郑光明过审批关，收受过他什么好处？"

王文章一口咬定没有。对此他非常谨慎。

"你跟他没有任何经济来往？"

"除了有时碰面抽他一两根烟，再无其他。"

"金钱呢？"

"没有。"

"股份？"

"王书记听到什么了吗？"

王均不加解释，只命一条：王文章必须放弃一切侥幸心理，立刻前往市纪委投案自首，把自己与郑光明的所有私人经济往来交代清楚。

"我已经说了，没有这种往来。"王文章强调。

"真的吗？"

王文章还是一口咬定。他说，王均到任不久就曾查过他，事实证明他不是那种手脚不干净的人。单只是为了儿子日后生存，他也不会干那种事。

"郑光明已经交代了。白纸黑字，你有股份。"

"不可能！"王文章叫道，"这是谁说的？"

这还用问？王均怎么可能把信息来源告诉他？王均虽是市领导，目前主要工作却在区里，她不管办案，也管不到王文章，无论王涉嫌腐败还是黑恶，都是相关部门的事情，王均无权过问。但是显然她有信息渠道,以她的身份经历,上层、中层、下层都可能有渠道。她从某一个甚至某几个渠道得知了消息,这消息可以说跟她没有半毛钱关系,完全可以置之不理,但是她没有坐视发展,而是用这种特殊方式让王文章过来,问了情况,指出了要害。她告诉王文章,别管是谁跟她说,怎么说,事情究竟如何,王文章问自己就好。她警告说,此刻一味否认无助于事,以她判断,王文章的时间已经不多。赶紧投案自首,争取减轻处罚,也许还来得及。如果没有足够把握,她不会跟王文章说这些话。她不希望在王文章儿子非常需要的时候,他出了大事。

"真的不是那样!"

这种情况王均见过很多了。初涉案时,几乎每一个"对象"都坚称自己清白。但是案子办下来,最终还是全部承认,几乎没有例外。

"不应该这样对我的!"

王文章叫屈,称自己有幸得王均信任,负责惠及家乡的几大重点项目,他自感不能对不起乡亲和领导,确实是没日没夜,累死累活,不计得失,没有功劳有苦劳。在王均调任、失去强有力支持的情况下,他忍辱负重,依然坚持不懈,因为他不是在为哪一位领导干活,是为家乡百姓,当然也为自己。私下里总是自嘲,劳碌委屈不算什么,只要好事做成,让人记挂,日后有助残疾儿子活好一点就可以。现在几大项目都起来了,一天一个样子,眼见得胜利在望,他也没敢松懈,毕竟工程还没全部完成,还有很多事需要去做。哪里想到忽然自己成了黑恶保护伞,还腐败了?他不是那种人,别人不了解,王均最清楚。无论如何,万万不能这样,他无法接受。

"王书记得帮帮我!"

"我是在帮助你。"王均下令,"现在谈那些没有意义了。"

她命王文章不要申辩,按她要求去做,马上。

"王书记！你得相信我！"

王均站起身："你走吧。我要开会了。"

"真的……"

"去跟他们说。"

离开区委大楼，王文章去了附近街上一个牛肉面馆，在那里要了一碗牛肉面。当天早起赶路，他还没吃早饭。由于不想让行踪为人注意，他没用公车，叫了出租。

他对老板指了指墙上的禁烟标志："抽一支行吗？"

老板略勉强："抽，抽吧。"

于是一支接一支，直到衣袋里那包烟抽光。这个时段小面馆生意清淡，只卖出他一碗面，老板对污染环境暂予容忍，未强烈干预。

然后王文章拦了一辆出租车，踏上归途。车刚刚从收费口进入高速公路，司机陡然紧张：坐在后排的王文章动静异常，从后视镜上看，他低下头，脑袋顶在前排副驾座的背靠，肩膀剧烈晃动，伴着一串奇怪的"呕呕"声。

司机忍不住问："这位客人，身体不舒服吗？"

他没回答。

"要不要……"

王文章头也不抬，顶着前排后靠低声回答："掉头吧。"

"什么？"

"掉头。"

那时他才抬起头看一眼车窗外。司机大吃一惊：该客竟泪流满面。

高速公路上怎么掉头？只能到下一个收费站口，出站再倒回。半个多小时后，王文章进了市纪委大楼。

事到此际实已无救。如果王文章不于现在自己走进这座大楼，接下来必然就是让这座楼里的工作人员带走。从王均谈话的严厉程度,可知事已急迫,迫在眉睫。如果刚才王文章没有让出租车掉头,而是返回家里躺平,等到人家把他带走,结果会是如何?几乎可以肯定会有"一二三四",身败名裂,罕见例外,比之他人或许只会少了所谓"与多位女性保持不正当男女关系"而已。但是王文章自己走进来投案又能改变什么?与被带到"规定地点"如数交代,本质上并无区别,不外只是认罪方式不同。自首或许有助于减轻处罚,却不能改变其案性质。因此结果都一样,从此再也没有王副书记,再也无缘"客专""游客服务中心"。多年之后,会不会有人说"那个王虽然腐败黑恶,也还是做了点事"?恐怕未必,无须期待。多年努力,一朝尽去,屈辱无尽,可想而知,再无面目见江东父老、家人特别是自己的残疾儿子了。

王文章是什么人?这种状况下,居然不服,竟另有图谋。我们都知道他有前科,擅长"投案自首",当年遭遇数据风波,他把自己关起来闭门抽烟,带着一屋子烟雾余味前去"自首"外加"举报"。这一回涛声依旧,他把人家牛肉面馆污染一番之后,打车中途,含泪折返,故伎重演主动上门,却与上一回南辕北辙。

他一张嘴就表示:"有一位领导要求我来投案自首。"

跟他谈话的市纪委管办案的副书记即追问:"哪位领导?"

王文章回答:"不敢说是投案,我是来说明情况的。"

对方即叫来一个干部旁听、记录。此时此地可不容开玩笑。

王文章谈了与郑光明的过往关系,一五一十,什么情况,有何事迹,核心是强调自己清白,与郑没有任何经济往来,没有一分钱,没有一点股份。

"谁跟你说起股份?"对方突然问起具体情节。

王文章称郑光明出事后,县里传闻很多,他多多少少听到一些。

"关于股份他们怎么说?"

讲得比较含糊。因为确实没有,传闻都出于猜测。

"你可以谈得清楚一点,不要这么含糊。"

人家问的不是传言多含糊，而是具体人，是哪一个把含糊传闻传递给了王文章？

"主要是有，或者没有。"王文章强调，"确实是没有。"

对方不纠缠有无，唯盯紧人物："是哪位领导要你来投案自首？"

"她肯定也是听到了一些传闻。"

"到底是谁？"

"是王书记。"

王文章直接供出了王均。以职务层次，现在或应称"王常委"，王文章习惯称她"王书记"。王文章报告说，今天上午他到区委办公室拜访王均，汇报"客专"项目近期进展，事前没有电话预约，主要是不想干扰领导既定工作安排。不料刚一见面，王均就追问他与郑光明的关系，明确要求，如果有问题，必须立刻前往市纪委投案自首。他当面报告，没问题。他本人不是郑光明的黑保护伞，以往与现在跟郑都是"没有""没有""没有"。王均没有消除怀疑，依然强调让他去纪委自首。因此他来了，郑重申诉：所传问题确实不存在，请纪委领导深入细致了解，不要让他无辜蒙冤。

"你知道，你要对自己的话负责的。"对方警告。

"确实是没有。"

对方让王文章稍候，不要离开。自己站起身走了出去。

他肯定是去请示主管领导，也就是将情况报告给市纪委书记。而后他们会迅速研究一个处置意见，立刻向市委书记报告。

情况相当反常。眼下涉案官员投案自首，或者主动前来报称没有，做个人申诉，都很正常，不算奇怪，像王文章这种方式却不多见：说是来投案，却坚称无辜，而且有意抬出一位市级领导。如果他是一时失言说及，或者迫于讲清楚的要求而不得不交代出王均，那还比较正常。他不是，一张嘴就声称某位领导要他投案，明摆了是在做铺垫，引发注意，随时准备抛出。否则他完全可以回避，无须谈及领导，不必扯到五百年前，哪怕就说是七大姑八大姨命他前来自首,实也无妨。时下一些犯案官员为了立功减罪,在案件办理过程中检举揭发上级领导,也属常见。王文章却不同,他自称清白,有何需要举报王均以求立功受奖?应当说他提及王均也颇费苦心,细致拿捏分寸,例如他描述过程,表明不是王通知他来谈事,是他主动找王报告时谈及郑光明一案。王均虽是市领导,主要工作在区里,管不了王文章,也不管办案,只因在本县当过书记,本县相关案件的传闻传到她那里,这不奇怪。恰王文章自己跑来拜见,出于不希望原手下干部下场太可悲,她严厉敲打,要求王正视自己的问题,在还来得及的情况下投案自首,这没什么不对,可以视为要求相关人员配合办案,不同于泄漏案情干扰办案。但是王文章如此这般,有意地,公然地把上级领导抬出来,扯进自己的事情里,就显得极不寻常。他有什么必要这么做?莫非他想把王均变成一面挡箭牌,替他抵挡即将到来的危险,这能行吗?无论行或不行,王文章实在非常不应该。王均待王文章不薄,不说以往,就说当下,在完全可以置之不理之际,她好心提醒,试图拉王一把,哪知道转眼就被王文章抛了出去。当年王文章曾经把王均的车挡在身后,自己替领导下去蹚洪水。这一次他反其道而行,为求自保拿领导顶在前边,无异于把人家拖下水。如此行径,即便达不到汉奸汪精卫水准,实也类同于出卖。

接下来会怎么样?如王均自己说的,没有足够把握,她不会跟王文章谈那些事。作为市领导,王均绝对不是从菜市场某位卖肉小贩那里听到什么传闻,其消息必是来自内部。因此至少可以推断:王文章在郑光明的企业里有股份,该情况已经被郑光明自己交代出来,至于数额有多少,是值一个亿还是一百元,目前不得而知,郑光明肯定已经如数交代,王均或许也已经知道,但是她不能跟当事者说,也无须说,这种事还有谁比当事者自己更清楚?显而易见王文章不值一个亿,却也不会只值一百元,否则也无须劝他去自首。根据王均的严厉警告,可推知对王文章的调查已经启动,采取组织措施已迫在眉睫。王文章心知肚明，却执迷不悟，人已经到了纪委，嘴巴还喊清白。接下来呢？最大可能就是既来之则安之，进去吧，到里边去说清楚。

一小时后，王文章离开市纪委，获准返回。没有顺便"进去"，只是受命深刻反省，随时准备配合组织调查。

他回到北岗，时"客专"项目工程正进入攻坚。北岗区域内两条隧道已全线贯通，一座控制性桥梁全力赶工，本段铁路路基已基本成形。"游客服务中心"工程则进入扫尾阶段，即将大功告成。王文章在他满是烟雾的办公室里发号施令，带着各路人马在工地上周旋，一如既往，不同的只是每一天清晨的太阳于他不再意味着新的开始，而是可能结束。郑光明黑恶案如滚雪球般不断发展，先是郑光辉给带走了，继而轮到北岗乡派出所所长和县公安局一位副局长，该副局此前也曾任北岗乡派出所所长。然后是县建设局局长林耀、现任县政法委书记吴平，黑保护伞之宽广令人瞠目。而最招人热切眼球的王副书记却一直未传"佳音"，老在北岗山上晃来晃去，令人大惑不解。随着案情发展和四起流言，王文章的每一次公开露面都有了某种戏剧性，人们交头接耳，总问该王怎么还在这儿？

"毕竟工作需要。"王文章自嘲，"可见肯做事错不了。"

实际上只是时候未到而已，与做事无关。这个世界不缺事，不缺人，当然也不缺领导。少了王文章就没了"客专"和"游客服务中心"吗？当然不是。无论缺了谁，地球照样转，总有那些事要人去做，也总有领导前仆后继。

一个多月后尘埃落定，王文章被宣布停职检查，从此于活跃多年的各种主席台上消失不见，也不再现身于北岗工地。停职不就是个开场？接下来该轮到表外甥跟着表舅等人前去"规定地点"了吧？人们拭目以待，却总是没有等到正式消息传来，而此起彼伏的传闻总是被确认为误传。王文章居然始终没有"进去"，直到郑光明案结案，相关人员判的判关的关，王文章也终于修成正果，仅以对郑光明黑恶案以及郑光辉腐败案负有重要领导责任被撤职,降两级,改任北岗乡政府副主任科员。

那时候有关他的一些消息才被慢慢知晓。原来王文章涉案的要害确实就是股份,他在郑光明的公司里确有股份,是当年他出面帮助该公司通过审批后,郑送给他的干股。虽然没有上亿,连本加上数年分红累计也达近百万。蹊跷的是王文章竟然没有从中拿过一分钱,甚至不知道自己有这么巨大的一笔名誉财产。这个事的始作俑者却是大表舅郑光辉,他自己从郑光明手上拿了钱,叫作"亲兄弟明算账",日后他给某位张书记送过四万元礼金,张出事后,郑光明供称礼金是从老婆银行卡上拿出来的,不是受贿所得,其实是瞎话,出水者同样是郑光明。当年郑光辉替郑光明游说王文章,请王帮助打几个电话,让郑光明的公司顺利通过审批,事后大表舅命小表舅给表外甥划一块干股,称会私下告诉王,眼下不必拿,日后用得着。不料日后果然有用,郑光明于案发后把它交代出来,写于白纸黑字,这行字差点就把王文章送"进去",一举葬送。据称当时对王文章采取组织措施的纪要件已经送交负责领导,签了字即刻实施,这时王文章突然跑到纪委"投案自首"并坚称清白,事发意外且情节比较特殊,相关领导很重视,迅速碰头研究,决定暂缓一步,先把情况搞具体搞准确,再来动这个王。结果从郑光辉那里核对出细节,发觉郑对这笔股份一直"按下不表",没跟王文章明说,想待"时机成熟",因此王文章疑似无辜。问题在于王文章目前虽不知情,确实也有一份干股在他名下。如果郑光明不出事,他的公司垄断北岗土方工程,一直做大,王文章名下这笔钱就会越滚越大,一待时机成熟,例如王文章的残疾儿子成人了,需要用钱时,表舅兄弟奉上这笔股金,表外甥不会打灯笼笑纳吗?这种怀疑无疑具有合理性,但是办案只认证据。现有证据表明王文章目前不知情,且这笔干股随着案发已经成了泡影,那也就无须在调查过程中硬要王文章收下。

王文章没像其他人那样翻船沉没,关键却在王均。如果不是她及时严令王文章投案自首,恐怕一两天后王文章就会从北岗山上被直接带走,匆忙间只能往衣袋里塞一包烟。王文章到纪委投案却不认罪,那时候完全可以做自投罗网处理,直接宣布带走,为什么没有?原因也在王均:王文章把王均抬出来顶在前边当挡箭牌,使问题复杂化了。王均为什么要如此帮助王?不可能仅因为王曾是其部下。她部下还少吗?哪里能这么管?莫非王均在郑光明一案中也有牵扯?还有一个疑问:王均的信息是从什么渠道得到的?为什么郑光明刚在"里边"白纸黑字交代出王文章的股份,相关部门刚准备采取措施,王均就知道了?难道仅仅是通过外界传闻,以及她自己的经验判断?这里边是不是存在漏洞,例如个别办案人员有意无意泄露案情?这些问题一定得了解、搞清,这就免不了要询问王均本人。但是她是市级领导,省管干部,就本案触及她需要报告市委主要领导,通过相关程序。如果上升到查她,权限在省委,更非本市所能决定。事情从涉及王文章变成涉及王均,这就更需要慎重,更要求准确,更得把握好。因此王文章才得以暂时获准离开纪委大楼,逃过迫在眉睫的危险。这居然就成了他的一个转机,其后幸得办案人员细致,弄清该股份由来,王文章终未翻船落水,只是从一条中型帆船掉到了一条小舢板上。

投案之前,王文章在市区一家牛肉面馆接连抽了一包香烟,显然所有前因后果都被他从香烟里抽出来,吐在满屋子烟雾里。那时他还下不了决心,只在高速公路上痛哭一场之后,才决意实施。他哭个啥呢?遭遇波折?悔不当初?愧对乡人?或者竟是因为即将走出的这一步?无论如何,落水沉没绝对不在他的选项中,因为他自认无辜,也因为其儿子。这残疾孩子还没长成,作为父亲,他还没来得及为儿子谋一个赖以谋生的位置,哪怕是他曾提起的"客专车站售票员"。他一定要有个脱身办法,首先必须逃过迫在眉睫的被带走。如果有其他选择,他不会去伤及王均,但是显然他已经走投无路了。尽管抬出王均并不一定有效,技穷之际也只能一试。王均对王文章可谓仁至义尽,他为了自救居然出手把人家抬去挡箭,无论会不会给王均造成重大伤害,对王文章都一样,此生怕是再也难逃"汉奸汪精卫"之名了。

因此唯有痛哭。

5

"莲花山"站举办落成典礼,王均作为首席嘉宾隆重光临。此时她已经卸任城中区委书记,调到市里担任常务副市长。本站是她在县委书记任上争取下来并由市、县为主开建的,当年奠基时她亲自参加,此刻大功告成,落成典礼由她代表市委、市政府出席当然最为合适。落成典礼依然只能"隆重简朴",却丝毫不减其意义重大。

那天王均提前到达北岗,一如既往。娄士宗率本县一众负责官员早早在现场迎候。下车时她环顾众人,忽然问了一句:"那个谁?王文章不在吗?"

王文章还健在,未曾英年早逝,此刻虽未曾在现场晃动,其身份依然还是北岗乡政府副主任科员。值此重大活动于本乡举办之际,按常规王文章应当在这里承担相关接待工作,但却销声匿迹。说来也属正常:如果不是王均光临,是其他某位市领导欣然出席,王文章跑出来摇头晃脑,即使官小帽子轻,也不算太有碍观瞻。王均来了就不一样,王文章曾经为求自保恩将仇报不惜伤及王均,该感人情节多为人所传,谁不知道?这个时候谁敢"叫王见王"?即便县、乡领导没留意,当事者王文章自己怎么敢不记仇?这可不是胆大包天出来露一脸勾起领导美好回忆的合适时候,此刻不说躲远一点,能躲到十八层地狱之下,王文章都会撒腿往那里跑的。说来也好笑,这一切似乎冥冥中早有安排:当年举办奠基礼时,王文章空揣着一口袋烟渣,拿着剪刀打哆嗦,几刀剪不断彩带,只好求助王均，岂不早在预示这家伙到头来只好远远躲开？

不料王均竟主动问及，或许重回故地让她不免怀旧？这于远远躲开的王文章当然不算好事，于现场县、乡领导也有些敏感。娄士宗字斟句酌，小心翼翼地向她报告情况，称王文章降职处分后安排在北岗，是出于其本人请求，当时王提出希望能继续参与家乡重点项目建设，将功补过。县里考虑这边几大项目一直是他负责，没有谁比他更熟悉，让他来配合，帮助出出点子，解决一些具体问题，对工作也有利，便同意了。根据反映，王文章回乡以来总的还是努力的，没有躺平，但是工作中也还有些问题，例如脾气大，话粗，有时还像当初当总指挥一样。这些问题县、乡领导都及时给他指出，要求改进。今天落成典礼因为要求"隆重简朴"，现场出席人员不能太多，因而没安排他。

"是没安排，还是他不来？"王均问。

"这个这个……"

"让他来。"

娄士宗命乡里赶紧通知，要王文章马上到现场。可以先在指挥部待命，等仪式结束后再聆听王均重要指示。

"不。让他马上来见我。"王均明确表示。

这就有些棘手了。既然王均本人要求，把王文章叫来跟她见见何妨？问题是盛典在即，让它顺利完成最重要，此刻必须减少不必要的干扰，以免出意外搞坏情绪。王均提出见见王文章，属于突然起意，否则她早会交代。在北岗这里忽然记起王文章很正常，发令招来之动因就比较复杂。王文章给王均留下的记忆不会全属负面，但是最后沦为"汉奸汪精卫"比什么都恶劣，足以抹除此前所有。或许王均始终搞不明白王文章怎么敢那么干？她需要一个道歉，至少一个解释？也可能这个解释对她根本不重要，但是仍然有必要让王文章再长点记性，让他来，或轻或重点他几句，有助于让他永生不忘。哪怕一句不说，如此见面于他至少已经是一番羞辱。可是此刻即使有谁在现场猛踢王文章一脚，让王均非常解气，毕竟与落成庆典所需气氛有违，此刻营造热烈祥和为上，不宜仇人相见分外眼红，只能等庆典过了，该骂再骂，该踢再踢。

乡党委书记匆匆去打电话，几分钟后他报告称，王文章手机关机，人不知去了哪里，一时无法联系上。娄士宗赶紧请示王均，称已命乡派出所民警协助，务必尽快把王文章叫来。此刻庆典时间将近，可否请王均先入场就位？

王均摆摆手："等。"

举重若轻，就一个字。她什么意思？如果不把王文章像犯人一般带到现场，她就不准备入场了？落成庆典就不能按时进行了？王均是现场最高领导，这种事只能听她的，她不开口，戏还怎么唱？

于是王文章便从十八层地狱之下给抓了出来。他被带到王均面前时，离预定的庆典时间只差十分钟。

从那一次区委大楼拜访，直到此刻，始终"王不见王"。忽然重逢于北岗，按照常规似乎得握个手，但是王均没伸手，王文章也只能把右手藏在身旁。他很客气很恭敬地一句问安："王市长好！"人家领导有水平有高度，她不回答也不问候，只是指着王文章的上身问了一句："还是那件吧？"

她是说衣服。当年举办奠基仪式前，王文章身着一件满是烟洞的夹克，被王均嫌为"不人不鬼"，王文章即去换了一件"戏服"也就是正装上场。此刻王文章看上去依旧那么瘦长，脸上有点风霜，却着装正式，身上似乎就是当年那件"戏服"。

王文章回答称，没有人要求他穿得正式点，他也没有预想到王均会召见，只因为今天这个日子比较特殊，他自觉换了装。在今天这个特殊日子看到王均，心情特别激动，要感谢王均对他的关心帮助，不好之处也请王均多批评指正。

他或许是在用这种方式表达某种迟到的歉意，与当初出租车上的痛哭聊相呼应。

王均说:"你可以先抽一支烟,平静一下。"

王文章称早已戒了。从那时候起,痛下决心,痛改前非。

"你儿子呢?都好?"

他儿子已经上中学了。他戒烟后,孩子居然随之变了个样子,如今越发懂事,学习很自觉。王文章已经提升了对儿子未来的预期,觉得可以去考大学,至少是二本。或许到时候可以考一本执照,去当"客专"线上的列车司机?电气化列车,应该不需要靠脚去踩刹车,轮椅推上列车也早就不是问题。估计目前轮椅列车司机还不曾有,如果他儿子能开一先河,那就牛了,名闻天下。

王均一笑:"告诉他,书记阿姨祝他心想事成。"

场上娄士宗诸位这才放下心来。如此看来庆典氛围情绪不受威胁,无须担心仇人相见分外眼红了。不料王均一开口又出了一个巨大难题。

"去给他准备一把剪刀。"她交代。

给谁?王文章!王均下令把王文章抓捕到案,既不是要叫来羞辱,也不是让他当观众看热闹热烈鼓掌,居然是让他上台参加剪彩。这显然是不合适的。按现任职务大小排,至少得多加十几二十把剪刀,这才轮得到王文章。问题是王均提出来了,娄士宗怎么办?看到娄面有难色,王均笑笑,问是不是剪刀不够用?不够没关系,她那把可以让出来。

于是只能照办。

落成仪式拉开帷幕,圆满成功。

"王又见王"这幕场景迅速流传,令我们大感意外。根据王文章对"客专"项目做过的努力,论功行赏,往他手里塞一把剪刀,虽说出格也还可以理解,王均亲自来递这把剪刀就隆重得过于刺眼。人可以不记仇,却总得记点好歹吧?对王文章这种"汉奸汪精卫"不往七寸里打就属功德无量,何须如此高看?

这里边是不是另有缘故?

有一种最具颠覆性的见解，认为连王文章都自惭形秽，躲在出租车里痛哭的"汉奸"出卖行径，人家王均并不那么看。该领导高瞻远瞩，胸怀宽广且是非分明。她早就说过，王文章总体尚好，骂他"汉奸汪精卫"绝对是定性错误。也许当初她命王文章投案之际，心中已然有数，并不担心王文章怎么说，相反，她把王文章逼去自首，就是准备让他说出去。王均对王文章有一个基本判断，嘴上严厉，心里却不排除他可能确实没有问题。如果他真是拿人钱财股份，命其自首有助于减轻处罚；如果没有问题，他自会极力叫屈，拼命挣扎，在落水前抓住任何一根稻草。如果王文章把她当一根稻草，那就让他抓，她自有处理的办法与把握。敢把王文章逼上梁山，还怕他说？或许他这一说，王均才好对王文章的事情发表一些看法，提供一点个人意见？毕竟她是老领导，对这个人比较了解。王文章早已不归她直接领导，办案人员不来相问，她实无资格对王及其案子说三道四，王文章扯出她倒是让她有了机会。问题是王文章算个啥？值得她如此在意吗？涉案官员好比麻风病人，让人避之唯恐不及。王均不避涉嫌，不惜伤及自身，只管伸出手去，为什么呢？顾念王文章有功劳有苦劳？记起王文章曾见义勇为？或者竟是因为一个能用轮椅踢足球的男孩？王均在跟王文章严厉谈话时提到过他儿子，说她不希望在那孩子非常需要的时候，他出了大事。显然她一直记着那个小男孩。小小年纪不幸致残的孩子应该得到帮助，对他来说，父亲出事会比天空塌陷还要严重。王均跟那孩子其实只见过一面，那是一个忙碌的中午，一个满面阳光、快乐活泼的小男孩把一辆轮椅当作滑板，轻快地滑行到她面前，问了声"书记阿姨好"，童声清脆。

孩子的声音无疑最具穿透力。

无论是什么，"王不见王"已成过去。"客专"线现已通车，"莲花山风景区"游人如织，当年曾沦为笑柄的王氏"剿匪野战"游戏正在那些山洞里打得如火如荼，众多年轻游客乐此不疲。

我的检讨

1

事后想来有一系列错误,第一个错误就是去北京。

潘伟杰给我打电话时,我在高速公路上,距省城机场只余二十公里。潘在电话里说,领导有意于后天,也就是周五抽空到我县看看。

"太好了。热烈欢迎!"我说。

有一个问号差点脱口而出:"确定吧?"还好我及时咬住了嘴。

"你赶紧准备。"潘伟杰交代,"一定要做好。"

我请示:"是不是需要办个雅集?"

"必须的。就在你那个馆吧。"

"没问题。"

我大学读地理,学的是秦岭淮河自然地理分界线那些东西,很惭愧与吟诗作画充当雅士不甚搭界。学校出来这么多年,我所从事的工作始终烟火气十足,谈不上多雅致,但是我知道雅集是个啥,知道突如其来的这个雅集对我非常重要,其重其要不在于我那个馆如何,只在于领导驾到。潘伟杰贵为省委副秘书长,其实就是个大秘,跟随的领导是康庄,省委副书记。康庄前几天率队下基层调研，去了我省最南部那个市，该市首府与我县相距百余公里，地域不搭界，行政不相属，本次调研完全与我无涉，为什么突然有关系了？原来该调研日程将于周五上午结束，下午大队人马将打道回府。领导拟抽一小段时间，临时顺道添加项目，从高速公路上拐个弯光临我县，主要是想看看本县新落成的美术馆。由于与既有课题无关，随同调研的那一批省直大员按计划返回，只有领导本人和潘伟杰等少数随员陪同前来。他们并不住下，当夜须返回省城，隔日另有工作安排。本县无须就此次"短促突击"准备汇报，接待亦可从简。这一点其实问题不大，即使需要全面汇报且隆重接待，于我们虽有压力，也属轻车熟路，经验充足，唯我所请示的雅集比较复杂，需要费点心思。

潘伟杰交代："要几个特别有分量的。"

"我们把省城那几位高手请回来怎么样？"我请示。

"不够。"

潘伟杰要顶尖的，指名要方鹏，有他到场才够，阿猫阿狗跟康庄不相称。

这有点为难了。我据实相告："别的好说，这个方把握真是不大。"

"想想办法。"他说，"必须。"

我表示一定千方百计邀请，力保雅集高规格。如果有充足时间来做工作，那会比较有把握，时间太紧就有些难办，未必联系得上，也未必说得上话。即使联系上了还说上话了，这般临时相请确实也有点问题，人家可能早有安排。万一真的来不了怎么办？"雅"照样"集"？领导还是会光临吧？

他回答："不行，一定要请到。"

很明确，这是前提。

"明白。我来想想办法。"

"知道你会有办法。"

我自嘲:"我那点本事老领导最清楚。也就是勉为其难。"

放下手机,我问:"前边收费口是哪个?"

"就是机场。快到了。"驾驶员回答。

"出了收费口马上掉头。"我下令,"回县里。有重要事情。"

车上那几位面面相觑,一时没有谁吭声。好一会儿,刘群轻声问一句:"环境部那边呢?打个电话去?"

轮到我一声不吭了。

省领导光临无疑是头等大事,无论是来调研,还是"看看";待几小时,还是几分钟。以重要性而论,我的决定正确,此刻应即返本县去做准备。问题是我们这一车六人口袋里都装着一张机票,正要乘飞机前往北京,而省城机场就在眼前,几乎已经可以看到飞机那两个翅膀。此刻不上飞机,赶紧改签机票应当不困难,问题是北京方面怎么办?我亲自出马率队赴京要办的事情同样也很重要,已经让我们忙活了近一年,北京相关方面好不容易点了头,同意我们于明天上午去办公室拜访,那是经过多方争取,费九牛二虎之力才促成的,此刻我们自己突然生变,怎么跟人家解释?人家会不会非常恼火?如果功亏一篑,事情就此拖下来,甚至办不成了,岂不糟糕?

我担心前功尽弃,这个担心很现实。两个重要事情撞在一起了,怎么办?能不能想办法既避免前功尽弃,又不耽误雅集?算一算时间似乎还有余地。只要能按计划把明天上午的事情办完,最快能于下午返程,晚上就能回到本县。而省领导一行预计将在此后十数小时,也就是周五傍晚才会到达。

于是决意继续前往北京。

我并没有丝毫怠慢,旅行车到达机场大楼时,我已经在第一时间做了安排,通过手机命黄胜利迅速召集相关部门人员做好接待领导一应准备。黄胜利是县长,我俩搭档主政本县已有三年多时间,合作得不错。黄胜利其人农技干部出身,比较实在,能办事,缺点是有时不甚严谨，失之马虎。他在电话里装迷糊，询问雅集是道什么菜？我告诉他那是一锅红烧猪蹄，让一群文人墨客雅致之士围在一起热火朝天，像现在小孩说的开"生日趴替"，只是无须与生日挂钩。古时候那种"趴替"似乎主要是吟诗作赋，大家唱和喝酒，像《兰亭集序》写的那样。如今好像有些变化，至少康庄这一场无须写诗，按照现有规定也不能上酒，只要写字画画就可以。

"那么咱俩也行？"他笑。

他当然是开玩笑，如今写个字涂个鸦谁都会，混进那种"趴替"却只算阿猫阿狗，哪怕书记县长。康副书记的雅集得是公认的书法家画家才有资格。本县得山水之利，恰好多产这两种人，大约从明初开始，历代书画名人众多，当下民间习字习画之风犹盛，有"书画之乡"美誉。得益于历史与当下的强大书画家阵容，本县目前拥有一座新落成的、在本省首屈一指的县级美术馆。该馆是在我和黄胜利手上建起来的，当初立项时，我通过潘伟杰把一份报告送到康庄手上，难得领导重视，写了大段批示，命省发改委和财政厅予以支持，帮助我们解决了资金缺口，因此才有了它。半年前该馆举办落成典礼，我和黄胜利曾专程到省委大楼汇报并邀请康庄光临，他不能来，因为有规定，省领导不宜出席类似活动，但是他表示会找机会来看看。此言不虚，此刻他要来了。严格说不是现在，早在一个多月前他就预定前来，只是一波三折，终未成行。

黄胜利问我："这一回是真的吧？"

我说前几回也都是真的，因故推迟罢了。所谓"大有大的难处"，别以为只有咱们小领导累死累活，人家大领导要操心的比咱们只多不少。

"所以小领导才个个都想担负重任。"他笑。

这时顾不得多开玩笑。我告诉他务必重视，这一次跟以前那两次不一样，时间、地点、内容明确，咱们跑不掉。搞得好皆大欢喜，搞砸了吃不了兜着走。

"早知今天，我读小学就该去练字。"他感慨。

我们都知道康庄特别看重书画，除了他是领导，也因为他本人字写得好，不像我和黄胜利之流只有"同意"两字练得比较成功，如我们自嘲。我县有位老先生看过康的字，断定他"肯定有童子功，恐怕还有家传"。这方面的底细我们不得而知，唯知该领导笔下了得。这位领导的家传除了写字，恐怕还得加上气势，他很强悍，风格硬朗，有关他一瞪眼睛，把下属某官员吓成结巴的传闻很多。当初为我县美术馆项目求助他时，潘伟杰就曾警告，事情务必办好，否则康庄那里不好交代。我知道潘言简意赅，是未雨绸缪，为我们好，做康庄重视的项目，我们得格外努力，格外小心。

我在私下里管潘伟杰叫"老领导"，略带调侃，其实他只比我大几个月，谈不上老，且只在大学那四年直接领导过我。我们是大学同学，舍友，当年住上下铺，彼此落差相当大。潘伟杰生于省城，父母都是医生，高级知识分子，他自己身材高大，相貌堂堂，处事得体，做什么都游刃有余。而我原本就是光脚丫上满是泥巴的山区乡下小子，上大学时还没发育全，比他整整矮一个头，干什么都气力不支，如他所笑叫"总是勉为其难"。我是因为考分偏低给调剂了专业，他却是因为从小不喜欢父母的手术刀，却偏爱玩地球仪，终选择读地理。很奇怪，超乎落差，从大学开始我们的关系就非同一般，他是班长，常叫我帮他干些事，凡困难、劳累、费劲事项一概交我，我有什么难处也总能得他相帮。那时他对我不吝赐教，我始终记着他要我眼光长远，能把一个地球掌握在手中那些话，虽大而空，却最耐寻味。大学毕业后我们都没能从事本专业工作，他以考核第一的名次成为选调生，就此从政。我也跟他一样被同期选调，却是因为排前的一位同学参加考研放弃资格，由我递补，勉为其难侥幸得成。选调生按规定要下基层，潘伟杰下去不久就抽调省直机关工作，而我这么多年虽小有进步，至今还在基层。潘伟杰很有头脑，行事缜密，话不多，从当副处长起就给康庄当秘书,康从省委秘书长、常务副省长直到副书记,他一直相随。考虑到康庄那样的个性,潘伟杰能让他满意,确实水平高超。我注意到这些年潘伟杰不仅职位上升,处事越发游刃有余,字也越发写得好,也许是因为跟随康庄,耳濡目染。这应当也是他让康特别满意的一个方面。虽然彼此是老同学,我俩平时来往并不多,因为他在省城,我在基层,也因为他一般不主动联系人,我也很少找他麻烦,除了非常必要时候。所幸尽管他身居中枢职位渐高,对老同学亦不相忘,能帮会尽量帮。我相信这一回康庄光临,后边肯定有潘反复推动。省领导到我县美术馆"看看"类似于现场检查,考察下边这些小领导干得怎么样,该项目是否达到他的要求,这对我们有压力。但是这也是一个表现机会,那么大的省领导可不是小领导们想接近就能接近的,没有潘伟杰,谁能把他带到我们面前?

一个多月前,潘伟杰主动给我打了一个电话。当时我有点诧异,在电话里开玩笑:"原来老领导有时也会想起我。"

他也笑:"不好吗?"

他了解我的近期可好。我知道这只是铺垫,所谓"无事不登三宝殿"。

"我还能怎么好?勉为其难罢了。"我说。

"再加四个字:锲而不舍。你这点特别好。"

"感觉飘起来了。"我问,"有什么重要交代?"

"你那个美术馆怎么样?还行吧?"他问。

我告诉他本馆状况良好。无论建筑、环境、馆藏,全省首屈一指县级馆名不虚传。

"想安排领导去看看,没问题吧?"

"热烈欢迎!"

他笑笑,让我可以着手做点准备。注意影响,只做不说。

我知道潘伟杰从无戏言,此事重大。"想安排领导去看看"讲得很艺术,非常含蓄,核心却很明了,无须琢磨究竟是秘书安排领导,还是领导安排秘书,关键在于康庄副书记可能前来,这才是最重要的。我立刻把黄胜利等人叫来商量,迅速研究一个工作方案,各相关部门紧急行动分头准备。按照潘伟杰要求,只做不说。

过了一周时间,潘伟杰没有再来电话。我考虑应该主动一点,便挂电话找他。那天连挂几次,从早到晚,都未接通,感觉挺诧异。直到午夜,他给我回了电话。

"谦毅,什么事?"他问。

我简要报告了我们的准备情况。他"啊"了一声:"不行。去不了了。"

原来他在北京,陪领导参加重要会议。会间还得忙一些事。以目前情况看,领导实在抽不出时间。什么时候得空再说吧。

我听到他在那头咳嗽,声音里有一种疲倦,少见的。

"老领导身体要注意。"我说。

他表示没什么。北京外边挺冷,屋子里热。

"肯定忙得要命。"

"向你学习啊,勉为其难。"

我调侃,说感觉老领导在我省永远游刃有余,去了北京才有点勉为其难。

他也笑:"各有各的问题。"

我能理解。他跟我们不一样,跟随领导,身处高层,虽说还不到掌握一个地球,也已经掌握了一个省的若干方面,遇到的问题跟我们基层会有很多不同。比之高层大事,下边一个县美术馆如何,真是小得不能再小的小事,于人家大领导实属可有可无。

"知道位高权重也累,小领导心情好多了。"我说,"多保重。"

第二天我悄悄通知黄胜利,所有准备停止。

"不来了?"

"至少暂时没戏。"

黄胜利一摊手,很遗憾。这一点我俩非常一致。

两星期后，潘伟杰又来了一个电话，询问我知道雅集吗？我当然得知道，本县是书画之乡，本县文化部门曾经办过那种活动，资源和经验都很充足。

他表示："很好。"

"需要办一个吗？"

"再说吧。"

"康副书记什么时候能来？"我问。

"我排一下时间。"

我们迅速进入第二轮准备，还如上一回，只做不说。这一回时间很短，两天后潘伟杰给我一个电话，又是那句话：停，没有时间。

黄胜利问我："有那么忙吗？"

这只有潘伟杰才清楚，我不知道。以我感觉，不管官当多大，不管有多忙，偶尔忙里偷闲，随心所欲，看看美术馆，找若干合适的人见一见，似也做得到。康庄一再不能成行自有其缘故，我们无从得知，只能等待。

现在终于等到了。于康庄这样的领导而言，此来除了看看本县美术馆的楼房、环境以及馆藏作品，借机与当地知名书画艺术家相会也就是来个雅集，属于题中应有之义。县美术馆举办类似活动，也属推动本地文化事业发展需要。问题是潘伟杰的要求太高，康庄拟隆重出席的本场雅集不允许只拿现存于县境之内的书画家充数，把本市及省城那几位本县籍大牌请回来"趴替"也不够，潘伟杰指名道姓要方鹏，似乎还是必要前提，这就产生了巨大的不确定性。方鹏是本县人，其方氏家族是本县一个书画世家，其父曾在本县文化馆供职，早早给调去首都一个文化部门工作。方本人出生、成长于北京，一口北京话字正腔圆，身形魁梧，着汉装，长发及肩，艺术范十足，他那些留在本地的方氏族亲，即使字写得丝毫不逊，与他站在一块儿都如群鸡望鹤。方鹏成名早，五十出头已是书法界一大名流,头衔极多,人称"方老师",也有人早早尊称他为"大师",据说其右手那几个指头堪比印钞机,写几幅字就能在首都换一套房子。也许因为名气过大,比之其他本县籍在外名家,方鹏与家乡的关联最为平淡,近年间本县几次重要活动邀请过他,他从不到场。我本人曾经利用到北京开会之机,由他的一位堂叔出面联系,请他吃过一次饭,他只到场十几分钟,算是给堂叔和家乡书记各半个面子,话没说几句就起身告辞,说是一位前国家领导人有请,让本书记倍觉自己官小。由于这些记录,我感觉于此人毫无把握。

但是不能不努力争取。我把任务交给黄胜利,要他立刻联络。

"那只大鸟啊。"黄胜利感慨,"咱们拿什么把他赶进鸡笼里?"

我让他想办法,可以先摸摸情况。方鹏有个表弟是花鸟画家,目前担任本县文联副主席,就从这个人入手接触。有什么进展要随时向我报告,包括接待和雅集的其他准备工作。由于飞机上不能用手机,落地后我会立刻与黄联系。

"不如请胡书记打上门,拎着他的脖子直接从北京带回来省事。"黄胜利说。

我问:"咱们那个洞怎么办?你来?"

他嘿嘿:"我哪有办法。"

"那么就靠你老黄。"我强调,"上心一点,多想办法。这个对咱们很重要。"

"这只大鸟?"

"我是说康庄。明白吧?"

于是分头行事。我率身边一行搭上预定航班,按照飞行要求关闭手机,直上蓝天。我知道黄胜利会按照我的要求立刻组织人马投入准备,该同志虽然嘴上喜欢叫唤,工作总体还是负责的。特别是面对康庄这种强悍领导,真是没有哪个小领导敢开玩笑。

起飞前我还给市委书记曹书耀打电话报告。曹是我的直接领导,康庄到我县参加活动,尽管是临时安排的短暂活动,我亦须报告。曹已经知道情况,是潘伟杰告诉他的,潘特地说明:康庄明确要求由县里安排,市领导不要过来陪。曹必须得照此办理,但是依然需要关心问问,因为本县在他管辖之下,要是本县没做好,他也脸上无光。曹在电话里要我务必万无一失,领导到来时间虽短,却很重要。他知道我正要去北京跑项目,表示不行的话就把北京的事延后吧。我告诉他时间上并不矛盾,已经交代黄胜利先做准备,我办完事立刻回县里落实,没有问题。

他表了态:"你自己把握好。"

"曹书记放心。有情况我随时报告。"

两个多小时后飞机落地,我刚打开手机,黄胜利就来了电话。

"恐怕没戏。"他报了个坏消息。

接待与雅集的所有准备均已顺利开展,没有问题。但是方鹏来不了,一口拒绝,说是时间冲突,有重要外事活动。这明显是托词。由于新冠疫情影响尚存,近日新闻里所见外宾光临的消息不多,即便有,那也是国家领导人的事,与这只大鸟何干?

"怎么办呢?"黄胜利问,"胡书记能不能亲自出马?"

为什么如此建议?因为大鸟看不上黄胜利。通过县文联那位方氏表弟,黄胜利直接与方鹏通了电话。方在电话里问黄胜利是不是当书记了?不是?是县长?书记去哪啦?还是那个胡什么谦吗?

本人姓胡名谦毅,那是我出生时,父亲请求村小学校长给起的。这名字起得好,所以才有今天的胡书记。方鹏很难得,我的三个字他能记住两个,只是顺序记乱了,不是胡什么谦,应当称胡谦什么。

我命黄胜利继续努力争取,决不放弃。表弟解决不了问题,找表妹,或者大姑大姨什么的,总有人能够说动他。可以多头并进,共同努力。

黄胜利听命,迅速组织力量,深挖各种资源。小小县城,类似资源很丰富，找出来并不困难，于是方鹏的手机被不断骚扰。此人很坚强，口风始终没有松动，直到恼火，拒绝接听所有电话。

事情至此卡壳，做不下去了。人家是艺术家，"大师"，高居于京城，不是我们属下干部，我们于他鞭长莫及，拿他一点办法都没有。怎么办？放弃吗？不行。必须勉为其难，而且必须成功，否则便如潘伟杰当初警告，无法向康庄交代了。

当晚我在北京所居旅馆给方鹏挂了电话，用的是一个特殊号码。

他接了电话，很诧异："胡？你怎么有这个电话？"

我说："你懂的。"

他表示不满，问我到底想干什么？大围剿？我不讳言，黄胜利确实是按照我的指示，发动群众以亲情和乡情呼唤，看起来确实给方鹏留下深刻印象，尽管他似乎不为所动。我作为当地第一把手本该第一个给方打电话，主要因为飞机上不允许，只好最后才参加围剿。此刻我在北京，不是专程来请方鹏回乡，是来跑一个项目。该项目很重要，方鹏或许还记得，上回在京一起吃饭时我曾介绍过。

"那个洞？"

那可不是一般的洞，实为为全县人民包括方氏族人造福。这个洞还可以让方鹏名垂青史，至少让我县数十万百姓及其子孙一代一代记着他。

"瞎掰嘛。"

并非瞎掰。我拟请方鹏为这个洞题字，来日刻写于洞口，包括大名落款。希望方鹏欣然回乡，参加后天也就是周五晚上于县美术馆举办的重要雅集，让省委康庄副书记一起见证他当场题字青史留名的高光时刻。

他默不作声，好一会儿。

"我不坐飞机。"他说。

"有高铁。"

"我只坐商务座。"他说。

"没问题。"

他扔下一句话："再说吧。"

轮到我诧异不已。无论"再说"什么，他像是松口了，转变似乎过于突然。我感觉这只大鸟其实相当务实，如果说在本县的某个洞口刻个碑青史留名或能打动我，他这种人似乎不太可能感兴趣。

2

接下来的错误是那个洞。

所谓"洞"是通俗说法，改用美声唱法，应当叫"隧道"。我跟方鹏提起该隧道时用了若干形容词，那不算夸张，该隧道于我县确实非常重要。

隧道是个啥？没有谁不知道。坐上汽车火车，进入山区丘陵，无论省道国道高速公路高铁动车线，都有一个个隧道在夹道欢迎。但是我和黄胜利的隧道与它们有别，不是公路隧道，也不是铁路隧道，它是引水设施，类似于公路路面下的那种过水涵洞，只不过更大，更长，更壮观，更需要花钱。

本县位于丘陵地带，县城以及周边几个镇地势相对平坦，有若干小盆地，是人口集中地，也是经济较发达地带。近十年来，在经济社会迅速发展的同时，本县县城及周边乡镇日益为缺水所苦，特别在干旱季节，断断续续停水成为常态，影响二三十万人口，也对区域内的农业和工业企业生产极为不利。本县并不处于祖国西北干旱半干旱地带，如此缺水实不应当，究其根源，罪在清朝初年任职本县的某一位县太爷。这位知县大人任上遇到一场毁灭性大洪水，县城淹没，"十室九废"，县衙与县学亦未幸免。灾后，此人奏请朝廷同意，以"永避洪涛"为由，将本县县治迁到目前所在地。这里与旧县城的区别在于地势较高，亦较平坦，所赖于取水的河流水量相对较小，哪怕十倍暴涨也难以遍淹全城。这一巨大优势在数百年后成了问题，让眼下我们这些县领导和众多百姓饱受缺水之苦。以当下县城体量之大，不可能再找个地方"拎包入住"、"永避缺水"，只能设法引入新水源。本县北部山区有一座大型水库，水量充足，水质优良，专家们论证，把那里的水引入，至少可以保证县城一带以目前发展速度，百年无缺水之忧。引水的困难主要是距离较远，且需要通过雄卧于县城北部的大山。这座山在以往难以逾越，眼下却可以对付，最佳方案是打洞，也就是修一条分为数段的大型穿山引水隧道，把水引入县城。凿洞穿山能兼顾供水环保节能，技术上已经没有困难，最大的问题就是资金。以本县之财力，挖不了这么长一个洞，只能向上争取。在我和黄胜利之前，已经有数届县委县政府班子在操心这个洞，取得了若干进展，却还未能根本突破。我到任后，恰中央有加强小城镇基础设施建设的新政策出台，比照条件我县可以从中争取一大块资金，我决定全力以赴。

当时黄胜利有顾虑，他说："拿钱去填这个洞，咱们只能喝白开水。"

他的意思是说，即便可以得到中央和省里经费支持，本县依然还得筹集大量资金投进这条隧洞。现在哪有钱？都是吃饭财政，这一投可不就没饭吃了？作为县长，他得管钱理财，有顾虑可以理解，却必须让他向前看。我找他谈了几次话，用的是当年潘伟杰教导我的方式。我告诉他，咱们俩无论如何不可能掌握一个地球，但还是掌握了一个县。来日或许咱们还能掌握更多，那得看咱们眼下做得怎样。咱们可以不去管什么洞，听任老百姓三天两头在家里拿大桶大盆蓄水抗旱冲马桶，一边骂娘。咱们也可以千方百计去挖那个洞，让工厂、农村和家中的水龙头都可以信任。多想办法，也不至于只能喝白开水。有朝一日事成，虽然按规定不能在那个洞口刻个名字，至少咱们自己心里会感觉高兴，有成就感，不枉咱们曾经掌握过这里。在咱们县，所谓"修桥铺路做功德"不够，现在还得加上挖洞，修桥铺路挖洞，都属国计民生。这种事应该做，也很值得。

黄胜利举手："你是书记，你定。"

当然不是我定或者我俩定了即可，这种事要班子统一思想，大家共同努力。经过反复研究，上下一致，事情推上日程，由我亲自主抓。一年多时间里我多次带队穿梭于京城省城市府，从各级各相关部门获取支持，逐步推进。这种事不做则已，一做起来千头万绪，困难重重，往往费尽九牛二虎之力，到头来又回到原点，山穷水尽。这时候怎么办？不能放弃，必须另辟蹊径，勉为其难，直到柳暗花明。幸而勉为其难一向是本人强项。所谓"小官不做大事"，像我这样虽然官小还想做大，那就得勉为其难，或者如潘伟杰所表扬再加一个锲而不舍。这一次我带队到京，主要任务是拜见生态环境部一位负责司长，汇报项目环保评估方面的有关情况，递交几份材料，设法解决其中若干困难。联络中有过一些周折，好不容易确定下来，最怕前功尽弃，所以我只能把筹办雅集接待康庄的准备先交给黄胜利，自己一头扑往北京。

这件事还是起了波折。第二天早晨，我们正准备从旅馆出发之际，一个电话打到我的手机上。来电者是生态环境部一年轻处长，本市人，北大毕业后经公考进入该部。此人的母亲是本县人，其外婆还健在，已经八十多岁，与他舅舅一家一起，住在本县城关。宽泛算来，我县也是他的家乡，他是我们县的外孙，算外甥也行。我通过一些曲折途径，意外发现此人，而后千方百计联络上，还帮助他舅舅解决孩子就业等困难，他很感激，愿意提供帮助，被我们戏称为"卧底"。这一回是他帮我们与负责司长联络上的，此刻他突然来报：司长临时有任务，跟随部领导去国务院汇报工作，今天上午见不了了。司长表示下午看看情况，还说不准。

我一时无语。

怎么办？等吗？根据我的经验，我们这种人办这种事，等候不是问题，不等候有时反而让人心跳，只怕过于顺利倒不是好兆头。世间没有什么事是真正简单的，任何简单的事都可能变得复杂无比，我们要做的这种事尤其是。在京城这种大地方，面对这么多大部门大人物，我的老领导潘伟杰位高权重有水平，也都不那么游刃有余，何况我。因此每一次到北京办事，我们都会有足够思想准备，时间上留有余地，始终打算碰上些新情况，再想办法解决。从上午等到下午，从今天等到明天，在以往都正常，没关系，预料之中，只要没说死，等候就不是个事。这一次却不一样，情况比较严重。明天傍晚康庄将光临本县，那个事不敢有丝毫闪失，此刻在北京一小时一小时消耗时间，相当于明天往自己脖子上一圈一圈绕绳子。

　　我考虑恐怕得果断撤退。原有约定已经错过，司长没有给出新的确切约定，"下午看看"具有很大不确定性，很可能还会后推，而我已经没有时间。由于错过约定不是我们的原因，此时以"县里突然有重要事情"为由撤退，道理上说得过去，毕竟我们已经到了北京，充分表现了诚意。问题是回头即意味着劳而无功，比之昨日机场撤退还多浪费六张来回机票，钱丢到水里固然可惜，事情因此拖延才更是问题，没有什么比功败垂成更让我难以接受。

　　那么是否可以搏一下？我们手中似乎还有一点等待时间。也许越是这种时候，越得勉为其难，这才有望得成？

　　我决定沉住气，暂不急于撤退。

　　黄胜利来电话报告情况，他大声叫唤："老天爷，不是一只两只，一来一群！"

　　昨晚方鹏松口之后，我命黄胜利迅速跟进，趁热打铁。经他们不懈努力，方鹏终于确定应邀返乡参加雅集，并指定他的助理具体联络行程细节。今天清晨，该助理传来一份行程单，名单里却不只方鹏一人，竟然一二三四五，赫然一群，随同方大师返乡。仅从名字、身份证号上看，其中有男有女，各自的身份、来历、职业等则无从得知。我们邀请方鹏参加活动,他给我们弄来一群不清不楚的客人,这应该吗?当然不应该。我们可以拒绝吗?当然不行。

我说:"一群就一群吧。感谢他没给咱们整一个团来。"

"商务座贵死了,比飞机票还贵。"

"你是县长,你有办法。"

"不好开支啊。"

"扣我工资吧,不够扣你的。"

他笑:"胡书记跟这只大鸟真够意思。"

我告诉他,大鸟很重要,雅集也很重要,但是对我们来说康庄才是最重要的。

"这就是书记水平嘛。"他调侃。

我让黄胜利赶紧安排人准备一份汇报材料,到时候给我。

"不是不要求汇报吗?"

"咱们不汇报全面,讲那个洞就好。好不容易来了大领导,不能让人家白来。"

他大笑:"胡书记真是无孔不入。"

我指出他表述不准确。不是无孔不入,是要在没有孔的大山钻出一个孔洞。

"可千万小心,别把自己也填进那个洞里。"他说。

这家伙一语成谶。

在等待司长召见的焦灼中,我给潘伟杰发了条短信。考虑到此刻他可能陪领导忙碌有所不便,我没敢打电话。我向他报告,称方鹏确定前来参加雅集,已为其一行订好高铁车票,周五上午从北京出发,预计于当天下午五点左右到达我市火车站,大约半小时后可接到本县。

这个时间是方鹏确定的,他真是惜时如金,卡得非常紧凑,不愿意为家乡浪费哪怕多一小时。虽然坐飞机需要到省城机场后换乘汽车,总耗时还是比高铁更少一点,但是他不考虑,可能怕出事。

都知道飞机出事概率很低，毕竟只怕万一。

潘伟杰很快回了短信，很简单，一个字："好。"

这就是说，要件俱备，雅集可以举办，康庄确定光临。

我在短信里特意点到了"其一行"，这很有必要，必须让潘知道方鹏欣然光临，还带来了若干人。这当然不是想让老同学拿工资为他们支付高铁车票，只是预做铺垫。周五这场雅集不同于其他，是为领导准备的，什么人可以参加什么人不可以需要特别斟酌，且不是我们自己可以决定。方鹏想带谁带谁，作为有求者我们不能干涉，得照单全收，不能因为几张高铁票之类枝节问题让他不高兴，翻脸反悔，必须先把人弄来，然后再说。方鹏带来的这些人未必都适合登堂入室面见领导，我倒不担心里边混有刺客拟于雅集上行凶，只担心会有身份不当形象不宜者。例如方带来了某女子，如果是原配夫人，来为他铺纸盖印收钱，这个没问题。如果是"小三"呢？艺术家好这口是他自己的事，浓妆艳抹搔首弄姿领到领导面前就大大不好，只怕酿出严重问题。本雅集参加者应是书画名家，如果方鹏带来几位京城同行朋友，无论他们像方一样长发披肩或者剃光头甚至扎俩小辫一概无妨，我都热烈欢迎，哪怕不是大师不会写字但是会几句诗，那也勉强。其他身份例如开饭馆的挖煤矿的三教九流之辈就得警惕。如果混进个把粗俗角色，与省领导济济一堂于雅集，一旦口风粗鄙露出破绽，康庄察觉了，板起脸，我岂不就成了热锅上的蚂蚁？所以需要把关，我们自己把关还不够，到时候可能还需要请潘伟杰最后定夺。

由于预定的拜见司长未能如期进行，我心里着急，生怕自己真的给陷进洞里，感觉需要有所防范，未雨绸缪。我给潘伟杰另外发了一条短信，报称雅集一应准备都顺利，有关细节与进展我都亲自过问、掌握，采用遥控方式。我本人此刻还在北京跑项目，我会尽快结束这边的事务，及时赶回去迎接领导光临。

几分钟后手机铃响，是潘伟杰。他没回短信，直接打来电话。

"怎么跑那么远？"他问。

我把情况报告了。我们那个洞的事他清楚，这一年多来，我已经多次向他汇报过，借助他身居权力中枢背靠重要领导的有利地位，请他帮助解决项目推进中的若干困难。他还像当年一样不吝赐教，既肯定我敢办大事，继续发扬勉为其难的胡谦毅精神，又有所担心，怕我劳而无功，骑虎难下。尽管不乏疑问，他还是大力支持，关心得很具体，他帮我打过几个重要电话，协调过省里几个相关部门，请他们关照，还答应我，时机成熟时会请康庄出面相助。我感觉眼下时机基本成熟。在生态环境部相关事项办妥之后，这个项目的各个要件就大体完备，有望获批。接下来还有很多事情，其中最重要的莫过于争取省里的配套资金和政策支持，这一块蛋糕切得越大，拿到的政策支持越有利，项目就越顺利。如果我们能请出康庄过问支持，必事半而功倍。所谓时机成熟当然还包含"刚好碰上"。通常情况下，我们这个洞想提到康庄那里很不容易，大领导大事多，本县有如天大的项目到了他那里其实不算什么，全省那么多县市，类似项目都想请领导关心，排队排到省委大院外头几条街去了，我们即便有潘伟杰相助也未必能顺畅挤到领导桌面上。此刻不用我们去挤，人家领导自己来了。尽管康庄此行意图明确，并非视察调研，时间也短，毕竟到了一个县，顺便了解一下当地情况，特别是重大事项，也属常理。于我们这就是最佳时机。做任何事情都需要不懈努力，有时也还得靠天助先生，节骨眼上领导把自己送上门来，这就是所谓天助了。

"难得胡谦毅。"潘伟杰肯定，"项目办到这种程度，不容易。"

"还不是靠老领导支持。"我说。

"你可以简单报告一下。准备的材料就交给我。"他表态，"要根据当时情况。"

他的意思很明白：那个洞的事情可以说，但是要看情况。气氛好，领导很高兴，但说无妨。如果领导看过美术馆，很不满意，或者雅集办砸了，让人家吹胡子瞪眼，那么除了赶紧检讨，一句话都不要多说。那种情况下敢拿什么洞去烦领导，那就是给自己找祸，不给一巴掌赶走才怪，连同那个洞。

潘伟杰又补了一句："你自己也写一个。"

"什么？"

"个人情况。履历、表现、主要政绩，全面点。"

我说："好的。"

"简要。不能长，两三页就可以。"

"谢谢。"

"赶紧回来，不要误事。"潘伟杰交代。

这个无须交代，我还能不明白吗？

显而易见，这场雅集太重要了，远不是一锅供艺术家们热火朝天开"趴替"的红烧猪蹄。除了能近距离接触领导，给领导留下印象，它也让我们有机会汇报情况提交材料，推进引水隧道项目。现在又加上"个人情况"。潘伟杰点到为止，没有就此多说，我却清楚非比一般，就我本人而言，该突如其来的"个人情况"可能是最重要的。因此雅集务必办好，绝对不能有误，特别是不能耽误。航班错过了可以改签，本雅集错过恐怕就再也没有了。

不料顷刻间航班改签成了我的难题。

按照原先安排，此行除了生态环境部这件要事外，还有若干零星事项，需要在北京跑两天。由于康庄即将光临，我临时做了调整，只管今天上午见司长这个最重要的事，谈过后可能会派生一些要求，需要马上做，加上其他零星事项，就交给刘群他们在京处理。刘是县政府分管副县长，作为副手与我一起带队来京，我让他留在北京全权负责后边这些事，有问题电话联系，我自己就不再逗留。返程机票因之改签为周四晚间十一点，该航班跨越日期线，周五一时以后才会降落。选择这种红眼航班，主要是考虑留有余地，以防意外变故。结果果然发生了意外，上午泡汤，"下午看看情况"。这就表明改签红眼航班确实富有远见,它为我预留了整整一个下午,只要下午能办成事,那么该飞机依旧可用。可惜事情不如人所愿,整整一个下午,一行人提心吊胆等消息,"卧底"隔会儿来一个电话,没有一个是我们想要的。司长已经回到部里,一直在他的办公室闭门开会。"卧底"面都见不到,电话也联系不上。"卧底"属于部里另外一个部门,并不在他那个司,找他联系要乘两层电梯才能到,跑上跑下也很不容易。

"看这样子像是没戏了。""卧底"说,"也许明天?"

我感觉手心开始出汗。我请"卧底"务必想个办法,恳请司长百忙中拨冗接见,力求下午能成,赶在下班前也行。即便下午办不成,那么就晚上,哪怕今晚抽一小点时间给我们。之所以如此迫切,是有一个特殊原因:明天下午省委副书记康庄要到本县检查工作,我作为县委书记必须在岗。

但是未遂。司长没有时间,当晚部里加班开会。"卧底"直到晚十点离开办公大楼,还是连司长的面都没见上。

他感觉很遗憾,直接给我打了电话:"胡书记,不好意思啊。"

我说:"别那么讲,让你费心了。"

"你那边事情不能等,那就赶紧回吧。我会替你解释,请司长另外定时间。到时候你们再来。"他表示。

事情至此还有什么办法?

能不能把事情交给刘群,让他代替我去见司长?不外也是那些事,汇报、递交、请求指示,看看需要什么补充,等等,谁去不一样?理论上是的,实际却不行。就好比我把雅集丢给县长黄胜利,让他去负责接待康庄,我自己待在北京不走,这可以吗?当然不行。就北京这件事而言,县委书记与副县长身份、职责、权力有所不同,前者能够决定的事情,后者未必可以;前者可以表的态,后者也未必敢表。即便给刘群完全权限,可以像我一样决定表态,那也不行。县委书记来拜见司长汇报项目,与派个副县长去,给对方的感觉肯定不一样，结果也很可能不一样。正的不来来个副的，第一把手换成第七把手，明摆了表明自己都不重视这个事，那还忙活什么？放一边去吧。事情要是做成这样，真是比暂时不做还要糟糕。所以如果我已经不能前去拜见汇报，这个事只能延后。

但是我实在不甘心。这时已经入夜，速往机场赶红眼航班，时间还来得及，我却迟迟不动，也许因为丢下去的时间越多，下狠心走人就越困难。这时候我需要说服自己。我告诉自己：此刻决然离去损失惨重，不说其他，原本考虑利用康庄光临之机汇报项目递送材料，恐怕也得相应暂缓，再待"时机成熟"。这还得等到什么时候？能指望总有一位叫"天助先生"的好朋友在前边笑眯眯看着我？

我让随行人员细查航班，分析选项，用倒计时方式，以康庄一行预计到达我县时间，也就是明天下午五时为终点，往回推，扣除途中各交通段所需时间，看看可供选择的航班有几个，其中最后一个航班就是底线。经分析斟酌，这条底线画在明日中午一时三十分的一个航班上。严格说该航班已经过线，坐那架飞机，即便一切顺利，回到本县的时间预计也在下午五点半，比康庄一行晚抵半小时，这就成为问题。但是如果不踩这条底线，此前的一个航班是上午十点半，基本上是起床就得直奔机场，干不了别的事，与眼下去赶红眼航班是一回事，于我没有意义。

我下了决心："改签，踩这条底线。"

决心勉为其难，也因心存侥幸：康庄一行并不是坐火车，未必一定在那个钟点到达，或许他们会有所推迟？即便像高铁一般准时，让黄胜利设法拖一拖，领导到达后，请他们先擦一把脸，在休息室坐一坐，喝喝茶，说话间我就赶到了，无缝衔接。处理得好，有可能让领导还没清晰意识到这里少了什么人，这个人就来了。潘伟杰"老领导"当然不能糊弄，我必得提前跟他私下沟通，讲清楚，请他帮助稳住康庄。以我判断，只要能把总拖延控制在半小时内,即便康庄意识到了,感觉有些不高兴,应当也容易较快消除,只要后续事项安排得好,能够令他满意。

我亲自给"卧底"打了一个电话。我告诉他,我们实在不甘无功而返,非常希望尽快把项目推动起来。我已经做出安排,再次改签航班,争取一点最后时间。明天一早我会带上行李直奔生态环境部,请大力支持,设法让我们提早进入大楼,到司长办公室外等候,赶在他上班处理事务之前见一面,略做汇报,哪怕十分钟也好。

他说:"我来想想办法。"

"家乡父老乡亲会感谢你的。"

"胡书记不必客气。"

我不是客气,是陷进洞里了,难以自拔。

3

其后的每一步都有错误。

第二天一早,由于担心为首都的交通堵塞所困,也因为心急,我们一行早早出发,时还是满天繁星。结果道路意外通畅,车到目的地天还黑着。"卧底"在地铁给我打来电话,那时我们的车正在他们大楼周边的道路上一圈圈打转,环游,见证首都街头巨大车阵渐渐汇成洪流,蔚为壮观。

"我考虑,你们别急,还是让我先跟司长说一声。"他表示。

这跟我们昨晚商量的有所不同,增大了不确定性。他能见到司长吗?司长会不会有其他安排?没准人家一摊手:"现在忙,再说吧。"黄花菜就彻底凉了。可是我也必须设身处地替"卧底"想一想,毕竟只是个年轻处长,未经同意把我们直接带去堵在司长面前,虽不比二战时日本鬼子偷袭珍珠港,也算是突然袭击。如果司长较起真,找"卧底"头顶上的另一位司长同僚告一状,我们县这位外甥还真会吃不了兜着走,这从长远看对我们也是非常不利的。

家乡需要"卧底",实甚于"卧底"需要家乡,无论他是本县的亲儿子还是亲外甥。如果"卧底"能够顺利地在这里一步步成长起来,早早当上司长,甚至部长,来日我们再挖其他隧道洞穴,岂不比现在方便十倍?因此眼下让他先去报告、疏通,确实比较稳妥。

于是我们继续环游,时间显得格外漫长。

"卧底"相当负责,于上班前半小时到位,驻守于司长办公室外。左等右等,未见司长进门。打了电话,未接。司长办公室外已经有几个人在等候。有知情者称司长上班后直接去了部长那里,什么时候能出来不得而知。

我的手心已经冰凉,但是依旧给"卧底"鼓劲,拜托他于大楼内坚卧岗位,我们也会继续坚持在大楼外,不到最后时刻不言放弃。

黄胜利来电话,一听说我还在北京街头游荡,大惊。

"胡书记!拖不得了!赶紧走!"他叫唤。

我苦笑:"放心,还有点时间。"

我问他雅集准备得怎么样,有什么问题吗?他报称方鹏有点情况,拿不准,所以给我打电话。方的表弟,县文联那位副主席悄悄告诉黄胜利,方鹏出场通常是要收钱的,也就是所谓的"出场费",哪怕他一个字不写也得给,而且要很高,那是行内惯例。目前方鹏的助理还没有提出要这个钱,只是既然请人家来,就得有准备。这个情况对我们不是新问题,毕竟"书画之乡",早已耳濡目染。问题是即便方鹏对家乡也要狮子大开口,痛宰一刀,他带来的人呢?难道个个都要?是拿现金,还是银行转账?黄胜利命方表弟落实这个事,特别是要私下婉转表达一个意思:本县还不富裕,财政还很困难,要办很多事情,还要挖一个洞,因此人民币很不够用。本次雅集可以安排一点出场费,却只能是象征性的,拿不出太多,人员也得控制。本县内部的艺术家一律尽义务做贡献,外边来的才考虑,请方鹏理解,别宰得太狠。事实上出场费这种项目财政根本不能开支，只能变通，例如找一位有实力的、热爱书画艺术、热心收藏名家字画的私企老板，杀猪的还是卖房子的一概不论，愿意出资就成。但是人家老板的钱也是钱，且老板们都精于算计，今天拿点钱为县里分忧，明天就会张开大嘴请县里帮助企业分忧，税收减免啦，土地款打折啦，等等，归根到底，还是得从黄胜利的盘子里扒拉。黄身为县长，对钱总是特别在意。方表弟奉黄胜利之命打电话跟表哥协商，对方很不耐烦："这么小气？算了，不要。"出场费全免？有这么好吗？表弟说还是得给一点吧？方鹏还是那两个字："不要。"

"这大鸟别是有什么名堂吧？"黄胜利不安。

我也急了。万一方鹏突然变卦，为几个出场费翻脸不来，可不就彻底搞砸？那时顾不得多说，我让黄随时注意，有问题及时告诉我。随即我直接给方鹏挂了电话。

他显得不高兴："又怎么啦？"

我告诉他，此刻我还在北京，中午才能乘飞机返回。时间不凑巧，没办法亲自到车站迎接，只能请其他县领导代表了。

"不要，客气啥。"

尽管还是"不要"，我却放心了。为什么？他一接电话，我就听到话筒里有一个杂声，隐隐约约，是广播："本列车全程禁烟"，听来很亲切。当下凡坐过火车的人都熟悉该广播，它总是孜孜不倦地告知列车上抽烟可能要负法律责任。这广播声响让我突然想起来，按照原订车次，此刻方鹏一行应当已经在高铁车上，如果他们还没上车，那就完蛋了，再没有哪趟列车有足够时间让他欣然光临雅集，哪怕我给他打一百个电话也是白搭，都属明日黄花。以手机听筒里的隐约声响判断，他已经动身，出场费未予计较。这有些出乎意料。看来该大师还讲信用，且乡情尚存。

但是他会不会于中途突然止步，张嘴要钱？可能性似乎不太，却还是令我担忧。大师到达之前，一切皆有可能，必须时时盯紧以防意外。尽管天要下雨，娘要嫁人，都是没办法的事，于我们还是得勉为其难。

上午十点半，"卧底"没有进一步消息。给他打电话，未接，不知何故。我知道不能再等了，已经到了必须放弃的时候，如果不立刻撤退，结果会是两头错失，一事无成。我摸了摸自己的公文包，下了最后决心。

"去机场。"我说。

我的公文包里装着原拟呈交给司长审阅的材料，它让我费尽心思，可惜暂时用不上了。包里还另有一份《胡谦毅同志个人情况》，内容完整，文字量不大，一共两页半，符合要求。这份材料是昨晚在旅馆房间里连夜赶出来的。原本打算从北京返回后再写，待到决意改签底线航班之后，我知道自己已经没有时间，务必在旅途中完成该材料。由于跑项目需要，此行有县委办一位年轻干事随队前来，他带有笔记本电脑和小打印机，甚至还有文件头和印章，一旦需要，可立刻拟订、修改文件或报告，打印送交，争取时间。年轻人嘴密，很可靠，昨晚我在房间里口述，他打字，完成这份《个人情况》并输出纸质文本，经修改、定稿，最终打印出一份正式文本，收在我的公文包里。此刻北京之事未成，剩下的最重要事项再无其他，就是带着这份材料赶紧返回，在预定时间接待康庄，进入雅集。

不料撤退不到十分钟，"卧底"的电话突然而至，气喘吁吁："赶紧来。快！"

我愣了片刻，右手抓了两下公文包。那时心里有一个声音在提出强烈警告："不行！迟了！别管他！"

"回头！"我狠下决心，"去部里！"

而后已经无法后悔。就像打仗冲锋，我们以最快速度返回，赶到大楼入口，"卧底"已经等候在那里，带我们一行匆匆进入。我们上了电梯，一层层向上，那时一行人只是喘息，一句话都顾不上说。我们没到司长的办公室，"卧底"把我们领进一间小会议室，推开门让我们进入，小会议室里空无一人。

"稍等会儿。"他说。

他走出房间，掩上门。我们坐在会议桌旁等待。几分钟后门被推开，司长走了进来。直到见到真身这一刻，我才终于放下心来。

二十多分钟后，我们离开那间小会议室，以最快的速度告别大楼，从出口登车离开，直奔机场。时距我的底线航班起飞时间只剩不到两小时。那一路已经顾不上其他感觉，满心里都是焦灼，我的两个手掌下意识地抓紧公文包的提手，一路抓到了机场。

我居然在截止登机之前走进了机舱。

我给黄胜利打了个电话，告知我已经在飞机上了。

"谢天谢地。"他说，"赶紧回来，等你呢。"

"又怎么？"

据方表弟最新消息，方大师还在高铁列车上，并未因出场费问题中途逃逸。但是眼看康庄就要到了，有些事得立刻拍板，接待晚餐名单座次、雅集程序安排，等等。黄胜利就此请示，问我意见。

"把方案传给我，赶在起飞前。"我交代，"还有那份汇报材料。"

"我让他们马上传。"黄胜利问了一句，"还是没见到人吗？"

我告诉他："成了。"

他大吃一惊："环境部？"

"是。"我回答，"回头细说。"

"哎呀！不愧胡书记。"

"还是县长名字好，黄胜利啊。"

"不好。虽然胜利，但是又黄了。"

感觉松弛下来之际，可以开开玩笑了。直到此刻我才敢去回味刚经历的这一两个小时，确认两个真实情况：一是经多方努力，勉为其难，我们终究把事情办了。这有赖于"卧底"功不可没，也得益于司长的宽容理解。人家把自己在办公室召集的一个碰头会暂停，抽出时间见了我们，这才让我们如愿以偿。然后还有第二个真实情况，那就是我已经坐在飞机上了。此刻这比什么都重要，两个真实情况如果二缺一，无论缺的是谁，都是万分遗憾。

不料我笑得早了。

我在飞机上等来了接待、雅集两份工作方案和引水隧道汇报材料，赶在关闭手机之前匆匆浏览一遍，其中有几个细节需要调整，拟在飞机落地后再跟黄胜利通话。手机关闭了许久，一直未见飞机滑上跑道，一机舱乘客面面相觑，才听机长通知：是空中管制。暂时不能起飞，等待塔台指令。

我呆若木鸡。大事不好，天助先生脱岗了。

我们的飞机趴在机场上一动不动，我也一动不动备受煎熬。等候许久一直没能起飞，乘客们纷纷重新打开手机。我在开机之前粗略测算行程，心知即便此刻起飞，也不可能在晚上六点前到位了。这就是说，我已经不再是错过迎接康庄的节点，陪同晚餐的节点也将错过。如果天助先生突然回归，飞机冲天而起，顺利的话或许我能赶上雅集，最快就是赶上晚餐最后的甜点。

我给潘伟杰打了个电话。此刻事急，不发短信了，直接通话。

他们按原定计划，一行人午饭后略事休息，现已从宾馆出发。大部分人员直接返回省城，康庄等人将于中途折转本县。

"有一个情况，赶紧向老领导报告。"我说。

潘一听我还在北京，被困在飞机上，急了。

"你怎么搞的！"

我说："是我的错。"

这个时候任何解释都没有用，需要的就是检讨并设法补救。我向潘伟杰担保，接待与雅集准备工作一切顺利，不会有差错。县长黄胜利靠得住，而且我始终亲自遥控掌握。我在首都机场还会持续不绝地掌握情况，过问所有准备。一旦飞机起飞关闭手机，可能有两个来小时无法联络，一落地我会马上把事情再掌握起来，于赶赴本县途中及时处理好相关细节，确保雅集成功。现在的主要问题是康庄到达时，然后是接待晚餐时，我作为本县第一把手不在场，这是非常失礼、非常不应该的，无论有什么理由。我担心康庄因此不高兴，严重影响本次视察和雅集气氛，对本县日后工作需求也非常不利。就此特殊情况，可不可以由我迅速向市委书记曹书耀报告并检讨，恳请曹安排本市陈珍副市长前来，接待并陪同康庄？陈是一位女同志，管文教，亦挂钩本县，眼下请她出面似也合适。

潘伟杰直截了当："不要。"

"会不会……"

"想办法。尽快。"他挂了电话。

康庄曾经明确指示，本次活动接待从简，不要市领导前来陪同。因此无论叫个谁来，都属违背指示，有如自己往枪口上撞。问题是现在情况不正常，县委书记给飞机困住了，关键时刻掉了链子。这时如果只靠县长撑着，降格接待，对省领导很失礼，市领导赶来救场则是提高规格，表现出对康庄光临的高度重视，也属合情合理。只要说清楚，康庄可能就会释然，雅集可以保持一个好的气氛。我自认为如此考虑还有道理，虽然也属勉为其难，毕竟相对可以止损。这里当然也有点个人考虑：如果有一个市领导顶上来，我的失误和缺位可能就不显得那么突出。只要接下来化解得好，那个洞以及《胡谦毅同志个人情况》可能尚有机会。

但是潘伟杰断然否决。其意思很明确，在我想尽一切办法尽快赶到之前，就由县长顶着，不需要叫其他领导。这种情况下我还能怎么办？

以我感觉，康庄来本县看看美术馆，参加一次雅集，既是工作，也含休闲，需要注意影响，不想兴师动众，这可以理解。问题是既然可以把一位方鹏远从北京请来，让一个市领导就近前来协助应急应当也属可行。前者是艺术家，当然更适合雅集这种场合，后者也不是不需要的，不外是拿一个副市长临时顶替一个县委书记，为什么不行？难道有什么不对不好？联想起康庄此来曾经有过的一波三折，或许真有什么不对不好？身在基层，对高层了解有限，哪怕我一心勉为其难，此刻实已山穷水尽。

这时突然手机铃响。我一看屏幕，坏了：是曹书耀。这个时候，让我最担心、最不想接的就是这个电话了。可是只能硬起头皮。

"你在哪里？"他问。

我报告了情况。他大怒："你到底怎么回事！"

"是我的错。"

"让你把握好！怎么搞成这样？为什么早不报告？"

"才开机，刚想给您报告。"

曹作为市委书记，他有必要了解督促，确保我们安排好今晚的接待。我们自己当然更该主动报告情况，特别是在发生意外之际。之所以我没在第一时间先给他打电话，主要因为我那个挽救之策必须先经潘认可，才可以向曹建议。此刻无法多解释，我只能重复那些说辞：一切准备就绪，我会随时掌握，争取尽快赶到。

"到底得什么时候？"他追问。

眼下飞机还趴在机场，没有起飞的意思。无法推测什么时候能飞，无法预测我的到达时间，我特别着急。

他直接挂了电话。

我感觉非常沮丧。可惜沮丧不解决问题，该做的事情还必须做，刻不容缓。

我挂黄胜利手机，占线。几分钟后再挂还是占线。几次三番，最后是他回了过来。

"你真的还困在飞机上？"他惊问。

"我能在天上打电话吗？"

我心里有一丝惊讶：他怎么知道我给困住了？

"完了完了！"

我给他打气。不会完，哪怕完了也只是胡谦毅，黄胜利依旧胜利。没什么大不了的,不就是雅集那点事吗?我们能行,没问题。

这时他才告诉我,情况是曹书耀告诉他的,刚才占线就是曹。曹跟我通完话后立刻就找了他,询问接待康庄准备情况。曹提出几个注意事项,要求随时直接向他本人汇报。听起来,曹像是打算亲自处理这个事。

"他要赶过来吗?"我问。

"没说。"

我的手心又是一片冰凉。

眼下所有可能选项里,曹书耀亲自出马于我应当是风险最大的,原因不在其他,只在他是我的直接领导。我曾经打算建议曹指派陈珍副市长来救急,为什么曹自己来就不好了?原因相同。以康庄的个性,违背他的意愿,很可能即刻拉下脸,直接训斥。陈珍有可能例外,因为她不知底细,是奉派来的,且负责挂钩本县,理由充足。关键一条人家是女性,所谓"女士们先生们",康庄再凶,对女下属还应宽容为是。在这一方面,曹书耀享受不了陈珍的待遇。两位领导一见面,如果康庄不计较,轻描淡写,那就皆大欢喜。一旦瞪起眼就坏了,罪责全部在我。这还会让我在"老领导"面前非常尴尬,潘伟杰明确表示"不要",怎么我还是把市领导弄来了,而且还是曹本人?

我发觉自己真是陷进洞里了,越陷越深。

黄胜利报告了一个情况:有一个名叫邵彬的人,据说是京城某文化传播公司的老板。这个人坐飞机从上海中转,预计于今天下午四点飞抵省城机场,需要安排个车去接。这个事是突然冒出来的,刚由方鹏的助理在高铁途中交代。本该事前联络好的,怎么会突然出题目?那位助理还不耐烦:"这不是就在提前跟你们说吗?"黄胜利查了一下,发觉邵彬不是新人,其名字早列在方鹏随行一群五位之中。这就是说,本县已经为邵购买了高铁列车的商务座车票,但是他没有坐,因故未与方鹏同行,改乘飞机,也没有通知我们退票,那一大笔钱扔到铁轨上了。邵彬的机票倒不是我们买的,问题是他到达后从口袋里往外一掏机票要求报销,我们怎么办?还不得付款当冤大头?

"妈的,别人的钱不当钱。"黄胜利骂娘。

我即交代:"老黄记住,这种事咱们回头研究就可以,给曹书记要报大事。"

"我知道。我就是跟你说说。"

方鹏的助理还提出安排邵彬上桌,参加雅集,这就需要斟酌了。我们不知道这位客人究竟是干什么的,从已知身份看似乎是位企业界人士。如果他同时兼任京城书画艺术家,我们当然热烈欢迎,如果是热爱书画艺术准备慷慨解囊的私企老板,那也还行。如果只是个挤到省领导身边凑热闹蹭热度甚至别有所图的小老板,那就不合适了。

我说:"老黄,把他列入名单,提前让潘秘书长过目,请潘把关决定。"

"好的。"

本来我还想交代那份汇报材料,所谓"那个洞"。如果我在飞机上一直耗下去,不能如愿及时赶到,把所有节点都错过了,是否让黄胜利代为处理,对康庄做口头汇报,把关于引水隧道的材料交给潘伟杰?考虑一下不好,这件事还是我亲自处理为妥,因为一直是我主抓,有些内情黄胜利未必了解详尽,万一他没讲清楚,只怕适得其反。另外还有一点,除了这份汇报材料,不是还有一份《胡谦毅同志个人情况》吗?该情况当然得由我亲自提交,无法委托任何人代劳。所以我千方百计必须赶到,哪怕在最后一分钟,一只脚踩在雅集的底线上。问题是如果真的拖延到那个时候才突然冒头,会不会反是自己跑去找骂?人家领导没看见还好,一看见顿时大火熊熊,那样的话还能指望递送什么材料?纯粹白跑,甚至比不去冒头还要糟糕。较之那种结果,或许我一直坐在这架趴窝于首都机场的飞机上倒是天助?

黄胜利的电话忽然又至。

"胡书记!"他又在电话里骂,"妈的!听说是个骗子!"

谁是骗子?邵彬,那位即将飞抵省城机场的贵客。谁说他是骗子?方表弟,本县文联副主席。表哥带来的客人,表弟却说是骗子?这都怎么回事?

我说:"老黄,沉住气。赶紧搞清楚。"

这个指控很严重。某个在脑后扎束马尾冒充艺术家或文化企业家的家伙在外边招摇撞骗,触犯法律了,可以交给警察和法官去管。要是把这骗子请到我们的雅集上,让他与省委副书记一起谈笑风生,一见如故,一旦被领导本人或者外界发觉、注意,可不就坏大事了。其影响会煮成一锅粥,不仅这个雅集,还有我所争取的一切,全都可能沦为笑柄,灰飞烟灭。

这时飞机发动机轰然有声。机长通知:"本航班即将起飞。"

4

归根结底,最根本错误还在我本人。

我在北京那个旅馆房间里于百忙中抽空连夜加班,口述并亲笔改定的《胡谦毅同志个人情况》是个什么东西?严格说它不伦不类,包括其题目。它算是一份个人情况报告吗?也算也不算。说它也算,因为是由我本人拟写本人事项并提交。说它不算,因为除了罗列本人大学毕业后各工作岗位也就是履历等信息,该《个人情况》还包括有"表现"等内容,例如"政治立场坚定""德才表现优秀"等等,类同于考核材料。问题是考核材料应当由组织人事部门来做,而不是由我自己写。我写自己的这些"表现"属"参照"而作,按照考核材料模式。原本我想把"工作中能勉为其难"作为个人一大特点写进去,后来考虑不行。从字面上解,"勉为其难"

有"勉强去做能力不足的事情"之意,表面看很努力,实质却指能力差,而考核材料通常是"该同志能力强,工作胜任"。否则该同志还能用吗?当然,这么说是钻牛角尖了,较真这种《个人情况》属于什么文体没有太多实际意义,反正就是这么两三页纸,该有的都有就可以了。潘伟杰要这么个东西,并没有明确说是为什么,其实不用他说,彼此都非常清楚,就好比在书画之乡说到"润笔",大家都知道那是什么。这种材料是要交给领导的,目的是"供参考"。潘伟杰是领导也是老同学,他与我一起于某年某月毕业于某大学地理学系,对我很了解,无须我告诉他自己德才表现如何优秀,《胡谦毅同志个人情况》虽然是交给他,却不是供他"参考",而是要通过他提交给康庄。后者其实也无须太拿这几页纸"参考",只是给他提供了一个可做相关处理的载体。

我说过,大学出来这么多年,虽然小有进步,至今还在基层。到本县当书记之前,我曾在另外一个县当过四年多县长,几乎干满一届。目前我在本市同僚中资格排前,以现有干部调整轮转周期看,已经到了临界点。大学里有所谓"非升即走"之说,地方基层没那么讲,时候到了,要么提升要么走人,也差不多。我自认为工作努力,虽然经常气喘吁吁,勉为其难,也还是取得若干成效,应予继续进步。只是这种事自认为无效,以我擅长的勉为其难也不管用,得有很多因素俱备,其中领导关心很重要。"老领导"潘伟杰远在省城,我不时有事骚扰,却从未公然拿此类私事相求,最多是开开玩笑,恳请"老领导"多关怀。这是因为有心理障碍,说公事理直气壮,托私事面子抹不开。类似个人事项麻烦潘伟杰其实就是麻烦康庄,该领导虽然字好,却很强势,不好接触,让我望而却步,有心把自己送上门去,只怕反遭领导反感,那样的话对我不好,对潘也不好。因此我总是告诉自己,潘伟杰对我很了解,可能的话他会主动相助,如果他不开口,宜视为时机尚未成熟,等吧。事实证明此想正确,此刻该熟的熟了,潘伟杰把康庄带到了我面前,还发话让我写材料。只要本次接待包括雅集一切顺利,给领导留下良好印象,《胡谦毅同志个人情况》便可适时递交。回去之后,潘自会提醒康以合适的方式,例如转交给负责部门或领导,随口过问一下:"该同志怎么样?""看起来不错?""反映还行吧?""是不是可以了解了解?"这就够了。

可惜没弄好,搞砸了。因为那个洞,或者不如说因为我自己。

到达省城机场时已经夜幕四合,飞机刚落地我就打开手机,迫不及待。以预定日程推算,此刻县里应当是在接待晚餐节点。我给黄胜利挂电话,黄没有接,可能因为在餐桌上陪领导,不敢接电话。我没再继续挂。一个未接电话足以告诉黄胜利:胡谦毅已经飞达。直到我出了机场到达厅,上了等在外边的接站车,黄胜利才打来电话。他果然是从餐桌边偷偷溜出来的。

"胡书记到哪里了?"他问。

我问:"你那边情况怎么样?"

"哎呀,吓死了。"

我心里一沉,就听一个杂声从手机里传来,是那头有人在叫唤:"黄县长!县长!"

我当机立断:"老黄去忙吧,回头再说。告诉潘秘书长,我已经离开机场。"

我挂了电话。

事后了解,在此之前,从我乘坐的航班起飞到落地这段时间里,本县发生的主要相关情况有这么几项:

首先是曹书耀到来。我担心他的光临可能是我的最大风险,人家领导并不在意。他在查问过黄胜利之后迅速做出决定,立刻前来本县。陪同他的市委办公室主任给黄胜利挂电话,命黄速准备一份汇报提纲,包括各项进展以及需要解决的急迫问题,曹到后要立刻听取汇报,赶在康庄到达前研究解决好。黄胜利命县两办速办,汇报提纲拟妥打出,刚送到黄的手中,曹书耀他们的车就开进了县宾馆。

其次是邵彬身份的核实。经查，邵彬又名邵士彬，在北京经营文化产业，名下独自或合股拥有多家公司，涉及领域从广告、展览、收藏到房产等。由于所从事业务以及本人兴趣，邵与京城书画艺术界人士有较多关联。数年前，因为一起艺术品事项，邵与我县文联副主席、花鸟画家林克发生一起纠纷。林本人有一幅家传明代名家山水画，年代久远破损严重，本地工匠因技术与材料所限，难以完整修复，经同行介绍，委托北京一家专业公司处理，双方订有合同。由于该公司未按合同规定的时间与条件完成修复，林与之交涉，提出索赔，金额达十万。该公司的实际掌控人邵士彬出面与林谈判，反称林违反合同，也索赔十万。谈判不欢而散，对方威胁将提起诉讼，林遂求告于表哥方鹏。方鹏把林、邵叫到一起喝茶协商，起初邵咄咄逼人不松口，被方鹏臭骂，协商破裂。后来方动用关系，终将邵摆平，双方各退一步，各自收回索赔要求，了结纠纷。林克对这个结果并不满意。这一次方鹏应邀回乡参加雅集，随同人员中有邵彬，林克起初没有在意。直到黄胜利命林去省城机场接邵，林向方鹏的助理打听，才知道原来邵彬就是邵士彬。林耿耿于怀，拒绝接站，请黄胜利另派他人，并骂邵是"骗子"，引发黄胜利警觉，下令速查。经过初步核实，邵彬本人确实拥有实体企业，并非皮包公司老板或以行骗为职业，林克与之有过节，骂其"骗子"有情绪化因素。林克提到邵彬不会写字更不会作画，以往跟方鹏没有来往，并无交情，还曾被方臭骂过，不知道这回怎么会混进方的随员里。黄胜利觉得这是一个问题。邵怎么跟方搞在一起是他们的事，本县管不着。但是邵不会写字作画，那怎么能请进雅集，摆到康庄面前？这时恰好来了报告：到省城机场接站的人员没有接到邵彬，打几通电话才知道邵已经在路上了，自行前来，是他的一个朋友给他派的车。黄胜利一听这家伙又是提前不告，让接站车白跑，很生气，即拿起笔把邵彬的名字从雅集名单上画掉。

接下来最重要的事情就是康庄光临。康副书记一行于下午五时到达本县宾馆，准点准时，有如高铁到站。但是他一下车就板起脸来，情绪非常恶劣。以在场者黄胜利的话形容："哎呀，吓死了！"

这是因为曹书耀。如我所预料，康庄对自己的指示被违背非常恼火，下车时一看见曹书耀，他直截了当问："谁让你来的！"口气很不好。曹心里有数，只是嘿嘿，笑而不答。一旁潘伟杰赶紧伸手跟曹握，问："怎么没说一声？"曹回答："有点情况。"潘伟杰摆摆手没让他说下去，指指大步走在前边的康庄示意曹："快。"

从见面场景判断，可知曹书耀事前并没跟潘伟杰联络。这可以理解，如果曹有意来见康庄，那就不能打电话，一旦打电话，康必定否决。曹不会不知道康的个性，肯定在心里掂量过，万一康庄看到他来，不高兴怎么办？不要紧，等那一阵过去就是。曹像是想跟潘伟杰稍做解释，所谓"有点情况"当然就是告知那个胡谦毅坏了事，所以他才赶来。潘没让他说，赶他去陪伴康庄，实是帮我挡一下，免得康听了更其恼火。

这一天康庄的脾气特别大，几阵子都没过去。按照接待安排，黄胜利引领导们进入休息室，在那里略事停留，喝喝茶。休息室正中俩位子，一边是康庄，一边是曹书耀。康庄坐得笔直，绷着脸不说话。曹书耀硬着头皮汇报，提到了"有点情况"，也就是我。可能也是担心给康庄气头火上浇油，曹采取轻描淡写方式，称县委书记胡谦毅从北京赶回来，飞机出了状况，人困在机场。曹担心出纰漏，才亲自前来。康庄拿着杯子喝茶，像是没听见，一声不吭。末了曹书耀询问领导有什么指示？康忽然问："我指示你听吗？"曹马上表示："坚决照办。"康庄即抬手指着大门："带上你的人，回去，该干什么干什么。我不要陪。"曹书耀顿时万分尴尬。一旁潘伟杰一看不好，骑虎难下了，适时出场插了句嘴，所谓"力挽狂澜"："康书记，书耀同志还有工作要报告呢。"康庄转头朝潘伟杰瞪眼睛："就你会说话。"潘笑笑，康才不再赶人。

事后黄胜利告诉我，当时他真是恨不得偷偷溜出门去。待在屋里看顶头上司挨批，脸上一阵红一阵黑尴尬不已，那可不是什么趣事。

　　随后就是吃饭。按照我跟黄胜利原定方案，拟安排一张大桌，让领导与艺术家共进晚餐，当然也不是艺术家全上，"全家福"，只安排方鹏、省里几位名家为代表。曹书耀到来听汇报后把这个方案否决，因为方鹏一行比康庄晚到，艺术家容易拖拉，让领导去等艺术家吃饭怎么好？不如分开。于是便按照分开方案，各吃各的。不料这一安排又让康庄不高兴了。他一上桌，看看身边全是各级领导，无一例外，立刻眼睛一瞪："客人呢？"所谓"客人"指什么？当然不是说他自己。曹书耀急中生智，即跟着追问黄胜利："客人呢？"黄胜利赶紧报告，称"客人们"还在路上，即将陆续到达。宾馆里另外安排了晚餐，随到随吃，没有问题。康庄脸一板不吭气，也不动筷子。还是潘伟杰懂领导，即在一旁请康放心，一会儿雅集上都能见到。现在让客人们放松点，雅集上才更好发挥。于是康庄不再发难。

　　然后我就降落在省城机场。离开机场后我们上高速，一路狂奔。我告诉司机情况特殊，保证安全的前提下，这一路要尽可能快。他听命，一再超车加速，擦着可能违章罚款的边，拼命赶路。不料只跑了半个多小时，我们的车急停于高速公路上，前边黑压压无数车辆停滞不前，暗夜中车尾红灯一闪一闪，一眼望不到边。

　　是突发车祸。前方五公里处一辆载重大卡车倾覆，后续四车追尾，路面瞬间堵死。

　　不由我感慨自己运气好，真是该赶上的全赶上了。

　　这时潘伟杰给我打来一个电话。黄胜利把我已下飞机的情况告诉他了。一听我又给困在高速公路上，他脱口道："你今天是怎么啦？"

　　"我也不知道。"我苦笑，"情况还好吧？"

"还好。"他说。

"那就好。"

我感觉松了口气。看来黄胜利"吓死了"比较夸张,此刻局面应已有所改观。既然情况还好,空间也就有了。我告诉潘伟杰,我不知道这条路会堵到什么时候,不知道今天还会碰上些什么,感觉自己实在已经错过了。我清楚此刻不敢奢望更多,心里有一个事特别放不下,希望"老领导"能继续支持。

"那个洞吧?"他问。

是的。我打算让黄胜利带上汇报材料参加雅集。请潘伟杰帮助把握一下,时机合适就让黄胜利跟康庄汇报几句,请求康关心支持。这样可好?

"你啊,这种时候了,还在勉为其难。"他说。

"让老领导为难吗?"

"精神可嘉。"他表扬,"再说吧。"

本来我怕黄胜利未必说得清楚,没想把这件事交给黄,现在还是考虑让他上,也属出于无奈。除了这个事,我没跟潘伟杰提起其他,他也没再问起《胡谦毅同志个人情况》。在胡谦毅同志居然缺席如此重要时刻的情况下,操心这个事已经显得分外可笑。

我给黄胜利挂了电话,他没有接。此刻正忙,可以想见。

显得特别漫长的等待终于停止,堵成一团的车辆开始松动,我们的车跟着车流缓缓而行。黄胜利电话到了。他在县美术馆,客人一行已经到达那里,比计划大有提前。

我把跟潘伟杰通话的情况告诉他,命他带上那份汇报材料,随时准备,听潘招呼。不料他即刻叫唤:"这可使不得!"

"怎么啦?"

"吓死人了!"

"不是情况还好吗?"

"哪里呀!"

事后核实，黄胜利之言属实，直到他跟我通电话时，情况根本没有好转。整个晚餐期间，康庄始终板着脸，餐桌上气氛沉重，各级领导都不敢说话，像是在参加葬礼。晚餐预备菜肴只上了一小半，大家都还没吃个啥，康庄突然把筷子往桌上一丢，指着坐在饭桌对角的黄胜利问："你是县长？"

"是。我黄胜利。"

"去看看你们那个馆。"

康庄把手上的餐巾纸扔在桌上，站起身，绕过餐桌径直往外走。刹那间一桌人全体起立，没有谁敢说一个字，大家匆匆忙忙，鱼贯而出，跟随康庄离开了餐厅包厢。

这就是他们提前到达美术馆的原因。潘伟杰给我打电话时，估计还在餐厅那边，当时明明如同出席葬礼，怎么说"还好"？老同学没说实话，可能是不想让我着急，事已至此，把我急得要去跳楼有何意义？当然这也是"老领导"一贯风格，这个人总是处变不惊，也许从他小时候玩地球仪那时起。

那段时间里还有一个重要情况：黄胜利抽空把一份拟出席雅集的人员名单提前提交给潘伟杰，请他审定。此前这份名单曾交曹书耀过目，曹命黄务必请潘把关。由于时间较紧，潘伟杰只是匆匆浏览一遍，即交还给黄。

"就这样吧。"他表态。

黄胜利问："潘秘书长还有什么交代？"

"注意不要漏掉人。今天康副书记情绪不太好，不要让他更生气。"潘强调。

黄胜利忽然觉得脊背一阵发凉。他犹豫了几秒钟，说了句："还有个情况。"

他讲了邵彬。邵没在那份名单上。

"你说他叫什么？"潘伟杰核实。

"邵彬。也叫邵士彬。"

潘伟杰抬起头，思考片刻，表了态："让他来。"

"这个，这个……"

"即便真是个骗子，咱们也不怕。"潘伟杰说。

于是邵彬进入。事后黄胜利后怕不已，幸亏脊背那一阵发凉，否则就坏了。

我在高速公路上的最后一段路程相当顺利，顺利得让我心惊肉跳。这是我的毛病，我总是难以相信"简单""顺利"一类词语，一旦感觉顺利，我就担心即刻风生水起。

车辆驶进收费口，几乎没有停留，ETC机"嘀"一声响，拦道横杆提起，我们的车忽地冲出去，迅猛提速。

这时来了电话，是黄胜利。

"好了好了，"他在电话里大笑，情绪饱满，"没事了。"

"什么情况？"

"领导很高兴。在给你写字呢。快来！"

剧情骤然翻转。

我命驾驶员："快快快快！"

那时我的脑子里突然跳出一个画面：一个钻穿大山的隧洞，流水汹涌，洞口有一块碑。我得说碑通常是需要的，应该有的，本人倒也从来不曾设想自己的名字刻在某块石头上。比之碑刻，我更在意的还是《胡谦毅同志个人情况》，看来它还有希望。

事后我才得知，康庄之变始于一幅字，或称始于一个字。这个字藏在一条横幅里，该横幅是本县美术馆藏品，出自本县一位清代书法家。在本馆所有藏品中，它属于比较一般的，但是当晚它四两拨千斤扭转了乾坤。

康庄在视察本馆藏品展览时注意到这条横幅。此前他大体察看了县美术馆的建筑主体、周边环境，始终板着一张脸不说话。尽管本馆号称首屈一指，毕竟只是在县级馆中排老大，不可能境界太高令他惊艳。本馆藏品也是同理，我们自认为不错，于他却还是县级水平，哪怕书画之乡。不料他在这些特意挂出来供领导视察的藏品中意外发现了那横幅，忽然开口说话，指着上边一个字问大家："谁认得它？"

他问的是下属各级领导，美术馆人员不在其列。他们是专业人员，他们当然得懂。

于是大家踊跃竞猜。康庄张嘴说话了，这是好迹象，各级领导都感觉到了。可惜的是在场诸位基本都是大专以上学历，居然没有谁知道那是个啥。

那个字很特别，上下结构，实际是两字相搭，上边那个字小一点，就是个"小"字，下边那一个大一点，看起来像是"不"字。这两字上下一叠是什么？不知道。特别是下边那个"不"写得比较草，似是而非，更让大家捉摸不透。有人猜那应当是个"尖"字，从横幅上下文来解，似乎不对。是"尘"吗？读起来也不对。

"曹，你看呢？"康庄直接点名。

曹书耀道："康书记考倒我了。"

他看了半天，猜想会不会是个"劣"字？

康庄一摆手："什么呀。这就是个'大'。"

怎么会呢？大家一琢磨，"小不"就是不小，不小岂不就是大？有道理。看一下上下文，确实以"大"可通，于是都信服了。

黄胜利悄悄向潘伟杰报告，方鹏等人已经到了，在四楼大厅，其他艺术家也基本到齐，雅集是不是可以开始？

潘伟杰未经请示，直接拍板："行。"

与预定时间提前半个多小时，康庄一行走进大厅。里边众人无论留长发不留长发一起热烈鼓掌，康庄脸上顿时有了笑容。他跟艺术家们一一握手，从方鹏开始。康称他"方老师"，握手时还轻拍其肩，说了句："劳驾方老师了。"方鹏艺术范十足，也不回答，只是一拱手，给康庄作了个揖。而后领导继续握手，直到最后一位，包括邵彬。康对邵除了一握，没有特别表示，倒是后边潘伟杰如康那般在邵的肩膀上轻轻拍了拍,说一声"欢迎"。"老领导"就是厉害,如他所说:"即便真是个骗子,咱们也不怕。"

康庄宣布:"不讲话了。开始吧。"

于是踊跃。不是各级领导竞猜,是各级书画家竞艺。大厅里事先拼起一张宽阔长桌,可容十数画家书法家同时铺纸挥毫。按照事前安排,书法家排于桌左而画家于右,群贤雅集,共襄盛举。一时间大厅里格外安静,只有运笔之轻响。康庄带着各级领导轻手轻脚在长桌周边走动,观看艺术家们创作。可能是出于个人爱好,康偏重于观察书法家,特别是方鹏。康站在方鹏身后许久,看他写完一幅字,举手鼓掌。方鹏大悦,称马上要给康另写一张,大字。于是有人速帮他铺纸,给他换了根大笔,看起来笔柄几乎有茶杯口粗。方鹏抓起大笔,写了一个铺满半张纸的大字,写的居然是"不小",与清代那位前辈的"小不"反向相叠,同样也是大。他还写了"康庄书记正腕"。

康庄大笑。

肯定有人给方大师暗通消息,才有如此效果。

后来大家"茶歇",也就是享用饮料点心。考虑到场中各级领导晚餐实没吃到啥,此刻茶歇真是特别需要。茶歇之后,趁着领导情绪好,众人围攻康庄,请求赐字。康竟有求必应。黄胜利斗胆请求他给本馆题词,他欣然写下。潘伟杰讲规矩,特意交代黄收藏好,该题词留作资料,对外不公开,因为有规定,省领导不能随意题词。黄胜利很够意思,突发奇想替我请求,问能否给本县胡谦毅书记写一句话鼓励鼓励?胡还在路上拼命跑,想找康书记求字。康居然没生气,转头问潘伟杰:"写什么好?"潘想了想:"勉为其难,锲而不舍。可以吗?"康摇摇头:"不好。"

于是黄胜利给我打了电话。

后来潘伟杰接到一个电话。接完电话他匆匆与康庄低语,康即站起身来。

当时我的车已经冲进县城。我们直扑县美术馆,已经看得到大楼灯火通明,就见大门开启,两辆轿车一前一后从里边开出,急驶而来,眨眼间从我们身旁掠过。

两车都挂省直首脑机关的车牌。

我紧赶慢赶,终在预定终场时间之前冲到。可惜还是迟了,只赶上两团尾气。

5

总结而言,错失良机,其错误主要在我本人,原因出自主观,完全内在。

我得说这样的局面本来不应该出现。我本人并非初出茅庐刚从大学毕业,作为一个饱经历练、身任要职的基层负责官员,岂能不知轻重?事实上我心里非常明白,几天里,几乎在每个特定节点上,我都有清醒意识,登机去北京前我曾决定返回,在京苦等时我曾一再打算撤退,无论在任何一个节点上,如果能遵从心里的这种声音,及时决断,都不至于陷自己于如此被动境地。为什么我最终还是陷了进去?表面看是因为"那个洞",有客观原因,实际上还是主观问题。我显然自视过高。我的面前有两件大事,一是雅集,一是"那个洞",两件都非常重要。我自以为可以一心二用,左手按住一件要事,右手按住另一件,两件要事无一缺漏,全部圆满,事实证明我过高估计自己勉为其难的能力。显然我还为自己的侥幸心理所害,我怎么可以寄希望于"天助先生"总是与自己同在?深刻检讨下去,侥幸心理还只算表层,更深层更本质的内在原因,几乎是在下意识、本能层面。为什么我在每一个节点都清楚地知道自己必须得抬起左脚,却又偏偏每一次都吃力地去搬动右脚?这就是下意识、本能在作怪。具体而言,我清醒地意识到雅集与"那个洞"于我都非常重要,但是在下意识里,显然我把"那个洞"本能地排在更重要更有价值的位置，直到错失良机，我甚至都没有意识到症结就在这里。

因此不怪天不怪地，只能怪自己。

事情并没有到此结束。三个月后，省委副书记康庄出事，成为当年本省犯案被查的"首虎"。我的老同学、"老领导"潘伟杰同案被查，失去联系。我曾拼命追赶却终于错失的我县美术馆四楼大厅雅集竟成为该案的焦点之一。

据事后得知，本雅集的要害不在于方鹏的"不小"上下写反，而在于"茶歇"。在那个不长的休息时段里，康庄与方鹏于大厅旁小会议室里单独接触，做了若干交谈。其后潘伟杰与邵彬在同一个地点单独接触，也做了若干交谈。潘伟杰在审阅雅集出席名单时，曾问黄胜利："你说他叫什么名字？"还说："即便真是个骗子，咱们也不怕。"那是装相，事实上潘早就认识邵，此前在北京有过单独接触，这一次还是潘把邵请来，以方鹏随行人员的名义拉进雅集的。黄胜利请潘伟杰审阅名单时，潘当然是一眼就看出邵不在里边，他不动声色，作毫不在意状，只一句话就吓住黄，让黄自己提出邵彬，确是游刃有余。当晚在雅集上，潘伟杰还特意把方鹏与邵彬拽在一起，三人共持方所写"不小"大作拍了一张照片。这张照片日后也成为罪证之一。照片里康庄隐身，藏在"康庄书记正腕"之后，照片里的潘伟杰实为操控者，或称掌握者、委托方，方鹏是被委托方，而邵彬是中间人，或称捐客，处理资金过渡事宜。

雅集之后，山西有一位煤老板给邵彬汇了一笔巨款，有三百万之多，这是一笔收藏品交易款项，事实上该交易虚拟，并无古董实体转手，煤老板与邵彬也互不相识。煤老板有一位合作者为本省人，这位本省人除了投资挖煤，在本省还拥有一座大型钢厂，在减少碳排放、压缩产能、控制污染的大背景下，其钢厂遇到若干问题。经可靠人士牵线，钢老板求告于潘伟杰。潘长袖善舞，动用康庄影响力，帮助妥为解决。在雅集案中，潘伟杰命钢老板通过自己合伙人山西煤老板给邵彬汇去了那笔三百万巨款。煤钢两位老板都隐身事外，没有现形于雅集和"不小"合影中，仅露出一点影子：邵彬到达省城机场后没有坐本县的接站车，由一个"朋友"派车送达本县，那其实就是钢老板本人开车送他，两人一路商定汇款方案，于雅集后迅速通过煤老板落实。这笔钱到达邵彬那里后，邵提取若干佣金，再转交给方鹏，以作品定金名义，其实方鹏无须为他写半个"不小"，白拿。之所以采取如此曲折方式运行款项，是因为方鹏是艺术家，邵彬以文化商人面目，于方鹏和煤老板间转手款项，都能有适当名目，不会引人怀疑。如果让实际出资人本省钢老板向方鹏直接汇款，必然凸显该款与本省的关联，让山西煤老板汇给方鹏也过于直接，容易引起注意。安排一个邵彬置身中间，可以模糊这笔钱的来去踪影。至于拿这笔钱给方鹏去干什么，只由方本人和康、潘知晓，出资人和中间人都无须掌握，只需知道本次活动中领导并没有拿一分钱，可视为领导热心书法艺术，鼓励企业家支持赞助文化事业。如此处置会相对安全。

这个复杂的款项周转是出于一个特殊背景：康庄从某些渠道得到消息，其多年来利用职权为家人和亲属谋取不当利益的行为已被注意。为了避免成为一"虎"被查，康利用各种机会，几度上京活动。潘伟杰深知一损俱损，紧密相随。他们到京干这种事很难游刃有余，只能学习胡谦毅精神勉为其难。方鹏在京城颇有能量，特别是以"大师"之名，与一些热爱书法艺术的高层人物结交，有渠道为康刺探情报以至游说。潘伟杰奉康庄之命，多次与方鹏联络，方因自己与圈内朋友亦有若干利益事项跟本省相关，愿意对康有所相助。方对潘提出，需要与康本人见个面，深入切磋。考虑到情况比较复杂，在京城见面可能引起注意，难以掌控，潘伟杰认为不如请方回乡，于不会引发怀疑的场合一见，所以才有了我县的雅集。雅集之后的那笔巨款可视为方鹏的劳务预付或称运作经费，"该用就用，不够再加"，只是后来再没有第二笔。方鹏的活动败露，引发中央相关部门注意，康庄终于还是成了"虎"，方本人也成了涉案人员。

这就是本次雅集曾一波三折，以及康庄讨厌惊动，没给曹书耀好脸色的原因。康庄到达本县之后的一张臭脸，实与县委书记胡谦毅脱岗没有多大关系，更多的是因为自己心情不佳。人在可能灭顶之际心情应当都差不多，不管是大小领导还是普通百姓。

但是本人胡谦毅脱岗还是造成了若干重大损失。首先就是给直接领导曹书耀找了大麻烦。曹好意赶来救场，不尴不尬几乎被康庄当场赶走。待到康终于浸入自己喜欢的书法艺术氛围，暂时脱开烦恼，心情回调之后，可能感觉有所亏欠，便于雅集上出面替曹讨字，请方鹏为曹泼墨，感谢曹亲自出席雅集。方鹏听命，欣然而为，取曹之名，写了个大大的"耀"字相送。曹很高兴，拿着这张字与方合影。康庄出事后，雅集成为案件一大焦点，曹作为出席雅集的地方主要负责人，需要承担相应责任。他在雅集上获赠的"耀"字，正常情况下不是什么事，此刻不行了，比照方鹏作品的市场价，估值相当高，这也成为问题。曹把该作品上交，并做详细交代及深刻检查。幸而经审查没有更多问题，最终不再担任市委书记，调任省政府副秘书长。

还有一个重大损失是黄胜利。黄作为我的搭档相当称职，我俩合作很好，在我缺位的情况下，他把工作顶起来，操持雅集各项准备，实为难得。只是黄失之有点小心思。他在雅集上请求康庄为本县书记题字，是想在我之后为自己也求一张领导墨宝，这一点他很讲规矩，先书记再县长，一般不越位。他和我一样，虽然一起掌握一个书画之乡，一起努力盖起一座美术馆，对书法本身则确实缺乏造诣。康庄字写得再好，于我们不会有太多感觉，唯他是大领导，那就不一样，这种墨当然是宝。那天恰康庄高兴，答应为黄胜利也题一词，时因曹书耀有事向康庄报告，康没有马上动笔，站在一旁的邵彬突然把袖子一挽，称他要给黄县长先写几个字。这邵士彬不是不会写不能画吗？其实写字涂鸦谁不会？何况人家混迹于京城文化艺术圈中。邵彬字不出众却有一手绝活，擅长把人名嵌进联头，哪怕狗屁不通，例如"胜之不武，利国利民"之类。他果然当众给黄胜利嵌了一对。黄胜利还在等康庄题词，不料潘伟杰突然接到省委办一个电话，告知有重要事项，须请康庄速返省城，而后他们匆匆离开。黄胜利那个懊恼真是别提了。除了耽误了"墨宝"，黄胜利还耽误了"那个洞"，这很不应该。原本我要求他一旦康庄情绪好，就通过潘伟杰帮助，向康庄简要汇报并递送材料，他没有照办。后来他承认是自己有小心思，想等我赶到后由我去说，"分量比较够"，不料康庄他们提前离去，错失了机会。尽管有所过失，事情如果到此为止，黄胜利什么麻烦都不会有，偏偏第二天上午出了事：黄胜利去宾馆邵彬房间送行，居然私下给邵塞了十万元，作为"润笔"，答谢邵给他的那副联。黄胜利原本对这个邵彬充满怀疑，为什么一变如此客气？原来他发觉不管邵是哪路骗子，人家跟潘伟杰关系可不一般，亲切得很，叫作"不看不知道，一看吓一跳"。黄又动了小心思，以题词"润笔"为名送钱，其实是求邵彬在潘伟杰面前帮助美言。黄胜利清楚我已经到了临界点，所谓非升即走，黄希望能接任书记，又担心自己年龄偏大，未必能如愿。黄知道我与潘是老同学，也知道时候到了我肯定会推荐他，却又担心以我的力气不足以成事，恰雅集上遇到机会，便抓住一个邵彬，一时欠考虑干了傻事。邵彬作为掮客眨眼间几百万来去，十万于他算个啥？虽然他那一手破字实在一文不值。出事后邵彬接受调查，并没有提到黄胜利这笔钱，倒是黄自己把它坦白出来。幸而钱是他从家里拿的，不是从财政款或其他公款里开支，也未发现其收取礼金或受贿。最终他给免了职。我很为他痛惜，也很自责。如果那天我没有缺位，或许他已经进步了，哪怕原地踏步也强于现在。

　　我本人在康庄出事后接受了调查。我交代了自己与潘伟杰的关系，也交代了有关雅集的全部所知情况。其中有一个细节，就是邀请方鹏回乡时，他曾拒绝接听所有电话，怎么我却能打通，我手中的特殊号码是怎么回事？我据实报告，那是潘伟杰给的。我曾告诉潘请方鹏没有把握，甚至有可能联系不上，潘便用短信给我发来一个号码，供我必要时使用。我一用这个号码给方鹏打电话，他就明白是潘的意思，所以才会松口，愿意返乡。此前潘曾到京与他面谈过数次，我打过电话后，估计潘还再找过他，敲定他们间那些秘不示人事项。潘没有把底细告诉我，因为这个雅集后边的内情只有几个核心当事者知道，对外没法说，也绝对不能说。

由于我意外缺位于雅集现场，没有更多需要我交代并承担责任的事项，只有黄胜利为我讨要的康庄题词需要上交审查。出于对我的了解，潘伟杰曾建议康题写"勉为其难，锲而不舍"，康认为不好，改为："勉为其难亦难得"，题款居然是"与胡谦毅同志共勉"。我觉得康题词时可能确实有所共鸣，只是我对之小有看法。本人勉为其难毕竟是为了工作，该领导却是为了对抗中央调查，这有本质区别，不能都算"难得"，怎么可以"共勉"？由于该题词未涉钱财，与案情没有直接关联，经审查后不计为问题，终退还给我。我把那张纸悄悄藏了起来，虽然不好再称"墨宝"，有时拿出来看看也还有点意思。我得说康庄的字确实不错，或许他当领导本身就是个错误，不如把头发留起来去当方鹏？看起来关键问题不在于掌握地球的多大部分，而是拿它去干什么，谋取自身权力和利益，或者是去挖个洞。

作为本次雅集事件中唯一全身而出的负责官员，切身感受很多，我有一种劫后余生之慨。我发觉自己的检讨搞反了，好比方鹏把"小不"写成"不小"。我的一系列错误现在都像是对的，如果我不是出自本能，下意识地把"那个洞"排在最重要位子，我必定陷进那个雅集，即便没有卷入曹书耀、黄胜利遭遇的漩涡，仅把《胡谦毅同志个人情况》悄悄通过潘伟杰递送给康庄，就足以让我在他们出事后坐立不安，备受煎熬。我得说自己最需要检讨的，可能就是除了我和帮助打字的年轻人之外,没有第三人知道的这两三页纸。雅集当时我狂奔夜路,它在公文包里实有所推动。如我这样的人希望继续进步属于常情,却必须自我警惕,不能一心陷进去,否则它会变成一个大坑,很多人都被它坑了,我的老同学可能也在其列。幸而我还是出自本能,下意识地把"那个洞"排列于这两三页纸之上,加之当晚县美术馆门前的两团尾气相助,没让我一头冲进那个坑里。看起来"天助先生"对我真的是特别关照。

当然这是调侃。天助其实更是自助。

我继续在为"那个洞"勉为其难,感觉很值得。

安全屋

1

工作小组决定接触蔡国宾。我们都知道这个决定相当重大，不同寻常，蔡国宾不是谁想碰就可以碰一下的。一段时间以来，关于蔡国宾的流言不时有传，听来不免让人胸口止不住扑通扑通激动不已，就像在刑场观摩枪决死刑罪犯一般。在类似事项上，看客们总是不嫌热闹，当事者除外。

据我们所知，这个案子的突破口是蔡成茂，也就是别名"阿摆"的那家伙。阿摆四十来岁，头是头脸是脸，长得人模狗样，在涉嫌"黑恶"名单之前，曾经贵为一村之长。阿摆村长任职期间有若干政绩，不外修桥、铺路、建祠堂等等，但是人们多不认为是他的功劳，其中另有缘故，大有来头。阿摆作为"明星村长"曾经上过市政府表彰名录并进入本地报纸、电视中。据说当年领荣誉奖牌时，所有受表彰者中唯他最引人注目，不是因为头发梳得整齐还穿着全套正装，只因为他在主席台行走时身段显著，晃过来晃过去，幅度极其开阔。他是残疾者，右侧腿脚瘸得厉害。

半年多前，阿摆的老母去世，他为亡母举办了一场阵容豪华的出殡仪式，出席仪式的有死者的画像、各级领导和相关部门赠送的花圈、北洋军服铜管乐队、舞蹈队、法术师、俗称"土公"的抬棺者、孝子贤孙和亲朋好友们。一如本地重要人家大型送葬，区别只在于以往村人出殡抬的是棺材，而阿摆这一行只能抬一只骨灰盒。这是因为推行殡葬改革，大势所趋，村长自难例外。

那一天，值铜管乐队齐奏哀乐、出殡仪式隆重开始之际，忽有巨大的鞭炮声如排子枪般轰然而起，响彻村社上空，与哀乐遥相呼应。鸣炮地点在村长家的小楼西侧，隔着一排民居。几分钟后，阿摆瘸着右腿赶到了鸣炮地点，随同他前来的竟是整个出殡队伍，包括土公、死者画像和骨灰盒。

这里有一片工地，一座即将落成的三层小楼正在浇注水泥封顶。这一工序相当于早先乡间的新屋上梁，按当地习俗这种时候应鸣炮致喜。本地习俗同时认为出殡时响鞭炮是对死者大不敬，会严重伤害亡灵及其在世家人。

三层新建小楼户主叫陶山水，三十出头，有一张长方脸。

阿摆指着陶山水大骂："挑日挑时！狗东西！"

陶山水也骂："阿摆欺人太甚！"

村子里几乎人人都管村长叫阿摆，没有人尊称其大名蔡成茂。但是陶山水属于例外，他不行。他当众这么一吆喝，阿摆整个儿顿时给点着了。

他大喝："给我吹！"

铜管乐队呜里哇啦卖力吹奏，哀乐对着新楼铺天盖地而来，这在本地习俗里当然更不是吉兆。陶山水怒目圆睁，暴跳如雷，顺手抄起身边一把铁锹。有个老头突然从小楼里跑出来，手举一支扁担朝阿摆挥去，啪啦一下，却不是阿摆挨打，竟是陶山水胳膊挨了扁担一击，手中铁锹哐当落地。

老者是陶山水的父亲陶宗。

陶宗把扁担扔在地上，对阿摆拱手赔笑："村长，别跟后生计较。"

阿摆指了指满地鞭炮屑追问："这是什么意思？"

陶宗表示绝非故意，他们不知道村长家今天上午出殡，意外冲撞了。

"全世界都知道，只有你们不知道。"

陶宗咬定不是故意。既然冲撞了，愿意赔礼道歉。

"就一句话？"

陶宗回过身，朝儿子陶山水的小腿用力踢一脚，喝一声："跪下。"

陶山水在父亲逼迫下，不得不跪在地上，对着出殡行列中的死者画像和骨灰盒连磕三个响头，每一磕都在地上敲出结实的嘡嘡声响，额头上顿时一片血迹。然后他一抹伤口的血，当众放声大哭，捶胸顿足。

这是哭丧吗？当然不是。

阿摆一甩手转过身，带着送葬队伍离开。所谓死者为大，此刻只能先料理丧事。哀乐渐行渐远，留下遍地阴森森的白纸花在轻风中飘飞，陪伴尚未完全落成的小楼。

几天后，这段出殡逸事被好事者传到互联网上，有声有色有图有真相，当时却没有引起太多注意，毕竟不是什么重大事件，且丧事比较晦气，粉丝和追捧者要稀缺一点。不久后曾有基层信访处理人员下来了解过此事，估计是接到上级部门的函询件，需要了解反馈。此后风平浪静，没有更吸引眼球和流量的事情发生，直到工作小组突然到来。这个小组像是很低调，实际不得了，其工作是办案，兵强马壮，人员来自不同方面，出自各强力部门，办的不是普通民间纠纷事项，居然是"黑恶"案。这种案子的厉害在于不仅收拾前台涉黑涉恶人物，还重在挖掘隐身其后的保护伞。一个村长算个啥？芝麻绿豆而已，后边的大瓜才更为重要。于是大家都知道，这回是来真的了。

据说办案组向知情者了解案情时，还有人表示："阿摆真是不能叫的。"

那意思是，出殡当时陶山水当众叫了一声"阿摆"，那是火上浇油。为什么村长大人的绰号全世界几十亿人都可以叫，陶山水却不行？因为阿摆蔡成茂的右腿原本好好的，是后来给人弄瘸的。弄瘸它的人是谁？就是陶山水的哥哥陶山林。

这牵涉一起旧日恩怨。

几年前村民委员会换届，陶山林早早从市区回村，报名参选村长。此前陶离村多年，在市区办加工厂，其企业落脚于工业开发区，生产低密度纤维板，同时扩展至家具行业，生意不错，赚钱不少。陶老板回乡参选村长，阿摆是他的对手。当时阿摆的右腿尚完好，却属寂寂无名，没啥名堂，充其量只当过村治安主任，与陶老板不可同日而语。不料到头来竟是阿摆当了村长，陶山林则因企业偷税漏税事项被查，被迫退出。随后不久，有一个晚间，阿摆骑摩托车从镇上回村，半道上被人拦截袭击，脑袋给套进一条麻袋，人给拖到路旁小树林，在那里吃了一顿棍棒，打个昏迷不醒。清晨时他被发现，血淋淋的，用急救车送到市医院，在那里捡回了一条命。但是从此他便成了残疾，再也无法正常走路，因为袭击者打断他的右腿骨，还挑了他的右脚筋。

这个案子涉刑事犯罪，由警察办理。警察不含糊，仅十来天就锁定嫌犯，终在工业开发区陶山林的厂里将陶老板抓获。

原来这是一起买凶伤人案，陶山林是该案主谋，出资方。"乙方"则是一流窜作案人员，拿人钱财，替人消灾，双方通过某中间人达成口头协议及款项交接。据说那个乙方藏得很深，专干黑活、脏活，专业范围集中于人的五官和四肢，也就是根据客户需要伤害仇家身体，唯人命不做，因为有偿命风险。陶山林花了一笔大钱买阿摆一条腿，指定为右腿，不需要如宰猪般卸下该腿扛交客户验证，保证弄残，有目共睹即可。为什么只要右腿？因为队列口令从来都是"向右看齐"，右比左显眼。为什么只要腿而不要手？那得怪阿摆自己。阿摆大名蔡成茂,却从小被叫作"阿摆",据说因为幼时学走路比别人家的小孩慢,走起来总是摇摇晃晃重心不稳,被亲友和邻居戏称之,居然就叫成了别名。本地话里"摆"亦有瘸腿走路之意,所以在陶山林看来,让阿摆真的"摆"去不算替天行道,至少也属帮助他实至名归。陶山林没想到如今警察那般厉害,除了破案功夫不凡,技术手段也极其了得,特别是监控天眼,比孙悟空的火眼金睛厉害百倍。阿摆还在医院里哎呀哎呀叫唤不止,陶山林自己就给警察铐进了看守所。起初陶山林拒不承认买凶,却不料警察已经将"乙方"和中间人一并抓捕到案,天网恢恢,无可逃避。陶山林只得承认因故与阿摆积怨,报复伤人,案子告破。

陶山林被判了十年,吃牢饭去了,不久其加工厂亦破产倒闭。陶山林的弟弟陶山水原在大哥厂里帮忙,当小老板,买凶案没有牵扯到他,工厂倒闭后他一直在外边游荡,偶尔回村露个面。陶家新楼早在其大哥出事前就埋好地基,因事发停建数年,而后再建,封顶时大放鞭炮,招来了铺天盖地的哀乐和纸花,也属事出有因。阿摆葬母,不能说全世界都知道,芝麻绿豆大的村子里应当人人皆晓,参考两家人之旧怨,陶山水借机大放鞭炮幸灾乐祸的可能确实不能完全排除,尽管他父亲陶宗坚称不是。当时陶山水给蔡母遗像下跪,表面上是其父陶宗所逼,并非村长阿摆强迫,归根结底还是阿摆以势压人。陶宗怕儿子硬扛吃亏,大的还关在牢里,不想让小的再惹麻烦。

一个大如芝麻绿豆的残疾村长,凭什么如此强势?原因是其背后有人。办案组以迅雷不及掩耳之势,把阿摆"请"进办案地点,查问他几个问题,他或者避而不谈,或者顾左右言他,最后都归结到一句话:"你们去问他。"

"都是听他的?"

"你们去问。"

"他"是谁?就是蔡国宾。

蔡国宾是本村老村长，执掌本村大权累计近三十年，现已七十大几，奔八十去了。蔡国宾是阿摆的堂叔，当年蔡国宾因年纪大了，身体欠佳，开个会都有困难，不再合适当村长，上级有意找人接班，蔡力推阿摆，还帮助阿摆力克陶山林。阿摆上任后，大事小事都找堂叔拿主意，言听计从，一村大政没有旁落，依然掌握在蔡国宾手中。阿摆被陶山林买凶伤成残疾，伤愈后继续当村长，于一瘸一拐中处理村务。由于伤残怨恨，阿摆对陶氏家人及其亲友从来没有好脸色，逮着机会情不自禁会在明里暗里加以收拾，双方矛盾日深，难以化解。几年间关于阿摆村长挟嫌报复仗势欺人的举报屡屡出现，曾有上级领导批示查问，有关部门屡次派员到村了解情况，最终都不了了之，阿摆始终摆来摆去于村部小楼，稳坐钓鱼台，直到打击黑恶办案工作小组悄然抵达。

　　如果阿摆在村中的种种行为涉嫌黑恶，谁是他的保护伞？无疑就是阿摆直截了当提到的"他"，蔡国宾。表面上看，把一个卸任多年的前村长，七八十岁病恹恹的高龄老头摆到现任村长及村中黑恶势力保护伞的高度，似乎有点高看了，德不配位，勉为其难。但是只要稍微再做一点了解，那就心中了然了。

　　工作小组组长叫吴霖，他亲自上门，带人到蔡国宾家了解情况。蔡家有一座四层楼房，位于俗称的"村部"近侧，周边民居多为小洋楼，高的五层，低者三层，蔡家居中。该村位于城乡接合部，山清水秀条件好，是个富村，楼房鳞次栉比，装修比较亮眼。蔡国宾夫妇与儿子一家在小楼里共同生活，俩老住顶层，三层是儿子、儿媳和两个孙女的卧室，二层是孩子们的书房和活动室，客厅饭厅和厨房安排在最下层。

　　吴霖组长不卑不亢，管主人叫"蔡国宾同志"，声称上门与老村长"聊一聊"，核实一些情况。蔡国宾请对方不必客气，管他叫"老头子"就可以了。他早就什么都不是，就是个乡下病老头。

　　老头子很放松，胸有成竹。他知道阿摆已经给叫进去了，知道吴霖他们是怎么回事,却没有丝毫胆怯。他拿"乡下病老头"自贬也属话中有话,似暗指被视同"黑恶保护伞"太高看了。在本村,确实人们都管他叫"老头子""老家伙",没人称他"蔡国宾同志"。乡里乡亲,叫"老头子"透着亲近,好比管"蔡成茂同志"叫"阿摆"。老头子亲切会见吴组长一行的地点是在自家客厅,这里有一圈红木太师椅,老头子坐在主位请客人喝茶,他自己光着两脚,于会见贵客期间抓紧泡脚,公务保健两不误。

他向客人告罪,称自己患痛风多年,严重时路都走不动。前几年又查出糖尿病且有并发症糖尿病足。这种并发症很厉害,后期病人会恶化,从脚指头一点一点往上溃烂,医生只能把病腿一段一段锯下来。为了控制病情防止恶化,儿子为他找了名医会诊,其中有个老中医建议他泡脚,泡脚水用几味中药熬制。他试了试,似乎有用,因此每日定时泡脚,每泡都在半小时以上。病老头了,没办法,很抱歉。

吴组长说:"泡吧,没关系。"

老头子指着泡脚盆介绍:"这也是儿子专门给买的。"

那个泡脚盆并非高大上,很普通,就是一个塑料盆加几个按键,接通电源后可加温,可扰动水流做足底按摩并发出噗噗声响,从低到高有几个不同挡位。老头子称平时泡脚多在顶层自己的卧室里,省得跑上跑下,毕竟腿脚不好。今天贵客上门,恰好也到了泡脚时间,只好边噗噗边谈。儿子对他泡脚很上心,经常亲自给他按摩脚背,检查伤口,泡好后帮他擦脚,还会陪他到外边走一走,说是让脚部"活血",他们会一直走到镇上,在那里的小吃馆吃一碗咸菜炖大肠头,老家伙好这一口。这座楼盖早了,当时考虑不周,没装电梯。没料到腿脚活动不便的一天转眼就到。儿子说了,等空下来,他会请人来家里看看,加装个私家电梯。儿子真的很有孝。

老头子接连提及儿子,吴组长只是听,不表态,未加置评。

双方交谈时,泡脚盆里水声噗噗不绝,伴奏很卖力。

吴组长向老头子提了个问题："村里这些年大的收入和开支情况都了解吧？"

老头子称他并不了解。阿摆有时会来谈些情况，但是他没有兴趣听。不当村长不操那个心，现在他只操心自己泡脚。

"听说过伟达工程集团吧？"

老头子摇头，他不记得这家企业。

"他们老板林金同好像给了一笔钱。"吴组长提示。

老头子笑笑："他要是给我送一只洗脚盆，我会记住的。"

当天的交谈没有实质性进展，这个结果在吴霖预料中。与老头子初步接触，属于"火力侦察"，很有必要，却不能抱太大希望。此刻办案的着力点还在于阿摆，突破口只可能在阿摆那里。

阿摆的素质与其堂叔不在一个档次，无法同日而语。事实上现任村长除了很会记仇，报复心强，以及在主席台上行走大幅度摆动令人印象深刻外，确实资质平平。他在任上修桥铺路，村政建设亮眼，被表彰为明星村长，实尽是堂叔替他操办，从资金到运行，他充其量算个跑腿的。因此时候一到，突破他难度不大。面对经验丰富、志在必得的办案人员，"你们去问他"能抵挡几个时辰？没过多久他的心理防线便被攻破，一点一点开始交代问题。他承认得知自己被工作小组盯住后，心里很紧张，曾求救于堂叔。老头子让他不要怕，"你们去问他"也是老头子教他说的。老头子自认为工作小组轻易不敢动他，阿摆尽管把事情往他身上推，有助于自己脱身，事情也就到此为止。

关于伟达集团那笔钱，阿摆提供了一个细节：带该公司老板林金同去见蔡国宾的就是他本人。是一个晚间，林送给老头子一个手提箱，说是一点小意思。老头子没有推辞。走的时候该箱子就留在蔡家。

"箱子里装的是什么？"办案人员追问。

阿摆不清楚，感觉手提箱似乎很沉。

"是钱吗?"

"不知道。没打开。"

不需要他说,里边确实是钱。工作小组已经从特殊途径查到可靠情况,当时伟达集团参加市区内河清理工程某标段招标,林金同分别从几家银行取款,共取出一百万现金,塞满一个手提箱。该手提箱从此销声匿迹。

但是老头子蔡国宾不记得了,因为手提箱里装的不是洗脚盆。

老头子明摆了是在对抗调查。任何黑恶势力活动的背后,都有经济利益在充当推手。办案组在吴组长率领下,不动声色地顺藤摸瓜,掌握了更多确凿证据,已经具备把老头子从他那座小楼里"请"出来深入调查的条件。吴组长却还在反复掂量。

"那个泡脚盆怎么办?难道一起请来?"吴组长问。

办案人员认为无妨。老头子可能确有糖尿病足,但是泡脚见客更像是即席表演。据了解,工作小组到来之前,老头子还经常独自在村里四处跑,动作麻利,健步如飞,作为前村长,其行走状态比现任村长阿摆还强过十倍。

吴组长说:"必须请示一下。"

事关重大,请示是必须的。两天后相关决定下达,工作小组立刻行动,直扑小楼。

他们扑了个空。小楼里只有蔡国宾的妻子在家,她说:"老头子出去了。"

一个小时前,蔡国宾突然离家,骑一辆电动车走人。走之前交代说,他出去办点事,让老太婆不要做他的饭。至于去哪里,要多少时间,都未提及。

蔡国宾就此人间蒸发,居然玩起了失踪。

事后分析,可能是请示环节出了纰漏。由于情况比较特殊,对蔡国宾的组织措施要由比较高的层级来做决定。吴霖的请示会一级一级往上传递,每多一个环节,就多了一重消息走漏的风险。

蔡国宾充其量也就一前任村长,哪怕比芝麻绿豆大一点,给阿摆当保护伞还有些勉强,何须这般兴师动众?原来这个七老八十之辈之不寻常不在其糖尿病足,却在其儿子。老头子先后娶过两个妻子,前妻病亡,娶了后妻,两个妻子都给他生了一个儿子,兄弟俩同父异母,相差十几岁。眼下与老头子一起住在村里的是他的后妻及小儿子,该子叫蔡仁业,时为附近乡镇一所初中学校副校长,儿媳也是该校教员。小儿子无足轻重,老头的大儿子却分量充足,村里修桥铺路建设明星乡村,其实都跟其大儿子有关。老头子与吴霖组长泡脚相会时,曾屡屡提到其子,包括提到其子帮他泡脚擦脚还陪他"活血",很"有孝"。此时他所说的"儿子"其实特指大儿子,且有所暗示。而吴装作没听见,不加置评,回避那个话题,其实是因为有所敏感。

蔡国宾的大儿子叫蔡仁功,时为本市常务副市长。

这张保护伞足够巨大。

2

老头子失踪当天,蔡仁功从省城赶回本市。

据我们所知,返程途中,他在高速公路上接过几个电话,其中有一个是常太昆打的。常是市政法委副书记,时兼市扫黑除恶领导小组办公室副主任。由于蔡不分管政法事务,通常情况下常很少直接与蔡联络。

蔡仁功在接电话时很放松,他跟常开玩笑:"常副书记没挂错吧?"

当然不会错,找的就是你。但是常不能接茬开玩笑,毕竟是下级,且事涉敏感。

"蔡副市长什么时候到?"常问,"有个事需要赶紧向您汇报。"

"听起来很严重?"蔡问,"五千万,还是一个亿?"

常一时说不出话，蔡即笑："别急。到了我给你电话。"

一个半小时后蔡仁功回到本市，却没有进政府大楼，也没急着与常太昆联系，他的轿车直接穿城而过，去了位于城南郊的浦子尾工地。

这是一个排水河道工地，工地上钩机铲车来去如梭，一片繁忙景象。有一群人在工地边恭候蔡仁功驾到，包括政府办、国资委、建设局、城投集团等部门的头头脑脑，以及施工部门的大小经理，其中有几个人刚刚到达，因为是刚接到通知。

这是一个临时召集的现场会，为蔡仁功在高速公路上行进时下令召开，市政府办紧急通知与会人员到场。蔡仁功风尘仆仆，下车时抬头四望，即眉头一皱。一旁郑文泉低声报告："他们还在路上，快了。"

"哦。"

郑文泉是市政府办副主任，分工保障蔡仁功，是俗称的"大秘"。

几分钟后一辆越野车飞快驶临，是市电视台的新闻采访车。一组记者匆匆从车上跳下，扛着他们的摄像机。

蔡仁功点点头："咱们开始。"

没待主持人宣布开会，蔡仁功忽然又大声问一句："伟达集团是谁？"

场上有个年轻人举手。

"你是干什么的？"

年轻人称他是董事长助理。

"林董事长呢？他在哪里？"

年轻人称他们董事长出差，一时赶不回来。

"去哪里出差？"

年轻人一时支吾，答不出来。

"让他给我电话。"蔡仁功下令。

"好的。"

林董事长是谁？就是某个夜晚拎着一只沉甸甸的手提箱跟着阿摆进入"蔡国宾同志"乡居小楼的那一个，伟达集团老板林金同。该集团如愿中标承建浦子尾工程，此刻工程正在吃紧，竭力赶工。

现场会进入正题，先汇报，再发言，最后领导讲话。从头至尾，蔡仁功表情凝重，有一种恶狠狠之态。他的讲话言辞犀利，强调临时召集现场会是因为情况紧急，汛期一天天逼近，留给大家的时间不多，必须背水一战。别看现在工地上车来人往，一切正常，背后问题不少，隐忧重重，决不能掉以轻心，等等。他提到背水一战，表面上指的是汛期，似乎亦流露出一点弦外之音。

此刻他是否已经得到"蔡国宾同志"失踪的消息，我们不得而知，却有足够理由怀疑。作为本市目前重要负责领导，他有很多消息渠道。不能排除他是从某个隐秘渠道紧急得知消息后，临时决定迅速召集工地现场会，以便把自己贡献给电视台的摄像机"瞄准扫射"。今天晚间，现场景象便会出现在本市电视新闻中，本市广大干部群众会看到蔡仁功副市长于工地现场发表重要讲话。这很需要。近段时间传闻四起，蔡仁功被传"进去了"，引发了众多的注意，其父突然意外失踪，必引起更多的注意。这时需要把这个"菜"再端到桌上，表明该同志依然健在，出现于电视新闻中有权威发布意味。

蔡仁功的现场"重要讲话"还提到了一个耐人寻味的字眼。当时蔡强调浦子尾工程务必按期完工，否则市区将面临全面内涝威胁，东南低洼地带将严重受灾，该区域生活有七万余人口，三万余套住宅，具体数字是35214套。工程一旦出问题，几场大雨下来，那一带就将如几年前"海王"台风扫荡时一样，道路上只有冲锋舟，小区地下停车场尽变水库，变压器受淹短路，电梯一动不动，人不被困在私家车里溺水而死，也会困在家中，无电无水，饥渴交迫。所以浦子尾工程务必如期完工，确保汛期内河排水顺畅，让

35214尽为安全屋。

作为政府领导,主管一大块经济事务,掌握、牢记和运用数据是蔡仁功的看家本事,一向开口就来。他的35214应当有其出处,虽然精确到个位,却未必那般准确。由于是临时召集的现场会,事前无法准备讲稿,蔡的讲话为即兴而作,无论是35214、"背水一战"还是"安全屋",知识产权都归他本人,至少没有秘书代笔之功。"安全屋"这个字眼于我们并不陌生,经常出现于谍战片里:某特工被追杀,同伙把他藏在某个人所不知的隐秘地点,那个藏身之所就叫安全屋。蔡仁功提到的安全屋内涵有别,当然也有相通之处。特别是此刻,他家老头子跑了,藏起来了,跑到什么地方去?藏进了哪个安全屋?这是眼下我们最关心的问题。类似藏身之处有一便够人家去找了,如果狡兔三窟,找起来便很困难,如果竟有三万,那还了得。

散会之前,蔡仁功交代电视台记者:"今天这条留下资料就可以,不必播出。"

记者一时支吾:"这个……"

一旁的郑文泉忙说:"按领导要求办。"

这有点奇怪。刚才下车时,蔡仁功四外张望,似乎就在找这些记者,以便在今晚的本市新闻里"健在",怎么此刻又不让人家报道了?想来也有道理,此刻蔡副市长高调露面未必就有正面效应,人们或许会感觉诧异,询问:"这个'菜'怎么还在?""到底什么时候才把它端下去?"那只能敬请期待。

现场会匆匆结束,众人散去,蔡仁功留在现场。常太昆带着吴组长匆匆赶到。

"听说蔡副市长在这里开会。"常解释,"我们就赶过来。"

蔡仁功称自己本想回到办公室后再给常打电话。既然常赶得这么着急,那就委屈两位了,在工地找个地方谈谈情况吧。

他看了看吴霖:"这位好像是市局的干部?"

吴是从市公安局政治处抽到工作小组的。

工地一侧有一排简易模板组装而成的临时工棚,现场施工经理给蔡仁功找了个安静空间,供领导听取重要汇报。理论上说,作为下级,常太昆、吴霖他们前来约见蔡仁功,还得自称是"汇报",尽管这一所谓"汇报"之实质已经接近于追查。

听说自己的父亲突然不见了,蔡仁功表现出惊讶,似乎难以置信。

"不会吧?"他脱口道,"确认失踪?"

"应当说,目前是下落不明。"

所谓"失踪"是一种通俗说法。法律意义上的"失踪"须在人员下落不明满两年后,由其利害关系人,也就是配偶、父母、子女等亲属或债权人、债务人向法院提出申请,由法院来宣告其失踪。如果没有人提出申请,法院还不能主动宣告。目前蔡国宾下落不明才十几个小时,蔡的家人包括蔡仁功并没有向哪个公安派出所报案,因此只能说其下落不明,法律上确认失踪是两年后的事。也许不需要等那么久,只要两天时间老头子就会自己从哪个旮旯里冒将出来。

"我们觉得有必要迅速向蔡副市长报告,希望能得到重视与帮助。"吴霖表示。

"是你们这样认为吗?"

吴绵里藏针:"您是领导,比我们清楚。"

人员失踪有多种情况,老年痴呆者走失,儿童离家出走,经营失败者"跑路",时下都不稀罕。通常情况下都是失踪者家人最早发现,为之焦虑并迅速投入寻找。蔡国宾情况不同,是在面临调查时逃匿,其亲人即便没有暗中助其逃跑,至少也是心知肚明,不吭不声。此刻当然不能坐等老头子自己冒出来,或者其亲属到派出所报案,相关部门人员必须迅速出面找当事者家人了解情况,查问究竟,这属于办案标准程序。蔡仁功除了是嫌疑人的亲儿子,他还是本市在位的重要领导。其身份具有特殊性，涉及他，不是工作小组想怎么办就可以办的，也不是常太昆这一层次的负责官员可以决定。包括此刻的直接接触，此前必有一个请示程序，由管得着的人拍板同意。这一点，身为领导蔡仁功当然很清楚。

他反应激烈，脸一板发火："居然发生这样的事情！他是个老人，患有多种疾病！下落不明是什么意思？万一出了大事，谁来负责！"

常太昆在一旁解释，称他们已经做了细致了解，工作小组所做的工作完全符合规范，没有不当之处。

"但是老人没有了！我们家人得去哪里找？到公安局，还是你们政法委？"

"所以我们需要马上向您汇报。现在最重要的是把人找到。"

蔡仁功不作声，好一会儿。

"请你们理解。我对他很牵挂，但是不能怪你们。"他放缓口气，"我表个态。"

他的表态有三条：第一是支持，工作小组承担重要任务，当事者以及家人都应当无条件支持，配合办案。第二是关切，这个当事人年高体弱，有别于其他当事人。作为家人，担心与关切是免不了的。第三是请求，希望办案人员能充分考虑当事人的具体情况。老人充其量一个旧日村长，当年主持村务，有功有过。他个人认为功大于过。无论好坏功过，都是明日黄花，眼下都已无足轻重。没必要去折腾一个老人，需要了解什么，尽管问当儿子的便可。作为儿子，作为副市长，他愿意很好配合办案，这也是责无旁贷。

对方两位均不吭声，因为不是他们可以答复的。此刻只能加以记录。

常太昆还是那句话："现在首先是把人找到。"

"我同意。"

吴霖需要了解近段时间以来，特别是近一两天，蔡国宾下落不明之前，蔡家父子间有什么联系？是否发生什么异常事项？

蔡仁功再次强调："他是我父亲。"

父子之间常有联系当然再正常不过。市区与蔡家所居乡村相距不到二十公里，只因为蔡仁功工作很忙，难以经常回家看看，平时多靠电话表达关切。通常情况下，隔一两天蔡仁功会给父亲打一个电话，问问吃饱了没有，睡得怎么样，特别是痛风和糖尿病足，那必须经常留意过问，免得酿出大病无以挽回。近一段时间里，由于内河治理工程进入冲刺，加上需要到省里跑项目跑资金，忙得顾不上往家里打电话，算一算，已经有一周多时间没跟老头子联系了。哪里想到竟然出了这种事。

蔡仁功表现得像是对父亲的涉案及失踪一无所知，可能吗？欲盖弥彰。七老八十的病老头蔡国宾能长得多漂亮，值得人们这般眷顾？没那回事。查老头其实意在查儿子，我们作为旁人都能看明白，当事人自己还能不清楚？可以想见，吴霖组长带着人与"蔡国宾同志"相会于泡脚盆前，不待贵客出门走出十步，消息就会一五一十从泡脚盆边传递到儿子那里，强烈的紧张感会像盆里的气泡伴着噗噗水声不住翻滚。一段时间以来本市一再风传蔡仁功要"出事"，风口浪尖之际父亲被盯上了，于蔡仁功肯定压力山大，必千方百计以应对。在有确凿证据之前，我们不能说蔡仁功一手导演了其父的失踪桥段，但是他自称一无所知毫无说服力，只能拿去哄鬼。老头子潜逃后，即便他本人没与儿子通电话，也必有人在第一时间通风报信，否则这一对父子岂不枉为慈父孝子？

"蔡副市长觉得他可能会去哪里？"吴霖问了一个要害问题。

"如果知道，我会告诉你。"

"如果他跟您联系……"

"我也会告诉你。"蔡仁功说，"可以谈谈他主要涉及什么问题吗？"

吴霖表示案子还在办理中，案情不合适谈。

"一定有什么需要我配合。"

当然。眼下最需要的配合就是让相关者到案说清楚。

蔡仁功摇头:"我确实有点心理障碍。"

如果工作小组办的是蔡继承,那很好办。蔡仁功一向干脆,需要的话他会拿一条尼龙绳把该小子捆成一团,亲自扛着从北京大学送到本市政法委去,因为蔡继承是他儿子,大义可以灭亲。但是换成蔡国宾就比较棘手。毕竟是老爹,七老八十了,还有糖尿病足。让老爹受累受罪,当儿子的想来心里实在有愧。

"再次恳请你们办案中体谅他的实际情况和身体情况。"蔡仁功请求。

吴霖没吭声,只是低头做记录。

"没有干扰办案的意思。"蔡仁功强调,"我刚才已经表态三条,首先就是支持。"

实际上他的每一句话都在干扰办案,他的表态类同于表演。

当天,他还有另一场异常表演。

常太昆与吴霖两位离开后,蔡仁功在工地上没有久留,匆匆察看了一番现场,即登车走人。上车后他给陆欣雨打了个电话。

"陆书记在办公室吗?"

"开会呢。"陆询问,"有事?"

"比较急,想立刻向您报告。"

陆很爽快:"来吧。"

二十分钟后蔡仁功进了市委大楼陆欣雨的办公室。陆果然在开会,竟是书记办公会,书记、副书记、纪委书记和组织部长都在。陆把办公会先停下,跟蔡仁功谈了话。

"你这人我清楚。"陆欣雨道,"长话短说吧。"

蔡仁功居然一字不提父亲之事,他跟陆欣雨只谈浦子尾工程,且集中谈一个人,就是伟达工程集团的董事长林金同。蔡仁功告诉陆,他刚在浦子尾开了个现场会,林金同没有露面,公司派了个助理出场，说是林出差了。其实林是躲起来了。据说林牵涉到某个案子，办案方面要动他，他听到风声，三十六计走为上，脚底一抹油跑路，此刻无从联系，几个手机无一能通，人下落不明。

陆欣雨立刻警觉："有这事？"

蔡仁功主要担心工程。如果林金同出问题，伟达集团群龙无首，很快就会乱成一团，浦子尾工程有可能被迫延宕。那是绝对不允许发生的。作为咽喉工程，排水河道必须在汛期前完工，否则一场大雨下来，内河的水卡在咽喉排不出去，城区必定内涝，其严重性堪比地震，灾情将如当年"海王"台风一样厉害。

"如果合适，盼望陆书记能亲自过问一下。"蔡仁功请求。

"你的意思是放林一马？"

蔡仁功表示并无此意。有问题该查要查，但是需要考虑时机。如果确实需要办林金同，建议目前暂缓，待浦子尾工程完工再办不迟。伟达集团家大业大，跑得了和尚跑不了庙，林金同实也跑不到哪儿去，缓些时间应当不是大问题。

"我了解一下情况。"陆欣雨表示，"不能干扰办案，同时也需要顾全大局。"

"书记水平高。我想一想，没有其他办法，现在只能找书记解决。"

这时蔡仁功的手机振动，蔡低头瞄了一眼手机屏幕，是个陌生号码。恰有人推门进来，给陆欣雨送一份明传电报。趁着陆看电文之机，蔡仁功接了电话。

竟是林金同，说鬼鬼到。

"蔡副市长找我？"

当着陆欣雨的面，蔡仁功管林金同叫"老李"，称现在不方便，等会儿再联系。挂断电话后，陆恰也放下手中明传，蔡仁功即告辞，起身要走，被陆欣雨一摆手叫住。

"还有事跟你谈。"他说。

"陆书记尽管指示。"

陆欣雨谈的竟是蔡仁功父亲的事情。

"我刚听说。"陆问,"为什么不跟我提起?"

蔡仁功苦笑:"这种事不合适劳烦书记。"

陆欣雨命蔡仁功务必正确对待。案件刚在查,具体情况陆也不甚清楚,即便知道也不能说。有一点可以告诉蔡仁功:相关案子被列为省督办。事情涉及蔡国宾,当然也会连带到蔡仁功,外界肯定就此有不少议论。根据对蔡仁功的了解,陆相信蔡没有大问题,但是这种事不能以彼此信任为准,只能让事实说话。如果调查中发现问题,该是什么就是什么,蔡仁功不能逃避也无法逃避。如果调查结果跟陆的印象吻合,没大问题,那么也是还蔡仁功一个清白,有利于他日后的工作与发展。

"谢谢书记。"

"现在你要做的是赶紧把人找到,做通他的工作,让他正确对待。"

"我明白。"

又有人轻轻敲门,然后办公室门轻启,一个年轻人从外边探进一个头:"陆书记,范宁副市长到了。"

"请她进来。"

蔡仁功再次站起身要走,陆欣雨说:"不急。跟你有关。"

范宁是本届市政府领导中唯一的女性,模样端庄,温文尔雅。在班子里她排名最后,年龄最轻,学历最高,是物理学博士、民主党派人士,分管文化旅游等方面工作。范宁进门后看到蔡仁功,表情略显吃惊:"蔡副也在啊。"

陆欣雨笑笑,问一句:"你们的问题解决了没有?"

当着蔡仁功的面,范宁摇了摇头。

"需要我来协调吗?"陆欣雨问。

蔡仁功"哎"了一声:"误会了。"

他从口袋里掏出支笔,对范宁伸出手比画了一下:"范副,把《纪要》给我。"

范宁表情难以置信,指着陆欣雨的办公桌问:"就在陆书记这里签?"

"可以吧?"

问题是那份《纪要》此刻不在范宁随身携带的公文包里。范立刻挂电话,命人到她办公桌上拿,马上送到书记办公室来。

"不好。"蔡仁功说,"陆书记还在开办公会呢,不能拖他时间。"

当着陆欣雨的面,两人三言两语,确定半小时后在蔡仁功的办公室碰头,把相关文件签了,一些具体事项一并商定。

陆欣雨满意:"就该这样,快刀斩乱麻。"

蔡仁功起身告辞,这一次终于获准。

离开市委办公楼,坐上轿车,蔡仁功立刻给"老李"挂了电话,用的是回拨方式,打那个陌生号码。手机里的呼叫铃响了老久,终于有人接听,果然是林金同。

"你跑什么跑?"蔡仁功张嘴就骂,"你以为你跑得掉?"

对方大叫:"领导,您得救我。"

"领导怎么救你?"

"把钱给我。我已经撑不住了。"

"撑不住也得撑。"

蔡仁功命林金同立刻回公司,把工程管起来,无论如何不允许耽误。林尽管放心回来抓工程,目前不会有事,不会立刻把他叫进去。

"得给我钱啊。钩机开不动了,把我裤子脱了也不管用。"林抱怨。

"我会想办法。"蔡仁功厉声道,"马上给我回来。"

说话间,轿车从政府大楼前穿过,直接开上大道。

驶出城区,开上环城路后,蔡仁功才给范宁挂电话。时范宁已经回到市政府大楼,正在耐心等待蔡仁功相请,双方刚才在陆欣雨面前约定的半小时之限已经临近。

"不好意思,咱们那个事只好暂缓。"蔡仁功告诉她,"我临时有急事需要处理。"

对方大惊,竟一时说不出话。

"我父亲失踪。范副一定也听说了?"

"你,你怎么……"

"陆书记要我马上把他找回来。"

3

经反复比对,确认监控记录里的骑车男子就是蔡国宾。

蔡国宾所居村庄位于城乡接合部,得益于"平安乡村"建设,该村设有多个监控探头,全部接入镇综合治理办公室统一管理,虽与城区安保设施密度相差尚远,重要路段和治安黑点基本也能覆盖。奇怪的是办案人员察看几个相关监控探头资料,都没发现蔡国宾的踪迹。想来也不奇怪,老头子长期掌管村政,对村中每一个探头及其监控范围了如指掌,加之土生土长,环境熟悉,村中每一个旮旯闭着眼睛都能走到,对他来说七拐八弯躲开那些探头实轻而易举。

逮住老头子的监控探头位于当地俗称的"大路口",村道与省道在那里十字交叉,省道车流较大,交警在该路口设了红绿灯,并安装监控探头,以利车辆行人安全通行。蔡国宾躲得过村中探头,却躲不过"大路口"。根据那里的探头记录,当天上午九点十五分,蔡骑着一辆电动车自西而东,从村庄方向穿越十字路口,去往镇区方向。探头录像中他的脸面略显模糊,灰头土脸,但是轮廓和特征依然可辨,经人像识别系统辨认,加上人工识别,确认无误就是蔡国宾本人。录像中的老头子动作基本从容,骑行状态稳健,看不到落荒而逃的紧张,似乎就是到附近去走个亲戚喝杯喜酒。电动车有效掩盖了他的腿脚病患,看不到任何痛风或糖尿病足的影子。

他当然不是出门走亲戚或者即兴旅游,否则完全可以如实告诉家人。当然,其妻声称不知道蔡去哪里有可能是假话,其作假本身就表明蔡国宾是在逃避调查。蔡国宾失踪的时机非常耐人寻味:吴霖是在当天上午十点得到准许,率工作小组直扑蔡家小楼,蔡国宾刚巧就在此前一小时拖着病体离开家门,逃之夭夭。很难相信这是巧合。考虑到蔡国宾生有一大孝子,该孝子身份特殊,人脉和信息渠道众多,类似风声走漏、嫌疑人出逃具有很大可能性与严重性。

接下来的问题就是蔡国宾跑到哪里去了。时下涉案人员跑路,只有想不到的,没有跑不到的。但是蔡国宾情况有别,无须担心他偷渡国境,远涉重洋,不需要像对付跑路贪官一样将机场、高铁站等交通枢纽作为追踪重点,更不需要国际刑警和红色通缉令。老头子已属风烛残年,其年纪和身体已经经不起太大折腾,只可能就近奔逃藏匿,其藏匿处应当大体就在蔡国宾离家时骑走的电动车车程之内。以资料推算,这种车充满电续航里程达四十公里,蔡国宾却不可能骑着它狂奔三四个小时,一个七八十岁的老头,还能骑车穿过"大路口",没在监控探头注视中滚落车下,已经相当令人吃惊。以其年龄、身体状况和体力,其骑行必属短程,最大可能目的地是大路口以东近侧几个村庄。

但是这几个村庄的监控探头均无发现,无论是人还是车。合理的推测是老头子抄小路进了某一个村子,避开主要通道上的监控。然后他和他的车进了某一个院落,这是他的某一位亲友或熟人的家。本地乡村多聚族而居,蔡姓为本镇第一大姓,大路口东西两侧几个大村都姓蔡,彼此同祖,血缘相沿,多半沾亲带故。蔡国宾执掌村政多年,其子在市里当大官,这都方便他拥有比其他人大得多的交往范围与网络,一旦风吹草动,他一头钻进自己的网络中,那就像《西游记》里沙和尚跳进他的通天河,你根本就不知道得到哪里去找他个人影。

这老头却是务必找到的。从办案角度看，前台乡村黑恶势力与藏身其后的保护伞构成了一个人际和利益链条，老头子蔡国宾处于链条连接两端的位置。他的身上藏有关键证据，缺失这些证据，案件便难以从前台延伸到其纵深，妨碍将黑恶势力从根子处铲除。找到这个人成为工作小组的当务之急。

蔡国宾离家出走时并未带走他的手机，该手机的定位始终显示为蔡家小楼。蔡的妻子没有关闭那个手机，几天里它始终处于静默待机状态，没有电话打进来，也没有电话打出去。这种状态似也不奇怪，蔡毕竟年纪大了，既不可能去刷短视频，也不需要上淘宝。通常情况下，如他这种老头，除了病鬼与阎罗王，已经越来越不受他人惦记，手机于他已经渐成摆设，逃跑时不带也罢。只是这么一来也给办案人员采用技术手段追踪造成了困难。但是离开技术手段就没办法了吗？蔡国宾钻进他的网络藏匿，那就声息全无好比掉进黑洞吗？当然不是。乡村里监控探头不多，耳目可不少，且信息渠道众多，谁家来了客人，是谁的七大姑八大姨，往往顷刻间便家喻户晓。只要下功夫搜索，总会摸到蛛丝马迹。

吴霖组长他们全力搜索，蔡仁功当然更不会闲着。蔡国宾离家出走，下落不明当天，蔡仁功处理完他的"35214安全屋"事项，立刻着手寻找。他把与范宁商定的碰头"暂缓"，说是"找父亲"，倒也不假，当时他确实是在找人。他的轿车穿城而过，直奔二十公里外，老家村庄的蔡家小楼。所谓"从源头找起"，老头子是从那座楼出走的，大孝子当然得从那里开始摸索其消失的踪迹。

当晚有不少人进了那座小楼，都是村中亲友，听到蔡仁功回家消息后自动会集而来。他们向蔡仁功提供了各种信息，具体到近日老头子在村中的每一声咳嗽都可以列入时间表，偏偏就是其出走的细节几乎没有被注意到。已知的就是村南一个与蔡国宾同辈的远房堂弟跟老头子打过一个照面，当时堂弟随口问一句："吃了没有？"

堂哥回答:"吃了。"电动车一闪就消失了。

　　蔡仁功的村中调查进行到深夜,当晚他就住在自家小楼里,这里有两间卧室属于他,尽管以往他几乎没住过。如其父所言,蔡仁功"很有孝",时常"回家看看",给父亲泡脚,陪同"活血",吃咸菜大肠头,但是无论早或晚,探望毕他都会告辞回城,毕竟这里距城区不远,片刻便至,且他的事多,给父亲泡脚的时间都属忙里偷闲,市里还有很多事待办。这一晚例外,他住了下来,当然也只住一晚。第二天清晨,司机早早从市区把车开来,蔡仁功匆匆告别继母和弟弟、弟媳,返回市区。

　　今天蔡仁功不能不在市政府大楼露面,因为要开市长办公会,且由他主持。本市市长于三个月前荣调省城,当了省直一大厅长,接替人选尚未到位,据称拟在年底全省各市级班子换届时统一调配。蔡仁功是常务副市长,在政府班子里排名第二,仅次于市长,因为是本地人,他不太可能接任市长,却可以依例在新市长到位前主持市政府工作,包括主持市长办公会。今天的市长办公会有十几个议题,其中有几个比较急迫,需要尽快研究决定。蔡仁功虽然一脸疲惫,表现却与往常无异,节奏掌握较快,表情似乎略好,不比昨日浦子尾现场那般严峻,其实只算表象。场上几乎人人都知道其父突然失踪,这种消息传播起来堪比光速。有别于其他高龄老人老年痴呆,蔡副市长老爹还不需要在胸前挂一张名牌卡以便找回,老头子不是在公园里意外走失,是在被调查之际离家出走下落不明。一段时间以来机关内外一再风传蔡仁功要出事,此刻其父被调查与失踪,显然不是孤立事件。山雨欲来风满楼之际,蔡仁功还能坐在那里,一脸疲惫主持开会,也算略有定力。

　　范宁当然也要参加市长办公会,会前蔡仁功与她打个照面,彼此握握手,蔡半开玩笑略做解释:"昨天放鸽子,不好意思。"

　　范宁没吭声。

　　蔡仁功主持开会一向不会拖泥带水,加上恰值风吹草动,没心情多耗时间，当天上午的议题被他挥刀砍削，舍难存易，只讨论几个相对急迫与容易的，其他的能拖则拖，"暂缓"。上午十一时即宣告会议结束。

范宁离开会议室前，从公文包里拿出那份《纪要》，走过来放在蔡仁功面前。蔡仁功却没有掏笔签字，如同昨日在陆欣雨办公室那番表演。当着范宁的面，他把那几张纸拿在手上掂了掂，说："容我看一看。"

范宁不做其他表示，只说："要说明一下，是陆书记主动问起的。"

蔡仁功嘿嘿："陆书记当然应当关心支持。"

范宁什么意思？她是让蔡仁功不要误会，她并没有去向陆欣雨告状，打小报告，指责蔡仁功不支持她的工作，搬出陆欣雨来压蔡仁功。昨天陆欣雨过问他们之间的工作事项，是此前陆主动了解工作进展并决定出面协调的。范肯定不希望蔡仁功心存芥蒂，无论蔡是否真的要出事了，目前相关工作不经他同意还真是推进不了。

范宁指着蔡仁功手上的《纪要》要求："现在看一眼不行吗？"

"我得马上走。"蔡仁功回答，"老头子还没找到。"

范宁没有吭声。

蔡叹口气："只怕凶多吉少。"

蔡仁功把《纪要》收进公文包，即匆匆离开。

两天后，这份《纪要》回到了范宁的手中。蔡仁功没在文件上签字，也没有亲自与范宁联系，只是委托郑文泉将材料转交。郑转告称，蔡认为纪要中一些措辞还要再斟酌，包括一些标点符号。蔡用红笔画出了几处。

范宁气坏了，该女领导一向温文尔雅，竟当场失态开骂："见鬼！"

郑赔笑："范副有什么意见？"

范宁说："没有。"

明摆的，蔡仁功是有意拖延。在此之前事情已经被蔡仁功一拖再拖，所以当陆欣雨主动问起时，范宁才会告知工作进展困难，也才有陆过问协调之举。但是显然书记过问也白搭，蔡仁功在陆的办公室装模作样，似乎真是范误会了，他马上就能掏笔签字。实际上他只是做给陆欣雨看，料定范不会把那份《纪要》塞在公文包带到书记这里。而后蔡仁功故态重萌继续拖延，也是料定范宁不会转眼又跑到书记那里告状，让彼此工作关系越发搞僵。蔡仁功明摆的是在欺负人家女领导，这种行径之恶劣不亚于性骚扰。难得他在父亲失踪、自己风雨飘摇之际还坚持拖延，乐此不疲。有趣的是此刻他竟然是以其父失踪作为拖延的理由。

那份《纪要》其实并不涉及天大事项，只关系设立市旅游投资发展集团的若干事务。这家企业为新设，由市属几家集团相关资源整合而成，以期推动本市旅游业的发展。市党政两套班子研究该整合时，蔡仁功并没有发表不同意见，却在范宁牵头会商确定具体方案并形成《纪要》时频频找茬拖延。范牵头做这件事，是因为旅游归她分管。而《纪要》需要蔡签字，因为蔡目前主持市政府工作，国资委包括城投也归他管。城投即城市投资发展集团，为目前市属主要融资平台和城建投资企业。城投被确定为拟成立的旅投一大股东，由政府委托为其注资，因此这份《纪要》必须经蔡仁功会签。蔡仁功为什么要在这个事上作梗？纯粹就是耍弄权术，看女领导不爽，或者竟是作为其"背水一战"的一部分，以此拖延、抵抗对他的调查？后一猜测似还比较勉强。

但是拖延其父现身对相关调查就有直接影响。老头子失踪后，蔡仁功做努力寻找姿态，连夜回乡开调查会，布置亲友四处扑腾，实际上只是表演，类同于他在陆欣雨办公室对范宁掏出钢笔。那几天蔡仁功的家人亲友走遍了各个特定部位，机场、高铁站、水运码头、公园、游乐场等一访再访，连周边几家殡仪馆和医院太平间也去一一光顾，那都是做表面文章。他和我们都很清楚，限于老头子的各方面状况，根本不可能在那些热闹地方找到。蔡仁功的搜索表演，其目的只可能是以此拖延。一个七老八十的病老头离开他那座小楼，离开他盘踞多年的村庄之后还能有多大的活动空间？肯定得有人把他藏进某个所谓"安全屋"，安排他吃住睡，给他弄药，帮助他泡脚，并为他通风报信，否则他活不下去。谁能够安排这些？老头子自己骑辆电动车逃跑，已经勉为其难，其他的实无能为力，只能依靠他人，包括他的大孝子。完全有理由怀疑蔡仁功的全面寻找纯属作假，即便不是他把父亲藏起来，他也肯定知道父亲藏在哪里。他当然不会去把父亲找出来交出去，只会让老头子一直在"安全屋"里躲猫猫，除非其踪迹被人发现。由于老头子蔡国宾的问题还在调查，以目前掌握的情况，可以"请"他来配合调查，却还不到可以发布通缉令抓捕的程度，因此对他的搜索目前只做不说并暂时限定在一定范围内。蔡仁功就是利用这种状况，竭力设法拖延。除了在本市内外大张旗鼓搜寻，那些天蔡仁功还往外一个一个挂电话，远至北京，近到省城，声称是找线索寻求帮助。他老爹打死了也跑不了那么远，往那边挂电话有什么意义？实际上只是借一个由头，到上边找关系打探消息，试图通过某些途径化解一场对他本人的调查。从父亲被调查的迹象，可知对儿子的调查已经迫在眉睫。这种调查一旦正式进行，基本上就意味着被查者身败名裂。因此把老头子紧紧藏在安全屋，阻碍目前的案子步步深入，是在为蔡仁功自己对抗调查争取时间。

　　那些天，蔡仁功不敢拖延的唯有浦子尾工程，也就是他所说的"35214安全屋"。如他反复强调，那个工程绝对拖不得。该工程属于本市内河清理整治项目，为市区本年度城建头号重点项目的重点部分。本市内河水系发达，市区内河曾四通八达，历史上许多河段可以通航。近代以来，随着城区人口的剧增，城市道路的通达，内河运输渐渐凋零，河道淤积日益严重，大量河段萎缩成城市生活废水排水沟和垃圾沟，产生诸多环境、卫生方面的问题，也成为巨大的灾难隐患。数年前本市遭遇"海王"强台风袭击，由于内河排水阻滞，市区发生严重内涝，造成巨大经济损失，也有十几条人命丧失。其后清理整顿内河的呼声日益高涨。经多年准备，该项目于今年全面开建，它是一个系统工程，以城区内河几条主干的清淤、拓宽、铺砌为基础，加上引流与排水两大重点工程，也就是从市区北部引江水入内河，使内河从准死水变成活水，水流穿城而过后，从城区东南浦子尾利用高差排入江流。浦子尾工程位于该系统工程的最末端，相当于在地面挖一条人工河，工程量最大，重要性也最大，如果未能在汛期前完成，整个系统工程便不能发挥作用，排水不畅必造成严重城区内涝，重复"海王"台风灾难惨状，任谁都承受不起。内河整治项目属重中之重，由本市市长亲任总指挥，蔡仁功是第一副总指挥。市长荣调之后，蔡仁功责无旁贷。他很清楚利害，所以时时刻刻盯着浦子尾，即便在四处扑腾寻父以及到处打探消息试图自保之际，也不敢稍有放松。浦子尾工程招标时，伟达工程集团在竞标中力压几家强力对手，拿下工程。从当时起就有人质疑，匿名举报其中标实有猫腻。有关方面亦曾派员了解，不了了之。近期传闻再起，据说相关调查已经悄悄铺开，企业老板林金同听到风声，赶紧藏匿起来，工程进度因此受到影响。如蔡仁功在现场会所说，工地上车来人往，一切正常，背后问题不少，隐忧重重。别的人或许不需要为此操心，蔡仁功不行，工程一旦出问题，第一副总指挥首当其冲。不可抗灾难还可能翻出一些老账、烂账，招标时如有猫腻也别想再捂住，肯定会死一堆。因此无论如何，蔡仁功都要保证该工程顺畅。他几次三番，从各个方面强力逼迫，终于把林金同从其"出差"地点弄了回来。林回来后，暂时还没有谁找他麻烦，显然是陆欣雨起了作用，蔡仁功的进言他听进去了。

却不料转眼间又出了事情。

星期一清晨七时许，有三辆载重卡车于车流早高峰到来前相继开到市政府大院门外，有数十名穿工装戴安全帽加口罩的工人从卡车上跳下，于政府大门外迅速展开，拉出了几条白色长幅布条，布条上写有标语，分别是"恳请市政府依法处置无良企业主""还我工钱，还我生活"等等。

这是一起突发性群体事件。上访工人来自浦子尾工地，他们所控诉的"无良企业主"就是他们的老板林金同。工人们已经有三个月没有领到应得工资，每月只给预支一点生活费，数额只有应得工资的四分之一。工人们与老板的代表几番交涉无果，遂前往市政府上访以求解决。

市委书记陆欣雨在第一时间接到报告，他立刻给蔡仁功挂电话。政府班子里，分管信访另有他人，只因为问题出自内河工程，负责领导为蔡，作为常务副市长其处置权限也大一些。陆命蔡火速到现场牵头处置，务必快刀斩乱麻，平息事态。

蔡回答："我已经在现场了。"

蔡仁功不是火速，简直是神速了。陆欣雨电话到时，他确实就在现场，当时上访人员刚刚拉开他们的长布条，附近开始有人聚集，一些路人停步，围着看热闹，有的拿出手机拍摄。蔡仁功即指挥现场几位保安与上访人员接触，让上访者和他们的布条靠一边，不要妨碍人员车辆通行。蔡仁功自己站在路旁，不停地打电话。几分钟后市信访办主任带着几个干部匆匆到来，警察也赶到现场维持秩序。蔡仁功命信访办主任说服上访人员全体转移到信访办，市领导要在那里听取他们意见，协商解决问题。而后蔡仁功掉头走开，先行前往信访办，该办大门就在机关大院大门近侧。

这时林金同来了电话。蔡仁功在上访现场不停地打电话，就是找林。林的手机未开，蔡通过几个途径传递信息，终于把林召唤出来。

"这么早，领导找我有事？"林金同问。

蔡仁功张嘴就骂："你该死！知道不知道！"

对方大惊："出什么事了？"

蔡仁功命林金同立刻到市政府信访办，协助解决问题。

"这又怎么啦？"

"装蒜！别耍心眼！"蔡仁功大怒，"你还想玩过我？"

十五分钟后，林金同赶到市政府大院，时大院门外已经恢复平静，上访者都进了信访办，十几个为首人员在屋里跟蔡仁功与信访办人员交谈，其余的散在外边院子里抽烟，交头接耳。关于"无良企业主"的布条已经收起来了，他们没想把动静闹得更大。事实上也已经不小，此刻互联网上已经到处可见"还我工资，还我生活"。

蔡仁功看见林金同到，指着他当众点评："说林董事长克扣工人血汗钱，还不够。我再添加一个罪名：胁迫政府领导。"

林金同大叫："领导要我死啊。"

"你不可以死。"蔡仁功斩钉截铁，"你来跟你们工人说。"

他语气平和，像是半开玩笑，话音里却有强势。林金同当场检讨，称自己对不住手下员工，也对不住政府领导。虽然实在是没有办法，但他还会再想办法。他已经把公司一处房产抵押出去了，马上可以借到点钱救急。

经半个多小时劝说，上访者同意撤离。他们把一封请愿书留在信访办，后边附有数页密密麻麻的签名与手印。

事态初步平息，蔡仁功站起身，也不多说话，急急忙忙从信访办大门走出去，把林金同等人丢在屋里。

领导很忙。

他去了市扫黑除恶领导小组办公室，声称要"汇报一点情况"。

接待他的还是常太昆。理论上，此刻蔡还是领导。通常情况下领导对下级只做指示，并不"汇报"，此刻例外，蔡仁功以蔡国宾亲属身份跟常太昆交谈。他向常介绍其家人近日四处搜寻的详细情况，其"汇报"有两个中心词："都找了"和"没有"。该找的地方都找了，老头子依然不见踪迹，生不见人，死不见尸，且没有任何线索。

"我们亲属非常担心。"他黯然道,"老人家折腾不起,太揪心了。"

当着常太昆以及现场一位笔录干部的面,蔡仁功掉了眼泪。

"也想了解一下,你们是不是掌握了一点线索?"蔡仁功问。

这才是他"汇报情况"的真正目的,那就是刺探消息。蔡仁功表面卖力找人,实际揣着明白装糊涂,意在千方百计拖延,试图"背水一战",争取时间另谋转机。办案人员当然不会坐等蔡副市长回心转意,主动把老爹交出来,这些日子里他们一刻不停始终都在寻找。蔡仁功显然很不放心,唯恐对方已经查到蛛丝马迹,因此上门打探,以求防在前头。

常太昆表示他没有更多的情况。蔡仁功苦笑:"有的话你也不能说。"

他倒是很明白。

"汇报"毕,蔡仁功告辞,继续其艰苦而悲壮的寻父之旅。

吴霖突然有发现,问了一个问题:"他怎么会那么快?"

这指的是蔡仁功"汇报"前处理的那起突发事件。上访人员刚刚拉起布条,蔡仁功就赶到现场,位于信访办主任之前,只比大门保安差一步。如此神速令人吃惊,他是怎么做到的?这个细节与黑恶案件或追踪老头子没有直接关系,但是吴霖注意到了。

"悄悄了解一下。"他交代。

这一了解就明白了:蔡仁功并非长了翅膀,可以从家中阳台闪电般飞到市府大院。之所以那么快,因为他是从近在咫尺的政府大楼九楼他的办公室赶到现场的。当晚他没有回家,在自己的办公室过夜。他的办公室有一张折叠沙发,那是两用的,平时叠起来让客人坐,需要时拉开便相当于一张单人床,可以用来午睡,过夜稍嫌勉强,凑合着当然也行。

根据了解,近几晚蔡仁功都在办公室凑合。事实上不仅仅是过夜,自从省城返回本市,赶到浦子尾工地开现场会那天起,他似乎还没回过家,已经完全以办公室为家了。为什么呢?因为近日特别忙,有"35214安全屋"要做,有很多电话要打,再加上老头子不见了。如此解释似有道理,却也不免显得异常。

"会不会是……家里有些情况?"

难道有一只老虎突然闯进他的住宅,盘踞在里边,令主人胆寒而退避三舍?绝对不可能。没有哪只老虎能闯进城市某小区某高楼,走出电梯叩响某户人家的门铃。但是老虎做不到,人却可以。此刻恰有一个人下落不明多日,遍寻无着,生不见人,死不见尸,或许他在那里?他不是一只老虎,不会张开血盆大口吃掉谁,特别不会吃掉该住宅的合法主人,但他于该主人却意味着巨大风险。

蔡国宾失踪之后,办案人员找遍了所有他可能去的地方,接触了他的每一个比较亲近的人,以求寻找线索,却一直没有去注意其大孝子的住宅。一方面是因为以常理推想,老头子藏匿在那里的可能性极小。调查该老头实是调查其子的前奏,老头子逃到儿子那里岂不是把儿子往绝地推?而儿子在自己家里金屋藏老更是引火烧身,他怎么会那般行事?另一方面还有干部管理权限问题。蔡仁功是常务副市长,省管干部,按现行干部管理规则,在省里做出决定之前,本市可以去查他家老头,却不能擅自调查蔡仁功或对他进行监控。因此除非绝对必要,工作小组目前不能多接触蔡仁功,对他的若干异常也难以迅速全面掌握。或许这些因素被蔡家父子料定,他们干脆就把安全屋设进副市长官邸,恰所谓"最危险的地方最安全"。此刻父子俩过多接触自然风险加大,出于谨慎,蔡仁功作忙碌状每日过家门而不入。所谓不入当然也可能有假,或许蔡仁功会在某个不为人察觉的安全时点偷偷潜回家,父子密谋,共同对抗调查。此刻风声鹤唳,于蔡氏父子无疑是重大关头,表为其父,实为其子,堪称生死攸关。

如果真是这样,该同志的胆子真是比天还大。在把父亲偷偷藏匿家中之际,他还装模作样气喘吁吁满世界找人,为父亲病体而担忧下泪，其表演功夫简直无与伦比。

4

　　怀疑迅速得到印证。

　　办案人员从小区监控资料入手搜索，没有找到直接证据，却发现了异常。

　　如果蔡国宾出逃后藏匿在附近乡间，乡村相对薄弱的监控系统对他有利。而如果一头钻进城里，他很难指望人海茫茫提供掩护，倒是多得多的安防设施会让他更难遁迹。从村中那座蔡氏小楼，到城市西郊蔡仁功的住宅，一路上有足够多的探头在不知疲倦地工作。小区内更其严密，从大门口到停车场，从各幢大楼门厅到每一部电梯，都有探头在静悄悄监控，几乎没有死角。理论上说，蔡国宾想进入蔡仁功宅，不可能不在若干个探头下经过。即便有人把他藏在轿车后座送达小区，让他避开从路面直到小区大门口的所有探头，他还是会在小区地下停车场现身。假设送他的人特别有经验且擅长躲避，直接把车开到地下停车场的特定电梯间外，老头子也会走进他那部电梯的探头里。

　　但是他就是不出现。

　　在上级尚未做出决定之前，办案人员不能直接对蔡仁功实施监控，进入小区追索蔡国宾是否潜入却没有问题。办案人员发现本小区安保设施齐全，工作状态良好，保安室里一面屏幕墙，小区各角落各重点部位尽在墙上显现。为避免引起不必要的注意，办案人员点了三幢住宅楼，调看近日这三幢楼的电梯监控记录，蔡仁功宅所在的二号楼为其中之一，结果就发现了异常。

　　"二号楼没有资料。"安保人员说明。

　　"为什么？"

　　"没有记录。"

"为什么？"

小区物业负责人被请来做解释。他说："主要是考虑领导。"

蔡仁功是居住于本小区里最大的领导。半年多前，物业负责人到蔡家拜访，征求领导对物业工作有何意见与指示。蔡仁功做了充分肯定。物业负责人告辞时，蔡把客人送到电梯口，指着安装在电梯里的探头开了句玩笑："一举一动都在你们的眼皮子底下。"负责人忙称本小区安防设施完备，工作状态良好。蔡仁功交代："注意点，不要谁想看就看，谁想买就卖。"什么意思呢？据传有人在收购各级领导干部的隐私照片和影像资料，明码标价，歌厅唱歌若干元，酒楼喝酒若干元，公共场所爆粗骂娘若干元，收送财礼若干元。电梯探头里免不了也有可用资料，例如大包小包来来去去，有的还能看出是烟是酒或者别的什么。这些资料没准都可以卖两个钱。蔡仁功点到为止，并不多讲，物业负责人却出了一身冷汗。该负责人经反复考虑，决定做点调整。他个别向蔡仁功反馈，拟保留二号楼电梯监控探头，要求安保人员时刻盯紧，随时防止安全意外，同时不留任何资料，杜绝隐私泄漏风险。蔡仁功问："安全没问题吧？"负责人连称："没问题。"蔡表示："你们可以试试。"从那以后就照此办理，表面上屏幕墙二号楼电梯监控与其他探头无异，后边却不做记录，该探头已经无异于乡下农民在田间立起来的驱鸟稻草人。由于知情人极少，住户除蔡仁功无人知晓，小偷当然更不知道稻草人底细，所以该楼至今安然无恙，没有发生入户行窃之类的安全问题。

这无疑成为安全漏洞，给蔡国宾不露形迹潜入提供了方便。

问题是蔡国宾是否真的在这里，蔡副市长官邸是否真的成了其父的安全屋？

当晚，工作小组有了进一步发现。

晚十点来钟，办案人员在小区的工作告一段落，一行人离开小区。这时他们已经连续工作了七八个小时，连晚饭都是在小区安保室边吃快餐边看探头资料。离开小区经过二号楼时，一位年轻办案人员情不自禁抬头观察，拿指头从上往下数，辨认哪一层是倒数第三层也就是第十六层。他找到了那一层楼，同时注意到该层最东侧三个房间灯火通明，一排明亮灯光从窗户透将出来。那三个房间属于1601，蔡仁功宅。

年轻人有疑问："不费电吗？"

吴霖轻描淡写："可能是主人在找东西。"

根据物业提供的情况，二号楼是精装样板楼，这幢楼的业主们比较省事，无须敲柱砌墙大搞装修，看中意了买下来，抹布一抹便可拎包入住。购买类似精装房的业主通常不对住宅布局做大的变动，会基本维持原本模样。从物业提供的建筑平面图看，二号楼东侧住宅都是四室二厅结构，南北通透。四间房里，有三间在南侧，都按卧室设计，分别是主卧、次卧和客房。另外一间房在北侧，设计为书房。蔡仁功是三口之家，夫妻俩加一个儿子。蔡子很牛逼，两年前考上大学，就读北大。目前住在这套住宅里的实际只有蔡仁功夫妻俩。蔡妻是市博物馆行政人员，工作比较轻松。闲来无事，把家里的灯逐一打开，照得到处亮堂堂，电费自己出，别人管不着。

当晚吴霖独自回到小区继续观察。在上级决定对蔡仁功进行调查并监控之前，吴组长此刻的观察属于自发行为，出自对尽快找到潜逃调查对象蔡国宾的迫切心情。经过比对分析，吴霖判断蔡宅三个朝南房间里，中间那一个，也就是次卧的房间亮灯属于临时偶发，亮过一阵便熄灭。这个房间应当是蔡子的卧室，其赴京上学后原样保留，寒暑假归来时仍然由他使用。次卧的两侧，也就是主卧和客房的灯光一直亮着，直到深夜，最靠东头的主卧先熄灯，近一个小时后客房才进入暗黑模式。这表明两个房间均有人居住。蔡仁功夫妻住的当是主卧，谁住在客房里？不排除蔡仁功事情多，为避免干扰家人而与妻子分于两室睡觉的可能。问题是近日蔡仁功忙得过家门而不入，他不可能半边身子躺在办公室的单人床上，半边身子钻进家中客房里。

因此这个房间很可能就是蔡国宾的安全屋。这当然也还属于推测。有什么办法能够加以验证？一个直接的办法就是打上门去，例如以例行燃气安全检查为名入户。这套住宅的厨房在北侧，燃气表和阀门安排在厨房里，检查员可以名正言顺进入厨房，虽然不合适跑到南侧把几间卧室的门一一推开进去找人，却也可以在门厅做进一步观察，例如拖鞋怎么摆、外衣怎么挂、沙发靠垫什么状态，等等，从中发现更多蛛丝马迹。

还有一个更直接的方式：与蔡仁功短兵相接。

那一天常太昆给蔡仁功打了个电话，称有重要情况需要汇报。蔡仁功即回答："来吧。我在办公室。"

常、吴两人马上赶到政府大楼九楼。蔡仁功正在自己的办公室里开一个碰头会，屋里坐有七八人，碰头会内容还是"35214 安全屋"。常太昆他们到时，蔡仁功把碰头会暂停，让与会者到走廊去休息片刻，自己与两位来客闭门会谈。常、吴两位"汇报"的重要事项必与其父有关，作为大孝子当然得格外重视。

吴霖直截了当，向蔡仁功"报告"了一个情况：有目击者称近日看到过蔡国宾，就在蔡仁功宅所在小区附近。

蔡仁功把手上拿着的一支水笔在办公桌上敲了一下。

"怎么可能呢！"他作难以置信状，"要是到了附近，为什么不到我那个 1601？"

吴霖差点就脱口而出："他不就在那里吗！"

蔡仁功表示他很着急，随着时间一点点过去，家人的担忧每一秒钟都在加重。这几天亲友们撒开网到处找，大家都吃不下睡不着。他自己没有片刻之闲，忙完工作便是找人。老头子下落无着，一个病老头能撑多久？当儿子的能不着急吗？

他确实显得焦虑，不可能是佯装。与其说是因为父亲下落不明，不如说是因为自知在玩一场危险的游戏。他肯定深知其风险，也深知更大的风险还在其后。

常太昆试探："蔡副市长准备向公安部门报告失踪吗？"

"我在考虑。"

类似人员下落不明，只能由其亲属向派出所报告，其他任何人越俎代庖，法律上并不认可。如果蔡家亲属到派出所报案，有助于表现蔡仁功所一再表达的"很着急""很担心"。但是一报案事情便正式升级，蔡仁功是副市长，其身份让案情更显严重，公安部门必调动起大量资源和力量直接介入，如果最后证明事涉欺诈，后果必严重十倍。所以蔡仁功需要"考虑"，且肯定不会这么做，理由可以是"担心影响不好。"

蔡仁功还要开会，常、吴两位不便久谈，匆匆告辞。

常太昆他们没有直接提到怀疑蔡国宾就在1601，这是有意留有余地。他们预料蔡仁功肯定会断然否认，为什么还要去"汇报"一下？这就是所谓敲山震虎，或也称打草惊蛇。必须让蔡仁功知道人们已经有所怀疑，安全屋已经不安全，迫使他另想办法。他的应对办法不外两条，一是接受现实，把父亲交出来接受调查；二是继续对抗，把父亲转移到其他安全屋。如果是前者最好，如果是后者，工作小组需要继续追踪，但是也比目前藏在蔡仁功家中，让人投鼠忌器要好。

不料蔡仁功竟还有第三个选项。

当天下午，蔡仁功的弟弟蔡仁业开着他的比亚迪轿车，把其母从乡下送到小区1601。蔡仁业地形不熟，未能避开地下停车场探头，其行踪被一一记录在案。办案人员发现他除了把人送来，还大包小包送来一堆物品，其中有一只泡脚盆。

蔡国宾的现任妻子是前妻病故后再娶的，与蔡仁功没有血缘关系。据说蔡仁功与继母关系一般，一向只管她叫"姨啊"，那是本地方言，相当于城里人的"阿姨"。蔡仁功肯定不会因为父亲失踪，担心继母孤单而把她接来。此刻该妇人待在自己亲生儿子蔡仁业夫妻身边，肯定会感觉更自在。把这位继母从乡下接到蔡宅只有一种可能，或称是一种需要，那就是照料老头子。老头子有病，跑到任何地方都需要有人照料。必须有人给他做他爱吃的，帮他按时用药，为他泡脚擦脚，加上洗澡换衣服。这些日常琐事，只有其妻可以提供最好的全方位服务，除此之外绝无他人。孝子在这方面难比妻子，儿媳更不用说。仅从这位妇人和那只泡脚桶到达，基本便可断定蔡国宾的安全屋确实就在1601。同时也可以推断，老头子潜入此屋之后，屋主具体承担照料之责，恐已苦不堪言，特别是蔡仁功的妻子，费尽心力，处处做到位也难。既然安全屋不再是秘密，索性不管不顾，既不承认，也不交出，更不转移，让老头子继续待着，同时把继母接来，既能让老头子得到最好的照顾，也让蔡仁功夫妻多少缓一缓气。

当晚，蔡仁功不再以办公室为家，堂而皇之返回小区。或许他要在自己家中为父亲泡脚，想怎么泡就怎么泡，只是尚不便陪他下楼走路"活血"。

现在怎么办？可以听任蔡家父子如此玩"躲猫猫"，公然对抗调查吗？在蔡仁功还没有从市领导位置上落马之前，是不是蔡国宾就能待在那个安全屋里，父子俩想玩多久玩多久，任谁都拿他没办法？

那一天又是市长办公会，一如既往，蔡仁功主持，三下五除二，几个议题一一研究过，不到下班时间即宣布散场。会后范宁走到蔡仁功面前提出："蔡副，需要跟您交换一点意见，不需要很多时间。"

"哎呀，咱们另约怎么样？"

"不行。"女副市长斩钉截铁。

"对不起范副，我还得马上去……"

"找父亲。我知道。"范宁说，"我就谈这件事。"

蔡仁功略吃惊，不再推托。

他们去了蔡仁功的办公室。坐下后蔡给范倒了杯茶，自嘲道："这些天见到范副只想绕道溜走，好比老鼠见了猫。那份《纪要》实在太说不过去了。"

"那没什么。"

范宁已经去向陆欣雨请求，将旅投交还给蔡仁功，她不想管了。

"我不是这个意思。"蔡仁功立刻解释。

"我就是这个意思。"范宁不含糊。

关于旅投确有一些内情。提出成立这么一家市属旅游投资发展企业，始作俑者是蔡仁功，初步方案也是蔡召集相关部门制定的，而后还是蔡仁功自己向陆欣雨建议，从功能考虑，把旅投这一块划给范宁。旅投是从城投分出，且城投依然是未来旅投的最大股东，城投由市国资委主管，蔡仁功分管国资委，因此无论怎么"投"，理论上蔡都管得着，只不过确定划给范宁后，相关事务主要还由她去拿主意。当时恰当沿河景观带项目推进之际，该项目为内河整治的一大配套，拟在治理工程完成后，趁热打铁沿河建设一条景观带，包括步道、公园、观景台和相关附属旅游商业服务设施等，从而变昔日臭水沟为来日旅游打卡点。范宁接手前该项目已经筹备了一段时间，接手后推进加速，很快完成了第一期工程招标，中标单位为省内重要工程企业城际集团，该集团总部在省城，全省各地都有项目，沿河景观带是其进军本市的标志性项目。

当时蔡仁功调侃："美女碰上帅哥，肥水流入外人田。"

所谓"帅哥"说的是城际集团的老板贺来。该贺很年轻，四十出头而已，有留美背景，能讲一口流利英语，风度翩翩，与号称"美女"的博士副市长范宁很搭。蔡仁功调侃他们，话里透着一股酸气。所谓"肥水流入外人田"暗指景观带项目招标结果。城际是外来企业，本市也有若干工程企业参加该项目竞标，包括林金同的伟达集团，结果地头蛇不抵强龙，项目让外来企业竞得。

范宁说："招标只能严格按照规则，该是谁就是谁。"

从那时起，蔡仁功便对旅投事项屡屡作梗，以至一份《纪要》都要反复拿捏。范宁有个性，找书记抱怨，甚至提出搁摊子，虽属气话，也是事出有因。

"其实我只是对那个帅哥有一些负面看法。"蔡仁功表示。

"他得罪你了？"

"是我得罪他。"蔡仁功自嘲，"后果有点严重。"

蔡仁功提到了林金同。那一回林金同的员工上访，拉布条骂"无良企业主"，蔡仁功把林金同叫来，给林加一条罪状叫"胁迫政府领导"，这可不是胡乱加罪。实际上，蔡仁功一眼就看出来，肯定是林金同亲自策动、导演该群体事件，那叫作"苦肉计"，打出"无良企业主"布条只是为了帮林撇清关系。林金同是以这种方式向政府施压，要政府给钱。这里的背景因素是：近年间伟达工程在本市承接了若干政府项目，包括医院新门诊大楼、文化三馆建设等，至今还有大笔工程款因各种原因被拖欠，最长的已经拖欠四五年，并非工程质量上的问题，主要还是政府流动性资金紧张，财政困难。浦子尾工程也有这方面的问题，负责项目的城投集团流动性资金一直不宽松，很难按照协议及时拨付工程款，所以林金同屡屡向蔡仁功诉苦讨钱，还搞出一场上访，玩苦肉计施压。但是无论林金同怎么玩花样，都属总体可控，一般不会弄得不可收拾，本土企业这方面比较有利，毕竟知根知底，解决问题的途径多，企业资产人脉大多在本地，跑也跑不到哪里去。相比起来城际就有很大不同。城际与伟达两家企业在本市有竞争，城际集团也曾参加浦子尾工程招标，输给了伟达，景观带项目则反过来。蔡仁功感觉，城际这种企业越大越强越有名就越难对付。帅哥神通大，招数多，地方上根本控制不了，工程能否按要求做好很难说，弄不好鸡飞蛋打，人家赚得钵满盆圆，拍拍屁股跑得无影无踪，留下一地破烂、一笔巨债让地方上去背。

"那么严重？"

"仅供参考。"蔡仁功说,"也要请范副谅解。"

范宁却不跟他多谈"参考",直截了当表示:"我听说你父亲的事了。"

"是吗?"

"据说是你把他藏起来。"范宁直言不讳。

蔡仁功挺意外,一时无言。

"就藏在你家里。"

蔡仁功目不转睛看着范宁,好一会儿,突然放声大笑。

"太可笑了!"他说。

范宁却不笑:"这不是好办法,不应该。"

为什么不应该?范宁说,无论蔡仁功对她有什么看法,她自己是从一开始就非常佩服蔡的。她当副市长的时间不长,起初什么都不会,就是把蔡当作模板,观察蔡怎么处理事情,怎么协调怎么拍板,这才一点点上手。记得当时她常去请问,蔡总是不吝赐教,对她帮助很大。近期外界风言风语,称蔡要出事了,她很不安,也在可能的范围内做了些了解。以她目前所知,蔡似乎并没有什么特别大特别严重的问题,不像外边所传。她发现陆欣雨也持同样的看法。彼此共事这么些年,心里确实不忍,她特别不希望蔡突然栽个大跟头。

"谢谢。"蔡仁功调侃,"也许我会藏,特别大特别严重的问题范副还不知道。"

"那就该自己去说,争取主动,减轻后果。"范宁说。

"我会认真考虑。"蔡仁功调侃,"虽然风雨飘摇,但自认为这个'蔡'其实不错。"

"为什么会风雨飘摇?"

蔡仁功称凡事皆有因果。有些特殊情况下,没事也能整出一大堆事来。碰上了能怎么办?虽然使尽浑身解数也难以逃避,不到山穷水尽还是不能放弃,该想办法还得想办法,该努力还要努力。

"我认为现在这样不是办法。"范宁还是直截了当。

关于蔡仁功父亲的事情,根据范宁目前所了解,她个人认为性质还可以斟酌,处理得好未必不可挽救。但是目前这种状态绝对不行,藏匿不出,对蔡家父子都非常不利,只会推动事情往坏的方向发展。这个道理蔡仁功肯定比谁都明白,根本无须范宁来说,只是当局者迷,心里的一道坎过不去。范宁非常希望蔡仁功权衡轻重,放下顾忌,正确对待,尽快处理好,不要弄个无可挽回。

"确实是肺腑之言。范副总是这么善良。"蔡仁功表示,"无论如何我要感谢。"

他伸出自己的右手,让范宁看他的右掌小指。当着她的面蔡活动那根指头,原来略有畸形,始终显得蜷缩,无法伸直到位。

"我曾经打算拿这根手指头去评残。"蔡仁功自嘲,"虽然等级不高。"

"小时候受伤的?"

"小学二年级。不是受伤,是老头子打的。"

范宁很吃惊。

蔡仁功说,他从小是村中小混混,仗着父亲是村干部,桀骜不驯,超级顽劣,上学后不思悔改,打同学,骂老师,撕课本,逃学,基本无恶不作。父亲没少教训他,二年级那次闹大了,班主任告到家里,父亲一怒之下,决意让他长记性,把他手掌按在桌上,顺手抓起一支木棒打那根小指头,一棒致残。从那以后他把父亲恨死了,但是也给打疼了,学乖了。成年之后回头想想,如果当年父亲不这么狠,他最大可能是继承父亲衣钵,在家里当个村长,或许还是个村霸,哪有今天什么蔡副市长。比较起来,他弟弟要好一些,父亲虽然依旧严厉,毕竟父母疼小子,打起来手下留情,所以弟弟只当到蔡副校长,比哥哥略逊一筹。

"开玩笑。"他说,"自曝家丑。"

"你儿子也是这么打出来的?"范宁问。

相反，蔡仁功从不打儿子。实际上他一直非常忙碌，儿子主要是其母教育，儿子懂事，成为学霸，母亲功劳最大。蔡仁功觉得自己最成功之处不在于当官，只在于妻子不错，儿子挺好，从来不需要他多操心，让他后顾无忧。说起来，最让他放不下的还是老头子。他知道老头子这么些年一直通过阿摆操控村政，也曾设法劝说过，甚至想把弟弟、弟媳调入市区，在城里给父亲老两口和弟弟一家买房子，把他们与老家切割开。老头子很固执，不听，做儿子的很难强迫老爸。父亲让他帮助村里做过不少事情，他是能帮则帮，小心处置，除了支持公益，其他的基本不过问不插手，唯有阿摆与陶山水闹出葬礼风波那一次，他闻讯后直接给阿摆打电话，命他主动去陶家道歉，设法调和双方关系。可惜阿摆就那么个德行，矛盾难以根本化解，冤冤相报，以致弄成这样，牵累了七老八十的老头子。

"自己感到也有责任。"他感叹，"这道坎心里真的很难过去。"

"你得挺过去。你知道的。"

蔡仁功一声不吭。

5

第二天蔡仁功便有所动作。

确如范宁所说，秘密已被知晓，安全屋已被识破，这时候继续装聋作哑，硬杠下去真的不是办法。范宁都这么清楚，蔡仁功自己还能不知道？范宁是党外人士，身份与纪委、监委、政法、公安都搭不上，肯定有人有意识地把部分内情透露给她。她以个人名义，出于班子同事的工作情谊出面找蔡，出自真心和好意，不愿意看到蔡仁功弄个无可挽回。她是女子，近日她分管的旅投等事情又被蔡仁功故意拖延折腾，这种情况下人家不计较，反而主动前来坦诚相劝，对蔡仁功实比任何人都更有影响。

那一天是星期六,蔡仁功罕见地没有到办公室去,在家里一直待到上午九点半,才出门进了电梯。有一个人与他一起从家门走出,正是失踪多日的蔡国宾。老头子至此终于现身,果然此前是把儿子这里当成了安全屋。他换上一件崭新的外套,气色不错,不像数日前监控探头里骑一辆电动车出逃时那般灰头土脸。电梯上恰有别的业主在场,他们注意到蔡仁功神情淡漠,上电梯时一手按着电梯门,一手伸出去扶老头子。父子俩乘电梯一直下到地下停车层,有一辆比亚迪已经在那里等候,是蔡家老二开的车。兄弟俩陪送老头子,比亚迪迅速开出了小区。

他们是送老头子投案自首吗?虽然时逢双休,工作小组和扫黑除恶办都正常上班,可容送人上门。事到如今,蔡仁功已经没有其他选择。把老头子交出去,并不意味着事情就此了结,相反只会是更大事情的开始,他们当然很明白。昨晚父子俩在安全屋里一定有过一番漫长而艰难的交谈,蔡仁功在说服自己之后,还需要说服老头子。病老头在面临调查之际逃跑藏匿,显然是心怀恐惧,此刻要被儿子交出去,必定是一百个不愿意,说不定会咬定死也不走,还会抱怨儿子贵为副市长,竟连疾病缠身七老八十的亲爹都保护不了,这种儿子生下来养起来何用?儿子可以如父亲早年那样,抓过一只老手掌按在桌上,一棒致残以压服吗?当然不行,必须一边细心为他泡脚,一边耐心做思想工作,动之以情,晓之以理。事实上只要能放下,也没必要过于担心,办案人员不会太为难老人,虽然不可能帮他泡脚,却不会有意过不去,毕竟老头子并不是主要目标。年纪这么大的病老头其实是额外负担,万一老人身体恶化,于办案方还挺麻烦。因此与其东躲西藏担惊受怕,不如豁出去,大不了待几天就解脱回家。除了说服老头子同意被儿子交出去,父子俩肯定还探讨了应对之策,包括为什么跑、是谁的主意、跑的过程如何、怎么潜入小区,以及以往如今村里村外涉黑涉恶各种问题。老头子在调查中所有可能会被问到的都必须想到,必须有回答脚本。

考虑到接下来的案件深入，有必要抓住最后的时机，统一口径，建立攻守同盟，打死了都得这么说。类似思想工作有如临阵磨枪、沙盘推演，准备充分，才好把人交出去。

不料比亚迪却不是去投案，它穿城而过，开上前往蔡家小楼的道路。

原来是把他送回家。根据"从哪儿来回哪儿去"原则，让老头子回到他潜逃前的地点，也算写下一个句号。吴霖他们有兴趣，那就去那里带走他吧。

问题是老头子的妻子，还有那只泡脚盆却未曾上车随往，莫非还得分批进行？

比亚迪在离蔡家小楼还有两里路之处止步不前。

这是在镇上，这里有一家小吃馆，有一面大招牌"咸菜大肠头"。这家老店有一批乡间老主顾，老头子为其一。以往其儿子回家探父时，常会陪同老爹走路"活血"，一直走到这里，吃一碗咸菜大肠头，满足老头子口腹之好，然后再掉头往回走。

他们到达的时候还远不到饭点，小吃馆里暂时没有其他顾客。父子三人围坐在一张圆桌边，本日热腾腾的第一锅端上来，三人刚刚开吃，蔡仁功的手机响了。

浦子尾工地告急：部分工人闹事，拒绝工作，原因是没有领到工资。上几个月拖欠的工资还没有补发，本月工资又已拖欠。闹事者虽然只是部分员工，却给整个工地造成波动与混乱，且有蔓延趋势。闹事员工声称只要老板给钱，他们马上发动机器，不发钱就只能把事情闹大，请政府来解决。目前工地钩机和铲车已经基本停止运行。

这一次不是"苦肉计"，闹事者属临时自发行为，他们不上访，不拉布条，也不制造影响，目前只是情绪冲动，就地躺平。给蔡仁功打电话告急的不是别人，就是公司老板林金同本人。林称已经派出手下所有工头到现场维持秩序，他本人也会立刻赶到工地。无奈此刻公司账上只有负数，根本拿不出钱，即便把林老板千刀万剐剁成碎片，也只能给员工们发碎肉块，发不了一分钱。

蔡仁功骂："要是把工程搞黄，林老板死定了！"

林金同叫唤："领导快救我！"

蔡仁功把手机一关，不予理会。

他们继续享用咸菜大肠头。

又一个电话打到蔡仁功手机上。

"蔡副市长，我是吴霖。"

"吴组长啊，什么事？"

"您父亲跟您在一起，是吗？"

"是啊。"蔡仁功毫不掩饰，"我陪他吃顿饭。"

"我们就在附近。"

"是吗？"

吴霖说他们可以等一会儿，到时候可否请蔡仁功回避一下？还说蔡仁功觉得什么时候方便，尽可先离席，走出"咸菜大肠头"就行，有一部车可以送他回市区。剩下的事情交给他们就可以。他们会严格按照规则行事，蔡仁功不必担心。

蔡仁功笑笑："谢谢。不急。"

工作小组堪称准确高效，显然蔡国宾一露面，他们就注意到了，然后便迅速跟进。蔡国宾下落不明已经多日，办案人员千方百计寻找，一旦发现踪迹自当穷追不舍。他们追踪蔡国宾有足够理由，完全符合规定。理论上说，即便当着蔡仁功的面，他们也完全可以对蔡国宾宣布相关决定，带老头子去配合调查。但是毕竟蔡仁功是现任副市长，他在场不免让办案人员感觉投鼠忌器。如果接下来轮到蔡仁功要"进去"被调查，那要由层次更高的案件办理人员来对他宣布。此刻吴霖他们还必须以现任领导视之，予以足够尊重，给他留个面子。

蔡家父子三人继续吃饭，老头子显得很满意，红光满面。蔡仁功自己吃得不多，却一直待在桌边。在老头子吃饱喝足之前，蔡仁功没像吴霖建议的那样，找个"方便"时候起身离席，自行回避，让办案人员去完成他们的任务。也许蔡仁功是感觉不忍，想在交出去之前让老头子吃个痛快？老头子终于吃饱了，站起身说了句："走。"身旁两个儿子随之而起，一人扶一边，带着老头子走出了小吃馆。他们的比亚迪就停在门边，一旁还有几辆小车，吴霖他们的车应当就在其中。

蔡仁功把父亲扶上车后排，自己往前一步，拉开前排右侧车门，坐到了副驾驶座位上。比亚迪轰地开了出去。

吴霖他们没在现场采取进一步行动。

比亚迪上路了，竟没有朝向两里路外的蔡家小楼，而是原路返回。这时道路车辆很多，略堵，半小时后轿车才驶进市区。吴霖他们紧追不舍，大家都觉得纳闷，不知道蔡仁功想干什么，或许他还是要亲自送父亲去扫黑除恶办投案？投案之前让父亲大吃一顿，好比旧时枪毙犯人之前给一顿酒菜？为什么就不愿意直接交给吴霖？

不料该比亚迪竟是奔回蔡仁功所居小区，停靠于地下停车场。蔡国宾由其小儿子陪同上电梯，回到了1601室。在公然露面，于城区乡间跑了一大圈，饱餐一顿咸菜大肠头之后，蔡国宾非常惬意地又回到了他的安全屋。

蔡仁功没有回家，有一辆政府公务车停在地下停车场等候，是蔡于回城途中打电话紧急招来，提前守在他家楼下。蔡仁功一到，即换乘那辆公务车，迅速离开小区。

现在怎么办？蔡国宾已经跟蔡仁功分开，没有待在同一个物理空间。办案人员可以进入1601安全屋把老头子带走吗？理论上完全可以，但是得考虑虽然蔡仁功不在场，该住宅却还是属于他。在未得主人邀请的情况下，擅入私宅有所不宜，特别是该主人身份特殊，且待在安全屋里的老头子可能不愿意开门迎客。这种情况下采取激烈行动必须报经主管领导同意，同时未必有利。办案人员始终很注意掌握分寸，当天他们之所以一直没有采取拦截行动，也是因为蔡仁功已经表现出合作迹象。蔡与父亲离开安全屋时未做任何伪装与躲藏，表明已经想明白了，此刻不在乎被谁看到，来就来吧。吴霖给蔡仁功打电话时，他没有否认与父亲在一起的事实，对吴的回避建议也没有反对，只说"不急"而已，这也似有合作之意。目前情况下，让他自己把老头子交出来最好。但是这绝不意味着可以一直拖延。

当天上午，蔡仁功离开小区后匆匆赶到浦子尾工地，那里已经聚集了一批有关人物，都是蔡仁功在陪同父亲吃罢大肠头后，返程途中用电话下令召集到现场的，有如此前其父失踪当天，他从省城返回途中下令召集浦子尾现场会一般。

那时现场气氛紧张而凝重，躺平风潮已经波及整个工地，所有施工机械全都熄火，趴窝，一动不动。林金同手下管理人员在工地上到处乱窜，试图说服这里一伙那里一群聚集于各角落的工人们回到工作岗位上，称老板已经承诺，保证尽快解决欠薪问题。类似承诺已经无法再令人相信，此刻任何言辞都苍白无力，没有真金白银难以撬动工程，而汛期正在一天天逼近。

蔡仁功带着几大员进了工棚，林金同在里边抽烟，喝茶，表情漠然，一副死猪不怕开水烫之态。

"领导把我抓去关吧，完蛋了。"他说，"什么办法都不管用。"

蔡仁功发怒："放心，便宜不了你。"

然后他转过身，指着身边的曹钦问："曹董事长，你在这里是大金主还是大欠主？"

曹钦尴尬："蔡副，您都清楚。"

曹钦是城投集团的董事长，他在这里可以算大金主，因为内河整治项目由政府委托城投负责。但是他也是大欠主，因为很难按协议足额及时把工程款发给施工单位。于伟达集团而言，除了眼下浦子尾工程相关款项，另有几笔以往的待结工程款也挂在城投账上，其中还有城投集团成立之前的项目遗留，后来整合划转到城投。作为市政府的主要融资平台，城投集团得承担现在，也承担以往，债务负担相当沉重，流动性一直紧张。这些状况不必曹钦解释，蔡仁功很清楚。

"作为拖欠巨额工程款一方，曹董事长有什么好办法？"蔡仁功问。

应当说把曹钦当作欠债大冤家是不公平的，毕竟城投归属于市政府，其所背债务可追溯到历届政府遗留问题和欠账。但是毕竟此刻这些欠账都挂到城投这里，曹钦作为集团老总当然必须承担。

曹钦苦着脸说："请蔡副指示。"

"账面上已经山穷水尽了吗？"

曹钦表示账面上还好，但是实际周转还是很困难。工程款拖欠问题蔡仁功已经多次过问，他们想了很多办法，也筹措了部分资金，无奈有一笔债务马上就要到期，一旦违约会出大麻烦。

"债务违约麻烦大，还是市区受灾麻烦大？"蔡仁功问。

曹钦答不出来。

"麻烦都大。"蔡仁功自己作答，"都让咱们吃不了兜着走。"

他转而问工棚里其他人，包括政府办、财政局、国资委、建设局的头头们有何妙计，可以变出真金白银，打破当前困局。

工棚里鸦雀无声。

"那么随它去吧，听天由命。"蔡仁功说，"散会。"

蔡仁功竟不是开玩笑，他严令与会者立刻离开工棚，不许磨磨蹭蹭，叫走就走，该干吗干吗去。于是呼啦啦一阵搬椅子声，几分钟后工棚里只剩下蔡仁功，还有被他点名留下的三个人：曹钦、林金同和郑文泉。

"林老板先出去一下，别走远。我跟曹董事长先谈个事。"蔡仁功交代。

林金同遵命离开。

蔡仁功问曹钦:"那笔预留资金怎么样?你们没有挪用吧?"

曹钦连称预留资金还在,未经蔡副市长同意,流动性再困难,谁也不敢打它的主意。

"除了那笔预留资金,再没有其他机动财力吗?"

"真的没有。"

蔡仁功不说话,眼睛看着工棚天花板,好一会儿。

这时他的手机响铃。

"蔡副市长,我是常太昆。"

"知道,知道。"蔡仁功竟开玩笑,"有五千万,还是一个亿?"

"是您父亲的事。"

对方直截了当,称他们有个重要事项,需要向蔡仁功的父亲蔡国宾同志"当面了解"。领导要求他跟蔡仁功"沟通"一下,请蔡给予重视支持。

蔡仁功回答,只一个字:"好。"

"什么时候方便呢?"

"容我考虑一下。"

"我们需要今天之内见一见他。"

"不用那么急吧?"

"已经拖延很长时间了。"

蔡仁功称还需要做一做老头子的思想工作,毕竟是亲生父亲。当儿子的不能不考虑父亲的身体和心理承受能力,也需要考虑外界影响。

"还是要请蔡副市长重视支持。"

"我感觉压力很大。"蔡仁功笑笑。

他告诉常太昆,此刻分身无术,他在浦子尾工地,这里出现严重事态,需要立刻处理好。待这边的事办好了,他会给常回一个电话。

放下手机后,蔡仁功又把眼睛朝向天花板。思忖许久,下了决心。

"先用。"他说。

他决意动用那笔预留资金。

曹钦支吾："可以吗？"

蔡仁功说："缺口我来想办法，尽快筹集资金补上。"

"是不是要……"

"我已经跟范副市长沟通过。"蔡仁功说。

"那就好，那就好。"

当着曹钦和郑文泉的面，蔡仁功用手机给范宁挂了个电话。电话迅速接通。

"范副市长，我要感谢你。"蔡仁功说。

对方的回应曹钦他们听不到，却可以猜出来："蔡副市长客气啥呢。"

蔡仁功说："报告范副一个最新消息：我父亲找到了。"

"是吗！"

蔡仁功站起身，举手示意曹钦他们待在屋里稍等，自己一边打电话，一边走到工棚外。待在外边的林金同看到蔡出门，立刻往他这边凑，蔡亦举手示意，让林不要过来。这可以理解，其父事项牵涉隐私，此刻谢绝旁听。

几分钟后，蔡仁功收起手机，招手把林金同叫过来，两人一起回到工棚。

"范副市长表示支持，顾全大局。"蔡仁功宣布，"现在立刻安排。"

相关各方立刻紧张忙碌起来。

事后才知道，蔡仁功确实是跟范宁通了电话，该电话却只谈其父亲"已经找到"，"正在设法做通老人思想工作"等等，关于预留资金的事情一句都没提起。这笔资金目前在城投集团账上，理论上城投可以支配，实际却不行，因为已经明确是预留给即将成立的旅投，作为市政府注资的一部分。它既是旅投的启动资金，也是其内河景观带工程项目的启动资金，该项目被"帅哥"的城际集团中标拿下，前期准备已经全面展开，急着用钱且需要用大钱。等着蔡仁功签字的《纪要》上就有一条涉及这笔资金，一待文件下发，资金将迅速划转过去，而后便归范宁管。此前范宁为筹措准备这笔资金跑上跑下，费了无数心血，此刻如果确实有天大的理由需要动用它，肯定也得先征求范宁本人意见，而范宁肯定不会同意，因为将直接使她一手推进的项目停摆，提交到陆欣雨那里十有八九也会被断然否决。因此蔡仁功自导自演一出戏，当场谎称已经跟范做过沟通，且煞有介事再打电话，演得如此逼真，让在场两位都深信不疑。

四个小时后，工地上的工人纷纷接获银行短信，告知他们账号上有薪金到账。躺平的人们拍打着身上的尘土回到岗位，工地施工迅速恢复正常。

蔡仁功一直待在工地，与曹钦和郑文泉一起吃了一顿盒饭。施工恢复正常后他也不急着离开，直到曹钦的一位助理拿着几份单据匆匆到来。那是刚处理的这笔资金拨付的相关单据，一般情况下曹钦签字便可，蔡仁功却主动提出自己可以做个批示并签字，以示特殊情况，领导负责。这于曹钦当然是求之不得。蔡仁功签完字问："知道这三个汉字一共多少笔画？"曹钦赶紧伸出指头去数。蔡仁功告诉他不必数，不多不少，一共二十三笔。

"现在山穷水尽了没有？"他问曹钦。

曹钦表示确实已经两手空空。

"钱不是问题，总有办法找到退路。"蔡仁功安慰，然后上车离去。

临行前天已显暗，蔡仁功命林金同安排当晚加班，务必将耽误的工程量补回来，他要时时检查。离开工地后，蔡仁功到了邻近的上渡大桥，俯瞰大桥下游江岸排水闸门的施工现场，那是浦子尾工程最末端，目前看来工程进展顺利。看完闸门后，蔡仁功交代司机送郑文泉回去。

"蔡副呢？"郑问。

他要打一个电话。一会儿有一辆车会来接他，让郑文泉别管了。

郑文泉听命离开。此刻蔡仁功确有些私事不便告人，他还有一辆比亚迪可用。

蔡仁功的电话是打给常太昆的，这种通话比较私密，谢绝旁听。蔡仁功在电话里再次提出要求，以其父年龄与身体情况为理由，希望办案人员不要触及。老头子的事其实并不重要，他儿子的事才重要。需要了解什么、调查什么尽管找他蔡仁功，他会认真配合。老头子就算了，随他去吧。

"蔡副市长的意见我们会报告领导。"常太昆回答，"根据要求，今天我们还是需要跟他见一面。请问您打算什么时候回家？"

"这么说没有退路了，只能先把老头子卖掉。"蔡仁功自嘲，"这种儿子生他养他真是顶个屁用。连累老人不算，到头来还要卖几个钱顶账。"

"蔡副……"

"开玩笑。别急，等我电话。"

其后蔡仁功又挂了一个电话，讲了足有二十分钟，一边讲一边沿着桥右侧人行道往前走，时大桥上车水马龙，众人忙着穿越晚高峰，没有谁注意到桥旁一边打电话一边散步的该领导。电话打完时，不知不觉间已经走到桥中部，蔡仁功把手机往口袋里一放，竟径直翻过桥栏杆，一跃而下。

一旁有人大叫："不好！"

6

一个月后，阿摆被批准逮捕。瘸腿村长利用权力，组织黑恶小团伙,挟嫌报复,为非作歹,欺压对立群众的大量事项得以核实,事实清楚,证据确凿。

老头子蔡国宾扶持、帮助阿摆,在村中相关事项上犯有严重过错。考虑其卸任村长已久,对相关问题不负直接责任,加之风烛残年,身体状况不佳,终没有过多追究。

伟达集团董事长林金同在参加浦子尾工程招标前,用一只手提箱携百万巨款,由阿摆领入蔡家小楼行贿,经查确有其事。该集团中标之后不久,蔡仁功命市政府办副主任郑文泉通知林金同前来,在郑的办公室把手提箱和款项退还,郑留有录音记录作为旁证。这笔钱没有回到伟达集团的账上,由林金同用于各种"打点"。后根据林的交代,有五位接受"打点"的官员落马受审。

郑文泉还证实把城投预留款项挪付给林金同确是蔡仁功个人所为。蔡仁功曾当众怒骂林胁迫政府领导,宣布林死定了,他没拿林百万贿款便罢,居然还帮林弄钱,不惜自己担责,说来有些不可思议。郑文泉的证言以及蔡的亲笔批示和签字使曹钦得以解脱,无须承担责任。但是拟议中的旅投成立及正在筹建中的沿河景观带项目因资金问题不得不延缓。虽然蔡仁功此举并非为自己或者林金同谋利,客观上是为了所谓的"35214安全屋",其擅自做主和欺骗手法还是令人不齿。特别是范宁不计前嫌,曾苦口婆心劝告蔡仁功,蔡竟然以这种方式投桃报李,不惜在跳河之前用力踢她一脚,让我们听来感觉特别可耻。

蔡仁功却没有被一笔勾销,关键竟在郑文泉:蔡在桥上下车,郑感觉有异,很不放心。那段时日里,无论蔡仁功多会掩饰,没有一点异常是不可能的。作为跟随多年的所谓"大秘",郑不能不多个心眼。蔡命司机把郑送走,郑假意答应,实则自己在前边也下了车,走到桥的另一侧观察,在第一时间发现蔡越过栏杆。郑即紧急处置。这段河道以下有一个堤防管理处,有一条水上交通艇和若干值班员,郑通过交通局命该处值班人员立刻开船下河搜救,居然在江中找到蔡仁功，他已经溺昏，被流水冲上一处浅滩。所幸不到汛期，河里尚无大水，浅滩多现。搜救人员立刻施救，并叫来救护车把蔡急送市医院。他被查出身上多处骨折，头部受伤，却无碍性命。

他在住院期间接受有关部门讯问，对自己的种种行为供认不讳，包括为父亲提供庇护、擅自决定动用预留款项，以及所谓"一了百了"等等。他声称"没有退路了，感觉只能这样"。为什么只能这样？他语焉不详，只说："时候到了自然清楚。"考虑到其身体情况和所造成的不利影响以及接下来需要进行的调查，他被宣布停职。

不料半年后这个案子竟根本反转。

原市委书记陆欣雨被调查，免职，锒铛入狱。

陆涉嫌巨额利益输送，输送方为城际集团。该集团背景复杂，在省城政商界人脉丰富，帅哥贺来只是个白手套，倚仗几大后台，其中一个与陆欣雨关系密切。陆帮助贺到本市拿项目，最初试图染指浦子尾工程，陆数次交代蔡仁功务必关照。蔡阳奉阴违，一番操作倒把城际弄出局去。陆非常生气，即命调整分工，还命必须以蔡主动提议方式，安排范宁接手旅投和景观带项目。范不似蔡老到，以为其主持的招标完全公正，却不知陆直接交代招标办领导背着她做了手脚，暗箱操作让城际如愿以偿。城际集团之看中景观带项目，在于该项目圈走了周边大片地块，作为来日旅游和商业服务用地，这些地块将因为内河整治和景观带建设而身价百倍。该项目由于蔡仁功作梗未能如期启动，后又因陆欣雨案发加上项目进行中的各种猫腻终被搁置。这倒意味着本市没有掉进一个大坑，无须加背一笔巨债，范宁得以从中全身而出。如此看来，蔡仁功跳河前不是踢她一脚，倒是拉了她一把。陆欣雨在省城的亲友得到了城际集团的数百万利益输送。由于蔡仁功对城际集团始终警惕，对景观带项目招标也表示怀疑，不断作梗，陆感觉到危险，即利用手中掌握的主导权，试图从蔡父在乡下的问题入手调查，搜集线索以最终拿下蔡仁功，表面上却还以"相信蔡没大问题"作为烟雾。蔡仁功清楚在本市除了陆欣雨，没有谁可以做出相关决定，心知陆"快刀斩乱麻"，自己穷以抵挡。在劫难逃之际，蔡千方百计设法拖延，应该是在争取时间与转机。拖延其父现身，可能是想让自己不至于很快涉案落马，争取有最后一点时间办最重要的事情，包括他所负责并特别看重的"35214安全屋"。其拖延《纪要》签署，可能是想留下一点余地，防止浦子尾工程陷于资金困境难以为继。到了最后关头，山穷水尽，蔡仁功狠下决心，办掉难办之事，没给自己留下任何退路，只能一跳了之。那时他心里肯定有很多遗憾，但是至少浦子尾工程没有在他手上停滞，而他既不会承担背弃亲生父亲的骂名，也能指望父亲逃过此劫。毕竟查父只为查子，儿子自己一笔勾销，再去查父亲还有什么意义？他已经在众目睽睽之下，陪父亲最后饱餐一次咸菜大肠头，一饕老爹，也算"有孝"，就此一了百了吧。

　　如此推测是否准确？可待该"二十三画"痊愈后再行核实。

　　他在跳河之前最后打的电话竟还是背水一战：该电话挂到省监委举报中心，他在电话里实名举报，列举若干可疑迹象，怀疑城际集团的本市项目涉及腐败。他并没有点名道姓直接举报陆欣雨，却有明显指向性。据说他在电话里没有一个字提到自己涉嫌事项，既无解释，也不申诉，更没有拿他殚精竭虑谋划"35214安全屋"而自我摆功标榜，只因为在举报之后即跳河，虽自杀未遂，却引发上级高度重视，陆欣雨案就此开篇。

　　如此看这个蔡其实不错。

图书在版编目（CIP）数据

王不见王/杨少衡著． -- 北京：作家出版社，2025.6.
-- ISBN 978-7-5212-3092-5

Ⅰ．I247.5

中国国家版本馆CIP数据核字第2024LP6841号

王不见王

作　　者：杨少衡
责任编辑：姬小琴
装帧设计：棱角视觉
出版发行：作家出版社有限公司
社　　址：北京农展馆南里10号　　邮　　编：100125
电话传真：86-10-65067186（发行中心）
　　　　　86-10-65004079（总编室）
E-mail:zuojia@zuojia.net.cn
http://www.zuojiachubanshe.com
印　　刷：北京盛通印刷股份有限公司
成品尺寸：145×210
字　　数：373千
印　　张：14.875
版　　次：2025年6月第1版
印　　次：2025年6月第1次印刷
ISBN 978-7-5212-3092-5
定　　价：68.00元

作家版图书，版权所有，侵权必究。
作家版图书，印装错误可随时退换。